U0078804

中國古典名著

三民書局印行

花月痕

魏秀仁 著
趙乃增 校注

國家圖書館出版品預行編目資料

花月痕：五十二回＼魏秀仁著；趙乃增校注.--初版.--臺北市：三民，民87
面；　公分.--(中國古典名著)
ISBN 957-14-2847-7 (精裝)
ISBN 957-14-2848-5 (平裝)

857.44　　87005719

網際網路位址 http://www.sanmin.com.tw

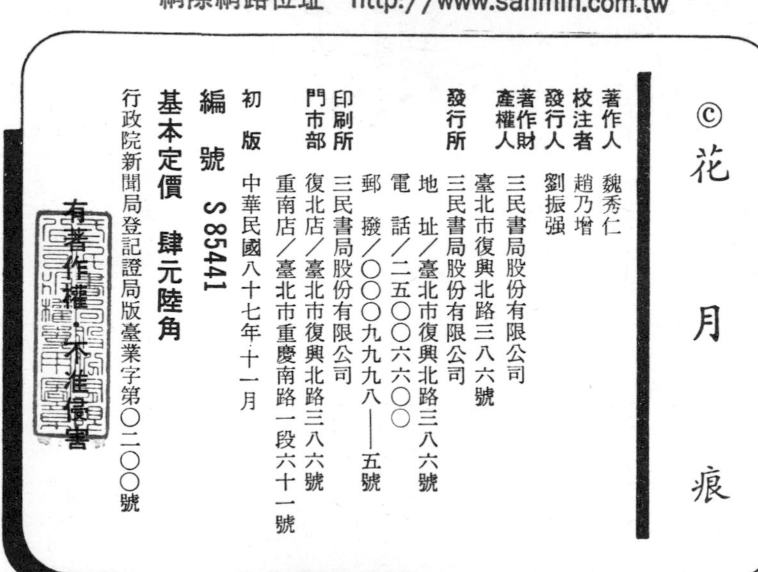
© 花月痕

著作人 魏秀仁
校注者 趙乃增
發行人 劉振強
著作財產權人 三民書局股份有限公司
臺北市復興北路三八六號
發行所 三民書局股份有限公司
地址／臺北市復興北路三八六號
電話／二五〇〇六六〇〇
郵撥／〇〇〇九九九八——五號
印刷所 三民書局股份有限公司
門市部 復北店／臺北市復興北路三八六號
重南店／臺北市重慶南路一段六十一號
初版 中華民國八十七年十一月
編號 S 85441
基本定價 肆元陸角
行政院新聞局登記證局版臺業字第〇二〇〇號

ISBN 957-14-2848-5 (平裝)

花月痕　總目

引　言……一—三
《花月痕》考證……一—二
《花月痕》前序　眠鶴主人……一—二
《花月痕》後序　眠鶴道人……一—一
題詞一　棲霞居士……一—二
題詞二　弱水漁郎……一—二

題詞三　謝枚如等……一—二
評語　符雪樵……一—一
棲梧花史小傳　定香主人……一—一
回目……一—四
正文……一—六二八
附錄
《花月痕》資料匯編……六二九—六三三

引言

趙乃增

《花月痕》是一部假狹邪豔情以寫才子佳人悲歡離合的長篇小說，為清代道光、咸豐、同治間一代文士魏秀仁所作。

書中敘寫了韋癡珠與劉秋痕、韓荷生與杜采秋兩對才子名士和豔妓佳人的風流哀怨故事。韋癡珠風流瀟灑，文采華茂，傾動士林，然而仕途坎坷，困躓於羈旅之中。雖遇劉秋痕風塵知己的慰藉，卻好合無望，終於潦倒病逝；劉秋痕傾心於韋癡珠，卻遭其鴇母之逼挾，終未能結為良緣，竟自縊殉情而歿。韓荷生則始為達官幕中之上客，繼而憑藉戰功累遷至封侯；杜采秋終於擺脫風塵，歸嫁韓荷生，獲一品夫人封典。作者將窮愁不遇的韋癡珠與飛黃騰達的韓荷生爭勝官場，獵豔狹邪，升沉窮達的人生悲歡，兩兩相形，映襯傳情。設韋、韓二人窮達兩途以自況，擬想韋氏之窮愁潦倒，實為作者自身現實困頓之寫照，而擬想韓氏之青雲通達，則為作者對理想人生之羨慕。可以說韋、韓二人猶雙龍戲珠，一正一反，一實一虛，映射出作者身心兩離的境況。書末題聯稱「豈為蛾眉修豔史，權將兔穎寫牢騷」，故作者更多借韋癡珠之感慨，以發洩憤慨抑塞之情。謝章鋌《課餘續錄》說魏秀仁「創為小說，以自寫照，一瀉其骯髒不平之氣」，所言近是。

《花月痕》行文纏綿，時有悲涼哀怨之緒交錯迭現，於男女愛戀歡娛之際，並見黯然傷神之色。

如第二十四回敘秋痕與韋癡珠兩情歡洽之際，突遭惡棍狗頭欺侮，養母牛氏哭鬧情景：

牛氏忙將蠟臺瞧著秋痕，見身穿小衫褲，仰面躺在地下，色如金紙，兩目緊閉。牛氏便嚎啕的哭起來，將頭撞著李裁縫，也在地下亂滾，聲聲只叫他償命。跛腳和那小丫鬟呆呆的站在床前看，只有打戰。廚房中兩個打雜和那看門的都起來打探，不知何事，見一屋鼎沸，秋痕氣閉，便說道：「先瞧著姑娘再說罷！」一句話提醒牛氏，便坐在秋痕身邊，向打雜們哭道：「你看打成這個模樣，還會活麼？」狗頭見牛氏和李裁縫拚命，心上也有點怕，早乘著空跑開了。這裏牛氏摸著秋痕，一聲聲的叫。打雜們從外頭沖碗湯，遞給牛氏，一面叫，一面把湯灌下。半晌，秋痕雙蛾顰蹙，皓齒微呈，回轉氣來。又一會，睜開眼，瞧大家一瞧，又合著眼淌出淚來。牛氏哭道：「你身上痛麼？」秋痕不答，淚如湧泉。

又如第四十一回敘韋癡珠收到秋痕血書情景：

禿頭道：「姑娘有信給爺哩。」便從懷裏探出一個小小油紙包，展開油紙，將個藍布包遞上。癡珠瞧那藍布包，縫得有幾千針。林喜送過剪子，癡珠一面絞，禿頭一面回道：「姑娘說沒有筆硯，也沒有地方寫個字兒，裏頭幾個字是咬破指頭寫的。」癡珠不聽猶可，聽了禿頭這般說，那一股酸楚直從腳跟湧上心坎，從心坎透到鼻尖，一言不發，把布包絞開，內裏是癡珠原給的一支風藤鐲，一塊秋痕常用的藍綢手絹，一塊汗衫前襟，上面血跡模糊。癡珠略認一認便覺萬箭攢心，不知不覺眼淚索索落落的滴滿藍布包。一會，穆升遞上熱手巾，拭過臉，重把那血書反復審視，噙著淚，一字字辨清。是：

釵斷今生，琴焚此夕。身雖北去，魂實南歸。
裂襟作紙，嚙指成書。萬里長途，伏維自愛。

以上引錄兩段文字，皆描摹細膩，文辭通俗俊雅，傳情寫心，韻致動人，大抵可以窺見《花月痕》之風采、精神。尤以韋、劉之始戀終離、勞燕分飛的悲劇結局，哀感頑豔，在狹邪言情小說中堪稱別具異彩。

觀書末敘韓荷生戰績攙雜妖異之事，遂成通篇之蕪累。故雷瑨《雷顛隨筆》云：「《花月痕》小說，筆墨哀豔淒婉，為近代說部中之上乘禪，惜後半所述妖亂事，近於蛇足，不免白璧微瑕。」所責亦頗中肯。書中有大量詩詞簡啟充塞其間，除當時名士唱酬之作外，多為作者自撰及其妻閨中所吟，此亦摹仿《紅樓夢》借詩詞曲賦以傳情達意之寫法，然而「文飾既繁，情致轉晦」（魯迅《中國小說史略》）。雖為狹邪言情小說之妙筆，終難與《紅樓夢》相媲美矣。

《花月痕》考證

趙乃增

《花月痕》作者魏秀仁，是清代道光、咸豐、同治間著名文士。據謝章鋌〈魏子安墓誌銘〉、《課餘續錄》載：魏秀仁，字子安，一字子敦，侯官（今福建省福州市）人，係著名學官魏本唐之長子。嘉慶二十四年（西元一八一九年）生，同治十三年（西元一八七四年）卒。二十八歲時補弟子員為秀才，次年，參加丙午（道光二十四年，西元一八四六年）鄉試得中舉人，才名四溢，為世所重。此後屢試春官不第，遂出遊晉、秦、蜀諸地，先後依靠其父之同年同鄉王慶雲（山西巡撫，後調任四川總督），及太原知府保眠琴，為幕僚，為塾師。《花月痕》即作於魏秀仁充任保眠琴太守館課之餘，「君見時事多可危，手無尺寸，言不見異，而骯髒抑鬱之氣無所發舒，因遁為稗官小說，託於兒女之私，名其書曰《花月痕》，其言絕沉痛。」（〈魏子安墓誌銘〉）書中主人公韋癡珠，乃以作者自身為原型；劉秋痕之原型，則為魏秀仁所結識的太原妓女劉栩鳳。《花月痕》所附錄之〈棲梧花史小傳〉略敘劉栩鳳生平悲歡，即作者化名定香主人所撰。同治初，魏秀仁離川返鄉，家境困窮，「米鹽瑣碎，百憂勞心，扣門請乞，苟求一飽」，致使「一年數病，頭童齒豁」，潦倒病逝於南平道南書院，終年五十六歲。

魏秀仁為人性情疏直，窮交數輩，抵掌高論，喜笑諧謔，千人皆廢。其著述宏富，據〈魏子安墓誌銘〉所載，有《咄咄錄》、《陔南山館詩話》等三十餘種，獨《花月痕》一書最為流傳。

《花月痕》最早的版本，是「清光緒戊子（十四年，西元一八八八年）夏月開雕，王松辰署檢」的閩雙笏廬原刻本，題為《花月痕全書》，「眠鶴主人編次」，十六卷五十二回，有「咸豐戊午（八年，西元一八五八年）序」。每回均有棲霞居士之眉批與評語。光緒十九年（西元一八九三年）有上海書局排印本，題為《花月因緣》；有育文書局石印本，題為《花月痕全書》。民國二十三年（西元一九三四年）有大達圖書供應社版本；民國二十四年（西元一九三五年）有世界書局版本。一九八一年後，中國大陸福建人民出版社、人民文學出版社、中州古籍出版社、上海古籍出版社、中華書局等，均據《花月痕全書》之原刻本，先後出版了多種校點排印本。

《花月痕》前序

夫天下之事，是與非二者而已；天下之勢，離與合二者而已。其事而是焉者，委曲以求其是可也；其勢而合焉者，輾轉以求其合可也。若夫事介在是非之間，勢介在離合之際，孰有如韓、杜、韋、劉之四人者乎？何言之？當時之荷生，故儼然諸侯之上客也，參機密而握權要，氣象胸次，涵蓋一切，以為古有梁夫人，庶幾或一遇之，則似乎其是也。然謂荷生當此有為之世，遇知己之人，不思攀龍附鳳以成功名，而徒低首下心戀戀若此，則似乎其非也。癡珠亦然，觀其著述等身，名場坎坷，而文采風流傾倒一時，意亦謂天下必有朝雲、桃葉其人者，李香、方芷烏得以微賤而少之，則似乎其是也。然謂癡珠際此時事艱虞，不自慎重，而亦低首下心戀戀若此，則似乎其非也。若夫韓、杜之合，韋、劉之離，則又事之，曉然共見者也。寖假化癡珠為荷生，而有經略之贈金，中朝之保薦，氣勢赫奕，則秋痕未嘗不可合。寖假化荷生為癡珠，而無柳巷之金屋，雁門關之馳騁，則采秋未嘗不可離。是故為采秋、秋痕易而為荷生、癡珠難，作者有見及此，於是放大光明，普照世界，而後提如椽之筆，一一而寫之。其合也則誠浹洽無間也，其離也則誠萬萬乎其不得已也。夫固謂天下古今之大，必有如韓、杜之合者，而現韓、杜身而為說法也。天下古今之大，又必有如韋、劉之離者，而現韋、劉身而為說法也。他日者，春鏡樓空，秋心院古，蒹葭碧水，難招石上精魂，楊柳青山，徒想畫中眉嫵。抑或鍾情寄恨，略同此日之遭逢，定知白骨黃塵，更動後人之憑弔。是是非非，離離合合，言之者無罪，聞之者足戒已。

時咸豐戊午暮春之望　眠鶴主人序

《花月痕》後序

嗟乎！《花月痕》胡為而命名也？作者曰：余固為痕而言之也，非為花月而言之也。夫春發其華，秋結其實，非花也乎？三五而盈，三五而缺，非月也乎？大千世界，人人得而見之，得而言之者也，余何必寫之也。至若是花非花，是月非月，色香俱足，光豔照人者，則是余意中之花月也。然而謂之花月可也，謂之痕不可也。即或謂如花照鏡，鏡空花失，如月映水，水動月散，是亦痕之說也。其說尚淺也。夫所謂痕者，花有之，花不得而有之；月有之，月不得而有之者也。何謂不得而有之也？開而必落者，花之質固然也，自人有不欲落之之心，而花之痕遂長在矣。圓而必缺者，月之體亦固然也，自人有不欲落之之心，而月之痕遂長在矣。故無情者，雖花妍月滿，不殊寂寞之場；有情者，即月缺花殘，仍是團圓之界。此就理而言之也。若就是書之事而言，則韓、杜何必非離，而其痕則固儼然合也；韋、劉何必非合，而其痕則固儼然離也。雖然人海之因緣未了，浮生之蹤跡無憑，異日者，劍合延津，珠還合浦，返魂香爇，重泉有再見之期，卻老丹成，天末回長征之駕。同營金屋，何必在香海之洋；再啟瓊筵，何必演夢中之劇。淚之痕耶？血之痕耶？酒之痕耶？花月之痕耶？余方將盡付之太空，而願與此意中之花月相終古也。

時咸豐戊午重九前一日　眠鶴道人撰

題詞一

文字不從高處著想，出筆輒陋；文字不從空處落墨，到眼皆俗。此書寫韋、劉、韓、杜四人，淺者讀之，不過是憐才慕色文字。夫文字而僅止於憐才慕色，則世間所謂汗牛充棟者，正復不少。作者亦何暇寫之乎？然則奈何？曰：是必歸其說於本。何謂本？君之仁也，臣之忠也，父子之慈與孝也，兄弟之友也，夫婦之和與順也，朋友之信也。故生人之美德曰禮，曰讓，曰廉，曰節，得其一者，皆可以不朽。然而此又無庸作者言之也。聖經賢傳，炳若日星，嘉行懿言，垂諸史冊。凡擁皐比為人師者，皆能言之也。於是作者冥思於落想之前，舉一韋癡珠，於臣不得盡其忠，於子父不得盡其孝與慈，於兄弟、夫婦、朋友，舉不得盡其友若和若信。躑躅中年，蒼茫歧路，幾於天地之大無所容身，山川之深無所逃罪。獨其平居深念，性情之激發一往而深；觸景流連，歌哭之懷思百端交集。於臣不得盡其忠而必欲盡其忠，於子父不得盡其孝與慈而必欲盡其孝與慈，於兄弟、夫婦、朋友莫不皆然。勤勤懇懇，至歿身而尚留其意，以遺後人。嗚呼！是可感也！彼劉梧仙者，固所謂志趣與境遇有難言者也。以嬝嬝婷婷之妙伎，而有難言之志趣，難言之境遇，其與癡珠猶收香之倒掛，併命之頻伽矣。至於事以互勘而愈明，人以並觀而益審，則有韓、杜步步為二人之反對，如容光之日月，無影不隨；如近水之樓臺，有形皆幻。作者遂以妙筆善墨寫之，而又令其先帶後映，旁見側出，若在有意無意之間。說部雖小道而必有關風化，輔翼世教，可以懲惡勸善焉，可以激濁揚清焉。若僅僅惜此羽毛，哀其窈窕，不亦可已也夫。

時咸豐戊午重陽日　貴筑棲霞居士讀畢謹題

題詞二

歲聿云暮，寒風滿園，扇雪而飛，若翩若翻。黑雲四垂，杳冥晝昏，舉燭不輝，爇火不溫。傍徨徘徊，欲酒無樽，則有西蜀公子，東吳王孫，含清飲穌，抱珣握璠，一袱手拎，率然而叩吾門。受而讀之，曰：「《花月痕》其書也，或抑或揚，且吐且吞。作者閩邦，事則並垣，以有為為，以無言言。月旦持其評，花界幻其論，擢情以芽，斂情而根。假彼孟施，抒我顛髡，泠於瑟笙，襲於茝蓀。語綺雖鶤，聲哀則猿，淒入肝脾，令人煩冤。感慨欷歔，伊誰之援？」於是座有拘拘然者，聞而笑曰：「蒙叟巵寓，敻矣莫可繙也。靈均章歌，幽矣莫可喧也。今若人街議而巷談，何飲水之忘源也。且北里之志，不入於籬藩，青樓之歌，不聞於邱樊。惡其志淫而意蕩，何不滌濫而削繁？」主人乃肅爾而立，輟其方飧，瞠乎若思，不覺飯之已噴。顧謂吾子，何望天而戴盆？第相與諳其支，而未相與探厥元，無惑乎欲其令人敬，而鄙其不當使人銷魂。不知夫花之有痕，亭亭焉其猶閬與崑也；月之有痕，皦皦焉其猶羲與軒也。古之人別有懷抱，爰奧厥旨於溟鯤；今之人別有感傷，爰晦厥意於繡鴛，邈千古而同符，類蠲忿而樹萲。子休矣！曾斯義之弗知，而又何足以挹謝而推袁？久之，客退於盈尺之砌，歸於三家之邨，蒙蒙然猶未視之狗兮，測太微而隔九閽，子不讀五車之書兮，孰能進而與子辨眾說之清渾？俄而非煙下駐，異香上屯，徐而察之，花之痕耶？月之痕耶？皆恍惚而靡所見兮，而但見夫筆光墨氣，如錦如繡，與花月以長存。

同治五年三月二十三日弱水漁郎題詞

時假館於古僰道之昭武館

題詞三

二十年來想見之，每聞淪落感鬢眉。傭書屢短才人氣，稗史空傳幼婦詞。
天下傷心能幾輩，此生噩夢已如斯。閑階積葉蟲聲急，昂首秋風獨立時。

謝枚如

識字原為憂患媒，況將蘭茝伍蒿萊。可憐一束金銀管，寫盡并門風雨哀。
牙旗大纛照神州，青史勛名李郭儔。誰識弄花愁月地，有人猨臂不封侯。
百歲流光石火間，菀枯苦樂鎮相關。輸他散髮黃牛背，笑看浮雲日往還。
酒籌歌板少年場，回首前塵劇渺茫。觸我傷心無限淚，黃花簾幕又重陽。

梁禮堂

倚欄同看白芙蕖，想煞風流放誕初。一點犀心翻誤汝，三更蝶夢轉愁予。
徒勞越客絲絲綱，易感蕭娘幅幅書。秦樹嵩雲空夕照，索居誰問病相如？
紅板橋南白板門，沉沉風雨幾黃昏。直從隔世疑情事，安得長河注淚痕。

滿地落花來少女，極天芳草阻王孫。當時枉費明珠贈，惆悵他生更莫論。

符雪樵

評語

詞賦名家，卻非說部當行，其淋漓盡致處，亦是從詞賦中發洩出來。哀感頑豔，然而具此仙筆，足證情禪，擬諸登徒好色，沒交涉也。

符雪樵

棲梧花史小傳

棲梧姓劉氏，名栩鳳，年十九，豫之滑縣人。八歲而孤，家赤貧，母改適，以賤直鬻人為婢，尋為匪人所掠，流轉太原為歌妓，非所願也。性和婉，善解人意，每酒酣燭灺時，雖歌聲繞梁，而哀怨之誠動於顏色。旋傾心於逋客，欲委身焉，以故多忤俗客，弗能得假父歡，益虐遇之。逋客坐是愛憐特甚，而以索價奢，事中止。姬亦遂抑鬱顦顇，以痼自廢。其家復間阻之，禁弗相見。逋客為圖其像，聞姬病日沉篤，恐終不起云。

贊曰：栩鳳以荏弱之質，轉徙於饑寒中，宜乎其病也，今日者御綺羅，饜肥甘，旁觀方豔羨之。胡為愁而病，病而甚耶？吁！亦可以知其心矣。獨憐逋客者，以相愛故，至受讒謗，遭挫辱而不悔，世有因果，烏知不以此一念之癡，結未了緣哉？

戊午暮春望前一日　定香主人撰

回目

第一回　蚍蜉撼樹學究高談　花月留痕稗官獻技……一
第二回　花神廟孤墳同灑淚　蘆溝橋分道各揚鑣……九
第三回　憶舊人倦訪長安花　開餞筵招遊荔香院……二〇
第四回　短衣匹馬歲暮從軍　火樹銀花元宵奏凱……三四
第五回　華嚴菴老衲解神籤　草涼驛歸程驚客夢……四五
第六回　勝地名流禊修上巳　金樽檀板曲奏長生……六〇
第七回　翻花案劉梧仙及第　見芳譜杜采秋束裝……七〇
第八回　呂仙閣韓荷生遇豔　并州城韋癡珠養痾……八五
第九回　粤夆水閣太史解圍　邂逅寓齋校書感遇……九四
第十回　兩番訪美疑信相參　一見傾心笑言如舊……一〇二
第十一回　接家書旅人重臥病　改詩句幕府初定情……一一三
第十二回　宴水榭原士規構釁　砸煙燈錢同秀爭風……一二五
第十三回　中奸計凌晨輕寄柬　斷情根午夜獨吟詩……一三四

第十四回　意綿綿兩闋花魂詞　情脈脈一齣紅梨記……一四三
第十五回　詩繡錦囊重圓春鏡　人來菜市獨訪秋痕……一五九
第十六回　定香榭兩美侍華筵　夢遊仙七言聯雅句……一七三
第十七回　儀鳳翶翔豪情露爽　睡鴛顛倒綺語風生……一八八
第十八回　冷雨秋深病憐並枕　涼風天末緣證斷釵……二〇〇
第十九回　送遠行賦誦哀江南　憶舊夢歌成秋子夜……二一五
第二十回　陌上相逢搴帷一笑　溪頭聯步邀月同歸……二三一
第二十一回　宴仲秋觴開彤雲閣　銷良夜笛弄芙蓉洲……二五四
第二十二回　秋華堂仙眷慶生辰　采石磯將軍施巧計……二七五
第二十三回　簾捲西風一詩夜課　雲橫秦嶺千里書來……二八九
第二十四回　三生冤孽情海生波　九死癡魂寒宵割臂……三〇八
第二十五回　影中影快談紅樓夢　恨裏恨苦詠綺懷詩……三一七
第二十六回　彤管生花文章有價　圍爐煮雪情話纏綿……三三六
第二十七回　癡婢悔心兩番救護　使君高義一席殷勤……三五七
第二十八回　還玉佩憨書生受賺　討藤鐲戇太歲招災……三六九
第二十九回　消寒小集詩和梅花　諧老卜居園遊柳巷……三七九
第三十回　看迎春俏侍兒遇舊　祝華誕女弟子稱觴……三九三

第三十一回　離恨羈愁詩成本事　閑情逸趣帖作宜春……四〇七
第三十二回　秋心院噩夢警新年　搴雲樓華燈猜雅謎……四一九
第三十三回　麗句清詞三分宿慧　花香燈影一片豔情……四二八
第三十四回　汾神廟春風生麈尾　碧霞宮明月聽鵾絃……四三七
第三十五回　鬚眉巾幗文進壽屏　肝膽裙釵酒闌舞劍……四四七
第三十六回　一聲清磬色界歸真　百轉柔腸情天入幻……四五九
第三十七回　廷推岳薦詔予清銜　風煖草薰春來行館……四六九
第三十八回　茉莒無靈星沉婺女　棣華遽折月冷祇園……四七八
第三十九回　燕子覆巢章臺分手　雁門合鏡給事班師……四八六
第　四　十　回　意長緣短血灑鵑魂　人去影留望窮龜卜……四九二
第四十一回　焦桐室枯吟縈別恨　正定府瀝血遠貽書……五〇一
第四十二回　聯情話寶山營遇俠　痛慘戮江浦賊輸誠……五一二
第四十三回　十花故事腸斷恨人　一葉驚秋神歸香海……五二一
第四十四回　一剎火光穢除蟬蛻　廿年孽債魂斷雉經……五三二
第四十五回　竹竿嶺舊侶哭秋墳　樅陽縣佳人降巨寇……五四〇
第四十六回　求直言梅翰林應詔　復潯郡歐節度策勳……五四八
第四十七回　李謖如匹馬捉狗頭　顏卓然單刀盟倭目……五六二

第四十八回　桃葉渡蕭三娘排陣　雨花臺朱九妹顯靈……五七五
第四十九回　捨金報母擔粥賑饑　聚寶奪門借兵證果……五八七
第　五　十　回　一枝畫戟破越沼吳　八面威風靖江鎮海……五九八
第五十一回　無人無我一衲西歸　是色是空兩棺南下……六一二
第五十二回　秋心院遺跡話故人　花月痕戲場醒幻夢……六二三

第一回　蚍蜉撼樹學究高談　花月留痕稗官獻技

情之所鍾，端❶在我輩。君臣、父子、兄弟、夫婦，朋友，性也，情字不足以盡之。然自古忠孝節義，有漠然寡情之人乎？自習俗澆薄❷，用情不能專一，君臣、父子、兄弟、夫婦、朋友之間，且相率而為偽，何況其他。乾坤清氣間留一二情種，上既不能策名❸於朝，下又不獲食力於家，徒抱一往情深之致，奔走天涯。所聞之事皆非其心所願聞，而又不能不聞；所見之人皆非其心所願見，而又不能不見，惡乎用其情？

請問看官：渠❹是情種，砉然❺墜地時便帶有此一點情根，如今要向何處發洩呢？吟風嘯月，好景難常，玩水遊山，勞人易倦。萬不得已而寄其情於名花，萬不得已而寄其情於時鳥。窗明几淨，得

❶ 端：真；確實。

❷ 澆薄：指民俗風氣浮薄、淡漠。

❸ 策名：古時指入仕為官，將自己姓名書寫於冊簿之上，明確對朝廷或長官的隸屬關係。此指入仕並獻身於朝廷。

❹ 渠：他。

❺ 砉然：象聲詞，形容破裂聲、開啟聲，此處形容嬰兒落生的聲音。砉，音ㄏㄨㄚ。

一適情之物而情注之，酒闌燈灺❻，見一多情之人而情更注之。

這段話從那裏說起？因為敝鄉有一學究先生，姓虞，號耕心，聽小子這般說，便怫然❼道：「人生有情，當用於正，陶靖節〈閑情〉一賦❽，尚貽物議❾；若舞衫歌扇，轉瞬皆非，紅粉青樓，當場即幻，還講什麼情呢？我們原不必做理學，但生今之世，做今之人，讀書是為著科名，謀生是為著妻子。你看那一班潦倒名士，有些子聰明，偏做出怪怪奇奇的事，動人耳根，又做出落落拓拓❿的樣，搭他架子。更有那放蕩不羈，傲睨一切，偏低首下心，作兒女子態，留戀勾欄⓫中人。你想，他們有幾個梁夫人能識蘄王⓬？有幾個關盼盼能殉尚書⓭？大約此等行樂去處，只好逢場作戲，如浮雲在空，

---

❻ 酒闌燈灺：酒闌，酒盡。燈灺，燈燭熄滅。灺，音ㄒㄧㄝˋ。

❼ 怫然：憤怒的樣子。

❽ 陶靖節句：東晉詩人陶淵明，世號靖節先生。〈閑情〉，即〈閑情賦〉，以防閑私情的方式抒寫了對理想女郎大膽、熱烈的愛情表白和相思惆悵。

❾ 貽物議：遺留著人們的議論。指昭明太子蕭統〈陶淵明集序〉批評陶淵明：「白璧微瑕，惟在〈閑情〉一賦。」

❿ 落落拓拓：形容放浪無所拘束。

⓫ 勾欄：宋元時代稱戲曲或雜技演出的場所為「勾欄」。

⓬ 梁夫人句：梁夫人，南宋名將韓世忠之妻梁紅玉，世稱「梁夫人」。蘄王，韓世忠逝世後，宋孝宗追封其為「蘄王」。蘄，音ㄑㄧˊ。

⓭ 關盼盼句：關盼盼，唐代名妓，徐州人，善歌舞，為張愔所納。尚書，指張尚書，名愔。張尚書死後，關盼盼獨居徐州燕子樓，歷十五年不嫁，後絕食而殉死。

今日到這裏，明日到那裏，說說笑笑，都無妨礙，只不要拖泥帶水，糾纏不清纔好呢。你說什麼情種，又是什麼情根，我便情田也要踏破，何從留點根、留點種呢？」小子笑道：「先生自知甚明，教人也還踏實，只是將情字徑行抹煞。試想枯木逢春，萌芽便發，生公說法，頑石點頭⑭。無論是何等樣人，比木石自然不同，如何把人當個登場傀儡？古人力辨情、淫二字，如涇渭分明，先生將情田踏破，情種情根一齊除個乾淨，先生要行什麼樂呢？小子不敢說，求先生指教罷！」學究勃然怒道：「你講什麼話！先王人情以為田，這情字你竟認作男女私情看麼？」小子嗤的一笑道：「先生你怎的不記得上文有『飲食男女⑮人之大欲存焉』一句呢？大抵人之良心，其發見最真者莫如男女分上。故《大學》⑯言誠意，必例之於『好好色』⑰，《孟子》言舜之孝，必驗之於『慕少艾⑱』。小子南邊人，南邊有個樂部⑲，生用真男，旦用真女，燃椽燭⑳，鋪紅氍毹㉑，演唱〈醒妓〉、〈偷詩〉等劇，神情意態，比

---

⑭ 生公二句：南朝梁高僧生公，曾於蘇州虎丘寺講經，聚石為徒。傳說生公說法，令頑石皆點頭。

⑮ 飲食男女：指人對飲食和男女性慾的需要是人的最大欲望。《禮記．禮運》：「飲食男女，人之大欲存焉。」

⑯ 大學：儒家經典《禮記》中的一章。宋代理學家朱熹將《大學》單獨摘出，成為《四書》之一。

⑰ 好好色：愛好美色，比喻愛行善事。《大學》：「所謂誠其意者，毋自欺也，如惡惡臭，如好好色，此之謂自謙。」

⑱ 少艾：指年輕美麗的女子。《孟子．萬章》：「人少，則慕父母；知好色，則慕少艾。……大孝終身慕父母。」

⑲ 樂部：古代歌舞戲曲演出的團體。

⑳ 椽燭：像椽木一樣的巨燭。椽，椽子，放在房屋檁條上的條木。

尋常空中摹擬強有十倍。今人一生將真面目藏過，拿一付面具套上，外則當場酬酢，內則爾室㉒周旋，即使分若君臣，恩若父子，親若兄弟，愛若夫婦，誼若朋友，亦只是此一付面具，再無第二付更換。人心如此，世道如此，可懼可憂。讀書人做秀才時，三分中卻有一分真面目。自登甲科㉓，入仕版㉔，蛇神牛鬼，麕至沓來㉕。」

看官聽著：小子說過今人只是一付面具，如何又說出許多面目來？須知喜怒威福，十萬付面具只是一付銅面具也。然則生今之世，做今之人，真面目如何行得去呢？你看真面目者，其身歷坎坷，不一而足。即如先生所說那一班放蕩不羈之士，渠起先何曾不自檢束，讀書想為傳人，做官想為名宦？奈心方不圓，腸直不曲，眼高不低，坐此文章不中有司繩尺㉖，言語直觸當事逆鱗㉗，又耕無百畝之田，隱無一椽之宅，俯仰求人，浮沉終老，橫遭白眼，坐困青氈㉘。不想尋常歌伎中，轉有窺其風格

㉑ 紅氍毹：舊時演戲時鋪地的紅色毛毯，後用作舞場、戲臺的代稱。氍毹，音ㄑㄩˊ ㄩˊ。

㉒ 爾室：內室。爾，猶「邇」，近。

㉓ 甲科：古代科舉取士分甲乙丙等科，故稱科舉為「科甲」。

㉔ 仕版：入仕為官者，其名籍載錄於簿冊，借指仕途。版，名冊。

㉕ 麕至沓來：形容事物群集紛來。麕，音ㄑㄩㄣˊ，成群。

㉖ 有司繩尺：負責官吏辦事的規矩、章程。

㉗ 當事逆鱗：當權者的權威。逆鱗，倒生的鱗片，比喻君主或當權不可觸犯的權威或禁忌。

㉘ 青氈：青色毛氈，比喻清寒、貧困。

傾慕之者，憐其淪落繫戀之者，一夕之盟，終身不改。幸而為比翼之鶼㉙，詔於朝，榮於室，盤根錯節，膾炙人口；不幸而為分飛之燕，受讒謗，遭挫折，生離死別，咫尺天涯㉚，齎恨㉛千秋，黃泉相見。三生冤債，雖授首於藁街㉜，一段癡情，早銷魂於蓬顆㉝。金焦山㉞下，空傳瘞鶴之銘㉟，鸚鵡洲㊱邊，誰訪玉簫之墓㊲？見者酸鼻，聞者拊心，愚俗無知，轉成笑柄。先生你道小子此一派鬼話，是憑空杜撰的麼？

㉙ 比翼之鶼：即鶼鶼，比翼鳥，比喻恩愛夫妻。鶼，音ㄐㄧㄢ。

㉚ 咫尺天涯：形容近在咫尺，卻感覺如遠隔天涯。

㉛ 齎恨：抱恨；懷恨。齎，音ㄐㄧ，抱。

㉜ 授首於藁街：即斬首於藁街。藁街，漢代長安城南門內街名。當時將被俘虜的敵人就在藁街斬首。

㉝ 蓬顆：蓬草叢生的土塊。此指長滿蓬草的墳頭。

㉞ 金焦山：在江蘇鎮江東北側，焦山孤聳於長江中；與金山對峙，故稱「金焦山」。焦山因東漢處士隱居於此而得名。懸崖峭壁，碧樹蔥蘢，風景絕佳。

㉟ 瘞鶴之銘：書刻於焦山崖石的著名摩崖銘文。題「華陽真逸撰，上皇山樵書」，但撰者、書者與時代均無確證。瘞，音ㄧˋ，埋葬。

㊱ 鸚鵡洲：在湖北漢陽縣西南長江中，芳草萋萋，風景優美。

㊲ 玉簫之墓：玉簫，唐代侍婢名。唐范攄《雲溪友議》卷三載，唐代文士韋皋寓居江夏（今湖北武昌）姜使君門館，與侍婢玉簫相愛，私定終身。後韋皋歸家省親，逾約期未返，玉簫絕食而亡。後玉簫轉世，與韋皋終成眷侶。

小子尋親不遇，流落臨汾縣姑射山㊳中，以樵蘇㊴種菜為業。五年前，春凍初融，小子鋤地，忽地陷一穴，穴中有一鐵匣，內藏書數本，其書名《花月痕》，不著作者姓氏，亦不詳年代。小子披覽一過，將俟此中人傳之。其年夏五，旱魃㊵為虐，赤地千里，小子奉母避災太原，苦無生計。忽悟天授此書接濟小子衣食，因手抄一遍，日攜往茶坊，敲起鼓板㊶，賺錢百文，負米以歸，供老母一飽。書中之是非真假，小子亦不知道。但每日間聽小子說書的人，也有笑的，也有哭的，也有嘆息的，都說道：書中韋癡珠、劉秋痕，有真性情，韓荷生、杜采秋、李謖如、李夫人，有真意氣。即劣如禿僮，傻如跛婢，戇如屠戶，懶如酒徒，淫如碧桃，狠如肇受，亦各有真面目，躍躍紙上。可見人心不死，臧獲㊷亦剝果之可珍，直道在民，屠酤㊸本英雄之小隱㊹。至如老魅㊺焚身，雞棲同爐，么魔㊻蕩影，

㊳ 姑射山：又名石孔山，在今山西臨汾縣西。《莊子・逍遙遊》：「藐姑射之山，汾水之陽。」

㊴ 樵蘇：砍柴割草。《漢書音義》：「樵，取薪也。蘇，取草也。」

㊵ 旱魃：神話傳說中的旱神。魃，音ㄅㄚˊ，通作「妭」。《山海經・大荒北經》稱，黃帝之女名，因戰蚩尤止雨，不得返回天界，所居處則大旱不雨。

㊶ 鼓板：擊鼓時用以敲打節拍的拍板。

㊷ 臧獲：古代對奴婢的賤稱。揚雄《方言》第三：「荊、淮、海岱、雜齊之間罵奴曰『臧』，罵婢曰『獲』」。

㊸ 屠酤：宰牲、賣酒，指從事賤業之人。

㊹ 小隱：指隱居山林郊野。

㊺ 老魅：古人迷信物老則變為鬼怪。

㊻ 么魔：指卑微渺小之人。

兔脫遭擒，鼯鼠㊼善緣，終有技窮之日，猢猻作劇，徒增形穢之羞。又可見天道循環，無往不復。冤有頭，債有主，願大眾莫結惡緣，生之日，死之年，即顧影亦慚清夜。小子嘗題其卷首云：

有是必有非，是真還是假。
誰知一片心，質之開卷者。

今日天氣晴明，諸君閒暇無事，何不往柳巷口一味涼茶肆，聽小子講《花月痕》去也。其緣起如何，且聽下回分解。

總評：此回為全書總序，煌煌大文，發聾振聵。登泰山觀日，其初固未嘗有日也，海波蒼莽，萬星倒影，天色空碧，一望無際，此亦極天下之奇觀也。而觀日之人，若未嘗見焉者，夫亦曰彼固日尚未出耳。倏而海水蒸紅，天光凝赤，一輪朝曦，騰躍而起，心搖目駭，嘆曰：妙哉日乎！觀止矣！登黃山之觀雲也，亦然。山氣未合，峰巒百變，觀雲之人，亦若未嘗見焉者。夫亦曰此固非雲也，迨氤氳靉靆，俯仰幻化，始瞿然嘆曰：妙哉雲乎！觀止矣！夫奇觀而至於海，而至於黃山，其人皆若未嘗見焉者，此其眼界之謬，胸次之俗，豈復可以言觀日與雲哉？而究不能謂之謬與俗者，何也？迫於所未見，故不覺忽於所已見也。

㊼ 鼯鼠：又名飛生鼠，前後肢間有寬而薄的肉膜，長尾，狀如小狐，似蝙蝠能飛。

非然者，舉首而見者，豈非日與雲耶？所謂妙者，果何在耶？造物者之示人以巧也。非海無以觀日出之奇也，非山無以見雲之奇也。如此篇，即海之於日，山之於雲也。吾願讀此書者，幸勿若觀日觀雲者之若未嘗見焉者也。

第二回　花神廟孤墳同灑淚　蘆溝橋分道各揚鑣

京師❶繁華靡麗，甲於天下，獨城之東南有一錦秋墩❷，上有亭名陶然亭❸。百年前水部郎江藻所建。四圍遠眺，數十里城池村落盡在目前，別有瀟灑出塵之致。亭左近花神廟，編竹為牆，亦有小亭，亭外孤墳三尺，春時葬花於此，或傳某校書埋玉❹之所。那年春闈❺榜後，朝議舉行鴻詞科❻，

❶京師：指北京。

❷錦秋墩：在北京城南下窪，今右安門內東北，遼金時所建慈悲院處，陶然亭即建於其上。

❸陶然亭：清康熙三十四年（西元一六九五年）工部郎中江藻在慈悲院舊基上重建，取唐白居易〈與夢得沽酒閑飲且約後期〉詩句「更待菊黃佳釀熟，共君一醉一陶然」之意，名陶然亭，為當時風景遊宴勝地。《順天府志》稱：「（陶然）亭坐對西山，蓮花亭亭，陰晴萬態。亭之下菰蒲十頃，新水淺綠，涼風拂之，坐臥皆爽，軟紅塵中清涼世界也。」

❹校書埋玉：校書，即校書郎，職官名。東漢、後魏、唐皆置校書郎，明清不置。此沿用舊稱。埋玉，指埋葬女子。據陳宗蕃《燕都叢考》，陶然亭後有香冢，相傳為埋葬豔妓倩雲處，或曰為窈娘墓，傳說不一。

❺春闈：即春試，指明清時代的春季京城科舉會試。

❻朝議句：朝議，朝廷決議。鴻詞科，「博學鴻詞科」的簡稱，為科舉名目之一。始於唐開元中，止於宋末。清康熙、乾隆年間重設。

因此各道公車❼，遲留觀望，不盡出都。

此書上回所表韋癡珠，係東越❽人。自十九歲領鄉薦❾後，遊歷大江南北，西登太華❿，東上泰山⓫，祖士雅⓬氣概激昂，桓子野⓭性情悽惻，癡珠兼而有之。文章憎命⓮，對策既擯於主司⓯，上書復傷乎執政。此番召試詞科⓰，因借窗友萬庶常同寓圓通觀中，託詞病暑，禮俗士概屏⓱不見。左

---

❼ 公車：漢代以公家車馬轉送應徵之人，此指應試的舉子。

❽ 東越：泛指今浙江省。浙江省位於東海之濱，春秋時屬越國地。故稱「東越」。

❾ 領鄉薦：古代科舉應試，由州縣薦舉，稱「鄉薦」。鄉試合格者為舉人，稱「領鄉薦」。

❿ 太華：太華山，即西岳華山。在陝西省華陰縣南十里。

⓫ 泰山：東岳泰山，在山東省泰安縣北五里。

⓬ 祖士雅：晉豫州刺史祖逖，字士雅，為人慷慨有志節。為恢復中原，渡江擊楫，誓曰：「不清中原而復濟者，有如大江。」

⓭ 桓子野：不詳。

⓮ 文章憎命：唐杜甫〈天末懷李白〉有「文章憎命達」之句，指以文章聞名於世者命運多困窮，彷彿文章厭憎命運通達。文章，即文學。

⓯ 對策句：對策，漢代以來取士考試的一種方式。古代考試時，由皇帝或朝廷考官就政事經義提出設問，應試者撰文對答。擯，棄絕。主司，主事者，指主管某一部門或職權的執政長官。

⓰ 詞科：即「博學鴻詞科」。

⓱ 禮俗士概屏：一律摒絕拘守禮法或習俗的文士。禮俗士，指拘守禮法或習俗的文士。屏，摒絕。

圖右史⑱，朝夕自娛。光陰易度，忽忽秋深，鄉思羈愁，百無聊賴。忽想起陶然亭地高境曠，可以排拓胸襟，也不招庶常⑲同往，只帶隨身小童名喚禿頭，僱車出城，一徑往錦秋墩來。遙望殘柳垂絲，寒蘆飄絮，一路倒也爽然。

不一會到了墩前，見有五六輛高鞍車歇在廟門左右。禿頭已經下車，取過腳踏，癡珠便慢慢下車來，步行上墩。剛到花神廟門口，迎面走出一群人，當頭一個美少年，服飾甚都⑳，面若冠玉，唇若塗硃，目光眉彩，奕奕㉑動人。看他年紀，不過二十餘歲，隨後兩人，都有三十許，也自舉止嫻雅。前後四個相公㉒跟著，說說笑笑，又有一個小僮捧著拜匣㉓。癡珠借禿頭閃過一邊，舉目瞧那少年。那位少年也將癡珠望了一望，向前去了。癡珠直等那一群人都出了門，然後緩步進得門來，白雲鎖徑，黃葉堆階，便由曲欄走上，見殿壁左廂墨瀋㉔淋漓，一筆蘇字草書寫了一首七律。便念道：

雲陰瑟瑟傍高城，閑叩禪扉㉕信步行。水近萬蘆吹絮亂，天空一雁比人輕。

---

⑱ 左圖右史：身邊左右都是圖書。史，史書。此指嗜好閱讀圖書。

⑲ 庶常：即「庶吉士」的代稱，為明清時官名。

⑳ 都：美好。

㉑ 奕奕：光彩美盛的樣子。

㉒ 相公：指京津一帶扮演小旦的男性戲曲演員。

㉓ 拜匣：即「拜帖匣」，古代拜客、送禮時放置柬帖、禮封的木匣。

㉔ 墨瀋：猶墨跡。

疏鐘響似驚霜早，晚市塵多匝地㉖生。寂寞獨憐荒塚在，埋香埋玉總多情。

癡珠看了一遍訝道：「這首詩高華清爽，必是起先出門那位少年題的。」再看落款，是「富川㉗荷生」，也不知其姓名。正自呆想，只見一個沙彌㉘從殿後走出來，癡珠因向前相見，隨問他可認得題詩這人。沙彌道：「這位老爺姓韓，時常來俗們這裏逛。陶然亭上也有他題的詩，卻不知道官名住宅。」癡珠道：「這首詩好得很，是個才子之筆。你對汝師父講，千萬護惜著，別塗抹了。」沙彌答應了，便隨癡珠逦迤㉙上陶然亭來，滿壁琳瑯。癡珠因欲讀荷生的詩，且先看款。忽見左壁七律一首，款書「春日招芝香、綺雲、竹仙、稚霞諸郎修禊於此」。後面書「荷生醉筆」四字，不禁大笑，便朗吟道：

舊時煙草舊時樓，又向江亭快禊遊㉚。塵海琴樽銷塊壘㉛，春城鶯燕許勾留㉜。

㉕ 禪扉：佛寺之門，亦指禪房。
㉖ 匝地：遍地。
㉗ 富川：今廣西省鍾山縣境。
㉘ 沙彌：剛出家的男性僧侶。
㉙ 逦迤：蜿蜒行進的樣子。逦，猶「邐」。
㉚ 禊遊：古代農曆三月初三的禊祭之遊。禊祭，指在三月三日上巳節臨水洗濯，祓除不祥的祭祀活動。禊，音ㄒㄧˋ。

桃花如雪牽歸馬，湘水連天泛白鷗。獨上錦秋墩上望，蕭蕭暮雨不勝愁！

癡珠想道：「此人清狂拔俗，瀟灑不羈，亦可概見。惜相逢不相識，負此一段文字緣㉝了。」沉吟良久，向沙彌要了筆硯，填〈臺城路〉詞一闋㉞云：

蕭蕭落葉西風起，幾片斷雲殘柳。草沒橫塘，苔封古剎㉟，纔記舊遊攜手。不堪回首。想倚馬催詩，聽鶯載酒。轉眼悽涼，虛堂獨步遲徊久。 何人高吟祠畔，弔新碑如玉，孤墳如斗，三尺桐棺，一杯麥飯，料得芳心不朽。離懷各有。儘淚墮春前，魂銷秋後。感慨悲歌，問花神知否？

自吟一遍，復書款云：「東越癡珠，秋日遊錦秋墩，讀富川荷生陶然亭花神廟詩，棖觸閑情，倚聲和之。」寫完便擲筆，笑向沙彌道：「韓老爺再來，汝當以我此詞質之，休要忘了。」沙彌亦含笑答應，遞上茶來。癡珠兀自蹀來蹀去，瞧東瞧西。禿頭道：「老爺，你看天要下雨，我們回去，路遠

㉛ 塊壘：指鬱滯胸中的憤懣。

㉜ 勾留：逗留；留連。

㉝ 文字緣：以文章交往結成的緣分。

㉞ 一闋：猶「一曲」。填詞皆依一定曲牌詞調填寫，故稱一首詞為「一闋」。

㉟ 古剎：古寺。剎，佛寺。

著哩！」癡珠仰首一看，東北上黑雲布滿，遂無心久留，急忙下墩，上車而去。這且按下。

卻說荷生這日自錦秋墩進城，已有三下多鐘㊱，一路蕭蕭疏疏落起細雨來。同行一為謝小林侍御㊲，一為鄭仲池太史㊳，侍御因招荷生攜四旦㊴小飲顧曲山房。正上燈㊵賭酒，只見青萍回道：「老蒼頭㊶來接老爺回去，說明經略軍營摺弁㊷，送來經略書信並聘金三百兩，現在寓處，候老爺呈繳，且有話面回。」荷生遲疑道：「明節相去歲掛印時，原欲邀我入幕。我彼時因春闈在邇㊸，婉辭謝去。今有書來，想必還為這事，但教我怎樣處呢？」侍御道：「現在詞科既阻於時艱，歸路又梗於烽火，何不乘此機會出都，未為不可。」一面催跟班上菜。荷生立起身道：「菜已有了，二君偕諸郎多飲數杯，小弟且告辭回去一看。」侍御也不強留，吩附提燈送出大門，看過上車，方纔進去。

㊱ 三下多鐘：指古代報時的鐘聲打過三下以後。此指下午三點鐘過後。

㊲ 侍御：侍御史，職官名稱，明清時負責監察職務。

㊳ 太史：明清時翰林院負責修史事務的翰林。

㊴ 四旦：即前面提到的「四個相公」。

㊵ 上燈：掌燈；點燈。

㊶ 蒼頭：指奴僕。

㊷ 明經略句：明經略，指後面所講的「明節相」、「明祿」。經略，即「經略使」，職官名稱，明清時負責重要軍事職務。摺弁，清代指傳送書信的低級武官。摺，摺子，指書信之類。弁，武官。

㊸ 在邇：臨近。邇，近。

看官聽著：這明經略名祿，本是國家勳戚㊹，累世簪纓㊺，年方四十五歲，弓馬嫻熟，韜略㊻精通，而且下士禮賢，毫無驕奢氣習。五年前與韓荷生的老師三邊總制㊼汪鴻猷先生，一同出使西域㊽。汪總制屢屢言及生平得意門生，惟有荷生一人，文章詞賦，雖不過人，而氣宇宏深，才識高遠，曾在秦王幕府佐治軍書，意欲招之幕中，又恐其不受羈束。彼時明經略已存在心中。後來倭寇勾結西域回民作亂㊾，四方刀兵蠢動，民不聊生。汪公奉命防海，明公奉命經略西陲㊿，臨別時，經略向汪公求薦人才，汪公又把荷生說起。經略立時欲聘同行，荷生因要應鴻詞科，不肯同往，經略心頗悵悵。不料回匪日更猖獗，經略駐兵太原，一面防邊，一面調度河南軍務，接濟兩湖、兩江、兩廣(51)各道糧餉，

㊹ 勳戚：建立功動的皇親國戚。

㊺ 累世簪纓：歷代顯貴。簪纓，古代官吏簪插的冠飾。借指仕宦顯貴。

㊻ 韜略：猶「謀略」。

㊼ 三邊總制：即三邊總督。三邊，明代指延綏、甘肅、寧夏三個地區。總制，清代地方最高長官總督，兼領兵部尚書等職銜。

㊽ 西域：指玉門關（今甘肅敦煌西北）以西的甘肅、青海、新疆廣大地域。

㊾ 倭寇句：倭寇，明永樂年間至清康熙年間，劫掠中國沿海一帶的日本海盜集團。西域回民，指以噶爾丹為首領的準噶爾部，以今新疆伊犁為中心兼併衛拉特等三部，勢力擴展到天山南路，企圖分裂中國。從康熙至乾隆多次用兵，將其平定。

㊿ 經略西陲：經營管理西部邊疆的軍事防務。陲，邊疆。

(51) 兩湖兩江兩廣：指湖南湖北、江南（江蘇、安徽）江西、廣東廣西。

控制西南，出入錢穀[52]日以億萬計。羽書旁午[53]，所有隨帶文武及留營差使各官，雖各有所長，卻無主持全局器量，因想起荷生是汪公賞鑒的，必定不差。近知詞科停止，因致書勸駕。荷生自舊臘[54]入都，迄今已九閱月，潤筆[55]之絹，諛墓[56]之金，到手隨盡，正苦囊空，得此機緣，亦自願意，遂定於九月十二日出都。

荷生此行是明經略敦請去的，自然有許多大老官及同年故舊送贐敬[57]，張祖席，自彰義門[58]至蘆溝橋[59]，車馬絡繹。那荷生仍是疏疏落落的，帶了老蒼頭賈忠，小童薛青萍，並新收長隨[60]索安、翁慎，一路酬應，到得蘆溝橋，已是未末申初[61]時候。剛至旅店，適值門口擁擠不開，將車停住。只見

---

[52] 出入錢穀：往來運輸錢糧。出入，往來。

[53] 羽書旁午：羽書，猶「羽檄」，古代插有鳥羽以示緊急的軍事文書。旁午，縱橫交錯，形容紛繁的樣子。

[54] 舊臘：指去年臘月。臘，農曆十二月。

[55] 潤筆：指為人作詩文書畫所獲得的報酬。

[56] 諛墓：指為亡者作墓誌而多有溢美不實之詞，被稱為「諛墓」。諛，阿諛吹捧。此處謙稱為人做墓誌。

[57] 同年句：同年，明清科舉考試在鄉試、會試同榜登科者，皆互稱「同年」。贐敬，古代送別時表示敬意而贈送的禮物。贐，送行時所贈的禮物。

[58] 彰義門：北京城西南門，今名廣安門。

[59] 蘆溝橋：在今北京市西南豐臺區永定河上，金明昌三年（西元一一九二年）建成，清晨波光曉月，風景絕佳，譽為「蘆溝曉月」，為燕京八景之一。

[60] 長隨：官府僱佣的僕役。

對面店中一小僮，伏侍一人上車，衣服雖不十分華美，而英爽之氣見於眉宇，且面熟得很，一時卻想不起那裏見過。正在凝思，謝侍御及一班同鄉京官，還有春慶部、聯喜部(62)相公們，一齊迎出，便急忙跳下車來。是晚即在行館(63)暢飲通宵，次日起身，午後長新店打尖(64)，到得房中，見新塗粉壁上有詩一首，款書「九月十二日，韋癡珠出都。計自丙申(65)宿此十度矣！感懷得句，不計工拙也。」想道：「這韋癡珠不就是十年前上那〈平倭十策〉這人麼？」因朗誦道：

殘秋倏欲盡，客子苦行役。行行豈得已，萬感在心曲。浮雲終日閑，倦鳥不得宿。
薊門(66)煙樹多，蘆溝水流濁。回首望西山(67)，蒼蒼耐寒綠。

看畢，嘆一口氣，想道：「此詩飄飄欲仙，然抑鬱之意見於言表，才人不遇，千古如斯！」因觸

---

(61) 未末申初：相當於現在的下午五點多鐘。
(62) 春慶部聯喜部：皆戲班名稱。
(63) 行館：即旅館。
(64) 長新店打尖：長新店，即長辛店，在蘆溝橋以南。打尖，指旅途中投店休息吃飯。
(65) 丙申：清道光十六年丙申（西元一八三六年）。
(66) 薊門：薊縣城門。薊縣在北京城西南。
(67) 西山：在北京城西郊，又叫小清涼山，群山連綿，著名者有潭柘山、翠微山、香山、玉泉山等，為太行山之支脈。

起昨日所見的人，不知是否此君？看他意緒雖甚無聊，氣概卻還奡兀[68]。我這回出都，好像比他強多，其實淪落天涯，依人作計，正復同病相憐也。兀坐[69]半晌，只見索安回道：「護送營弁[70]請老爺今日尖後[71]換轎。」荷生想了一回，說道：「坐轎甚好，昨天誤了半站，今日著他們多備兩班夫，趕上正站，汝們遲到都不妨呢。」

看官，你道荷生要趕正站，是何意思？他記起蘆溝橋上車那人，是在花神廟門口注意瞧他的，此刻因人想詩，因詩想人，恨不一下問明。豈知癡珠在都日久，資斧告罄[72]，生平又介介不肯丐人；此番出都，因陝西是舊遊之地，且與兩川[73]田節度公子有同遊草堂[74]之約，決計由晉入秦[75]，由秦入蜀。把箱籠書籍，概託萬庶常收管，自與禿頭帶一付鋪蓋，一領皮袍，自京到陝二十六站，與車夫約定兼程前進。你道荷生大隊人馬，那裏趕得上他？正是：

---

[68] 奡兀：音ㄠˋ ㄨˋ，孤傲不羈。
[69] 兀坐：獨坐。
[70] 營弁：軍營中的武官。
[71] 尖後：打尖以後，即在旅店中休息吃飯以後。
[72] 資斧告罄：旅費花盡。資斧，財貨器用，此處指旅費。罄，盡。
[73] 兩川：劍南東川西川的合稱，治所在益州（今四川省成都市）。此處代指四川省。
[74] 草堂：指成都杜甫草堂。
[75] 由晉入秦：由山西省入陝西省。

大海飄萍，離合無定。

萬里比鄰，兩心相印。

到底荷生、癡珠蹤跡若何，且聽下回分解。

總評：此回為全書緣起，明經略、荷生、癡珠均於漠不相關中，敘出相關來，又絕無牽強痕跡，龍門合傳法也。

第三回　憶舊人倦訪長安花　開餞筵招遊荔香院

話說癡珠單車趲行，不日已抵潼關❶。習鑿齒再到襄陽❷，薊子訓重來灞水❸，一路流連風景，追溯年華，忽然而喜，忽然而悲。雖終日兀坐車中，不發一語，其實連編累牘也寫不了他胸中情緒，便口占一絕道：

蒼茫仙掌❹秋，搖落灞橋❺柳。錦瑟惜華年❻，欲語碑❼在口。

---

❶ 潼關：陝西省潼關，為陝西、山西、河南三省要塞。

❷ 習鑿齒句：習鑿齒，晉代史學家，著《晉漢春秋》。湖北襄陽人。襄陽，今湖北省襄陽市。

❸ 薊子訓句：薊子訓，東漢神異之士，聞名於京師長安（今陝西省西安市）。傳說薊子訓五百餘歲時曾出現於長安東霸城。此處作者以習鑿齒、薊子訓借喻本書之韋癡珠。

❹ 仙掌：指漢武帝所造金銅仙人捧承露銅盤的雙掌。以盤承露，和玉屑服之，延年益壽。

❺ 灞橋：在陝西省西安市東灞水上，古代為行人送別之地。李白〈憶秦娥〉：「秦樓月，年年柳色，灞陵傷別。」

❻ 錦瑟惜華年：李商隱〈錦瑟〉：「錦瑟無端五十絃，一絃一柱思華年。」錦瑟，繪紋如錦的寶瑟。華年，盛年美好的時光。此處韋癡珠以錦瑟自喻，流露出留戀往時美好年華的情緒。

❼ 碑：「悲」的諧音雙關字。

吟畢，喟然長嘆。禿頭正在車頭打盹，忽然回頭道：「此去長安，只有十里多路，老爺進城，何處卸車呢？」癡珠想道：「西安儘有故舊，但無故擾人，又何苦呢？」便說道：「偺們進城找店罷。」轉瞬車到東門，剛進甕城❽，忽見從城內來了一車，車內坐著一人，定睛一看，原來是一故人，姓王字漱玉，係長安王太傅❾長孫，與癡珠同年。這日要往城外探親，適與癡珠相值。兩邊急忙跳下車來，驩然道故。漱玉因問道：「前月接萬世兄信，知吾兄有蜀道之遊，不想今日便到，如何走得這般快？但如今那裏卸車呢？」癡珠未答，禿頭在傍道：「老爺要找店哩！」漱玉道：「豈有此理！難道西安許多相好，都不足邀吾兄下榻麼？」癡珠笑道：「不是這般說，小弟急欲入川，擬於此時竟不奉訪❿，俟回陝時再與故人作十日之歡。」漱玉笑著吩附跟人道：「你們趕緊飛馬回家伺候。」一面說，一面攜著癡珠的手道：「我們同坐一車，好說話些。你的車叫管家坐著，慢慢的跟來罷。」

原來漱玉家中有一座園亭，是太傅予告⓫後頤養之地，極其曲折，名曰邃園。太傅開府南邊時，癡珠尚幼，最為太傅所器重。後來與漱玉作了同年，值逆倭⓬發難，因上書言事，觸犯忌諱，禍幾不

---

❽ 甕城：城門外所築的半圓形的小月城，掩護、防禦城門之用。
❾ 太傅：輔導太子的職官。
❿ 奉訪：即拜訪。
⓫ 予告：古代稱皇帝准予大臣因病老休假或退休為「予告」。告，休假告歸。
⓬ 逆倭：指日本倭寇。逆，作亂。

測，賴太傅力為維持，得以無罪。未幾太傅予告，擕入關中，所以園中文酒之會，癡珠無不在座；所有聯額題詠⓭，癡珠手筆極多。因此一家內外男女，無一人不認得癡珠。先是家丁回家，說：「韋老爺來了。」這漱玉太太便分派婢僕，將邃園中碧梧山房七手八腳鋪設起來。

是夜兩人相敘契闊⓮，對飲談心，傷風澤之寖微⓯，痛劫灰⓰之難問。癡珠忽慘然吟道：「人生有通塞⓱，公等繫安危，我近來絕口不談時事矣。」停了一會，漱玉因問癡珠道：「你記得七年前進京，娟娘送偺們到灞橋行館麼？那一夜你兩人依依情緒，至今如在目前。你的詩是七絕兩首。」便吟道：

「灞陵⓲驛畔客停車，惜別人來徐月華。濁酒且謀今夕醉，明朝門外即天涯。

玳梁⓳指日誓雙棲，此去營巢且覓泥。絮絮幾多心上語，一聲無賴汝南雞⓴。

⓭ 聯額題詠：指對聯、匾額、題詞、詠詩。

⓮ 契闊：久別思念。

⓯ 風澤寖微：指君王恩德逐漸衰微。風澤，德澤；恩德。

⓰ 劫灰：劫火餘灰，佛家語，後指戰亂毀壞後的殘跡。

⓱ 通塞：指仕途的通達、困窮。

⓲ 灞陵：漢文帝陵墓，在陝西省西安市東。

⓳ 玳梁：玳瑁梁，指彩繪的畫梁。唐沈佺期〈古意〉：「盧家少婦鬱金香，海燕雙棲玳瑁梁。」

⓴ 無賴汝南雞：南朝陳徐陵〈烏棲曲〉：「惟憎無賴汝南雞，天河未落猶爭啼。」無賴，無聊，多事而招人討

是不是呢？」癡珠道：「你好記性。這兩首詩，我竟一字都忘了。」漱玉道：「自然忘了。」癡珠慘然高吟道：「十年一覺揚州夢，贏得青樓薄倖名。」㉑便問漱玉道：「你如今可知娟娘是何情狀呢？」漱玉道：「我前年見過一面，纔曉得他嬤死了。以後聞人說，他哭母致疾，閉門謝客。近來我不大出門，便兩年多沒見人題起他蹤跡。如今長安名花㉒多著哩，遲日招一個人領你去逛逛罷。」癡珠道：「我也聽得人說，這幾年，秦王開藩㉓此地，幕中賓客都是些名士，北里㉔風光自然比向時㉕強多了。」二人於是淺斟細酌，塵悰渴滌㉖，燭跋㉗三現尚未散筵。只見小丫鬟擕著明角燈回道：「太太說夜深了，韋老爺初到，車馬勞頓，請老爺少飲，給韋老爺早一點安歇罷。」漱玉笑道：「我倒忘了，只顧與故人暢談。」遂盡一壺而散。晚夕無話。

次日飯後，漱玉果招一個人來，姓蘇字華農，係府學茂才。漱玉自去城外探親。西安本係癡珠舊

厭。汝南雞，古代汝南（今河南上蔡西南）所產之雞，善啼鳴。

㉑ 十年二句：唐杜牧〈遣懷〉中的詩句，本書韋癡珠以杜牧留連揚州青樓自喻。青樓，指妓館。薄倖，薄情。

㉒ 名花：指名妓。

㉓ 開藩：古代諸侯王在封地上開土建國。

㉔ 北里：原指唐長安平康里，因位於城北，故稱「北里」。北里為妓院聚居地，後世遂泛指妓院。

㉕ 向時：往時；過去。

㉖ 塵悰渴滌：塵俗心情全部滌除。悰，心情。渴，猶「竭」字，盡。滌，滌蕩；清除。

㉗ 燭跋：插立蠟燭的底座。此指蠟燭燃盡現出底座。

遊之地，是日同華農走訪各處歌樓舞榭，往往撫今追昔，物是人非，不免悵然而返。第三日，漱玉回家，也跟著同遊。一連數日，總訪不出娟娘信息，癡珠就也懶得走了。彼時便有親故陸續俱來，癡珠也不免出去應酬一番，更把訪娟娘一事擱起。再且癡珠急於入川，只得將此事託漱玉、華農慢慢探問。

一日，三人正在山房小飲，門上送進單帖，係癡珠世兄弟呂龍文專為癡珠餞行，請漱玉、華農作陪，末注一行云：「席設寶髻坊荔香仙院㉘，務望便衣㉙早臨是荷。」癡珠將單遞給華農道：「這荔香院你認得麼，怎的偺們沒有到過？」漱玉笑道：「這地方華農是進不去呢。如今龍文請你，你題上『知』字，我們都陪你走一遭罷。」

閑文休敘。到了那日三下多鐘，龍文親自來邀，恰好華農在座，便四人四輛車向寶髻坊趕來。此時已是十月將終，朔風漸烈。癡珠初進巷口，便遙聞一陣笙歌之聲，又走了半箭多路，到了一家前面，車便站住了。四人一齊下車，只見門前一樹殘柳，跟班先去打門。癡珠細看，兩扇油漆黑溜溜的大門，門上硃紅帖子，是「終南雪霽㉚，渭北春來」八個大字。早有人開了門，在門邊伺候。癡珠四人相讓了一回，跨進來，便是一條磚砌甬道㉛。院中卸著一輛雕輪繡幰㉜的轎車。甬道盡處，便是一個小小

㉘ 寶髻坊句：妓院名稱。

㉙ 便衣：日常的便服，同官服、禮服相對而言。

㉚ 雪霽：雪晴。

㉛ 甬道：庭院中磚石砌成的路。

㉜ 雕輪繡幰：雕繪花紋的車輪，彩繡精美的車帷。繡幰，車上禦塵的帷幔。

的二門。進去，門左右三間廂房，廂房內人已出來，開著穿堂中間碧油屏門㉝。癡珠留心看那屏門上匾額，隸書「荔香仙院」四個大字，門中灑藍草書㉞板聯一對，是：

呼龍耕煙種瑤草，

踏天磨刀割紫雲㉟。

集句。癡珠贊聲：「好！」跨進屏門，便是三面遊廊。中間擺著大理石屏風，面面碧油亞字欄干。地下俱是花磚砌成，鳥籠花架布滿廊廡㊱上下。四人緩步上廳，便有丫鬟掀起大紅夾毡軟簾，早有一股花香撲鼻。方才要坐下，早聞屏後一陣環佩之聲，走出一麗人，髻雲㊲高擁，鬟鳳㊳低垂，嬝嬝婷婷㊴，含笑迎將出來，把眼瞧著癡珠道：「這位想是韋老爺麼？」龍文笑道：「你怎麼認得？」便攙著麗人

㉝ 碧油屏門：青綠色油漆的門。屏門，遮護並間隔內外院的門。

㉞ 灑藍草書：以藍青色的彩墨書寫的草書體字跡。灑，猶灑筆、揮毫，即書寫。藍，天青色。

㉟ 呼龍二句：集唐李賀詩句。「呼龍」句，見〈天上謠〉，講仙人呼喚飛龍耕煙，種植靈芝。「踏天」句，見〈楊生青花紫石硯歌〉，講石工鑿割紫硯石的情景，足踏絕頂鑿石，仰視如踏天割雲。

㊱ 廊廡：正堂周圍帶走廊的房屋。

㊲ 髻雲：形容盤結在頭頂或腦後的髮髻濃黑如雲。

㊳ 鬟鳳：插在髮髻上的鳳釵。鬟，環形髮髻。

㊴ 嬝嬝婷婷：形容女子體態輕盈婀娜。

的手向癡珠道：「此長安花史❹⓿中第一人物，小字紅卿。吾兄細細賞鑒一番，可稱絕豔否？」癡珠深深一揖道：「天仙化人❹❶，我癡珠瞻仰一面，已是三生有幸，『賞鑒』兩字，你可不唐突麼？」紅卿笑道：「韋老爺如此謬賞，令我折受不起。」便讓四人依次而坐。

屋係三間大廳，兩邊俱有套間在內。一會丫鬟捧上茶來，紅卿親手遞送已畢，又坐了片刻，漱玉便向紅卿道：「我輩雖非雅客，竟欲到你小院一坐，不知可否？」紅卿笑道：「豈敢！小室卑陋，恐韋老爺笑話。」說著便往裏請，丫鬟前面領著，轉過屏後，又一小小院落。由東邊一道粉牆進了一個垂花門❹❷，南面牆下有幾十竿修竹，枝葉扶疏，面南便是三間小屋，窗上滿嵌可窗玻璃。進了屋門，只覺暖香拂面，原來三間小屋，將東首一間隔作臥室，外面兩間遍裱著文綾，西南牆上掛著一個橫額，上寫道「玉笑珠香之館」，款書「富川居士」。癡珠細審筆意，極似韓荷生，便向紅卿問道：「這富川居士可是韓荷生麼？」紅卿點頭道：「是。」漱玉道：「紅卿室中，有一字不是荷生寫的麼！」紅卿因問癡珠道：「你在京會過他沒有？」癡珠道：「人是會過，詩也讀過，只是不曾說過話。」紅卿道：「你如今可曉得他的蹤跡麼？」癡珠道：「他很闊，我出京時，聞他為明經略聘往軍營去了。」紅卿、癡珠說話時，漱玉立起身來，步到東屋門邊，掀開房簾，招呼癡珠下炕道：「你看那壁上許多詩箋，不是荷生小楷麼？」癡珠踱入臥室，見茵藉几榻❹❸，亦繁華，亦雅淨，想道：「風塵中人有此韻致，

---

❹⓿ 花史：記載和品評各類花卉的書。花，借喻妓女。此處指品評妓女優劣之書。

❹❶ 天仙化人：天上的仙子，形容美女。化人，仙人。

❹❷ 垂花門：中國傳統住宅的二門。又稱垂花二門，建有頂蓋，頂額雕花彩繪，四角有短柱下垂，故稱「垂花門」。

不減娟娘也。」便從那柳條詩絹上七絕四首瞧起，看到第三首，吟道：

神山一別便迢遙，近隔蓬瀛㊹水一條。雙槳風橫人不渡，玉樓殘夢可憐宵。

便道：「哦！這就是定情詩麼？」再瞧那烏絲冷金箋㊺上〈金縷曲〉一闋云：

轉眼風流歇。乍回頭、銀河迢遞，玉簫嗚咽。畢竟東風無氣力，一任落花飄泊。纔記得相逢時節，霧鬢煙鬟人似玉，步虛聲，喜賦〈瑤臺㊻月〉。誰曾料，輕輕別！旗亭莫唱〈陽關疊〉㊼。最驚心、渭城㊽衰柳，灞橋風雪。翠袖餘香猶似昨，咫尺河山遠隔。恐兩地夢魂難接。自問飄蓬㊾成底事？舊青衫，淚點都成血㊿。無限事，向誰說！

㊸ 茵藉几榻：鋪著褥墊、几桌的床榻。几，小桌。

㊹ 蓬瀛：傳說中的海上仙山蓬萊、瀛洲。

㊺ 烏絲冷金箋：纏著青絲的灑金紙。烏絲，青絲，指漆黑的髮絲。冷金箋，帶有泥金或灑金的箋紙。

㊻ 瑤臺：雕飾華麗的樓臺。

㊼ 旗亭句：旗亭，酒肆，多懸掛酒旗為幌，故稱「旗亭」。〈陽關疊〉，即〈陽關三疊〉，古代送別曲。其詞即王維〈送元二使安西〉：「渭城朝雨浥輕塵，客舍青青柳色新。勸君更進一杯酒，西出陽關無故人。」

㊽ 渭城：秦都咸陽故城（今陝西省咸陽市東北二十里），坐落於渭水北岸而得名。

㊾ 飄蓬：隨風飄轉的斷根蓬草，比喻人的飄泊不定。

㊿ 舊青衫二句：化用唐白居易〈琵琶行〉詩意：「座中泣下誰最多？江州司馬青衫濕。」此處表示對情人的相

漱玉便向癡珠道：「這便是荷生去年留別之作，沉痛至此！」又望著紅卿道：「你們相別，轉眼便是一年，光陰實在飛快。」紅卿一面答應，一面眼圈早已紅了。漱玉便不往下說。癡珠又瞧那泥金集句楹聯云：

秋月春風等閑度，
淡妝濃抹總相宜㊿。

點頭道：「必如紅卿，方不負此等好筆墨。」紅卿即讓四人在房中坐下，道：「你的詩名，早有人向我說過。自古文人相輕，實亦相愛。你這般傾倒荷生，怎的見面不扳談52呢？」癡珠便將花神廟匆匆相遇，及先後題詩一節詳敘出來。紅卿道：「你看過他的詩，你心中自然有了他。他以後讀你的詩，又不知怎樣想你呢。你愛他的詩，他今年都中還有詩寄來贈我，我如今統給你瞧罷。」說畢，便喚丫頭取鑰匙，向枕函53檢出浣花箋54數紙，遞給癡珠。大家都走攏來，癡珠展誦道：

思痛苦。

51 秋月二句：「秋月」句，引自白居易〈琵琶行〉。「淡妝」句，引自宋蘇軾〈飲湖上初晴後雨〉。等閑，隨便。

52 扳談：即攀談、閑談。扳，音ㄆㄢ。

53 枕函：中空而可以藏物的枕頭。

54 浣花箋：又名「薛濤箋」，傳說是唐代薛濤命匠人以浣花溪水所造深紅色箋紙。浣花，浣花溪，一名濯錦江，在四川成都市西郊。

冰綃霧縠五銖輕[55]，記訪雲英到玉京[56]。苔徑曉煙窗外溼，桂堂初月夜來明。
菱花綽約窺新黛[57]，仙果清芬配小名。最是凝眸無限意，似曾相識在前生。
銀壺[58]漏盡不成眠，乍敘歡情已黯然。萍梗生涯悲碧玉[59]，桃花年命寫紅箋。
團香[60]和淚常無語，理鬢薰衣總可憐。莫話飄零搖落恨，故鄉千里皖江[61]邊。

便道：「原來紅卿是安徽人，流轉至此，可憐，可憐！」說畢又往下念道：

「玲瓏寶髻重盤雲[62]，百合衣[63]香隔坐聞。秋剪瞳人波[64]欲活，春添眉嫵月初分。

---

[55] 冰綃句：冰綃霧縠，指像冰一樣潔淨，像霧一樣輕柔的絲紗。綃縠，音ㄒㄧㄠ ㄏㄨˊ，絲織的輕紗。五銖，五銖衣，傳說神仙穿著的輕柔、細薄的衣服。

[56] 雲英到玉京：雲英，神話傳奇中的仙女。唐裴鉶《傳奇・裴航》載，裴航過藍橋驛，娶雲英為妻，夫妻同入玉峰成仙。玉京，天帝所居之仙都。此處以雲英喻指妓女紅卿。

[57] 菱花句：對著菱花鏡窺視美妙的新妝。綽約，美好的樣子。新黛，以黛青描出的新眉。

[58] 銀壺：銀製的壺漏，古代滴水計時的器具。

[59] 萍梗句：萍梗，浮萍斷梗，比喻人離鄉背井，漂泊不定。碧玉，猶碧玉年，指女子的妙齡年華。

[60] 團香：即團茶。宋代用圓模壓製的茶餅。此指用團茶沏出的香茶。

[61] 皖江：即皖水，發源於安徽省潛山縣西北天堂山，東南流入潛水。

[62] 重盤雲：形容層層盤結的髮髻濃黑如雲。重，重疊。

紫釵(65)話舊渾如夢，紅粉憐才幸有君。杜牧(66)年來狂勝昔，只應低首縷金裙(67)。

黃昏蜃氣(68)忽成樓，怪雨盲風(69)引客舟。水際含沙(70)工伺影，花前立馬幾回頭。

哎呀！怎麼起了風浪，不能見面了？」紅卿道：「一言難盡。請往下看罷，這還好呢！」癡珠又念道：

同心小柬傳青鳥(71)，偕隱名山誓白鷗。獨看雙棲梁上月，為儂私撥鈿箜篌(72)。

名花落溷(73)已含冤，欲駕天風叫九閽(74)。一死竟拚銷粉黛，重泉何幸返精魂。

---

(63) 百合衣：指衣裳的花褶重疊如百合花瓣重疊。百合，百合花，白色，花瓣疊綻似蓮。

(64) 秋剪瞳人波：形容女子目光如剪水秋波，即目光流動似剪下的縷縷秋波澄澈靈動。瞳人，即眼眸。

(65) 紫釵：明湯顯祖作《紫釵記》，寫妓女霍小玉與才子李十郎悲歡離合故事。此處以霍小玉喻妓女紅卿。

(66) 杜牧：唐代詩人，其〈遣懷〉：「十年一覺揚州夢，贏得青樓薄倖名」，風流放浪於青樓之間。本書韓荷生以杜牧自喻。

(67) 縷金裙：猶金縷裙，以金絲織成的衣裙。

(68) 蜃氣：古人傳說蜃氣能變幻成樓閣。蜃，傳說中的蛟類，能吐雲氣成海市蜃樓。

(69) 盲風：疾風。

(70) 含沙：即蜮，傳說中的一種水中怪物，能含沙射人之影，使人致病，故稱「含沙蜮」。

(71) 小柬傳青鳥：小柬，短小的柬帖、信箋。青鳥，神話傳說中為西王母取食傳信的神鳥。後代借指信使。

(72) 箜篌：古代撥絃樂器。

(73) 落溷：淪落混濁，指女子淪落風塵之中。溷，音ㄏㄨㄣˋ。

癡珠讀至此，正要與紅卿說話，誰知紅卿早已背著臉在那窗前拭淚。龍文便道：「不用念了！」癡珠如何肯依，仍接著念道：

風煙變滅愁侵骨，雲雨荒唐夢感恩。祇恐乘槎㊷消息斷，海山十笏阻崑崙㊸。

鴨爐香暖報新寒，再見人如隔世難。握手相期惟有淚，驚心欲別不成歡。

黃衫舊事㊹殷勤囑，紅豆新詞㊺反覆看。淒絕灞陵分手處，長途珍重祝平安。

金錢㊻夜夜卜殘更，秦樹燕山紀客程。薄命憐卿甘作妾，傷心恨我未成名。

㊶ 九閽：九天之門。閽，音ㄏㄨㄣ，門，常指天門。

㊷ 乘槎：乘坐竹木筏。晉張華《博物志》卷十載，傳說天河與海相通，每年有浮槎往來。有人乘槎至天河，遇織女牛郎。

㊸ 十笏阻崑崙：十笏，十條。笏，條，用作金條、銀條的量詞。南唐劉崇遠《金華子雜編》卷下：「吏人既失此歷，……眾情危懼，共請主人，願以白金十笏贖之。」此處是說恐怕與紅卿消息斷絕，即使用海山一樣的十條金銀也無法將他贖回。崑崙，即崑崙山。

㊹ 黃衫舊事：用唐蔣防〈霍小玉傳〉故事，霍小玉思念李十郎而病臥空閨，李十郎卻已歸家另娶，避而不見，黃衫豪客挺身而出，尋訪李十郎並將他拘持至霍小玉處。

㊺ 紅豆新詞：新作的相思詩詞。王維〈相思子〉：「紅豆生南國，春來發幾枝。願君多采擷，此物最相思。」

㊻ 金錢：即金錢卜，古代以數枚金錢占卜吉凶禍福的方法。民間則有在夜間抓一把金錢遍撒室內，女子摸黑尋拾，據尋拾金錢數目多少或單雙以斷吉凶禍福的風俗，稱「羅漢錢」。

看花憶夢鶯春過，借酒澆愁帶淚傾。恨海易填天竟補，肯教容易負初盟。

珍珠密字寄烏絲，不怨蹉跎怨別離。芳草天涯人去後，蘆花秋水雁來時。

雙行細寫鴛鴦券⑧⓪，十幅新填荳蔻詞⑧①。駐景神方⑧②親檢取，銀河咫尺數歸期。

吟畢，大家贊道：「好詩！纏綿宛轉，一往情深！」癡珠倒也不發一言，慢慢將詩放在桌上，目視紅卿，默默不語。

紅卿停了一會道：「韋老爺，汝與娟娘情分也自不薄。」癡珠聽說娟娘，便急問道：「紅卿，你知他下落麼？」大家見紅卿突說娟娘，也覺詫異，便一齊靜聽起來。紅卿沉吟一會道：「你既念他，你為何分手以後，不特無詩，且無隻字？娟娘每向我誦『為郎憔悴卻羞郎』之句，輒泫然⑧③淚下。」癡珠紅著眼眶道：「這『薄倖』兩字，我也百口難分了！只是事既無成，萬里片言，徒勞人意，到底娟娘如今是怎樣呢？」紅卿道：「說起娟娘，我也摸不出他的意思。我家向日避賊入陝，投奔於他，深感他恩義。後來我撐起門戶，他嬤便死了。娟娘素來孝順，將衣飾盡行變換，以供喪葬。自此不塗脂粉，長齋⑧④奉佛。前年三月初三夜，忽來與我作別，說要去南海朝觀音⑧⑤。我方勸他心即是佛，不

---

⑧⓪ 鴛鴦券：即鴛鴦冊、鴛鴦簿，古代指前世夙緣注定作夫妻的冊籍。

⑧① 荳蔻詞：歌詠青春少女的詩詞。唐杜牧〈贈別〉：「娉娉嫋嫋十三餘，荳蔻梢頭二月初。」荳蔻，一名草果，常借喻青春少女。

⑧② 駐景神方：長生不老的神仙方術。駐景，停止時光流逝，使人的年壽永不衰老。景，時光。

⑧③ 泫然：流淚的樣子。泫，音ㄒㄩㄢˋ。

必跋涉數千里路，況目下南邊多事，如何去得？次日即有人傳說，娟娘留一紙字給他姊妹，領一婢不知去向。你道奇不奇呢？」大家聽說，呆了半晌，癡珠尤難為情。一會，巨燭高燒，酒胾[86]雜陳，絲竹迭奏[87]。無奈癡珠、紅卿各有心事，雖強顏歡笑，總無聊賴。正是：

兒女千秋恨，人前不敢言。
夜來空有淚，春去渺無痕。

不到二更，癡珠便託詞頭痛散席，偕漱玉先回去。龍文二人也就散了。不知後事如何，且聽下回分解。

總評：此回傳紅卿，實傳娟娘也。善讀者，可悟烘雲託月，對鏡取影之法。

---

[84] 長齋：指信奉佛教者長期素食。

[85] 觀音：即佛教大慈大悲觀世音菩薩的簡稱。普觀一切世音之意，救苦救難之神。傳說觀音菩薩在浙江沿海落伽山示現法身，故又稱「南海觀音」。佛教信徒則多赴南海朝拜觀音。

[86] 胾：音ㄗˋ，切成大塊的肉，泛指肉食。

[87] 迭奏：指琴瑟、簫笛等絲竹樂器交錯、更迭地演奏。

第四回 短衣匹馬歲暮從軍 火樹銀花元宵奏凱

話說太原本古冀州之地❶，東連燕、豫❷，西界大河❸，北有寧武、偏頭、雁門❹諸關，坐制稱雄，屹然為神京❺右衛。逆倭連年由海道蹂躪各省，北天津、登萊，南則由寧波滋擾浙江，由瓜州❻滋擾三江❼，復援金人冊立偽齊故事❽，封了粵西❾巨寇員壽泉，竊踞金陵❿。於是淮海之間，大河

❶古冀州之地：史載中國在古代分為九州，冀州為九州之一，包括今山西省、河北省及河南省、山東省北部。
❷燕豫：河北省、河南省。
❸大河：即黃河。
❹寧武偏頭雁門：古稱太原三關，中間寧武關，東連雁門關，西接偏頭關。
❺神京：指都城北京。
❻瓜州：即瓜州鎮，在江蘇省江都縣南的長江北岸，與鎮江市隔江相對。
❼三江：泛指長江下游眾多江水流域。
❽金人句：宋高宗建炎二年（西元一一二八年）秋，金兵二次南侵，濟南府知府劉豫叛變降金。西元一一三〇年金朝冊立柳豫在大名府（今河北省大名縣東）為大齊皇帝，將中原地區和陝西地區交由柳豫統治。
❾粵西：今廣西壯族自治區。
❿金陵：今江蘇省南京市。

南北，以及兩湖，土匪蜂起，逆倭遂得以橫行無忌。朝廷賦額⓫日虧，軍儲⓬日絀，全靠西陲完善之區轉輸支應。山右尤畿疆⓭屏蔽，西北膏腴。

是年春間，豫州節度武公部下官軍迭獲勝仗，逆倭勢蹙，勾引河東土匪竄入平陽⓮，計欲結連關外⓯回番各部，由草地潛入燕雲⓰。幸明經略北來，士卒用命，漸次撲滅。是以駐節并州城⓱中，相機勦滅。韓荷生就聘到軍，磨盾草檄⓲，持籌⓳高唱，此其餘事。始而冀州肅清，繼而協同豫州武節度官軍，尅期勦賊，得以專籌各道軍餉。此皆韓荷生一力贊成，經略所以十分器重。

忽忽之間，早是十二月了。一日探馬報稱：「口外⓴回民聚眾數十萬，釃酒插血㉑，將由關外直

⓫ 賦額：賦稅的數額。

⓬ 軍儲：糧秣等軍需物資。

⓭ 畿疆：指都城（北京）附近的疆域。

⓮ 河東平陽：河東，泛指今山西省地域。平陽，今山西省臨汾市。

⓯ 關外：泛指陝西省潼關以東的山西省、河南省地域。

⓰ 燕雲：今北京市及河北省、山西省北部。

⓱ 并州城：今山西省太原市。并州，古指今山西省大部及河北省、內蒙古一帶。并，音ㄅㄧㄥˋ。

⓲ 磨盾草檄：在盾牌的把手上磨墨草擬檄文。檄，音ㄒㄧˊ，古代軍書，亦泛指信函。

⓳ 持籌：手持算籌，指掌管理財事務。籌，用以算數的工具。

⓴ 口外：泛指以河北省張家口、獨石口、古北口為標誌的長城以北地區。

㉑ 釃酒插血：斟酒歃血為盟，古代盟誓的一種儀式。釃酒，斟酒。釃，音ㄙ。插血，即「歃血」。指盟誓後殺牲

撲宣化、錦州等處。」經略急請荷生計議。荷生笑道：「此謠言也。自古出塞必在春夏，目下窮冬，漫山積雪，毋論回民不是銅筋鐵肋，試想草枯水涸，人馬如何走得去呢？但邊境近稍寧靜，有此謠言，亦不可不早為防備。以愚見料之，大約回民將誆我張皇北顧，乘虛度河擄掠，故造此謠言，教我顧彼失此。為今之計，當先委幹員前往潼關，探偵動靜，更傳檄雍州節度㉒早為捕治。蒲關㉓一帶，亦不可不暗暗戒嚴。老經略高見以為何如？」經略喜道：「先生此論，洞徹匪徒肺腑。」話猶未畢，只見門上傳鼓，遞進蒲關總兵燒角文書㉔一角。經略忙偕荷生一同披覽，道：

鎮守蒲關總兵游長齡，謹稟節帥大人閣下，敬稟者：十二月十七日午刻，據黃河渡口巡檢原士規稟稱，探得十六日夜三更，潼關城中失火，關門大開，回民萬餘人鼓躁而入，一城文武俱被殺害。聲言聚眾三十萬人，將行北渡。卑鎮即刻出往河干察看，見賊兵帳房布滿西岸。現蒲關守兵自裁撤後，只有八百餘名，深恐兵力單薄，不足防禦。幸各鄉俱有團勇，力扼河岸。惟慮蜂擁而至，眾寡不敵，專此飛稟。

之血，用口微吸，表示恪守誓約。插，為「歃」之別字。

㉒ 雍州節度：雍州，今陝西省、甘肅省一帶，治所在今陝西省長安縣西北。節度，即都督，總管軍事職務的長官。

㉓ 蒲關：蒲津關，在今山西省蒲州。

㉔ 燒角文書：將封套燒去一角的文件或書信。燒角，表示火急。

看畢，便向荷生道：「果不出先生所料。但事已至此，如何是好？」荷生慨然道：「此等烏合之眾㉕，大人當以先聲奪之，便令解散，萬不可片刻遲延。今日已四下多鐘了，大人起馬，萬不及事。乞發令箭，調顏參將、林遊擊㉖，各帶左右翼兵㉗一千名，連夜出城駐紮，五更兼程趲行，限五日到蒲。大人於明日未刻統領大兵，出城十里駐紮，二十二日長行。某願隨鞭蹬，供大人指揮。」經略遲疑道：「救兵如救火，固當以速為妙。但今日即行調兵，恐勢有不及，奈何？」荷生道：「左右翼兵即在本營，軍裝原無不備，著今夜駐紮城外，正為兵丁一切餱糧㉘器械計耳。賊一路必有耳目，若知大兵即到，自然心生畏沮㉙。據報聚眾三十萬人，此自狡賊虛張聲勢，然數萬人是必有的。此數萬人未必皆無父母兄弟妻子田產，大半為賊偪脅出來。某請為密行曉示，令其自相離異。且平日官軍就道，籌餉辦裝，日延一日，救兵幾有遲至半個月尚未出城者。大人朝聞警，暮出兵，鼠輩聞風，定當膽落。看某仗劍為大人殺賊哩。」經略道：「先生計畫周到，即請先生同行，所有機宜，悉憑先生調度。」說畢，便傳中軍捧過令箭，教隨荷生到帳前施令。果然事權在手，威信及人。二十日一早，顏、林二將早已帶兵向蒲州趲行去了。第二日，經略亦偕荷生出城，將一切籌餉事宜，統交節度曹公。荷生又將

㉕烏合之眾：形容臨時聚集的雜亂而無組織的人群，猶如忽而聚合的一群烏鴉。
㉖參將遊擊：參將，清代綠營統兵官，負責本營軍務。遊擊，清代綠營官職，職位次於參將。
㉗翼兵：猶衛兵。翼，護衛。
㉘餱糧：食糧。
㉙畏沮：畏怯沮喪。

平日先催那一處，先解那一處，某處用某人，某人熟某事，開明節略，送給曹公。曹公接辦，自不費手，也著實欽服荷生材幹。這且按下。

且說顏、林二將曉夜趲行，到得中途，忽奉令箭一枝，錦囊一個，內固封密札。二人忙拆開同看，道：

頃探得河南土匪阿大郎等，因潼關失守，勢復蠭起，攻陷陝州㉚。兩將軍所帶左右翼兵，由小路星馳抄至陝州，一鼓殲除，無留一人。再於硤石關㉛左右樹林中留兵二百名，不時巡哨，多設旌旗，以為疑兵。定於正月十五日二更後至潼關，看城中火起接應，不得有違！

看畢，急照密札催兵前進去了。

看官，你道顏、林二將是何等樣人？顏參將名超，係武進士出身。林遊擊名勇，係營伍出身。顏善使單刀，林善使畫戟，俱有萬夫不當之勇。且兩人各有一樣絕技：顏參將能於百步之外樹林中，數過第幾枝第幾葉，射之無有不中；林遊擊能發連珠箭，一開弓射倒三人，再無閃得過的，只是心氣粗暴，言詞大戇㉜，動輒得罪長官，以致十年還是一個守備，一個千總。自經略到晉，剋復平陽，會勦陳、汝，他二人便超群絕倫，為經略賞識了。不半年間，以軍功擢至參、遊，眼見得去總兵不遠哩。

㉚ 陝州：今河南省三門峽市及陝縣、靈寶地區。
㉛ 硤石關：即石門山。在今山西省解州東南，左右壁立，狹徑間不容軌，直通河南省陝縣。
㉜ 大戇：猶大愚、太傻。

看官，汝道人生可不要逢個知己麼？閑話休講。說他兩人到了河南，果然土匪縱橫，焚村劫舍，顏、林兩將所帶皆百戰之兵，分路勦除，不日即將陝州收復；並按著柬帖，在硤石關一帶設下疑兵，專等十五日到潼關接應。暫且不表。

且說那賊匪據了潼關，十餘日不能渡河。城中不過數里地方，能彀搜得出幾多糧草？將向華陰進發，又被西安重兵攔住去路。將往河南擄掠，忽聞經略遣將，將陝州土匪斬殺無遺。並探得一路均有伏兵，幾次出城，俱被官軍擊退。且烏合之眾本無紀律，回子與番子只知奸淫擄掠，有勇無謀，弄得個個魂驚膽戰，已有散心。

忽一日，潼關城中貼了幾十處大營告示。眾人瞧道：

欽差大臣經略西南世襲一等威勇侯㉝明示：為愷切㉞曉諭事。爾陝甘回民，自李唐㉟以來轉徙內地，食毛踐土㊱，千有餘歲。我朝天覆地載，漢民回民從無歧視。乃者逆倭犯順，天地不容，神人共憤。黽是已窮之技，豕㊲無可突之圍，釜底遊魂㊳，茍延旦夕。爾等乃受其指揮並勾番

㉝ 威勇侯：爵位名稱。

㉞ 愷切：猶懇切。

㉟ 李唐：指李淵、李世民所開創的唐朝。

㊱ 食毛踐土：踐居其地，取食其地所產之物。毛，指土地生長的一切植物。

㊲ 豕：豬。比喻日本倭寇。

㊳ 釜底遊魂：在鍋底遊蕩的鬼魂，比喻茍延殘喘，行將滅亡的事物。釜，古代用以蒸煮的炊器，類似現代的鍋。

部，兼脅良民。豈知天上軍來，若風掃葉，漢家兵到，如日沃霜。本爵欽承威命，統領元戎㊴，招募悉拳勇之材，團練集爪牙之利。燕犀㊵排出，爭淬芙蓉㊶；代馬㊷驅來，久肥苜蓿㊸。四圍礮火，中天掣列缺之鞭㊹；一片刀光，半夜射望諸之魄㊺。蜩鋒立折，螳斧徒勞。惟思二百年列聖垂謨㊻，但有如傷之念㊼；十餘萬生靈就溺，誰無欲拯之心？為此，特宣明諭：爾等俱有官骸，亦念駢誅之慘㊽。誰無妻子，盍思孥戮之冤㊾。兵弄潢池，原屬無知赤子㊿；戈投牧

㊴ 元戎：大軍。

㊵ 燕犀：燕地製造的犀甲，泛指身披堅固鎧甲的士兵。

㊶ 爭淬芙蓉：爭煉寶劍。淬，鍛煉；錘煉。芙蓉，寶劍名。漢袁康《越絕書・外傳記寶劍》載，相劍者薛燭試劍，以「手振拂，揚其華，捽如芙蓉始出。」據此，此句之「淬」字，或為「捽」字之誤。捽，拔取。爭捽芙蓉，則意謂爭著拔出寶劍，劍花閃爍如芙蓉始出。

㊷ 代馬：北方所產之馬。代，古代有代郡，在今山西省、河北省一帶。

㊸ 苜蓿：原產古代西域的草木植物，是馬愛吃的一種飼料。

㊹ 列缺之鞭：閃電。閃電劃過天空，其狀似鞭。此處喻指炮火爆炸的強光。

㊺ 望諸之魄：形容一片刀光像大澤閃動的水光。望諸，古代大澤名，故地在今河南省睢縣與山東省菏澤之間。魄，光。

㊻ 垂謨：垂留的謀略，指功業。

㊼ 如傷之念：有愛民如恤傷亡之心，指愛民深切。

㊽ 駢誅之慘：一併遭到誅戮的慘狀。駢，合併。

野，即為歸順黔黎[51]！本爵既往不咎，咸與維新；予以免死之牌，示之投生之路。倘執迷不悟，甘心從逆，則城破之日，必盡殺乃止，其毋悔！某年正月某日給。

於是回民每夜輒有百餘人縋城，私詣[52]大營，求給免死牌。旬日之間，來者愈眾，將十萬免死牌給發殆盡。經略一切事務俱與苻生計議。且屢奉嚴旨[53]，急命尅復潼關，便覺十分愁慮。那苻生每日仍是輕裘緩帶，飲酒賦詩，並傳知蒲關城內居民，照舊安業，開放花燈[54]。到了十五日早辰，苻生在經略帳中，傳出令箭二枝，密札二個，一個與蒲關游總兵，一個與本營李副將。二人看了密札，各自分頭行事，眾人皆不知是何緣故。到了黃昏時候，城中銀花火樹一色通明。苻生乘馬帶了五十名兵，在燈市遊了一回，自行出城去了。經略營門毫不見些動靜。

再說顏、林二將，到了十五日午後，行至潼關二十里外，飽餐戰飯，預備接應。先差探馬探聽，

---

[49] 盍思孥戮之冤：盍，為何。孥戮之冤，使兒女遭到殺戮的冤恨。孥，音ㄋㄨˊ，兒女。

[50] 兵弄二句：指百姓造反。《漢書．循吏傳．龔遂》：「海瀕遐遠，不霑聖化，其民困於飢寒而吏不恤，故使陛下赤子盜弄陛下之兵於潢池中耳。」潢池，池塘。赤子，指百姓。

[51] 戈投二句：意謂放下武器做投順朝廷的百姓。《尚書．牧誓》載，周武王伐紂，在牧野誓師，講不殺殷商軍隊中倒戈投順的士兵。戈投，放下武器。牧野，在殷商都城朝歌南七十里，今河南淇縣南。黔黎，百姓。

[52] 私詣：私下到。

[53] 嚴旨：朝廷聖旨。

[54] 花燈：花彩裝飾的燈盞。此特指農曆正月十五日元宵節觀賞花燈。

回報：「大營、賊營隔河相對，未曾打仗。」二人心中疑惑。不一會，日色西沉，月光東上，二人騎馬當先，逶迤望潼關進發。到了關前已將近二更時候，只見月明如晝，隔河大營內鼓角無聲，又無船隻渡河，只好將兵在汊岸(55)扎住。又過了一個更次仍無消息，四隻眼只往城中看著。兵士們也有坐的，也有立的，都磨拳擦掌，等候打仗。猛然一回頭，見隔河大營中赤的的一枝號火騰起，直上雲霄。二將便知有了消息，便命眾兵一齊上馬。隨後又見起了兩枝號火。話言未了，關內信炮連聲，月明之下，倒看不出火光，只見滾滾黑煙衝天四起，人聲鼎沸。二將便令軍士順風向賊營放起火來。麾兵(56)上前，正要衝殺，隔河大營也就大開營門，萬炬齊出，都在東岸上列成隊伍，卻不渡河。那時城外賊營，正在睡夢之中驚醒，倉卒接戰，怎當二將的兵驍將勇，霎時已經死了一半，一半拋戈棄甲，沿河逃生。正在追殺之際，城內關門大開，先擁出三五百人，皆是黃布包頭，大聲招呼官兵：「進城殺賊。」四望城上垜口，人俱站滿，敵樓(57)上懸出一盞大紅燈，上寫著斗大的一個「順」字。二人看了大喜，且不去追趕餘賊，帶領眾兵殺進城來。

是夜，賊眾因探得蒲關內大放花燈，所以毫無防備。半夜忽然聽得四處火起，人聲大呼道：「我等皆明大人官軍，投降者免死。」所有賊首沙龍巴戟，帶著一干心腹，一時措手不及，四散跑出，自相踐踏，死者不計其數。正要出城，迎頭遇著顏、林二將，一陣好殺。只見尸橫遍巷，血流成渠，便

(55) 汊岸：河流分岔的岸邊。汊，水流岔出的地方。

(56) 麾兵：指揮士兵。

(57) 敵樓：古代城牆上所建高聳堅固的禦敵城樓。

折轉頭來，想出東門逃命。二將隨後正趕，忽見賊匪紛紛倒地，四路炮響鎗鳴，迎面在刀光中閃出一將，手舞大刀，正在那裏殺賊，猶如砍瓜切菜。原來是蒲關游總兵。見了二人，十分大喜，便道：「明爺有令，傳與二位，見頭包黃布者免死。」於是合兵一處，搜殺城中番、回各匪，救滅煙火，安撫良民。

此時已是四更，城內城外這一陣殺死的賊，約有萬人，投降者亦有萬眾。只有賊首數人尚帶著一夥悍賊，拚命殺出城外，又合城外的餘賊番子回子，一共尚有數千，便想渡河往西搶掠。忽見隔河岸上一片火光，綿亙不絕，遂教番兵引路，打草地內順著河往西行走，卻喜回頭一看，並無追兵，遂放心大膽而進。意欲待天明之後，尋著村莊，擄些飲食。又走了一個更次，已是五更過了，約莫也走了二三十里，月色漸漸西沉，拂拂曉風吹得那河岸上敗葦叢蘆沙沙亂響。遠遠望見河旁，似有幾輛大車停住。往前再走，荒草愈多。正在尋覓路徑，忽聽一聲炮響，三面火光驟發，前後俱被大車滿載柴草，灌上了油，把路都塞斷。一陣風過，遍地的枯草烘烘燒著，草內先埋下無數的鐵炮，引著藥線，直裂橫飛。只燒得這一夥數千賊匪，上天無路，入地無門，只往河中亂跳，溺死的也不計其數。其餘均焦頭爛額，血染黃沙了。看官，你道這場火是那裏來的？就是荷生早晨派的李副將在此埋伏，算定賊匪必由此路，故此燒他一個盡絕。

荷生帶了數十名心腹健卒，正在高阜瞭望，見大功已成，十分歡喜。時東方已白，隨即與李副將會在一處，向潼關來。方到關下，早望見經略大纛[58]正在渡河，顏、林、游、李四將皆列隊相迎。經

[58] 大纛：古代軍隊或儀仗隊的大旗。纛，音ㄉㄠˋ。

略一到西岸，見了荷生並四將，便笑吟吟的向荷生拱手道：「深勞先生妙算，並諸將勤勞，一戰功成，可喜可賀。」遂與荷生並馬入城，出榜安民，將生擒賊首一齊梟斬❺❾示眾。委員❻⓿訊問未出城回民，有眷屬者悉令回籍，其單身者交地方官安插。時雍州節度駐紮同州❻❶，約期相見，高宴三日。硤石關伏兵二百名，亦已調回。大兵便凱歌渡河，回太原去了。凡秦、晉官民無不仰慕荷生丰采，每出，至道途擁擠不開。看官，汝道熱鬧不熱鬧呢？正是：

苟有用我，帷幄運籌。

輕裘緩帶，名士風流。

自是逆倭聞風，再不敢窺伺山右了。欲知後事如何，且聽下回分解。

總評：此回傳荷生為全書大綱領，而游、李、林、顏四將，隨手帶出，游、李詳於第八回，故此略之。其文前開後合，無一筆滲漏，卻不見局促，如月照影，月過影失；如風掃葉，風止葉盡，珠圓玉潔之文也。

---

❺❾ 梟斬：斬首示眾。
❻⓿ 委員：委派人員。
❻❶ 同州：今陝西省大荔縣。

第五回　華嚴菴老衲解神籤　草涼驛歸程驚客夢

上回書說的是苟生東平回匪，那時正癡珠西入蜀川，天寒歲暮，遊子鄉關之感，風人屺岵之思❶，纍至沓來，頓覺茅店雞聲，草橋月色，觸目驚心！無復曩時❷興致。行次寶雞，遇一故人，詢及行蹤，因言節度田公於十月杪❸奉命移廣，已見邸抄❹，且有不必來京請訓之語。癡珠意緒愈覺無聊，想道：「人生遇合自有定數，倒是蜀中風景甲於寰區❺，自古詩人流寓其地，閱歷一番，也不負負。」癡珠自此入益門❻，度大散關❼，寓意山水，日紀一詩，轉也擺脫一切。

❶ 風人屺岵之思：行役者旅途中對父母的思念。風人，民間歌謠詩人。屺岵之思，《詩經・魏風・陟岵》：「陟彼岵兮，瞻望父兮。……陟彼屺兮，瞻望母兮」。岵，有草木的山。屺，無草木的山。後代詩歌多以「屺岵」代指父母。

❷ 曩時：往時；過去。

❸ 杪：音ㄇㄧㄠˇ，指年月或季節的末尾。

❹ 邸抄：即邸鈔、邸報。古代地方官吏在京師設置官邸，傳抄詔令、奏章等，故稱「邸抄」。後泛稱中國古代報紙。

❺ 寰區：天下。

❻ 益門：益門山。在陝西省寶雞縣西南的秦嶺北谷，為古代進入益州（今四川省）境域之門戶。故稱「益門」。

這日到了廣漢❽，廣漢守郭公，係癡珠郎舅至戚，迎至署中。十年分手，萬里聚頭。這一夕情話，比西安王漱玉家，又是一樣款洽。癡珠借此度過殘年，飲薛濤之酒❾，鬥花蕊之詩❿，客邊亦不寂寞。韶光荏苒，轉瞬是二月初旬了。始而傳聞逆賊竄入建昌⓫，偪近東越，繼而傳聞上游失守，會城⓬危在旦夕。癡珠與郭公俱有老親，聞此信息，何等張皇。到三月杪，郭家安信到了，癡珠不得家中一字，如何放心？便差人查探由湖入廣之路。差人回報黃州道梗⓭，田公現在留滯長沙。癡珠急得沒法，因想往華嚴菴求籤指示去路。

原來廣漢有一華嚴菴，係太史金公兆劍之妻馮燕娘所立。燕娘聰穎絕倫，年十九歸⓮太史，蜀人比之趙松雪夫婦⓯。踰年，太史卒，燕娘不茹⓰葷，奉姑以居。踰年，姑又卒，燕娘遂祝髮⓱奉佛，

---

❼ 大散關：在陝西省寶雞縣西南，為秦蜀往來要道。

❽ 廣漢：今四川省廣漢市。明清時屬四川省成都府。

❾ 飲薛濤之酒：薛濤原為唐代長安良家女，隨父仕宦而流落蜀中，後入樂籍。韋皋鎮蜀時，召令薛濤侍酒賦詩，稱為「女校書」。此處乃指喝樂妓侍飲的酒。

❿ 鬥花蕊之詩：原指比作花蕊夫人所作的宮詞，此處指本書韋癡珠同樂妓比賽賦詩。花蕊，後蜀孟昶之妻花蕊夫人，曾作宮詞百首。

⓫ 建昌：清建昌府，故治在今江西省南城縣。

⓬ 會城：即江蘇省會稽城，為韋癡珠家鄉。

⓭ 道梗：道路阻塞。

⓮ 歸：古代稱女子出嫁為「歸」。

高坐禪床，足不出戶者三十年。由靜生定，由定生慧，一切過去未來之事，洞照無遺。因此把所居捨為華嚴菴，就菩薩前神籤，指示善男信女迷途，法號蘊空。癡珠前此曾往瞻仰，值蘊空朝峨眉去了，只撰一聯鐫板⑱，送入方丈⑲懸掛。其聯云：

也曾續史，也曾續經，瞻落落名山，博議⑳書成，竹素雙棲㉑留隻影。
未敢言仙，未敢言佛，嘆茫茫孽海，大家身在，柏舟一葉引迷津。

蘊空由峨眉回來，見了此聯，也還點頭稱好。

這回癡珠因要求籤，先期齋戒，於四月初一日清早，洗心滌慮，向華嚴菴來。到了山門，便有齋婆迎接上殿拈香。癡珠磕了頭，跪持籤筒默禱一番，將籤筒搖了幾搖，落下第十三籤來。重復磕頭起來，問過信筊㉒，便有齋婆送過籤譜。癡珠看頭一句是：

---

⑮ 趙松雪夫婦：宋代書畫家趙孟頫，號松雪道人。其妻管氏，亦以書畫知名。
⑯ 茹：吃。
⑰ 祝髮：削髮出家。
⑱ 鐫板：雕刻好的板聯。
⑲ 方丈：指僧尼長老、主持的居室。
⑳ 博議：全面詳盡地論議。
㉑ 竹素雙棲：竹素，猶竹帛，指畫冊、典籍。雙棲，指本書蘊空與竹素為伴。

想道：「這樣湖南走不得了。」又看下句是：

如此江湖不可行，

且將來路作歸程。

想道：「還要由山、陝走哩。」再看底下兩句是：

孤芳自賞陶家菊㉓，一院秋心夢不成。

想道：「這是怎說？」沉吟一會，重整衣冠，又跪下磕了三個頭，默祝一番，重求一籤。檢出籤譜，看頭一句是：

故園歸去已無家，

便不知不覺流下淚來。又看下句是：

㉒ 信筊：占卜吉凶的用具。筊，音ㄧㄠˋ。

㉓ 陶家菊：東晉隱逸詩人陶淵明喜種菊賞菊，其詩有「採菊東籬下，悠然見南山」之句。此處借孤芳自潔的「陶家菊」喻指劉秋痕。

傾蓋程生㉔且駐車。

自語道：「這是遇著什麼人留我哩？」再往下看去，是：

秋月何如春月好，青衫自古恨天涯！

癡珠想道：「這也不是好消息。」正在凝慮，只見殿後一個老尼，年紀七十以外，扶著侍者慢慢踱過來。齋婆侍立一邊，老尼便向癡珠合掌道：「居士何來？」癡珠急忙回禮道：「比邱㉕即蘊空法師麼？」便一一通了姓名。老尼笑道：「前蒙居士過訪，老衲㉖朝山去了，有失迎候，轉承惠賜長聯，隱括老衲一生行實，令人心感。」癡珠說道：「久欽清節，且仰禪宗，正想向方丈頂禮慈雲㉗，將籤意指示，不意比邱轉出來了。」說畢，便將籤譜帖子遞過。蘊空接著，瞧了一瞧道：「頭一籤，上二句居士自然明白了。下二句，後來自有明驗，大約居士與陶家菊另有一番因果。第二籤，首一句且不必疑慮，大抵秋菊春蘭各極其勝。究竟秋菊牢騷，不及春蘭華貴。老衲有三十二字偈，居士聽著。」便說道：

㉔ 傾蓋程生：指初次相逢，傾蓋而言，一見如故。傾蓋，指雙方乘車相遇，並車對語，車上的傘蓋傾近、靠攏在一起。《孔子家語・致思》：「孔子之郯，遭程子於塗，傾蓋而語終日，甚相親。」

㉕ 比邱：「比邱尼」的省稱，佛教語，指已受具足戒的女尼。

㉖ 老衲：年老僧尼的自稱。

㉗ 頂禮慈雲：拜佛致敬。慈雲，喻佛心慈悲如大雲廣被眾生。

鶯飛草長，鳳去臺空。黃花欲落，一夕西風。
亭亭淨植，毓秀秋江。人生豔福，春鏡無雙。

癡珠遲疑不解，呆呆的立著。老尼道：「居士請了！數雖前定，人定卻也勝天。這看居士本領罷。」說著，便扶著侍者，由殿東入方丈去了。

癡珠也不敢糾纏，到客廳吃了茶，疑疑惑惑的回署，過了一夜，想道：「幸是山、陝此刻回匪寧靜，儻像去冬那樣光景，就這條路也走不得哩。」因此決計由原路且先入都，再作回省打算。郭公也留不住，只得厚賮數百金，派兩名得力家丁護送至陝。

是時初夏時候，途中不寒不熱，山青水綠，比殘冬光景迥然不同。到了梓橦㉘，重經雲棧，翠雲廊、滴水巖、青橋驛、紫柏山、紅心峽諸勝，尤令人心曠神怡。奈癡珠繫念老母在危急中，恨不能插翅南飛，那有心情流連風景。每日重賞轎夫兼程前進。四月初三日起身，至十六夜二更，已到了草涼驛㉙地方。此地上去鳳縣七十里，下去寶雞九十里，本非住宿之所，癡珠因夜深了，只得隨便住下。

是夕月明如畫，跟隨人等趕路疲乏，都睡了。癡珠獨步小院中，對月悽惻。禿頭因癡珠未睡，不敢上床，坐在堂屋打盹，見癡珠在院子裏踱來踱去，遂站起說道：「天不早了，老爺睡罷。」癡珠看錶已有兩下多鐘，便進房去，叫禿頭服侍睡下。翻來覆去，捱了一會，總睡不著。忽然似聞窗外有人

㉘梓橦：今四川省梓潼縣。
㉙草涼驛：在陝西省鳳縣東北。

頻頻呼喚，又似有人隱隱哭泣之聲，將帳子揭開一看，見斜月上窗，殘燈半穗，黯然四壁，寂無人聲，便又睡下。想起昨日鳳嶺小憩，見那連理重生亭的碑記，文字高古，非時下手筆，便又恍恍惚惚如身在亭中，援筆題道：

嶺下客孤征，嶺上木連理。連理之木死復生，孤征之客生如死。

題畢，瞥見一麗人畫黛含愁，彎蛾鎖恨，嬌怯怯的立在山坳，將癡珠凝眸一盼，便不見了。癡珠移步下亭，想道：「怎的這空山中有此麗人，難道青天白日，山魈木魅㉚敢公然出現麼？」正在想著，那腳步卻向山坳走來，不見人跡，剛轉過山坳，又見那麗人手拈一枝杏花，身穿淺月色對襟衫兒，腰繫粉紅宮裙，神情慘淡，立在那裏。癡珠轉過腳步，麗人卻又不見了，並那地方亦係一片平原，並非鳳嶺。癡珠想道：「我如何又走到這個地方呢？」再一望去，見有一廟，隔一箭多地，便緩步向前。只見廟門洞開，油漆顏色黯淡得很，是個古廟，廟門直匾大書「雙鴛祠」三字。門堂三間歪歪斜斜，門上也畫有門神，一扇倒在地下。中間碧油屏門，不成顏色。屏門後甬道砌磚，尚自完好，兩傍一柏一松蒼翠欲滴。癡珠一步步走上臺階，見廊上東西木柵，中間殿門懸掛板聯一付，是：

秋月春風，可憐如此；
青天碧海，徒喚奈何！

㉚ 山魈木魅：古代稱山澤間的神怪。魈，音ㄒㄧㄠ。魅，音ㄇㄟˋ。

十六個字。用手推那殿門，卻是閉得緊緊的，無縫可窺，不知中間是何神像。由東廊轉至殿後，只見西邊有一小門，踱進門來，卻是朝東的三間屋子，空洞洞的無一樣家伙。對面有一亭，亭中豎碑一座，癡珠忙把碑文讀過，是一篇四六。正要背誦一遍，陡見碑石搖動，向身上倒將下來，嚇得癡珠大叫一聲，早把對房跟人驚醒了。

禿頭從睡夢中一骨碌爬起，問是怎麼？大家道：「老爺夢魘㉛了！」癡珠一身冷汗，將眼一睜，瞧著月光燈影慘然道：「你們不要大驚小怪，沒有什麼事，睡罷。」便自坐起，揭開帳子，將燈剔亮，去記那碑文，覺得首尾二段，是全記得，中間兩段，什忘四五；就踱下床來，披上衣服，檢過紙筆，將首段先行謄出。其詞曰：

麴塵㉜走馬，絲柳情長，藥店飛龍㉝，香桃㉞骨損。驥方展足，傷心賦鵩之詞㉟，鳳不高翔，掣淚離鸞之曲㊱。春風眉黛，花管新描，夜雨啼痕，竹斑忽染。瑟彈湘女㊲，落遺響於三秋；

㉛ 夢魘：睡夢中感覺有異物壓胸，呼吸困難，驚恐而醒，又稱「夢驚」。

㉜ 麴塵：原指酒麴所生的淡黃如塵的菌絲，此處借喻嫩柳葉色鵝黃。

㉝ 飛龍：仙藥名。

㉞ 香桃：仙境的桃樹。唐李商隱〈海上謠〉：「海底覓仙人，香桃如瘦骨。」

㉟ 賦鵩之詞：西漢賈誼被貶長沙三年，鵩鳥飛入賈誼居舍。鵩似鴞，屬貓頭鷹一類。古人認為是不祥之鳥。長沙又是卑濕之地，賈誼自傷壽不得長，遂作〈鵩鳥賦〉以自解。

環認韋郎㊳，結相思於再世。大抵青天碧海㊴，不少蛾眉見嫉㊵之傷，誰知白袷藍衫㊶，亦多鼠思㊷難言之痛。此雙鴛祠所為立也。

謄畢，想道：「這段情文已極哀豔了！近來四六家㊸，那有此付筆墨。因將次段慢慢的記憶，援筆先謄那首二句云：

㊱ 離鸞之曲：指古代琴曲〈雙鳳離鸞〉。

㊲ 瑟彈湘女：猶湘妃鼓瑟。湘女，湘水女神，即舜之二妃娥皇、女英。瑟曲有〈湘弦怨〉。

㊳ 環認韋郎：唐范攄《雲溪友議》卷三載，唐代文士韋皋與姜使君之侍婢玉簫相愛，私訂終身。後韋皋歸家省親，離別時留玉指環一枚為信物，約以五年至七年重會。韋皋八年未歸，玉簫絕望，絕食而殞。姜氏愍其節操，以玉環著於中指而殯。後祖山人聚玉簫亡魂與韋皋相會，玉簫復約十三年後再生為其侍妾。十三年後，韋皋鎮守川蜀，東川盧八送一歌妓玉簫，與姜氏之侍婢玉簫神貌相同，中指且有玉環隱出，與當年留別之玉環無異，遂相認並結為眷侶。明楊柔勝作《玉環記》戲曲傳奇演此故事。

㊴ 青天碧海：唐李商隱〈嫦娥〉：「嫦娥應悔偷靈藥，碧海青天夜夜心。」此處意謂相愛者難成神仙眷侶，大抵面對青天碧海，相思寂寞，兩情難捨。

㊵ 蛾眉見嫉：美人被人嫉妒。蛾眉，借指美人。屈原〈離騷〉：「眾女嫉余之蛾眉兮，謠諑謂余以善淫。」

㊶ 白袷藍衫：白色夾衣藍色長衫。古代士人的服裝，借指尚未獲得功名的士人。

㊷ 鼠思：憂思。《詩經‧小雅‧雨無正》：「鼠思泣血，無言不疾。」鄭玄箋：「鼠，憂也。」

㊸ 四六家：駢文作家。四六，以四言六言句式為對偶格式的駢體文名稱，也稱四六文或四六體。

則有家傳漢相，派衍蘇州。

想道：「怪呀！竟是我家的故事了。」其下還有八字，再記不出，便提筆圜了八圜，謄那底下的是：

青箱付託㊹，鯉庭負劍之年㊺；黃嬭編摩㊻，烏几吹藜之夜㊼。

想道：「這聯以下，還有『名題蕊榜㊽，秋風高掇桂香㊾』一聯呢。」如何對語，再記不出，就將十字謄過，又圜了十圜，往下謄去，是：

㊹ 青箱付托：猶青箱授學，將世代相傳的家學傳授給後代。青箱，即青箱學，指文史學問。宋范成大〈寄題王仲顯讀書樓〉：「使君青箱家，文史裝懷抱。」付托，交付委託，此指傳授。

㊺ 鯉庭負劍之年：趨庭領受父訓師教之年。鯉庭，《論語．季氏》載，孔鯉「趨而過庭」，遇見父親孔子，孔子訓教他要學《詩》學《禮》。負劍，指孩子年幼父母或負或挾於懷抱，並傾頭以教之。《禮記．曲禮上》：「負劍辟咡詔之。」鄭玄注：「負謂置之於背，劍謂挾之於旁，辟咡詔之為傾頭與語。口旁曰『咡』。」

㊻ 黃嬭編摩：猶編摩黃嬭，編集書卷。黃嬭，書卷的別稱。

㊼ 烏几吹藜之夜：烏皮几上吹燃藜火，勤奮夜讀。吹藜，晉王嘉《拾遺記》載，漢劉向於夜校書天祿閣，有老父杖藜而進，吹杖端，燃起藜火照明。吹藜，後世成為夜讀苦學的典故。

㊽ 蕊榜：科舉考試揭曉中榜。

㊾ 高掇桂香：猶高中桂科。古人稱科舉及第為折桂。掇，考取。

輕裘快馬，霜嚴榆塞關前，寒角清笳，月冷胭脂山下。弔故宮於劉石㊿，禾黍高低；聆冷調於

〈伊〉、〈涼〉51，箏琶激楚。

謄到此處，要往下寫去，只記不出。道：「以上數聯，後來篡去作我的墓誌，也還可用。以後數聯，係敘此人抑鬱無聊，得一巾幗52知己，筆墨極其淋漓，如何一字也沒了？」沉吟半晌，自語道：「咳！恍惚得很，這數聯中，不是有那『叔寶53多愁』對那『長卿善病』54麼？怎的記不起，比做更難？」擲下筆，凝思一會，聽得雞聲已唱過兩遍了，便提起筆，另行將那段末數聯謄出，是：

彩雲三素55，忽散魚鱗，寶月一奩56，旋虧蟾魄57。蓋積勞所以致疾，而久鬱所以傷生。歷險

㊿ 劉石：猶劉石經，北魏劉芳之美稱。《魏書・劉芳傳》載，漢世所造三字石經置於太學，劉芳對石經長於音義明辨，學者有疑惑則就劉芳詢訪。故時人號為「劉石經」。

51 伊涼：曲調名。指〈伊州〉、〈涼州〉二曲。

52 巾幗：古代婦女的頭巾和髮飾，代指女子。

53 叔寶：陳叔寶，南朝陳末代皇帝陳後主。

54 長卿善病：長卿，西漢著名辭賦家司馬相如，字長卿。善病，指司馬相如患有消渴症（糖尿病）。

55 三素：三素雲，泛指彩色雲煙。

56 奩：鏡匣。

57 虧蟾魄：圓鏡被毀壞。虧，毀壞。蟾魄，月亮的別稱，代指圓鏡。

阻之馳驅，風如牛馬；慨身宮之偃蹇(58)，歲在龍蛇(59)。病到膏肓，竟符噩夢；醫雖盧扁(60)，難覓靈方。天實為之，謂之何哉？

想道：「如今是第三段了。」段首四句是：

爾乃亭亭淨植，蓮出汙泥，烈烈奇香，蘭生幽谷。

謄畢，想道：「以下數聯又忘了。」便又另行寫道：

杯蛇幻影(61)，鬼蜮含沙(62)。縈愁緒以迴腸，蔓牽瓜落；拭淚珠而洗面，藕斷絲長。生不逢辰，久罹荼苦(63)，死而後已，又降鞠凶(64)。填海水以將枯，冤無從血(65)，涸井波而不起，心早成灰。

(58) 偃蹇：困頓；艱難。
(59) 龍蛇：指辰年和巳年。古人認為龍蛇之年是凶歲。
(60) 盧扁：古代名醫扁鵲，家居盧國，故稱「盧扁」。
(61) 杯蛇幻影：即杯弓蛇影。漢應劭《風俗通‧怪神》載，杜宣夏至日到縣令處赴飲。時北壁懸有赤弩，映於杯中似蛇形。杜宣為杯蛇幻影所驚，酒後胸腹痛切；後知為弓影，病始愈。
(62) 鬼蜮含沙：古代傳說鬼蜮是水中怪物，能含沙噴射人影，使人致病，重者身亡。以此比喻小人暗中作祟傷人。
(63) 荼苦：艱苦。荼，苦菜。
(64) 鞠凶：極大的災凶。鞠，極。

含笑同歸，樹合韓憑之家66，偷生何益，夢隨倩女之魂67。七千里記鼓郵程68，家山何處，一百六禁煙時節69，野祭堪憐。魂兮歸來，躬自悼矣！

於是故人閣部，念攻玉70之情，敦分金之誼。黃蘆匝地，悲風吹〈蒿里〉71之音，丹雘孔塗72，

便自語道：「寫得沉痛如此，真好文章也。末段我便一字不忘了。」遂接寫道：

---

65 填海二句：古代傳說炎帝之女溺死東海，化為精衛鳥，又名冤禽，向東海復仇。精衛常銜西山木石以填東海，欲使其枯涸。然而，以木石無法填海，故精衛亦無從雪冤。

66 韓憑之家：戰國時韓憑娶妻何氏，甚美，宋康王劫奪何氏。韓憑夫婦被逼自殺，合葬一墓。墳冢兩端長出高大梓樹，屈體相就，根交於下，枝錯於上。且有雌雄鴛鴦，晨夕交頸悲鳴於樹上。宋人哀之，稱其木為「相思樹」。

67 倩女之魂：唐陳玄《離魂記》載，倩娘許婚王宙，後其父悔約另許他人。倩娘抑鬱成病。王宙乘船離去，夜半時倩娘忽至，遂赴蜀同居，生二子。後王宙隨倩娘歸家省父，倩娘與臥病之軀身合為一體，始知夜奔之女乃倩娘離魂所化。

68 郵程：驛道。

69 禁煙時節：即寒食節，在清明節前一日或二日。時民間禁火，吃冷食。

70 攻玉：琢玉成器，比喻匡正錯誤。

71 蒿里：古代輓歌名。

72 丹雘孔塗：丹雘，用以塗飾的紅色顏料。孔塗，猶盛塗，濃麗的塗飾。

落日下桂旗之影。襯旛幢之綷縩[73]，翠柏蒼松，升俎豆[74]之馨香，隻雞斗酒。嗟乎！滾滾勞塵，不外至性至情之地，茫茫人海，最難一生一死之交。白馬素車，猶是范張[75]同氣，珠幡寶蓋，終殊娟潤雙棲。咽汾水之波聲，淒涼夜月，拜曇花之幻影，惆悵春風。逝者如斯，竟成千古，人如可作，重訂三生[76]。川嶽有靈，永護同心之石，乾坤不改，終圓割臂之盟[77]。

膳畢，窗紙上早已曉日曈曈[78]了。

癡珠復朗吟一遍。禿頭暨眾人早已收拾行李伺候，癡珠纔拭臉漱口，便上車向寶雞進發去了。正是：

人生能有幾，貿貿馬蹄閒；
天與閑身好，如何不肯閑？

---

[73] 旛幢之綷縩：旛幢，旌旗之類。綷縩，音ㄘㄨㄟˋ ㄘㄞˋ，衣服摩擦聲，此指旌旗飄動的聲音。

[74] 俎豆：俎、豆，皆盛放祭祀宴餐食物的禮器。

[75] 范張：東漢范式、張劭的並稱。二人友誼深厚，重義守信，後世遂以「范張」比喻生死不渝的摯友。

[76] 三生：猶三生願，指世世結為夫婦的願望。

[77] 割臂之盟：春秋時魯莊公與黨氏之女孟任相愛，允諾娶孟任為夫人。孟任於是「割臂盟公」。後稱男女相愛，私訂婚約為「割臂盟」。

[78] 曈曈：曉日漸明的樣子。

欲知凝珠一籤一夢，後來若何應驗，且看下回分解。

總評：此回傳凝珠，純用倒提之筆，步步凌虛，高唱而入，妙文也，亦至文也。吾曩者不嘗論觀日與雲乎？此則日之出也，雲之生也，晴暾炳曜，萬象畢露，膚寸而合，奇詭譎漾，沛於大野，勾出萌達，皆此物也。故於蘊空偈中寫凝珠、荷生，用明寫對寫，於碑記中寫凝珠、荷生，用一明一暗，一正一側；而秋痕、采秋，則更用暗中之明，明中之暗，正中之側，側中之正。草蛇灰線，馬跡蛛絲，隱於不言，細入無間，水底觀日，日不一影，晴天看雲，雲不一色，極文章之奇觀，願與天下後世巨眼人，同浮一大白。草木之生也，始而芽，芽而幹，幹而枝，枝而葉，或先葉而蒂，蒂而萼，萼而蕊，蕊而花，花而實，百色萬態，不可思議，畫者不能畫其似，言者不可窮其理也。溯其生之之始，則即此一粒之實，是此一粒實中所謂芽而幹，以至於花而實者，則又無不具足。雖然，取一粒之實觀之，則仍一渺然耳。此回之一偈一夢，即草木之實所謂渺然一粒者也。吾將觀其芽而幹，幹而枝，枝而葉，或先葉而蒂，蒂而跗，跗而萼，萼而蕊，蕊而花，花而實也。

第六回　勝地名流禊修上巳　金樽檀板曲奏長生

話說明經略奏凱班師，一路偕荷生察看形勢，增減防兵。直到二月杪始抵太原。闔城官員以次排設慶賀筵宴。三軍鳧藻❶，萬姓驩虞，也不用鋪張揚厲。還有那本地紳士，因荷生破賊有功，便邀了荷生同年梅小岑太史、歐劍秋侍講，定於上巳日❷，專席特請荷生洗塵；傳齊本年花❸選上十妓潘碧桃、顏丹暈、張曼雲、薛瑤華、冷掌珠、傅秋香、賈寶書、楚玉壽、王福奴、劉梧仙，都到柳溪彤雲閣伺候。

柳溪在陽曲縣❹署西一里，汾堤之東。宋天禧❺中，陳堯佐知并州，因汾水屢漲，築堤周五里，引汾水注之，旁植柳萬株。中有秋華堂，堂外有芙蓉洲，每歲上巳，太守泛舟修禊❻，郡人遊觀於此。

---

❶ 鳧藻：野鴨戲於水藻，比喻歡悅。《後漢書．杜詩傳》李賢注：「言其和睦歡悅，如鳧之戲於水也。」

❷ 上巳日：古代農曆三月上旬巳日為上巳節，魏晉以後定為農曆三月三日為上巳節。原為官民在流水中洗濯宿垢，祓除不祥，招魂續魄之日，後成為王孫仕女踏青春遊的節日。

❸ 本年花：本地妓女。

❹ 陽曲縣：今山西省陽曲縣，在太原市以北。

❺ 天禧：北宋真宗年號，時當西元一〇一七—一〇二一年。

數百年來，久圮❼於水。十年前，太原太守率官吏士民，立汾神臺點祠，因復舊跡。彤雲閣是上下兩層，溪北最高之處，四面明窗，俯瞰柳陰中漁莊稻舍，酒肆茶寮❽，宛如天然圖畫。溪南一帶，桂樹遮列如屏，便是秋華堂。東邊一帶垂楊，汾流環遶。西邊池水一泓，縱橫數畝，源通外河，便是芙蓉洲。

到了這一日，彤雲閣下層早排設得錦天繡地一般。巳初一刻，教坊十妓齊集。不一會，縉紳❾和梅小岑、歐劍秋陸續也到了，一面催請荷生。小岑、劍秋和那十妓說說笑笑，都說道：「就現在教坊腳色論起來，今年花選，秋痕壓在煞尾，也算抱屈了。」秋痕係梧仙小字。秋痕冷笑道：「這也沒有憑據，若說第一，那個不想取上呢？我們本是憑人排弄的，愛之加膝，不愛之便要墜淵，又有什麼憑據可說得出來？」丹暈也說道：「這個是平心的話。」正說著，外面報說：「韓師爺來了。」縉紳大家也就走下臺階拱候。十妓都迎接出去，在閣門外一字兒花搖柳顫，排著等候。停了一回，只見一匹頂馬從柳陰中轉出，便見四人抬、兩人扶一座藍呢大轎，中間坐著彩雲皓月一般的韓荷生。後頭一群人，約有十餘個跟著。將到大門，教坊早已奏動鼓樂，十妓都請過安，荷生轎裏也點一點頭。轎子停下，荷生出轎，將他們打諒一回，便移步跨進門來；見大家都在階下，便躬身上前與大家相見，問了

❻ 修禊：古代民俗，農曆三月三日上巳日在水邊沐浴，袚除不祥，稱為「修禊」。

❼ 圮：音ㄆㄧˇ，毀壞。

❽ 茶寮：茶館。

❾ 縉紳：泛指士大夫。

好，即攜著小岑的手同上臺階。大家跟著進了彤雲閣，重新見禮。

大家讓小岑陪荷生上炕坐了。家人獻上茶來，荷生道：「諸公如此盛設，小弟何以克當！」那縉紳中有一個姓苟名才字子慎，搶著站起來，陪笑說道：「聊備杯酌，以伸景仰之意，還求荷翁勿以簡褻⑩為罪哩。」劍秋笑道：「我們都是軟紅塵⑪裏弟兄，不說套話罷。」此刻吹打停了，湘簾高捲，十枝花嬝嬝婷婷，都在兩廊，也有說笑的，也有理鬢的，也有更衣的。掌班們儘催著他們上去伺候。秋痕道：「我是不上去的。你看一屋子堆著許多人，這般早上去做什麼？」說著，便攜著掌珠，從西廊小門向堤邊逛去了。這裏碧桃、丹暈、曼雲三人只得移步上來，對荷生請了安。荷生知道這些都是花案上及第的，便也世故起來，攙住碧桃的手道：「都非凡豔！」隨將姓名年紀一一問過，便說道：「我下轎時瞧見一位穿藕紫衫、蔥綠裙的，怎麼不見呢？」小岑道：「那是梧仙。」子慎趕著立起身來，走到簾邊傳喚梧仙。狗頭急忙答應，卻四處找尋不見。玉壽道：「他剛纔和掌珠從這角門出去。」狗頭便從角門去追尋二人，掌珠班長也跟著。一會，纔把兩人領來。這裏卻將秋香、寶書、瑤華、玉壽、福奴都喚上去了。狗頭便將秋痕送到簾邊。

看官，你道這狗頭是什麼人呢？卻是秋心院一個掌班，因他生得怪頭怪腦，以此都喚他做個「狗頭」。而且他又有個怪相，是兩眼下有二黑斑，也像兩眼，以此人又喚做「四眼狗」。後來鬧得幾多事出來，這且按下。

---

⑩ 簡褻：輕慢不恭。

⑪ 軟紅塵：繁華熱鬧的地方，此處特指妓女聚集的花街柳巷。

當下秋痕和掌珠到了簾邊，看見一群兒都圍在炕前，便推著掌珠先走，自己落後。座上人臉都向上，聽著荷生說話，也不瞧見他兩個。倒是小岑從人縫中看見掌珠，便問道：「秋痕呢？」於是群花閃開，掌珠攜著秋痕向荷生同請了一安。荷生見秋痕別是一種灑落的神情，因向小岑道：「我卻不想并州儘有許多佳麗，就這榜末秋痕，已自出人頭地了。」小岑道：「一經品題，聲價十倍。吾兄賞識，自是不凡。」再看秋痕，早是秋波盈盈，默然不語。荷生便向群花說道：「站了好一會，今日太難為著二十瓣金蓮⑫了，請散開坐坐罷。」子慎便跟著說道：「兩旁空椅，你們隨意坐著。韓師爺是個憐香惜玉的人，再不拘你們的。」秋痕早輕移蓮步，從東走向窗下花架傍一把小方椅那裏去了。大家也有跟著走去的，也有向西窗下去的。荷生便向眾縉紳談了一回潼關破賊的事，復又笑道：「人生蹤跡不能預料，兩月以前，戎馬倥傯⑬，豈知今日群花圍繞，玉軟香溫？但今年花選，小弟不揣冒昧，卻要重訂一過，諸公以為何如？」劍秋笑道：「吾兄又要翻案了。」眾鄉紳同接著口道：「這又何妨呢，千金請不到這樣名公評定哩！」荷生笑道：「豈敢，豈敢！只是這遊戲筆墨，各存一說，諒亦無礙。」子慎便說道：「今年花選，本來公論是不依呢。」正說著，家人回說：「酒筵已備。」荷生便立起身來，和小岑、劍秋招著秋痕、丹暈、曼雲，閣門外散步。

這裏七手八腳將席抬上，正面擺著一席，兩邊排著四席。每席先是三個座，兩廊教坊⑭吹打三次，

---

⑫ 金蓮：古代指女子的纖足。

⑬ 倥傯：紛繁忙亂。

⑭ 教坊：指妓院。

家人捧上酒來，大家送酒安席。正面是荷生，小岑、劍秋陪坐。縉紳們分坐四席每席兩枝花伺候。小岑、劍秋曉得荷生意思，便喚跟班排兩個座在下橫頭，令丹暈、秋痕坐了。於是四席也照樣起來。然後大家都換了便衣。酒行三巡，曼雲等出位走到正面席前，以次呈上歌扇，秋痕、丹暈也站起來。荷生就隨意將各人都點了，只把秋痕的扇子握在手中，且令歸坐，慢慢的讓酒吃菜。聽那曼雲等或二簧，或小調，抑揚亢墜，百轉嬌喉，合著琵琶、洋琴、三絃諸般樂器的繁音促節，已是眉飛色舞，豪情勃發了。好一會，曼雲等以次唱完，小岑笑道：「如今該是秋痕崑腔⓯一開生面了。」荷生便向秋痕笑道：「你這扇上大半是《燕子箋》、《桃花扇》、《西樓記》、《長生殿》⓰。可見是個名家了。只是你有會得全齣的沒有？」秋痕站著答應道：「只有《長生殿・補恨》旦曲，是全會的。」荷生喜道：「好極！我就請教這一齣。」劍秋笑道：「我雖不懂這些，只全齣旦曲，就是難為人的事。」秋痕道：「不妨。」於是大家靜悄悄的，荷生要過鼓板，親自打著；教坊子弟吹著笛，彈著三絃聽。秋痕斂容靜氣的唱道：

嘆生前，冤和孽，纔提起，聲先咽。單則為一點情根，種出那歡苗愛葉。他憐我慕，兩下無分別。誓世世生生休拋撇。不隄防慘悽悽月墜花折，悄冥冥雲收雨歇！恨茫茫，只落得死斷生絕！

⓯ 崑腔：又叫崑山腔，原為崑山（今屬江蘇）地區流行的民間戲曲腔調，明清時發展為曲調舒徐婉轉的崑劇。

⓰ 燕子箋句：明清時四部戲曲名稱。《燕子箋》，明末阮大鋮作；《桃花扇》，清孔尚任作；《西樓記》，清袁于令作；《長生殿》，清洪昇作。

〈普天樂〉

荷生見秋痕一開口已經眼眶紅了，到末了「只落得死斷生絕」這一句，竟有忍不住淚的光景，便將青苹纔泡上蓮心茶，親手捧給秋痕道：「你吃了這鍾茶，下一支我唱罷。」便一面打鼓板，一面唱道：

聽說舊情那些，似荷絲劈開未絕，生前死後無休歇。萬重深，萬重結。你共他兩邊既恁疼熱，況盟言曾共設！怎生他陡地心如鐵，馬嵬坡⑰便忽將伊負也？〈雁聲過〉

小岑、劍秋俱拍案道：「好！」荷生笑道：「我們少唱，板眼生疏得很，不及他們的嫻熟。」秋痕道：「韓師爺板眼自然是講究的，我們班裏總不免有含糊處。」便接著唱道：

傷嗟！豈是他薄劣。想那日遭魔劫，兵刃縱橫，社稷阽危⑱，蒙難君王怎護臣妾？妾甘就死，死而無怨，與君何涉？怎忘得定情釵盒那根節。〈傾杯序〉

荷生喝聲「好！」便說道：「未免有情，誰能遣此？」劍秋道：「詞本好的，秋痕又能體會出作者的

⑰ 馬嵬坡：在陝西省興平縣西。唐代安史之亂時，唐玄宗西逃入蜀，路經馬嵬坡發生兵變。唐玄宗被迫縊殺寵妃楊玉環於此。

⑱ 社稷阽危：國家面臨危機。

意思，抑揚頓挫，更令人魂銷。」荷生道：「我要浮一大白⑲了！」於是丹翬執壺，秋痕斟酒，劍秋、小岑、荷生俱乾了一大杯。秋痕歸坐。小岑道：「如今我獻醜罷。」便討一鍾茶，漱了口，唱道：

你初心誓不賒⑳，舊物懷難撇。是千秋慘痛，此恨獨絕。誰道你不將殞骨留微憾，只思斷頭香再爇㉑。蓬萊宮闕㉒，化愁城萬疊。怕無端又令從此墮塵劫。〈玉芙蓉〉

大家都拍手道：「好呀！」子慎道：「我從來不曉得小岑會崑曲，今日纔請教呢。」小岑向秋痕笑道：「貽笑大方！」秋痕便也向著小岑一笑，接著唱道：

位縱在神仙列，夢不離唐宮闕。千回萬轉情難滅。雙飛若註鴛鴦牒㉓，三生舊好緣重結。又何惜人間再受罰折！〈小桃紅〉

秋痕唱了這支，眼眶又紅。小岑瞧著，便說道：「等我再效勞罷。」接著唱道：

---

⑲ 浮一大白：亦稱「浮白」，原指罰飲一大滿杯酒，後稱滿飲為「浮白」。

⑳ 不賒：沒有衰減。

㉑ 爇：燒。

㉒ 蓬萊宮闕：神仙居住的蓬萊仙境。

㉓ 鴛鴦牒：即鴛鴦簿，古代稱夙緣注定作夫妻的冊籍。

那壁廂人間痛絕，這壁廂仙家念熱。兩下裏癡情恁奢，癡情恁奢。我把彼此精誠，上請天闕。

補恨填愁，萬古無缺。

秋痕背過臉，接著唱道：

還只怕孽障周遮，緣尚蹇，會猶賒！〈大催拍〉

荷生笑向秋痕道：「以下便是尾聲了。」就唱道：「團圓等候仲秋節，管教你情償意愜。」當下秋痕向著荷生一笑，也背過臉接著唱道：「只我這萬種傷心，見他怎地說？」秋痕唱完，荷生十分歡喜，教丹暈斟上大杯酒，和小岑、劍秋每人喝了三大杯。四席上縉紳也隨意飲了幾杯。丹暈陪了三大杯，秋痕量小，只得將小杯陪飲。荷生道：「先前散步，瞧著堤邊預備有船，我們攜些酒，到船上去坐一回，也算不負修禊良辰。」大家俱欣然願意。

劍秋道：「船上那裏容得這多人呢？」子慎道：「早預備過，船有五六隻，分開坐罷。」於是五隻船，仍是五席。小岑、劍秋陪著荷生下船，一會蕩入水心，遙望著曠遠芊綿，水煙凝碧，那秋華堂、汾神廟、樓閣參差，倒影波中，澄澈空明，真令人胸襟漱滌，不著一塵。那教坊子弟打起〈十番〉㉔，十妓便齊聲唱起〈采蓮歌〉來。前後嬌聲婉轉，響遏行雲。當下水陸並進，珍錯㉕羅列。到了黃昏，

㉔ 十番：即〈十番鼓〉，器樂合奏曲名，用鼓、笛、木魚等十種樂器輪番演奏，故名。

㉕ 珍錯：「山珍海錯」的簡稱，指珍異的食品。

方纔將船仍盪到彤雲閣。荷生早已醺然㉖，叫索安將一百兩銀錁分賞十妓，另將自己身上帶的一塊翡翠九龍佩送給秋痕，轉身謝了眾人，先坐轎去了。各縉紳車隨到也隨散了。

只有小岑、劍秋、子慎三人車久不到，便和十妓說些閑話。丹暈等見荷生今日如此看重秋痕，也有妒忌的，也有替他歡喜的，那秋痕終是冷冷的。子慎便說道：「秋痕，你也該懂些巴結。譬如今日，韓師爺這樣另眼看待你，你就沒有一點格外招呼，你們到底是為著什麼來呢？」秋痕今日因是走開閒逛，誤了呼喚，已受狗頭一番絮聒，聽著子慎教訓他，便哭起來，說道：「自己會巴結，儘管巴結；人家不會巴結，必要教人巴結。這是何心呢？」子慎聽了，又羞又怒，登時變起臉來道：「你這東西，真是個不成材料！我好好的和你說話，你為什麼哭起來？你到底有人教管沒有？」秋痕正要發話，劍秋忙過來扯到裏間，說道：「你哭什麼呢？荷老爺說你原是好意，你不要認錯了。」小岑也將子慎扯到炕上，和曼雲一塊坐著，說道：「這妮子脾氣總是這樣，難怪人嫌。」子慎道：「我一團好意，倒惹的他搶白起我來，叫我怎麼不惱！」小岑只得十分排解㉗，劍秋裏邊也勸了秋痕許多話，纔把兩下的氣都平了。好是子慎車先到了，便招呼著大家，上車而去。劍秋力勸秋痕出來送子慎上車，秋痕抵死不肯。子慎去了，小岑、劍秋便叫秋痕班長，先送秋痕坐車回去。小岑、劍秋隨後車來，也就走了。丹暈大家自有各人的班長、各人的車馬伺候。客都散完，便鶯梭燕掠的一般，紛紛的分路回家。正是：

㉖ 醺然：酒醉的樣子。

㉗ 排解：寬慰。

酒闌人散，月上星稀；

錦天繡地，轉眼皆非。

欲知後事如何，且聽下回分解。

總評：此回傳秋痕性情態度，躍躍紙上，迄今如見其人。大抵十妓中，碧桃美而流於蕩，丹暈、曼雲美而近於俗。秋香齒穉，福奴色衰。寶書、玉壽皆熱腸人，掌珠、秋痕皆冷面人。瑤華色藝，未知何如，以後文觀之，竊疑荷生品花，列之寶書、玉壽間，殆亦有憾。荷生曰：「無憾也，處熱鬧場中，而面目能冷冷者，此其人不凡矣！」異日者秋痕證果於情場，寶書、掌珠捐軀於王事，其與瑤華廁名麟閣，有以異乎？無以異乎？

第七回 翻花案劉梧仙及第 見芳譜杜采秋束裝

話說山右教坊，設自遼金。舊例每年二月花朝❶，巨室❷子弟作品花會❸。其始原極慎重，延詞客文人，遴選❹姿容，較量技藝，編定花選，放出榜來。後來漸漸廢弛，以致篾片❺走狗靠此生活，於是真才多半埋沒，儘有不願赴選者。今年是個塗溝富戶❻馬鳴盛，字子肅，充作頭家❼，請一南邊人姓施名利仁，字蘆巖，主持花案❽。這利仁年紀二十餘歲，生得頎長白晳，鼻峰高聳，崑腔、二簧、

❶ 花朝：即花朝節。古代風俗以農曆二月十五日為「花朝節」。宋吳自牧《夢粱錄．二月望》：「仲春十五日為花朝節。浙間風俗，以為春序正中百花爭放之時，最堪遊賞。」

❷ 巨室：世家大族。

❸ 品花會：明清時代文人學士品評妓女的集會活動。一般以花卉名稱和名花形態屬性，品評妓女的身姿、容貌、性格、氣質，並評選出妓女的品級，排出「花榜」。後發展為以詩文品玩、選美，為妓院做廣告的活動，不一定以花卉品妓，亦稱「品花會」。

❹ 遴選：選拔。

❺ 篾片：指清客。古代趨附豪富人家幫閒湊趣，謀求殘羹的門客。

❻ 塗溝富戶：普通富戶。塗溝，塗巷溝道。塗溝之人，指最普通的人。

❼ 頭家：猶莊家。此指某些集會（如品花會）的召集人。

琵琶、三絃，都還會些，只是胸無點墨，卑鄙刻薄，無所不為。似這種人主持花案，這花選尚可問麼？到了出榜這日，優婆夷寺❾地方，綵亭上粘著榜文，是潘碧桃第一，劉梧仙第十。案下譁然，奈教坊司早已詳縣存案❿，就也沒人來管閑事了。

卻說荷生那日回營，勾當⓫些公事，天已不早，便吃點茯苓粥，青荓等伺候睡下，都退出去。荷生對著那一穗殘燈想道：「今日這一聚，也算熱鬧極了。丹暈、曼雲，自是好腳色；掌珠、秋香，秀骨姍姍，也過得去；只有秋痕，韻致天然，雖肌裏瑩潔不及我那紅卿，而一種柔情俠氣，真與紅卿一模一樣。且歌聲裂石，伎藝較紅卿似還強些。不知那花選何以將他屈在第十？我定當另編一過，飭⓬教坊司更正纔好。」又想道：「芙蓉洲風景，到了夏月荷花盛開，自然更好。我今日已約下小岑、劍秋，到那日作一東道⓭回敬他們。咳！只可惜紅卿不在這裏。」便朦朦朧朧的好像身子還在芙蓉洲船上，又像是席散時候。陡然那邊飛過一枝畫船來，船裏一個麗人倚著船窗看水。荷生便將頭探出窗來，正與那麗人打個照面，卻是紅卿，便急問道：「你什麼時候到了？」紅卿只是笑，那船早離有一箭多

---

❽ 花案：指品評妓女名次的名單。

❾ 優婆夷寺：即尼姑寺廟。優婆夷，梵語，指在家奉佛的女子，亦指出家的女子。此處指出家的女子。

❿ 教坊司句：教坊司，掌管勾欄、妓館的官署。詳縣，猶詳審。《廣雅．釋言》：「縣，視也。」

⓫ 勾當：料理。

⓬ 飭：音ㄔˋ，命令；告誡。

⓭ 東道：指做東，充當設宴請客的主人。

地了。荷生忙喚人追趕，回頭一看，船上靜悄悄的，只有秋痕一人，背著臉靠在那邊船窗，便問道：「他們往那裏去了？」秋痕轉過臉來，卻不是秋痕，又另是一個麗人，濯濯⑭如春月柳，灩灩如出水芙蓉，比秋痕還好。那麗人又只是瞧著荷生笑。荷生待向前說話，只見那麗人說道：「你只認得劉秋痕，那裏認得我呢？」荷生正要回答，那麗人卻不見了，船中只是自己一人。再一回盼，又見那麗人卻攜著紅卿的手，在岸邊亭子上並肩而立。喜得心花怒開，急忙跑上岸來，迎前一看，卻是丹暈、曼雲。荷生此時恍恍惚惚的，便急問道：「你看見紅卿麼？」只見丹暈沉著臉道：「你是什麼人？怎的混跑到這裏來？」便攜著曼雲從亭子上小門進去了。荷生想道：「分明這是丹暈、曼雲，如何他們變了臉，不認我呢？」再一看來，那裏是岸，卻是一家池亭，想道：「今天我怎的這樣迷惑起來，莫非是夢中幻境麼？」正想著，只見那池邊樹林裏跑出幾個回子，手執短刀，見了荷生都道：「這就是前日在潼關山上教人放火的人，不可放走了。」荷生吃了一驚，往園中便跑，又見紅卿和那麗人靠著池邊欄杆，吟吟的笑。荷生此時也不管禍福，忙上亭來，跑向前去。後面那幾個回子隨後趕來，攔腰抱住。唬得滿身冷汗，撐開眼來，卻是一夢。回憶夢境，如在目前，心上猶突突的亂跳。想道：「此自是上床時胡思亂想所致。」便自收攝精神，掃除思慮，就也安然睡著了。

次日起來，午窗無事，便將十花品第起來。也不全翻舊案，只將秋痕、碧桃前後挪移，便另是一番眼界了。開首撰一小序，每人名下各繫一傳，傳後各綴一詩，即日發刻。數日之間，便轟傳起來。看官，你道那教坊司敢不更正麼？只這幾頁花選，卻是胭脂山的飛檄，氤氳使的靈符⑮，早招出一個

⑭ 濯濯：明淨的樣子。

絕代佳人來。你道這佳人是誰？就是第一回書中說的杜采秋。這采秋係雁門樂籍。他的母親賈氏，那年身上有娠，夜夢一仙女，手拈芙蓉一枝說道：「此係石曼卿芙蓉城⑯裏手植，數應謫落人間，在你手裏受了二十年魔劫⑰，然後根移綠墅，果證青娥⑱。」說畢，擲花於懷，賈氏腹痛而醒，是夕生一女，因名夢仙，小字采秋。采秋生而聰穎，詞曲一過目，便自了了。不特琵琶、絃索，能以己意譜作新聲，且精騎射，善畫工書，以此名重雁門。到十六歲上，便有一豪客破費千金梳櫳了。每年四五月，到了并門⑲，扇影歌喉，一時無兩，以此家頗饒足。然性情豪邁，有江南李宛君⑳、顧眉生㉑之風，

---

⑮ 氤氳使的靈符：氤氳使，古代傳說中掌管婚姻的神靈。宋陶谷《清異錄・仙宗》：「世人陰陽之契，有繾綣司總統，其長官號氤氳大使，諸夙緣冥數當合者，須鴛鴦牒下乃成。」靈符，即鴛鴦簿。

⑯ 石曼卿芙蓉城：石曼卿，北宋文學家石延年，字曼卿。為人意氣豪邁，工詩詞，能文善畫，格調奇俊亮亢，為歐陽修所推重。芙蓉城，古代傳說中的仙境。宋歐陽修《六一詩話》：「（石）曼卿卒後，其故人有見之者云：『恍惚如夢中，言我為鬼仙也，所主芙蓉城。』」

⑰ 魔劫：指命中注定的災難。

⑱ 果證青娥：果證，佛教語，指修佛而達見道證悟的境地。青娥，指美麗的少女。此指本書杜采秋是前世一枝芙蓉，歷劫修佛而今生轉世為美麗女子。

⑲ 并門：即并州，今山西省太原市、大同市及河北省保定市一帶地區。

⑳ 李宛君：不詳。

㉑ 顧眉生：清康熙間上元（今江蘇省江寧縣）人，名媚，字眉生，號橫波。莊妍靚雅，通文史，善畫蘭。為人輕財好施，憐才下士。見朱彝尊詞，傾奩以千斤贈之。嫁龔鼎孳為妾，改姓徐氏，世稱徐夫人。

千萬金錢到手輒盡。舊年十二月，關外訛言四起，采秋將萬貫釵釧衣服，盡行棄去，購書十餘架。客問其故，采秋說道：「釵釧衣服，賊來便是禍根，換此數百萬卷書，賊將不顧而去，不好麼？」其實采秋是乘此機會要擇人而事，不理舊業。後來大兵東出，平了回匪，他家朝夕絮聒，說他：「年紀纔二十歲，不為全家圖些基業，專要讀書、做詩、寫字，難道真要去考博學鴻詞，作女學士麼？」采秋拗不過他爺娘意思，只得出來略略酬應。

一日侍兒紅豆傳說，洪相公來訪。看官聽著，這洪相公也是此書中一個要緊的人，此人單名海，字紫滄，現年三十五歲，拳勇無敵，卻溫文爾雅，是個做秀才的本色。以此雁門人個個敬愛他。采秋便延入內室客座，閒話一回，紫滄便從靴靿㉒裏取出一本書來，說道：「今年花選，你見過麼？」采秋道：「那花選有什麼看頭呢？所選的人橫豎是并州那幾個粉頭㉓，又難道又有個傾國傾城㉔的出來麼？果然有個傾國傾城的上那花選，也就玷辱！」紫滄笑道：「你這議論實在痛快！只是這一番又有個人出來，將花案翻過，你瞧罷。」便將花選一本遞給采秋。采秋揭開一看，書目是《重訂并門花譜》，便問道：「這重訂的人是個什麼樣的名公呢？」紫滄笑道：「你不要問人，且看這人的序如何，再說。」采秋便將小序念道：

㉒ 靴靿：靴筒。靿，音ㄧㄠˋ。

㉓ 粉頭：妓女。

㉔ 傾國傾城：形容姿容極其美麗的女子。《漢書・外戚傳上》：「（李）延年侍上（漢武帝）起舞，歌曰：『北方有佳人（指李延年之妹），絕世而獨立。一顧傾人城，再顧傾人國。寧不知傾城與傾國，佳人難再得。』」

露朵朝華，奇葩㉕夜合，蓮標淨植，絮染芳塵。羌託跡之靡常㉖，遂分形而各寄，豈謂桃開自媚，柳弱易攀，生碧玉㉗於小家，賣紫釵㉘於舊邸。羞眉解語，淚眼凝愁，彈秋之曲四絃㉙，照春之屏九折㉚。況兼筆妙，迴似針神㉛，允符月旦之評㉜，不愧〈霓裳〉之詠㉝。昨者躬逢良會，遍賞名花，又讀新編，足稱妙選！惟武陵俗豔，寵以高魁㉞；

便說道：「潘碧桃取第一麼？」又念道：

㉕ 奇葩：奇花。

㉖ 託跡之靡常：寄身於無常。託跡，寄身。靡常，無常。

㉗ 碧玉：指出身貧寒人家的美貌少女。

㉘ 紫釵：紫玉釵。唐代傳奇蔣防〈霍小玉傳〉載，長安名妓霍小玉與才子李益相愛，約盟終身。後李益赴官背盟，別娶盧氏。霍小玉相思成疾，資用屢空，令侍婢賣霍王府舊藏紫玉釵一枝。

㉙ 四絃：即琵琶。

㉚ 九折：即九曲屏風。

㉛ 針神：三國魏文帝所寵幸美人薛夜來，及魏秦朗之母皆妙於針線縫織之工，號為「針神」。

㉜ 允符月旦之評：允符，符合。月旦之評，即月旦評，指品評人物。《後漢書・許劭傳》載：「初，劭與靖俱有高名，好共論鄉黨人物，每月輒更其品題，故汝南俗有『月旦評』焉。」

㉝ 霓裳之詠：唐代著名法曲〈霓裳羽衣曲〉的簡稱。

㉞ 高魁：原指科舉考試第一名，此指品花評豔名列前茅。

而彭澤㉟孤芳，屈之末座。

便說道：「這彭澤孤芳是誰呢？」又念：

私心耿耿，竊不謂然。用是再啟花宮，重開蕊榜，登劉蕡㊱於上第，許仙人為狀頭㊲。背踏金鰲㊳，憶南都之石黛㊴，歌傳紫鳳㊵，誇北地之臙支㊶。願將色藝，遍質同人，所有是非，付之眾論云爾。富川居士撰。

念畢，說道：「好一篇唐小品文字㊷！這富川居士定不是北邊人了，你說罷。」紫滄道：「你且往下

㉟ 彭澤：晉代詩人陶淵明曾任彭澤令，後人遂以「彭澤」代指陶淵明。此處喻指劉秋痕。

㊱ 劉蕡：唐文宗太和初，劉蕡應賢良方正直言極諫科考試，考官嘆服，卻畏懼宦官專橫而不敢錄取。當時被選二十三人皆冗齪平庸。河南府參軍李郃謂人曰：「劉蕡下第，我輩登科，實厚顏矣！」劉蕡終因宦官黜逐，沉淪絕世六十餘年。此處以劉蕡喻指本書劉秋痕。

㊲ 仙人為狀頭：仙人，指劉秋痕。狀頭，猶狀元。

㊳ 金鰲：神話中海上巨大金龜，比喻臨水山丘。宋陸游〈平雲亭〉：「滿盍芳醪何處傾？金鰲背上得同行。」

㊴ 南都之石黛：南都，今河南省南陽市。石黛，古代婦女用以畫眉的青黑色顏料。南朝梁徐陵〈玉臺新詠序〉：「南都石黛，最發雙蛾。」

㊵ 紫鳳：傳說中的神鳥。

㊶ 臙支：即燕脂、胭脂，用於化妝的紅色顏料。徐陵〈玉臺新詠序〉：「北地燕脂，偏開兩靨。」

看，尚有筆墨呢！」采秋見第一個題名是：

霜下杰劉梧仙

便說道：「呵！劉蕡登上第，仙人得狀頭了，究竟這劉梧仙是誰呢？怎的我在并州沒有見過，且不聞有這人呢？」紫滄道：「你怎的忘了，那小班喜兒，你就沒有會過麼？」采秋道：「呵！就是他麼？人到不曾見過，卻聽見有人說，這喜兒長得模樣很好，肚裏崑曲記得很多，只是脾氣不好，不大招呼人。髣髴去年有人說他搬回直隸㊸去了，怎麼這回又來了？今番取了第一，這富川居士也算嗜好與俗殊鹹酸㊹，不肯人云亦云哩。」說畢，便看那小傳道：

梧仙姓劉氏，字秋痕，年十八歲，河南人。秋波流慧，弱態生姿，工崑曲，尤善為宛轉淒楚之音。嘗於酒酣耳熱，笑語雜沓之際，聽梧仙一奏，令人悄然。蓋其志趣與境遇有難言者矣！知之者尠，無足責焉。詩曰：

說道：「好筆墨，秋痕得此知己，可以無恨矣。」便將詩朗吟道：

㊷ 唐小品文字：指以晚唐李商隱、溫庭筠為代表的崇尚辭采和四六駢偶的短篇文章。

㊸ 直隸：今河北省。

㊹ 鹹酸：鹹味和酸味，比喻人情世味不一。

生來嬌小困風塵，未解歡娱但解顰㊺。記否采春江上住，懊儂㊻能唱是前身。

吟畢，說道：「詩亦佳！」再看第二名是：

虞美人顏丹暈

便說道：「虞美人三字，很切丹暈的樣子。」看那小傳道：

丹暈，姓顏氏，字么鳳，年十九歲。姿容妙曼，妍若無骨，豐若有餘。善飲，糾酒錄事，非么鳳在坐不歡也！至度曲，則不及梧仙云。詩曰：

衣香花氣兩氤氳，妙帶三分宿醉醺。記得鬱金堂下飲，酒痕翻遍石榴紅。

再看第三名是：

凌波仙張曼雲

曼雲，姓張氏，字彩波，年十九歲，代北人。風格雖不及梧仙，而風鬟霧鬢，妙麗天然，裙下雙彎，猶令人心醉也。詩曰：

偶然撲蝶粉牆東，步步纖痕印落紅。留與天遊㊼尋舊夢，銷魂真個是雙弓。

㊺ 解顰：懂得憂愁。

㊻ 懊儂：〈懊儂曲〉、〈懊儂歌〉，南朝樂府吳聲歌曲名，內容多為抒發男女戀情遭受挫折的苦惱。

再看第四名是：

玲瓏雪冷掌珠

掌珠，姓冷氏，字寶憐，年十九歲，代北人。寡言笑，而肌膚瑩潔，朗朗若玉山照人。善病工愁，故人見之，輒愛憐不置。詩曰：

牢鎖春心荳蔻[48]梢，可人[49]還似不勝嬌。前身應是隋堤柳[50]，數到臨風第幾條。

再看第五名是：

錦綳兒傅秋香

秋香，姓傅氏，字玉桂，年十四歲，湖北人。眉目如畫，初學度曲，嫋嫋[51]可聽，亦後來之秀也。詩曰：

---

[47] 天遊：放任自然地遨遊。

[48] 荳蔻：草果，其花含苞未放者稱為含胎花。古代詩文常用以比喻青春少女。

[49] 可人：可愛的人；稱心的人。

[50] 隋堤柳：隋煬帝時沿隋堤，即沿今河南省開封市、商丘市、夏邑縣、永城縣的汴河故道，開渠築堤，繞堤植柳，稱「隋堤柳」。古人於隋堤折柳送別，故隋堤柳成為離別傷感的象徵物。

[51] 嫋嫋：形容歌曲悠揚婉轉。

綠珠生小已傾城，玉笛新歌宛轉聲。好似旗亭春二月，珠喉歷歷囀鸝鶯。

再看第六名是：

銷恨花潘碧桃

碧桃，姓潘氏，字春花，年十七歲，美而豔，然蕩逸飛揚，未足以冠群芳也。詩曰：

昨夜東風似虎狂，只愁枝上卸濃妝。天台[52]畢竟無凡豔，莫把流紅誤阮郎[53]。

再看第七名是：

占鳳池賈寶書

寶書，姓賈氏，字香卿，年十七歲，遼州人。貌僅中姿，而長眉曲黛，善於語言。詩曰：

春雲低掠兩鴉鬟，小字新鐫在玉山[54]。何不掌書天上住，卻隨小劫落人間。

再看第八名是：

---

[52] 天台：天台山，在浙江省天台縣北。

[53] 流紅誤阮郎：流紅，漂流於水中的落花。阮郎，阮肇。傳說漢代阮肇與劉晨入天台山採藥，迷路後遇二仙女。阮、劉與二仙女生活半年，待重返家鄉，已過七世矣。此處以流紅喻指風塵妓女。

[54] 玉山：即群玉山，神話傳說中西王母所居之仙山。

燕支頰薛瑤華

瑤華，姓薛氏，字琴仙，年十六歲，揚州人。喜作男子妝，學拳勇，禿袖短襟，詼諧倜儻[55]，樂部中之錚錚者也。詩曰：

寶髻玲瓏擁翠鈿，春花秋月自年年。蒼茫情海風濤闊，莫去凌波學水仙[56]。

再看第九名是：

紫風流楚玉壽

玉壽，姓楚氏，字秀容，年十八歲，善肆應，廣筵長席，玉壽酬酢終日，迄無倦容。詩曰：

花氣濃拖兩鬢雲，絳羅衫子縷金裙[57]。章臺別後[58]無消息，芳草天涯又見君。

---

[55] 詼諧倜儻：詼諧，幽默風趣。倜儻，豪爽灑脫。

[56] 淩波學水仙：淩波，腳踏水波行走。曹植〈洛神賦〉描繪洛水女神「淩波微步」，淩空踏波而行。水仙，指洛神。又淩波仙子為水仙花的別稱。

[57] 縷金裙：即金縷裙。以金絲編織的衣裙。

[58] 章臺別後：唐孟棨《本事詩．情感》載，天寶末，名士韓翃與名妓柳氏相戀。韓翃出任淄青節度侯希逸之從事，柳氏留於長安，別後三年未能團聚。韓翃寄詩以「章臺柳」稱喻柳氏，寄託相思。章臺，長安繁華街道名，亦泛指妓院聚集地。

再看第十名是：

婪尾香王福奴

福奴，姓王氏，字惺娘，年二十三歲，代北人。楊柳多姿，桃花餘豔，以殿群芳，亦為花請命之意云爾。詩曰：

柳花撲雪飛難定，桃葉臨江恨總多。願借西湖千頃水，聽君閑唱采菱歌。

看畢，便將書放在茶几上，向紫滄道：「到底這富川居士是誰呢？」紫滄道：「此人非他，便是正月間大破數十萬眾回子的那個韓荷生。」采秋沉吟一會，纔說道：「他還有這閒功夫弄此筆墨？」紫滄道：「這荷生奇得很，聽得人說，他在軍中是詩酒不斷的，就是破賊這一日，也還做詩喝酒哩。」采秋道：「這也沒有什麼奇處，那諸葛公彈琴退敵[59]，謝太傅談棋賭墅[60]，名士大半專會摹調[61]，只如今就算得江左夷吾[62]，讓他推群獨步了。」紫滄笑道：「可惜你是個女子，若是男子，你這口氣是

---

[59] 諸葛公句：此指《三國志演義》中所敘魏司馬懿率軍進犯，蜀國諸葛亮設空城以惑敵，在城樓上彈琴，從容退敵的故事。

[60] 謝太傅句：此指南北朝時，前秦苻堅統兵百萬進駐淮水。東晉朝廷震動，委命謝安為征討大都督。謝安出征前尚從容不迫與謝玄下圍棋賭別墅。後以「賭墅」稱頌臨危不懼的大將風度。謝太傅，謝安死後，贈太傅之銜。

[61] 摹調：摹仿調弄。

要賽過他哩！」說得采秋也吟吟的笑了。又閑談了一回，天色已晚，紫滄去了。

采秋便將《芳譜》攜歸臥室，叫紅豆爇一爐香，烹一鍾茶，在銀燈下檢開《芳譜》，重看一遍。想道：「我只道現在讀書人，給那八股時文[63]、五言試帖[64]，綑縛得個個作個書獃；不想也還有這瀟灑不群的人，轉教我自恨見聞不廣，輕量天下士了。」因又想道：「他既有此心胸眼力，如何不知道我杜采秋呢？你要重訂《芳譜》，也不問問，就把什麼丹暈的酒量，曼雲的弓彎，都當作寶貝一般形諸歌詠，連那玉壽、福奴都為作傳，這不是浪費筆墨麼？」停了一回，又想道：「我不到太原，他如何知道我呢？這也怪不得他。」癡癡呆呆，想來想去，直到一下鐘，賈氏進來，幾次催他去睡，纔叫紅豆和老媽服侍睡下。次日又沉吟了一日，便決計與他父母商量，前往并州。他爺娘是巴不得他肯走這一遭，立刻料理衣裝，不日就到了。正是：

人生最好，一無所知；
若有知識，便是大癡。

---

[62] 江左夷吾：《晉書・溫嶠傳》載，當時江左草創，溫嶠見王導後，欣然曰：「江左自有管夷吾，吾復何慮！」江左，指東晉統治的長江下游地區。夷吾，春秋時政治家管仲，名夷吾。後世以「夷吾」代指輔國振邦的人才。

[63] 八股時文：明清科舉考試所用文體。八股大體包括破題、承題、起講、入手以揭示題旨，然後再分為起股、中股、後股和束股四段，每段均有兩股文字排比成文，故稱八股文或八股時文。

[64] 五言試帖：科舉考試所用的詩體，多為五言六韻或八韻的排律詩。清代試帖詩格式限制更嚴。

欲知秋痕、采秋後事如何，且聽下回分解。

總評：此回荷生、采秋合傳，然荷生、采秋兩不相涉也。何況紅卿借一夢以合之，而荷生與采秋可以合傳，即紅卿亦可附荷生以合於采秋矣。

第八回　呂仙閣韓荷生遇豔　并州城韋癡珠養痾

話說荷生自重翻《芳譜》之後，軍務日見清閑。一日，奉著報捷的回批，經略賞加太保銜❶，大營將吏俱有升擢，荷生也得五品銜。彼此慶賀，不免又是一番應酬。光陰易過，早是四月中旬，長日倦人，又見芍藥盛開，庭外丁香海棠，紅香膩粉，素面冰心，獨自玩賞一回。鳥聲聒碎，花影橫披，遂起了訪友的念頭，尋芳的興致。帶了青萍，騎了一匹青海驄❷，也不要馬兵跟隨，沿路去訪梅小岑、歐劍秋諸人，一無所遇，大為掃興，便欲回營。

走到東南城根邊，遙見一帶波光澄鮮如鏡，掩映那半天樓閣，儼如一幅畫圖，便問青萍道：「那是什麼地方？」青萍道：「小的未曾到過。」荷生便信馬行來，原來是一座大寺院，門前古槐兩樹，蔽日參天，牆外是大池縱橫十畝，繞著水是綠柳成行，黃鸝百囀，便覺心曠神怡。遂下了馬，看那寺門上橫額是「呂仙閣」三字，便令青萍拂去了身上的塵土，將馬繫在柳陰中。荷生緩步走到堤邊，看那遊人垂釣。忽聽閣上數聲清磬，度水穿林，更覺滌盡塵心飄飄意遠。又信步走進寺門，早見有一輛

❶ 太保銜：古代朝廷有三公：太師、太傅、太保，為輔弼天子的重臣。後世成為皇帝向重臣表示恩寵的贈官、加銜的榮譽稱呼，並無實權。

❷ 青海驄：古代指今青海湖周圍所產的馬，此泛指駿馬。

繡繶❸香車停在門內。便向青萍道：「那不是內眷的車麼？不用進去衝撞他們了。」青萍道：「老爺騎了半天馬，又站了這一會，也該歇一會兒。廟裏地方大，那裏就單撞見他們哩？」荷生點點頭道：「你且在此等著。」遂一人踱進門來，靜悄悄的，只有那車夫在石板上打盹。轉彎到了東廊，見兩三個小道士在地下擲錢玩耍，也不招呼荷生。荷生便一直向後走來，只見寶殿琳宮❹，迴廊複道，是個香火興旺的古剎。原來這純陽宮正殿以後，四圍俱係磚砌成閣，閣分三層：上層左臨試院，萬片魚鱗，右接東城，一行雉堞❺；遠則四圍山色，萬井人煙，近則數畝青畦，一泓綠水。中層為上下必由之道，兩邊石磴❻各數十級。下層做個月洞，係出入總路。

荷生剛到下層洞門，只聽一陣環佩聲，迎面走出花枝招展的兩個人來，便覺得鼻中一股清香，非蘭非麝，沁入心脾，自然會停了腳步。定睛一看，一個十四五歲的，身穿一件白紡綢大衫，二藍摹本緞的半臂，頭上挽了麻姑髻❼，當頭插一朵芍藥花，下截是青縐鑲花邊褲，微露出紅蓮三寸，笑盈盈的，已似海棠花嬌豔無比。一個年紀大些，真是寶月祥雲，明珠仙露。這道神采射將過來，荷生眼光

---

❸ 繡繶：同「繡幰」，彩繡的車帷。

❹ 琳宮：仙宮，此指壯麗的道觀。

❺ 雉堞：城上短牆，守城士兵禦敵護身之用。

❻ 石磴：石頭臺階。

❼ 麻姑髻：兩鬢垂髮，中挽髮髻。唐李白〈短歌行〉：「麻姑垂兩鬢，一半已成霜。」麻姑，古代神話中的仙女名。

自覺滉漾不定，幸是到了跟前，不得不把心神按定，閃過一旁，讓這兩人過去。這兩人也四目澄澄的瞧了一瞧。荷生覺得那絕色眼波更傾注在自己身上，那一縷魂靈兒好像就給他帶去，跟著出了洞，走過院子，將次轉出正殿，這絕色的回頭一盼，纔把精魂送轉。這兩人都不見了，兩條腿尚如釘住。停一會緩步向前，恍恍惚惚，記那絕色身上穿的是一件鑲花邊淺藍雲蝠線縐單衫，下面是百摺淡紅縐裙，微露出二寸許窄窄的小弓彎，頭上是挽個懶雲髻，簪一枝素馨花❽，似乎是縐著春山的光景。一路上凝神渺慮，細細追摹，不知不覺已走到後面閣上第二層扶梯了。且喜並無一人窺見心事，也就步上扶梯，靠著危欄想道：「那一個十四五歲的，是個侍兒決無可疑了。這一個絕色是那一家宅眷，恁的如許年輕，只帶一婢來廟呢？若說是小戶人家，那服飾態度萬分不像。咳！似此天上神仙，人間絕色，此地青樓決無此等尤物❾，這也不用說。譬如果有這樣一個人，無論丹暈、曼雲，就是秋痕怕也趕不上。只是人家宅眷無心邂逅❿，消受他慧眼頻頻垂盼，已算是我荷生此生豔福，以後還要怎樣呢？」這樣一想，登時把先前思慕心腸，如濯向冰壺⓫，不留渣滓，倒也爽然。流覽一回，覺得口渴，緩步出來，一個老道士遞上一鍾茶，卻喝不得。瞧著錶已有三下多鐘了，趕著出門，喚過青萍，跨上馬把鞭一捎，那馬如飛的馳歸大營去了。

---

❽ 素馨花：本名耶悉茗，花色潔白，芳香清洌。

❾ 尤物：指絕色美女。

❿ 邂逅：偶然相遇。

⓫ 冰壺：盛冰的玉壺，比喻品德純潔，或表示以高潔自律。

看官，你道荷生所遇的絕色究竟是誰？原來就是杜采秋。采秋自那日決計出門，次早便和他媽擇了日期，帶著老嬤、丫鬟、伙伴上路，按站到了太原，就寓在菜市街愉園。這園雖不甚大，卻也有些樹木池亭，數十間邃房⑫密室。本是鉅家別業⑬，後來中落，此園又不轉售於人，關閉數年，屋宇漸漸塌壞。采秋去秋以二千金買之，略加修葺，便也幽雅異常。只是他娘賈氏因途次感冒，成了重症，日重一日。采秋晝夜伏侍，轉把來訪之客概行謝絕。此時已半個多月了，見他媽病勢有增無減，因此特來呂仙閣求籤許願，不想遇見荷生。其實采秋意中有荷生，卻不曾見過這個人，荷生目中有采秋，又不曾聞有這個人。然荷生看不出采秋是個妓女，采秋卻看得出荷生是個名流，一路想道：「這人丰神澄澈，顧盼不凡，定是個南邊出色人物。」因又想道：「此人或且就是紫滄說的韓荷生，那廟門外柳陰拴一匹馬，係青海驄，不是大營那裏有此好馬？」正在出神，車已到家。想他媽病勢危篤，呂仙閣的籤又不甚好，也把路上所有想頭一齊擱開了。這且按下。

卻說癡珠由草涼驛趲程，十九日午後已到西安，隨便卸裝旅店，就僱定長車。因河南土匪出沒無常，與車夫約定取道山西，限十八日到京。一面吩附跟人檢點行李，一面寫了幾封川信，交給廣漢家丁回去銷差。此時已是黃昏，癡珠也不換衣服，坐車向紅布街王漱玉家來，不想漱玉夫婦雙雙的外家去了。癡珠只得把他家裏作一柬帖⑭，並詩二首留別，悵然而返。詩云：

---

⑫ 邃房：深幽的房屋。

⑬ 鉅家別業：大家別墅。

⑭ 柬帖：信札。

卅年聚散總關情，銷盡離魂是此行。去日苦多來日少，春風淒絕子規聲。

客囊猶似去年貧，湖海浮沉剩一身。東閣何時重話舊，可憐腸斷再來人。

那王家管事家人劉福，為著癡珠是漱玉極愛敬的朋友，三更天自己跑來請安，送過酒菜，再三挽留。癡珠姑且答應，其實天一亮，便裝車上路去了。

癡珠自幼本係嬌養，弱冠⑮登第，文章丰采，傾動一時。兼之內顧無憂，儻來⑯常有，以此輕裘肥馬，暮楚朝秦，名宿傾心，美人解佩。十年以後，目擊時艱，腸迴嫠緯⑰，賓朋零落，耆舊⑱銷沉。此番經年跋涉，內窘於贍家⑲之無術，外窮於售世⑳之不宜。南望倉皇，連天烽火，西行躑躅，匝地荊榛。披月趲程，業馳驅之已瘁，望雲陟屺㉑，方啟處之不遑。憂能傷人，勞以致疾。廿一夜趕到潼

---

⑮ 弱冠：古代稱男子二十歲成人，初加冠，為「弱冠」。

⑯ 儻來：自來。

⑰ 嫠緯：為「嫠不恤緯」的縮語。《左傳．昭公二十四年》：「嫠不恤其緯，而憂宗國之隕，為將及焉。」嫠，嫠婦，即寡婦。緯，織物的緯線。意謂寡婦不顧念緯線，而憂慮家國隕亡而禍及己身。後世以「嫠緯」比喻憂國心切。

⑱ 耆舊：年高望重的長者。

⑲ 贍家：猶養家，贍養家人。

⑳ 售世：猶行世，指仕途通達於當世。

㉑ 望雲陟屺：望雲，仰望白雲，隨所感而有多種含義。此處指思念家鄉，思念父母。陟屺，《詩經．魏風．陟

關，便神思懶怠，不思飲食。次日五更起來，覺得頭暈眼花，口中乾燥，好不難受。勉強掙扎出關渡河，曉風撲面，陡然四肢發抖，牙關戰得磕磕的響，叫禿頭將兩床棉被壓在身上，全然沒用。直到韓陽鎮打尖，服下建粬㉒，吹下痧藥㉓，略覺安靜。

是晚到了蒲關，想欲求醫，因憶起一個故舊來。此人姓錢名同秀，字子守，本南邊人。善醫，隨宦此地，辦起鹽務，字號裕豐。癡珠令人持柬相邀，候至三更不到，癡珠只得付之一笑。睡至五更，頭目比日間清爽，而兩腳酸痛不可屈伸。此本癡珠舊疾，近來好了，此時重又大發。一路倒難為禿頭扶上扶下，又要收拾鋪蓋，又要料理飲食，又要管理銀錢，日夜辛勤，極其勞瘁。癡珠委實過意不去，行至霍州㉔，值有同鄉左藕舫孝廉，掌教此地，代覓一僕名喚穆升，稍分禿頭辛苦。孝廉因力勸癡珠就醫太原，且將他的家信取出給癡珠瞧，說是二月後賊勢漸平，故鄉時事可以無憂。癡珠覺得略略放心。數日之間就也到了太原。

先是在旅店住了一日，嘈雜不堪，遂租了汾堤上汾神廟西院一所客房養病。當下收拾行李，坐車到了寓所，倒也乾乾淨淨一所房屋。上房四間，屋子中間是客廳，東屋兩間是臥室，西屋是下人的住屋。院中有兩株大槐樹遮住了，不見天日。後面也是個大院子，卻是草深一尺。東邊是朝西小樓一座，

岵》：「陟彼屺兮，瞻望母兮。」陟，登。屺，無草木之山。

㉒ 建粬：猶建麴，酒麴，亦指酒。

㉓ 痧藥：指治療中暑的藥。痧，中醫指霍亂、中暑等急性病。

㉔ 霍州：故治在今安徽省霍山縣東。

樓下左邊屋放口棺木，卻是空的。癡珠也不理論。右邊是廚房，西邊是牆，牆上有重門通著秋華堂廊廡。禿頭、穆升趕著將鋪蓋取出，正在打展，只見一個和尚歡天喜地遠遠的叫將過來，道：「我道是那一位韋老爺，卻原來就是癡珠老爺。」癡珠拐著腳向前一看，也歡喜道：「心印，你如何在這裏？」

看官，這心印和尚汝道是誰？原來就是汾神廟住持。他本係西湖淨慈寺知客㉕，工詩畫，向年癡珠就聘臨安㉖，與心印為方外交㉗，往來親密。後來癡珠解館，心印以心疾發願朝山，航南海，陟峨眉，前年頂禮五台後，將便道入都，官紳延主汾神祠。癡珠此來，得逢心印，也算意想不到之事。

當下彼此施禮，略敘別後蹤跡。心印見癡珠初搬進來，一切未曾安置，且行李亦極蕭條，便向穆升道：「這邊缺什麼家伙，即管向當家㉘取去。」一面說，一面起來攙癡珠的手道：「老僧攙你到方丈躺躺罷，讓他們收拾妥帖，你再過來。」癡珠也自情願，心印和禿頭一路照應，癡珠蹣跚的來到方丈，便躺在心印床上，與心印暢談十餘年分手的事。因說道：「自恨華盛時不早自定，至於中年家貧身賤，養癰畏疽㉙，精神不齒㉚，那能不病入膏肓呢？」心印慰道：「百年老樹中琴瑟，一斛舊水藏

㉕知客：寺院中主管接待賓客的僧人。

㉖向年句：向年，往年。臨安，今浙江省杭州市。

㉗方外交：即方外友，遠離塵俗禮法的朋友，指僧人、道士或隱士。

㉘當家：主持家政的人，此指寺廟主持。

㉙養癰畏疽：指生了腫毒養著不治，終於長成了可怕的毒瘡。比喻對壞的情況聽任發展，釀成不可收拾的結局。

㉚不齒：不與眾人同列，表示精神危殆不振。

蛟龍。人生際遇何常？偶沾清恙㉛，怕什麼哩！」癡珠道：「功名富貴，命也！只上有老母，下有弱弟，際此時艱，治生計拙，這心怎放得下。」心印道：「這也只得隨緣㉜。」遂勸癡珠吃了兩碗稀飯。飯後睡了一覺，兩腳疼痛已略鬆動。到了二更，大家攙扶過來，晚夕無話。

次日五月初一，癡珠換過衣帽，穆升扶著，想到觀音閣燒香。剛轉過甬道，只見一陣僕婦、丫鬟，捧著一青年少婦進來，癡珠只得站住。那少婦卻也停步，將癡珠打掠一回，向一僕婦說了幾句話，徑自上閣去了。這僕婦便走到癡珠跟前問道：「老爺可姓韋，官章㉝可是玉字旁麼？」癡珠沉吟未答，穆升說道：「姓名卻是，你怎的問哩？」僕婦道：「是我們太太叫問呢。」便如飛的上閣回話。癡珠想道：「這少婦面熟得很，一時記不起了。他來問我，自然是認得我呢。」

看官，汝道這少婦又是誰呢？原來就是蒲關游總兵長齡字鶴仙之妹、大營李副將喬松字謖如的夫人。十五年前，游鶴仙之父官名炳勳，提督東越水師。癡珠彼時曾就其西席之聘㉞。他兄妹兩個，一纔十六歲，一纔十三歲，師弟之間極其相得。未及一年，游提督調任廣東，癡珠中後，又南北奔馳，也曉得鶴仙中了武進士，卻不知道就在江南隨標。數年之間，以江南軍功擢至總兵，且不曉得即在蒲關。如今認起來，卻得兩位弟子。癡珠在并州養病，有這多舊人也不寂寞了。正是：

㉛ 清恙：「疾病」的婉稱。

㉜ 隨緣：佛教語，人生禍福，皆順遂機緣，任其自然。

㉝ 官章：尊稱他人的姓名。

㉞ 西席之聘：古人席位尊右，右為賓師之位，坐西而面東。後稱受業之師為「西席」。此指應聘為家塾老師。

相逢不相識，交臂失當前。
相識忽相逢，相逢豈偶然。

欲知後事如何，且聽下回分解。

總評：此回純是承上起下文字，似是閒文，卻非閒文。細讀之，皆是絕不可少之文，能文者自知之。

第九回　粤夆水閣太史解圍　邂逅寓齋校書感遇

話說秋痕那日從柳溪回家，感激荷生一番賞識，又忿恨荀才那般蹧蹋，想道：「這總是我前生作孽，沒爹沒媽，落在火坑，以致賞識的也是徒然，蹧蹋的倍覺容易。」就酸酸楚楚的哭了一夜。嗣後荷生重訂的《芳譜》喧傳遠近，便車馬盈門，歌采纏頭，頓增數倍。奈秋痕終是顧影自憐，甚至一屋子人酒酣燭炧，譁笑雜沓，他忽然淌下淚來；或好好的唱曲，突然咽住嬌喉，向隅拭淚。問他有甚心事，他又不肯向人說出，倒弄得坐客沒意思起來，都說他有些傻氣。

五月初五這一天，是馬鳴盛、荀才在芙蓉洲請客，看龍舟搶標。他所請的客是誰呢？一個錢同秀，一個施利仁，前文已表。餘外更有卜長俊字天生，是個初出山的幕友；夏旒字若水，胡耇字希仁，是一個未入流；原士規字望伯，是個黃河渡口小官，現被經略撤任。那荀才又請了梅小岑，小岑那裏肯和這一班人作隊，奈子慎是小岑隔鄰，自少同學，兩世交誼，面上放不下來，也就依了。今年花選是馬鳴盛頭家，因此傳了十妓，那十妓是不能一個不到的。只可憐秋痕懶於酬應，挨時挨刻，直到午後纔上車赴芙蓉洲來。

遠遠聽得人語喧嘩，鼓聲填咽，正是龍舟奮勇競渡之時。岸上遊人絡繹不絕。那時水亭上早擺上三席：中席是卜長俊、胡耇、夏旒，秋香、瑤華、掌珠伺候；西席是錢同秀、施利仁、馬鳴盛，碧桃、玉壽、福奴伺候；東一席是梅小岑、原士規、苟才，曼雲、寶書、丹暈伺候。狗頭見趕不及上席，下車時將秋痕著實數說，硬著頭皮領著上去，果然苟才、馬鳴盛一臉怒氣，睜開圓眼，便要向秋痕發話。秋痕低著頭，也不言語。小岑早已走出位來，攜著秋痕的手說道：「怎麼這幾日不見，更清瘦了，不是有病嗎？」秋痕答應道：「是。」馬鳴盛、苟才見小岑如此，也就不敢生氣，立刻轉過臉色來。這小岑即吩附家人在自己身邊排下一座，給秋痕坐了，狗頭便跟上來教秋痕送酒，招呼大家。小岑笑道：「有我哩，你下去罷。」狗頭諾諾連聲，不敢言語。倒是鳴盛前後過來應酬小岑，小岑丟將眼色，著秋痕向前，秋痕纔勉勉強強的斟上酒敬過鳴盛，又敬苟才，說道：「晚上感冒，發起寒熱，今日本不能來，緣老爺吩附不准告假，早上掙扎到這會，纔能上車，求老爺們擔待罷。」苟才趕著說道：「我說秋痕向來不是有脾氣的，幸虧沒有錯怪了你，大家都知道，這就罷了。」於是三席豁拳，轟飲一會。秋痕默默坐在小岑身傍，見西席上碧桃把同秀短煙袋裝好了煙，點著了，送過來給同秀，卻把水汪汪的兩眼溜在利仁身上。利仁卻抱住福奴要吃皮杯❶，鳴盛勸著福奴敬他。中一席卜長俊、夏旒、胡肴三個，每人身邊坐一個，毛手毛腳的醜態百出，穢語難聞。這一邊席上，小岑是與丹暈一杯一杯的較量，苟才也只好斯斯文文的說笑，只有士規和寶書做了鬼臉，一會，向小岑道：「聽說杜采秋來有一個多月，只是總不見客哩。」小岑道：「這卻怪不得他，他媽現在病重得很呢。」又停了一會，鳴盛有些醉了，和苟才換過坐，卻不坐在苟才坐上，自己將椅子一挪便擠在秋痕下手，迷著兩隻小眼，手裏理著自己幾莖鼠鬚，大有親近秋痕之意。急得秋痕眼波溶溶，只往小岑這邊讓過來。小岑見那兩邊

❶ 吃皮杯：指妓女口中含酒，以接吻方式將酒度入嫖客口中，稱「吃皮杯」。

席上鬧得實在不像，又怕秋痕衝撞了人，恰好亭外一條青龍、一條白龍轟天震地的搶標，便扯著秋痕道：「我和你看是那一條搶去標。」便立起身來，向後邊過路亭上看去，丹翬乖覺也就跟了出來。乘著大家向前爭看搶標❷，他三人便悄悄分開蘆竹，尋出路徑，望秋華堂緩步而來。

到得秋華堂，不想心印為著這幾天閑雜人多，倒把秋華堂門窗拴得緊緊，中間的垂花門落了大鎖。三人只得繞到堂後假山上亭子，就石墩上小小憩一會。此時龍舟都散去歇息，看龍舟的人也都散去各處閑步。這秋華堂就有三五成隊來了。小岑只得領著丹翬、秋痕下來，從東廊出去。丹翬見壁間嵌著一塊六尺多高木刻，無心將手一按，卻活動起來，丹翬驚愕！小岑道：「這是個門，通過那邊汾神廟，平素是關住的，不知開得開不得？」把手用力一推，那門年代久了，裏頭關鍵久已朽壞，便撲落一聲吊了下來。第二重月亮門卻是開的。三人以次進去，見是個小院落，上面新搭著涼棚，對面一座小樓，靠南是正屋後身。就有人也跟進來，小岑說道：「這是我的書屋，大家不得進來。」那幾個人纔退出去了。小岑便把月亮門閉上拴好，笑道：「這都是你兩個累我。」說畢，領著兩人由樓邊小徑到屋子前面，見兩邊都是紗窗，靠西垂著湘簾❸，便說道：「這地方像有人住了。」秋痕先走向捲窗一瞧，說道：「沒個人影兒。」就掀開正屋簾子，讓丹翬進去，自己隨後跟來。見屋內十分雅潔，上面擺一木坑，坑上橫几擺滿了書籍，直几上供一個磁瓶，插數枝水梔花，芬香撲鼻。中間掛一幅橫披，寫著「國破山河在」的杜詩一首，筆意十分古拙，款書「癡珠試筆」。旁掛的一聯集句是：

❷ 搶標：爭搶標幟。標，表示勝利或達到某種目標的標幟。
❸ 湘簾：湘妃竹（即洞庭湖一帶所產的斑竹）所做的竹簾。

豈有文章驚海內，
莫拋心力作詞人。

款書「癡珠瑩」三字，俱是新裱的。秋痕沉吟一會，向小岑道：「這癡珠是誰，你認得麼？」小岑道：「我不認得。只此古拙書法，定是個潦倒名場的人了。」丹暈笑道：「我看起來，這癡珠兩字好像是個和尚。」秋痕見東屋掛著香色❹布簾，中鑲一塊月白亮紗，就也掀開進去。窗下擺一長案，是雨過天青❺的桌罩，一座彌勒榻❻，是舊宋錦❼的坐褥，便坐下去。瞧那桌上擺著一個白玉水注❽，兩三個古硯，也有圓的，也有方的。一把退筆❾和那十餘本書，都亂堆在靠窗這邊。隨手將書檢出一本，見隸書《西征吟草上冊》六字，翻開第一頁，題是〈觀劇〉下註「碎琴」二字。詩是：

鍾期死矣渺知音❿，〈流水高山〉⓫枉寫心。賞雅幾能還賞俗，絲桐悔作伯牙琴。

---

❹ 香色：茶褐色。
❺ 雨過天青：顏色名，指雨後初晴的天藍色。
❻ 彌勒榻：靜坐修禪的一種短榻，人坐榻上如彌勒佛坐榻狀。
❼ 宋錦：宋代所織的紋樣繁複，配色淳樸的精美錦緞。後世稱具有宋錦風格的舊錦也為宋錦。
❽ 水注：文具名稱。用於為硯臺注水研墨的盛水器。
❾ 退筆：筆毫退落的毛筆，即禿筆。
❿ 鍾期句：相傳春秋時伯牙善鼓琴，鍾子期聽起琴音而知伯牙志在高山，志在流水。鍾子期死，伯牙感到渺然

便點點頭，嘆一口氣，就也不往下看了。這小岑坐在外間坑上，將几上《藝海珠塵》隨便看了兩頁。丹暈陪著無味，便走進來，說道：「你看什麼？」秋痕未答，小岑也進來了。見上面掛一聯，是：

白髮高堂遊子夢，青山老屋故園心。

一邊傍書「張檢討句」。一邊末書「癡珠病中試筆」。中間直條款書「小金臺舊作」五字。看詩是：

士為黃金來，士可醜，燕王招士⑫以黃金，王之待士亦已苟。樂毅、鄒衍⑬之賢，乃以黃金相奔走，真士聞之將疾首。胡為乎黃金臺且不朽，小金臺且繼有！

便說道：「倡真《鐵崖樂府》⑭，又是一枝好手筆，足與韓荷生旗鼓相當。只是這人福澤不及荷生哩！」

失掉知音，遂破琴絕弦，終身不復鼓琴。

⑪ 流水高山：指伯牙所彈琴曲〈流水高山〉。

⑫ 燕王招士：戰國時齊國趁燕國內亂，襲破燕國。燕昭王即位後，欲洗雪先王之恥，曾在今河北省易縣築黃金臺，置千金於臺上，廣招天下賢士。

⑬ 樂毅鄒衍：皆為戰國時投奔燕昭王的著名人物。樂毅，中山國靈壽（今河北省平山縣東北）人。燕昭王時任亞卿，拜大將軍，曾率兵大敗齊國，因功封於昌國（今山東省淄博市東南），號昌國君。鄒衍，齊國（今山東省境內）人，為齊國稷下學官著名的陰陽學派學者。

⑭ 鐵崖樂府：即《鐵崖先生古樂府》，別集名。鐵崖，元代楊維楨，號鐵崖。

秋痕道：「他案上有詩稿，你看去罷。」丹暈瞧著東壁道：「你看這一幅小照，不就是癡珠麼？」小岑、秋痕近前看那小照，畫著道人，約有三十多歲，神清骨秀。小岑笑向秋痕道：「你先前要認此人，如今認著日後就好相見。」秋痕兩道眼波注在畫上，答道：「曉得是他不是他？」小岑、丹暈抿著嘴笑，秋痕也自不覺。小岑正要向案上找詩稿看，聽得外面打門，便說道：「房主人來了。」秋痕道：「他空空洞洞的一個屋子，我們不來，他叫什麼人開哩？」

正說著，只聽西屋一人從睡夢中應道：「來了！」小岑搖手，叫兩個不要說話，偷向捲窗看打門是誰。一會轉過屏門來，卻是心印。只聽心印一路說進來道：「秋華堂那一座門，不知今天是誰推倒？幸你月亮門早是拴上，不然怕沒有人跑來麼？」小岑掀開簾子笑道：「卻早有人跑來了。」倒把心印和秃頭嚇了一跳。小岑接著說道：「你那板門就是我推倒的，我拐了王母⑮兩個侍兒，來你這裏窩藏哩！」心印也笑道：「梅老爺真會耍人，卻不知你那管家和兩三個人，到處找你哩！」小岑拉著心印進來裏間，見了丹暈、秋痕。這心印不認是誰，卻也曉得是教坊裏的人，便接口道：「真個王母兩個侍兒被老爺拐來了。」小岑指著上面的聯道：「這癡珠單名瑩，可就姓韋，可就是從前獻那〈平倭十策〉韋瑩麼？」心印道：「是。」小岑道：「他什麼時候來你這裏住呢？」心印便將癡珠家世以及遇合蹉跎，自己平素如何相好，此番如何相遇，細說一遍。小岑、丹暈也都為扼腕嘆惜，只秋痕脈脈不語。小岑又問心印道：「韋老爺怎的今日不在家養病呢？」心印道：「說來也奇，那一日搬進來遇著老僧，算是他鄉遇故知了。不想次日一早，他到觀音閣燒香，又遇著十五年前受業女弟子，就是大營

⑮ 王母：即西王母，古代神話傳說中的女神。

李鎮軍的夫人。你說奇不奇的？這李夫人卻認真愛敬先生，那日就來這屋子請安，見他行李蕭條，回去便送了許多衣服以及書籍古玩。第二日李鎮軍親自過來，要請他搬入衙署，他執意不肯。今日是端陽佳節⑯，一早就打轎過來接去了，回來大約要到二更多天。」丹暈道：「這真叫做人生何處不相逢呢！」秋痕道：「這夫人就也難得。」四人談了一會，天也不早了，小岑家人及丹暈、秋痕跟人都已找著，知道水閣上大家都散了，就也各自分路回家了。

單說秋痕這一夕回來，想道：「癡珠淪落天涯怪可憐的。他弱冠登科，文章經濟卓絕一時，〈平倭十策〉雖不見用，也自轟轟烈烈，名聞海內。到如今栖栖此地，真是與我一樣，有話向誰說呢？我這會得個虛名，就有許多人瞧起我來，過了數年自然要換一番局面，我便是今日的癡珠了。那時候從何處找出一個舊交？咳！這不是我後來比他還不如麼？瞧他那〈觀劇〉的詩，一腔子不合時宜，受盡俗人白眼，怎的與我梧仙遭遇竟如此相同。他不合時宜，便這般淪落；我不合時宜，更不知要怎樣受人蹧蹋哩！大器晚成⑰，他後來或有出路，我後來還有什麼出路？而且他就沒有出路，那著作堆滿案頭，後來便自有千古⑱；我死了，就如飛的煙、化的灰，再沒痕跡了。」因又轉一念道：「咳！我這種作孽的人還要講什麼死後，這越發獃了。」又想道：「今日席間，大家那般光景，真同禽獸，沒有

---

⑯ 端陽佳節：即端午節。農曆五月五日為端午節，相傳紀念楚國著名詩人屈原投江殉國，民間有包粽子、賽龍舟等風俗。

⑰ 大器晚成：貴重器物完成的時間要晚，比喻偉大、傑出人才的成就一般較晚。

⑱ 千古：猶言「不朽」。

半點羞恥。他們倘和我鬧起來，這便是梧仙的死期到了。」這一夜淒楚，比那三月初三晚更是難受。次日便真病了。正是：

有美一人，獨抱孤憤。
憐我憐卿，飄飄意遠。

欲知後事如何，且聽下回分解。

總評：此回傳秋痕，佛說因緣二字，試於此參之。末段嚼墨一噴，足令天下淪落人同聲一哭！韓、杜之合，劍秋合之也。韋、劉之合，小岑合之也。然劍秋為之作合於既見面之後，小岑為之作合於未見面之前，小岑無心，劍秋有意，兩兩整對，卻兩兩參差。

第十回　兩番訪美疑信相參　一見傾心笑言如舊

話說端陽這日，荷生營中應酬後，劍秋便邀來家裏綠玉山房小飲。兩人暢敘，直至日色西沉，纔散開閑步。荷生見院子裏遍種芭蕉，綠陰匝地；西北角疊石為山，蒼藤碧蘚斑駁纏護，沿山凸凹；池水漣漪❶，繞著一帶短短紅闌❷；闌畔幾叢鳳仙百葉重臺，映著屋角夕陽，別有一種嬝娜之致。劍秋因想起《芳譜》，便說道：「荷生，你的《芳譜》近來又有人出來重翻了。」荷生驚訝道：「這又是何人呢？」劍秋道：「如今城裏來了一個詩妓，你是沒有見過的。又來了一個大名士，賞鑒了他，肯出三千金身價娶他。那秋痕如何趕得上？這《芳譜》卻不是又要重翻麼？」荷生笑道：「果然有這詩妓，有這闊老，我也只得讓他發標。只是太原地方，我也住了半年，還有什麼事不知，你哄誰呢？」劍秋道：「我給你一個憑據罷。」說著，進去半晌，取出一把摺扇遞給荷生道：「你瞧。」荷生看那扇葉上，係畫兩個美人，攜手梧桐樹下。上面題的詩是：

兩美娉婷❸一聚頭，桐陰雙影小勾留。欲平紈扇年年恨，不寫春光轉寫秋。

---

❶ 漣漪：水面漾起的細微波紋。

❷ 紅闌：紅漆欄杆。

款書「劍秋學士大人命題，雁門采秋杜夢仙呈草」。笑道：「你這狡獪伎倆，我不知道麼？這個地方果有采秋這樣人，我韓荷生除非沒有耳目罷了，還是我韓荷生的耳目，尚待足下薦賢麼？」劍秋也笑道：「我這會就同你去訪，如有這個人怎樣呢？」說畢，便吩附套車。此時新月初上，一徑向愉園趕來。

兩人酒後何等高興，一路說說笑笑，不覺到了愉園。劍秋便先跳下車，親自打門，約有半個時辰，纔聽得裏頭答應道：「姑娘病了，沒有妝梳，這幾月概不見客，請回步罷。」劍秋再要問時，雙扉❹閉月，寂無人聲。劍秋掃興，只得將車送荷生回營。荷生一路想道：「此地原只秋痕一個，那裏還有什麼詩妓？就如那一天呂仙閣所遇的麗人，可稱絕豔，風塵中斷無此人。劍秋遊戲三昧❺，弄出什麼詩扇來想要賺我，獃不獃呢？」荷生從此把尋花問柳的念頭，直行斷絕了。

一日，劍秋便衣相訪，又說起采秋如何高雅，如何見識，如何喜歡名下士。荷生不等說完，冷笑道：「算了，人家說謊也要像些，似你這樣撒謊，什麼人也賺不過。」這一席話把劍秋氣極起來，說道：「我好端端和你說，你儘說我撒謊，我今日偏要拉你去見了這個人，再說罷。」荷生笑道：「你

---

❸ 娉婷：姿態嬌美的樣子。

❹ 雙扉：兩張門扇。

❺ 遊戲三昧：佛教語，指人之身心自在無礙，達到隨心所欲而不逾矩的超脫境界。三昧，梵語，samadhi的音譯，意謂「定」，指身心寧定一境，神不旁騖的修持方法。

拉我到那裏，倘他又做了閉門的泄柳❻，你這冤從何處去訴呢？」劍秋拍掌道：「今日再不能進去，我連『歐』字也不姓了。」荷生看他上了氣，便也似信不信的問道：「你坐車來嗎？」劍秋道：「我今天是搭一個人車來的，回去想坐你的車。」荷生道：「我們騎馬罷。」劍秋道：「好極。」於是荷生也是便衣，偕劍秋由營中夾道出來。二人各騎上馬緩緩行來。剛到菜市街，轉入愉園那條小衚衕，正要下馬，便遇著杜家保兒說道：「姑娘還願去了，歐老爺同這位老爺進去吃一鍾茶，歇歇罷。」荷生道：「我不去了。」劍秋氣極說道：「今天見不了這個人，我也要你見見他的屋子。」便先自下馬，和荷生步行，轉了一彎，便是愉園。

保兒領著走進園來，轉過油漆粉紅屏門，便是五色石砌成彎彎曲曲羊腸小徑，纔到了一個水磨磚排的花月亮門❼。保兒站住，說道：「有客。」裏面走出一個垂髫丫鬟，保兒交代了。荷生、劍秋隨那丫鬟進得門來，卻是一片修竹茂林攔住，轉過那竹林，方是個花門。見一所朝南客廳，橫排著一字兒花牆，從花牆空裏望去，牆內又有幾處亭榭，竹影蕭疏，鳥聲聒噪，映著這邊庭前罌粟、虞美人等花，和那蒼松碧梧，愈覺有致。轉到花廳前面，是一帶彫欄，兩邊綠色玻璃，中間掛一絳色紗盤銀絲的簾子。丫鬟把簾掀開，兩人進得廳來，隨便坐下。見上面一個匾額，是梅小岑寫的「清夢瑤華」四字，上面掛著祝枝山❽四幅草書，兩邊是鄭板橋❾墨跡云：

---

❻ 閉門的泄柳：春秋時代魯國人泄柳，有賢名。穆公就見之，泄柳閉門不納。

❼ 花月亮門：有雕花圖案的月亮門。月亮門，圓形如月的門洞，又叫「月洞門」。

❽ 祝枝山：明代書法家祝允明，因其手生枝指，故自號枝山，又號枝指生。

小飲偶然邀水月，謫居猶得住蓬萊。

中間一張大炕，古錦班爛的鋪墊。几案桌椅盡用湘妃竹[10]湊成，退光漆面。兩邊四座書架，古銅彝鼎和那秘書法帖[11]，縱橫層疊，令人悠然意遠。荇生笑道：「到像個名人家數。」只見兩個清秀丫鬟，年紀十二三歲，衣服雅潔，遞上兩鍾茶，笑嬉嬉的道：「我娘呂仙閣還願去了，失陪兩位老爺，休怪哩。」荇生見了丫鬟說出「呂仙閣」三字，心中一動，便問道：「這是什麼時候許的願心？」丫鬟說道：「就是我媽病重那幾天許的。」劍秋道：「你媽這會大好了麼？」丫鬟道：「前個月十七八這幾天，幾乎不好，我娘急得要死。如今託老爺們福，大好了。」荇生想道：「我逛呂仙閣那天不是四月十八麼？難道那麗人就是采秋？你看他住的地方如此幽雅，不是那麗人還有誰的？」便笑向劍秋道：「非有卞和之明，不能識荊山之璧[12]；非有范蠡之智，不能進苧蘿之姝[13]。是你和小岑來往的所在，

---

[9] 鄭板橋：清代乾隆時著名書畫家鄭燮，號板橋。為人疏宕灑脫，書法參融隸、楷、行三體，獨創一格。

[10] 湘妃竹：即斑竹。湘妃，舜帝二女娥皇、女英。傳說舜帝南巡而死，娥皇、女英淚灑竹上，染竹為斑。二妃死後為湘水神，故曰「湘妃竹」。

[11] 銅彝鼎句：銅彝鼎，青銅鑄造的尊和鼎，泛指古代祭祀用的禮器。秘書法帖，罕見的名家書法碑帖。秘書，猶「秘籍」，原指宮禁秘藏之書，此指珍稀罕見之書。

[12] 非有二句：沒有卞和善於相玉的眼睛，不能識別荊山的璧玉。卞和，相傳楚國人卞和得璞玉於荊山之中，獻給楚厲王，玉尹說是石頭，被斬左足；後又獻給楚武王，玉尹仍說是石頭，又被斬右足。楚文王即位，卞和

這人自然是個仙人了。」劍秋也笑道：「你如今還敢說我撒謊麼？」荷生笑道：「其室則邇，其人甚遠。」說著便站起身來，走向博古廚⓮，將那書籍、字帖翻翻，卻都是上好的。劍秋一面跟著荷生也站起來，一面說道：「人卻不遠，只要你誠心求見罷。」就也看看博古廚古董、書帖。停了一會，把茶喝了。劍秋便向那兩個丫鬟道：「你娘的屋子，這回搬在水榭，還是在樓上哩？」丫鬟道：「我娘要等荷花開時，纔移在水榭，如今現在春鏡樓。」荷生道：「好個『春鏡樓』三字，不就是從這裏花牆望去那一所麼？」劍秋笑道：「那是他的内花廳。從内花廳進去，算這園裏正屋，便是所說的水榭。由水榭西轉，纔是他住的春鏡樓哩。」又閑話了半晌，采秋還不見來。荷生向劍秋道：「我今日飯後，營中公事不曾勾當，就被你拉到這裏來。改天我邀你再來，作來一日清談，如今去罷。」劍秋就也移步起來。只見那丫鬟道：「歐老爺，這位老爺高姓？我娘回來好給他知道。」荷生笑吟吟的道：「你娘回來，說我姓韓字荷生，已經同歐老爺奉訪兩次了。」丫鬟道：「老爺你這名字很熟，我像那裏聽

抱璞玉哭於荊山之下，文王始命玉人琢璞而得寶璧，稱作「和氏之璧」。荊山，在今湖北省漳縣西部，山有抱玉岩，相傳為卞和得璞玉處。

⓭ 非有二句：沒有范蠡那樣的智慧，不能完成進獻美女以惑敵的謀略。范蠡，春秋時越王句踐的相國。苧蘿之姝，指苧蘿山美女西施。苧蘿山在浙江省諸暨市南。據趙曄《吳越春秋》載，獻美女計者是大夫文種，派人於苧蘿山覓得鬻薪之女西施，最後完成獻美任務者是范蠡。傳說句踐滅吳後，范蠡攜西施乘扁舟，泛五湖而隱逝。

⓮ 博古廚：指圖繪古代器物或模仿古代款式的櫥櫃。

過來。」那一個丫鬟道：「年頭人說，滅那回子三十多萬人，不是個韓荷生麼？」這一個丫鬟便道：「我忘了！真是個韓荷生。」劍秋笑向荷生道：「你如今是個賣藥的韓康伯⑮。」荷生也笑著，偕劍秋走了。

這晚采秋回家，聽那丫鬟備述荷生問答，便認定呂仙閣所遇見的定是韓荷生。荷生回營，細想那丫鬟的話及園中光景，與那呂仙閣麗人比勘起來，覺得劍秋的話句句是真，也疑呂仙閣所見的定是采秋。

次日，挨不到三下鐘，便獨自一人來到愉園。采秋也料荷生今日是必來的。外面傳報進來，叫請入內花廳。便是昨日遞茶那個丫鬟，笑盈盈的領著荷生，由外花廳到了一個楠木冰梅八角月亮門。進內，四面遊廊，中間朝東一座船室⑯，四面通是明窗，四角蕉葉形四座門，係楠木退光漆綠的。室內係將十二個書架，疊接橫陳，隔作前後三層。第三層中間掛著一個白地灑藍篆字的小橫額，是「小嫏嬛」⑰三字。北窗外一堆危石，疊成假山，沿山高高下下遍種數百竿鳳尾竹⑱，映著紗窗，都成濃綠，

---

⑮ 韓康伯：東漢霸陵人韓康，字伯休。以賣藥隱名長安市，三十餘年，口不二價。有女子買藥，韓康堅不讓價。女子怒曰：「公是韓伯休耶？乃不二價乎？」韓康感嘆自己本欲避名，而今連小女子都知道自己，賣藥何用！此處喻指韓荷生已人人皆知。

⑯ 船室：原指越王句踐的船宮，即建於船上的宮室。此處指船形的宮室。

⑰ 小嫏嬛：猶小型藏書室。嫏嬛，神話中天帝藏書處。

⑱ 鳳尾竹：竹的一種。生於江西，此竹下邊枝葉稀少，至梢枝細柔而葉繁密，搖搖如鳳尾，故得此名。

上接水榭。遙見池水粼粼，荷錢⑲疊疊。荷生此時只覺得芸香撲鼻，竹影沁心，林風蕩漾，水石清寒，飄飄乎有淩雲之想。那丫鬟不知幾時去了，又有一個丫鬟跑來，荷生一瞧，正是呂仙閣所遇的十四五歲侍兒，便笑吟吟的問道：「你認得我麼？」那侍兒卻笑著不答而去。又停一回，遠遠聽得環佩之聲，卻不知在何處。荷生站起來從向北紗窗望去，只見那侍兒扶著采秋，帶著兩個小丫鬟，從水榭東廊，嬝嬝婷婷向船室東北角門來。正是呂仙閣見的那個美人！人影尚遙，香風已到，不知不覺的步入第三層船室等著。那侍兒已推開蕉葉的門，采秋笑盈盈的說進來道：「原來就是韓老爺，我們在呂仙閣早見過的。倏忽之間，竟隔有一個多月了。」荷生這會覺得眉飛色舞，神采愈奕奕有光，只是口裏轉說不出話來。半晌，纔答道：「不錯，不錯！我是奉訪三次了。」采秋笑道：「請到裏面細談罷。」說著，便讓荷生先走。

小丫鬟領著路，沿著西邊池邊石徑，轉入一個小院落。面南三間小廳，卻是上下兩層。荷生站在院中，那小丫鬟先去打起湘簾，采秋便讓荷生進去，上首椅上坐了。采秋自坐在靠窗椅上，說道：「昨辱高軒枉顧⑳，適因為家母還願，所以有慢，」尚未說完，荷生早接著笑說道：「不敢，不敢！今日得睹芳姿，已為萬幸。」采秋道：「昨日不是同劍秋來麼？」荷生道：「那是敝同年。今日急於過訪，故此未去約他。」采秋道：「劍秋月前到此，談及韓老爺文章風采，久已傾心。」荷生聽到此，便急問道：「劍秋怎麼說呢？」采秋正要答應，荷生重又說道：「還有一言，我們一見如故，以後不可以

---

⑲ 荷錢：初生的小荷葉，葉形圓似銅錢，故名。

⑳ 高軒枉顧：猶大駕過訪，對來訪者的敬稱。高軒，指貴顯者所乘高車，此處代指韓荷生。

老爺稱呼，那便是以俗客相待了。」采秋笑道：「能有幾個俗客到得這春鏡樓來？」荷生道：「正是。我們何不登樓一望？」采秋便命丫鬟引著，從左首書架後，上個扶梯，兩邊扶手欄干均用素綢纏裹。

荷生上得樓來，只見一帶遠山正對著南窗，蒼翠如滴。此時采秋尚未上樓，便往四下一看，這樓係三間中一間，南邊靠窗半桌上，一個古磁器盛滿水，斜放數枝素心蘭、水梔等花。上首排著一張大理石長案，案上亂堆書本、畫絹、詩箋、扇葉和那文具、畫具；東首窗下擺著香梨木的琴桌，上有一張梅花段文的古琴㉑。隨後聽著扶梯上弓鞋細碎的響，采秋也上來了。此時荷生立在窗前，采秋正對著明窗，更顯得花光側聚，珠彩橫生。頭上烏雲壓鬢，斜簪著兩個翠翹㉒，身上穿件淡青春羅夾衫，繫著一條水綠百摺的羅裙。因上樓急了，微微的額角上香汗沁出，映著兩頰微紅，更覺比呂仙閣見時又添了幾分嬌豔。便讓荷生坐在長案邊方椅上，自己坐在對面。那侍兒送上兩鍾龍井茶，采秋接過，親手遞給荷生。荷生一面接茶，一面瞧這一雙手，豐若有餘，柔若無骨，宛然玉筍一般。怕采秋乖覺，只得轉向侍兒說道：「你芳名叫做什麼？」采秋道：「他叫紅豆。」荷生道：「娟秀得很。婢尚如此，何況夫人，北地胭脂，自當讓君獨步。」采秋道：「過譽不當。我知并門《芳譜》，自有仙人獨步一時了。」荷生笑道：「這是女學士不肯就徵，盲主司㉓無緣受謗。」采秋笑道：「這也罷了。」半晌，又說道：「兒家門巷，密邇無雙，幾番命駕，恐未必專為我來。」荷生正色道：「這卻冤煞人了！江

㉑ 梅花句：雕刻著梅花圖紋的古琴。段文，猶斷文，雕刻花紋。

㉒ 翠翹：古代婦女簪髮的一種首飾，狀似翠鳥尾上翹聳的長尾，故名。

㉓ 盲主司：盲目的主司，指韓荷生主管重編花選之事。此為韓荷生的自嘲語。

上采春一見之後，正如月自在天，雲隨風散，不獨馬纓㉔一樹不識門前，就是人面桃花㉕，也無所謂劉郎前度㉖。」荷生正要往下說，采秋不覺齒粲㉗起來，雙波一轉道：「說他則甚。」遂將荷生家世蹤跡問起來。荷生便將怎樣進京，怎樣會試不第，怎樣不能回家，怎樣到了軍營，說了。采秋道：「此刻的意思，還是就借這軍營出身，還是要再赴春闈呢？」荷生便蹙著眉道：「元宵一戰，本係僥倖成功。我本力辭保薦，怎奈經略不從，其實非我心所願。」采秋點頭道：「是。」隨又嘆道：「淮陰國士㉘，異日功名自在蘄王之上。荏弱女子㉙，無從可比梁夫人。所幸詩文嗜好，結習已深，倘得問字學書，當亦三生有幸。不識公門桃李㉚，許我杜采秋追隊春風㉛，參入末座否？」荷生笑道：「這大

㉔ 馬櫻：馬纓花，合歡樹的別稱。

㉕ 人面桃花：唐孟棨《本事詩》載，崔護清明時獨遊長安城南，至村莊求飲。一女持杯水至，獨倚小桃斜柯佇立，嫵媚含情。崔護明年清明再訪，門牆如故，人去室空。崔護題詩於左扉：「去年今日此門中，人面桃花相映紅。人面衹今何處去，桃花依舊笑春風。」後女歸嫁於崔護。人面桃花，成為男女邂逅鍾情，相思惆悵的典故。

㉖ 劉郎前度：南朝宋劉義慶《幽明錄》載，東漢劉晨、阮肇共入天台山採藥，迷路遇二仙女，居半年後歸去，人間已過七世。後劉晨等重訪天台山，仙蹤杳然。劉郎前度，古代稱去而復返之人。

㉗ 齒粲：露齒微笑。

㉘ 淮陰國士：指西漢淮陰侯韓信。《史記・淮陰侯列傳》載，韓信，淮陰人，極受蕭何賞識，稱其「國士無雙」。此處以韓信代指韓荷生。

㉙ 荏弱女子：柔弱女子，此為杜采秋自稱。

謙了。」先是荷生一面說話，一面將案上書本、畫絹亂翻，這會卻檢出一張扇頁在手，是個畫的美人，便取筆向墨壺中微微一蘸，采秋倚案頭，看他向上面端端楷楷的寫了一首七絕，道：

針潨春衫楚楚腰，無言相對已魂銷。若教真貯黃金屋㉜，好買新絲繡阿嬌。

款書「荷生題贈采秋女史」八字。寫畢，說道：「貽笑大方。」又撫著琴道：「會彈麼？」采秋道：「略知一二。」荷生道：「遲日領教罷。」便走了。以後劍秋知道，好不訕笑一番。正是：

人之相知，貴相知心。
無曲中意，有絃外音。

欲知後事如何，且聽下回分解。

總評：此回荷生、采秋合傳。寫癡珠、梧仙純用纏綿，寫荷生、采秋純用透脫，

㉚ 公門桃李：猶言朝廷將相。唐狄仁傑門生眾多，屢次向武則天推薦多人為將相。當時有人對狄仁傑講：「天下桃李，悉在公門矣！」此處喻指韓荷生。

㉛ 追隊春風：猶言追隨受教。追隊，猶追隨。春風，桃李春風，比喻學生接受良師教誨。

㉜ 黃金屋：富麗堂皇的宮室。《漢武故事》載，漢武帝劉徹幼時，其姑長公主抱置膝上，指其女阿嬌說：「阿嬌好否？」劉徹笑曰：「好。若得阿嬌作婦，當作金屋貯之。」

便已定全書之局。若僅賞其一筆不複，一筆不犯，猶是皮相。春鏡樓之美人，與呂仙閣之美人，有以異乎？曰：無以異也。何則？固仍是采秋一人也。惟吾獨知作者之心，必以為不然。何以故？夫采秋之在春鏡樓，不過嬝嬝婷婷一妙妓而已，而至於呂仙閣之時，則固皎皎潔潔替親祈命之孝女也。神風靈雨，宛在目前，舞扇歌衫，渾如隔世。荷生於是時見之，則所見孝女也，非妙妓也。是其收攝心神，不敢褻視也固宜。夫與劍秋至愉園一訪、再訪，則所訪者又妙妓也，非孝女也。至於聞呂仙閣之名而有三訪，荷生心中固猶是呂仙閣之美人而決不以歌妓視之者也。而所見者，固仍是春鏡樓之美人，則又決不能不以歌妓視之者也。於是作者特為大書特書，一曰我娘呂仙閣還願去了，二曰難道那麗人就是采秋，三曰呂仙閣見的定是采秋，四曰正是呂仙閣見的那個美人，五曰我們在呂仙閣早見過的，六曰更覺比呂仙閣見時，又添了幾分嬌豔。不憚反復而申明之，所謂筆尖之露，直等楊枝，墨池之波，遠過覺岸，為之蕩污滌穢，不留渣滓者矣。若僅曰當日口角，固應爾爾，不亦負作者之苦心耶！

第十一回　接家書旅人重臥病　改詩句幕府初定情

話說癡珠移寓汾神廟之後，腳疾漸漸痊癒。謖如因元夕戰功，就擢了總兵，游鶴仙加了提督銜，顏、林二將也晉了官階，遂與合營參遊議定，公請癡珠辦理筆墨。每月奉束❶二百金，薪水二十兩，就借秋華堂作個辦事公所。便有許多武弁❷都來謁見，倒把癡珠忙了四五日。自此秋華堂前院搭了涼棚，地方官驅逐閑人，不比從前是個遊宴之所。癡珠卻只寓汾神廟西院，撤去碑板❸，把月亮門作個出入之路。又邀了兩個書手❹，一姓蕭名祖酇，字翊甫；一姓池名霖，字雨農。小楷都寫得很好，便請他住在堂後兩間小屋。這西院中槐陰匝地，天然一張碧油的穹幕❺，把前後窗紗都映成綠玻璃一般。屋裏罏篆❻微薰，瓶花欲笑，藥香隱隱，簾影沉沉。癡珠日手一編，雖蒿目時艱❼，不斷新亭之淚❽，

---

❶ 奉束：接受束修。束，束修。古代原指入學敬師的禮物或致送教師的酬金。此處借指薪俸。

❷ 武弁：武官。

❸ 碑板：雕刻碑帖的木板，即第九回所講「壁間嵌著一塊六尺多高木刻」。

❹ 書手：擔任書寫、抄錄的人員。

❺ 穹幕：天幕。

❻ 罏篆：指香爐中所燃之盤香，其香盤繞如篆書。或指香爐中盤香煙縷升騰，繚繞如篆書形狀。

而潛心著作，自成茂苑之書❾，倒也日過一日。偶有煩悶，便邀心印煮茗清談，禪語詩心，一空塵障❿。時而李夫人饋遺時果名花，佳肴舊醞，或以肩輿⓫相招至署，與謖如論古談兵，指陳破賊方略。間至後堂，團圞情話，兒童繞膝，婢僕承顏，轉把癡珠一腔的塊磊，漸漸融化十之二三。

到了六月初，起居都已照常，收了兩個家人，一喚林喜，一喚李福。謖如又贈了一輛高鞍車，一匹青騾。這日正在研硃點墨，忽節度衙門送到自京遞來家報，好不歡喜。及至拆開，頓慘然，淚涔涔下。看官，你道為何呢？原來去年八月間，東越上下游失守，冶南被圍，癡珠全家避入深山。不料該處土匪突爾豎旗從賊，以致親丁四十餘口跟蹌道路。癡珠妾蒨雯正在盛年，竟為賊擄，抗節不從，投崖身死。老母及餘人幸遇焦總戎帶兵救護，得無散失。至戚友婢僕，淪陷賊中，指不勝屈。比及敉平⓬，

---

❼ 蒿目時艱：瞻望時局艱難而憂慮不安。蒿目，極目遠望。《莊子．駢拇》：「今世之仁人，蒿目而憂世之患。」

❽ 新亭之淚：憂國傷時的悲憤之淚。南朝宋劉義慶《世說新語》載，東晉覆亡後，「過江諸人，每至美日，輒相邀新亭，藉卉飲宴。周侯（周顗）中坐而嘆曰：『風景不殊，正自有山河之異！』皆相視流淚。唯王丞相（王導）愀然變色曰：『當共戮力王室，克復神州，何至作楚囚相對！』」新亭，故址在今江蘇省南京市西南板橋浦與白鷺洲銜接處。

❾ 茂苑之書：描寫宮苑園林的詩賦文章，泛指詩文。茂苑，古苑名，又名長洲苑。故址在今江蘇省吳縣西南，為蘇州市代稱。

❿ 塵障：塵世的拖累和煩惱。

⓫ 肩輿：轎子。

⓬ 敉平：猶莊平，莊肅平靜，指戰亂後社會恢復平靜。敉，「莊」之俗字。

田舍為墟，藏書掃蕩個乾淨，而且上下游仍為賊窟。慈母手諭癡珠，令其在外暫覓枝棲。癡珠多情人，既深毀室之傷⑬，復抱墜樓之痛⑭，牽蘿莫補，剪紙難招⑮，明知烏烏傷心，鴒原急難⑯，而道茀⑰難行，力窮莫致。從此咄咄書空⑱，忘餐廢寢，不數日又倒床大病起來。這晚翊甫、雨農、心印俱來，癡珠竟糊糊塗塗認不清人了，慌得心印、禿頭趕著請個麻大夫診了脈息，就鄭鄭重重的定了一個方，服下，依然如故。一連數日，清楚時候喝不了數口稀飯，餘外便昏昏沉沉，不像是睡，也不像是醒。諼如夫婦逐日早晚叫人來問。

---

⑬ 毀室之傷：毀滅家室的悲傷。《詩經．豳風．鴟鴞》：「鴟鴞鴟鴞，既取我子，無毀我室！」假借小鳥控訴惡鳥鴟鴞的寓言，表達了百姓失子毀室的悲傷。

⑭ 墜樓之痛：妻妾遭強暴逼迫跳樓自殺的痛苦，喻指本書韋癡珠妾蒨雯跳崖身死。《晉書．石崇傳》載，石崇遭趙王倫捕殺，其愛妾綠珠被逼墜樓而死。

⑮ 牽蘿二句：指屋室殘毀難補，人死遊魂難招。牽蘿，唐杜甫〈佳人〉：「牽蘿補茅屋。」此處反用〈佳人〉典故，講雖牽蘿也無法修補殘室。剪紙，古代民俗剪紙為幡以招魂。杜甫〈彭衙行〉：「剪紙招我魂。」

⑯ 烏烏二句：烏烏為慘遭殺身而傷心，鶺鴒因淪落荒原而急難，比喻百姓遭到劫難。漢樂府〈烏生〉：「烏死魂魄飛揚上天。」寫烏烏遭慘殺哀鳴。《詩經．小雅．常棣》寫水鳥鶺鴒失掉水草，淪落荒原，遂飛鳴尋求同類，猶如兄弟之陷於急難。

⑰ 道茀：草多穢塞道路。

⑱ 咄咄書空：《晉書．殷浩傳》載，殷浩被黜放後，口無怨言，終日以指書空作「咄咄怪事」四字。後世以「咄咄書空」形容失志、茫然之態。

一日，謖如親自前來，禿頭迎出，知癡珠吃下藥剛纔睡下，謖如就坐外間。此時正是日高卓午，滿院中森森槐影，鴉雀無聲，慘綠上窗，藥罏半燼，已覺得四顧悽然。忽聽癡珠囈語道：「梧桐葉落，是我歸期。」一會又說道：「還有十五個月哩。」一會又吟道：「人生無家別，何以為蒸黎?」⑲以後語便微細，恍髴有七字一句，是「身欲奮飛病在床」⑳。又叫了幾聲「蒨雯!」忽然大聲道：「比聞同罹禍，殺戮到雞狗。」㉑以後聲又小了。約略有「蔓草縈骨，拱木斂魂」㉒八個字，餘外不辨什麼。謖如聽著發怔，只得喚禿頭道：「你叫醒老爺。」禿頭進去，好容易將癡珠喚醒，含糊一語，又昏昏的睡去了。謖如跟著進來，見癡珠穿著貼身衣服，遮著紫紗夾被，瘦骨不盈一把，心中十分難受，便向禿頭道：「我且回家，訪個名大夫來瞧罷。」謖如說著，招呼伺候，上馬去了。次日謖如延了一個大令姓高的，也不中用。還是顏參將薦一兵丁姓王的，和那麻大夫細細的商議，決之心印，服下藥，卻能多進了幾口稀飯，人也明白些。自此病勢比以前便慢慢的減下來，只可憐禿頭徹夜無眠，足足鬧了一個多月。

再說荷生自見過采秋之後，琴棋詩酒，匝月盤桓，美人有豪傑之風，名士無狂且之氣㉓，雖柔情

---

⑲ 人生二句：杜甫〈無家別〉中詩句，意謂人生遭到戰亂，家破人亡，還怎麼做黎民百姓?

⑳ 身欲句：杜甫〈寄韓諫議注〉中詩句，比喻韋癡珠思念親人而病臥在床的苦況。

㉑ 比聞二句：杜甫〈述懷〉中詩句，意謂近聞一同遭難的，連雞犬都難逃殺戮，表示對親人安危的憂慮。

㉒ 蔓草二句：南朝梁江淹〈恨賦〉中辭句，描述野草纏繞著死者白骨，粗樹聚斂著死後魂魄，借此形容韋癡珠家鄉劫難後的慘狀。

似水，卻也穩重如山。此時芙蓉洲荷花盛開，荷生踐約，還敬了眾縉紳，十妓中只秋痕、掌珠病不能來。這日管絃沸耳，酒胾饜心㉔，卻不邀小岑、劍秋，也不喚采秋侍酒，就中單賞識了洪紫滄。二十三日係荷花生日，荷生先一日訂了小岑、劍秋，也訂紫滄，只傳著丹翬、曼雲伺候。日斜後，就套車到了愉園。此時采秋臥室早移在水榭。荷生正從西廊向水榭步上來，遠遠望見采秋斜倚正面欄干，瞧著荷花。荷生見了，忽然心中一動，好像幾年前見過這樣光景，便站在欄干前默想，卻再也想不起來是何人、何地。那采秋早笑盈盈的迎上來說道：「你心裏想什麼?你看夕陽映著紅蓮，分外好看哩。」荷生笑著走過來，一面說道：「我忽然記起一件事，不要緊，不用說了。」丫鬟們搬了兩張湘竹方椅子和茶几，二人就向著欄干坐下。丫鬟遞上兩鍾雪水燉的蓮心茶㉕。荷生還默想了一會，誰知越想越記不起。回眸一盼，又見采秋晚粧如畫，頭上烏雲一絲不亂，一身輕羅薄縠映著玉骨冰肌，遂把前事忘了。采秋道：「人言紅蓮沒有白蓮的香，你不聞見香麼?」荷生笑道：「大抵花到極紅，香氣便覺減些，所以海棠說是無香，這也是予齒去角㉖的意思。其實是個名花，再無不香的。只是這種香，只許細心人默默領會，比不得那素馨、茉莉的香，一接目便到鼻孔中來。」采秋也笑道：「這纔是心清

㉓ 狂且之氣：輕狂的氣性。

㉔ 酒胾饜心：酒肉使人心得到極大滿足。胾，音ㄗˋ，泛指肉食。饜，滿足。

㉕ 蓮心茶：用蓮實中的芽心製成的茶，味微苦，性清涼。

㉖ 予齒去角：《漢書・董仲舒傳》載：「天亦有所分予，予之齒者去其角。」意謂天生動物賦予齒者就不賦予角，比喻事物無十全十美者。

聞妙香，要曉得他有這一股香，纔算是不專在色上講究哩。」二人在花前談了一會，纔進屋子坐下。荷生瞧著楹聯，說道：「你這裏都沒有集句對子，我集有一對，寫給你罷。」隨將明日的局告訴采秋，就說：「八下鐘，我坐車來和你同去。」便走了。

次日，二人同到了柳溪，上得船來。那船刻著兩個交頸鴛鴦，兩邊短短的紅闌，玻璃長窗，蓬蓋上罩著綠油大捲篷，兩邊垂下白綾飛沿。中艙靠後一炕，炕下月桌㉗，可坐七八人。另一個船略小些，是載行廚㉘及跟人的。荷生瞧著表道：「早得很呢。」一會，丹翬、曼雲先後到了。又一會，小岑、劍秋、紫滄也都來齊。那船就呀呀啞啞的，從蓮荇菱芡中盪出，穿過石橋，不上一箭路，便是芙蓉洲水閣㉙。這水閣造在水中，後面橋亭接上秋華堂，前三面俱是楠木雕成竹節漆綠的闌干。

大家上了水閣，憑欄四望，見兩岸漁簾蟹籪㉚，叢竹垂楊，或遠或近，或斷或續，尤覺得煙波無際。家人上來請示排席，劍秋道：「船裏去罷，一面喝，一面看。」大家俱以為然。一會跟班回說：「席擺停當了。」七個人都下船來，入席坐定。水手們分開雙槳，向荷花深處盪來。只見白鷺橫飛，垂楊倒掛，香風習習，花氣濛濛，真是香國㉛樓臺，佛天㉜世界。采秋笑道：「今日不可不為花祝壽。」

㉗ 月桌：圓桌。

㉘ 行廚：出遊時攜帶酒食叫「行廚」。

㉙ 水閣：臨水的樓閣，四面開窗，供人登高遠望。

㉚ 漁簾蟹籪：漁簾，捕魚的竹柵。蟹籪，狀如竹簾的捕蟹工具，橫攔河道以阻斷螃蟹的通路。

㉛ 香國：猶花園。

遂站起來扶著船窗，將一盃酒向荷花灑酹㉝了一回。荷生說道：「正是。」就也澆了一盃酒，二人相視微微而笑。於是大家飲了數巡。那邊船上又送過了新剝的蓮子，並一盤鮮藕，各人隨意吃了。紫滄望著采秋道：「今日這般雅集，何不行一令？」采秋想了一想道：「今日令籌㉞俱不在此，只好行一個簡便的，這令叫做『合歡令』。我先喝一盃令酒，以下如有說錯的，照此為罰。」一面說，一面端起杯酒喝了，便說道：「這個字要兩邊都一樣，可以挪移的。聽著：

　　琵字喜相逢，東西兩意同。拆開不成字，成字喝一盃。」

又接著說道：「荷字飛觴：

　　笑隔荷花共人語。」

　　采秋並坐是荷生，荷生上首是曼雲，恰好數到「荷」字。曼雲只得喝了一杯酒，道：「這字很少，只怕我要受罰了。」小岑、劍秋也各人凝思了一會，都道：「這令看著不奇，竟難的。」荷生一面催曼雲快說，曼雲將纖手在桌子上畫了一回，笑道：「有了！

㉜ 佛天：指景物極美的境界。

㉝ 灑酹：指灑酒祭奠。酹，以酒灑地表示祭奠。

㉞ 令籌：行酒令時標誌酒令的籌策。

蒜字喜相逢，東西兩意同。拆開不成字，成字罰一杯。」

大家都道：「好。」曼雲便接著說道：

映日荷花別樣紅。

一數，數到了紫滄。紫滄滿飲一杯，說了一個「競」字。小岑拍手道：「我正想了此字，不料被你說了。」紫滄笑著說一句是：

清露點荷珠。

一數又數到了采秋，采秋道：「我再說嗎？卻怕要罰了。」荷生便道：「我替你說罷。」劍秋忙說道：「代倩㉟的罰十杯。」采秋便將劍秋看了一看，道：「我再說一個及笄的『笄』字，你們說好不好？」大家齊聲贊賞。采秋隨念一句，一手指著數道：

青苔碧水紫荷錢。

「荷」字恰數到劍秋。劍秋道：「我知道必要數到我的，幸而有一個『弱』字，何如？」眾人也都說：「可以，快飛觴罷。」劍秋便喝了酒，說道：

㉟ 代倩：原指科舉考試時請人代筆作弊。此處泛指請人代替寫作詩文。

留得枯荷聽雨聲。

采秋先說道：「今日荷花生日，不許說這衰颯句子，須罰一杯再說。」眾人都說：「該罰，你不見方纔替花祝壽麼？」劍秋道：「是了，不錯，該罰。」遂又喝了一杯，道：「我說張聿這一句，最吉利的：

池沼發荷英。」

便向采秋道：「好不好？」采秋也不答應，笑了一笑。小岑替他一數，數到了荷生。采秋忙用手試一試荷生酒杯，說道：「天氣雖熱，也不可喝冷酒。」便替荷生加上半杯熱酒，荷生喝了，說道：「我就是本地風光，說個幷州『幷』字。」大家道：「好！」劍秋道：「這是從笄字推出來的。」荷生道：「詩也是我的本色：

不妨遊子芰荷衣。」

卻數到丹暈。荷生道：「你的量大，當喝一滿杯。」丹暈喝了，想一會，說了一個「絲」字。眾人尚未言語，曼雲笑道：「丹姊姊要罰了。」丹暈道：「『絲』字不是兩邊同麼？」曼雲道：「那是減寫，正寫兩邊是不同的。」小岑道：「不錯。正寫是從系，況拆開是個糸字，罰了罷。你的量好，不怕的。」丹暈紅著臉，只得又喝了一杯，停了，想出一句詩來，說道：

風弄一池荷葉香。

一順數到小岑，小岑喝了酒，想了又想，說個「芷」字，隨說了一句〈離騷〉道：

製芰荷以為衣。

荷生道：「好！這又該到紫滄了。」紫滄道：「我說一個『羽』字收令罷。」大家都說：「是眼前字，一時竟想不起。」

香葉終經宿鸞鳳。

那時船正盪到柳陰中，遠望那堤北彤雲閣，雕楹碧檻，映著翠蓋紅衣㊱，大有舟行鏡裏之概。大家上岸憑眺一回，又值夕陽西下，暮靄微生，花氣空濛，煙痕淡沱。小岑等三人遊秋華堂去了。荷生遂攜了三個佳人，重來水閣。采秋因向荷生道：「你帶有文具，要寫對子，這裏寫罷。」於是跟班們就中間方桌擺上文具，青萍送上雲龍蠟箋㊲，丹暈、曼雲按著紙，采秋看荷生蘸飽了筆，寫道：

寫完一聯。丹暈、曼雲兩人輕輕的捧過一邊，紅豆將文具內兩塊玉鎮尺押住。采秋又把那一幅箋鋪上，自己按著，荷生復蘸飽筆寫道：

㊱ 翠蓋紅衣：指荷葉蓮花。

㊲ 雲龍蠟箋：以雲龍為圖飾的塗蜡的紙張。

瑤臺何日傍神仙。

采秋瞧著大家向外說話，便眼波一轉，澄澄的向荷生道：「這『何』字何不改作『今』字呢？」荷生瞧著采秋笑道：「匪今斯今。」采秋笑道：「請自今始。」二人說話，脈脈含情。小岑等早已回來，恰好荷生款已落完，采秋便迎將上去。劍秋看著桌上聯句，便說道：「好呀！你們雙雙的暢敘，還說『瑤臺何日傍神仙』呢？」小岑瞧著出句，說道：「這是老杜〈古柏行〉，對句呢。」采秋道：「好個表表的詞林㊳！香山㊴詩句都記不得麼？」小岑也笑道：「是呢。」丹翬道：「你們翰林衙門㊵，笑話多哩。」此時采秋等三人均微有酒意，斷紅㊶雙頰，笑語纏綿。談了片時，看天漸漸晚了，遂仍都上了船，撤去酒席，烹上了荷葉茶。荷生便命將船往柳溪盪去。采秋問起秋痕來，小岑便將端節那一天故事，說與大家聽。剛說到推吊下門來，那船已到了柳溪南岸，一簇車馬都在那裏伺候。時已黃昏，便道：「這會講不完，改日再說罷。」便跨丹翬車轅走了。紫滄、劍秋兩人一車，采秋攜了荷生的手進入後艙，悄說道：「你今日還要回營麼？」荷生笑一笑，便喚紅豆與采秋更衣，看上了車，

㊳ 表表的詞林：卓越不凡的翰林。詞林，翰林的別稱。

㊴ 香山：唐代詩人白居易。晚年好佛與香山僧如滿結香火社，自號香山居士。

㊵ 翰林衙門：即翰林院。明清時翰林院掌管編修國史及著作、圖書、草擬制誥等，翰林院長官下有侍讀學士、侍講學士等屬官。

㊶ 斷紅：略染胭脂，婦女的一種淡妝。此處指微醉面紅，似染胭脂淡妝。

又送曼雲也上車，方纔走了。看官記著！荷生宴客這兩日，正是癡珠病篤的時候。正是：

百年須臾，有欣有戚。
劍斫玉郎，鞭先祖逖。

欲知後事，且聽下回分解。

總評：此回癡珠、荷生合傳。前寫憂患，後寫歡娛，皆各極其妙。昔人云：何謂景中人？何謂人中意？何謂意中人？何謂人中景？皆於此篤領會得之。

第十二回　宴水榭原士規構釁　砸煙燈錢同秀爭風

這書所講的，俱是詞人墨客，文酒風流。如今卻要序出兩個極不堪的故事。你道是誰？一個是杜采秋此刻的冤家，一個是劉秋痕將來的孽障。這話怎說呢？慢慢聽小子道來。

去年大兵駐紮蒲關時候，預備船隻，原士規借此科派❶。經略聞風，立刻根究。本上司怕有人訐發❷出來，替擔處分，就將士規平日惡跡全揭出來，坐此撤回。他這缺是個好地方，士規做了一任，身邊很積有許多錢。平素與苟才酒肉兄弟，曉得苟才和荷生的同年梅小岑是個世交，便想由此門路，夤緣❸回任。你想小岑是個正人，又知道荷生是一塵不染的，如何肯去說這樣話，討這種情？只小岑面皮極軟，掙不脫苟才的糾纏，便推在荷生身上，說是「荷生堅說不能為力。」士規因此忿恨荷生，比參他的人更加十倍。並疑先前撤任，俱係荷生所為。其實，士規不自構釁❹，荷生那裏認得士規這個大名？你道他怎樣構釁呢？原來他家用一老媽吳氏，係代州人，與采秋的媽賈氏素有往來，便花些

---

❶ 科派：攤派力役、錢財而從中勒索。

❷ 訐發：揭發、攻擊別人的隱私或過錯。

❸ 夤緣：攀附；拉攏；鑽營。

❹ 構釁：指有意或無意離間雙方而構成仇隙，結成怨惡。

小錢，結識起來。這士規太太就和賈氏語言浹洽❺，臭味無差，彼此饋遺，十分親熱。一日，賈氏要請原太太一逛愉園，原太太說道：「這卻不必。只我們老爺說要借貴園請一天朋友，不知你答應不答應？」賈氏是個粗率的人，便說道：「這等小事，我怎的不答應！我們這園，原是借人請酒的，老爺如肯賞臉，天天到我們園裏請酒，就是我們造化了。」原太太說道：「不是這般說。現在你那愉園，是大營韓師爺走的，如何肯給我們請酒呢？這是我的情分，打擾你姑娘一天，便教我臉上好看多了。你能做得主不能呢？」賈氏笑道：「園是我置買的，韓師爺難道能佔去我的園麼？生客不見，這也是我那獃女兒的主意。其實，我們吃這一碗飯，那裏認得如此清楚。而且你我何等情分，我這園子就像你家的一樣，千萬不可存了彼此的心。老爺到我家，還敢比做客麼？就借我們的園請一百天酒，我的女兒也應該出來伺候，何況一天呢！」原太太道：「你且回去與你姑娘商量。」賈氏道：「不要商量，你對你們老爺說，是我已經答應了，憑老爺吩附那一天，上下酒席，我一起包辦罷。」原太太不勝歡喜，到屋裏取出三十兩銀子，說道：「老爺說過，就是明日，上下三席，銀數不敷，另日再補罷。」賈氏道：「三十兩銀儘彀開銷。老爺要明日，我就回去趕緊張羅，不然，怕誤事哩！」說畢，便坐車回去了。

看官，你道采秋依不依呢？咳！人間最難處的事，無過家庭。采秋是個生龍活虎般女子，無奈他媽在原家一力擔承，明知此事來得詫異，但素來是個孝順的，沒奈何只得屈從。次日他媽便一早把水榭鋪設起來，催著采秋梳妝。日未停午，這原士規便高車華服昂然而來。他媽逕行迎入水榭，兩廊間

❺浹洽：融洽；和諧。

酒香茶沸，水榭上錦簇花團。士規得意之至，便請采秋相見。他媽叫丫鬟疊促連催，采秋不得不坦然出見。正寒暄間，丫鬟招呼：「客到！」一個是錢同秀，一個是施利仁。采秋俱未會過，一一問過姓字。一會又報：「客到！」只見月亮門轉出三個人來，一個年紀四十多歲，兩個年紀都不上三十歲。采秋也未會過，到了水榭，彼此相見。采秋正待一一致問，原士規指那穿湖色羅衫的，說道：「這位老爺姓卜字天生。」指那穿米色縐衫的，說道：「這位老爺姓夏字若水。」指那穿半截洋布半截紡綢的，說道：「這位老爺姓胡字希仁。」采秋只得應酬一遍。停了一回，又報：「客到！」采秋認得是苟才。那苟才一路歡天喜地的喊進來道：「望伯，望伯！好闊呀！今日跑到這個地方請起客來。」口裏說話，臉又望著大家，踉踉蹌蹌的走來。不想從西廊轉過水榭，這過路亭是一道板橋，他趾高氣揚，全不照管，便栽了一交。大家不禁鬨堂起來。他人既高，體又胖，這一栽，上身靠在欄干上，將欲爬起，用力太猛，只聽咕咚一聲響，連人連欄干一起掉下水去了。幸是堤邊水淺，采秋忙叫丫鬟傳進兩三個打雜，下去扶起，雖無傷損，卻拖泥帶水，比落湯的雞更覺難看。打雜的乖覺，將他送至園丁的一間小室中。原士規和大家都跟來，教他站著，不要動，招呼他的跟人，替他收拾。又吩咐自己跟人，飛馬到他家裏，取了衣衫鞋襪，給他換上。鬧了半天，纔把這個落水的人洗刷得乾淨了。不想胡耉又弄出笑話來。你道為何？他出來解手，想四面游廊都係斗大的磚砌成，萬無給人撒溺之理；陡見廊盡處有一個白磁青花的缸，半缸水和溺一樣，聞之也有些臭味，想道：「采秋實在是闊，連溺缸都如此華麗。」剛把衣衫摳起，溺了一半，一個丫鬟瞧見，喊道：「那溺不得！那是娘灌蘭花的豆水。」大家聽見，又是一場鬨堂大笑，倒弄得胡耉溺不是，不溺又不是，勉強溺完。自覺赧顏上來，只得假做玩賞荷花，倚在欄干邊。夏旒看見笑道：「希仁，站開些，不要又掉下一個去！」說的大家又哈哈的大笑了。

一會擺席，錢、施、荀三人一席，原士規自陪；胡、夏、卜三人一席，采秋相陪。原來這愉園中所用酒器及杯盤之類，均係官窰雅製，及采秋自出新樣打造。餚酒精良，更不必說。這幾人除了荀才、原士規在宦場中伺候過幾年，其餘均係鄉愚，乍到場面，便覺是從來未見之奇，早已十分詫異。酒過數巡，士規忽望著卜長俊道：「貴東幾時可以署事？聽說不久可以到班，吾兄是要發大財的。」卜長俊道：「敝東秋間就可以代理，且是一個駭缺，別人奪不去的。」夏旒接口道：「前日奉託轉賣與貴東的幾樣東西，不知已看過否？兄弟近日手頭甚窘，頗望救急。」卜長俊道：「不要說起。前日東家下來，一臉怒氣，坐了片刻，我也不敢問他，忽然又進去了。這件事只好看機會罷。」隨又說了些何人補缺，何人借賑❻，何人打官司，又說道街上銀價如何，家中費用如何，總無一句可聽的話。那采秋如何聽得，便推入內更衣去了，吩咐紅豆帶著小丫鬟輪流斟酒。直到上了大菜，纔出來周旋一遍。大家都曉得這地方是不能胡鬧的，也不敢說什麼。采秋卻自在游行，說說笑笑，也不調儯❼眾人，也不貶損自己，倒把兩席的人束縛起來，比入席之時還安靜得許多。采秋轉恐他媽看得冷落不像，叫小丫鬟送上歌扇，說道：「我是去年病後嗓子不好，再不能唱了。他們初學，求各位老爺賞他臉，點一兩支罷。」於是一席公點一支。紅豆彈著琵琶，領著小丫鬟唱了二支小調，天就也不早了。士規大家

❻ 借賑：借錢救濟。

❼ 調儯：多指拿對方某種過失或缺陷，以言語調笑、戲弄。儯，過失。

說聲「打擾」，一鬨而散。原士規從此逢人便將采秋怎樣待他，怎樣巴結，還有留他住的意思說開了。這是後話。

且表那日賈氏喜歡得笑逐顏開，采秋卻正色道：「媽！這是可一不可再呢。我這回體媽的意，媽以後也該曉得我的心，纔好呢！」賈氏笑道：「我明白就是了。」看官，你道采秋今天的情事，倘令秋痕處之，能轂如此春容大雅否？不要說今天這一天，就昨天晚上不知要賠了多少淚，受了多少氣哩！可見人不可無志，亦不可無才。

閑話休題，聽小子說那錢同秀一段故事。同秀自五月初四至省，那一夜就被施利仁拉往碧桃家來。開著煙燈，三個人坐在一坑，同秀見碧桃一身香豔，滿面春情，便如螞蟻見羶一般，傾慕起來說道：「似你這種人才，須幾多身價哩？」碧桃一面替他燒煙，一面笑道：「給你估量看。」同秀道：「多則一千，少則八百。」碧桃點點頭，利仁道：「你就允出八百可耗羨錠，取去罷。」同秀躺下，笑道：「怕他嫌我老哩。」碧桃笑吟吟的將煙管遞給同秀，說道：「只怕老爺不中意。五十多歲人就算是老，那六七十歲的連飯也不要吃了。」說著，將自己躺的地方讓利仁躺下，倒起來吃了兩袋水煙，出去與他媽講幾句話，進來便躺在同秀懷裏，看他手上的羊脂鐲子。同秀把一條腿壓在碧桃身上，將上的一口煙一人吹了半口，重燒上一口遞給利仁。三人一面吹，一面談，直至三更天。同秀原想就住在那裏，倒是礙著利仁不好意思。利仁也看出，故意倒催同秀走了。

次日，芙蓉洲看龍舟，二人見面，復在一席。那晚散後，同秀是再挨不過，便悄悄跑到他家。碧桃接入臥房，開了煙燈，笑嘻嘻道：「席散許久，你怎不來呢？」同秀道：「我去拜客，不想天就快黑了。施師爺今夜不來麼？」碧桃道：「他和我說，席散後就要出城，幹個要緊的事，明後日纔能回家。」當下同秀卸了大衫，就躺在碧桃身上，吹了一管煙，笑吟吟的道：「你真不嫌我老，我今夜就住在這裏了。」碧桃笑道：「你再老二十歲，我也不給你走。」一會，兩人說說笑笑，就在煙燈旁邊胡亂成局。自此作衣服，打首飾，碧桃要這樣，同秀便做這樣；碧桃要那樣，同秀便做那樣。每一天也花幾十吊錢，連老鴇、幫閑撈毛的❽，沒一個不沾些光。好在同秀到這個地方便揮金如土，毫不慳吝❾。其實碧桃與利仁是個舊交，以前也曾花過錢，到後來沒得錢了，轉是碧桃戀他生得白皙，又雄糾糾的人才，雖非如意君，也還算得個在行人。鴇兒愛鈔，姊兒愛俏，所以藕斷絲連，每瞞他媽給他許多好處。只可憐同秀如蒙在鼓裏。

一日，同秀醉了，乘著酒興，便向碧桃家走來。見大門未關，便悄悄的步入院子。一家俱無動靜，上房、廂房燈光都不明亮。徑進堂屋，房門卻關得緊緊的，微聞裏面一陣尤雲殢雨之聲，生辣辣的突入耳來。當下同秀掀開簾子，將腳把門一踢，不想門雖踢倒，同秀的酒氣怒氣一齊衝上心來，人也倒了。碧桃和那人正在好處，忽聽嘩喇一聲，驚得打戰，忙把煙燈吹滅，倒轉喊他媽：「拿火！」他媽從睡夢中聽見響，又聽見他女兒厲聲叫喚，陡然爬起，應道：「什麼事？」剔起燈亮，點著燭臺，剛掀簾子，瞥見有個人影出去，疑是猴兒，便叫一聲，不見答應。再瞧大門，是洞開的，說道：「這時候門也不關，猴兒跑到那裏去？」碧桃不敢下坑，急得喊道：「先拿個火上來罷！」他媽忙著閉上門，

---

❽ 幫閑撈毛的：為老鴇幫閑，以從事賣淫業為生的人。
❾ 慳吝：吝嗇。

趕到碧桃屋裏。只見門扇倒在地下，一個人覆在門上，煙燈已滅，碧桃坐在坑沿上繫褲帶。急將燭臺將那人細瞧，卻是錢同秀，酒氣醺醺，流涎滿口，便問碧桃道：「怎的？」碧桃道：「我好端端的在煙盤邊睡著了，曉得他是什麼時候來；也不叫人，就這樣的拍門擂戶，驚醒了人。他卻挺倒了。」那婆子一面聽碧桃說話，一面將手摸著同秀的額，卻是熱熱的，便說道：「他醉了。」碧桃就也下坑瞧著，反笑起來。婆子將煙燈點著，說道：「你叫他醒罷。」碧桃道：「我憑他挺著，叫他做什麼！」婆子不過意，將手絹把他唾涎抹淨了，連聲叫著。忽聽見打門，婆子一面答應走去，一面說道：「施師爺是什麼時候走的？我怎麼一躺就全不知道了。」開起門來，看是猴兒，便罵道：「小崽子！你跑了，也不叫人關門。」絮聒一會，便叫他幫著扶同秀上坑，把門上好。這同秀到了三更纔醒過來，見碧桃坐在身邊，笑容可掬，眉目含情，便將手攏將過來，說道：「我是什麼時候來的？」碧桃笑道：「你還問嗎？你酒醉也罷了，怎的把門踢倒，卻挺著尸不言語，害得人家怕得什麼似的！」同秀醒後，把以前情事通忘了，這會碧桃說起，倒模模糊糊記起來。碧桃見他半晌不語，便問道：「你想什麼呢？」同秀道：「想你二更天時做得好夢！」碧桃笑道：「你胡說，我又做有什麼夢？我做我的夢，你怎麼又知道呢？」同秀便把踏門的緣故，轉說出來。碧桃便哭起來，叨叨絮絮，鬧個不休。同秀只得左一揖陪不是，右一揖陪不是，說道：「總是我醉糊塗了，下次再不吃酒罷。」自此又好了十餘日。

一日雨後，同秀帶了一帕子的南邊新到的菱角和鮮蓮子，坐了車，向碧桃家來。纔到衚衕，早見門首有一輛車停住。下車，便認得那輛車是利仁坐的。同秀車夫向車中取過那帕子，恰好猴兒出來，同秀就跨進門來，猴兒跟著，同秀不許他聲張，悄悄向上房走來。只聽得利仁說道：「吃一個乖乖算罷。」同秀便搶上一步，將簾子一掀，只見床上開著煙燈，碧桃坐在利仁懷裏，利仁一隻手挽在碧桃肩上，瞧見同秀，急行推開。同秀這一氣真是髮上衝冠，一手將帕子內包的東西向碧桃臉上摔來，一手將煙燈砸在地下，說道：「好！好！你們做了一路。」就怒氣沖沖的出來上車，馬上叫跟班收拾，搬到店裏。後來花了五百金買定一妾。進門那一日，辦了數席酒，叫了一班清唱相公，請他那相好的財東和苟才、原士規諸人。正在熱鬧，不想碧桃母女披頭散髮坐車而來，一下車，就像奔喪一般號咷大哭，從門前大鬧進來。家人打雜人等都擋不住。同秀跑開了。他媽將頭向牆上就撞，碧桃又拏出小刀來向脖子要抹。十餘人分將按住。碧桃就躺在地下大哭大嚷，聲聲只叫錢同秀出來。街坊鄰右和那過路人擠滿院子，那怕事的財東看見鬧得不像，早都跑了。只剩下苟才等酒肉兄弟和那萬分走不了的幾個夥計，做好做呆的勸。無奈兩個潑辣貨再不肯歇手，直鬧到定更。大家曉得此事是背後有人替他母女主張，只得找著同秀，勸他看破些錢，和他媽從兩千銀子講到一千兩，纔得歸結。天已發亮了，這苟才等今天真是日辰不好，喜酒一杯不曾吃上口，倒賠嘴賠舌跑了一夜。正是：

執鼠之尾，猶反噬人。
只有羅漢，獅象亦馴。

欲知後事如何，且聽下回分解。

總評：此回遊戲筆墨，亦承上起下之文也。牛鬼蛇神，一齊活現，而描寫世情處，令人感慨無窮。以碧桃與采秋並論，清濁高下，奚翅霄壤！然其為妙妓同，其知有他媽同，其知有他媽而以孝得善果亦同，作者類不類以為類，齊不齊以為齊，蓋有深意焉。

第十三回 中奸計凌晨輕寄柬 斷情根午夜獨吟詩

話說荷生日來軍務正忙，忽晤小岑，說原士規愉園請客，十分驚愕，說道：「那愉園平日不是他們走動的地方。」後來小岑說的千真萬真，荷生總不相信，特特請了劍秋來。劍秋一見面，也怪采秋，說道：「愉園聲價從此頓落了。」荷生一肚皮煩惱，默默不語。劍秋隨接道：「這其間總另有原故，他們那一班人素與采秋是沒往來，只是這一天的事如今都傳遍了，還能彀說是謠言？」小岑道：「望伯很得意，說是人家花了幾多錢，也不過如此鬧一天。」荷生聽著，心上實在不舒服，便說道：「算了！從今再不要題起『愉園』兩字罷。」說著就將別的話岔開，無情無緒的談了一會，二人也就去了。

此時日已西沉，荷生送出二人，也不進屋，一人在院子裏踱來踱去。一會望著數竿修竹癡立，一會又向著那幾盆晚香玉徘徊。直到跟班們拿上燈來，青萍請示開飯，荷生纔進屋裏，說道：「我不用飯了。你將荷葉粥❶熬些。」便到裏間躺下。好一會，門上送上公事，荷生起來問道：「有緊要的軍情麼？」門上面道：「沒甚緊要的。」荷生道：「我明天看罷。」門上答應退出，荷生就撂在一邊。青萍回道：「荷葉粥熬好了。」荷生道：「我肚裏不餓，停一會吃罷。」遂出來堂屋，又是踱來踱去，忽然自語道：「撒開手罷了。」青萍大家都在簾外伺候，也不曉荷生是什麼心事，只聽得轅門外已轉

❶ 荷葉粥：用新鮮荷葉與米煮成的粥，味道清香。

二更了，便掀簾進來，請荷生用點粥。荷生叫端上來，就在堂屋裏吃了，也不叫添。青萍回道：「老爺不曾用晚飯，添些嗎？」荷生惱道：「不用了！」青萍不敢再回，跟班送過漱口壺、毛巾，荷生只抹了臉，口也不漱，便起來向裏間去了。一會叫青萍，青萍答應進來，只見荷生盤坐一張小榻上，問道：「有什麼時候了？」青萍回道：「差不多要一下鐘了。」荷生道：「遲了。」便叫跟班們伺候睡下。

次日，青萍起來，走進裏間，見荷生已經起來，披件二藍夾紗短襖，坐在案上了。青萍愕然，招呼跟班照常打疊鋪蓋，打掃房屋。青萍伺候荷生洗過臉，正要端點心上去，只見荷生檢出一張薛濤箋❷，放在案上，翻開硯匣，磨了濃墨，蘸筆寫完；取過一個紫箋的小封套，將詩箋打個圖章，折疊封好，寫了「愉園主人玉展❸」六字，便叫青萍。青萍卻早在案傍伺候。荷生將柬帖兒遞給青萍，說道：「送到愉園就回來罷。」荷生也不用早點，轉向床上躺下，徑自睡著了。

且說采秋連日盼望荷生，兩天卻不見到。當下晨妝初罷，紅豆剪一枝素心蘭，笑吟吟的掀開簾子，說道：「這花也解人意，前兩天纔抽四五箭，今天竟全開了。我剪一枝給娘戴上，也不負開了這一番。」采秋也自喜歡，向著花領略一回，就接過手，對著鏡臺，正要插在鬢邊。忽見小丫鬟傳進柬帖，說是韓師爺差人送來的。采秋便將蘭花放下，親手拆開一看，卻是兩紙詩箋。上寫的是：

---

❷ 薛濤箋：紅色箋紙。唐代女詩人薛濤晚年寓居成都浣花溪，她寫詩喜用自製深紅小彩箋，時人稱「薛濤箋」。

❸ 玉展：書信或詩箋中敬稱對方展閱之辭。

風際萍根鏡裏煙，傷心莫話此中緣。冤禽銜石❹難填海，芳草牽情欲到天。
雲過荒臺原是夢❺，舟尋古硐轉疑仙❻。〈懊儂〉樂府❼重新唱，負卻冰絲舊七絃❽。

紅豆在旁，見采秋看了一行，臉色便覺慘然，再看下去，那眼波盈盈竟掉下數點淚來。紅豆驚疑，遞過手絹。采秋也不拭，直往下看去，是：

搔首蒼茫欲問天，分明紫玉❾竟如煙。九州鑄鐵輕成錯❿，一笑拈花⓫轉悟禪。

---

❹ 冤禽銜石：即精衛銜石填海的典故。參見本書第五回注釋65。

❺ 雲過句：戰國楚宋玉〈高唐賦〉載，楚懷王遊於雲夢臺高唐觀，怠而晝寢，夢巫山神女自薦枕席。她講：「妾在巫山之陽，高丘之阻。旦為朝雲，暮為行魚。」此處比喻杜采秋如神女仙蹤虛幻，歡會短暫，竟如雲過夢破。

❻ 舟尋句：唐王維〈桃源行〉寫魚舟逐水，沿桃花清溪而潛行山口，入洞發現秦漢時人避居的武陵源，疑為世外仙源。此處比喻杜采秋所居之愉園猶如人間仙境。

❼ 懊儂樂府：指南朝樂府〈懊儂歌〉。《古今樂錄》稱：「〈懊儂歌〉者，晉石崇綠珠所作。」南朝梁武帝改為〈相思曲〉。多表達男女相思悲歡之情。

❽ 冰絲七絃：冰絲，琴絃。七絃，七絃琴，古琴的一種。

❾ 紫玉：晉干寶《搜神記》載，吳王夫差小女名紫玉，與韓重相愛。吳王拒絕韓家求婚，紫玉氣結而死。韓重於墓前哀弔，紫玉魂與韓重留冢三日，盡夫婦之禮，贈以明珠。吳王欲置韓重發冢罪，紫玉魂見父母剖白，其母抱之如煙然。

虛說神光離後合⑫，可堪心事缺中圓⑬。〈陽春〉乍奏聽猶澀⑭，便送商聲⑮上四絃。

看畢，將詩放在妝臺傍邊，將手絹拭了淚痕，沉吟一會，那淚珠重復顆顆滾下汗衫襟前。紅豆急著問道：「娘！怎的？那信是說什麼話？」采秋也不答應。紅豆呆呆的站了一會，將手向鏡臺邊白磁面盆擰乾手巾，擱過一邊，把臉盆捧給小丫鬟，叫他換了水，仍放妝臺邊，擰上手巾，展開，遞給采秋。采秋接過有半盞茶時候，纔向臉上略抹一抹，也不遞給紅豆，自行擱下盆中，就問道：「是誰送來的？」小丫鬟道：「是常來的薛二爺。」采秋又不言語，半晌纔說道：「叫他等著，我有個帖兒給

⑩ 九州句：輕率疏忽而鑄成大錯。《資治通鑑》載，羅紹威請朱全忠助己消滅魏州牙將的軍隊，朱全忠駐軍魏州半載，耗盡羅紹威的全部積蓄。羅後悔道：「合六州四十三縣鐵，不能為此錯也。」錯，銼刀，雙關語，借鑄造銼刀喻指造成重大錯誤。

⑪ 一笑拈花：又作「拈花一笑」，原指佛教禪宗以心傳心，參禪悟機的微妙法門，後借喻為心心相印，會心一笑。

⑫ 虛說句：三國魏曹植〈洛神賦〉描寫洛神「神光離合，乍陰乍晴」，即洛神放射著光彩，忽離忽合，若隱若現，忽明忽暗。此謂洛神與曹植神人相戀的故事也只是虛說。

⑬ 缺中圓：用宋蘇軾〈水調歌頭〉（中秋詞）詞意：「人有悲歡離合，月有陰晴圓缺，此事古難全。但願人長久，千里共嬋娟。」表示缺中求圓，離別中希望團圓。

⑭ 陽春句：陽春，古代楚國高雅的歌曲名稱。《文選・對楚王問》：「其曲彌高，其和彌寡。」澀，遲滯不暢。

⑮ 商聲：中國古代音樂的五聲之一。商聲，代表西方的秋聲，有肅殺之聲。

他帶去。」那小丫鬟便跑出去吩咐。一會，小丫鬟回來說道：「外頭說，薛二爺交過柬帖，沒有坐，早就走了。」采秋默默不語，兩眼眶汪汪的淚又一滴一滴的落下來，瞧著紅豆說道：「這枝蘭花插在瓶裏去罷。」一面說，一面拈著詩箋，站起身來，推開椅，移步至裏間簾邊，自行掀開簾，將詩箋擱在枕畔簪盒，斜躺著嗚嗚咽咽的哭。紅豆跟了進來，要把話來勸，卻不曉得為著何事，想道：「娘平日再沒有這個樣兒，到得懶說話，我們就曉得他煩惱了。再不想今天會如此傷心，到底這韓老爺的柬帖兒是講些什麼在上頭呢？」紅豆又不敢叨絮，只急得也要哭。小丫鬟等更躡手躡腳的，在外間收拾那粉盒妝盝⑯，不敢大聲說一句話，倒弄得內外靜悄悄的。早有一個黠丫鬟暗暗的報與賈氏知道。賈氏剛纔下床，聽丫鬟這般說，也不知何事，便包上頭帕過來。采秋見他媽來了，轉把眼淚擦乾，迎了出來，說道：「我起來一早辰了，還沒有看媽去，你卻遠遠的跑來。」賈氏見他眼眶紅紅的，便說道：「我的姑娘，是那一個給你氣受？你竟哭了這個樣兒！」便上前攜著采秋的手，說道：「清早起來也不穿件夾的衣服。」采秋便勉強笑著道：「起來是穿件春羅夾小襖，因是梳頭，纔脫了。我那裏哭？媽平日見我哭過幾回哩。」紅豆掀開簾子，在門邊伺候。他母女二人就進房來，賈氏坐下，說道：「韓師爺好幾天不來，今天卻送甚柬帖兒，叫你這樣苦惱。」采秋道：「他做了兩首詩，要我和韻，我卻沒來由去苦惱，難道是怕做不出詩來麼！」轉說得賈氏和紅豆都笑起來了。采秋就也笑道：「媽，你沒有梳頭，我今日卻和你梳個頭罷。」於是笑嘻嘻的拉著賈氏到妝臺前坐下，替他篦了頭，盤了一個髻，說說笑笑，排上飯來，吃了。又邀賈氏同去看看蘭花，便過賈氏這邊來，坐到午正纔自回去。賈

⑯ 妝盝：古代小型的妝具。盝，音ㄌㄨˋ。

氏見采秋這大半天喜歡得很，便不說長道短。

轉盼之間，早是七月初四五了。這日小岑、劍秋乘著晚涼，都來看視荷生。荷生談吐全沒平時興會，兩人談及愉園，荷生便無精打彩的說道：「我們講我們的話罷。」小岑、劍秋遂不提起。後來劍秋題起那天所言秋痕逃席一事，小岑不曾講完，要他接將下去。小岑只得將自己領著秋痕、丹暈的情狀說了，說得劍秋、荷生都笑起來。又說闖入汾神廟西院，秋痕見了癡珠聯句。荷生等不得說完便問道：「這癡珠可姓韋麼？」小岑道：「可不姓韋！你也該曉得道人。」荷生便高興起來。說道：「他什麼時候來的？他雖比我們早些出山，究是我們一輩。」就將花神廟、蘆溝橋兩回相遇，及長新店打尖，見壁間題的詩款是「韋癡珠」，因疑兩番所遇就是此人，一路想趕著他，竟趕不上，講了一遍，就說道：「我至今心上還是耿耿⑰，如今相見有日了！」便哈哈的笑。劍秋道：「我聽見武營裏公請一位師爺，住在秋華堂，也疑就是此人。」小岑道：「不錯！」遂將那日心印所說癡珠此來情事，及遇著李夫人的話，復述一遍。荷生大喜道：「早上李謖如正下帖請我秋華堂，我為著官場私宴向例不去，且近來心緒不佳，想要辭他。這樣說來，卻要破例一走。」就向跟班要過李家請帖，遞給二人看，道：「不是『席設柳溪秋華堂』麼？」又向跟班問道：「初七這一天，李大人請幾個？客營裏公請的韋師爺就住在秋華堂，想必在坐。你們再探聽著。」跟班答應。荷生當下很喜歡了。二人復閑話一回，就也散去。荷生送二人去後，見新月東升，碧天如洗，滿庭花影婀婀娟娟。寓齋光景，正自不惡。惟心為事感，便覺景物如故，風味頓殊，便步入裏間，四顧寂寥，無人可語。因想起芙蓉洲與采秋目成

⑰ 耿耿：心緒煩躁。

眉語，何等綢繆。曾幾何時，而人是情非，令人不堪回想。因喚青萍焚起香篆，磨墨展箋。荷生提筆寫出〈采蓮歌〉四首，道：

隔水望芙蕖⑱，芙蕖紅灼灼。欲采湖心花，只愁風雨惡。
今日芙蕖開，明日芙蕖老。采之欲貽誰，比儂顏色好。
扁舟如小葉，自弄木蘭槳。驚起鴛鴦飛，有人拍纖掌。
誰唱采蓮歌，歌與儂相接。珍重同心花，勸儂莫輕折。

寫畢，朗吟一遍，意猶不盡，又取一箋。青萍剪了燈花，見荷生提筆就箋上寫〈相望曲〉三字，復另行寫道：

相望隔秋江，秋江渺煙水。欲往從之游，又恐風浪起。
相望隔層城，層城不可越。中宵兩相憶，共看半輪月。

寫畢，又朗吟一遍，向青萍笑道：「你懂得麼？」青萍不敢答應，荷生便將〈采蓮歌〉再看一看，說道：「出水芙蓉，晚風楊柳，我自謂似之。只鎮日是你們焚香捧硯，好不辱沒詩情也！」青萍碰了這個釘子，卻不敢走開，消停一會，伏侍睡下。荷生因想道：「香山垂老，身邊還有樊素、小蠻⑲，

---

⑱ 芙蕖：荷花。
⑲ 樊素小蠻：唐代詩人白居易晚年號香山居士，有歌妓樊素，舞妓小蠻，曾作詩曰：「櫻桃樊素口，楊柳小蠻

蘇東坡⑳遠謫惠州，朝雲也曾隨侍。我如今決計買一姬人，以銷客況罷。」又想道：「倘有機會能彀無負紅卿夙約，這也遂我初心，只是采秋如此，紅卿可知。況人別三年，地隔千里，我不負人，正恐人將負我！」輾轉一會，又憶起日間小岑說的韋癡珠來，因想道：「人生遇合，真難預料。咳！去了一個杜秋娘，來了一個韋蘇州㉑，我客邊也算不十分寂寞了。」看官聽著，荷生這一夜不特將采秋置之度外，即紅卿也置之度外，又曉得癡珠指日可以相見，便像得道的禪師一般，四大皆空，一絲不掛，呼呼的睡著了。正是：

腸熱翻成冷，情深轉入魔。
迢迢蓮幕夜，曲唱惱公㉒多。

欲知後事如何，且聽下回分解。

總評：此回傳韓、杜之離，引起韋、韓之合，為全書一大樞紐。其傳神處，筆
腰。」

---

⑳蘇東坡：北宋文豪蘇軾，字子瞻，號東坡居士。晚年遠謫惠州（今廣東省惠陽縣），獨其妾朝雲相依隨侍。朝雲，原為錢塘（杭州）名妓，王氏，蘇軾知任杭州時納為侍妾。

㉑韋蘇州：唐代詩人韋應物，曾任蘇州刺史，故世稱「韋蘇州」。此借指韋癡珠。

㉒惱公：唐李賀有〈惱公〉詩，以濃麗文辭描寫狹斜豔遊情事。

筆活現。全篇分作四大段讀，以中奸計總挈，以斷情根總結。首段寄東正面，二段寄東對面，三段吟詩前步，四段吟詩本位，末一小段總束。

第十四回　意綿綿兩闋花魂詞　情脈脈一齣紅梨記

話說六月以後，天氣漸涼，癡珠的病也漸漸大好了。雨檻弄花，風窗展卷，遵養時晦❶，與古為徒❷，這也省卻多少事。無奈謖如多情，卻要接他入署消遣，李夫人笑道：「先生，南邊這時候重碧買春，輕紅擘荔，招些詞人墨客，湖上納涼，何等清爽！太原城裏一片炎塵，有什麼消遣的去處？」謖如也笑道：「我們這武官衙門，那裏有詞人墨客呢！」癡珠笑道：「此間名士，第一總算是經略幕裏韓荷生了。」謖如道：「此人真不愧名士！我作了十年武官，仗也打過了幾十回，起先見經略那樣信服，我還不以為然。今年元宵晚上，蒲東那一仗，與我一個柬帖，算定回子五更時分敗到黃河岸上，教我埋伏，後面註了一行，是『如放走一人，軍法不貸。』不想果然都應了他的話，令我十分敬畏。不知先生怎麼認得他？」癡珠就將都中相遇，及長安見了紅卿，敘將出來。謖如道：「他如今這裏又有個得意的人了。」就將荷生近事講了一回，又喚跟班將荷生重訂的《芳譜》檢給癡珠看。癡珠瞧了一遍，說道：「怎的這杜采秋卻不入選呢？」謖如又將采秋來歷講給癡珠聽。癡珠笑道：「那不是名妓，竟是名士了。秋痕這人，得荷生一番賞鑒，自是不錯。」因將《芳譜》的詩朗吟一遍。謖如因說

---

❶ 遵養時晦：即遵時養晦，指順應時勢與環境，隱匿行跡以養精蓄銳，靜待時機。

❷ 與古為徒：指效法古人的韜光養晦，待時而動。

道：「秋痕這人也自不凡。采秋事事要占人先，他卻事事甘居人後。其實他的色藝，比采秋也差不多。」癡珠道：「那譜上就說得他的身分好。」謖如道：「譜上不過說個大概，他最妙是焚香煮茗，娓娓清談。他會畫菊，便愛藝菊，憑你枯莖殘蕊，他一插就活。只是有點傻氣，一語不合，便哭起來。」癡珠嘆口氣道：「美人墜落，名士坎軻，此恨綿綿，怎的不哭！」便將《芳譜》撂開，低頭不語。謖如忽向夫人道：「我這回卻想出一個替先生消遣的法兒。」癡珠和夫人再三詰問，謖如總不肯說。

初七日一早，癡珠剛起來，穆升跑進來回道：「李大人便衣來了。」癡珠急忙迎出。謖如早笑嘻嘻的進來，說道：「纔起來麼？」癡珠也笑道：「你今天怎的這般早就來了？」謖如笑道：「今天是要向先生借秋華堂，熱鬧一熱鬧。」癡珠正要致問，謖如卻已掀著簾子走了。癡珠跟著出來，謖如回頭笑道：「先生，停一會過秋華堂來罷。」說著，便彎向樓邊小徑而去。癡珠退回外間更衣，然後出來，到了月亮門，只見一群人挑著十幾對紗燈及桌圍鋪墊，在甬道❸上站著。轉過西廊，聽得謖如和多人講話。走進垂花門，見堂中正亂騰騰的擺設，謖如卻坐在坑上調度。見癡珠進來，站起身，笑道：「客早來了，主人方才收拾屋子哩。」癡珠道：「你今天到底請什麼客？」謖如道：「沒有別人，就是先生和韓荷生。」癡珠道：「他准來麼？」謖如道：「他昨天還叫跟班探聽請有幾個客，我說道：『只有你們老爺和我們這裏韋師爺。』他跟班很喜歡，說是『韋師爺在坐，我們老爺是必來的。』這樣看來，他也很愛見先生。」癡珠遲疑道：「他怎的認得我呢？」正坐下說著，驀見屏門外轉出一個麗人，就如出峽的雲被風冉冉吹將上來。後面一人抱著衣包跟著。癡珠笑向謖如道：「你今天鬧起這

❸ 甬道：院落中磚石砌成的小路。

個把戲來了。」謖如微笑。此時堂中都已鋪設停當，那正面及兩廊的燈也都掛得整整齊齊。簾波一漾，花氣微聞，早是那麗人低著粉頸，款步進來，向癡珠請了安，卻怔怔的看了一眼，纔向謖如也請一安，就站在謖如身邊。謖如便攜麗人的手說道：「來得很早，我有幾個月沒見你了。」麗人答應，把眼波只管向癡珠這邊溜來。癡珠細細打量一番，好像見過的人，遂向謖如道：「這姑娘就是《并門花譜》第一人麼？」謖如笑道：「就是秋痕。先生見過？」癡珠道：「我到這裏，除你署中，我不曾再走一步，那裏見過他們。」謖如便向秋痕道：「你認得這位老爺麼？」秋痕答道：「這位老爺姓韋。」謖如笑道：「先生方才說那裏見過他們，他們怎麼又認識得先生呢？」癡珠真不明白，卻難分辨，倒是麗人道：「見是沒有見過，我卻曉得韋老爺的官名有個玉字，號叫癡珠。」癡珠大笑道：「這怪不怪！」謖如便問秋痕道：「你怎的曉得韋老爺名姓？」秋痕便將五月初五跟著梅小岑來到西院，見了聯句、小照，敘述一遍。癡珠道：「不錯，不錯！那一天回來，禿頭原告訴過我，為著梅小岑素沒見面，就也擱開。」謖如笑道：「這也罷了。」先是癡珠起來，徑來秋華堂，卻不曾用過早點。禿頭也不敢徑端上來。此時約有巳正，便上來回道：「老爺用些點罷。」謖如道：「我倒忘了，一早把先生累到這個時候，還沒用點，快端上來。我是家裏用過的，秋痕陪著罷。」便站起身，叫秋痕上坑，秋痕不敢。謖如道：「坐罷，這又何妨。」便轉向門外更衣，叫人催請荷生。於是兩人對坐用點。癡珠見秋痕上穿一件蓮花色紗衫，下繫一條百摺湖色羅裙，淡掃蛾眉，薄施脂粉，星眸低纈，香輔微開，便想道：「似此丰韻，也不在娟娘之下。」秋痕一抬頭，見癡珠身穿一件茶色夾紗長襖，只管偷眼看他，不覺一笑，便有一種脈脈幽情蕩漾出來。癡珠把眼一低，秋痕倒低聲問道：「韋老爺，你怎的比那小照清減許多？」癡珠此時覺得有萬種柔情，一腔心事，卻一字也說不出來，發怔半晌，眼眶一紅，道：「改日說罷。」

猛聽得外面傳報：「韓師爺來了！」癡珠就也更衣出來。幾人扶著荷生轎子，已入屏門。瞧見謖如站在臺階，便急忙打著護板。秋痕就在轎前打了一千。荷生下轎，謖如搶上數步見了。癡珠也到簷下。荷生早躬身向前，執著癡珠的手，笑吟吟的，一面移步，一面說道：「偺們都中兩次見面，都未寒暄一語，抱歉至今！」彼此已到堂中，三人重新見禮，兩邊分坐。癡珠向荷生道：「我們神交已久，見面不作套語罷。」荷生笑道：「說套語便不是我們面目。」接著秋痕上前請安，荷生就接著說道：「你們所有客套，我也一起豁免罷。以後見面，倘再迎至轎邊一千，接到廳上一千，我就不依。再『老爺』二字也不准叫，你只喚我荷生。你字秋痕，我便叫你秋痕。」就向癡珠、謖如道：「我們也通行稱字，某翁、某某先生，濫俗可厭，兩位以為何如？」癡珠道：「吾兄爽快之至！」就向謖如道：「你再叫先生，我也不依。」荷生道：「自後大家犯令，我要罰以金谷酒數❹。」秋痕坐在西邊，瞥見丹暈、曼雲從東廊款款而來，笑道：「犯令的人來了。」謖如道：「你下去通知他不好麼？」正說著，丹暈、曼雲已到簾邊，秋痕忍笑，大聲說道：「站著！聽我宣諭：奉大營軍令，不准你們請安，不准你們叫老爺，你們懂得麼？」說得荷生、癡珠、謖如三人大笑起來，連那前後左右伺候的人通笑了。秋痕自己笑得不能仰視。那丹暈、曼雲只見過秋痕痛哭，沒有見過秋痕的癡笑，也沒有見過他會大聲

---

❹ 金谷酒數：晉石崇常於金谷園聚豪侈酒宴，與宴而賦詩不能者，罰酒三斗，後世則成宴會罰酒三杯的慣例，稱為「金谷酒數」。唐李白〈春夜宴從弟桃花園序〉：「如詩不成，罰依『金谷酒數』。」

說話，今日見他如此得意，轉停住腳步，只是發怔。大家看見更是好笑，後來秋痕的笑歇了，將以前的話告訴兩人，倒覥覥覥覥上來，好像沒得開口一般。還是癡珠初見，和兩個應酬，兩個纔說得幾句話。秋痕曉得他們為難，又自吃吃的笑。荷生也笑道：「我倒不意秋痕也會這般調侃人。」癡珠笑道：「這是老師化導之力。」又說得大家通笑了。只見家人請示排席，荷生瞧著表道：「就要排席，似乎過早。」癡珠道：「謏如今天是兩頓飯的。」荷生道：「怎的過費！」一會，席已擺好，係用月桌。謏如要送酒安席，荷生道：「方才什麼套都已蠲除❺，你又來犯令了。」於是大家換了便衣，團團入坐。酒行數巡，癡珠坐接曼雲，就將曼雲摺扇取來。正要展視，荷生忽向癡珠說道：「斯人不出，如蒼生何！以吾兄才望，這廿年中倘肯與世推移，不就是攜妓的謝東山❻麼？」癡珠將扇握住，嘆口氣道：「小弟年少時也還有這些妄想，如今白髮星星，涉世愈深，前途愈窄，濫竽滿座，挾瑟赧顏❼，只好做個乞食歌姬的韓熙載❽罷。」荷生道：「你是要做入夢的傅巖❾，不願做絕裾的溫嶠❿，其實

---

❺ 蠲除：廢除；免除。蠲，音ㄐㄩㄢ。

❻ 攜妓的謝東山：《晉書・謝安傳》載，東晉政治家謝安出仕前隱居東山（今浙江省上虞縣西南），故稱「謝東山」。謝安放情山水，每有遊賞，必攜妓女以從。

❼ 濫竽二句：謙稱自己是濫竽充數，無所作為。挾瑟，漢樂府〈相逢行〉：「小婦無所為，挾瑟上高堂。」此取無所為之意。赧顏，羞慚的容顏。

❽ 乞食句：南唐文學家韓熙載生活放浪，好蓄姬妾，多至四十餘人。所得薪俸盡為姬妾瓜分，韓熙載乃身穿補綴過的破舊衣裳負筐到諸姬院乞食，以為笑樂。

何必呢！」癡珠道：「人才有積薪之嘆⓫，捷徑多窘步之憂⓬，我就不做韓熙載，也要做個醇酒婦人的信陵君⓭，那敢高比騎箕星宿⓮、下鏡風流哩。」說得大家又笑了一陣。於是展開曼雲的扇，見是荷生楷書，便說道：「教我再寫這字，就寫不來了。」再看寫的是〈齊天樂〉兩闋，詞題〈係花魂〉。此時秋痕倚在癡珠坐邊，癡珠看著，秋痕念道：

---

❾ 入夢的傅巖：指殷商時隱居傅巖的賢士傅說。相傳殷高宗武丁夢見一位賢人，按夢中形像在傅巖找到從事版築勞動的奴隸傅說，遂舉用為相。傅巖，故址在今山西省平陸縣東。

❿ 絕裾的溫嶠：西晉末，溫嶠參加劉琨軍隊，為左長史。西晉亡，晉室渡江，劉琨派溫嶠奉表南下勸進司馬睿稱帝，其母堅決阻止，溫嶠絕裾而去。絕裾，斷掉衣襟，表示去意堅決。

⓫ 積薪之嘆：《史記・汲鄭列傳》載，汲黯為人耿直急躁，對漢武帝寵任庸儒公孫弘、酷吏張湯，流露埋怨不滿，說：「陛下用臣如積薪耳，後來者居上。」積薪，成為選用人才，後來居上的典故。此處是感嘆後來者鑽營銳進，如積薪處上。

⓬ 捷徑句：指人不走正道而行履窘迫，多自招憂煩。捷徑，斜曲的小路。窘步，腳步窘蹙，不能闊步前行。戰國楚屈原〈離騷〉：「何桀紂之昌披（披衣不繫帶的樣子）兮，夫唯捷徑以窘步。」

⓭ 醇酒句：《史記・魏公子列傳》載，信陵君遭秦國反間，被魏王剝奪兵權。「公子自知再以毀廢，乃謝病不朝，與賓客為長夜飲，飲醇酒，多近婦人。」醇酒，味厚的美酒。醇酒婦人，泛指酒色。信陵君，魏國公子無忌。

⓮ 騎箕星宿：指殷高宗武丁的賢相傅說。傳說傅說死後升天化為星宿，騎於箕星與尾星之間。此指青雲直上，化星遊仙。

小闌干外簾櫳畔，紛紛落紅成陣。瘦不禁銷，弱還易斷。

癡珠拍案道：「好個『瘦不禁銷，弱還易斷』八字，這便是『剪紙招我魂』⓯哩。」就喝了一杯酒，向荷生道：「是舊作，是近作？」荷生道：「我春間偶有所觸，填此兩闋，你不要謬贊。」就也喝了一杯酒。謖如、丹暈、曼雲都陪著喝，覺得秋痕黯然，又念道：

數到廿番風信⓰，韶華⓱一瞬，便好夢如煙，無情有恨。別去匆匆，蓬山因果⓲可重證。

癡珠也黯然道：「半闋就如此沉痛，底下怎樣做呢？」就和大家又喝了三杯酒。那秋痕念到「韶華一瞬」，已經眼眶紅了，以下竟要墜起淚來。就也停了一停，又念道：

空階似聞長嘆，

癡珠道：「接得好！魂兮歸來，我聞其聲。」秋痕噙著淚又念道：

⓯剪紙招我魂：引自杜甫詩〈彭衙行〉：「暖湯濯我足，剪紙招我魂。」古代民俗，剪紙為幡掛於門外為行人招魂，表示壓驚。

⓰風信：指隨季節變化應時而來的風。

⓱韶華：青春的年華。

⓲蓬山因果：指男女相戀之因緣。蓬山，蓬萊山，相傳為仙人所居之仙境，代指所愛女子的居處。

正香銷燭炧⑲，月斜人定⑳。三徑依然，綠陰一片，料汝歸來難認。心香㉑半寸，憶夜雨蕭蕭，小樓愁聽。咫尺迢遙，算天涯還近。

秋痕念到此，忍不住撲簌簌的墜下淚來。癡珠自己喝了酒，便說道：「我念罷。」便將第二闋念道：

綺窗㉒朱戶濃陰滿，繞砌苔痕青遍。碾玉成塵，埋香作冢㉓，一霎光陰都變。

癡珠念到此，聲音也低了。秋痕一滴一滴的眼淚將那扇頁點濕有幾處了。荷生道：「這是我不好。秋痕今天很喜歡，偏教他如此傷心起來。」曼雲道：「可不是呢。人家好端端喝酒，怎的荷生這首詞卻要叫他灑起淚來。」癡珠勉強又念道：

助人悽戀，有樹底嬌鶯，梁間乳燕。賸粉遺芳，亭亭倩女可能見？

⑲燭炧：燈燭熄滅。炧，音ㄒㄧㄝˋ，燈燭餘燼。

⑳人定：深夜人靜時。

㉑心香：佛教語，指內心虔誠，如焚香敬佛。

㉒綺窗：雕刻或彩繪有圖案花紋的精美窗戶。

㉓碾玉二句：指落花殘紅被碾成塵埃，被埋土冢。埋香，古代惜花者聚落花掩埋為「香冢」。

癡珠哽咽道：「此中磊壘我要借酒澆了。」便叫曼雲取過大杯，喝了五鐘。荷生、謖如也喝了。謖如、丹暈都道：「過後看罷。」荷生也說道：「撂開一邊，往後慢慢的看。」癡珠那裏肯依，又念道：

幾番燒殘繭紙㉔，嘆招來又遠，將真仍幻。絮酒頻澆，銀旛㉕細剪，懺爾癡情一片。浮生慢轉，好修到瓊樓，移根月殿。人海茫茫，把春光輕賤。

癡珠末了也忍不住掉下幾點淚來，瞧著秋痕玉容寂寞，涕淚縱橫，心上更是難受，想道：「我卻不道青樓中有此解人㉖，有此情種。」便轉向荷生說道：「真是絕唱！一字一淚，一淚一血！這也不枉秋痕的數點淚漬在上頭。只是我也有一詞題在花神廟，想你還沒見哩。」荷生道：「我自那一晚便定了此間的局面，花神廟一別經年了，你那長新店題壁的詩，我還記得。」癡珠道：「你的詩我記得多了。」便喝一大杯酒，高吟道：

雙槳風橫人不度，玉樓殘夢可憐宵。

荷生十分驚訝，只見癡珠又念道：

㉔ 繭紙：用蠶繭製作的紙，古人用以題詩繪畫。

㉕ 銀旛：用銀箔剪製的幡勝。古代民俗於除夕、立春時剪銀幡戴於頭上。

㉖ 解人：聰明穎慧，善解人意的人。

畢竟東風無氣力，一任落花飄泊。

荷生道：「荔香院你到過嗎？」癡珠也不答應，便又喝了酒，又高吟道：

一死竟拚銷粉黛，重泉㉗何幸返精魂。

又拍著桌說道：「最沉痛的是：

薄命憐卿甘作妾，傷心恨我未成名。」

荷生道：「奇得很！這幾首詩你也見過麼？」癡珠含笑，總不答應，喚過禿頭，說道：「你將我屋裏一個碧綠青螺杯取來，我要行令了。」荷生道：「你說怎樣見過紅卿，纔准行令。」癡珠笑道：「行了令再說。」荷生道：「你不說，我是不遵令的。」謖如笑道：「癡珠你這悶葫蘆害人難受，不如說了罷。」癡珠道：「那裏有這般容易。」恰好禿頭取得杯來，便一面斝杯，一面向荷生道：「你喝了這十杯再說。」丹翬道：「這一杯抵得十多杯酒，怎的教人吃得下。」荷生道：「可不是呢。癡珠就是這樣作難我哩。」謖如道：「我講個人情，五杯罷。」荷生笑道：「你講個人情，一杯罷。」癡珠也笑道：「三杯何如？」荷生心上急著要曉得紅卿蹤跡，也就答應了，隨又說道：「你也要喝一杯。」癡珠道：「說到高興，自然要喝。」於是曼雲執壺，丹翬斟酒，荷生便喝了三螺杯酒。秋痕只叫慢慢

㉗重泉：九泉，指死者魂魄所歸處。

的喝。荷生喝一杯，便送一箸菜，或是水果。謖如也喝了三大杯，癡珠纔把荔香院那一天情事，細細向荷生講將出來。講得荷生癡癡的聽，兩眼中也噙了幾許英雄淚。謖如、丹翬、曼雲都斂容靜氣，傾耳而聽。秋痕更怔怔的望了癡珠，又望荷生。癡珠說到娟娘不知蹤跡，就也落下數點淚，叫秋痕斟過一螺杯酒。秋痕只斟有七分杯，癡珠接過卻要秋痕斟滿，高吟杜詩道：「寇盜狂歌外，形骸痛飲中。」㉘接著吟道：「氣酣日落西風來，願吹野水添金杯。如澠之酒常快意，亦知窮愁安在哉？忽憶雨時秋井塌，古人白骨生青苔。如何不飲令心哀！」㉙大家含笑看他吟完，將酒喝了。秋痕笑道：「角力㉚不解，必同倒地；角飲㉛不解，必同沉醉。這是何苦呢！」說得大家又笑了。

這一席酒自十一下鐘起，直喝至三下多鐘，幸是夏天日長，大家都有些酩酊㉜，便止了酒。荷生、癡珠只用些粇米稀飯，就散了坐，同到癡珠屋裏。只見芸香拂拂，花氣瀜瀜，別有一種灑灑之致。癡珠又喚禿頭焚起一爐好香，泡上好茶。荷生、謖如或坐或躺，丹翬等三人就在裏間理鬟更衣。癡珠便將盆中開的玉簪，每人分贈一枝，更顯得面粉口脂，芬芳可挹。秋痕出來，見癡珠酒氣醺醺躺在窗下

㉘ 寇盜二句：引自杜甫詩〈陪章留後侍御宴南樓得風字〉。

㉙ 氣酣七句：引自杜甫詩〈蘇端薛復筵簡薛華醉歌〉。如澠之酒，像澠池一樣的酒，可讓人快意暢飲。澠，澠池。在今河南省洛水以北，熊耳山邊。

㉚ 角力：較量武藝，指徒手搏擊。

㉛ 角飲：較量酒量，指競相飲酒。

㉜ 酩酊：飲酒大醉的樣子。

彌勒榻上，便悄悄說道：「你病纔好，何苦那樣拚命喝酒。」又將癡珠小照瞧一瞧，說道：「你怎不請人題首詩。」癡珠道：「沒人道得我著，以後你題罷。」秋痕一笑，就將簾子掀開，見謖如走了出去，荷生卻躺在坑上微微睡著，便叫道：「起來罷，這裏睡不得，怕著了涼。」荷生就也坐起，喝了茶。癡珠隨跟出來，向荷生問起采秋。荷生嘆一口氣道：「不必提起。我有兩首詩，念與你聽就知道了。」遂將所寄的詩誦了一遍。癡珠笑道：「什麼事呢？」隨吟道：「丈夫垂名動萬年，記憶細故非高賢。」荷生也自微笑。

不一會，家人掌上燈來，秋華堂又排了席。大家作隊出來，見堂上及兩廊明角燈都已點著，越覺得玉宇澄清，月華散采。大家便都向甬道上閑步。癡珠從那月光燈影瞧著秋痕，真似一枝初放的蘭花，萎蕤㉝窈窕，極清中露出極豔來。聽見謖如讓荷生上去，便攜著秋痕的手，跟大家步上臺階，到得席前，照舊坐下。這秋華堂係長七間一個大座落，堂上爽朗空闊，坑後垂三領蝦鬚簾，簾外排著十多架晚香玉。堂上點有二十餘對紗燈，坑上四小盆盛開夜來香，堂左右二十多架蘭花，雖纔打箭，燈光之下，瞧那綠葉紛披，度著坑上內外的花香，就不傾觴也令人欲醉了。況卯酒未醒㉞，重開綺席，倒覺得大家俱有倦容。入席以後，行了幾回酒，上了幾碗菜，秋痕便向癡珠發話道：「白天你是鬧過酒，如今只准清談。我隨便唱一折崑曲給大家聽，可好麼？」荷生道：「好麼。」秋痕又道：「叫他們吹笛子、打鼓板、彈三絃㉟的，都在月臺㊱上不要進來。」謖如道：「這更好。」秋痕又道：「只這癡

㉝ 萎蕤：草木茂盛的樣子。蕤，即「蕤」。

㉞ 卯酒未醒：卯時飲酒尚未醒轉。指早晨飲酒至掌燈還未醒轉。

珠酒杯是要撤去的。」一面說，一面將癡珠面前酒杯遞給跟班。謖如、丹翬都說道：「不叫他喝就是了，何必挐開杯子。」荷生、曼雲只吟吟的笑。謖如向荷生道：「『一見如舊』這句話，卻是真有呢。」這一說，癡珠先不好意思起來，秋痕便覺兩頰飛紅。荷生忙接口說道：「『同是天涯淪落人，相逢何必曾相識』㊲，我和癡珠不一見如舊麼？」荷生此句話原想替秋痕解嘲，秋痕也深感荷生為他分謗，只太親切些，觸動心緒，倒掉下淚來。癡珠這一會悽惶更不知從何處說起，只向秋痕高吟道：「君為北道生張八，我是西川熟魏三。」就不說了。荷生見秋痕與癡珠形影依依的光景，便念及采秋，又因癡珠今天說起紅卿，便覺新愁舊怨一剎時紛至沓來，無從排解。謖如也悔先前不合取笑秋痕，以致一座不樂，又見秋痕顧影自憐那一種情態，也覺慘然難忍。丹翬、曼雲見席間大家都不說話，只得勸秋痕道：「好端端的，又哭得淚人兒一般，人家說你有傻氣，你自己想傻不傻哩！」荷生就移步過來，替秋痕抹著眼淚，癡珠便叫跟班們擰過手巾，自己遞給秋痕。謖如也吩咐跟人泡上幾碗好茶來，又吩咐廚房慢慢的上菜。秋痕只得破涕為笑道：「我還唱曲罷。」大家都道：「好了！秋痕肯笑了。」謖如道：「秋痕這一笑，大家該喝一鍾酒。」秋痕道：「我總不准癡珠喝。大家依麼？」大家笑道：「依

㉟ 鼓板三絃：鼓板，說唱時用以節拍的拍板。三絃，絃樂器。其狀音筒扁圓，兩面蒙蛇皮，上插長柄，有絃三根，故名。

㊱ 月臺：賞月的露天平臺。

㊲ 同是二句：唐白居易〈琵琶行〉詩句，抒寫謫貶潯陽的詩人白居易與淪落風塵的京師教坊樂妓之間同命相憐之感。

你罷。」秋痕道：「我卻要陪一杯。」於是大家都喝了酒，隨意吃了幾箸菜。癡珠只吃了兩片藕。只見秋痕喝一回茶，將椅挪開，招呼癡珠跟人說幾句話。停了一停，簾外鼓板一響，笛韻悠揚。秋痕背臉兒亢起嬌聲來，癡珠依著聲，聽他唱的是：「此夜恨無窮，似別鶴孤鴻，檻鸞囚鳳。我無限衷腸，欲訴無從，悲慟！」癡珠聽到此便嘆了一聲，招呼跟班裝水煙[38]吃去。荷生將手輕輕的拍著桌板道：「這底下是：『惹禍的花容月貌，賺人的雲魂雨夢。』[39]」謖如道：「這不是《紅梨記》上〈拘禁〉[40]這一齣麼？」荷生點點頭，又聽秋痕唱完了一枝，曼雲便將癡珠跟前一碗茶遞給秋痕喝了。秋痕轉過臉來向大家說道：「今夜喉嚨不好，有些哽咽。」就唾了一口痰，又唱起來。到了「看他詩中字，芳心懂，怎割捨風流業種，畢竟相同。」又唱到「只愁緣分淺，到底成空。」那兩道眼波就直注在癡珠身上。大家俱暗暗的笑，卻不敢道出。以後便是尾聲了。唱完，大家都喝聲好，荷生因說道：「這回我卻要癡珠喝一鍾酒。」秋痕也依，便將自己的杯斟上，叫癡珠喝了。荷生笑道：「我也要你喝一盃。」秋痕道：「這是怎說？」荷生道：「喝了再說。」秋痕強不過，就也喝了。荷生笑道：「你們『風流業種，畢竟相同』，怎麼不喫個鴛鴦杯哩？」說得秋痕的臉通紅了。癡珠笑道：「你們這樣鬧，又何

---

[38] 水煙：指舊式的水煙袋，用銅或竹製成。吸煙時，煙經過水過濾而吸出。

[39] 惹禍二句：明徐復祚《紅梨記》第四齣〈羈跡〉中的戲文，原句是：「惹禍的是花容月貌，賺人的是雲魂雨夢。」

[40] 紅梨記上拘禁：《紅梨記》，明代戲曲傳奇名。明徐復祚著。〈拘禁〉，即《紅梨記》第四齣。據明毛晉編《六十種曲》所載《紅梨記》，第四齣題為〈羈跡〉。

苦呢。」荷生微笑，停一停說道：「你日間那樣狂吟豪飲，這會怎的連酒杯都沒哩。」癡珠也就微笑。於是大家又暢飲了一回，便道：「天也不早了，差不多十二下鐘了。」謖如也不敢再敬。

大家喫飯、洗漱。荷生向癡珠道：「改日再來奉拜罷。」癡珠笑道：「你又未能免俗了，我明日便是便衣過訪如何？」荷生道：「好極！我便在寓相候罷。」就謝了謖如，幾對燈籠引著轎先走了。謖如卻要送癡珠先回西院，癡珠看見丹暈等三人都站在月臺伺候，便道：「還是給他們先走，我們再說罷。」於是丹暈、曼雲、秋痕說道：「我們都不打千了。」丹暈、曼雲先走，秋痕落後。癡珠、謖如站在一邊，秋痕拉著癡珠的手，問後會之期。癡珠十分難受，勉強道：「兩日後就當奉訪。」秋痕忽向袖中取出一件東西，悄悄的遞給癡珠。癡珠也不便細看，只好袖著，便催著謖如回去。謖如只得告辭。癡珠送出，看秋痕上車，謖如也上了車，然後自回西院。正是：

茫茫後果，渺渺前因。

悲歡離合，總不由人。

欲知後事如何，且聽下回分解。

總評：此回癡珠、秋痕合傳，而緯以謖如、荷生。筆墨工緻，如於尺幅中畫阿房宮，複道回廊，釘頭簷角，層層數去，不爽銖黍。牽一髮而全身皆動，此回上接第二回、第三回、第五回、第九回，下注十八回，及三十九回、四十回、四十三回以下文字，為全書精神團結處。《花魂詞》、《紅梨記》，上下整對中，仍復變換錯綜，隱藏蒨雯，明串娟娘，筆筆矯變，筆筆沉雄。

第十五回　詩繡錦囊重圓春鏡　人來菜市獨訪秋痕

話說荷生別了癡珠，轎子沿堤走來，仰觀初月彎環，星河皎潔，俯視流煙澮沱，水木清華。因想起愉園水榭，今夕畫屏❶無睡，風景當亦不減於此。又想道：「我們一縷情絲原是虛飄飄的，被風刮到那裏，便纏住那裏。就如癡珠，今天不將那脈脈柔情都纏在秋痕身上麼？可怪秋痕素日和人落落難合，這回一見癡珠便兩心相照，步步關情，也還可喜。只是他兩人這情絲一纏，正不曉得將來又是如何收煞❷哩！」一路亂想，猛聽得打梆之聲，是到了營門。只見燈火輝煌，重門洞闢，守門的兵弁層層的分列兩旁。那轎夫便如飛的到了帳前停住，門上七八個人都一字兒的站在一邊，伺候下轎。

荷生略略招呼，就進寓齋去了。跟班們伺候換了衣履。見蒼頭賈忠踉踉蹌蹌拿一個紙包上來，像封信似的，回道：「靠晚洪老爺進來，坐等老爺，到了更餘等不得了，特喚小的上去，交付這一件東西，吩咐小的收好。又說明日在歐老爺家專候老爺過去，有話面說。」荷生也不曉得是什麼，接過手，輕飄飄，將手一捏，覺鬆鬆的，便撕去封皮，見是一塊素羅，像是帕子。抖開一看，上面污了許多淚痕，桌上掉下一個古錦囊❸，兩面繡著蠅頭小楷，卻是七律二首。便念道：

---

❶ 畫屏：有畫飾的屏風。

❷ 收煞：收尾；了結。

長空渺渺夜漫漫，舊恨新愁感百端。巫峽斷雲❹難作雨，衡陽孤雁❺自驚寒。
徘徊紈扇悲秋❻早，珍重明珠❼賣歲闌。可惜今宵新月好，無人共倚繡簾看。

念畢，嘆一口氣，自語道：「如許清才，墜入塵劫，造物何心，令人懊惱！」又將那一邊詩朗吟道：

多情自古空餘恨，好夢由來最易醒。

就慘然自語道：「沉痛得很！」又念道：

---

❸ 古錦囊：樣式古雅的彩錦製作的的袋子。

❹ 巫峽斷雲：巫峽，長江三峽之一，西起四川省巫山縣大溪，東至湖北省巴東縣官渡口，因巫山得名。戰國時宋玉〈高唐賦〉寫楚懷王遊巫山高唐之臺，雲夢之館，晝寢而夢與巫山神女歡會。巫峽，遂成為男女幽會之隱語。斷雲，殘雲，喻男女歡愛的戀情已化為殘雲。

❺ 衡陽孤雁：比喻人如孤雁飄零，音信隔絕。衡陽，湖南省衡陽縣，縣南一里有南岳衡山之主峰回雁峰，相傳雁至此峰不過。

❻ 紈扇悲秋：漢樂府〈怨歌行〉假借合歡紈扇比喻被男性玩弄的女性，「常恐秋節至，涼飆奪炎熱，棄捐篋笥中，恩情中道絕」，表達了恐遭男性遺棄的怨傷。

❼ 珍重明珠：吳王小女紫玉與韓重相愛，因遭吳王所阻，紫玉氣結而死。三年後，紫玉魂與韓重會於冢下，盡夫婦之禮，並取徑寸明珠贈韓重。此借以表達生死眷戀之情。

豈是拈花難解脫，可憐飛絮太飄零。

香巢乍結鴛鴦社❽，新句猶書翡翠屏。不為別離已腸斷，淚痕也滿舊衫青。

賈忠和大家怔怔的站著，荷生反覆沉吟一會，猛見賈忠們兀自站著，便說道：「你們散去罷。」荷生因欲乘涼，就也踱出游廊，清風微來，天雲四皎，雙星耿耿，相對寂然。徘徊一會，倒憶起家來，便將都中七夕舊作〈望遠行〉吟道：

露涼人靜，雙星會❾，今夕銀河深淺？微雨驚秋，殘雲送暑，十二珠簾都捲。試問蒼蒼，當日長生殿❿裏，私誓果能真踐？只地久天長，離恨無限。何況，覊人鄉書一紙，抵多少，回文新剪⓫。細計歸期，常勞遠夢，輸與玳梁棲燕。畢竟織女黃姑⓬，隔河相望，可似天涯近遠？

---

❽ 鴛鴦社：指男女歡會之所。

❾ 雙星會：指農曆七月初七，牛郎星與織女星在銀河鵲橋相會。

❿ 長生殿：唐明皇與楊貴妃曾在長生殿歡會密誓「願世世為夫婦」（唐陳鴻〈長恨歌傳〉）。白居易〈長恨歌〉云：「七月七日長生殿，夜半無人私語時：『在天願為比翼鳥，在地願為連理枝。』」

⓫ 回文新剪：回文，即回文錦。前秦竇滔妻蘇惠懷念丈夫，織回文錦為璇璣圖詩。以縱橫往復，皆可誦讀成章的回文詩形式寄託情思，纏綿淒惋。新剪，指新織好的回文錦，從織機上剪下來。此借指新作相思詩篇。

⓬ 織女黃姑：織女星、牽牛星。唐元稹〈決絕詞〉：「織女別黃姑，一年一度暫相見，彼此隔河何事無。」《歲時記》：「河鼓、黃姑，牽牛也。」

恨無聊徙倚，闌干捫遍！

吟畢，便喚青萍等伺候睡下。

次日，看完公事，想道：「今天還找劍秋鬧一天酒罷。」便換索安吩咐套車，到了綠玉山房。劍秋不曾起來，紫滄自將采秋不忍拂逆他媽一段苦情，細細表白一番。荷生聽了，便也釋然。一會，劍秋出來說道：「荷生，這宗公案，你如今可明白麼？我原說過這其間總另有原故，是不是呢？如今喫了飯，我們三人同去愉園走一遭罷。」荷生不語。一會擺上飯，三人喝了幾鍾酒，差不多兩下鐘了。劍秋正催荷生到愉園去，不想紅日忽收，黑雲四合，下起傾盆大雨來。劍秋又備了晚飯，說了半日閑話。

急雨快晴，早已月上。劍秋、紫滄乘著酒興，便不管荷生答應不答應，拉上車向愉園趕來。傳報進去，三人剛走入八角亭游廊⓭，早是紅豆領著一對手照⓮親接出來，笑向荷生道：「怎的不來了十一天？」劍秋笑道：「我三個月沒來，你怎的不問哩？」紫滄也笑道：「我們就十一年不來，他也不管呢。」紅豆笑道：「洪老爺，你昨天不纔來麼？」三人一面說，一面走，已到橋亭。只聞得雨後荷香芬芳撲鼻，就都在回欄上坐了。丫鬟們便放下手照，抬了幾張茶几來，送了茶。只見遠遠一對明燈照出一個玉人，轉過畫廊來。紫滄向劍秋道：「你看此景，不像畫圖麼？」劍秋笑道：「我們不配作

⓭ 游廊：連接不同的獨立建築物的走廊。

⓮ 手照：手持的照明器具，如燈籠、風燈之類。

畫中人，只莫學人掉下去作個池中物罷！」剛說這句，采秋已到跟前，故作不聞，說道：「這裏暑氣未退，還是水榭屋裏坐罷。」於是荷生先走，領著大家轉幾折游廊，纔到屋裏。

原來愉園船室後是池，池南五間水榭，坐南向北，此即愉園正屋。劍秋、紫滄俱係初次到此，留心看時，只見面面明窗，重重紗罩，五間直是一間。其中琴床畫桌，金鼎銅壺，斑然可愛。正中懸一額，是「定香吟榭」四字。兩旁板聯是集的宋人句：

細看春色低紅燭，

煩向蒼煙問白鷗。

款書「渤霞題贈」。下面一張大案，案上羅列許多書籍。旁邊排著十二盆蘭花，香氣襲人。中間地上點著一盞四尺多高玻璃罩的九瓣蓮花燈，滿室通明。四人一一坐下。紫滄見荷生、采秋總未說話，便道：「你兩個都是廣長妙舌⑮，怎的這會都作了反舌無聲⑯？」采秋說道：「人之相知，貴相知心，落了言詮⑰，已非上乘。」劍秋笑道：「相視而笑，莫逆於心，此自是枕中秘本，便有時也落言詮。

⑮ 廣長妙舌：指佛之妙舌。《大智度論》卷八稱：「是時佛出廣長舌，覆面上至髮際。」廣長，形容佛舌廣而長，後世用以比喻能言善辯。

⑯ 反舌無聲：反舌鳥春天開始鳴叫，其聲急轉，至農曆五月漸停鳴叫而無聲，故名「反舌」。比喻啞口無言，或比喻造謠者捲舌噤聲。反舌，即百舌鳥。

⑰ 言詮：以言語解說。相對目授神與的知心，借言語表達則露了形跡，謂之「言詮」。詮，詳盡解釋、說明。

我卻不信你們兩個通是馬牛其風⑱，不言而喻呢。」荷生笑道：「胡說！」采秋道：「酒食先生饌，女為君子儒⑲。湯玉茗至今還在拔舌地獄⑳哩，管他則甚！」便又談笑一會。荷生、采秋總覺得似離似合，眉目含情。又命紅豆教人將南窗外紗幔捲起，只見碧天如洗，半輪明月，分外清華。大家移了几櫈坐在欄干內，領略那雨後荷香。采秋叫人將早晨荷花心內薰的茶葉烹了來，更覺香沁心脾，俗塵都滌。遙聽大營中起了二鼓，紫滄、劍秋就站起身來，荷生也要同行。劍秋道：「你且不用忙，要走須向采秋借車。我還同紫滄去訪一個朋友，不能奉陪了。」荷生笑道：「不是訪彩波嗎？」劍秋道：「不定。」遂一徑走了。

丫鬟傳呼伺候，采秋送至船室前，也就回來，仍在欄干邊坐下。荷生道：「好詩，好詩！但『多情』二句頗難解說，我正來請教呢？」采秋道：「我這兩句本係舊時記的，你要怎麼解便怎麼解。」荷生道：「你是聰明絕頂的人，我一切也不用說了。」采秋一聞此言，便覺心中一酸，兩眼淚珠熒熒欲墜的道：「前日之事，我也百口難分，惟有自恨墮入風塵，事事不能自主。你若從此拋棄了我，我

---

⑱ 馬牛其風：馬、牛奔逸遠去，意謂互不相干。風，放；奔逸。

⑲ 酒食二句：此為集《論語》中的孔子語所作巧對，乃文字遊戲。《論語．為政》：「有酒食，先生饌。」指有酒有食，供父兄飲食。《論語．雍也》：「女為君子儒，無為小人儒。」

⑳ 湯玉茗句：湯玉茗，指明代戲曲作家湯顯祖。其住所稱為玉茗堂；其詩文集稱為《玉茗堂集》；其四部戲劇傳奇合稱為《玉茗堂四夢》。故世稱為「湯玉茗」。拔舌地獄，佛教所說地獄之一。指生前口舌邪惡不敬者，死後要墮入拔舌地獄。

也不敢怨你。若尚垂青盼㉑，久後看我的心跡便是了。」荷生見說得楚楚可憐，便嘆了一口氣道：「我倒不是怪你，我一來也是恨我自己長幡無力，未能盡障狂飈，二來是替你可惜這個地方。難道他們那一般人的行徑，你還看不出麼？」紅豆在旁遂將那日原士規等跌池吐酒，鄙俗不堪的形狀，敘了一回。倒說得荷生、采秋也都笑了。荷生便向采秋道：「今夜我頗思小飲。」采秋道：「我有好蓮蕊釀，偕們到春鏡樓喝去罷。」於是攜手緩步上樓來，只見霽月照窗，花陰瑟瑟。荷生笑道：「我今日到此樓，也算劉阮重到天臺了。」采秋笑道：「我不想尚有今日。」遂將荷生紗衫脫了，采秋也卸了晚粧，烏雲低亸。然後兩人對酌，敘這十日的相思。但見郎船一槳，儂舸雙橈，椏暗抱橋，花欹近岸。金缸㉒影裏，玉斚㉓光中，西子展顰，送春山之黛色；南人妍眼，翦秋水之波光㉔。脈脈含情，綿綿軟語，鳳女㉕之顛狂久別，檀奴㉖之華采非常。既而漏鼓鼉催㉗，迴廊鶴警㉘，嫣熏蘭破，絮亂絲縈㉙，人

㉑ 青盼：以青眼顧盼，指對人表示喜愛或器重。

㉒ 金缸：即金釭，古代照明的金質或銅質燈盞、燭台。

㉓ 玉斚：即玉斝。古代銅質的盛酒器，後世泛指酒杯。斚，音ㄐㄧㄚˇ。

㉔ 西子四句：西子展顰，意謂像西施一樣的南國麗人眉目傳情。西子，即春秋時代越國美女西施。展顰，舒展皺蹙的眉頭。春山，形容女性秀眉如春山之青黛。南人，即南國麗人。妍眼，美目。秋水，形容女性美目如秋水之澄朗。

㉕ 鳳女：對女子的美稱。

㉖ 檀奴：女子對丈夫或情郎的昵稱。

面田田㉚，脂香滿滿，從此綠圓碧落，雙星無一日之參商㉛，劫脫紅塵，並蒂㉜作群芳之領袖矣。

卻說七夕那晚，癡珠送了謖如，自回西院，急將秋痕遞給的東西燈下一看，卻是一塊翡翠的九龍佩。撫玩一回，就繫在身上。看官聽著！癡珠自從負了娟娘，這七八年夢覺揚州㉝，錦瑟犀毗㉞，概同班扇㉟，臙脂螺黛，一例曇花㊱。況復鬱鬱中年，艱難險阻，鬑鬑㊲遲暮，顛沛流離。碧血招魂，

㉗ 漏鼓鼉催：報更漏的鼓聲像鼉鳴催響。漏，更漏，古代報時器。鼉，指揚子鱷，爬行動物，其皮可以製鼓。鼉皮蒙的鼓，其聲也如鼉鳴。

㉘ 鶴警：鶴性機警，此指鶴鳴報警。

㉙ 絮亂絲繁：指柳絮飄絲，滿空紛亂。

㉚ 人面田田：人面，用人面桃花典故，指桃花一樣的美人容貌。田田，鮮亮的樣子。

㉛ 參商：參星與商星。參星在西，商星在東，二星出沒，永不相見。比喻親友遠隔，互不相見。唐杜甫〈贈衛八處士〉：「人生不相見，動如參與商。」

㉜ 並蒂：即並蒂花，形容男女相愛。

㉝ 夢覺揚州：唐杜牧〈遣懷〉：「十年一覺揚州夢，贏得青樓薄倖名。」

㉞ 錦瑟犀毗：錦瑟，繪有彩色如錦的寶瑟。喻指青春年華。唐李商隱〈錦瑟〉：「錦瑟無端五十絃，一絃一柱思華年。」犀毗，犀角製的帶鉤，代指犀角帶，為上品官的服飾。

㉟ 班扇：漢樂府〈怨歌行〉假借合歡紈扇抒寫女性被男子玩弄與遺棄的恐懼和怨傷，相傳為班婕妤所作，故稱「班扇」。

㊱ 曇花：優曇缽花的簡稱，花時短暫，很快即謝。比喻某種事物的乍現即逝。

近有鮑參軍之痛㊳；青衫落魄，原無杜記室之狂㊴。真個絮已沾泥，不逐東風上下；花空散雨，任隨流水東西。不想秋痕三生夙業㊵，一見傾心。秋月娟娟，送出銷魂橋畔；春雲冉冉，吹來離恨天邊。人倚闌干，似曾相識；簾開玳瑁，未如之何。輸萬轉之柔情，誰能遣此？灑一腔之熱淚，我見猶憐！可識前生，試一歌乎〈金縷〉㊶，勿忘此日，羌相贈以錯刀㊷。緩緩歸來，子細憶三春之夢；匆匆別去，丁寧約再見之期。此一段因緣，好似天外飛來一般。倒難為癡珠一夜躊躇，不能成寐，就枕上填了〈百字令〉一闋云：

今夕何夕，正露涼煙淡，雙星佳會。一帶銀河清見底，天意恰如人意。半夜雲停，前宵雨過，

㊲ 鬑鬑：鬢髮稀疏的樣子。

㊳ 鮑參軍之痛：南朝宋鮑照曾為臨海王蕭子頊前軍參軍，故世稱「鮑參軍」。鮑照〈蕪城賦〉抒寫了對廣陵城（今江蘇省揚州）因戰亂而殘毀的悲痛。

㊴ 杜記室之狂：指唐杜牧與青樓妓女之間詩酒狂放生活。記室，職官名，掌管章表書記文檄。杜牧曾為淮南節度府掌書記，故稱「杜記室」。杜牧〈念昔遊〉：「十載飄然繩檢外，樽前自獻自為酬。」〈遣懷〉：「落魄江南載酒行，楚腰腸斷掌中輕。」

㊵ 三生夙業：三生的冤孽，指前生、今世與來生的因緣。

㊶ 金縷：古代曲調〈金縷衣〉、〈金縷曲〉的簡稱。唐杜牧〈杜秋娘〉：「秋持玉斝醉，與唱〈金縷衣〉。」自注：「『勸君莫惜金縷衣，勸君須惜少年時。花開堪折直須折，莫待無花空折枝。』李錡常唱此辭。」

㊷ 錯刀：即金錯刀，古代錢幣名，以黃金錯鏤其文。漢張衡〈四愁〉：「美人贈我金錯刀，何以報之英瓊瑤。」

新月如眉細。千家望眼，畫屏幾處無睡？最念思婦閨中，懷人遠道，難把離愁寄。一朵嬌花能解語㊸，卻又風前憔悴。紅粉飄零，青衫落拓，都是傷秋淚。寒香病葉，誰知蕭瑟相對。

填畢，兀自清醒白醒的，故合著眼。猛聽得晨鐘一響，見紙窗全白了，便起身出外間來，向案上將〈百字令〉的詞寫出。禿頭在對屋，聽見響動，也起來到了這邊，見癡珠正在沉吟，愕然說道：「老爺，你病纔好，怎的一夜不睡？」癡珠道：「睡不著，叫我怎樣呢？」禿頭也不答應，向裏間一瞧，低著頭嘴裏咕咕嚕嚕的抱怨，就出去了。癡珠倒覺好笑道：「我就躺下罷。」不意這回躺下，卻睡著了，直至午正纔醒。起來吃過飯，想道：「我與荷生約今日見面的，須走一遭。」便吩咐套車，帶了禿頭向大營來。

荷生早訪歐劍秋去了，便留題一律云：

月帳星河又渺茫，年年別緒惱人腸。三更涼夢回徐榻㊹，一夜西風瘦沈郎㊺。
好景君偏愁裏過，佳期我轉客中忘。洗車灑淚紛紛雨，兒女情牽乃爾長。

㊸ 解語：指解語花，會說話的花，喻指美女。五代王仁裕《開元天寶遺事．解語花》載，「帝（唐明皇）指貴妃（楊玉環）示於左右曰：『爭如我解語花？』」

㊹ 徐榻：為貴客特設的床榻。《後漢書．徐穉傳》載，東漢陳蕃為太守，從不接待賓客，唯徐穉來特設一榻，去則懸之。

㊺ 沈郎：指南朝齊梁間沈約，因多病而腰肢瘦損，後世成為男性瘦腰的典故。

遞給青萍，就走了。禿頭說道：「老爺，如今是回去，是到李大人署裏？」癡珠遲疑道：「還是找李大人去罷。」方轉入衚衕，癡珠忽問車夫李三道：「此去菜市街順路不順路？」李三道：「到李大人衙門，菜市街是個必走之路。」癡珠道：「這樣就走菜市街罷。」禿頭道：「老爺到菜市街找誰哩？」癡珠便問李三道：「你可認得教坊李家麼？」李三道：「小的沒有走過，進巷裏問去罷。」禿頭道：「不消問，那狗頭昨天說過住址，南頭靠東有一株槐樹，左邊是個酒店，右邊是個生肉舖，中間一個油漆的兩扇門，就是李家。小的先下車看去。」到了巷中間，先有一株古槐，一枝上竦，一枝橫臥，傍側一家，禿頭只道是了，一問卻是姓張，再看左右並非屠酤㊻。只得向前走十餘家，果見槐蔭重重，映著那酒帘斜捲，頓覺風光流麗，日影篩空。禿頭伺候癡珠下車，見門是開的，便往裏走來。轉過甬道，見靠西小小一間客廳，垂著湘簾。禿頭便問道：「有人麼？」也沒人答應。癡珠便進二門，只見三面游廊，上屋兩間一明一暗，正面也垂著湘簾。綠窗深閉，小院無人。庭前一樹梧桐，高有十餘尺，翠蓋亭亭，地下落滿梧桐子。忽聽有一聲：「客來了！」抬頭一看，簷下卻掛了一架綠鸚鵡，見了癡珠主僕便說起話來。靠北小門內，走出一人來攔住，道：「姑娘有病不能見客，請老爺客房裏坐。」癡珠方將移步退出，只聽上屋簾鉤一響，說道：「請！」癡珠急回眸一看，卻是秋痕自掀簾子迎將出來。身穿一件二藍夾紗短襖，下是青縐鑲花邊褲，撒著月色秋羅褲帶；雲鬢不整，杏臉褪紅，秋水凝波，春山蹙黛，嬌怯怯的步下臺階，向癡珠道：「你今天卻來了！」癡珠忙向前攜著秋痕的手道：「怎

㊻ 屠酤：屠宰牲畜和賣酒，此處指生肉店和酒家。

麼好端端的又病哩？」秋痕道：「想是夜深了，汾堤上著了涼。」便引入靠南月亮門，門邊一個十五六歲丫鬟，濃眉闊臉，跛著一腳，笑嬉嬉的站著伺候。癡珠留心看那上面蕉葉式一額，是「秋心院」三字，旁邊掛著一付對聯，是：

一簾秋影淡於月，

三徑花香清欲寒。

進內見花棚菊圃，綠蔓青蕪，無情一碧。上首一屋，面面紗窗，雕欄繚繞。階上西邊門側，又有一個十二三歲丫鬟，眉目比大的清秀些，掀起茶色紗簾。秋痕便讓癡珠進去匟上坐下。癡珠說道：「這屋雖小，卻曲折得有趣。你臥室是那一間？」秋痕道：「這是一間隔作橫直三間，這一間是直的。」便將手指東邊道：「那兩間是橫的。前一間是我梳妝地方，後一間便是我臥室。你就到我臥室坐。」說著下炕，將炕邊畫的美人一推，便是個門。癡珠走進，由床橫頭走出床前，覺得一種濃香，也不是花，也不是粉，直撲入鼻孔中。那床是一架楠木穿藤的，掛個月色秋羅帳子，配著錦帶銀鉤。床上鋪一領龍鬚席，裏間疊一床白綾三藍灑花的薄被，橫頭擺一個三藍灑花錦鑲廣籐涼枕。秋痕就攜癡珠的手，一齊坐下。小丫鬟捧上茶來，秋痕遞過，向癡珠道：「你道兩日後纔來，怎的今天就來呢？」癡珠道：「我原不打算來的，因訪荷生不遇，回去無聊，故此特來訪你。不想你又有病，不是你出來招呼，我此刻要到家了。」秋痕道：「我病了一早晨，沒有看我媽去。這回鬆些，看了我媽，要回東屋。聽見鸚鵡說話，我就從窗縫望出去，看不清楚，後來打雜出來辭你，我心上就怕是你來了，趕出外間，向竹簾一瞧，你正要轉身，急得我話都說不出來。」癡珠道：「你病著，我偏來累你。如今坐了一會，就走罷。你看天色也要變了，下起雨來，好難走哩。」秋痕道：「你坐車來嗎？」癡珠道：「有車。」秋痕道：「有車怕什麼？就沒有車，我這裏也僱得有。你多坐一會，和我談談，我的病便快好了。天氣熱，你將大衫卸下罷。」癡珠道：「你這裏很涼快。」正說著，忽然雨點大來，癡珠著急道：「下雨怎好哩！」秋痕笑道：「我卻喜歡，好雨天留客。我叫他們熬些桂圓粥給你作點心，好麼？」癡珠道：「我肚裏不餓，倘餓，便和你要。」秋痕向小丫鬟道：「你儘管吩咐去。」小丫鬟去了。秋痕悄悄說道：「我給你那一塊玉，你曉得這塊玉的來歷麼？這就是我今生第一快心之事。你卻不要拿去賞了人。」因將上巳這日得荷生賞識，臨走給了這塊玉，通告訴了癡珠。癡珠道：「我倒沒有什麼好東西給你，怎好呢？」秋痕道：「好東西我也不要，只要你身邊常用的給我一件罷。」癡珠手上適帶一個翡翠般指，便脫下來，套在秋痕拇指，大喜道：「竟是恰好，你就帶著。」秋痕道：「你這會沒得帶，我有一個羊脂玉的，給了你好麼？」癡珠道：「我不帶，我以後再購罷。」秋痕不依，向枕邊一個銀盒內取出，也替癡珠套上，笑道：「我和你指頭大小竟是一樣。」秋痕因問起癡珠得病情由，癡珠略將前事說說，便吟道：「『三年笛裏〈關山月〉，萬國兵前草木風。』[47]」就嘆了一口氣。秋痕款款深深的安慰一番。兩個丫鬟送上點心，秋痕勸癡珠用些，聽見檐溜琤瑽，雨也稍住了。癡珠就站起身來走了。正是：

---

[47] 三年二句：唐杜甫〈洗兵馬〉中詩句，意謂三年來戰亂驚擾，傷別思家。〈關山月〉，漢樂府橫吹笛曲名，為抒寫士兵征戍懷鄉之曲調。草木風，即「風聲鶴唳，草木皆兵」之意。

寶枕贈陳思㊽，漢皋要交甫㊾。

為歌靜女詩㊿，此風亦已古。

欲知後事如何，且聽下回分解。

總評：此回韋、劉、韓、杜四人合傳，俱是極得意文字。而四人性情口角，俱描寫分明。七夕一詞，並已渾括全書大旨，閱者不可徒視為喁喁兒女語也。春鏡未圓，先訪歐家之綠玉；秋心欲證，偏逢韓宅之青萍。全書不作贅語，亦不用直筆，此篇尤極紆徐之致。

㊽ 陳思：指三國魏陳思王曹植。

㊾ 交甫：春秋時鄭大夫交甫，過漢水邊遇江妃二女。二女解佩珠贈之。鄭交甫受而懷之，行十步，二女不見，佩珠亦隨之消失。

㊿ 靜女詩：《詩經・邶風》中的詩篇，寫古代男女青年相約幽會於城隅的情景。

第十六回　定香榭兩美侍華筵　夢遊仙七言聯雅句

話說癡珠養病并州，轉瞬判年❶，免不得出來酬應。這日來了三個同鄉，一個余觀察，名翊字黻如；一個候補刺史留積蔭，字子善；一個候補郡丞晏傳薪，字子秀。四人正在會敘，荷生隨來，坐了一會，三人先去。荷生便道起失約的緣故，就訂癡珠十四愉園小飲，且囑攜秋痕同去，就也走了。此時一院秋陰，非復驕陽亭午，癡珠便吩咐套車，來訪秋痕，將荷生相邀並請的人，備細說給秋痕知道，就找謖如去了。

到了次早，癡珠坐車來邀秋痕，秋痕正在梳頭。癡珠就在妝臺邊坐下，瞧了一會。見有一張宣紙，一付蠟箋，擱在架上，便說道：「你這屋裏卻沒有橫額，我和你寫罷。」說畢，就將宣紙、蠟箋一齊取下，秋痕要將墨來磨，癡珠說道：「你只管妝掠，我自己磨罷。」於是仍坐在妝臺邊，一邊磨墨，一邊看秋痕掠鬢擦粉，笑道：「水晶簾下看梳頭，想元微之❷當日也不過如此。」秋痕笑道：「我卻不准你學他。」癡珠微微一笑，將宣紙裁下一幅，蘸筆橫寫。秋痕瞧著是「仙韶別館」四字，癡珠又將蠟箋展開一看，是四尺的，要寫八字，便勻了字數，教丫鬟按著紙，提筆寫道：

❶ 判年：半年。判，半。

❷ 元微之：中唐詩人元稹，字微之。

灼若芙蕖，贈之芍藥；
化為蝴蝶，竊比鴛鴦。

一邊款書「慱秋痕女史一粲」，一邊書「東越癡珠」。恰好秋痕換完衣服出來，癡珠笑道：「我這惡劣書法，不像你嬝嬝婷婷，留著做個記念罷。」秋痕笑道：「我也不曉得好不好，只人各有體，這是你的字，總是讀書人的筆意。」癡珠一笑，便叫人前往愉園探聽荷生到未。回說：「韓師爺來了。」癡珠將車讓秋痕坐，自己跨轅，赴愉園來。

保兒傳報進去，到了第二層月亮門，見荷生含笑迎出來，就攜著秋痕手，讓癡珠進去。癡珠笑道：「我如今總要人雙請。」秋痕也笑著說道：「我見面不請安了。」於是小丫鬟領著路，癡珠緩緩的跟著走，說道：「這園子佈置倒也講究。」進了第二層月亮門，轉過東廊，見船室正面掛著一張新橫額，是「不繫舟」❸三字。板聯集句一付，是：

由來碧落❹銀河畔，
只在蘆花淺水邊。

---

❸ 不繫舟：無纜繩拴繫的舟船，比喻自由而無所拘束與牽掛。《莊子・列禦寇》：「飽食而遨遊，泛若不繫之舟。」

❹ 碧落：指天空；青天。

便說道：「這船室我聽說是采秋藏書之所。」因走進來，荷生、秋痕也陪著瞧過，前後三層，縹緗❺萬軸。荷生便把西北蕉葉門推開，引二人出來。小丫鬟聽見響，就從橋亭轉到西廊伺候。癡珠、秋痕望那水榭，東西南三面環池，水磨楠木雕闌，簷下俱張碧油大綢的捲篷，垂著白綾飛沿，兩邊各掛一個小金鈴。池內荷花正是盛開之際，卻也有紅衣半卸，露出蓮房來的。空闊處綠葉清波，湛然無滓。靠著欄干，擺著都是斑竹桌椅。正面接著上屋前簷，左右掛著七尺寬兩領銅絲穿成的簾子。荷生即讓癡珠坐下，自己和秋痕對面相陪。癡珠早聞環佩之聲來從簾外，曉得采秋出來了，便從簾內望將出去。山花寶髻，都非倚市之妝❻，石竹羅衣，大有驚鴻之態❼，不覺惘然。看見秋痕站起身來，就也站起來。采秋到了簾邊，向秋痕一笑，就請癡珠歸坐，轉身坐在秋痕肩下，說道：「我們初次相見，荷生說過不請安，不稱老爺。」癡珠道：「我也直呼采秋，不說套話了。本來名士即是美人前身，美人即名士小影，謝希孟《鴛鴦樓記》❽……」正往下說，外頭報說：「梅、歐兩位老爺來了。」彼此方通款愫，洪紫滄也來了。癡珠都係初見，又不免周旋一番。以後談笑起來，大家性情俱是亢爽❾一派的，

---

❺ 縹緗：指書卷。縹，淡青色。緗，淡黃色。古時書囊多用縹緗顏色的絲帛，因以代指書卷。

❻ 倚市之妝：指娼妓倚市門賣笑接客之豔妝。

❼ 驚鴻之態：形容美女輕盈優美的體態或舞姿，如驚飛的鴻雁。曹植〈洛神賦〉：「翩若驚鴻，婉若游龍。」

❽ 謝希孟句：清楮人獲《堅瓠三集．狎娼》載：「謝希孟好狎娼，陸象山責之曰：『士君子朝夕與賤娼居，獨不愧名教乎？』希孟敬謝，請後不敢。他日復為娼建鴛鴦樓，象山又以為言。」

❾ 亢爽：指性情高亢、直爽。

就也十分浹洽。

停一會，荷生道：「清興如此，何不小飲？」遂叫人擺席。癡珠首坐，次紫滄，次小岑，次劍秋，荷生一人打橫上坐，秋痕、采秋兩人打橫下坐。今日酒肴器皿，件件是并州不經見的。七人慢慢的淺斟緩酌，雄辯高談，觥籌交錯❿，履舄往來⓫，極盡雅集之樂。已而玉山半頹，海棠欲睡，也有閒步的，也有散坐的，也有向船室中倚坑高臥的。此時丫鬟們撤去殘肴，備上香茗鮮果，大家重聚水榭。采秋與劍秋對弈，小岑觀局。癡珠、荷生、秋痕三人同倚在西廊欄干閑話，看紫滄釣魚。秋痕卻俯首池中，領略荷香並瞧那魚兒或遠或近，或浮或沉，出了一回神。荷生便攜著癡珠的手，徑入采秋臥室看詩。只見那上首是一座紫檀木的涼榻，掛著一個水紋的紗帳子，兩邊的錦帶繡著八個字，是「吹笙引鳳，有酒學仙。」東邊板壁上掛著一幅泥金小橫披，草書七言絕句兩首，是：

玉漏催宵酒半醒，月鉤初上照春屏。碧紗簾幕輕如水，窺見雲鬟一枕青。

小窗風過試新涼，鬢上微聞夜合香。細語喁喁眠不得，只愁孤負好年光。

癡珠笑道：「這就是定情詩麼？有此豔福，也該有此麗句。」又見紗罩上粘有兩紙色箋，其一云：

---

❿ 觥籌交錯：指酒器和酒籌交互錯雜，形容宴飲狂歡。

⓫ 履舄往來：形容男女雜坐情態。履舄，古代稱單底鞋為「履」，複底鞋為「舄」，故以「履舄」泛指鞋。舄，音ㄒㄧˋ。

獨夜孤燈有所思，夢回誰解意遲遲。愧無雙槳迎桃葉⑫，盡把多情付柳枝⑬。

秋扇⑭未捐猶有淚，春蠶半老易成絲⑮。樽前握手渾如昨，不許長旛⑯好護持。

癡珠道：「悱惻纏綿，怨而不怒。這定是月初作的。」荷生道：「你曉得就是了。」又看下一箋云：

決絕詞成不忍看，連宵好月自團圞。黃衫⑰劍挾雙龍起，青鳥書傳一字難。

春入愁城天浩蕩，風停情海浪平安。蠶絲再繭⑱非無謂，飄泊憐他翠袖寒⑲。

---

⑫桃葉：晉王獻之愛妾名桃葉。借指所愛戀的女子。王獻之曾作〈桃葉歌〉：「桃葉復桃葉，渡江不用楫。但渡無所苦，我自迎接汝。」

⑬柳枝：侍妾名。唐白居易侍妾小蠻善舞，腰似柳枝；樊素善歌〈楊柳枝〉，因以「楊柳」為二姬之昵稱。「楊柳」為雙關語，兼指侍妾名與抒寫離別情意的〈楊柳枝〉曲調名。

⑭秋扇：扇至秋涼則被棄置，比喻婦女色衰而被遺棄。

⑮春蠶句：反用唐李商隱〈無題〉「春蠶到死絲方盡」詩意，以「春蠶半老」喻指男女戀人正當年輕，情深意切，最易相思難捨。絲，諧音「思」字。

⑯長旛：高大的旗幡。

⑰黃衫：即黃衫客。唐蔣防〈霍小玉傳〉中的豪俠。參見本書第三回注釋㉗。雙龍，指寶劍。

⑱蠶絲再繭：喻指人的相思重重，如雙層的繭絲，纏綿不盡。再繭，猶復繭、雙繭。再，重複。

⑲翠袖寒：指女子孤獨淒涼。杜甫〈佳人〉：「天寒翠袖薄，日暮倚修竹。」

癡珠道：「我們眼孔不知空了幾許人物，我們胸襟不知勘破了幾許功名富貴，只這分兒上，眼孔裏不敢輕視一個，胸襟裏萬不能打掃得乾淨。我比你馬齒加長⑳，更閱歷多了酒陣歌場，而今兩鬢星星，把曩時意興瓦解冰銷，不想這會卻又給秋痕結出一團熱腦。可見人生未死，憑你有什麼慧劍㉑，這情絲是斬不斷的。」荷生道：「你這議論，斯為本色。大抵是個真英雄，真豪傑，此關是打不破呢。你不記趙清獻㉒詩言『春窗惱春思，一枝杜鵑啼』。司馬溫公㉓詞言『相見爭如不見，有情還似無情』。歐陽文忠㉔詞言『笑問鴛鴦怎生書』。范文正㉕詞言『眉間心上，無計相迴避』。又『殘燈明滅，諳盡孤眠滋味』。韓魏公㉖詞言『愁無際，武陵凝睇，人遠波空翠』。文潞公㉗詩言『哀箏兩行雁，約指一勾銀』麼？」癡珠笑道：「難為你尋得出前人許多真贓實證，來做我們歪詩的護法。」荷生道：「以

---

⑳ 馬齒加長：謙稱自己的年齡虛長別人幾歲。《穀梁傳・僖公二年》：「荀息牽馬操璧而前曰：『璧則猶是也，而馬齒加長矣。』」

㉑ 慧劍：佛教語，指能斬斷一切煩惱的智慧。《維摩經・菩薩行品》：「以智慧劍，破煩惱賊。」

㉒ 趙清獻：北宋趙抃，為官不避權幸，時稱鐵面御史，卒諡「清獻」。其詩諧婉多姿，不類其為人。

㉓ 司馬溫公：北宋重臣司馬光，卒贈太師溫國公，諡「文正」。

㉔ 歐陽文忠：北宋著名文學家歐陽修，卒諡「文忠」。

㉕ 范文正：北宋政治家范仲淹，卒諡「文正」。

㉖ 韓魏公：北宋韓琦，與范仲淹並名重一時，天下稱「韓范」。英宗時封魏國公。

㉗ 文潞公：北宋文彥博，仁宗時封潞國公。

林和靖妻梅子鶴㉘那等清高，卻有『羅襪同心結未成』㉙之句；以呂文靖㉚正色立朝，守鄱㉛戀一樂妓，後召還京，寄以棉胭脂，題詩云：『江南有美人，別後長相憶。何以慰相思，寄汝好顏色。』你道這種纏綿情致，那孔光小謹㉜，胡廣中庸㉝解此麼?」正說得高興，采秋領大家都跑進來，說道：「你兩個高談闊論，到底是說個什麼?怎的不分給我們聽聽，長些見識。」癡珠笑道：「我們道其所道，不過是道點歪詩。」因向秋痕道：「你釣得魚嗎?」秋痕道：「魚沒釣得，卻贏了采姐姐一盤棋，這纔肯棋譜、琴譜都借給我。」劍秋道：「秋痕的棋是好呢，琴卻輸采秋的手法嫺熟。」小岑道：「這都容易，只學詩像難點兒。」采秋道：「他如今有個詩王詩聖詩祖宗做他秋心院總提，以後怕不學會麼?」說得大家都笑了。荷生因說道：「今日樂極，大家何不吟一首即事詩，以紀雅集?」癡珠道：「我們聯句罷。」紫滄道：「古體呢，近體?」采秋道：「近體沒趣，還是古體罷。」劍秋道：「即

㉘ 林和靖句：宋代林逋，字君復，隱居杭州西湖孤山，無妻無子，種梅養鶴以自娛。人戲稱為「梅妻鶴子」，贊其清高。卒，仁宗贈諡「和靖先生」。

㉙ 羅襪句：林逋〈相思令〉詞中句：「君淚盈，妾淚盈，羅帶同心結未成。」「襪」字誤。

㉚ 呂文靖：宋仁宗時宰相呂夷簡，死後諡「文靖」。

㉛ 鄱：鄱陽縣，今江西省鄱陽縣東。明清時屬饒州府治。

㉜ 孔光小謹：孔光，漢成帝時丞相。小謹，謹於小事。

㉝ 胡廣中庸：胡廣，漢安帝、桓帝時重臣，字伯始，曾任司徒、太尉等職。為官雖無謇直之風，屢有補闕之益。京城有諺曰：「萬事不理問伯始，天下中庸有胡公。」

事也覺無味，不如聯一首〈夢遊仙曲〉。」荷生道：「好！也不要敘次，有的便寫出來。我就起句，借重秋痕作個書手。」便喚小丫鬟預備筆硯箋紙。

大家到了水榭，秋痕研墨，提起筆來等著。只聽荷生吟道：

九華春殿平明開，排雲忽現金銀臺。鸞翔鶴舞翠羽集，

秋痕便寫出來，註一「荷」字。荷生瞧著秋痕寫，便說道：「秋痕楷書原來如此秀潤，我卻不曾瞧見。」癡珠笑道：「你這三句壯麗得很，也該寫出好楷字。底下該各人兩句纔是呢。」也即吟道：

蒼虬㉞呵殿群仙來。

說道：「下句要轉韻了。」大家說道：「自然是要轉韻。」癡珠便又吟道：

芙蓉城是眾香國㉟，

秋痕一一寫了，註上「癡」字。大家齊說：「接得好極。」劍秋躊躕了一會，吟道：

㉞ 蒼虬：蒼龍，即青色的龍。

㉟ 芙蓉城句：芙蓉城，古代傳說中的仙境。宋蘇軾〈芙蓉城〉詩序：「世傳王迥字子高，與仙人周瑤英遊芙蓉城。」眾春國，指佛國妙境。《維摩詰經．香積佛品》稱，上方界佛土有國名「眾香」，佛號「香積」，其界一切皆以香作樓閣，經行苑囿皆香，其食香氣周流十方無量世界。

初日澄鮮霞五色。紆回曲徑接丹邱㊱，

眾人皆道：「好！」小岑沉吟一會，說道：「那位有的先接上罷，我思路塞得很呢。」紫滄倚在正面欄干，因吟道：

縹緲飛樓臨紫極㊲。霧鬟籠煙羽葆㊳輕，

荷生道：「又轉韻了。小岑你怎的還沒有一句呢？」劍秋道：「讓他思索一會，或者有好句出來。」小岑不語，只向簾前微步。荷生又催了一遍，小岑道：「有了！

珮環隱隱天風鳴。」

癡珠喝聲：「好！」荷生道：「也虧他。」小岑就歇了。秋痕笑道：「大家都是兩句，你怎麼一句就算了？」小岑道：「你們催得緊，我忘了。」又想一想吟道：

翩然騎鳳下相語，

㊱ 丹邱：傳說中神仙所居之地。
㊲ 紫極：星名，天帝所居。
㊳ 羽葆：帝王儀仗中以鳥羽為飾的華蓋。

大家齊聲道：「這一句亦轉得好。」癡珠便說道：「讓我接下去罷。」又吟道：

左右侍女皆傾城。司書天上頭銜重，

荷生道：「上句好，下句提得起。」采秋倚在左邊闌干，怕大家又接了，便說道：「我也接下罷。」吟道：

謫居亦在瑤華洞❸❾。巫峽羞為神女雲❹⓿，

大家都贊道：「好！」此時早上了燈，自船室橋亭起以至正屋前廊迴廊，通點有數十對漳紗燈❹❶，水榭月桌上也燃一枝燭，秋痕寫字的几上燃一枝洋蠟。那池裏荷香一陣陣沁入心脾。荷生更高興起來，便說道：「我接罷。」吟道：

廣寒曾入霓裳夢❹❷。西山日落海生波，

---

❸❾ 瑤華洞：傳說中神仙居住的洞府。

❹⓿ 神女雲：巫山神女所幻化的朝雲。宋玉〈高唐賦〉：「妾在巫山之陽，高丘之阻，旦為朝雲，暮為行雨。」

❹❶ 漳紗燈：用福建省漳州所產絲紗製作的宮燈。

❹❷ 廣寒霓裳夢：廣寒，即廣寒宮。傳說唐明皇曾夢遊月中廣寒宮，因稱月中仙宮為「廣寒宮」。霓裳夢，指月宮仙子表演〈霓裳羽衣舞〉的夢幻情景。

采秋道：「下句開得好。」便轉身向座吟道：

四照華燈聽笑歌。天樂一奏萬籟寂，

荷生道：「我替秋痕聯兩句罷！」便吟道：

寶髻不動雲巍峨。

因笑向秋痕道：「此句好不好？下句你自想去。」秋痕笑著儘寫。癡珠當下倚在正面欄杆，說道：「我替了罷。」吟道：

此時我醉群花釀，交梨火棗㊸勞頻餉；漢皋遊女洛川妃㊹，

采秋道：「我接罷！」吟道：

欲託微波轉惆恨。朱顏不借丹砂紅，

㊸ 交梨火棗：道教所稱的仙果，乃修煉飛騰之藥。

㊹ 漢皋句：漢皋遊女，《韓詩內傳》載，鄭交甫過漢水邊所遇江妃二女，即漢水神女。皋，水邊地。洛川妃，即洛神。

劍秋時在橋亭邊散步，高聲道：「你三個不要搶，我有了。」進來吟道：

銀屏[45]卻倩青鳥通。羅浮[46]有時感離別，

采秋道：「上句關鍵有力，下句跌宕有致。我接罷。」吟道：

圜洲[47]從古無秋風。

荷生道：「好句！我接罷。」便指著劍秋吟道：

座有東方[48]善諧謔，

采秋亦笑指道：

雙眼流光眸灼灼。一見思偷阿母桃[49]，

---

[45] 銀屏：鑲銀的屏風，代指華麗的臥室。

[46] 羅浮：即羅浮山，在廣東省東江北岸。傳說隋趙師雄在羅浮山巧遇梅花仙女。此處指羅浮山仙女。

[47] 圜洲：即環洲，傳說中海上仙山瀛洲的別稱。

[48] 東方：西漢著名滑稽家東方朔，言談詼諧戲謔。

[49] 阿母桃：指西王母所種仙桃。唐劉禹錫〈步虛詞〉：「阿母種桃雲海際，花落子成二千歲。」

小岑笑道：「我對一句好不好？」吟道：

三年且搗裴航藥[50]。

劍秋微笑不語，紫滄道：「我轉一韻罷。

此時滿城花正芳，」

采秋當下復倚在左邊欄干，領略荷花香氣，說道：「我接下去。」吟道：

一枝一葉皆奇香。

荷生當下也倚在右邊欄干，說道：「我接罷。」吟道：

涉江終覺采凡豔，

癡珠此時正轉身向座，瞧著秋痕，吟道：

[50] 裴航藥：唐裴鉶《傳奇．裴航》載，秀才裴航於藍橋驛遇麗女雲英，求娶之。其母稱有神仙贈靈丹，須玉杵臼搗之百日方可吞服，「君約娶此女者，得玉杵臼，吾當與之也。」後裴航覓得玉杵臼為其搗藥，遂與雲英結為神仙眷侶。

遠山難與爭新妝。

荷生也正轉身復座，搶著吟道：

彩雲常照琉璃牖，

采秋當下復座，手挈茶鍾也搶著吟道：

願祝人天莫分手。好把名花下玉京❺❶，

眾人齊贊道：「好！應結局了。此結倒不容易，要結得通篇纔好。」荷生道：「這一結我要秋痕慢慢想去。」采秋道：「做出老師樣來了。」秋痕低了頭，想有半晌，說道：「我有一句，可用不可用，大家商量罷。」就寫道：

共倚紅牆看北斗。

大家都大聲說：「好！」荷生隨說道：「結得有力。秋痕慢慢跟著癡珠學，儘會作詩了。」荷生和大家再讀一過，笑道：「竟是一氣呵成，不見聯綴痕跡。今日一敘，真令人心暢。」癡珠道：「明天十五，歇一天十六，我邀諸君秋心院一敘，不可不來。」大家皆道：「斷無不來之理。」

---

❺❶ 玉京：天帝所居之天都。

此時明月將中，差不多三更了，大家各散。采秋送至第二層月洞門，各家燈籠俱已傳進。癡珠便看著秋痕上了車，方與荷生大家分手而去。正是：

水榭風廊，茶香荷氣。
不有佳詠，何為此醉？

欲知後事如何，且聽下回分解。

總評：此回傳韋、劉、韓、杜四人之合併，而以紫滄、小岑、劍秋作陪，筆酣墨飽，極行文之樂事。中間臥室談詩一則，為豎儒開許多眼界，為我輩破不少腹誹。

第十七回　儀鳳翱翔豪情露爽　睡鴛顛倒綺語風生

話說十六日，癡珠只多約了謖如。大家到齊，都是熟人。雖謖如不大見面，然秋心院卻也來過數次。惟荷生、采秋是個初次，便留心細看。那月亮門內一架瓜棚，半熟的瓜垂垂欲墜。中間一條磚砌甬道，兩邊扎著兩重細巧籬笆。籬內一畦菊種，俱培有二尺多高。上首一屋，高檻曲欄，周圍四面，臺階三層。階上簷廊東西，各有一門，係作鐘式形。裏面屋子作品字形。西屋一間，北窗下一匹，匹上掛一幅墨竹，兩傍的聯句是：

可能盛會無今昔，

暫取春懷寄管絃。

款書「瀟湘居士題贈」。東屋係用落地罩隔開南北。南屋寬大，可擺四席。北屋小些，就是臥室，繡衾羅帳，花氣襲人。靠北窗下放著一張琴桌，安一張斷紋古琴，對著窗外修竹數竿，古梅一樹，十分清雅。

這日，大家都先用過飯。采秋便將秋痕的琴調和，彈了一套〈昭君怨〉❶。紫滄、荷生下了兩局

---

❶ 昭君怨：以王昭君為題材的琴曲。漢代有歌辭，相傳為王昭君遠嫁匈奴後所作。郭茂倩《樂府詩集・琴曲歌辭三・昭君怨》引《樂府解題》稱：「昭君恨（漢元）帝始不見遇，乃作怨思之歌。」

棋。小岑、劍秋、癡珠調弄了一回鸚鵡，就在菊籬邊閑談。接著紫滄棋局完了，要秋痕唱一枝曲。秋痕又弄了一回笛，天也不早了，纔行上席。荷生首座，紫滄、小岑、劍秋、謖如以次而坐。癡珠要讓采秋上首，采秋自然不肯，仍偕秋痕打橫下坐。也是一張大月桌，團團坐下。荷生見上面新掛的橫額，笑道：「癡珠的書法也算是一時無兩的。」癡珠也笑道：「還是我癡珠的樣子，總不是摹人呢。」荷生道：「以後有這些筆墨，我替你效勞何如？」癡珠不答。采秋笑道：「魚有魚的目，蚌有蚌的珠，你要把蚌的珠換魚的目，魚怎麼願呢？」癡珠含笑要答，劍秋拍掌大笑道：「癡珠他道你是魚目混珠，你該罰他一鍾酒！」癡珠笑道：「我這珠本是癡珠，不是慧珠，就憑他說是魚目，卻還本色。」采秋急起來，說道：「人家好好說話，劍秋搬弄是非，我不罰你一鍾，倒教癡珠心裏不舒服。」癡珠道：「算了，我們行一令罷。」荷生道：「好極！」小岑道：「你們要弄這個，卻是大家心裏不舒服了。那一天芙蓉洲酒令，教我肚裏字畫都搜盡了。」癡珠問：「是什麼令？」紫滄就將合歡令大家說的八個字告訴癡珠。荷生因說道：「你想還有沒有呢？」癡珠低頭半晌，說道：「雙字、蕊字、[illegible]字何如？」荷生道：「只是冷些。」采秋道：「我還想一個，是翌字。」大家齊贊道：「好！」秋痕道：「艸字、竹字不好麼？」癡珠笑道：「艸邊是屮，竹邊是个，你不懂。」秋痕紅了臉。又說道：「菲字、翡字好麼？」荷生道：「他是要挪移的，菲字、翡字能彀挪移得動麼？」秋痕道：「這就難了。」便敬了大家一巡酒，吃幾樣菜，幾樣點心，便向荷生道：「你想是行什麼令好呢？」采秋道：「我有個令，就費心些。」秋痕道：「你不要又叫人去講什麼字，我沒有讀半句書，肚裏那有許多字畫呢！」采秋笑道：「我曉得你肚裏沒有他們的字，也還有我們的字。如今行個令，我們佔些便宜罷。」便喚跟的老媽上來，吩咐道：「你回去向紅豆說，到春鏡樓下書架上，把酒籌取來。」少頃老媽取來。眾人見是滿滿的一筒小籌，一根大籌。采秋先抽出大籌給眾人看，見籌上刻著「勸提壺」❷三個篆字，下注有兩行楷書，是「此籌用百鳥名，共百支，每支各有名目，掣得者應行何令，籌上各自註明，不贅於此。」大家傳看一遍。采秋把小籌和了一和，遞給荷生，教他掣了一枝。荷生看那籌，一面刻的隸書，是「鳳來儀」❸三字，傍註兩行刻的楷書，是「用《西廂》曲文❹『鳳』字起句，第二句用曲牌名，第三句用《詩經》❺。依首句押韻。韻不合者，罰三杯。佳妙者各賀一杯。」一面刻的隸書，是「鴛鴦飛觴」❻。傍註一行是「用曲文『鴛鴦』二字，照座順數，到『鴛鴦』二字，各飲一杯。『鴛』字接令。」荷生看畢，也傳給大家看過。秋痕道：「此令我怕是不能的，祇好你們行去。」癡珠道：「你曲子總熟的，只是《詩經》這一句難些。」紫滄道：「這一句《詩經》，還要依著上句押韻哩。」小岑道：「就是《西廂》曲文，能有幾個『鳳』字？」秋痕道：「這個我也不管，只要講什麼《詩經》，酒花前醉。」

---

❷ 勸提壺：勸酒提壺，大酒籌所刻文辭。提壺，又稱「提壺蘆」、「提胡蘆」，即鵜鶘鳥。此指以鳥為名的酒籌，借鵜鶘飲水數斗而不足（《淮南子・齊俗訓》），勸人多飲。宋歐陽修〈啼鳥〉：「獨有花上提壺蘆，勸我沽酒花前醉。」

❸ 鳳來儀：即鳳凰來儀。《書・益稷》曰：古樂〈簫韶〉九奏，招致鳳凰來舞，儀態非凡。古人視為吉祥之兆。

❹ 西廂曲文：指元代戲劇家王實甫所著《西廂記》曲詞。

❺ 詩經：中國春秋時代的一部樂歌總集，包括風、雅、頌三部分，為儒家經典之一。

❻ 鴛鴦飛觴：以「鴛鴦」二字為題的酒令。飛觴，指傳杯行酒令。觴，酒杯。

我便麻經也沒有，又有什麼絲經？」說得大家大笑了。采秋道：「我們搜索枯腸，恐怕麻經是沒有，《詩經》倒還有一兩句呢！」荷生道：「我先說一個罷。」大家都說道：「總是他捷。」癡珠道：「你說罷。」荷生欣然念道：

鳳飛翽翔，〈朝天子〉❼，于彼高岡。

大家都譁然道：「好！」癡珠笑道：「我們賀一杯，你再說『鴛鴦飛觴』罷。」於是大家都喝了一杯酒，荷生也陪一杯，說道：「我的飛觴也是《西廂》曲文：

正中是鴛鴦夜月銷金帳❽。」

荷生並坐是癡珠，癡珠上首是謖如，謖如上首是紫滄，紫滄上首是劍秋，紫滄、劍秋恰好數到「鴛鴦」二字。二人便喝了酒，紫滄就出座走了幾步，道：「這不是行令，倒是考試了。」荷生笑道：「快交卷罷。」一會，紫滄道：「有了：

他由得俺乞求效鸞鳳，〈剔銀燈〉，甘與子同夢。」

❼ 朝天子：曲牌名。按，後面酒令中的〈剔銀燈〉、〈雁過南樓〉、〈五更轉〉、〈沉醉東風〉、〈四邊靜〉、〈五供養〉、〈聲聲慢〉等，皆為曲牌名。

❽ 銷金帳：鑲有金線的床帳、帷幔。

大家說道：「豔得很！」荷生道：「這是他昨宵的供狀了。可惜今天琴仙沒有來，問不出他怎樣乞求來。」紫滄笑道：「不要瞎說，喝了賀酒，我要飛觴哩。」癡珠笑道：「賀是該賀，只是你有這樣喜事不給人知道，也該罰一杯。」采秋道：「你們儘鬧，不行令麼？」於是大家也賀一杯。癡珠必要紫滄喝一杯，紫滄只得喝了，便說道：「我用那《桃花扇・棲真》❾這一句：

繡出鴛鴦別樣工。」

一數，「鴛」字數到秋痕，「鴦」字數到小岑。二人喝了酒。秋痕向小岑道：「你先說罷。」小岑道：「你是『鴛』字，該你先說。」癡珠道：「我替秋痕代說一個。」采秋道：「那天代倩有例，罰十鍾。」癡珠只得罷了。秋痕就自己低著頭，想了半晌，喚跛腳裝了兩袋水煙吃了，纔向荷生道：「《詩經》上可有『視天夢夢』這一句麼？」荷生道：「有的。」秋痕便念道：

這不是〈泣麟悲鳳〉❿，〈雁過南樓〉，視天夢夢。

癡珠道：「錯韻了。『視天夢夢』，『夢』字平聲，係一東韻。」秋痕紅著臉，默默不語。荷生便笑道：「這也是他的心思。他是從『這不是』三字想下，只是太衰颯些，又錯了韻。我替他罰一鍾酒

❾ 桃花扇棲真：清代戲劇家孔尚任所著傳奇《桃花扇》第三十九齣〈棲真〉。

❿ 泣麟悲鳳：古琴操名。

罷。」於是喝了一杯酒。小岑便說道：「他是從來沒有弄過這些事，能彀湊得來，就算他聰明了。如今說個飛觴罷。」秋痕想來一想，說道：

羨梁山和你鴛鴦塚並⓫。

癡珠瞧著秋痕發怔。荷生道：「秋痕怎的今天儘管說這些話！」秋痕不語，大家自也默然。轉是采秋替他數一數，是謖如、紫滄二人喝酒，謖如笑道：「如今卻該是我說，怎好呢？有了這一句，又沒有那一句，我倒情願罰十杯酒，不說罷！」荷生道：「這卻不能。」大家也說道：「願罰須罰一百鍾。」謖如見大家都不依，只得抓頭挖耳的思索。大家都吃了一會酒，又上了五六樣菜，點了燈，謖如纔說道：「我湊了一個，只是不通。」荷生笑道：「不用謙了，說罷！」謖如便念道：

是為嬌鸞雛鳳失雌雄，〈五更轉〉，淒其以風。

癡珠道：「怎的你也說這頹唐的話？」謖如道：「我也覺得不好。」荷生道：「好卻是好的，也渾成，也流美，只像酸丁⓬的口氣，不像你的說法。」采秋道：「你儘管講閑話做什麼呢？請謖如飛觴罷。」謖如數一數，說道：

⓫ 梁山句：梁山，指梁山伯。你，指祝英臺。鴛鴦冢，指戀人死後合葬的一座墳墓。

⓬ 酸丁：古代嘲諷貧寒而酸腐的讀書人的一種蔑稱。

翅楞楞鴛鴦夢⑬醒好開交。

「鴦」字是秋痕，「鴛」字是采秋。秋痕數不清楚，怕又輪到自己，便說道：「怎的又說起《桃花扇》的曲文呢？」謖如道：「《桃花扇》曲文不准說麼？」秋痕道：「紫滄纔說的〈棲真〉，你如今又說〈入道〉，真是要撮弄我麼？」采秋便笑道：「秋痕妹妹，鴛字是輪著我。」便瞧著荷生、癡珠念道：

你生成是一雙跨鳳乘鸞客⑭，〈沉醉東風〉，令儀令色。

大家同聲喝一聲：「好！」采秋笑道：「既然是好，就該大家賀一杯了。」大家都說道：「該喝。」劍秋道：「怎的偏是他兩個人便說得有如此好句？」紫滄便接著說道：「可不是呢！又冠冕，又風流，實在是錦心繡口⑮，愧煞我輩。」大家都滿賀了一杯。采秋說道：「聽著『鴛鴦飛觴』：

又顛倒寫鴛鴦二字。」

---

⑬ 鴛鴦夢：指夫妻或情侶相會的夢境。

⑭ 跨鳳乘鸞客：指結成美好姻緣的神仙佳侶。漢劉向《列仙傳》載，傳說秦穆公女弄玉與簫史相愛結姻。簫史善吹簫，教弄玉作鳳鳴，引鳳凰飛止其家。後簫史、弄玉跨鳳乘鸞，飛升仙去。

⑮ 錦心繡口：比喻文思優美，出口成章，辭藻華麗。

「鴛」字數到癡珠，「鴦」字數是謖如，二人都喝了酒。癡珠也不思索，說道：

便如鳳去秦樓⑯，《四邊靜》，謂我何求。

小岑道：「好別致。」荷生道：「也蕭瑟得很，令人黯然。以後再不准說恁般冷清清的話。」癡珠便說道：「這也是題目使然，我們記的《西廂》曲文，總不過是這幾句，萬分揀不出吉語來。我說個極好的鴛鴦罷：

他手執紅梨曾結鴛鴦夢。

好一對兒鸞交鳳友，《耍孩兒》，自今以始歲其有。

好不好呢？」謖如道：「也該有此一轉了。」荷生笑道：「我另賀你一杯罷，只是又該我重說了。」采秋說道：「他有此一番好夢，大家公賀他一杯，也是該的。」秋痕便替大家換上熱酒，先喝一杯，請大家乾了。荷生喝了兩杯，癡珠自己係「鴦」字，也喝一杯。只見荷生瞧著劍秋念道：

大家都說道：「好極！旖旎風光，方纔說的總當以此為第一。」劍秋道：「尖薄舌頭，有什麼好呢？」小岑笑道：「善頌善禱，彩波今天若在這裏，便該喝了十杯喜酒，你還說不好麼？」大家也有曉得劍秋的故事，也有不曉得的，卻通笑了。癡珠道：「就這個令論起來，自然是絕好。用那句《詩

⑯ 鳳去秦樓：亦用簫史、弄玉故事。簫史、弄玉居於秦樓，遊於鳳臺，後乘鳳離去。故曰「鳳去秦樓」。

經》，真是有鼎說解頤之妙⑰。大家滿飲一杯罷。」眾人飲過酒，又隨意吃了一回菜，荷生說道：「聽我飛觴：

> 雙飛若注鴛鴦牒⑱。」

數了一數，「鴛」字是劍秋，「鴦」字是采秋。采秋瞅著荷生一眼，荷生道：「我替你喝一杯。」秋痕道：「令不准替，酒也不准替。采姐姐喝罷。」采秋喝了。劍秋拈著酒杯，說道：「我只道輪不到我了，如今《西廂》曲文的『鳳』字都被你們說完了，教我說什麼呢？」沉吟一會，向秋痕道：「你不要多心，實在是《西廂》『鳳』字，我只記得這一個。」便念道：

> 我只道怎生般炮鳳烹龍⑲，〈五供養〉，來燕來宗。

荷生贊道：「妙妙！三句直如一句。」采秋道：「這令越說越有好的來了，只可惜《西廂》『鳳』字太少些。」於是大家也賀一杯。劍秋便向秋痕笑道：「我教你再講個好的罷：

---

⑰ 鼎說解頤之妙：指像匡衡說詩令人開顏一樣絕妙。《漢書・匡衡傳》載：「無說《詩》，匡鼎來；匡說《詩》，解人頤。」鼎，指匡衡。《西京雜記》載里巷傳言，匡衡小名鼎。解頤，開顏歡笑。

⑱ 鴛鴦牒：古代稱前世夙緣注定結為夫妻的情侶冊籍。牒，簡冊；譜籍。

⑲ 炮鳳烹龍：比喻豪貴珍奇的肴饌。

我有鴛鴦枕⑳翡翠衾。」

「鴛」字是秋痕，「鴦」字是小岑。秋痕道：「我是不會這個的，你何苦教我重說。」采秋道：「你多想一想，總有好的。」小岑喝了酒，秋痕將杯擎在手上，卻默然的沉思了好一會工夫，又將酒擱在唇邊。癡珠道：「怕冷了，換一杯吃罷。」秋痕道：「我如今不說冷的。」大家聽說都笑起來。秋痕怔怔的看，癡珠說道：「我是怕你酒冷，不管你的令冷不冷。」秋痕自己也覺好笑起來，便說道：「得了：

非關弓鞋鳳頭仄，〈聲聲慢〉，願言思伯。」

大家都說道：「這卻好得很！」采秋道：「秋痕妹妹真是聰明，可惜沒人教他，倘有人略一指點，他便沒有不會的事了。」劍秋道：「這句《西廂》是極眼前的，怎麼我先前總記不起？」荷生道：「秋痕有此佳構，大家都要浮一大白。」便教丫鬟取過大杯，眾人痛飲一回。秋痕也陪了三小杯，說道：「小岑沒有輪著，如今輪著小岑收令罷。

恨不得遶池塘摔碎了鴛鴦彈。」

「鴦」字是荷生。荷生喝過酒，小岑一手拈酒杯，一手指著秋痕道：「我好端端的輪不著，你偏

⑳ 鴛鴦枕：繡有鴛鴦圖案，為夫妻所用的枕頭。

要說出許多字來，叫我獻醜。如今《西廂》上的『鳳』字更是沒有了，怎好呢？」秋痕道：「我就不說許多字，也要飛著你。不然怎樣收令呢？你聽：

折鴛鴦離魂慘。

不是你麼？」小岑喝了酒，走出席來。大家道：「休跑了。」小岑道：「我跑是跑不了，容我向裏間床上躺一會想罷。」大家只得由他。

此時天已不早，約有八下多鐘了。大家俱出席散步，說些閑話。荷生將箸敲著桌，說道：「小岑，要撤場了，你還不交卷麼？」小岑緩緩的出來，說道：「曳白罷。《西廂》這一句，我找來找去，先沒有了，還說什麼？」采秋道：「你喝了一大鍾酒，我給你一句罷。」小岑道：「你要騙人，《西廂》那裏還有『鳳』字？」采秋道：「你儘管喝酒。譬如沒有，秋痕妹妹做個保人，我喝兩大杯還你。」小岑道：「我喝，我喝！你說罷。」秋痕將大杯斟滿，小岑喝了。采秋道：「我替么鳳妹妹畫個小照，好麼？」小岑道：「你騙我喝了酒，竟說起這樣話來。好好的喝兩大鍾，我饒你去。」采秋道：「你說我沒有這一句曲文麼？你們通忘了，那〈拷豔〉第五支，不是有『倒鳳顛鸞』這一句麼？」大家都說道：「眼前的曲文，怎麼這一會沒一個記得呢？」小岑道：「得了。我替你兩個預先畫出今夜情景罷：

倒鳳顛鸞百事有，〈一窩兒麻〉，好言自口。」

采秋道：「呸！狗口無象牙，你不怕穢了口。」荷生笑而不言。大家都笑說道：「小岑這個令浪得很，好好的說一個飛觴解穢罷。」小岑笑著說道：「劍秋、紫滄喝酒。

誰擾起睡鴛鴦被翻紅浪。」

大家都說道：「四句卻是一串的。」采秋笑道：「好意給你一句，你就這樣胡說了。」小岑笑道：「你今夜不這樣，我說我的令，也犯不著你，你恁的心虛，怕是昨天晚上就這樣了。」采秋急起來，要扯小岑罰一碗酒。小岑跑開了，通席一場大笑。

丫鬟們遞上飯，大家吃些，漱洗已畢，鐘上已是亥末子初。梅、歐、洪三個便先散了，荷生、采秋同車回愉園去，癡珠和秋痕直送至大門，重復進來。秋痕牽著癡珠的手道：「天不早了，你的車和跟班打發他回去，好麼？」癡珠道：「我喝碗茶走罷。」秋痕默然。正是：

好語如珠，柔情似水。
未免有情，誰能遣此？

欲知後事如何，且聽下回分解。

總評：此回傳秋痕、采秋，純用白描，而神情態度，活現毫端，的是龍眠高手。眼目線索全在鳳來儀一令，都為後文伏筆，無一閒字。

第十八回　冷雨秋深病憐並枕　涼風天末緣證斷釵

話說七月十六後，秋雨連綿，淅瀝之聲，竟日竟夜。荷生心中抑鬱，又冒了涼，便覺意懶神疲，飲食頓減。正在聽雨無聊，忽見青萍拿了一封信來，說：「是歐老爺差人冒雨送來，要回信呢。」荷生接過手來，覺得封面行書字跡姿致天然，不似劍秋拘謹筆跡，因想道：「士別三日，當刮目相待。劍秋行書日來竟長進了。」即拆開一看，第一行是〈病中吟〉三字，急瞧末行，是「杜夢仙呈草」五字。心中倒覺跳了一跳，便將那詩細看過：

徒勞慈母勸加餐❶，一枕淒清夢不安。病骨難銷連夜雨，愁魂獨擁五更寒。
沉沉官閣❷音塵渺，歷歷更籌藥火❸殘。漸覺朱顏非昔比，曉來鏡影懶重看。

---

❶ 加餐：指勸慰對方多加飲食，保重身體。

❷ 官閣：供人登覽、遊憩的樓閣。

❸ 更籌藥火：更籌，古代夜間打更報時用的計時竹籤。藥火，猶藥煙。據唐釋義淨譯《毗奈耶雜事》卷十載，吸藥煙以治咳嗽，方法是將藥置於兩碗中，兩碗相合，底上穿孔，於中點火燃藥；碗孔上安放鐵管，就管口吸藥煙。

看畢，借問青萍道：「來人呢？」青萍道：「這是門上傳進來。」荷生道：「你去叫來人候一候，我即寫回信。」青萍出去。荷生又看了一遍，方才研墨劈箋，想要和詩，奈意緒無聊，便提筆作了數字，疊成小方勝❹，用上圖章，命青萍親交來人說：「四下鐘準到。」此時已有兩下鐘了。青萍出去，荷生忙將本日現行公事勾當。恰好雨也稍停了，便吩咐套車，一徑向愉園來。

途間只覺西風吹面，涼透衣襟，身上雖穿著重棉，尚嫌單薄。進了園門，只見黃葉初添，荷衣已卸。走過水榭，門窗盡掩，悄無人聲，便徑由西廊轉入春鏡樓。聽樓上宛宛轉轉的嬌吟，便悄悄步入屋子，只聽采秋吟道：「早是雁兒天氣，見露珠兒奪暑……」以後便聽不清楚，遂站在樓門下細聽，又聽見微吟道：「門兒重掩，帳兒半垂，人兒不見……」荷生就說道：「果然，小丫鬟也不見一個。」紅豆向扶梯邊望下，微笑說道：「來了！上來罷。」這裏荷生剛踏上扶梯，早見采秋站在上面。荷生便望著說道：「怎的不見數日，竟病了。」一面說，一面步上扶梯。見采秋穿一件湖色紡綢夾短襖，米色實地紗薄棉半臂，雲鬟半嚲❺，煙黛❻微顰，正如雪裏梅花，比尋常消瘦了幾分，說道：「我也沒有什麼大病，不過身上稍有不快。」此時荷生已經上樓，便攜著采秋的手道：「你一病，竟清減了許多。」采秋接著說道：「我覺你也清減些。」荷生道：「我今天也有些感冒。你的詩好得很，只是

❹ 方勝：兩個菱形壓角重疊組成的圖形或花樣，古代在立春日作為首飾戴在頭上。勝，俗稱彩勝，將彩帛、金箔等或剪刻、或折疊成人形、燕形、花形、菱形，插戴頭上，並加飾珠翠，窮極工巧。

❺ 半嚲：指女子髮髻半鬆半垂的樣子。嚲，音ㄉㄨㄛˇ，垂。

❻ 煙黛：秀美的黛眉。煙，柔美的樣子。黛，青黑色，婦女眉毛的代稱。

過於傷感。我本來昨天要來看你，奈密摺❼方才拜發。總是這幾天的雨誤人。」采秋道：「這幾天的雨實在令人發煩。」荷生道：「可不是呢。我正要睡，他又響起來。」正說著，只聽得窗紙策策❽起了一陣大風，就是傾盆大雨。電光閃處，一聲霹靂，那小丫鬟捧一碗茶，剛上扶梯，心一驚，手一顫，便掉下去，砸得粉碎。不顧命的徑跑上樓來，哭了。采秋、紅豆都愕然問道：「怎的?」那丫鬟嚇得不能說話，半晌纔說道：「茶碗給雷打了!」說得三人通笑起來。紅豆道：「不要胡說，下去再泡一碗，好好端上來罷。」采秋說道：「難道屋裏只有你一個人麼?他們通跑那裏去了?替我叫兩個來。」小丫鬟答應去了。采秋便向紅豆說道：「這樣大雷，你替我到媽屋裏看看。再，水榭派的婆子、丫鬟通走開了，這回老爺來，竟沒人知道。你也替我查點一查點。」紅豆正要移步，采秋道：「等著。」就向荷生說道：「天快黑了，你的車叫他回去罷。」荷生沉吟半晌，說道：「也好。」於是紅豆也下樓去。

采秋坐了這一會，覺得乏了，就向床上躺下，教荷生坐在床沿。荷生便問起采秋吃的藥，采秋向枕畔取出帖子給荷生瞧，說道：「這地方大夫是靠不住的，他脈理全不講究。」荷生道：「這方也自不錯。」正要往下說，卻來了兩三個小丫鬟。采秋申飭❾數句，那一個小丫鬟也沖上茶來。這一陣大雨過了，猶是蕭蕭瑟瑟的一陣細雨，雷聲轟轟只是不住。丫鬟們已掌上燈來。荷生走出簾外，見一天黑雲如墨，便說道：「今晚怕還有大雨哩。」遠遠聽得屐聲轉過西廊，望下一瞧，卻是紅豆披著天青

❼ 密摺：本指秘密奏摺，此處指「杜夢仙呈草」的密箋。

❽ 策策：猶瑟瑟、簌簌，形容風聲的象聲詞。

❾ 申飭：告誡；囑咐。

油紬斗篷，嬝嬝而來，因吟道：「雷聲忽送千峰雨，花氣渾如百和香⑩。」紅豆望著荷生含笑問道：「開飯好麼？」荷生道：「我懶吃飯，有粥燉一碗喝罷。」紅豆道：「娘今日喝防風粥⑪，早燉有了。」於是擺上飯，采秋勸荷生用些佛手春⑫，荷生也只喝一小盃，啜了幾口防風粥。采秋看著荷生兩頰通紅，說道：「你不爽快麼？」就將手向荷生額上一按，覺得燙手的熱，便說道：「我不曉得你有感冒，寄什麼詩，累你兩地裏趕來，又傷了寒，怎好呢？」荷生道：「我也不覺得怎樣不好，躺躺罷。」采秋忙替他脫去大衫，伺候躺下，把床實地紗薄棉被蓋上。自己向床裏盤坐，一雙兜羅棉⑬的手自上及下慢慢的搥。荷生委實過意不去，說道：「你也是個病人，我反來累你，怎麼好！」采秋道：「不妨。」於是采秋、紅豆合小丫鬟殷勤服侍，一下多鐘，荷生汗出，人略鬆些，方才睡下。雖陽臺春小，巫峽雲封，而玉軟香溫，正不知病相如⑭魂銷幾許。到了四更，又是一場狂雨直打入紗窗來。一會，尚有那斷斷續續的簷溜。不想醒來卻是紅日上窗，天早開霽。荷生起來洗了臉，漱了口，吃了幾口防風粥，便說道：「我要回去了。」采秋不肯。荷生道：「我在此固好，但有兩樣不便。一來怕營中有事，二

---

⑩ 雷聲二句：引自杜甫七律〈即事〉。百合，花卉名，葉似短竹葉，五六月開大白花。

⑪ 防風粥：用防風草和稻米煮成的米粥，用於食療，可使口香。防風，藥草名。

⑫ 佛手春：一種酒名。佛手，佛手柑的簡稱，一種水果名。佛手春，當為以佛手柑釀製的甜酒。

⑬ 兜羅棉：一種潔白細香的棉絮。兜羅，樹名。據《翻譯名義集・沙門服相》載，兜羅，或名「妒羅」，綿從樹生似柳絮，故名「兜羅棉」。

⑭ 病相如：漢代文學家司馬相如患有消渴症，即患糖尿病，故稱「病相如」。此處借指韓荷生。

來我在此，你不能不扶侍我，我見你帶病辛苦，我又心中不安。豈不是更加病了？」采秋躊躇一會，只不言語。荷生道：「你不用為難，還是走的好。」叫紅豆喚人赴大營打轎。采秋也不好十分攔阻，只是拭淚。不一會，報說轎子到了，便向采秋道：「你不用急，好好保養。我回去，一半天好了，就來看你。」采秋忍著淚點頭道：「好好服藥。」便又哽咽住。荷生早起身來，采秋同紅豆扶了荷生下樓。青萍接著上了轎，放下風簾去了。

采秋坐在樓下，只是發獃。紅豆勸道：「這裏風大。」正待說下，賈氏已自進來，問道：「韓老爺是什麼病？昨夜我打聽你忙了一夜，辛苦了，該不要留他在此。」采秋一聞此言，淚珠便滾個不住，和賈氏委婉訴說一遍，上樓去了。從此更加沉重。荷生回營後，也就躺下，一連五日不能起床。看官聽著：情種不可多得。此書既有韋、劉做了拚命之鴛鴦⑮，復有韓、杜做個同心之鶼鰈⑯，天下無獨必有偶，這話不真麼？

再說癡珠這幾天為雨所阻，不能出門，他也悶悶不樂，只得尋心印閑話。到了第四日下午，南風大作，雨更大了。前後院通是冥冥的，電光開處，閃爍金蛇。忽然一個霹靂，震得屋角都動，轉喜道：「久雨之後，有此迅雷，明天定必晴了。」便欣然用過晚飯，向燈下瞧兩卷《全明詩話》，呼喚跟人伺候睡下。癡珠連夜通沒好睡，這回料定明日必要開晴，倒帖然⑰安臥，并四更天那般大風雨也不知

---

⑮ 拚命之鴛鴦：喻指捨命相愛的情侶。拚命，豁出性命；捨命。

⑯ 鶼鰈：比翼鳥和比目魚，比喻同心相愛的男女或交往親密的朋友。

⑰ 帖然：猶安然。帖，帖泰；安寧。

道。到得次日起來，見槐蔭日影，杲杲⑱搖窗，更自歡喜。忽見穆升進來回道：「李大人升任江南寶山鎮⑲總兵，顏大老爺接署大營中軍，也下劄了。」癡珠遲疑道：「這一調動，李大人就要遠別了。」言下神氣頓覺黯然。穆升不敢再說別話，癡珠就吩咐套車。用過早點，衣冠出門。

先到卓然公館賀喜，然後向謖如衙門來。恰好李夫人晨妝已竟，便延入後堂，不免敘起分手的煩惱來。夫人道：「我家眷是不走的。」說著，謖如也回來了，一見癡珠，便說道：「我此去吉凶未卜，纍纍家口，全仗照拂。」癡珠就慰勉一番。擺上早飯，換了衣服，三人同喫。謖如道：「游鶴仙前天寄銀一百兩，我因得此調動信息，便忘了。」癡珠道：「他如此費心，教我怎好生受呢！」謖如道：「這又何妨。」癡珠道：「也罷。此款就存你這裏，再為我支出兩個月束，統託你帶到南邊，轉寄家中。」謖如答應了。癡珠怕謖如有事，也不久坐，順路便向秋心院來。

此時積雨新霽，綠陰如幄，南窗下擺四架盛開的木蘭花，芬芳撲鼻。秋痕方立欄畔，望見癡珠，笑道：「我算你也該來了。」癡珠含笑不語，攜著手同入客廳。見秋痕穿件沒有領子素紡綢短衫，卻也大鑲大滾，只齊到腰間。穿條桃紅縐褲，三寸金蓮甚是伶俏，兩鬢茉莉花如雪，愈顯出青溜溜的一簇烏雲。癡珠便默默的領略色香，憑秋痕問長問短，總不答應。秋痕急起來，說道：「你怎的做個啞吧，儘著瞧人不會說話呢？」癡珠正色道：「華鬘忉利⑳，不落言詮㉑。」秋痕笑道：「原來你參禪㉒

---

⑱ 杲杲：日出光明的樣子。杲，音ㄍㄠˇ。

⑲ 寶山鎮：今屬上海市郊嘉定縣境。

⑳ 華鬘忉利：華鬘，即花鬘，指美麗的髮髻，亦代指美女。忉利，即忉利天，梵語。佛教稱中央帝釋所居的佛

了。只怕你這禪也是野狐禪㉓，不然便是打誑語㉔。」說得癡珠吃吃笑起來。恰好丫鬟送進茶來，癡珠放開手吟道：「如今撒手鴛鴦㉕，還我自在。」秋痕瞅著癡珠一眼，道：「你說什麼？我卻是鴛鴦結㉖牢鎖心頭哩。」癡珠笑道：「算了！不說這些。我且問你，這幾天好雨，你不岑寂麼？」秋痕給癡珠這一問，覺得一股悲酸不知從何處起來，忍耐不住便索索落落流下淚來。倒教癡珠十分駭愕，說道：「怎的？」秋痕也不言語，半晌，起來拉著癡珠，咽著道：「我們裏間坐罷。」到了臥室，秋痕嗚嗚咽咽的說道：「若非這幾天下雨。」只說這一句，便向床躺下大哭起來。癡珠不知所謂，見秋痕前是一枝初開海棠，何等清豔；這會卻像一個帶雨的梨花，嬌柔欲墜。正不曉得他肚裏怎樣委曲，自然而然也是淒淒楚楚。二人一躺一坐，整整半個時辰。秋痕見癡珠為他淒楚，心中十分感激，便拉了

界天宮。

㉑ 不落言詮：佛教禪宗主張不立文字，不假語言，直指本心，體悟佛理，即「得意者越於浮言，悟理者超於文字」，為「不落言詮」。此處指韋癡珠靜默領略劉秋痕之色香，如對佛國天女，心有妙悟，不可言傳。

㉒ 參禪：參悟佛理，為佛教禪宗的修持方法。參，領悟。

㉓ 野狐禪：據《五燈會元・馬祖一禪師法嗣・百丈懷海禪師》載，一老人談因果錯對一轉語，遂墮五百生為野狐身，後隨眾就百丈禪師聽法，得其點化開悟，始解脫野狐身。後世禪宗稱那些妄稱開悟而流入邪僻者為「野狐禪」。

㉔ 打誑語：說謊話。

㉕ 撒手鴛鴦：喻指相愛的夫妻或情侶分手離別。撒手，分手；分別。

㉖ 鴛鴦結：用鴛鴦帶所繫的同心結。鴛鴦帶是繡有鴛鴦圖案花紋並鑲嵌金、銀、貝殼的衣帶。

癡珠的手重新又哭。癡珠見秋痕拉著他哭，知道是感激他的意思，便想起秋華堂席間秋痕兩番的灑淚。又想道：「秋痕你有你的委曲，你可曉得我也有同你一樣委曲麼？」癡珠一想到此，便似君山之涕㉗，阮籍之哀㉘，唐衢之慟㉙，一時迸集，覺得痛心刺骨，遂將滿腔熱淚，一一對著秋痕灑了出來，竟是一場大哭。哭得李家的男女個個驚疑，都走來窗外探偵。那兩個小丫鬟只站著怔怔的看，倒是秋痕曉得外面知道了，轉抹了眼淚，坐了起來勸癡珠收住淚，故意大聲道：「你嘔人哭了，你又來陪哭，做什麼呢？」一面說，一面教跛腳舀了一盆臉水，親自擰塊手巾給癡珠拭了臉。癡珠便躺下，秋痕喚小丫鬟泡上茶來。又停了一回，秋痕見癡珠側身躺在床上半晌沒有動彈，怕是睡著，便悄悄上來，叫了一聲。只見癡珠撐開眼，嘆一口氣道：「要除煩惱，除死方休。」秋痕不覺淚似泉湧，咽著聲道：「不說罷。」就同坐起來。只聽得簷前鐵馬叮叮噹噹亂響起來，一陣清清冷冷，又一陣蕭蕭颯颯，飛塵撼木，刮地揚沙，吹得碧紗窗外落葉如潮，斜陽似夢。秋痕向外間攬鏡，更細勻脂粉，梳掠鬢鬟。癡珠

㉗ 君山之涕：據《水經注》載，洞庭湖中有君山，湘君之所遊處，故名「君山」。湘君即舜之二妃娥皇、女英。舜帝南巡，崩於蒼梧之野。二妃南向而啼，灑涕揮竹，竹盡斑若淚痕。「君山之涕」即指此。

㉘ 阮籍之哀：阮籍是魏晉之際著名詩人，生逢司馬懿父子篡權專政，精神憤懣。「時率意獨駕，不由徑路，車跡所窮，輒慟哭而返。」（《晉書・阮籍傳》）

㉙ 唐衢之慟：唐衢是中唐時代詩人。因仕途坎坷，窮愁潦倒，作詩興感，往往發聲號哭，聞者淒然。曾客遊太原，宴會時酒酣言事，抗音而哭，一席不樂。白居易〈寄唐生〉：「賈誼哭時事，阮籍哭路歧。唐生今亦哭，異代同其悲。」

正襟危坐，朗吟東坡的〈水調歌頭〉㉚道：「我欲乘風歸去，只恐瓊樓玉宇，高處不勝寒。」此際轉覺兒女俗情，卻被那幾陣大風吹得乾乾淨淨，無復絲毫掛礙。便站起來道：「天不早了，我走罷。」秋痕牽著衣笑道：「我今天不給你走。」就拉著手仍向床沿坐下，噙著淚說道：「鬧了半天，我的話通沒告訴你一句。」癡珠沉吟一會道：「你留我，我這會卻有我的心事。」這一說，把秋痕氣極了，將鬢邊一條玉釵拔下，就雙手向桌上打作兩下。癡珠要攔也攔不及，只見柳眉鎖恨，杏臉含瞋，一言不發，就伏在床裏薄被上哽哽咽咽的哭。此時快上燈了，又刮了一陣大風。癡珠只得扶起秋痕，含笑說道：「我不走罷。」接著說道：「我不是不肯在你這裏住，卻是怕住時容易，別時為難哩。」秋痕噙著淚說道：「住了再說。」於是癡珠笑道：「花開造次㉛，鶯苦丁寧㉜，我也只得隨緣。」就喚跛腳進來，告訴他們叫車回去。

看官！你道秋痕目前苦惱是什麼事呢？原來秋痕自見過癡珠之後，便思託以終身。他的爹媽也想，秋痕看重癡珠，能彀來往，也免天天和秋痕淘氣。後來見癡珠灑灑落落的，便沒甚大望頭㉝了。十七這一天，錢同秀、馬鳴盛、卜長俊、胡耉、夏旒五人作隊，從張家出來，便由李家門口經過。恰值狗

㉚ 東坡句：指北宋蘇軾的中秋詞〈水調歌頭〉（丙辰中秋，歡飲達旦，大醉，作此篇兼懷子由）。東坡，蘇軾字東坡。

㉛ 造次：須臾；片刻。

㉜ 丁寧：同「叮嚀」。叮囑；告誡。

㉝ 望頭：希望；盼頭。

頭出來，一見錢、馬，趕忙請安，邀請進來。這嗚盛是花案頭家，自然到過秋心院。其餘卜長俊二人都不過公讌中見面，同秀是五月初五見過秋痕一面，就也無怨無德。只有狗頭肚裏那曉得嗚盛是不喜歡秋痕的，卜長俊三人不過是闒茸片，只有同秀是個有名的大冤桶㉞，十分仰慕，如今有緣扳得進門，那一種巴結，無庸筆墨形容。卜長俊三人也曉得其意，便十分慫恿起來。同秀這個人本是傻子，那裏曉得察言觀色，卻自答應了。幸而四下多鐘五人通去了。可喜天從人願，靠晚竟下起滂沱大雨來，一連三日，這些人自不能來了。秋痕算定天一開晴，癡珠必來，又立定主意教癡珠住了一夜，此圍就解，以後慢慢的好商量出身。不想癡珠一見面，就問他「這幾天好雨，你不岑寂麼？」在癡珠不過是句口頭話，在秋痕想來，一則像他平日喜歡兜攬，這冤無處訴；二則怪癡珠全不曉得他的心事，竟然有此大相刺謬㉟之語。所以百感俱集，以後癡珠又不許他住下，覺得天壤茫茫，秋痕一人終久無個結局，所以痛入骨髓。如今癡珠住下，那一夜枕邊吐盡衷腸，傾盡肺腑。此時更深，月也上了，皎皎窺窗。癡珠嘆口氣道：「你的心緒，我無所不知。只是我留滯此間，是為著路梗。路若稍通，我便回家看母去了。我業經負了娟娘，豈容再誤。而且你媽口氣十分居奇㊱，我的性情又是介介㊲，異日怎樣歸結呢？」說得秋痕又嗚嗚咽咽的哭了。癡珠難忍，只得說道：「你的話，算我都答應了。」因吟道：「莫

㉞ 大冤桶：俗稱「冤大頭」。
㉟ 大相刺謬：特別悖逆、荒謬。
㊱ 居奇：屯積奇貨以待善價。
㊲ 介介：形容孤高耿直的性情和節操。

自使眼枯，收汝淚縱橫。眼枯即見骨，天地終無情。」[38]又吟道：「夜闌聞軟語，月落如金盆。」口中高吟，心中一分悲憤，恰好那五更風聲怒號，也像為他嗚盡不平一般，正是[39]：

芳樹多陰，雨簾未卷，行郎[40]有伴，接葉[41]當秋。繁香[42]如不自持，冷豔[43]誰能獨賞？瑤琴楚弄[44]，驚簾鉤鸚鵡之霜[45]；嚼蕊吹花，作天海風濤之曲[46]。歌唇銜雨，珍伊手底馨香[47]；濁水

---

[38] 莫自四句：引自杜甫〈新安吏〉詩。

[39] 正是：「正是」以下一段文字，乃隱括、化用唐李商隱〈燕臺詩四首〉（春、夏、秋、冬）、〈和鄭愚贈汝陽王孫家箏妓二十韻〉及杜甫〈戲為六絕句〉等詩意而成。因原詩文繁，以下注釋不再詳引。

[40] 行郎：行路的青年。李商隱〈燕臺詩四首・夏〉中是指潘郎，即容貌俊美的潘岳。潘岳行於洛陽道，婦女往往擲果盈車。

[41] 接葉：收斂落葉。接，收斂；聚斂。

[42] 繁香：濃郁的芳香，比喻深情熱烈。

[43] 冷豔：幽冷的美豔，比喻素雅美好。

[44] 瑤琴楚弄：瑤琴，美玉鑲飾的古琴。瑤，美玉。楚弄，楚地的曲調，泛指江南樂調，含有柔婉幽怨之情韻。

[45] 驚簾鉤句：李商隱〈燕臺詩四首・秋〉：「簾鉤鸚鵡夜驚霜」，指簾鉤上夜棲的鸚鵡被幽怨的琴音驚擾，而感到夜霜的孤寂、淒寒。

[46] 嚼蕊二句：指吹奏樂曲和歌唱。嚼蕊吹花，猶吹花嚼蕊。本作「吹葉嚼蕊」，指口銜草木之葉，吹葉發出樂聲。嚼蕊，補配「吹葉」，無其他含義。李商隱〈柳枝五首・序〉：「柳枝，洛中里娘也。……吹葉嚼蕊，

清波，墮我懷中明月㊽。嫣熏蘭破㊾，輕輕語碎羅幃；波旋翠寒㊿，獵獵風呼綾扇。江上之青衫未浣，尊前之紅淚又斑。蠟燭銷魂，窗紗鏤影[51]，豈傷心人別饒[52]懷抱？知天下事各有難言！

捧皎日之瓊姿[53]，澀雌絃之蠹粉[54]。天何此醉，我見猶憐。護持薄霧之裙[55]，遊戲凌雲之筆[56]。

調絲擫管，作天風海濤之曲，幽憶怨斷之音。」

㊼ 歌唇二句：指口唇含淚，珍視手中愛侶的書信。雨，淚雨。馨香，指帶有愛侶手澤芳香的書信。李商隱〈燕臺詩四首・秋〉：「歌唇一世銜雨看，可惜馨香手中故（舊）。」

㊽ 墮我懷中明月：猶明月墮我懷中，表示對美好團圓的期願。此句原為「直教銀漢墮懷中」（李商隱〈燕臺詩四首・夏〉），指教銀河及織女均墮入我懷中，使織女常為我有，永不分離，表示深情苦戀之心意。

㊾ 嫣熏蘭破：嫣美而芳香的蘭花綻破花瓣，比喻美女綻唇輕語。

㊿ 波旋翠寒：李商隱〈燕臺詩四首・夏〉：「輕帷翠幕波洄旋」，故知此處「波旋翠寒」，是指翠幕飄蕩，如寒波洄旋。

[51] 鏤影：鏤刻形影。

[52] 別饒：猶別餘。其他；另有。

[53] 捧皎日之瓊姿：李商隱〈和鄭愚贈汝陽王孫家箏妓二十韻〉：「茜袖捧瓊姿，皎日丹霞起。」此句乃形容女性以紅袖捧起她的瓊姿，猶如皎日為丹霞托起。瓊姿，美麗的丰姿。

[54] 澀雌絃之蠹粉：李商隱〈和鄭愚贈汝陽王孫家箏妓二十韻〉：「蠹粉實雌絃」，此指琴箏被蠹魚所蛀蝕，粉屑落滿琴絃，使絃澀絕響。澀，指澀啞無音。雌絃，絃樂器上彈奏高音的細絃。蠹粉，蠹魚蛀蝕木器、衣物等物所落下的粉屑。蠹，蠹魚，泛指蛀蟲。

掃除一切，剛逢絕塞[57]秋風，憔悴三生，莫問殘燈影事。

到了次日，癡珠的定情詩，是四首七絕云：

揚州一夢已十年[58]，猶有新聲上管絃，最是荻花[59]蕭瑟處，琵琶簾外雨如煙。

少小飄零恨已多，隨風飛絮奈愁何。浮萍還羨沾泥好，悽絕筵前白練歌[60]。

畫屏銀燭影搖紅，一片春痕似夢中。安得護花鈴[61]十萬，禁他枝上五更風。

---

[55] 薄霧之裙：李商隱〈燕臺詩四首．夏〉：「安得薄霧起緗裙」，指輕柔飄逸似雲霧的淡黃裙子。

[56] 凌雲之筆：杜甫〈戲為六絕句〉：「庾信文章老更成，凌雲健筆意縱橫。」此處形容人的才思縱橫卓絕，筆勢雄奇超俗。

[57] 絕塞：極遠的邊塞。

[58] 揚州句：唐杜牧〈遣懷〉：「十年一覺揚州夢，贏得青樓薄倖名。」此處是韋癡珠以杜牧自況，講自己同娼娘的戀情如春夢，轉瞬已有多年。

[59] 荻花：細葦的花穗。

[60] 白練歌：指明代戲劇傳奇《白練裙》，明鄭之文為秦淮名妓馬湘蘭作。清錢謙益〈長干行寄南城鄭應尼〉：「遊人尚酹（灑酒祭奠）湘蘭墓，子弟爭翻（演唱）《白練歌》。」自注：「應尼少遊長干，為名妓馬湘蘭作《白練裙》雜劇，至今流傳曲中。」

[61] 護花鈴：為保護花朵驅趕鳥雀而懸掛花梢的金鈴。五代王仁裕《開元天寶遺事．花上金鈴》載：「至春時，於後園中紉紅絲為繩，密綴金鈴，繫於花梢之上。每有鳥雀翔集，則令園吏掣鈴索以驚之，蓋惜花之故也。」

敢將顏色說傾城，但解憐儂62便有情。夜合花63開蓮子苦，殷勤還與記分明。

從此秋痕一心一意屬在癡珠，不特生客不接一語，就是前度漁郎64，也不許問津了。因癡珠說起采秋帳條繡有八字，就寫了「結歡喜緣65，成鸞鳳友」一對，也親自挑繡掛上。其實前生夙孽，此世清償，煩惱無窮，得幾多歡天喜地？儩伽併命，也難比鳳友鸞交！正是：

愛極都成恨，情深轉是癡。
旁觀明似鏡，當局幾人知？

欲知後事，且聽下回分解。

總評：此回為采秋、秋痕合傳。上折寫采秋，下折寫秋痕，只用一雨字，便已

---

62 憐儂：猶愛你。儂，你。

63 夜合花：向日蓮的別名。宋吳曾《能改齋漫錄．方物》引唐鄭熊《番禺雜記》：「海南有向日蓮，花似木芙蓉而極香，其花東西向日，至暮而謝。一呼『夜合』。」

64 前度漁郎：晉陶潛〈桃花源記〉載，一漁人乘舟沿桃花溪而行，林盡水源得一山口，遂自山口進入遠離塵世的桃花源境，見到避居桃花源的先秦時居民。漁人離去後，復重尋桃花源，竟迷路不得問津。「前度漁郎」，即指重訪桃花源境的漁人，借喻重訪青樓欲會劉秋痕的舊日嫖客。

65 歡喜緣：相互喜愛的緣分，指結成傾心相愛的情侶或夫妻。

綰住兩邊。問病也而因之同病，定情也而悉屬苦情，奇思異采，忽而雷霆辟易，忽而風雨淒迷，忽而旭日上窗，忽而天陰如墨。忽而拈花微笑，菩薩低眉，忽而被髮呼天，金剛努目，忽而一空塵障，蕩蕩天懷，忽而百轉柔腸，喁喁私語。直令覽者目眩神馳，只覺紙上卷中靈光閃閃而已。采秋定情用虛寫，秋痕用實寫，定賓主也。

第十九回　送遠行賦誦哀江南　憶舊夢歌成秋子夜

話說癡珠次日也曉得荷生病了，自秋心院回來，一路想道：「謖如將走，荷生復病，人生盛會，真不能常！」又觸起秋痕告訴許多的話，到了柳溪，瞧著叢蓼殘荷，黯黯斜陽，荒荒流水，真覺對此茫茫，百端俱集。廿三日起來洗漱後，作個小橫披❶，是七絕四首。詩云：

朋舊天涯勝弟兄，依依半載慰羈情❷。不堪攜手河梁上❸，聽唱陽關煞尾聲❹。

金樽檀板❺擁妖姬，寶馬雕弓賭健兒。此後相思渺何處，莫愁湖❻畔月明時。

---

❶橫披：長條形的橫幅字畫。

❷羈情：羈旅顛沛之情。

❸攜手河梁上：《文選》錄〈李陵與蘇武詩三首〉：「攜手上河梁，遊子暮何之？」抒寫朋友離別情緒。河梁，河橋。

❹陽關煞尾聲：古送別曲〈陽關三疊〉，共反覆演唱三遍。「煞尾聲」，指演唱至第三遍煞尾，即到了朋友分別的時刻。

❺金樽檀板：金樽，飲酒器，酒尊的美稱。檀板，檀木製的歌板，歌唱時用以拍擊節奏。

❻莫愁湖：在江蘇省南京市水西門外、秦淮河西側，相傳南朝時女子莫愁居此，故名。

江北江南幾劫灰❼，蕪城碧血❽土成堆。好將一副英雄淚，灑遍新亭濁酒杯❾。
滾滾妖氛❿黯陣雲，天風鼓角下將軍。故人准備如椽筆⓫，揮斥豐碑與紀勳。

又作一對云：

春風風人，夏雨雨人；
解衣衣我，推食食我⓬。

---

❼ 劫灰：佛教語，指劫難，劫火後殘餘的灰燼。

❽ 蕪城碧血：蕪城，指戰火摧殘後破蔽的荒城。南朝宋鮑照有〈蕪城賦〉，描述廣陵城（今江蘇揚州市）歷遭戰亂摧毀的荒涼景象。此為本書「蕪城」所本。碧血，為赴國難的忠臣烈士所流之血，代指犧牲的烈士。《莊子．外物》：「萇弘死於蜀，藏其血，三年而化為碧。」

❾ 好將二句：英雄淚灑新亭，化用《世說新語》文意。南朝宋劉義慶《世說新語．言語》：「過江諸人，每至美日，輒相邀新亭，藉卉飲宴。周侯（周顗）中坐而嘆曰：『風景不殊，正自有山河之異！』皆相視流淚。唯王丞相（王導）愀然變色曰：『當共戮力王室，克復神州，何至作楚囚相對！』」新亭，又名勞勞亭，三國吳所築，故址在今江蘇省南京市南。

❿ 妖氛：指赤黑色的妖氣。

⓫ 如椽筆：如椽大筆，指大手筆，稱美文筆卓越不凡。椽，蓋房用的房椽。

⓬ 解衣二句：意謂脫衣裳給我穿，讓食物給我吃，指慷慨贈人衣食，施恩惠於人。《史記．淮陰侯列傳》載：「漢王授我上將軍印，予我數萬眾，解衣衣我，推食食我，言聽計用，故吾得以至於此。」

便坐車來訪謖如，把詩和聯親手遞上。謖如展開一看，大喜，謝了又謝。癡珠就約廿五日過秋華堂一敘。謖如道：「這又何必呢？」癡珠道：「垂老⑬惡聞戰鼓悲，急觴為緩憂心擣。而且經略委余歘如河東緝捕，我也要餞行。花案上瑤華、掌珠，說是好的，我不曾見面，請他來與秋痕作伴罷。」謖如答應。癡珠順路便約過歘如，又約子善、子秀，就來秋心院。兩人纏綿情話，早是黃昏。癡珠要去瞧采秋的病，就到愉園。紅豆領上春鏡樓來，小丫鬟早將東屋簾子掀起。癡珠進去，見簾幕風微，藥爐香燼，床上垂下月色秋羅的帳。采秋坐在帳裏，就如芍藥煙籠，海棠香護，令人想漢武帝隔障望李夫人⑭光景，說道：「我聽荷生說你病，」正待說下，采秋早接著道：「荷生怎樣呢？」癡珠道：「我是前日見過他，嗽得利害。昨日隔一天，想今日該減些。」采秋嘆一口氣道：「你教他好好保養罷。你和他說，我沒有什麼病。」癡珠答應。坐了一會，吃過茶，說些近事，就走了。回寓已有五下多鐘。

過了一日，秋華堂也照前一樣鋪設，秋痕七下鐘就來。早飯後，謖如先到，隨後大家也陸續到齊。謖如領著眾人往芙蓉洲汾神廟散步，從西院回來秋華堂，見席已擺好。癡珠送酒，大家通辭了。歘如首座，謖如第二位，子善、子秀第三、第四，以後位次，不用說是癡珠一人上首，下首秋痕、掌珠、

---

⑬ 垂老：臨近老年。

⑭ 漢武帝句：《漢書．外戚傳》載，李夫人貌美早卒，漢武帝思念不已。方士齊人少翁言能招其神魂。乃夜掌燈燭，設帷帳，令武帝居別帳中，遙望見有美女如李夫人之貌，還坐帷帳中又出而徐步。武帝不得親視，愈益相思悲感，遂作詩曰：「是耶非耶？立而望之，偏何姍姍其來遲！」

瑤華三人團坐。酒行數巡，掌珠唱了一支小調，瑤華唱了一支二簧⓯。秋痕向癡珠說道：「我今天嗓子不好，你給我告個假罷。」巘如笑道：「你不唱，我說個令，你卻要依。」秋痕道：「我便遵令罷。」巘如笑道：「還有一說，別人不管，你是不准替代。」秋痕遲疑一會，也自答應。巘如便喝一杯令酒道：「我這令是一個字，如因緣因字，困卦困字，將裏頭一個字挖出來，卻得有本字領起，疊句《四書》⓰兩句。說得好，大家公賀一杯。說得牽強，及說不出者，罰三杯。大家依麼？」大家通依了。巘如道：「我如今說一個『國』字罷，《四書》疊句是：

「或勞心或勞力。」」

大家都讚道：「好！」公賀一杯。下首是子善，想了一會，說道：「我這字不好，是個『囚』字，《四書》疊句：

「人焉廋哉？人焉廋哉？」」

巘如道：「字面不好，說得《四書》卻極渾成。大家通喝杯酒罷。」下首是掌珠，情願罰酒。再下首便是秋痕，秋痕卻不思索，說道：「我說一個『囿』字，《四書》疊句：

⓯ 二簧：戲曲腔調。京劇二簧包括導板（倒板）、慢板、原板、垛板、散板、搖板、回龍等板式，唱腔沉穩凝厚。

⓰ 四書：宋朱熹撰《四書章句》，包括《論語》、《大學》、《中庸》、《孟子》，始有《四書》之名。

「有民人焉，有社稷焉。」」

大家都拍手說道：「自然之至。我們該賀一杯。」秋痕瞧著癡珠笑，癡珠急把臉側開了，向瑤華說道：「琴仙，輪到你了。你想一個字，我替你說《四書》。」瑤華想一想，說個「圇」字。癡珠道：「這個字教我那裏去找兩句《四書》呢？你再說一字罷。」瑤華又想一想，說個「圄」字。癡珠道：「得了。始吾於人也，今吾於人也。」𣀮如道：「錯了。這兩句是疊文，不是疊句，而且吾字在第二字，該罰三杯。」癡珠道：「我說得太急，忘了。但我是替人的，罰一杯罷。」𣀮如也依了。癡珠喝了酒，復向瑤華道：「你再說一字。」秋痕道：「已經罰了，還要重說作什麼呢？」瑤華笑道：「給我再說一個罷。」掌珠道：「你有人替說《四書》，又有人替喝罰酒，就說一百個也何妨呢？」瑤華道：「我只說這一個，看他有《四書》出來沒有。」大家問道：「什麼字？」瑤華道：「『囦』字。」癡珠鼓掌道：「水哉！水哉！」大家也譁然笑道：「妙得很！大家又該賀了。」於是子秀說個「田」字，《四書》是：

十目所視，十手所指。

謖如說個「曰」字，《四書》是：

一則以喜，一則以懼。

大家也都說好，各賀一杯。癡珠道：「我說一字收令罷。」便說了個「固」字，《四書》是：

古之人，古之人。

大家齊聲道：「好！」𧧮如道：「我喝一大杯。」癡珠道：「我也陪一大杯。」此時內外上下都上了燈。癡珠向謖如道：「回首七夕，不及一月，再想不到今日開此離筵⑰。」便吟道：「死別已吞聲，生別長惻惻。」⑱謖如道：「我自己也想不到。」說著，兩人神色都覺慘然。秋痕怕癡珠喝了酒傷心起來，便說道：「我有個令，大家行罷。」𧧮如道：「什麼令？大家商量。」秋痕笑道：「我這令是有賀酒，沒有罰酒，做個破題。」癡珠笑道：「酒令要做破題，也是奇談。」𧧮如道：「《桃花扇》上酒令不是有個『冰綃汗巾』的破承題麼？且看秋痕出什麼題。」秋痕道：「我這題也是《四書》上有的。」謖如道：「又牙的令是《四書》，你的令又是《四書》，不是單作難我麼？」秋痕向謖如道：「我出題，隨著人做不做，你再想一個令罷。」謖如想一想道：「我還飛觴罷，是江南二字，數到者兩人接令。」癡珠道：「好，秋痕你出題罷。」秋痕道：「我的題是《四書》開章第一個的圜。」𧧮如道：「好題。」秋痕道：「謖如你飛觴罷。」謖如喝一杯酒，說道：「子善、𧧮如喝酒，

乘勝克捷，江南悉平。」

⑰ 離筵：餞別的宴席。

⑱ 死別二句：引自杜甫〈夢李白〉二首。吞聲，隱忍吞咽的無聲哭泣。惻惻，形容心情悲痛、淒愴。

癡珠拍案道：「好極！顧我老非題柱客，知君才是濟川功[19]。」就將大杯教秋痕斟滿一杯，向謖如道：「我賀你一杯。」於是子善、歘如也喝了酒。歘如笑道：「行文、喝酒、飛觴，今日真是五官並用。」秋痕催著飛觴，歘如道：「我先交卷了，再飛觴罷。我破題得了。」便念道：

所貴聖人之神德兮，刓方以為圜。

癡珠笑道：「超妙得很！大家各賀一大杯罷。」於是大家各喝了酒。子善道：「聽著『江南』飛觴：

青山一髮是江南。」

琴仙、秋痕喝酒，歘如便指著秋痕笑道：「我要再給秋痕喝一杯：

家在江南黃葉村。」

---

[19] 顧我二句：引自杜甫〈陪李七司馬皂江上觀造竹橋〉詩。顧，視；看。題柱客，《華陽國志》載：「蜀有升仙橋，司馬相如題其柱曰：『大丈夫不乘赤車駟馬，不過汝下。』」此指發誓求取功名榮顯的士人。濟川功，猶渡河之功，比喻輔佐帝王的功績。偽古文《尚書・說命上》曰：「爰立作相，王置諸其左右。命之曰：『朝夕納誨，以輔臺德。……若濟巨川，用汝作舟楫。』」

癡珠吟道：「山中漏茅屋，誰復依戶牖？」當下瑤華、掌珠各喝了一杯酒，秋痕便喝了兩杯。癡珠道：「我也交卷罷：

大圜⑳在上，予欲無言。」

㲿如道：「運用成語，如自己出。我也還敬一大杯酒，大家也各人賀一杯。」秋痕催著瑤華飛觴，瑤華卻瞧著癡珠說道：「聽我飛觴：

青衫淚滿江南客。

㲿如、癡珠喝酒。」癡珠笑道：「琴仙，可人也。」謖如道：「我也湊了兩句請教罷：

意在寰中㉑，不言而喻。」

癡珠喝一聲：「好！」說道：「謖如竟有如此巧思，我便要喝三大杯哩。」秋痕瞅了癡珠一眼，說道：「你真要拚命喝嗎？」子秀道：「秋痕，你該兩句飛觴，不要管別人的事，快請說罷。」秋痕道：「我的頭一句是：

---

⑳ 大圜：猶大圓，指天。

㉑ 寰中：猶環中，圓環之中空，比喻無是無非，無滯無礙，靈空超脫的境界。寰，通「環」。

霜剪江南綠。

該子秀、謖如喝酒。第二句是：

寄根江南。

也該子秀、謖如喝。」謖如道：「秋痕，你怎的算計我兩個哩？」秋痕笑道：「多敬你兩鍾酒不好麼？」便催掌珠，掌珠笑道：「我沒有詩句，怎好呢？」秋痕道：「你有現成句子都好。」掌珠又笑道：「我只有這四個字，說出來卻自己要先喝酒了。」便一手舉杯向癡珠說道：

江南才子。

說畢，將酒自己先喝乾，向秋痕道：「你也喝罷，這是冤你一杯酒。如今該歡如、癡珠飛觴了。」歡如說道：

「解作江南斷腸句。

謖如、子秀喝酒。」癡珠向謖如道：

「官愛江南好。

子秀、琴仙喝酒。」子秀道：「我共該四句飛觴了，一起說罷。第一句，是瓛如、癡珠喝酒：

論德則惠存江南。

第二句，秋痕、寶憐喝酒：

正是江南好風景。

第三句，我同琴仙喝一鍾：

江南無所有。

第四句，秋痕、寶憐再喝：

黃葉江南一棹歸。」

秋痕笑道：「子秀你好！三句要我喝二杯酒。」謖如道：「我說兩句。第一句給癡珠、瓛如喝：

珥江南之明璫。

第二句，我陪癡珠喝罷：

江南江北青山多。」

癡珠道：「大家通說了，我雙收罷。破題是：

默而成之，不言而信。

飛觴是：

魂兮歸來哀江南。」

說罷，噙著眼淚，將筷子亂擊桌板，誦那庾信〈哀江南賦〉㉒，聲聲哽咽起來。慌得秋痕跑到上首，說道：「你醉了，到炕上躺躺罷。」癡珠剛念得「信生世等於龍門，辭親同於河洛，奉立身之遺訓，受成書之顧託」四句，就給秋痕奪去筷子，便說道：「我沒有醉，你不要怕。」斁如瞧著表說道：「十下鐘了，我們也該散了。」謖如便催著端飯，秋痕早擰塊熱手巾遞給癡珠。癡珠轉笑向斁如道：「醉卻不醉，只心上不曉得無緣無故會傷感起來。」斁如道：「客邊心緒，凡百難言。放開些罷。」癡珠又覺痛心難忍，謖如也自悽惶，吟道：「亂後今相見，秋深獨遠行。」大家黯然，轉是癡珠破涕笑道：「分手雖屬難堪，壯心要還具在。」便吟道：「要聞除𧍺貐，休作畫麒麟。」㉓大家都道：「好極！

㉒ 庾信哀江南賦：庾信是南朝梁覆亡後留滯北朝（西魏、北周）的著名文學家。〈哀江南賦〉是其敘寫故國淪亡之痛和鄉關之思的代表作。

癡珠豪爽人，該有此轉語。」於是吃些稀飯，洗漱一完，黻如三人和掌珠、瑤華就都散了。只謖如、秋痕十分難受，奈夜已深，不能不分手而去。看官，你道癡珠這一晚好過不好過呢？

且說荷生、采秋病或不癒，癒後復病，直至八月初甫皆脫體。這日癡珠無事，帶了秋痕同來。適值刮風，秋痕見癡珠身上只穿兩件夾衣服，便叫人回去取件茶色湖縐薄棉襖，替他換上。方卸去長夾襖，癡珠摳著小衫將手向背上搔癢，便把那個九龍佩㉔露出來。荷生瞧見也不言語，轉說道：「風大，你快穿上罷。」癡珠換過衣服，喝過茶，見采秋、秋痕同坐床沿，聽荷生說那江南軍務，講得令人喪氣，便吟道：「華夷相混合，宇宙一羶腥。」㉕一人走來外間，見長案上書堆中有一本《鴛鴦鏡》填詞，就取來隨手一翻，是〈金絡索〉，填的詞是：

情無半點真，情有千般恨。怨女獃兒，拉扯無安頓。蠶絲理愈紛，沒來由，越是聰明越是昏。那壁廂梨花泣盡闌前粉，這壁廂蝴蝶飛來夢裏魂。堪嗟憫，憐才慕色太紛紛。活牽連一種癡人，死纏綿一種癡魂，穿不透風流陣㉖。

㉓ 要聞二句：引自杜甫〈贈王二十四侍御契四十韻〉。要聞，欲聞；希望聽到。猰貐，音ㄧㄚˋ ㄩˇ，傳說中的食人猛獸，比喻兇惡作亂之人。休作，不作；不想。畫麒麟，畫圖像於麒麟閣，古代功勳卓著的大臣始獲此殊榮。麒麟，麒麟閣，故址在漢代都城（今陝西省西安市）未央宮中。漢宣帝時曾圖畫霍光等十一位功臣像於此閣上，表彰其功勳。

㉔ 九龍佩：雕刻九龍圖飾的玉佩。

㉕ 華夷二句：引自杜甫〈秦州見敕薛三據三十韻〉。華夷，指中原漢民族與四邊戎、狄、蠻、夷等少數民族。

又往下看，填的前腔是：

藍田玉㉗氣溫，流水年華迅。鶯燕樓臺，容易東風盡。三生石㉘上因，小溫存，領略人間一刻春。恁道是黃金硬鑄同心印，怎曉得青草翻添不了根。難蠲忿，怕香銷燈炧帳黃昏。夢鴛鴦一片秋雲，葬鴛鴦一片秋墳，誰替恁歌長恨？

忽然想道：「怕就是這一段故事。」便將序文檢看，卻是將《池北偶談》㉙「李閑、謝玉清」一則衍出來，就不看了。裏間荷生說到「南北兩營潰散，大帥跑上番船㉚」，大家俱笑吟吟坐聽，都忘卻癡

㉖風流陣：唐代宮廷中的一種遊戲。後世用以指男女為眾多美色所包圍、迷惑，或指男女間情事。五代王仁裕《開元天寶遺事・風流陣》：「明皇與貴妃每至酒酣，使妃子統宮妓百餘人，排兩陣於掖庭中，目為『風流陣』。以霞被錦被張之為旗幟，攻擊相鬥，敗者罰之巨觥以戲笑。」

㉗藍田玉：陝西省藍田縣以產美玉聞名。古代以藍田玉比喻名門所生賢俊子弟。

㉘三生石：可證前生、今生與來生夙世因緣之石。唐袁郊《甘澤謠・圓觀》載，傳說唐李源與僧人圓觀友善，同遊三峽。圓觀指汲水孕婦說：「是某托身之所。」相約十二年後中秋月夜，重會於杭州天竺寺外。當晚圓觀逝世，而孕婦生產。及至約期，李源赴約，聞牧童唱〈竹枝詞〉：「三生石上舊精魂，賞月吟風不要論。慚愧情人遠相訪，此身雖異性長存。」李源因知牧童即圓觀之後身。

㉙池北偶談：清王士禎撰筆記小說《池北偶談》共二十六卷。

㉚番船：舊指外國來華貿易的商船。

珠。只秋痕看見癡珠出去外間，半日靜悄悄的，便起來將簾子一掀，只見癡珠手上拿一本書，那兩隻眼睛直注在書皮上呆呆的瞧。秋痕不知其故，向前說道：「怎的？」癡珠也不答應。荷生也跟出來，見癡珠坐著發騃，秋痕站著發急，倒好笑得很，忍著笑道：「瞧什麼，這樣出神？」也向前來看。癡珠將書撂在案上，說道：「汝們都不懂得。」秋痕便扯過癡珠的手道：「不要講夢話了。」癡珠又不答應。荷生也覺駭然，便叫道：「癡珠！你瘋麼？」此時紅豆、小丫鬟都站在一旁。采秋聽荷生叫得大聲，也出來瞧，只見癡珠笑道：「我那裏是瘋，我記那碑文。」荷生三人見他好端端說話，便也好笑，都問道：「是什麼碑文？」癡珠道：「我四月間草涼驛作了一夢，見個雙鴛祠碑記㉛，當時默了出來，只忘一半；至夢中光景，合著眼便見那個人，那個地方。自潼關以後病了兩場，把夢通忘了。這會碑文也只記得『則有家傳漢相，泒衍蘇州』十字，你道可恨不可恨！」荷生道：「你既然默了一半，便有底了，記他作甚？」秋痕道：「這有什麼要緊事，也值得這樣用心去想。人家說我傻，我卻不傻，你喚作癡珠，不真個癡麼？」采秋道：「這夢也奇，確確鑿鑿有篇碑記。」荷生笑道：「你信他鬼話，不過是他有這一篇遊戲筆墨，編這謊話騙人。」癡珠道：「我要編個謊，什麼編不得，卻編個不完不全的夢？你不信，我明天檢那碑記給你瞧。還是草涼驛飯店五更天寫的。」采秋道：「這碑記就說的是姓韋，卻也古怪。」秋痕道：「那碑記說這姓韋，是怎樣呢？」癡珠道：「這姓韋的也同我們一樣罷，就中敘的曲折，我通忘了。」正說著，丫鬟們端上飯，四人小飲，到了二更方散。

這一晚，癡珠心上總把〈金絡索〉兩支填詞反復吟詠。不想秋痕另有無數的話要向癡珠講，卻燈

㉛ 雙鴛祠碑記：指本書第五回所敘韋癡珠夜夢至雙鴛祠見一通碑文，醒後追憶記錄成文。

下躊躇，枕邊吐茹，總不好自己直說出來，忽然問著癡珠道：「妓女不受人污辱，算得是節不算是節？」癡珠道：「怎麼不算得是節？元末毛惜惜，明末葛嫩、楚雲、瓊枝，那個敢說他不是節？」秋痕道：「你曉得我這個人怎樣結果？」癡珠道：「我自己結果也不知道，那裏曉得你。你今日不聽荷生說那江南光景？給我看來，普天下的人也不知作何結果，何況我與你呢？」秋痕便默然不說。癡珠枕上聽著階畔窗前蟲吟唧唧，反來覆去，一息難安，吟道：「人生半哀樂，天地有順逆。」秋痕在枕邊便將「哀」、「樂」、「順」、「逆」字字要癡珠講出，癡珠含笑不語。一會，做成〈秋子夜〉三章云：

寒蛩啼不住，鐵馬㉜風力緊。明月入羅幃，夢破鴛鴦冷。

捐棄素羅衣，製就合歡帳。一串夜來香，為歡置枕上。

儂似秋芙蓉，歡似秋來燕。燕去隔年歸，零落芙蓉面。

秋痕聽了嘆口氣道：「芙蓉閃斷㉝，你卻不管！」癡珠笑道：「你叫我怎樣管呢？」秋痕道：「你聽，四更了，睡罷。」正是：

天涯芳草，目極傷心。

干卿底事？一往情深！

㉜ 鐵馬：懸於屋檐的鐵鈴，風吹之鏗鏘發聲。

㉝ 閃斷：猶折斷。閃，挫折。

欲知後事，且聽下回分解。

總評：此回傳癡珠，於敘事中見簡淨，於點綴處見空靈。〈哀江南〉一段，結了上半部的韋、劉，《鴛鴦鏡》二詞，定了下半部的韋、劉。文章仍是妙手空空，靈光閃閃。上折謖如是主，又牙諸人是賓。下折碑記是主，〈金絡索〉兩支是主中賓，〈秋子夜〉三章是賓中主，善讀者玩之。

第二十回　陌上相逢搴帷一笑　溪頭聯步邀月同歸

話說逆倭騷擾各道，雖大河南北官軍疊次報捷，而釜底游魂與江東員逆力為蛩蟨❶，攻陷廣州，擄了疆臣❷，由海直竄津沽❸。諼如起先以南邊軍功薦升參將，後來帶兵赴援并州又晉一級，就留大營。元夕一戰，應升總兵，此番朝議以諼如係將門子孫，生長海壖❹，素悉賊情，故有寶山鎮之命。臨行，向癡珠諄問方略，癡珠贈以愛民、禮士、務實、攻虛、練兵、惜餉、禁海、爭江❺八策，約有萬言。大意是說：南北諸軍連營數百座，都靠不住，必須自己攜帶親兵，練作選鋒，纔可陷陣。其平定大局則以內治為先，內治則以掃除中外積弊為先，積弊掃除，然後上下能合為一心，彼此能聯為一

❶ 蛩蟨：音ㄑㄩㄥˊ ㄐㄩㄝˊ。比肩獸。蛩，即邛邛，一種異獸，其狀如馬。蟨，一種怪獸，其狀鼠前而兔後，邛邛常負之奔走，故號比肩獸。

❷ 疆臣：負責鎮守一方重任的高級地方官吏。清代稱總督、巡撫為封疆大吏。簡稱疆吏或疆臣。

❸ 津沽：指天津、溏沽，為河北省瀕臨渤海灣的重鎮。

❹ 海壖：猶水邊。壖，音ㄖㄨㄢˊ，邊緣餘地。

❺ 禁海爭江：禁海，禁止外國人在中國沿海經商，亦禁止中國人到海外經商，此為清順治、康熙時所確定和實行的海禁政策。爭江，指爭奪對江河航道運輸和商船往來的控制、管轄。

氣。庶幾旌旗變色，可復武漢以踞賊上流，可定九江以剪賊羽翼，可清淮海以斷賊腰陷。三者得手，直攻賊巢，金陵唾手可復。後來韓荷生平倭，平江東，謖如平淮北，平滇黔，平秦隴，以此戰功第一，並為名將。

如今且說謖如臨行這日，夫人不曾出城，癡珠卻是前一夕先赴涂溝❻。涂溝紳士見說秋華堂韋師爺來了，他是個武營領袖，便招就近團甲❼迎入行館，擺起盛筵。轉累癡珠無緣無故的酬應起來。酒半，談著那年賊陷平陽，若何防堵，那年回匪做反，若何戒嚴，便取出所儲火器槍棒，召團丁中勇猛肥長排立階下，指說這個善射，這個善拳，這個能飛戟刺人於陣，這個能躍丈牆獲賊於野，口若不盡其技，而階下眉目手足各躍躍欲動。癡珠不免謬贊一番，真是苦惱。次日又累贅了半日，謖如方到。俟得謖如見過各官各紳，已是入夜，纔得鬯談❽。黎明，癡珠怕與大家酬酢❾，便是灑淚分手，蒼茫歸路。想著羈旅長年，蕭條獨客，桑榆未晚❿，蒲柳⓫先零，不齒之精神⓬，瞀亂頗同宋玉⓭；無聊

❻涂溝：涂溝縣，明清時屬山西省太原府，今山西省榆次市西南。

❼團甲：古代團練士兵。古代地方武裝組織稱「團練」，團練的基層組織單位稱「甲」，每甲二十五人。甲，甲士；士兵。

❽鬯談：暢談。鬯，音ㄔㄤˋ，通「暢」。

❾酬酢：應酬；應付。

❿桑榆未晚：則指人尚未到晚年。桑榆，日落時斜光照於桑樹、榆樹梢端，借指日暮，比喻人到晚年。

⓫蒲柳：即水楊，入秋便凋零。古人多以蒲柳比喻人的體質柔弱，未老先衰。

之言語，蹇吃更甚揚雄⓮。桂欲消亡，桐真半死。值此離別之時，一鞭殘照，幾陣歸鴉，更覺面熱心寒，魂銷骨化。坐在車上恍恍惚惚，到了一處，卻擠了車，方知已是進城。剛騰開了，劈面又有一車，垂著簾子轔轔而來。只見車裏的人陡然把簾子一掀，露出一個花容來，喜動顏開，笑了一笑，道：「久不見了！」癡珠瞥目略一遲疑，憶是曼雲，便也輾然道：「你去那裏呢？」曼雲尚未回言，兩下早已風馳電掣的離遠了。癡珠這會才把已前的心事略行按下，想起荷生、秋痕數日不見，便吩咐李三到菜市街去。

剛到愉園巷口，恰好荷生的車停在一邊，就也下車步行進去。見過荷生、采秋，知兩人病已漸癒，因說些謖如交情及自己傷感的話，荷生、采秋都安慰一番。此時丫鬟已掌上燈，荷生道：「你的車叫他回去，在此吃過飯，我送你秋心院去罷。」癡珠正待答應，忽報：「歐老爺來了。」荷生大喜。四人相見，各述了這幾天情事。荷生就向劍秋道：「你這幾天訪彩波幾次哩？」劍秋道：「我方才去看他，他給余觀察傳去陪酒了，我因此步行來找你。」癡珠道：「我剛進城逢見彩波，原來㪍如今天請客。」當下四人對著樓頭新月，淺斟低酌。大家俱說起謖如，荷生因談著江南須若何用兵，若何籌餉，

⓬ 不齒之精神：任性、遊惰的精神。不齒，指不順教化的遊惰之民。

⓭ 瞀亂頗同宋玉：戰國時楚國文學家宋玉〈九辯〉，抒寫貧士失志之悲，其中寫到：「忼慨絕兮不得，中瞀亂兮迷惑。」意思是說慷慨、憤激地想與楚王斷絕君臣之義卻不能，使自己心中昏亂無主。瞀亂，昏亂。

⓮ 蹇吃更甚揚雄：西漢時辭賦家揚雄「為人簡易佚蕩，口吃不能劇談。」（《漢書・揚雄傳》）蹇吃，口吃；言談不順利。

所見與癡珠都合。癡珠也自歡喜，說道：「此十餘年用兵，一誤於士不用命，再誤於此疆彼界，三誤於頓兵堅城，大抵太平日久，老成宿將悉就凋零，大官既狃恬嬉⑮，後進方循資格。天道十年一小變，你看這一二年後，必有個人出來振刷一番，支撐半壁。所謂數過時可……」正欲說下，劍秋突然說道：「安知非僕？」荷生、采秋不覺大笑起來，癡珠正色道：「座中總有其人，卻看福命如何哩！」采秋就也正色道：「這是閱歷有得之言。」劍秋道：「蕤賓之鐵⑯躍於海內，黃鐘之鐸⑰動於地中，有則髡⑱必識之。」荷生道：「這也難言。」癡珠便接道：「天之生才，何代無有？何地無有？只士大夫生逢其時，有恰好不恰好哩。恰好的，便為郭、李⑲，為韓、范⑳；不恰好的，便橡栗拾於白頭㉑，

---

⑮ 狃恬嬉：貪圖逸樂。狃，貪圖。恬嬉，嬉戲逸樂。

⑯ 蕤賓之鐵：唐段安節《樂府雜錄・琵琶》載，唐武宗初，樂吏廉郊夜宿平泉別墅，值風清月朗，攜琵琶於池上，彈〈蕤賓調〉。忽有一物鏘然躍出池岸之上，乃一片方響（用十六枚大小各異，厚薄不一的長方形鐵片組成的類似古磬的打擊樂器），蓋蕤賓鐵也。後世以「蕤賓之鐵」稱美彈奏技藝的精妙卓絕。

⑰ 黃鐘之鐸：黃鐘調的大鈴，古代的青銅樂器。此處指黃鐘律管。古代為測量節氣之用，將葦膜燒成灰，放於律管中埋在地下，至某一節氣，相應律管內的灰便會隨地氣飛出。黃鐘律管與農曆十一月相應，至時，陽氣自黃泉之下而出，故稱「動於地中」。

⑱ 髡：音ㄎㄨㄣ，指僧尼。

⑲ 郭李：唐代名將郭子儀和李光弼的並稱。

⑳ 韓范：宋代名臣韓琦和范仲淹的並稱。

㉑ 橡栗拾於白頭：《晉書・摯虞傳》載，摯虞晚年逢政局變故，「流離鄠（今陝西省盧縣）、杜（今陝西省西安

桄榔倚於儋耳㉒。這又有什麼憑據呢！」說得劍秋俯首無詞了。荷生道：「古今無不平之賊，在先求平賊之人。蕭何薦韓信㉓，便拜大將，一軍皆驚。光武幘坐迎見馬援㉔，恢廓大度，坦然不疑。你要拘牽資格，修飾邊幅，這還得非常的才麼？」癡珠拊掌笑道：「使君故自不凡！」於是暢飲起來。

直至十下鐘，曼雲回家，打發保兒來探劍秋。荷生、癡珠十分高興，要跟著劍秋同去曼雲家來。此時曼雲已卸了妝，趕著接入。因講起歡如這席是為癡珠、秋痕而設，緣癡珠涂溝去了，秋痕不來，今日只有子秀、子善、掌珠、瑤華和曼雲五人，於是說些閒話。曼雲無意中卻又敘起秋痕出身。原來秋痕係豫省滑縣㉕櫻桃村人，三歲喪父，家中一貧如洗。生母焦氏改嫁，靠著祖母侯氏長成。後值荒年，侯氏餓死，堂叔阿虎領著逃荒，到了直隸界上，鬻㉖在章家為婢。章家用一媼，即秋痕現在的媽

市東南，亦稱杜陵）之間，轉入南山（即終南山）中，糧絕飢甚，拾橡實而食之。」

㉒ 桄榔倚於儋耳：猶儋耳倚於桄榔。宋蘇軾有〈桄榔庵銘〉：「東坡居士，謫於儋耳。」儋耳，南方古國名，故地在今河南省儋縣。蘇軾被貶謫至儋耳，故稱「儋耳翁」。倚，徙倚；徘徊。桄榔，指桄榔庵。

㉓ 蕭何薦韓信：楚漢相爭之際，蕭何發現韓信才能超群，國士無雙，能輔佐劉邦爭天下，於是向劉邦力荐韓信為大將。劉邦齋戒、設壇具禮，親拜韓信為大將，一軍皆驚。

㉔ 光武句：東漢建武四年（西元二八年）冬，馬援至洛上初見光武帝劉秀。劉秀在宣德殿南廡下，但幘坐而見。幘，音ㄗㄜˊ，包紮髮髻的頭巾，是一種簡易的頭飾。

㉕ 豫省滑縣：今河南省滑縣。

㉖ 鬻：賣。

牛氏。彼時秋痕年才九歲，怯弱不能任粗重，又性情冷淡，不得主人歡心，坐此日受鞭撲。牛氏本非好女人，孀居後素有外交㉗，恰好有個李裁縫，就在章家斜對門開一小鋪。牛氏也為他主人待他無恩，便乘機和李裁縫商量，引誘秋痕逃走。李裁縫原是娼家走狗出身，也會唱些崑腔㉘，奈年老了，將平日私積娶妻馬氏，是個門戶中人㉙，生下一子，就是小夥狗頭，才有數歲，馬氏就死。狗頭自少兇悍，無惡不作，卻怕牛氏。如今拐下秋痕，認作女兒，和牛氏做了夫婦，跑至并州，想要充個裁縫度日。奈耳聾眼花，想做生理又沒本錢。便偪秋痕學些崑曲，把狗頭做個班長。看官，你想秋痕情願不情願？大凡一個人總是一死為難。當秋痕受餓時，能彀同侯氏一死，豈不是一了百了？再不然，作了章家奴婢，拚個打死，就也乾淨。無奈幼年受人誆騙，這也是他命中該落此劫，又前世與李家父子和那牛氏有許多冤債，故此餓不能死，打不能死，該一一償了清楚，然後與癡珠證果情場㉚，所以百折千回，不能解脫。

秋痕先和曼雲極說得來，背地把這出身來歷哀訴曼雲。曼雲這會通告訴癡珠、荷生。癡珠聽著，

㉗ 孀居外交：孀居，猶寡居，指女人死去丈夫守寡獨居。外交，此處特指女人與外邊的男人有不正當的私交。

㉘ 崑腔：又稱崑曲，中國戲曲聲腔、劇種之一。崑腔是在江蘇省崑山市一帶流行的民間劇曲腔調基礎上發展起來的，吸收了海鹽腔、弋陽腔，使曲調更加豐富，舒徐婉轉。

㉙ 門戶中人：指妓女。門戶，指妓院。

㉚ 證果情場：指在情場中修行得道，取得最後的成就。證果，佛教語，指佛教徒修行悟道而成正果。情場，指男女談情說愛的環境。

與秋痕所說大同小異，就也罷了。其實秋痕就裏還有一件大苦惱，旁人不知道，就秋痕自己也不能出口。癡珠從何曉得？只見狗頭便不喜歡，說他會做強盜。當下夜深，苟生自回愉園。癡珠便來秋心院，闔家通睡。半晌叫開大門，狗頭披著衣服出來說道：「老爺怎的幾天不來呢？」癡珠道：「我跑了涂溝一遭，來往三日。」就在南廡闌干邊等了一會。覺得風吹梧葉簌簌有聲，久之，猧兒狺狺㉛，跛腳開了月亮門，裏頭窗昏竹響，簾動燕醒。只見秋痕早拿個蠟臺站在東屋門邊，笑盈盈的道：「差不多三下鐘了，從那裏來的？」癡珠也含笑搶上數步，攜著秋痕的手，一面進去，一面告訴他這幾天的事。秋痕道：「你就也不給我信兒。」癡珠說話時候，秋痕已將西洋燉交跛腳去燉開水㉜，這會開了。秋痕便釃釃的泡上一碗蓮心茶來，又替癡珠卸了長衣服，見身上還穿著茶色湖縐薄綿襖，說道：「不涼麼？出城也該換一件厚些的。」癡珠笑道：「是你替我穿上，我就捨不得卸下。」秋痕笑了一笑，便掛起帳來。癡珠瞧著錦被撒在一邊，便拍著秋痕的肩，含笑道：「春窗一覺風流夢，卻是同衾不得知。」秋痕沉著臉道：「你怎說？難道我心上也有個施利仁㉝麼？你就看我同碧桃一般。」言下已掉些淚來，忙得癡珠再三陪笑。秋痕含淚也吟道：「何當巧吹君懷度㉞，襟灰㉟為士填清露！」癡珠泫然道：「你

㉛ 猧兒狺狺：猧兒，小狗。猧，音ㄨㄛ。狺狺，犬吠聲。狺，音ㄧㄣˊ。

㉜ 西洋句：西洋燉，指歐美等西方國家製造的燒水器。燉開水，即燒開水。

㉝ 施利仁：本書第七回所寫主持花案，評潘碧桃為第一的卑鄙刻薄的人物。參見該回故事。

㉞ 懷度：胸懷。度，胸襟。

㉟ 襟灰：猶心灰。襟，心胸。

的心我通知道，我的心你也該知道纔好呢。」秋痕道：「我可也不是這般說。」癡珠喝了茶，秋痕伺候他睡下。這一夜綢繆就說不盡了。但見腰知學舞，眉正鬥強，沉沉之帳影四垂，光含窈窕，峭峭之鬢雲不動，色盆妖韶。銅鏡欲昏，窗紗上白，檀槽一抹，記尋春色於廣陵；睡臉乍新，知汙粉痕於定子。亭亭玉樹，未憐亡國之人；耿耿秋河，直墮雙星之影。㊱這且按下。

再說花選十妓，自秋痕外還有九人。銷恨花潘碧桃，後來自有表見。其餘占鳳池薛寶書，這個池卻為士規佔去；玲瓏雪冷掌珠，這個珠卻為夏旒抓住；婪尾春王福奴，春歸於荀子慎；紫風流楚玉壽，風流在卜長俊、胡耇兩人，後來亦自有結果。錦繃兒傅秋香，萎蕤㊲自守，幾回將為馬鳴盛、錢同秀攮取，幸他媽高抬身價，同秀、鳴盛就也不敢下手。曼雲和丹暈都是個絕頂聰明的人，見荷生、癡珠不忍以教坊相待，便十分感激，又見荷生、采秋、癡珠、秋痕如許情分，便也有個擇木而棲㊳的意思。丹暈、小岑本係舊交，曼雲就與劍秋訂了新好，全把當妓女的習氣一起掃除。以此劍秋直將張家作個外室，這也罷了。那燕支頰薛瑤華，齒稚情豪，兩足又是個膚圓六寸，近與洪紫滄款洽，得了他拳訣劍術真傳，就愛束髮作辮，著一雙小蠻靴㊴，竟像紅線後身、隱娘高弟㊵。《花月痕》中有此一人，

㊱ 但見等句：此十六句為描述男女情事綢繆之文字，不作詳注。

㊲ 萎蕤：柔弱的樣子。

㊳ 擇木而棲：禽鳥選擇嘉樹棲息，此處比喻妓女擇良而從，尋找一位可心男子作為終身依靠。

㊴ 蠻靴：以麂皮製作的舞鞋。

㊵ 紅線句：像劍俠紅線轉世，像劍俠聶隱娘高徒，形容劍技高超。紅線、隱娘，皆唐代傳奇小說所描寫的俠女。

頓覺韓掾之香㊶，韋郎之玦㊷，猶不免癡兒女常態。

光陰荏苒，早是八月十三了。此時荷生、采秋病皆全癒，李夫人亦已移徙縣前街新屋。縣前街咫尺柳溪。原來謖如三世單傳，只有族弟，謖如又帶去了。夫人跟前兩男一女，長男七歲，乳名阿寶，次喚阿珍，女喚靚兒，都在五歲以下。夫人又身懷六甲，以此必須居近秋華堂，以便癡珠照管。一日傍晚，小岑、劍秋向愉園訪荷生不遇，說是纔回營去。兩人乘著明月初上，步到大營，恰好荷生公事已了，便喚青苹烹上幾碗好茶。三個人就在平臺散坐賞月。小岑、劍秋議於十五日公請癡珠過節，荷生道：「我和采秋如天之福，病得起床，又是佳節，這東道㊸讓我兩人做罷。只是癡珠十來天通沒見著，今晚月色如畫，柳溪風景必佳。我們三個何不就訪癡珠？」劍秋道：「我怕是秋心院去了。」荷生道：「且走一遭。」於是三人步出夾道，從大街西轉，便望見汾堤上彤雲閣上層。荷生因說道：「我十五的局就在彤雲閣罷。你們替我約著紫滄，說是巳正集，亥正散，各人身邊帶一個人，做個團圞會。

紅線故事見於袁郊《甘澤謠．紅線》，隱娘故事見於裴鉶《傳奇．聶隱娘》。後身，佛教語，稱轉世之身為「後身」。

㊶ 韓掾之香：指韓壽偷香故事。晉韓壽美姿容，賈充任其為司空掾，故稱「韓掾」。賈充小女名午，見韓壽而悅之，使侍婢暗傳情愫，及期往宿，家中莫知。後賈午將皇帝賜其父的西域異香竊贈韓壽，被賈充察覺，遂以小女賈午嫁與韓壽為妻。

㊷ 韋郎之玦：唐代文士韋皋以玉環贈侍女玉簫為定情信物的故事，詳見本書第五回注文㊳。玦，指玉環。

㊸ 東道：指做東，設宴請客的主人。

你兩位說好不好?」小岑道:「好得很!」劍秋道:「如今真個有酒必雙杯,無花不並蒂了。」三人踏著柳陰月色,彎彎曲曲,也有說的,也有笑的,早到了秋華堂。見大門雙閉,槐影篩風,桂香濕露。劍秋道:「何如?我料定秋心院去了。」荷生道:「我們步月從汾神廟進去瞧一瞧罷。」剛進屏門,遠遠見一毗盧拏個蠅拂㊹,在殿下仰頭高吟道:「月到中秋分外明。」劍秋就接著道:「未到中秋先賞月。」倒把那毗盧嚇了一跳,寂然無聲,搶前數步,見是小岑、劍秋帶一個雍容華貴的少年,便合十相見,說道:「三位老爺很有清趣,窵遠㊺的跑來賞月。老衲瀹茗㊻相陪罷。」就延入方丈。荷生道:「韋癡珠不在家麼?」心印道:「老衲纔到西院,談了一會。」荷生道:「他在家,瞧他去罷。」心印笑道:「這位就是大營韓師爺嗎?真個天上星辰,人間鸞鳳。」荷生道:「豈敢!我也久仰上人是個詩僧。」心印道:「少年結習,到老未能懺除㊼,改日求教罷。」小岑道:「他的詩稿很有可觀。」劍秋道:「他足跡半天下,名公鉅卿見了無數,詩稿卻只存癡珠一首序,你就可想他不是周方和尚㊽。」荷生道:「我在都中讀過上人《西湖吟》一集,閩人嚴滄浪以禪明詩㊾,上人的詩是以詩明

㊹ 毗盧拏個蠅拂:拿著拂塵的僧人。毗盧,佛名,「毗盧舍那」之省稱。此處代指僧人。蠅拂,又稱拂塵,除塵驅蠅的用具,以短柄繫馬尾製成。

㊺ 窵遠:遙遠。窵,音ㄉㄧㄠˋ。

㊻ 瀹茗:煮茶;沏茶。

㊼ 懺除:指專為生人或死者消罪。

㊽ 周方和尚:周遊四方的和尚,即遊方僧。

禪。詩教清品[50]，亦佛教上乘，賈閬仙怕不能專美[51]於前了。」心印道：「韓老爺謬賞不當。」

四人緩緩行入西院，癡珠已自迎出，便入裏間坐了，說些時事。荷生吟杜詩道：「胡星一彗孛，黔首遂拘攣。」[52]劍秋也吟道：「憶昔開元全盛日，小屋猶藏萬家室。」接著吟道：「宮中聖人奏〈雲門〉，天下朋友皆膠漆。百餘年間未災變，叔孫禮樂蕭何律。豈聞一絹直萬錢，有田種穀今流血。洛陽宮殿燒焚盡，宗廟新除狐兔穴。傷心不忍問耆舊，復恐初從亂離說。」[53]小岑也吟道：「義士皆痛

---

[49] 嚴滄浪句：嚴滄浪，宋朝詩人、詩學理論家嚴羽，字義卿，自號滄浪逋客，著有《滄浪詩集》、《滄浪詩話》。以禪明詩，嚴羽論詩是以禪喻詩，認為學詩如「參禪」，並以「妙悟」說概括詩歌的基本規律，提出以盛唐詩歌作為理想模式。他講：「盛唐詩人唯在興趣，羚羊掛角，無跡可求。故其妙處，透徹玲瓏，不可湊泊，如空中之音，相中之色，水中之月，鏡中之像，言有盡而意無窮。」

[50] 詩教清品：詩教中具有清遠品格的詩作。詩教，泛指詩歌的教化功能。

[51] 賈閬仙句：賈閬仙，中唐著名詩人賈島，字閬仙，自稱碣石山人。初為僧，法號無本，後還俗。詩風清奇寒瘦，頗具禪味。專美，獨享美譽。

[52] 胡星二句：引自杜甫〈秋日夔府詠懷一百韻〉。胡星，北方天空的星。彗孛，彗星和孛星，古人視為災禍或戰爭的不祥預兆。杜詩喻指叛將安祿山和史思明。此處借喻南方戰亂。

[53] 憶昔等句：引自杜甫〈憶昔二首〉。小邑，小城。聖人，古代臣子稱皇帝為「聖人」。〈雲門〉，相傳為黃帝時的古舞樂名。後世帝王亦用〈雲門〉樂舞以祭祀天神。膠漆，如膠似漆，比喻親密團結。叔孫，叔孫通，曾為漢高祖制定禮樂。蕭何，漢高祖重臣。漢初蕭何主持制定律令。除，修治，搭蓋或挖掘。狐兔穴，比喻安史叛軍臨時搭蓋的兵舍或挖鑿的窯洞。耆舊，年老望重的長者。

憤，紀綱亂相踰。一國實三公，萬人欲為魚。唱和作威福，孰肯辨無辜？眼前列杻械，背後吹竽竿。談笑行殺戮，濺血滿長衢。到今用鉞地，風雨聞號呼。鬼妾與鬼馬，色悲充爾娛。國家法令在，此又足驚吁！」(54)癡珠接著笑道：「你們這般高興，我卻有幾首雜感給你們瞧，只不要罵我饒舌。」一面說，一面向臥室取出一紙長箋。大家同看，荷生吟道：

呂母起兵緣怨宰(55)，誰令貳側反朱鳶(56)？蒍于一曲(57)中興略，願上琴堂(58)與改絃。

---

(54) 義士等句：引自杜甫〈草堂〉詩。紀綱，國家的法紀政綱。一國三公，一國有三個主公，指政出多門，號令不一。孰，誰。杻械，腳鐐手銬等刑具。長衢，長街。用鉞地，指殺人刑場。鉞，大斧。鬼妾鬼馬，指被殺者的妻妾馬匹。色悲充爾娛，指被掠奪的鬼妾帶著悲哀神情供叛軍淫樂。

(55) 呂母句：西漢末王莽篡政建立新朝，在新莽四年（西元十七年），琅邪海曲（今山東省日照市西南）婦女呂母，因其子被縣官冤殺，遂散家財聚眾數千人起義，自稱將軍，破城殺官。呂母死後，其部眾分別參加了赤眉軍、銅馬軍等。緣，因為。怨宰，怨恨縣官。宰，古代官吏的通稱。

(56) 貳側反朱鳶：貳側，同「貳正」相反，「貳正」指輔佐匡正，「貳側」則指輔佐偏斜，即輔政者不公正。貳，輔佐，指輔政治民的官吏。此處指地方縣官。側，側斜；不公正。反朱鳶，《詩經．大雅．旱麓》：「鳶飛戾天，魚躍於淵。」王符《潛夫論．德化》曰：「君子修其樂易之德，上及飛鳥，下及淵魚，罔不歡忻悅豫，又況士庶而不仁者乎！」反朱鳶，指違背君子使萬物各得其所之德化的意願，以至傷害百姓。

(57) 蒍于一曲：蒍于，猶「蒍邘」，《左傳．隱公十一年》：「王取鄔、劉、蒍、邘之田於鄭。」借周天子獲取蒍邘的土田，喻指清王朝收復東越失守之地。參見本書第十一回。蒍，古地名，在今河南省孟津縣東北。于，荷生道：「指事懷忠，抵得一篇〈春陵行〉(59)，卻含蓄不盡。」便高吟起來。第二首是：

東南曩日事倉皇，無個男兒死戰場。博得玉釵妝半面，多情還算有徐娘(60)。

小岑道：「痛絕！」荷生復吟道：

絕世聰明豈復癡，美人故態總遲遲。可憐巢覆無完卵，肯死東昏只玉兒(61)。

劍秋道：「此兩首不堪令若輩見之。」荷生道：「若輩那裏還有恥心？」復吟道：

追原禍始阿芙蓉(62)，膏盡金錢血盡鋒。人力已空兵力怯，海鱗起滅(63)變成龍。

又作「邘」，古國名。在今河南省沁陽縣西北邘臺鎮。一曲，指凱歌。

(58) 琴堂：古代稱州、府、縣之官署為「琴堂」。

(59) 春陵行：唐元結所作五言詩〈春陵行〉，揭露官府橫徵暴斂，百姓疲困情狀。

(60) 徐娘：南朝梁元帝妃徐昭佩。《南史・后妃傳》載：「徐娘雖老，猶尚多情。」代指尚有風韻的半老女性。

(61) 肯死句：肯隨東昏侯同死者是玉兒，代指殉情女子。東昏，南朝齊蕭寶卷即位荒淫殘暴，曾鑿金為蓮花布於地面，令其寵妃潘淑妃行於其上，稱為「步步生蓮花」。後被蕭衍廢殺，追廢為東昏侯。玉兒，潘淑妃的小名玉兒。

(62) 阿芙蓉：即鴉片。用罌粟花的果實提取乳狀津液製成的毒品。

心印道：「追原禍始……」便也高吟起來。第五首是：

弄權宰相不知名，前後枯棋(64)鬥一枰。兒戲幾能留半著，局翻結贊可憐生(65)。

荷生道：「實在誤事。」復吟道：

人臘淒然渡海歸(66)，節旄嚙盡(67)想依稀。化灰颷趁南風便(68)，此意還慚晉太妃(69)。

(63) 海鱗起滅：出沒於海中的大魚。海鱗，海中大魚。起滅，猶出沒。

(64) 枯棋：瀕臨絕境的衰殘棋局。

(65) 局翻句：局翻，棋局翻覆。翻，傾覆。結贊，最終贊美。可憐生，可愛。此處是嘲諷式的反語。

(66) 人臘句：人臘，枯乾的人屍。唐段成式《酉陽雜俎・物異》：「人臘：李章武有人臘，長三尺餘，頭項中骨筋成就。云是僬僥國人。」此處形容人枯瘦似乾屍。臘，音ㄒㄧ。渡海歸，指西漢蘇武出使匈奴，被扣十九年。後渡北海（今俄羅斯境西伯利亞貝加爾湖）歸國，人已蒼老憔悴，鬚髮盡白。

(67) 節旄嚙盡：此指蘇武被扣匈奴，義不屈降。匈奴且提侯單于將蘇武囚於地窖，斷絕飲食。天降雪，蘇武臥嚙雪與氈毛並咽之。蘇武被遷徙北海，持漢節牧羊，節旄盡落。此處講「節旄嚙盡」，乃將蘇武囚禁地窖與北海牧羊錯混言之。

(68) 化灰句：晉惠帝皇后賈南風性妒而酷虐。當初，賈皇后詐有身孕，取其妹夫韓壽之子養之，欲謀廢太子，以所養取代太子。當時洛陽流傳歌謠：「南風烈烈吹黃沙，遙望魯國鬱嵯峨，前至三月滅汝家。」後賈皇后終於殺害太子。趙王倫政變，又以金屑酒賜賈皇后死。化灰，化為灰燼，指太子身亡灰滅。颷趁，猶飈逐，疾心印道：「說得委婉。」復吟道：

柳絮才高林下風(70)，青綾障設蟻圍空(71)。蛾眉若不生謠諑(72)，反舌無聲指顧中(73)。

舊坊(74)業已壞從前，遙憶元臣奉使年。一字虛名(75)爭不得，橫流愈過愈滔天(76)。

風逐散。南風，隱喻賈南風。

(69) 晉太妃：晉琅邪恭王司馬覲之王妃夏侯光姬。夏侯妃與小吏牛氏私通而生晉元帝司馬睿。恭王故去後，司馬睿嗣立琅邪王，尊其母為王太妃。西晉覆亡後，晉室南遷，建立東晉王朝，司馬睿被擁立為元帝。

(70) 柳絮句：稱美才女謝道蘊聰明才辯，有清逸閑雅之風致。據南朝宋劉義慶《世說新語・言語》、唐房玄齡等撰《晉書・列女傳》載，東晉王凝之的妻子謝道蘊，寒雪日聽其父講論文義，忽然雪驟下。其父曰：「白雪紛紛何所似？」其兄謝朗曰：「撒鹽空中差可擬。」謝道蘊曰：「未若柳絮因風起。」其父大悅。同郡張玄妹亦有才質，嫁於顧氏，張玄每每稱贊其妹可敵道蘊。濟尼游於二家，稱：「王夫人神情散朗，故有林下風氣。顧家婦清心玉映，自是閨房之秀。」

(71) 青綾句：王獻之曾與賓客談議，詞理將屈。其嫂謝道蘊遣婢告訴王獻之：「欲為小郎解圍。」謝道蘊乃施青綾步帳自蔽，申說王獻之前議，客不能屈。青綾，青色有花紋的絲織物，古代貴族常用以製被服帷帳。蟻圍，如蟻群圍聚，形容賓客眾多。空，落空，指解圍。

(72) 蛾眉句：蛾眉，喻指美女。謠諑，屈原〈離騷〉：「眾女嫉余之娥眉兮，謠諑謂余以善淫。」指對美女造謠誹謗。

(73) 指顧中：指點顧盼之間，形容時間短暫、迅疾。

劍秋道：「俯仰低徊，風流自賞。」荷生、心印復吟道：

瑤光奪婿洗澆風[77]，轉眼祆祠[78]遍域中。釣闔公然開廣廈[79]，神州湧起火蓮紅[80]。

小岑笑道：「關上封刀[81]，金丹[82]隕命，自古有這笑柄。」荷生、心印復吟道：

---

[74] 舊坊：同「舊防」，舊堤，喻指舊日防禦亂敵的設施。

[75] 一字虛名：古代封賜王號、爵號，冠以一字之封者為尊，二字之封者為卑。前者如「魏王」之類，後者如「蘭陵郡王」之類。此處指爭一字之封的虛名。

[76] 橫流句：越想要遏制動亂，反而越嚴重。橫流，洪水橫流泛濫，比喻動亂。遏，遏制。

[77] 瑤光句：瑤光，瑤光寺，北魏世宗在洛陽所建尼寺，寺舍五百餘間，妃嬪貴媛多出家於此。奪婿，永安三年（西元五三〇年）秀容部落首領爾朱兆攻入洛陽，時有騎兵數十人入寺淫穢。此後時有譏訕，語曰：「洛陽男兒急作髻，瑤光寺尼奪作婿。」澆風，浮薄的社會風氣。

[78] 祆祠：祆教祭祀火神的祠廟。祆教，俗稱拜火教，相傳為西元前六世紀古波斯瑣羅亞斯德所創，南北朝時傳入中國後稱為「火祆教」或「祆教」。此書乃泛指西方傳入中國的天主教、基督教等宗教之教堂。

[79] 釣闔句：釣闔，吊起的門扉。明沈德符《野獲編・妓女・釣闔》：「今兩京教坊，諸妓家門多設半扉，其上截釣起。或時歌姬輩立於內，露半身以窺客。若金陵又用竹篾織成，尤輕巧可喜。」廣廈，即廣夏，廣大的房屋。

[80] 神州句：神州，中國的別稱。火蓮紅，兼指祆祠日盛似活，釣闔隆興如紅蓮盛開。按，古代以紅蓮喻指女子纖足所穿之紅鞋，或喻指妓女。

仙滿蓬山總步虛[83]，風流接踵玉臺徐[84]。銷磨一代英雄盡，官樣文章殿體書[85]。

劍秋笑道：「罵起我輩來了。」小岑道：「原也該罵。」荷生、心印也是一笑，復吟道：

高捲珠簾坐捋鬚，榻前過膝腹垂垂[86]。有何博得三郎[87]愛，偏把金錢洗祿兒[88]？

---

[81] 關上封刀：指關隘上封刀禁戰，意謂解除對西方列強的防禦手段。封刀，將刀封裹，停止殺伐和戰鬥。

[82] 金丹：原指古代方士煉金石為丹藥，詭說服食金丹可長生不老。此處乃指鴉片、紅丸一類的毒品。隕命，喪失性命。

[83] 蓬山總步虛：蓬山，即蓬萊山，相傳為仙人所居。古代以蓬山代指官署名，為秘書省的別稱。步虛，形容宮廷文士如凌空步虛的仙人。

[84] 風流句：風流，風流韻媚，指寫作男女私情的詩歌。接踵，接續前人的足跡。踵，足跟，代指足跡。玉臺徐，指寫作並編輯玉臺體詩歌的南朝梁文學家徐陵。徐陵是當時寫作以男女私情為題材的宮體詩代表作家，並編輯以收錄宮體豔詩為主的詩集《玉臺新詠》，故稱「玉臺徐」。玉臺，即玉臺體（宮體）的省稱。

[85] 官樣句：官樣文章，指堂皇典雅的應試文章。殿體，古代科舉考試的最高一級考試為殿試，由皇帝親臨殿庭出題策試。殿試之應試者則寫作雍容典雅的文章。此即為殿體。書，寫作，指寫作官樣文章、殿試文章。

[86] 高捲二句：此為對唐代范陽節度使兼河北採訪使安祿山形貌特徵的描述。

[87] 三郎：唐明皇李隆基小字，因排行第三，故稱「三郎」。

[88] 偏把句：宋吳曾《能改齋漫錄・事實二》引《祿山事跡》：「正月二十日，祿山生日，賜物甚多。後三日，

劍秋道：「媚人不必狐狸，真令人恨殺！」荷生、心印復吟道：

絺帷環佩拜璆然⑧⑨，過市招搖劇可憐⑨⓪。果有徽音光翟茀⑨①，自然如帝又如天⑨②。

小岑道：「不成誅執法，焉得變危機？我倘能得御史，第一摺便不饒此輩。」荷生道：「程不識不值一錢。」⑨③復吟道：

招祿山入內，貴妃（楊玉環）以錦繡綳縛祿山，令內人以彩輿（彩車）舁（抬、扛）之，宮中歡呼動地。明皇使人問之，報云：『貴妃與祿山作三日洗兒。』明皇就觀之，大悅。因賜貴妃洗兒金銀錢物，極歡而罷。自是宮中皆呼祿山為祿兒，不禁其出入。」

⑧⑨ 絺帷句：絺帷，細葛布所製的帷幔。絺，細葛。璆然，形容佩玉相碰擊發出的鏗鏘聲。

⑨⓪ 過市句：過市招搖，猶招搖過市，故意以張揚的舉動炫耀自己並引起別人的注意。《史記．孔子世家》載，衛靈公與夫人南子同車，招搖於市而過之。劇，極；甚。

⑨① 徽音光翟茀：徽音，美音，指善德美譽。光，光耀。翟茀，古代婦女所乘的以翟羽作遮飾的車子。翟，長尾的雉雞，用其尾羽為車帷兩邊或車廂兩側的遮飾。茀，蔽。

⑨② 如帝又如天：《詩經．鄘風．君子偕老》：「胡然而天也，胡然而帝也！」形容女子美如天仙，貴如上帝。

⑨③ 程不識句：《史記．魏其武安侯列傳》載，丞相武安侯田蚡娶燕王女為夫人，灌夫往賀。灌夫不滿眾人慢怠其友魏其侯竇嬰，於是借敬酒發洩怒氣。灌夫敬酒至臨汝侯灌賢，灌賢正與程不識耳語，又不避席謙敬，遂發怒罵臨汝侯：「生平毀程不識不直一錢，今日長者為壽（敬酒），乃效女兒呫囁耳語！」此處只是借用這

暖玉撥絃彈〈火鳳〉，流珠交扇拂天鵝(94)。誰於燠館涼臺地(95)，為唱人間勞者歌？

心印道：「朱門酒肉臭，路有凍死骨(96)。此卻說得冷冷的，意在言外。」復吟道：

過江名士多於鯽(97)，卻有王敦是可兒(98)。此客必然能作賊(99)，石家粗婢相非皮(100)。

句話諷刺「此輩」。

(94) 暖玉二句：化用李商隱〈鏡檻〉：「撥絃驚火鳳，交扇拂天鵝」詩句而成。暖玉，指溫軟的玉手。火鳳，鳳凰屬火精，故稱「火鳳」。此處火鳳指樂曲。郭茂倩《樂府詩集．近代曲辭》收錄有〈火鳳辭〉。其題解曰：「《樂苑》曰：〈火鳳〉，羽調曲也。又有〈真火鳳〉。《唐會要》曰：『貞觀中，有裴神符者，妙解琵琶。初唯作〈勝蠻奴〉、〈火鳳〉、〈傾杯樂〉三曲，聲度清美，太宗深愛之。』」則〈火鳳〉蓋貞觀已前曲也。」流珠，猶泣珠。據晉張華《博物志》卷九載，南海外有鮫人，水居如魚，其眼能泣淚流珠，即泣淚珠而凝成珍珠。此處以流珠代指鮫人、美人魚，即美人。交扇，雙扇交舞。拂天鵝，拂動以天鵝羽毛所做的舞扇，即交扇。

(95) 燠館涼臺地：指建有館閣亭臺的貴族別墅。燠館，暖室。涼臺，夏日乘涼的高臺。

(96) 朱門二句：引自杜甫〈自京赴奉先縣詠懷五百字〉。朱門，指貴族豪門宅邸。

(97) 過江句：東晉王朝在江南建康（今江蘇省南京市）建立後，北方中原士族紛紛南渡。當時有人說「過江之士多如鯽」，形容人多而紛亂。

(98) 王敦是可兒：王敦，東晉大士族王導的從兄。王敦與王導同心輔佐司馬睿（元帝）即位於江東。杜弢作亂，王敦討平之，進位征南大將軍。後王敦得志，便欲專制朝廷，元帝畏惡之，引劉隗為心腹。王敦率眾以誅劉荷生道：「嬉笑怒罵，盡成文章。」再看長箋，只二首了，是：

山雞舞鏡清光激[101]，孔雀屏開炫服招[102]。可惜樊南[103]未知意，蟕蠵輕贈董嬌嬈[104]。

隗為名，進入建康。元帝崩，晉明帝司馬紹起兵討之，王敦病死。明帝掘墳出屍，焚其衣冠，跪而刑之。可兒，能人。劉義慶《世說新語．賞譽》：「桓溫行經王敦墓邊過，望之云：『可兒！可兒！』」

99 作賊：指造反，反叛朝廷。《世說新語．汰侈》載，石崇廁所常有麗服華飾之群婢侍列，客多羞不能如廁。王敦往，脫故衣，著新衣，神色傲然。群婢相謂曰：「此客必能作賊！」

100 石家句：石家，即石家園，指石崇家的別墅金谷園，以富麗著稱。粗婢，幹粗活的賤婢，指侍列廁所的群婢。相非皮，看人不落於皮相。相，視，指看人。皮，皮相，只看表面，不深刻。此指群婢對王敦的觀察和評論。

101 山雞句：南朝宋劉敬叔《異苑》卷三載：「山雞愛惜羽毛，映水則舞。魏武（曹操）時，南方獻之，帝欲其鳴舞而無由。公子蒼舒令置大鏡於其前，山雞鑒形而舞，不知止，遂乏死。」清光，指水、鏡之清光。激，激發。

102 孔雀句：雄性孔雀生有五色金翠錢紋的巨大尾屏，開屏時如豔麗的彩扇。一般有身著華麗衣服者，能招引孔雀開屏。炫服，豔麗的服飾。

103 樊南：唐代詩人李商隱的別號。《新唐書．藝文志》載錄李商隱文集有《樊南甲集》二十卷，《樊南乙集》二十卷，久佚。至清初朱鶴齡等始搜集諸書輯為《樊南文集》八卷，故後世多以「樊南」代指李商隱。

104 蟕蠵句：蟕蠵，海中大龜，龜甲有文彩，玳瑁之類。董嬌嬈，東漢宋子侯有〈董嬌嬈〉，為歌詠美女董嬌嬈命不如花的自傷之詞。

心印嘆道：「實在誤了癡珠幾許事業！」小岑笑道：「如今秋痕不是董嬌嬈了？」癡珠一笑，荷生、心印復吟道：

衒嫁鍾離百不售❶⓪❺，年年春夢幻西樓。夢中忽作盧家婦❶⓪❻，十六生兒字阿侯。

荷生吟完，嘆一口氣，說道：「冠蓋滿京華，斯人獨憔悴。」❶⓪❼心印道：「這十六首借美人以紀時事，又為詩家別開門徑。」小岑道：「楚雨含情俱有託❶⓪❽。癡珠的詩偪真義山學杜。」劍秋笑道：「我只當做帷房暱媟之詞❶⓪❾，才人浪子之詩看罷。」四人狂吟高論，槐陰中月早西斜，心印先去了。

---

❶⓪❺ 衒嫁句：意謂醜女自媒求嫁而不得。衒嫁，自媒求嫁。鍾離，戰國時齊國無鹽邑之醜女鍾離春。其為人奇醜無雙，年四十仍嫁不售，流棄莫執。不售，無人買，喻無人娶。

❶⓪❻ 盧家婦：此指洛陽女兒莫愁。梁武帝蕭衍〈河中之水歌〉：「河中之水向東流，洛陽女兒名莫愁。……十五嫁為盧家婦，十六生兒字阿侯。」

❶⓪❼ 冠蓋二句：引自杜甫〈夢李白二首〉。冠蓋，指官宦者的冠服和車乘。冠，禮帽。蓋，車上的傘蓋，用以遮塵蔽日。京華，京城。斯人，此人，指李白。

❶⓪❽ 楚雨句：引自李商隱〈梓州罷吟寄同舍〉，原詩句是：「楚雨含情皆有託」。楚雨含情，指宋玉作〈高唐賦〉，敘楚王夢見巫山神女自薦枕席，神女稱其「旦為朝雲，暮為行雨。朝朝暮暮，陽臺之下。」此皆有所寄託。

❶⓪❾ 帷房暱媟之詞：指閨房帷帳之中男女親昵、猥褻的私情之詞。清周亮工《書影》卷十：「學者不察本末，類以才人浪子目義山（即李商隱）；即愛其詩者，亦不過以帷房暱媟之詞而已。」帷房，閨房。

大家便攜著癡珠，沿著汾堤走來。一路水月澄清，天高氣爽，流連緩步，竟爾不記夜深。正到大街，忽聞雞唱，都覺愕然。荷生轉笑道：「好了，我如今怕要在街上步一夜的月。你道這個時候，裏頭還留著門等我麼？」劍秋道：「我訪曼雲，也怕叫不開門，倒是愉園借一宿罷。」小岑道：「我和癡珠秋心院去罷。」正是：

王衍尚清談⑪⓪，自然誤天下。

折屐謝東山⑪⑪，矯情亦大雅。

欲知後事如何，且聽下回分解。

總評：此回傳癡珠，是上半部書關鍵。自第二回起至十九回上，所有之人無不畢具，拉拉雜雜，卻極嚴整。本篇以逆倭發端，步步照應，遂使極纖巧題，有波瀾洶湧之勢，亦見《花月痕》中人均是性情學問中人。癡珠才略不及荷生，

⑪⓪ 王衍尚清談：王衍，晉王戎從弟，字夷甫，終日清談老莊玄理，而縣務亦理，名傾當世。

⑪⑪ 折屐謝東山：據《晉書·謝安傳》載，東晉著名政治家謝安早年辭官隱居會稽之東山（在今浙江省上虞縣南），故稱「謝東山」。太元八年（西元三八三年）前秦苻堅率軍大舉南侵。謝安派其弟謝石、侄謝玄領兵拒敵，在淝水大捷。捷報傳來，謝安正與客圍棋，了無喜色。待對棋罷，還內室，過門檻，心喜甚，不覺屐齒之折。屐，帶齒的木屐。

而性情學問有過之無不及，遭時不遇，抑鬱以死，所以可惜！倘一蕩子，作者豈不浪費此一付好筆墨？末偪借劍秋詼諧語，作一反收，高絕橫絕！

第二十一回　宴仲秋觴開彤雲閣　銷良夜笛弄芙蓉洲

話說十五日黎明，彤雲閣中早有青萍領著多人，搬了無數鋪墊器皿，以及燈幔❶和那小圓桌、小坐墩，鋪設得十分停當。巳初一刻，荷生和采秋來了，又親自點綴一番，比三月三那一日更雅麗得許多。采秋又吩咐跟班傳諭看守芙蓉洲的人，備下兩支畫船。分派甫畢，小岑、劍秋、紫滄陸續到了。一會，瑤華也來。此時已有午初，癡珠、秋痕卻不見動靜，叫人向對面秋華堂探問，說「韋老爺天亮就便衣坐車，帶著禿頭走了。」一會，丹暈、曼雲先後都到，差不多午正，荷生著急，又叫人打聽。一會，穆升親自過來回道：「爺早起吩咐套車時，小的也曾回過：『老爺今日請酒，爺怎的出門？』爺笑著說道：『我難道一去不回來麼？』」荷生詫異，大家都說道：「叫人菜市街走一遭罷。」荷生打發穆升和李安去，又等了好一會，荷生吩咐開飯。八個人即在彤雲閣下層吃著，忽見董慎笑嬉嬉的跑上來，回道：「韋老爺、劉姑娘通來了，小的在河堤上望見。」大家便出席往外探看，只見禿頭汗淋淋的跟著秋痕進門，秋痕一身淡妝，上穿淺月紡綢夾襖，下繫白綾百摺宮裙，直似一樹梨花，遠遠扶掖❷而至。癡珠隨後進來，望著大家都站在正面湘簾邊，便含笑說道：「我肚餓極了。」荷生笑道：

❶ 燈幔：遮覆或裝飾燈罩的幔簾。
❷ 扶掖：攙扶。

「你半天跑到那裏？」當下秋痕已上臺階，扶曼雲的手說道：「他今日同我出城，來回趕有四十里路。」大家問是何事，癡珠、秋痕總不肯說。見杯盤羅列，只道上席了，便道：「我須吃些點心，再喝酒。」采秋道：「賞仲秋本晚夕的事，給我看還是端上飯，四下鐘後到閣上慢慢喝酒。」秋痕說道：「采姊姊說得是。那一天謖如的局，兩頓接連，叫人怪膩膩的不爽快。」荷生見說得有理，便催家人上菜端飯。大家用些，各自散開，坐的坐，躺的躺，閑步的閑步。

是日，晴光和藹，風不揚塵。癡珠瞧著一群粉黛，個個打扮得嬌嬈婠嫿❸，就中采秋珠絡垂肩，雲裳拖地，更覺得婉嫺端重，華貴無雙；帶一個小丫鬟名喚香雪，垂髫刷翠❹，秋水盈盈，伶俏也不在紅豆之下，便癡癡的躺在左邊小坑上呆想。秋痕卻攜著瑤華站在院子裏，望著閣上，見正面簷前掛十二盞寶蓋珠絡的琉璃燈，兩廊及閣下正面掛的是斗方玻璃燈，通是素的，便說道：「今晚卻不要有燈纔好呢。」瑤華道：「點這樣素淨的燈，就也不礙月色。」丹暈、曼雲、劍秋、紫滄卻從西廊小門渡過芙蓉洲畔閑逛，見洲內蓮葉半凋，尚有幾朵紅蓮，亭亭獨豔，其餘草花滿地，五色紛披。此時癡珠躺在坑上。采秋到閣後小屋更衣，從紗窗中瞧見後面小池，餵有數十個大金魚，唼喋浮萍，升沉游泳，便招荷生、小岑由東廊繞到池邊，坐在石欄上悄悄的瞧。忽聽得癡珠吟道：「日月忽其不淹兮，春與秋其代序。惟草木之零落兮，恐美人之遲暮！」❺采秋便笑道：「癡珠又牢騷起來！」癡珠不答，

---

❸ 婠嫿：嫻靜美好的樣子。

❹ 刷翠：梳理翠髮，塗描翠眉。刷，刷抹、塗抹；梳理、理髮。翠，指翠髮或翠眉，即黑而光澤的頭髮，或以青黛描畫的秀眉。

秋痕便掀簾子和瑤華進得屋裏。癡珠高誦趙邠卿〈遺令〉❻道：「大丈夫生世，遯無箕山之操❼，仕無伊呂之勳❽，天不我與，有志無時，命也奈何！」荷生笑道：「何物狂奴，故態復作？」采秋輕聲道：「他今日出城到底去什麼地方？」正往下說，忽然丹暈、曼雲一路笑聲吱吱，跑入屋裏，鬢亂釵斜，裙歪衣污，向椅上坐下，喘作一團。大家忙問緣故，兩個一邊笑，一邊喘。半晌，丹暈纔說道：「你們看！」又笑不可仰。隨後曼雲忍著笑道：「劍秋耍刀。」又嗤嗤的笑。瑤華聽見耍刀，就先跑去看。

荷生大家都跟出來，只見紫滄拿把七尺長關刀，在院子裏如旋風般舞。劍秋仗著雙劍，正從西廊

---

❺ 日月四句：引自戰國屈原〈離騷〉。忽，忽然；匆匆。淹，停留。代序，更迭。惟，思。美人，指楚懷王。遲暮，晚暮，指人的老年。

❻ 趙邠卿遺令：東漢學者趙歧，原名嘉，字邠卿，京兆長陵（今陝西省咸陽市東北）人。博通經學，撰《孟子章句》、《三輔決錄》。為人廉直疾惡，與兄趙襲得罪宦官中常侍唐衡兄弟，家屬宗親皆遭殺害，只身變名避禍，賣餅北海市（今山東省昌樂縣西）。得孫嵩救助，藏夾壁牆中數年，直至唐衡等敗滅，始出。漢靈帝初，又遭黨錮之禍十餘年。年九十餘卒。臨終留〈遺令〉敕其兒子，即此書韋癡珠所誦之詞。

❼ 箕山之操：指隱居不仕的節操。《呂氏春秋・求人》載，古帝堯欲讓天下與許由，許由不受，遂往箕山之下躬耕而食。箕山，今河南省登封縣東南、山西省平陸縣東北、河北省唐縣等地均有箕山，亦均傳說為許由隱居處。

❽ 伊呂之勳：指輔佐國君建立的偉大功勳。伊呂，指商湯的輔臣伊尹，周文王、武王的輔臣呂尚。後世借指輔弼大臣。

小門轉出來，紫滄就讓過一邊，劍秋站在一邊也將雙劍舞起。兩邊舞得如飛花滾雪一般，臺階上大家俱看得出神。臨尾只見寒光一晃，劍秋收住雙劍，紫滄也將刀立住，望著大家笑道：「這臺武戲好看不好看？」癡珠向荷生道：「你是懂得。」荷生笑道：「舞的名兒我也懂得，只是沒有氣力。」紫滄早放下刀上來了，便說道：「采秋的劍舞得極好，你們是沒有見過呢。」小岑道：「你不曉得，他還射得好箭哩。」瑤華便道：「采姊姊，我同你舞一回罷。」此時劍秋倚著劍，也站在臺階上，采秋道：「是那裏來的這把劍？劍靶烏膩膩的腌臢❾，叫人怎拿得上手？」癡珠向劍秋道：「你是那裏取來的？」劍秋道：「我到芙蓉洲閑逛，不想洲邊有一人家，我認得是左營兵丁。他手上適拿把雌雄劍❿，我借來渡過河，想嚇么鳳、彩波一嚇，不想他兩人迎風都跌了一身的泥。」說得大家通笑。荷生向紫滄道：「你這刀又是那裏來的？」紫滄道：「我是向汾神廟神將借來。」說得大家又笑。瑤華便叫人回去取劍，荷生也偪著采秋叫人取弓箭，就向瑤華道：「晚上月下舞他一回，纔有趣呢。」采秋道：「這樣，何不就到閣上去坐？」荷生道：「好。」便喚跟人問道：「閣上都停妥沒有？」跟人回說：「早已停妥。」

荷生當下便領大家由東廊走入小門，門內虬松修竹⓫繞座假山，黃石疊成，高有丈餘，蒼籐碧蘿，

❾ 腌臢：猶骯髒。

❿ 雌雄劍：相傳春秋時吳國干將、莫邪夫婦善鑄劍，為吳王鑄雌雄劍，雄號干將，雌號莫邪。干將進劍時自藏雌劍。雌劍時時悲鳴，憶其雄劍。後世泛指成對相配的雙劍。

⓫ 虬松修竹：虬松，枝杈盤曲似龍的松樹。虬，傳說中的一種無角龍。修竹，修長的翠竹。

斑駁網罥⑫，石磴數十級，曲曲折折到個平臺，由平臺西轉，一個朝南座落，便是彤雪閣上層。四圍甬道，繞以石欄。閣係五間，通作一間，落地花門，南北各二十四扇，東西各十二扇。正面上首擺一大坑，坑下放一圓桌，焚一爐百和香蘭麝氤氳，香雲繚繞。頂隔中間懸個五色綵紬百褶香雲蓋，掛一盞頂大光素琉璃燈。東西掛八盞瓜瓣式桔紅琉璃燈，也是頂大的。兩邊，一邊四個座，俱是海棠式的坐墩。兩個坐墩夾個圓茶几。下首中間擺兩個坐，卻是梅花式的坐墩，也夾個圓茶几。茶几上各安個圓盒，大小同茶几一般。癡珠大家見這般陳設，著實喜歡。荷生道：「我今日是個團圞⑬大會，每位茶几上俱派定坐次。」大家瞧那個茶几上放一紅箋，是荷生、采秋四個字；接著瞧去，東上首癡珠、秋痕；次是小岑、么鳳。西上首是紫滄、琴仙，次是劍秋、彩波。癡珠笑道：「荷生竟鬧出叫相公坐位來，我們就入坐罷。」大家也只得照箋上寫的坐定。采秋吩咐跟人取酒來，家人答應，走到各人眼前把盒蓋揭起，便是一個鑲成攢盒⑭，共有十二碟果菜，兩付銀杯象箸⑮，都鑲在裏面，十分精巧。每几下層，各送一個鴛鴦壺，遂淺斟低酌起來。癡珠道：「天色這般早，我們還行個令想想。」荷生道：「回回行令，也覺沒趣。今日還是清談罷。」

采秋因向癡珠說道：「你和荷生通是薦過鴻博⑯，我且問你酒令是何人創的？」癡珠笑道：「這

---

⑫ 網罥：網絡；纏繞。罥，音ㄐㄩㄢˇ。

⑬ 團圞：團聚。

⑭ 攢盒：一種內部分成多格的盤盒，可以分格盛放糕點、果肴等各種食品。

⑮ 象箸：象牙骨製作的筷子。

一問倒有趣，我記得是漢賈逵⑰。」荷生道：「我記得他本傳就有這一條。」癡珠道：「不錯。我卻要請教你們，為何喚做酒糾⑱？」采秋道：「唐時進士曲江初宴，召妓女錄觥罰的事⑲，因此喚做酒糾，是不是呢？」劍秋笑道：「怪道采秋慣行酒令。」荷生道：「唐尚書郎入直⑳，侍史㉑一人，女史㉒二人，皆選端正妖麗，執香爐香囊，護侍衣服。唐詩：『春風侍女護朝衣』，又『侍女新添五夜香』，就是這侍史。如今所以喚他們作女史。」秋痕道：「杜詩：『畫省香爐圍伏枕』㉓的註，不就

---

⑯ 鴻博：指古代科舉考試的「博學鴻詞科」。

⑰ 漢賈逵：東漢著名經學家，字景伯，賈誼九世孫。

⑱ 酒糾：古代飲宴時，勸酒並監督酒令的人。

⑲ 召妓女句：唐代曲江宴飲時，進士所推舉的督酒人稱為「錄事」，監督、記錄罰酒之事。當時多以藝妓為錄事，故亦稱「酒糾」。

⑳ 尚書郎入直：尚書郎，東漢時皇帝左右處理政務的官員。魏晉以後尚書各官署侍郎、郎中等官，綜理職務，通稱為「尚書郎」。入直，亦作「入值」，指官員入宮值班供職。

㉑ 侍史：古代侍奉左右，掌管文書的官員。

㉒ 女史：古代女官名。佐助內宰掌管王后禮儀的典籍。

㉓ 畫省句：引自杜甫〈秋興八首〉之二。「圍」字，當作「違」。此句是講杜甫臥病伏枕，遠離朝廷尚書省，不得入侍朝廷。畫省，指尚書省。據《漢官儀》：尚書省以胡椒塗壁，繪畫古列士像，故稱「畫省」。杜甫當時官檢校工部員外郎，屬尚書省。香爐，尚書省入侍朝廷，有侍女史二人執香爐燒香隨入。違伏枕，指杜甫臥病伏枕，遠離朝廷於四川夔州。違，遠離。

引這一條麼?」小岑喝了一鍾酒，笑道：「都有這般快活，我只願做個省郎，也不願學劍秋升侍講了。」曼雲道：「你們怎麼喚做老爺呢?」癡珠道：「元朝起的。唐宋以前沒有此稱呼。」荷生道：「《元史・董摶霄㉔傳》：毛貴問摶霄曰：『你為誰?』曰：『我董老爺也。』你指此條麼?」癡珠點頭。紫滄道：「金人稱岳武穆㉕為岳爺爺，老爺二字大約是金元人尊稱之詞，如今卻不值錢了。」

采秋笑道：「癡珠，我們自頭至腳，你能原原本本說個清楚不能?」癡珠道：「我講一件，你們通喝一杯酒。我說錯了，我喝五杯。」瑤華道：「使得，我就喝。」於是采秋、秋痕五人通喝了。癡珠道：「我如今從你們的髻講起。髻始於燧人氏㉖，彼時無物繫縛，至女媧氏㉗以羊毛為繩子，向後繫之，以荊枝及竹為笄㉘，貫其髻髮。《古今注》㉙：『周文王制平頭髻，昭王制雙裙髻。』又《妝臺記》㉚：『文王於髻上加翠翹，傅之鉛粉，其髻高名曰鳳髻㉛。』」采秋接著說道：「這樣看來，

㉔ 董摶霄：元代至正間任河南行省右丞，為儒生起家的能吏。

㉕ 岳武穆：南宋著名將領岳飛，字鵬舉，後為奸相秦檜所陷害。宋孝宗時詔命復岳飛官職，追謚為「武穆」。後世遂稱「岳武穆」。

㉖ 燧人氏：傳說中鑽木取火的上古部落首領。

㉗ 女媧氏：傳說中煉五色石以補蒼天，摶黃土造人的上古女性部落首領。

㉘ 笄：簪。

㉙ 古今注：晉惠帝時崔豹著，三卷，是對古代各類名物制度進行解釋和考證的著作。

㉚ 妝臺記：唐宇文氏所著。

文王自是千古第一風流的人，所以〈關雎〉㉜為全詩之始。」癡珠道：「你不要橫加議論，等我講清這個髻給你聽罷。高髻始於文王，後來孫壽㉝的墮馬髻，趙飛燕㉞的新髻，甄后㉟的靈蛇髻，魏宮人㊱的警鶴髻，愈出愈奇，講不盡了。這是真髻。還有假髻：《周禮・追師》㊲副編注：『列髮為之，其

㉛鳳髻：《妝臺記》載：「周文王於髻上加珠翠翹花，傅之鉛粉，其髻高名曰鳳髻。」

㉜關雎：《詩經・周南》的第一首詩，亦是《詩經》全書的第一首詩。此詩抒寫了君子對「窈窕淑女」的思念和追求。

㉝孫壽：東漢權臣大將軍梁冀之妻，容色美而善為妖態，作愁眉啼妝、墮馬髻、折腰步、齲齒笑。梁冀勢敗，孫壽自殺。

㉞趙飛燕：漢成帝皇后。初學歌舞，以其體輕，號曰「飛燕」，得成帝寵愛。飛燕與其妹昭儀同侍成帝，荒淫惑亂，致成帝無嗣暴卒。飛燕廢為庶人，自殺。

㉟甄后：三國魏文帝曹丕皇后。曹操攻破袁紹後，曹丕見甄氏姿貌絕倫，納為夫人，後立為后，生魏明帝曹睿及東鄉公主。後郭后有寵，甄后失意有怨言，觸怒曹丕被賜死。

㊱魏宮人：崔豹《古今注》載，魏文帝宮人絕所愛者，有莫瓊樹、薛夜來、陳尚衣、陳巧笑，皆日夜在側。瓊樹始制為蟬鬢。

㊲周禮追師：《周禮》，儒家經典之一，內容涉及周代官制及戰國時代各國制度等。〈追師〉，《周禮・追師》載：「追師掌王后之首服，為副編次。」鄭司農（眾）注曰：「副者，婦人之首服（頭上的冠戴服飾）。編，編列髮為之，其遺像（前代留傳下來的形像、式樣）若今假紒髮矣。」「次，次第。」按：此書之「編注」，「注」字誤，應為「次」字。

遺像若今假紒㊳。』《三輔》㊴謂之『假髻』。《東觀漢記》㊵：『章帝詔東平王蒼㊶，以光烈皇后㊷假髻帛巾各一篋遺之。』後來便有飛西髻、拋家髻種種名號也講不盡。采秋，我講這個髻，清楚不清楚？至如梳，始自赫胥氏㊸；篦，始自神農㊹；刷，始自殷㊺。我也不細講了。」荷生道：「癡珠今日開了書廚。」劍秋道：「這不是八月十五，直是三月三門寶了。」采秋道：「你們不要阻他高興，聽他講下去，替我們編個《妝臺志》不好麼？」癡珠道：「你們每人喝兩杯酒，我再講罷。」采秋道：「那要講兩件。」癡珠道：「自然。」采秋諸人便各喝兩杯。

癡珠道：「一件畫眉。《詩》：『子之清揚。』清指目，揚指眉。又『螓首蛾眉』，言美人的眉，此為最古，卻是天然修眉，不是畫的。其次屈原〈大招〉㊻：『蛾眉曼只。』宋玉〈招魂賦〉㊼：「蛾

㊳ 假紒：即假髻，以假髮編制的髮髻，供婦女裝飾用。

㊴ 三輔：指《三輔決錄》，東漢趙岐著。

㊵ 東觀漢記：東漢官修的一部東漢王朝紀傳體史書。

㊶ 章帝句：章帝，東漢章帝劉炟。東平王蒼，漢光武帝劉秀之子劉蒼，封為東平憲王。

㊷ 光烈皇后：劉秀皇后陰麗華，死後諡為「光烈」。

㊸ 赫胥氏：傳說中的上古帝王名。

㊹ 神農：神農氏，即上古帝王炎帝。

㊺ 殷：朝代名。商王盤庚自奄（今山東省曲阜市）遷都至殷（今河南省安陽市西小屯村），故商朝又稱為殷朝。

㊻ 屈原大招：王逸《楚辭章句》曰：「〈大招〉者，屈原之所作也。或曰景差。疑不能明也。」〈大招〉，《楚辭》

眉曼睩。」曼訓澤，或者是畫，後來文君遠山㊽，絳仙秀色㊾，京兆眉嫵㊿，瑩姊眉癖[51]，全然是畫出來。唐明皇十眉圖[52]，橫雲、斜月，皆其名。五代宮中畫眉[53]，一曰開元御愛，二曰小山，三曰五

篇名，為招魂之詞。原為古樂名，相傳為舜帝時的〈大韶〉樂。

㊼ 宋玉招魂賦：王逸《楚辭章句》曰：「〈招魂〉者，宋玉之所作也。」宋玉，戰國時代楚國詩人。〈招魂〉，《楚辭》篇名，司馬遷《史記．屈原列傳》：「太史公曰：『余讀〈離騷〉、〈天問〉、〈招魂〉、〈哀郢〉，悲其志。適長沙，觀屈原所自沉淵，未嘗不流涕想見其為人。』」兩說不同，故〈招魂〉作者，至今尚有爭議。

㊽ 文君遠山：指卓文君（漢司馬相如之妻）描畫的遠山眉。《西京雜記》卷二載：「文君姣好，眉色如望遠山，臉際常若芙蓉。」

㊾ 絳仙秀色：指隋煬帝妃吳絳仙容色秀美，煬帝每倚簾視絳仙，顧其內謁者曰：「古人言秀色若可餐，如絳仙真可療飢矣。」

㊿ 京兆眉嫵：漢宣帝時京兆（今陝西省西安市）尹張敞，為其婦畫眉。長安城中傳張京兆眉嫵。

[51] 瑩姊眉癖：宋陶穀《清異錄．膠眉變相》：「瑩姐，平康妓也。玉淨花明，尤善梳掠，畫眉日作一樣。唐斯立戲之曰：『西蜀有〈十眉圖〉，汝眉癖若是，可作百眉圖。』」眉癖，特別嗜好畫眉。

[52] 唐明皇十眉圖：唐張泌《妝樓記．十眉圖》：「明皇幸蜀，令畫工作〈十眉圖〉，橫雲、斜月，皆其名。」

[53] 五代宮中畫眉：明代楊慎《丹鉛續錄．十眉圖》：「唐明皇令畫工畫〈十眉圖〉。一曰鴛鴦眉，又名八字眉。二曰小山眉，又名遠山眉。三曰五岳眉。四曰三峰眉。五曰垂珠眉。六曰月稜眉，又名卻月眉。七曰分梢眉。八曰逐煙眉。九曰拂雲眉，又名橫雲眉。十曰倒暈眉。」五代，指西元九〇七年晚唐滅後相繼建立的後梁、後唐、後晉、後漢、後周五個朝代。

岳，四曰三峰，五曰垂珠，六曰月稜，七曰粉稍，八曰涵煙，九曰拂雲，十曰倒暈。講這畫眉清楚不清楚？一件穿耳。《山海經》：『青宜之山宜女，其神小腰白齒，穿耳以鐻。』(54)此穿耳之始。《物原》：『耳環始於殷。』《三國志》(55)：『諸葛恪(56)曰穿耳貫珠，蓋古尚也。』」杜詩：『玉環穿耳誰家女？』是穿耳。直從三代至今，此風不改。我想好端端的耳，卻穿以環，悅人之目，這是何說？」瑤華笑道：「這就是纏足作俑(57)了。」癡珠道：「我如今就講纏足。」劍秋道：「怎的這般快？美人手，美人乳，通不考訂麼？」采秋道：「癡珠，你不要聽他胡鬧。你且講纏足。」癡珠道：「我是不喜歡婦人纏足呢。只我的人偏偏都裹著三寸金蓮(58)，我也不能不隨緣(59)了。劍秋你且講，纏足是始於

---

(54) 山海經四句：《山海經》，先秦時代地理名著，內容主要是古代中國及周邊四荒的地理山川、部族物產和風俗、神話傳說等。青宜之山，《山海經・中山經》曰：「青要之山，實為帝之密都。……武羅司之，其狀人面而豹文，小要（腰）而白齒，而穿耳以鐻，其鳴如鳴玉。」鐻，環屬，金銀所製飾物。此書之「青宜」，為「青要」之誤。

(55) 三國志：記載魏蜀吳三國歷史的史書，西晉陳壽撰。

(56) 諸葛恪：三國吳之大臣，孫權死，輔立幼主孫亮，任大將軍，主國政。後為皇族孫峻所殺。

(57) 作俑：《孟子・梁惠王上》曰：「仲尼曰：『始作俑者，其無後乎！』為其像人而用之也。」原指製作殉葬的人形偶像，後借指首開先例為「作俑」，多帶貶義。

(58) 三寸金蓮：古代稱婦女所纏的尖筍形小腳。清李漁《閑情偶寄・聲容・鞋襪》：「名最小之足者，則曰三寸金蓮。」

(59) 隨緣：隨順因緣，指順其自然。

何時？」小岑道：「吳均[60]詩『羅窄裹春雲』，杜牧詩『鈿尺裁量減四分，纖纖玉筍裹輕雲』[61]。似纏足始於唐人。」劍秋道：「六朝樂府有〈雙行〉纏詞云：『新羅繡行纏，足趺如春妍。他人不言好，獨我知可憐。』似六朝已有纏足。」癡珠道：「《史記》：『臨淄女子，彈絃纏屣[62]。』又云：『搖修袖，躡利屣。』利者，言其小而尖銳也。《襄陽耆舊傳》[63]：『盜發楚王冢，得宮人玉履。』漢班婕妤賦[64]：『思君弓履綦。』《雜事秘辛》[65]：『吳姁足長八寸，踁跗豐妍[66]，底平指斂，約縑偪褲[67]，妝束微如宮中。』此皆裹足之證。齊東昏為潘妃鑿金為蓮花貼地，令妃行其上，曰：『此步步生蓮花。』《瑯環記》[68]：『馬嵬媪女王飛，得太真[69]雀頭履一雙，長僅一寸。』是唐時已尚纖小。《道山新

---

[60] 吳均：南朝梁文學家。

[61] 鈿尺二句：引自杜牧〈詠襪〉詩。鈿尺，鑲嵌金粟的尺。玉筍，喻指女子纖秀潔白的小腳。

[62] 彈絃纏屣：彈絃，彈奏絲絃樂器。纏屣，猶躧屣，指腳踏木屐。纏，猶躧，踐歷。

[63] 襄陽耆舊傳：晉習鑿齒撰。

[64] 班婕妤：漢代女文學家。其〈自悼賦〉有「思君兮履綦」之句，是講班婕妤退處東宮，思念漢成帝的足跡。此書引為「思君弓履綦」，誤作女子纏足的證明，乃漫引也。

[65] 雜事秘辛：古小說名，舊題漢佚名氏撰，記東漢桓帝大將軍梁商之女梁瑩被選入宮，由朝廷使者吳姁檢查梁瑩處女身體，文辭淫豔。

[66] 踁跗豐妍：踁跗，小腿。豐妍，豐滿妍麗。

[67] 約縑偪褲：約縑，指女子的纖足纏裹著絲絹。偪褲，猶逼褲，指身穿狹窄緊束的短衣。

[68] 瑯環記：筆記小說，舊題元代尹世珍撰。

聞》⑩：『李後主宮嬪窅娘⑪，纖麗善舞。後主令以帛繞腳，纖小屈上作新月狀。』唐鎬詩：『蓮中花更好，雲裏月長新。』就是為窅娘作的。以意斷之，上古美人如青琴、宓妃、嫦娥、湘君、湘夫人⑫，必是雙雙白足。自周以後，美人南威、西子⑬已自裹足，但古風淳樸，必不是如今雙弓。漢唐以後，人心愈巧，始矯揉造作，為此窄窄金蓮，不盈一握。其實美人好處，全不在此。」說得大家通笑了。荷生道：「果是雙雙白足，自然也好。最難看是蓮船半尺，假作蓮瓣雙鉤。」荷生說這話時，瞧著秋痕低頭手弄裙帶，就不往下說了。

癡珠會意，急說道：「我如今再講兩件。一則首飾。《山海經》：『王母梯几而戴勝。』⑭勝，婦人首飾，此首飾之始。《始儀實錄》：『燧人作笄，堯以銅為之，舜雜以象牙玳瑁，文王又加翠翹

---

⑲ 太真：唐明皇之貴妃楊玉環曾出家為女道士，法號「太真」。

⑳ 道山新聞：筆記小說，宋代佚名氏撰。

㉑ 李後主句：李後主，南唐末代皇帝李煜。窅娘，南唐後主李煜的宮嬪。明陶宗儀《輟耕錄．纏足》引《道山新聞》：「李後主宮嬪窅娘，纖麗善舞。後主作金蓮，高六尺；令窅娘以帛繞腳，令纖小，屈上作新月狀，素襪舞雲中，回旋有淩雲之態。」

㉒ 青琴句：皆古代傳說中的神女名。

㉓ 南威西子：南威，亦稱「南之威」，春秋時晉國美女。西子，即西施，春秋時越國美女。

㉔ 王母句：《山海經．西山經》曰：「玉山，是西王母所居也。西王母其狀如人，豹尾虎齒而善嘯，蓬髮戴勝。」《山海經．海內北經》曰：「西王母梯几而戴勝。」西王母是傳說中司癘疫之神。梯几，猶憑几，憑靠著矮桌。勝，又稱華勝、彩勝，婦人首飾。唐代以後的春節、元宵時，男人亦有戴者。

步搖。』《物原》：『五采通草花，呂后[75]制。綵花，晉郭隗[76]制。』《玉篇》[77]：『匐綵，婦人頭花，髻飾。』是皆首飾。至釵始自夏，手鈿指環始自殷，你們那些穿戴的金玉珠寶，日新月異，考不勝考了。一則妝飾。《神農本草》[78]：『粉錫，一名鮮錫。』《墨子》[79]：『禹造粉。』《博物志》[80]：『紂燒鉛錫作粉。』《中華古今注》[81]：『秦穆公女弄玉有容德，感仙人蕭史，為燒水銀作粉與塗，名飛雪丹。』此言粉之最古者。後來百英粉、丁香粉、木瓜粉、梨花粉、龍消粉，這也考不勝考。《古今注》：『燕支草似薊花，出西域，土人以染，名為燕支，中國人謂之紅藍粉。』班固曰：『匈奴名妻曰閼支，言可愛如燕支。』《古今注》：『胭脂蓋起自紂。』此言脂之最古者。脂有面脂，有口脂，見唐《百官志》中。《韓子》[82]：『毛嬙、西施之美麗，面用脂澤粉黛，則倍其初。』《廣志》謂：『面

---

[75] 呂后：漢高祖劉邦的皇后呂雉。

[76] 郭隗：據《戰國策．燕策一》載，郭隗，燕國人，為燕昭王的重要謀臣。

[77] 玉篇：古代解釋漢字的形體、讀音和意義的一部字書。南朝梁顧野王撰，三十卷。

[78] 神農本草：神話傳說神農氏親嘗百草之滋味，辨百草平、毒、寒、溫之性，成為醫藥之神。《神農百草》乃託名神農之醫藥書。

[79] 墨子：春秋時代墨家學派創始者墨翟的著作。

[80] 博物志：晉代張華所撰的一部記載山川地理、歷史傳說、博物異俗的著作，共十卷。

[81] 中華古今注：後唐馬縞撰，解釋和考證古今各項名物制度之書。

[82] 韓子：指《韓非子》，戰國末期法家學者韓非所撰。

脂自魏興以來始有者』，非。蔡邕《女誡》[83]：『加脂則思其心之鮮，傅粉則思其心之和。』《妝臺記》：『美人妝面，既傅粉，復以胭脂調勻掌中，施之兩頰，濃者為酒暈妝，淡者為桃花妝。』梁簡文[84]詩：『分妝開淺靨，繞臉傅斜紅。』面脂不是古妝麼？口脂，唐人謂之點唇，有胭脂暈諸品：一曰石榴嬌，二曰大紅春，三曰小紅春，四曰嫩吳香，五曰半邊嬌，六曰萬金紅，七曰聖檀心，八曰露珠兒，九曰內家圓，十曰天宮巧，十一曰洛兒殷，十二曰淡紅心，十三曰猩猩暈，十四曰小朱龍，十五曰格雙唐，十六曰媚花奴。這與十眉，不皆是香閨韻事麼？你們該喝酒了。」荷生笑道：「癡珠今日肚子裏新開一間脂粉舖，我們賀他一杯罷。」於是通喝一杯。端上菜，大家用些。

青萍回道：「愉園弓箭送來，天快黑了，還射不射哩？」荷生向采秋道：「去射罷。」瑤華欣然出位，拉紫滄道：「射一回箭去。」采秋道：「我久不射，手不柔了。琴妹妹去射，我瞧著。」便攜瑤華的手走，大家都跟下閣。紫滄道：「到汾堤空地上射去。」荷生道：「好。」於是都向西廊走來。瑤華瞧個空，早就下層閣裏換上一雙小蠻靴，將頭上釵，手上釧，身上大衣一起卸下，只穿件箭袖大鑲大滾的桃紅線縐短棉襖，將一條白綾百蝶宮裙繫在小襖上，裙幅都插在腰裏，露出鑲花邊的青縐夾褲腳，大紅的一簇褲帶條，攜上弓箭。大家正說：「琴仙怎的不見？」瑤華卻悄悄站在紫滄身後，將手向紫滄肩上一拍，說道：「我來也。」紫滄和大家都覺得一跳。采秋笑道：「琴妹妹結束得好。」

[83] 蔡邕女誡：蔡邕，東漢末文學家。《女誡》，講解封建婦德的著作，共七篇。東漢初女文學家，班固之妹班昭所撰。此書稱蔡邕撰，誤。

[84] 梁簡文：指南朝梁簡文帝蕭綱。

跟人早掛上一個二尺圓的五色箭鵠。瑤華步到上面站定，先將弓試了一試，道：「這弓是幾個力？」采秋道：「這平常射的，不過三個力。」瑤華便取過骲頭箭，搭上了弓，調正了柳腰，拳回至手，只聽得嗚的一聲響，早著在第三層青圈上。大家喝聲采。第二箭又著在第一個紅圈，大家連聲說：「好！」第三箭又著了。荷生笑吟吟的向采秋道：「我再不想琴仙有此好箭。」采秋道：「難為他是纔學的，便有如此手段。」紫滄自覺得意。瑤華站著歇一歇，移步向采秋道：「采姊姊，我僭[85]了，如今你射去。」采秋道：「我把工夫丟開一年多，比不得你天天操練。我再射，斷不能像你這般準。」荷生道：「準不準算什麼，不過耍一耍，也覺得有趣。」小岑道：「就是不準，難道怕人笑話麼？」癡珠道：「我有個令，采秋你遵不遵？」采秋笑道：「你什麼令？」癡珠道：「你看天上飛的一陣陣歸鴉，我指一個，你射了罷。」采秋笑道：「鵠子我還怕不準，你卻要另出題目。」荷生道：「這個耍不得，射得不好卻把人射一箭，怎了？」紫滄道：「你沒有瞧過他手段，替他擔心。」荷生道：「我不信他就能箭無虛發。」癡珠笑道：「你不信，我卻信得過。采秋你射罷，我叫秋痕替你結束。」采秋拗不過大家意思，於是將大衫卸下，付給香雪。秋痕便把他首飾除下，將簪拴緊髻子。采秋只將裙帶結好，也不摳上裙幅。瑤華遞過弓，采秋要過幾枝狼牙箭，向癡珠道：「你要我射那一陣那一個鴉，我卻不能，我準一箭一鴉給你瞧罷。」癡珠道：「就是這樣。」瑤華道：「可不是準呢，先前偏要說許多話，可見采姊姊是個老奸巨滑。」荷生道：「我總信不過。采秋，小心罷。」采秋笑一笑，走上高坡站著。恰好有群鴉啞啞的從西過來。采秋就站遠些，眾人只聽弓絃一響，卻驀然一個鴉墜地。青萍等正搶著

[85] 僭：僭先；越禮占先。

去拾，又見兩個鴉帶箭墜地了。大家目不及視，口不能言。癡珠鼓掌道：「荷生，何如？」荷生眉飛色舞，說道：「這個真怪。」采秋早將弓付給香雪，披上大衫，移步向秋痕戴上首飾，說道：「上燈了，喝酒去罷。」

此時雲淨天空，冰輪⑧擁出，微風引著南岸桂花的香，陣陣撲人鼻孔。大家步入西廊，見閣上閣下的燈都已點上，就在臺階上三兩成群，嘖嘖稱贊采秋的神箭，瑤華的工力。荷生吩咐跟人將閣上三面花門一起洞開，把座位通擺在石欄干甬道。然後大家步到東廊，上了石磴，在平臺上憑眺一回。癡珠、秋痕、荷生、紫滄、小岑先行入席。癡珠高興之至，喝了一滿杯，吟道：「一年明月今宵多。」秋痕接道：「不知明月為誰好？」癡珠一笑，彼時劍秋、瑤華、丹翬、曼雲尚未歸座，正凭在石欄遙望。瑤華望著堤南秋華堂桂樹，因接道：「鏡轉桂巖月。」劍秋望著芙蓉洲水亭，因接道：「江亭月白誦《南華》⑧。」曼雲望著閣東汾流月色水光如一條玉帶，便也接道：「蟾蜍⑧夜豔秋河月。」丹翬近望閣門外一帶梧桐，遠望汾堤上萬株煙柳，便接道：「鹿門月照開煙樹。」荷生笑道：「好得很！今夕此會，本為賞月，我也吟一句罷：手搯花梢記月痕。」采秋接道：「錦筵紅燭月未午。」劍秋拍手贊道：「切情切景。大家各飲一大鍾罷。」於是劍秋等也行入席，豪飲一回。上了幾件菜，用些點心，復各散開。此時約有七下多鐘了。金風瑟瑟，玉露零零，幸各帶幾分酒意，尚不覺羅袂生寒。大

---

⑧ 冰輪：喻指明月。

⑧ 南華：《南華經》，即指道家經典《老子》(《道德經》)。

⑧ 蟾蜍：似蛙而大，背生疙瘩的兩棲動物，此處喻指月亮。神話傳說嫦娥竊食不死之藥，飛升奔月，化為蟾蜍。

家攜著玉人凭高凝望，真如到琉璃世界，飄飄若仙，相視而笑，轉忘言象[89]。倒是紫滄憶起瑤華的劍來，說道：「你取了劍，何不向院子舞一回。」荷生道：「好極！采秋和瑤華同舞罷。」紫滄道：「一人舞一回，兩人再同舞一回，纔有趣呢。」癡珠道：「紫滄何不先舞一回給他們看？」紫滄道：「我就先舞。」於是紫滄卸下大衣，大踏步下去，舞了一回。劍秋看得高興，也舞起來。荷生見舞得熱鬧，教青萍取過一個粉定窯[90]的大鍾，和大家各喝一鍾。兩人舞罷，上來穿好衣服，合席通敬一大鍾。兩人喝了。紫滄道：「瑤華舞罷。」瑤華大衣卸後就不曾穿，便提劍下去，進退抑揚，舞得月光閃爍，燈影迷離。大家同聲喝采。采秋喝了一杯酒，說道：「我也舞去。」於是卸去首飾、外衣，露出大鑲大滾的蔥綠湖縐綿小襖，鑲花邊的大紅縐夾褲，越顯得摶雪作膚，鏤月為骨。當下捲起箭袖，抽出一雙鴛鴦劍，向荷生笑一笑，走下閣去了。癡珠向荷生道：「我和你往臺階看去。」秋痕也跟著到得臺階。只見寒芒四射，咄咄偪人，漸漸萬道金蛇，縱橫馳驟，末後一團雪絮，上下紛飛，全不見綠襖紅裳影兒。先前瑤華倚著劍站在一邊，還想和采秋同舞一回，看到這裏，就將劍收起，向荷生道：「似此神技，紫滄要我和姊姊同舞，我怎敢呢？」荷生道：「你就舞得好。」瑤華道：「我再努力學罷。」正說著，瞥見有條白練臨風一閃，早是采秋站在跟前，笑道：「何如？」荷生攜著采秋雙手，看他面色微紅，鬢髮一絲不亂，說道：「你從那裏學來？」瑤華道：「采姊姊怕是前生學會呢！」癡珠道：「我們上去通喝幾鍾酒，也不負采秋這一回的舞劍。」荷生道：「我和你喝十大杯罷。」一面說，一

[89] 言象：猶言詮，指言辭上留下的跡象。

[90] 粉定窯：指燒製粉定瓷器的瓷窯。粉定，瓷器的一種。仿照宋代定窯瓷而和以石粉者稱為粉定窯。

面招呼大家入席，飲了一會，端上菜點，隨意吃些。采秋道：「如今我們夜泛一回，領略水中月色，就由南岸上車好麼？」大家都道：「好！」就教跟班們吩咐車馬南岸伺候。

飯畢，眾人踏著月色上船，向芙蓉洲駛來。船中早備著香茗時果，大家隨意說說笑笑，教水手轉由汾神廟後駛到水閣，由水閣駛到南岸，落葉打篷，寒花盪夕，星河散采，珠翠生涼。一會，各家車馬燈籠紛然並集。先是紫滄帶了瑤華上車，次是小岑、丹翬一車，劍秋、曼雲一車，各自去了。荷生道：「癡珠今夜是回秋華堂，還到秋心院呢？」癡珠道：「秋痕今日原是坐我的車，這時候他家的車還沒來，想是他家不要他了。我今就陪他在船裏坐一夜罷。」采秋道：「天氣涼得很，豈宜如此？」荷生道：「你又信他！我們走了，怕他不回去秋華堂做好夢麼？只是秋痕同癡珠今日出城這一遭，我卻要問一問。」癡珠默然。秋痕道：「我告訴你，今日出城是為著我那殉難的姊姊忌辰。」荷生笑道：「什麼地方都可祭奠，特特跑上竹竿嶺，冤不冤呢？」采秋道：「我卻會得他的意思。」癡珠道：「夜深了，你兩個要回去該走了。」荷生道：「我倒忘了。」於是香雪扶著采秋，秋痕送到船頭。癡珠送荷生上岸，看荷生、采秋上車去遠了，方纔轉身，攜著秋痕進艙。喚禿頭徹去肴核，拭淨几案，換一枝蠟燭。秋痕吹起笛來，聲聲激烈。癡珠吩咐水手將船盪至水閣，自出船頭站立，見月點波心，風來水面，覺得笛聲催起亂草蟲鳴，高槐鴉噪，從高爽泬寥[91]中生出蕭瑟。秋痕也覺裙帶驚風，釵環愁重，將笛停住，搭起跳板，兩人扶上，悵望一回。秋痕想起五月初五的事來，不知不覺玉容寂寞，涕泗闌干。癡珠起先愕然，後來自己觸目傷懷，百端難受，將秋痕的手握在掌中，輕輕的搓了幾搓，說道：

[91] 泬寥：清朗空曠的樣子。

「風月自清夜，江山非故園。我們還下船坐罷。」秋痕點頭，使喚禿頭伺候。兩人重行入艙，喝了幾口茶，癡珠見几上有筆硯，便將秋痕一幅手絹展開，寫道：

采春慣唱〈懊儂歌〉[92]，碧海青天此恨多。所不同心如此水，好拋星眼剪秋波。

溪上殘更露溼衣，月明一舸竟忘歸。笛聲吹出〈凌波曲〉[93]，驚起鴛鴦拍拍飛。

款書「八月之望，漏下四鼓，攜秋痕泛舟柳溪題贈」。寫畢，兩人都覺黯然欲絕。還是秋痕輾然笑道：「這地方喚做芙蓉洲，我同你把芙蓉成語同記一記，看得有幾多？」癡珠道：「詩詞歌賦上，這兩字多得很，那裏說得完？」秋痕道：「芙蓉城到底是天上是人間？」癡珠道：「石曼卿為芙蓉城主，此虛無縹緲之說，成都府城多種木芙蓉，也喚作芙蓉城。你怎的問起？」秋痕不語。此時月斜雞唱，癡珠也覺偎玉無溫，倚香不暖，便喚水手將船駛到秋華堂門口。禿頭先行上去，招呼大家起來伺候。然後癡珠慢慢的攜著秋痕回來西院，到裏間和衣睡倒。一覺未醒，天早明了。正是：

---

[92] 懊儂歌：宋郭茂倩《樂府詩集》收錄南朝樂府之《吳聲歌曲・懊儂歌十四首》，均為男女情歌。《古今樂錄》稱：「〈懊儂歌〉者，晉石崇綠珠所作。」

[93] 凌波曲：唐天寶間唐玄宗在宮廷內所奏樂曲名。宋樂史《楊太真外傳》卷上載，唐玄宗在東都洛陽，夢一女容貌豔異，自稱是玄宗凌波池中龍女，衛官護駕，求玄宗賜奏一曲。唐玄宗夢奏〈凌波曲〉，醒後盡記之；後在凌波宮臨池奏此新曲，池中波濤湧起。

酒香花氣，弓影劍光。
春風蛺蝶，秋水鴛鴦。

欲知後事如何，且聽下回分解。

總評：此回十人合傳，其實仍傳癡珠一人也。花園錦簇，而一種淒厲之氣形於言表，所謂極盛難為繼也。通篇數典，妙在間以射箭舞劍，便覺靈氣往來，觀止矣。

第二十二回　秋華堂仙眷慶生辰　采石磯將軍施巧計

看官記著：昨天是蒨雯死忌❶，今日卻是秋痕生辰。是日，李夫人約了晏、留兩太太來逛秋華堂，以此秋痕昨夜不曾回家。此時紅日三竿，綠陰滿院，秋痕妝掠已畢，外面報說：「李太太來了！」秋痕趕著迎出月亮門。只見李夫人已下了轎，穆升和李家跟班、老嬤、丫鬟都一字兒站著伺候。秋痕迎至東廊下，李夫人拉著秋痕的手，端詳一會。癡珠早從秋華堂臺階迎下來，李夫人便趕向前請了安。癡珠便讓李夫人上來，秋痕磕下三個頭。李夫人拉他起來，回敬一福，笑向秋痕道：「姑娘好日子，我沒有預備。」一面說，一面將頭上兩股珠釵自行拔下，走到秋痕跟前，與他戴上，口裏說道：「給姑娘添個壽罷。」秋痕只得說道：「太太費心。」就重磕一個頭，夫人攙起，也福了一福。入座，秋痕遞上茶，阿寶也來了。接著，留、晏兩太太都到，便開了麵席。席散，大家同來西院更衣，聽了秋痕一支《琵琶記》❷。三位太太都是善於語言的，就秋痕今日也覺興致勃勃。一會，出來秋華堂坐席，李夫人首座，問起「鳳來儀」酒令，秋痕一一告訴。三位太太都十分贊賞。李夫人道：「我們何不做個東家效顰❸？」晏太太道：「《西廂》『鳳』字都給他們說盡。」李夫人道：「何必拘定《西廂》？

---

❶ 死忌：古代指父母或其他親戚逝世的日子，後亦泛指一般人的逝世日子。因該日禁忌作樂、飲酒，故云。

❷ 琵琶記：元末高則誠作的南戲劇本，寫蔡伯喈全忠全孝，趙五娘有貞有烈的傳奇故事。

只成句都可。」留太太道：「我們也不要鴛鴦飛觴，今日是劉姑娘好日子，飛個《西廂》『喜』字何如？」李夫人道：「好得很。我僭了，就起令罷。」便喝一杯酒，說道：

繫馬於鳳凰臺❹柱，〈收江南〉，仍執醜虜。

大家齊聲贊好。留太太道：「又流麗，又雅切，這是大人異日封侯之兆，該賀一滿杯。」眾人通陪了酒。李夫人道：「阿寶不算，劉姑娘喝酒，接令！我說個『垂簾幕喜蛛兒』。」秋痕喝了酒，想一想，說道：

聞鳳吹於洛浦，〈喬合笙〉，在前上處。

大家都說道：「這曲牌名用得新穎之至，各賀一杯。」秋痕飛出《西廂》是：「宜嗔宜喜春風面。」順數該是留太太，想有半晌，瞧著阿寶說道：

鳥有鳳而魚有鯤，〈美中美〉，宜爾子孫。

---

❸ 東家效顰：即東施效顰。相傳越國美女西施貌極妍麗，病心痛，顰眉苦之，反增其美。其東鄰醜女東施，學其顰眉苦狀，無病強顰，倍增其醜。

❹ 鳳凰臺：稱鳳凰臺者有多處，此指江蘇江寧縣南（今江蘇省南京市南）的鳳凰臺。李白曾寫〈登金陵鳳凰臺〉詩歌詠之。

李夫人喝聲：「好！」晏太太道：「古語絡繹，這賀酒更該滿杯。」眾人通喝了。留太太道：「晏太太接令罷！『這般可喜娘罕曾見』。」晏太太道：「輪到我了，怎好呢？」便將杯擎在手裏，想有一會，喝了酒，說道：「我說得不好，休要笑話。

鳳愈翱翔而高舉，〈揀南枝〉，有鶯其羽。」

李夫人道：「『有鶯其羽』四字，妙語解頤，太太真個聰明。」大家又賀一杯。晏太太道：「大家通說了，如今我喝一杯，劉姑娘喝一杯，收令罷。」一面說，一面將酒喝乾，說道：「喜則喜你來到此。」秋痕喝了酒，李夫人便向秋痕道：「定更過了，我無人在家。」便吩咐端飯。飯畢，便叫奶嬤、老家人送阿寶家去。癡珠看過阿寶上車，也到簾外招呼。當下李夫人走了，晏、留兩位太太隨後也走。

癡珠這日是邀了晏、留、池、蕭，借汾神廟客廳游晏。靠晚，心印卻出門去了。五人上席，酒行數巡。癡珠叫穆升取出骰盆和色子❺，向大家說道：「我有一令，擲色集句，照紅的算，說出唐詩一句。照位接令，要與上句叶韻，失叶、出韻及語氣不聯貫，照點罰酒。」子秀道：「癡珠這不是虐政麼？我們那裏尋得出許多湊巧的詩句來！」翊甫道：「兩頓接連，借此用點心思，也可消食。只是要

---

❺ 骰盆色子：骰盆，賭具擲色子的盤子。色子，賭具小正方塊形狀，六面，依一、二、三、四、五、六刻上點數，一、四塗紅，其他塗黑。投擲色子，視點數或顏色決賭勝負。

個題目，纔好著想呢。」癡珠道：「宮詞❻如何？」子善道：「好極！」癡珠便將色子和骰盆送給翊甫道：「請你起令罷。」翊甫接過，隨手一擲，是三個四，一個么，算成九點。沉思半晌，吟道：

九華❼春殿語從容，

大家俱說道：「起得好，冠冕堂皇。」下首該是雨農，翊甫便將骰盆和色子送過說道：「你擲罷。」雨農道：「三冬韻，窄得很。我怕要曳白了。」隨手一擲，是個么，算成一點，也沉思半晌，吟道：

人在蓬萊第一峰。

癡珠道：「粘貫得很，如今該是子秀了。」子秀接過色子隨手一擲，是二個四，算成八點。子秀道：「我佔便宜，不要押韻，就是這一句罷。」吟道：

二八月輪蟾影破，

翊甫道：「好！恰是今日。」因向子善道：「接手是你，請擲罷。」子善接過色子隨手一擲，是三個

❻ 宮詞：專寫宮廷生活瑣事的一種詩體，多為七言絕句。

❼ 九華：指九華殿。漢宮內有九華殿，後趙石虎亦建九華宮殿。

么，算成三點。吟道：

三官箋奏護金龍❽。

癡珠道：「好句！如今該是我擲了。」接來一擲，是二個紅，算成八點。隨口吟道：

八尺風漪❾午枕涼，

翊甫接手道：「七陽韻，寬得多了。」隨將色子一擲，是兩個紅，一個么，算成九點。吟道：

九龍呵護玉蓮房。

雨農接手擲得三紅二么，說道：「這算十四點了，那裏找得出這恰好的詩句呢？」子秀道：「漂陽公主年十四，不好麼？」癡珠道：「何必拘定十四，我替你說一句罷。」吟道：「

七月七日長生殿❿，

---

❽ 三官句：李商隱〈鄭州獻從叔舍人褎〉曰：「蓬島煙霞閬苑鍾，三官箋奏附金龍。」此書引詩之「護」字，誤，當作「附」字。三官，道教所奉之神，為天官、地官、水官三帝的合稱。箋奏，古代奏章一類的文書。此處指道教向三官焚香齋祭時所上的表章。附金龍，指將銅製金龍投於名山洞府。

❾ 八尺風漪：原指微風吹拂水面出現的細長波紋，此處借指竹席。

❿ 七月句：引自白居易〈長恨歌〉，寫唐明皇與楊貴妃於七夕在長生殿密相誓心，兩情天長地久：「在天願為

這不是十四麼？」大家道：「如此放活，還鬆動些。」於是子秀擲得一么，吟道：

雁點青天字一行。

下首是子善擲得兩么，吟道：

一番雨過一番涼，

癡珠道：「還用七陽韻麼？」就接手擲出兩個紅來，吟道：

八字宮眉點額黃⑪。

下首是翊甫，也擲得一么，吟道：

楚館蠻絃⑫愁一概，

比翼鳥，在地願為連理枝。」

⑪ 八字句：八字宮眉，漢唐宮女的眉式。唐宇文士及《妝臺記》：「漢武帝令宮人掃八字眉。」額黃，古代婦女在額上塗描或粘貼的黃色飾物。李商隱〈無題〉：「壽陽公主嫁時妝，八字宮眉棚額黃。」

⑫ 蠻絃：南方少數民族的絃樂器。

雨農接手擲得一么一紅，吟道：

五更鐘後更迴腸。

翊甫道：「道兩首詩我要僭易了。前首雨農十四點，宜用子秀『漂陽公主年十四』句，接用癡珠『八字宮眉點額黃』七字，不更渾成麼？子善『一番雨過一番涼』，接用子秀『雁點青天字一行』七字，不更聯貫麼？」癡珠道：「好極！翊甫詩境大進，我和大家賀他一鍾罷。」於是喝過酒，子秀接手又擲，是一紅兩么，吟道：

六曲連環照翠帷，

子善接手是一紅一么，吟道：

不寒長著五銖衣⑬。

癡珠道：「好句。」接手擲成一紅二么，吟道：

三星自轉三山遠，

翊甫接手是一個么。癡珠道：「你說一句收令罷。」翊甫搜索一會，吟道：

⑬ 五銖衣：傳說神仙穿戴的一種輕細薄柔的衣服。

萬里雲羅⑭一雁飛。

雨農道：「妙絕！竟聯成四首，我們喝酒罷。」後來秋華堂席散，大家便跟癡珠來到西院，與秋痕說說笑笑，也就去了。癡珠便送秋痕回家。秋痕一生，這一天也算揚眉吐氣。其實謖如起身之時，原想替秋痕贖身，一則為癡珠打算，一則為李夫人作伴，奈他媽十分居奇，只索罷了。

且說謖如是九月初七到了江南，見過南北大帥及淮、海、揚、徐各道節度，便奉密札，馳往廬、鳳⑮一帶打探賊情。不想逆賊早知李總兵是山西截殺回匪的一員大將，想要計殺此人，為回子報仇，就於采石磯⑯江上伏兵數處。等了兩日，不見動靜，各隊頭目就有些倦了。第三日午後，忽有小艇，卻是一老一少載著一甕美酒及各種點心，泊在磯邊售賣。點心不過是江南常見的，那酒卻氣味醇濃，一錢一杯。各隊的賊紛紛要買，累得那一老一少手腳忙亂，答應不迭。正在賣酒熱鬧之際，又有三個漁船呀啞而至，每船上兩個漁人，隔著賣酒的船一箭多地。那捕魚的人就跳上岸，向熱鬧處看來，見是賣酒又說酒好，各人就也買一杯。漁船上只有一人看守，隨後又有個小船載著幾十束連枝帶葉的柴，船頭上坐個樵夫，身體胖大，年紀不上三十，拿把柴斧輕輕打著船板，口唱山歌。後艙兩個搖艣的人也跟著唱，都是本地的腔，就靠著漁船一字兒泊著。恰好有個黃袍賊目，帶了數十名賊兵，先向酒船

⑭ 雲羅：形容陰雲像網羅一樣遍布天空。

⑮ 廬鳳：廬，廬州府，今安徽省合肥市地域。鳳，鳳縣，今陝西省鳳縣地域。

⑯ 采石磯：在今安徽省馬鞍山市長江東岸，形勢險要，自古為軍防重鎮。

上查驗腰牌⑰並衣上記號，卻個個是有的。末後查到柴船上，樵夫道：「有是有的，今天卻沒有帶來。」頭目將樵夫細瞧一瞧，向賊兵道：「是個妖，你與我拿住。」說話時遲，下手時快，只見樵夫將柴斧一聳身，賊目的頭早已粉碎，鮮血迸流。這些賊兵先前驚愕，次後正要拔刀，卻早倒了三四個。船上又跑出搖艣的人，舞著雙劍。那漁船上六個壯丁，酒船上一老一少，也輪著兵器趕上岸來，將這數十人殺個淨盡。只有一兩個跑向賊營報信。那樵夫便將手炮一響，就有二百多人：也有從蘆葦中小船跳上來的，也有從岸上各路跑來的，紛紛都到，徑行追入營中。見大家都已被酒，一人一刀，一刀一個，也全殺了。

看官，你道那樵夫是誰？就是謖如。六個壯丁及搖艣的人，賣酒的一老一少，就是謖如帶來將佐親丁。謖如料得賊有埋伏，此兩日故意逗遛不進。到了第二夜，搶了賊中做買賣五支小船，次日便打扮起來。如今殺了西路伏賊，立在岸上，謖如便命將死賊身上衣服及腰牌都取下來，又在黃袍身上搜出小令箭一支。所有尸首，都命拋入江中；又與將領附耳數語，這二百名兵又四散了。謖如自帶數人往樹林深處，將松鬣⑱四處懸掛。

且說東路岸賊聞西路的炮，道是他的號炮，一路趕來。不想空江一片，並無一船一人，大家俱覺詫異，只好照舊埋伏。不想蘆葦叢中的營早燒得空了，只得四處搜尋放炮的人。天色卻已黃昏，那水

⑰ 腰牌：古代繫於腰間的牌子，用作驗證身份，出入備查的通行證。

⑱ 松鬣：即松針。

路的賊係靠東岸下流十餘里。忽見岸上來了一個黃衣頭目，跟著兩個小頭目，手中拿著令旗，傳道：「官兵已經渡江，令船內的人都趕緊往東邊陸路救應。每一船上只留二人看船，不可遲誤。」便將令箭遞給船上頭目，匆匆的去了。賊船一聞此信，便大家收拾器械，都上岸往東救應。原來這三個都是謖如命人扮來的。這三個人就在東岸樹林裏也將松鬣四處懸掛，見賊兵去遠，便打了一聲暗號。二百人拔出短刀，跳上賊船，將看船的賊一刀一個殺了，奪了四五十號大小賊船，悉令盪往上流十里外，一字兒泊住。將岸旁蘆葦及所帶的柴分布在各大船上，船中所有軍裝糧草一齊運出，留數十名兵守著船隻，一百餘名兵四面埋伏。

卻說那賊兵上了岸，往東急走，走了廿餘里，已是黑暗，往前一望毫無動靜，也不聞有金鼓之聲。那幾個頭目擇個高阜之處，上去瞭望，只見星斗爭輝，江風蕭瑟，遠近數里並不見一點火光。大家相顧驚異，說道：「明明令箭傳我們救應，怎白跑廿餘里？不要是官兵的詭計！不如大家回船，再作主意。」都說道：「是！」遂又從舊路回來，又是廿多里，走得力盡筋疲。剛到岸邊，不見船隻，忽聽一聲砲響，只見得兩岸樹林裏陡起火光，火光閃爍中吶喊之聲不絕，不知有多少人。只說大兵到了，便自相蹂躪，鼠竄逃生。這一百多名兵分頭亂殺，謖如也帶人由西岸渡過來，喊殺連天，賊兵死者不計其數。其餘得命者落荒而走，趕回九洑洲大營，哭訴一切。

此時已有二更多天了。偽元帥、偽軍師嚇得口瞪目呆，半晌，偽軍師方說道：「他來探聽軍情，所帶的兵能有幾多？而且殺了一天，人馬俱已疲倦，他們自然都住在船上。我們領著戰船殺將過去，還怕不奪回船隻？」偽元帥也說：「有理。」急急的傳令。偽元帥、偽軍師便領二百餘隻的大船，分作四隊。一隊向采石磯殺來，一隊從左邊殺來，一隊從右邊殺來，一隊留後接應。三隊的船剛駛到江心，陡然對面起了一陣大風，吹將過來。此時是九月下旬，三更後月光始上，賊兵俱覺得股慄起來。從那星月中望著采石磯前面，隱隱的泊著數十號的船，並不見有一盞燈光，也不聞有一聲刁斗。偽軍師、偽元帥四望遲疑，忽聽對岸一聲砲響，那前面的船都從黑暗中轉動起來。軍師驚道：「不好！又中計了。」趕忙傳令：「暫且停住！」後面的船絡繹而來，大家得令，俱要迴柁，擁擠不開。那對岸官船早揚帆擂鼓，從暗射明，順著風，火罐、火箭如飛的撲將過來。迎面賊船早已著了。賊中左右隊尚未曾接到暫停的令，聞得對岸四處鼓聲閧然，正在驚訝，但見火焰騰騰，人聲鼎沸，兼著刮利利的風打頭吹來，覺得四面火起，一江通紅，便也彎轉船退後駛來。恰值中隊的船帶著火四面衝突逃生，卻把左右隊的船也引著了。船中火藥引著，四面環轟。那放火的官兵都上了小戰船，盡力擂鼓，大聲喊殺。那些賊船本無紀律，見這樣聲勢，早已不戰自亂，水中火裏逃避無門。謖如收隊，坐著原來的小船，從蘆葦淺瀨繞出八卦州下流，渡上岸，將二百名兵分作兩處埋伏。此時約有五更了，謖如站在山上高處遙望，江中火勢兀自乘著風勢向東南閃來，烹斗煮星，釜湯餘沸，想道：「周郎燒曹孟德[19]的一百萬兵，在那赤壁[20]地方，當亦不過如是。」停了一停，紅日漸升，天大亮了。再望大江，直同煙海，遠遠聽得有十數匹馬鈴響得瑲瑲的，斷續不絕。只見一個道人打扮，獐頭鼠目，頭上幾莖禿髮，燒得焦焦的蓬起，騎一匹連錢驄[21]。一個穿黃色龍袍，鼠首狼顧，也丟了冠，剩個髻子，騎的是個五

[19] 周郎曹孟德：周郎，即三國東吳大將周瑜。曹孟德，三國魏武帝曹操，字孟德。

[20] 赤壁：山名，在今湖北省嘉魚縣東北江濱。東漢末孫權與劉備聯軍大敗曹操軍隊於赤壁。

花驄。後面跟著十餘匹騎坐，也有盔甲全好的，也有丟了盔的，也有盔甲全丟的，也有焦頭爛額的，也有頭髮鬍鬚燒得光光的，也有手足受傷、兩人扶掖在馬上的，大家手上都沒一件兵器。當下謖如放了一聲手炮，這些人一驚，撥轉馬頭便走。兩下伏兵鼓噪而出，一人一個，用粗大蔴繩一起縛住，又得幾多好馬，推到謖如跟前。道人打扮，是個軍師車律格，穿黃龍袍的，是個副元帥赫天雄，其餘都是大頭目。這一班人領著重兵在九洑洲結寨，扼達廬、鳳之路，接遞兩湖、兩江、東西越偽將信息。不想一日一夜，將數百號的船，三萬多的兵，一起陷沒，只得跑上岸來。如今給謖如生擒了，自然是沒得活了。謖如就乘勢剋復了九洑洲。

這回用兵以少勝多，極有佈置。只人心叵測，見謖如以二百名兵敗了采石磯三萬多賊，收復了九洑洲，轉觸人忌。謖如又不善周旋，所以這回大捷竟不入告，只說是委探賊情，途遇賊兵，生擒頭目數人而已。以後九洑洲又為賊踞，謖如駐紮寶山，凡有陳請，一概不行。想要告病，現格於例㉒；想搬取家眷，又偪近賊巢。只得日日操練本部人馬，待一年後明經略入閣，力薦提督淮北，才得揚眉吐氣，為國家出點死力。看官聽著：千古說個才難㉓，其實才不難於生，實難於遇。有能用才之人，竹頭木屑皆是真才。倘遇著不能用才之人，杞梓楩楠㉔都成朽木！而且天之生才，亦扼於數，有生在千

㉑ 連錢驄：毛色如銅錢連環一樣的駿馬。

㉒ 格於例：受條例章程的限制。格，限制。

㉓ 才難：人才難得。

㉔ 杞梓楩楠：杞，杞柳，或枸杞。梓，落葉喬木，木質優良，輕軟耐朽。楩，刺榆。楠，長綠喬木，木材堅密

人共覩的地方，雨露培成之後，干霄蔽日，便輦去為樑為棟，此是順的。有生在深巖窮谷，必待大匠搜訪出來，這便受了無數風饕雪餮，纔獲披雲見日，此也算是順的。至如參天黛色，生在人跡不到的去處，任其性之所近，卻成個偃蹇支離㉕，不中繩尺，到年深日久，生氣一盡，偃仆山中，也與草木一般朽腐。王荊公㉖所謂「神奇之產，銷藏委翳㉗於蒿藜榛莽之間，而山農野老不復知為瑞也」，這真是冤！在天何嘗不一樣的生成他？怎奈他自己得了逆數，君相無可如何，天地亦無可如何！你要崛強，不肯低首下心聽憑氣數，這便自尋苦惱了。正是：

盛衰原倚伏，哀樂亦循環。
德人空芥蒂，形役神自閑。

欲知後事，且聽下回分解。

總評：此回上傳秋痕，下傳謖如，其實仍傳一癡珠，玩末幅論斷可見。至上折芳香，為貴重木材。

㉕偃蹇支離：偃蹇，高聳的樣子。支離，分散，殘缺而不中用。
㉖王荊公：北宋政治家、文學家王安石，晚年退休在家期間，朝廷於元豐三年（西元一〇八〇年）封他為「荊國公」。因而後世稱他為「王荊公」。
㉗委翳：萎謝，枯萎凋謝。委，同「萎」。

迷金醉紙，下折放火殺人，妙以李夫人酒令為之串合，以謖如臨行要替秋痕贖身為之順遞，便覺水乳交融，渾然天衣無縫。

第二十三回　簾捲西風一詩夜課　雲橫秦嶺千里書來

話說彤雲閣中秋一會，數日後，紫滄借愉園也還了席。光陰迅速，早是九月了。此時秋心院菊花盛開，秋痕正擬邀大家一敘。

一日，劍秋起個絕早，找著小岑向秋心院來。恰好大門開著，兩人就悄悄走進月亮門，只覺得一陣陣菊花的香撲入鼻孔。當下繡幕沉沉，綺窗寂寂，一個小丫鬟在院裏背著臉掃那落葉，一個大丫鬟靠著西窗外闌干邊換花瓶水，也不瞧見他兩人。直至跟前，這兩個丫鬟纔嚇一跳，見是熟人。都笑道：「來得恁❶早！爺和娘還沒醒哩，西屋坐罷。」劍秋進了西屋，就打著東邊板壁道：「驚好夢門外花郎。」小岑跟著笑道：「你只合帶月披星，休妒他停眠整宿。」那小丫鬟早溜入北屋告訴去了。只聽得癡珠輕輕的喚秋痕道：「小岑、劍秋來了。」秋痕驚醒道：「有什麼時候了？」丫鬟道：「早得很，太陽還沒落地哩。」劍秋道：「太陽沒落地，就不準人來麼？」癡珠裏面答道：「你們坐，我就起來。」一會，癡珠兩手揉著眼，身上披著長的薄棉襖，趿著鞋，自東屋走出，說道：「昨日你兩個在一塊麼？怎的這般早就出門。」小岑道：「他為著荷生十五的局，我們三個都沒還席，晚夕約了大家，要借這屋裏做個東道哩。」癡珠一面洗漱，一面說道：「好極。只是今日怕來不及。」劍秋道：「叫廚房隨

❶ 恁：即「恁地」。這樣；如此。

便預備罷。」只見炕邊的鏡推開，秋痕笑吟吟的說道：「你們倒會打算，三個合攏一席，還是隨便預備，羞人不羞人呢。」小岑道：「我們興之所至，要今日就今日罷。」秋痕只得喚跛腳傳話廚房去了。劍秋瞧著秋痕雲鬢亂挽，星眼初醒，黛色凝春，粉香浮污，便說道：「端詳可憎❷，好煞人無乾淨！」秋痕不好意思起來，隨說道：「好個學士，只這幾句《西廂》。」小岑笑道：「人家好意替你張羅，你偏要討個沒臉。」說得三人都笑了。秋痕就走入東屋妝掠，大家跟入。小岑見靠南窗下擺一書案，便說道：「秋痕，你也學采秋讀起書來。」劍秋檢著案上的書，是一部《文選》❸，一部《玉谿生詩箋注》❹，一部《韻府群玉》❺，一冊《磚塔銘》❻，一冊原榻《醴泉銘》❼。隨手展開一頁，卻夾一詩箋，上有詩二句，是「郎恩葉薄難成夢，妾命花如不見春。」認得筆跡是秋痕的，便遞給小岑道：「你瞧，秋痕跟了癡珠，不上兩個月，竟會做詩，可喜不可喜呢？」小岑瞧過，說道：「風調殊佳，怎的只兩句？是什麼題？」癡珠道：「這是他〈秋海棠〉的詩，我夾圈了這兩句。他如今要我夜課一

❷ 可憎：可愛，表示男女極度愛戀的反語，常見於古代戲曲、小說中。
❸ 文選：南朝梁昭明太子蕭統選編的一部收集周秦至南朝梁的詩文選集，故又稱《昭明文選》。
❹ 玉谿生詩箋注：清馮浩箋注的李商隱詩集。李商隱，號玉谿生。
❺ 韻府群玉：分韻集錄詩文典故詞藻的類書，二十卷。宋末陰時夫撰。
❻ 磚塔銘：指唐代《王居士磚塔銘》。
❼ 醴泉銘：唐魏徵撰《九成宮醴泉碑銘》，後由書法家歐陽詢書寫並刻石，字體剛健險勁，嚴謹舒朗，為歐陽詢楷書之代表作。

詩，也做有十幾首七絕，五六首七律。」便向秋痕道：「你何不取來給小岑、劍秋瞧。」秋痕道：「這會我纔學，總是不好，等好了再給他瞧。」小岑道：「就是不好，給我們瞧又何妨呢？」癡珠道：「我昨晚的題是〈白雞冠花〉，他有兩句還好，念給你聽。」便念道：「窗前疑是談元伴，啼月無聲夜色闌。」小岑道：「好。」劍秋道：「有此心思，還怕他不好麼？」正往下說，荷生、采秋都來了，大家延入。采秋瞧著書案，便笑向癡珠道：「我不想你做了陳最良❽。」這會秋痕妝掠也完，采秋取出便面，要秋痕畫出幾枝墨菊。接著，紫滄、瑤華同來，不一會，丹翬、曼雲也到。於是大家呼觴賞菊。采秋道：「聽說秋痕酒令，要人家做破題，今天行個什麼令？」秋痕笑道：「聯句。」荷生道：「如今秋痕真要充起名家來，不是破題，便是聯句。」丹翬道：「這又何苦呢，快快活活喝酒不好？卻要抓頭挖耳的尋思。」采秋道：「看他出什麼題，我們想想著，也還有趣。」瑤華道：「我不耐煩幹這個營生。鳳姊姊，采姊姊，我和你發拳❾罷。」就和丹翬呼起五魁手、七子圖❿來，將手鐲振動得丁丁冬冬的響。劍秋道：「發拳的發拳，聯句的聯句，秋痕，你怎不出題？」秋痕道：「我不出題。荷生、癡珠和采姊姊一個人寫一個字，鬥起來是什麼，便是個題。」荷生道：「這倒新鮮有趣，我先寫

---

❽ 陳最良：明湯顯祖《牡丹亭》傳奇中的人物形象，是個科場蹉跎，潦倒寒酸的老儒生，被杜家聘為杜麗娘私塾老師。

❾ 發拳：即豁拳，飲酒時的一種博戲。兩人同時喊數並伸出拳指，所喊數目與兩人拳指數之和相符者為勝，敗者罰酒。

❿ 五魁手七子圖：為豁拳時喊五數、七數的用語。

罷。」秋痕道：「你不要急，到裏間寫去，等采姊姊、癡珠寫了，檢開來看。」於是荷生先寫，搓個紙丸，次是癡珠、采秋，秋痕一一展開。荷生是個「眉」字，癡珠是個「畫」字。荷生道：「妙呀！竟有這樣湊巧的好題目。」秋痕拈著采秋一丸道：「且慢歡喜。還有采姊姊一個字，不曉得對不對。」大家急著要看，秋痕展開，是個「山」字。小岑道：「蒲東有個峨眉原。」紫滄道：「四川有峨眉山。」癡珠道：「秦棧還有個畫眉關哩。」采秋道：「這畫眉山三字，雖沒現成，卻雅得很，聯幾首七絕罷。」丹暈道：「我們不能。」采秋道：「讓你起句好麼？」小岑道：「倩代有罰，這例開了何如？」大家道：「好。」於是丹暈一面發拳，一面喝杯酒，小岑吟道：

峨眉山上翠眉橫，

便接道：

濃綠何年蘸筆⓫成。

秋痕道：「怎的兩句？」荷生道：「這一句是他自己的。」便接道：

天亦風流似京兆⓬，

⓫ 蘸筆：指將筆毫浸潤上墨彩的汁液。

⓬ 京兆：指漢宣帝時為其妻畫眉的京兆尹張敞。

采秋搶著吟道：

一彎著色有閑情⓭。

癡珠笑道：「很有趣。第二首我起句罷。」就瞧著劍秋說道：「你們不通是蛾眉班裏人物麼？」便吟道：

杜家癡女亦惺惺⓮，

劍秋一笑，接道：

不把長蛾鬥尹邢⓯。

大家寂然。采秋笑道：「那個接呢？」曼雲的拳輸了，想一會，吟道：

⓭ 一彎句：一彎著色，指眉彎塗黛。有閑情，指有陶淵明〈閑情賦〉所寫為眉著色：「願在眉而為黛，隨瞻視以閑揚。」

⓮ 杜家句：杜家癡女，唐代有名妓杜韋娘、杜秋娘。此處暗指此書人物杜采秋。惺惺，聰明機靈。

⓯ 長蛾鬥尹邢：長蛾，即秀眉，借指美貌。尹邢，漢武帝寵妃尹夫人、邢夫人的合稱。因尹、邢二人同時受到寵幸，漢武帝為避免內寵相鬥，詔命二人不得相見。

誰取唐皇圖[16]一幅，

秋痕便接道：

年年摹上遠山[17]青。

荷生拍案道：「好句。我喝一鍾酒。」采秋道：「秋痕妹妹真個聰明。」紫滄道：「你們不要聯，我竟得了一首，念給大家聽罷。」便高吟道：

自是天公解愛才，美人死尚費栽培。绛仙秀色瑩娘癖[18]，都付夸娥[19]守護來。

荷生道：「好。」大家也同聲道：「好。」癡珠道：「我也有四句，湊成四首罷。」便吟道：

無賴春風筆一枝，此中深淺幾人知？可憐混沌初開竅，也倣風情虢國姨[20]。

---

[16] 唐皇圖：指唐明皇〈十眉圖〉。參見此書第二十一回注[52]、[53]。

[17] 遠山：指遠山眉。據《西京雜記》載，卓文君容貌姣好，描畫眉色如畫遠山。後世稱之為「遠山眉」。

[18] 絳仙句：指隋煬帝妃吳絳仙容貌美麗，秀色可餐。宋代妓女瑩娘有畫眉嗜癖。參見此書第二十一回注[49]、[51]。

[19] 夸娥：即夸蛾，神話傳說中的大力神。

[20] 虢國姨：楊貴妃（玉環）的三姊虢國夫人。姨，妻的姊妹。楊貴妃是唐明皇之妻，故從唐明皇角度稱虢國夫人為「姨」。杜甫〈虢國夫人〉詩曰：「虢國夫人承主恩，平明上馬入宮門。卻嫌脂粉涴顏色，淡掃蛾眉朝

荷生笑道：「山膏如豚，厥性好罵，你又挖苦起人來。」癡珠道：「我講的是畫眉，何曾有心罵人？」秋痕道：「你只講畫眉，把山字全丟了。」癡珠道：「是極！我忘了。」紫滄道：「青出於藍，詩祖宗今天給人批駁得啞口無言了。」大家一笑。於是大家俱發拳轟飲，晚夕方散。

到得重陽㉑前一日，秋痕又訂了癡珠、荷生、采秋三人小飲，鬮題分韻㉒，每人七律一首。荷生拈個〈菊燈〉，詩是：

萬菊分行炫眼黃，燈燃猶自占秋光。金英冉冉㉓添佳色，寒穗㉔亭亭散古芳。
老圃風微天不夜，疏籬月落焰生香。內人分得隨花賞，星斗參橫樂未央。

癡珠拈個〈菊酒〉，詩是：

漫向雲英乞玉漿㉕，一樽菊酒進重陽。清原㉖本性休嫌淡，味到無言自有香。

至尊。」

㉑ 重陽：中國傳統民俗節日，農曆九月九日為重陽節。

㉒ 鬮題分韻：指以抓鬮的方式確定詩題和詩韻。

㉓ 金英冉冉：金英，指黃金色的菊花。冉冉，光亮閃動的樣子。

㉔ 寒穗：指耐寒的菊蕊，代指菊花。

㉕ 雲英乞玉漿：雲英，唐代裴鉶《傳奇‧裴航》小說中的仙女名。乞玉漿，〈裴航〉中寫秀才裴航經過藍橋驛

老圃邀來千里月，芳樽[27]釀出一籬霜。白衣[28]花外提壺勸，道是延年益壽方。

鎮日東籬采菊忙，為修韻事到重陽。團成粉餌三分白，占得清秋一味涼。

遮莫餐英同屈子[29]，幾回題字笑劉郎[30]。家家筐榼相投遺[31]，粲舌花開[32]許細嘗。

采秋拈個〈菊糕〉，詩是：

附近，因渴極，遂向茅屋老媪求漿而飲。老媪呼曰：「雲英，擎一甌漿來，郎君要飲。」

[26] 清原：猶清源，清澈的泉源。

[27] 芳樽：芳香的美酒。樽，盛酒器，借指美酒。

[28] 白衣：即白衣人，指重陽節時贈酒勸飲、賞菊的朋友。南朝宋檀道鸞《續晉陽秋・恭帝》載：「王宏為江州刺史，陶潛九月九日無酒，於宅邊籬下菊叢中摘菊盈把，坐其側。未幾，望見一白衣人至，乃刺史王宏送酒也。即便就酌而後歸。」

[29] 遮莫句：遮莫，約莫；或許。餐英同屈子，指吃菊花瓣和麵粉做成的菊糕，就像屈原餐食菊花一樣。屈原〈離騷〉：「朝飲木蘭之墜露兮，夕餐秋菊之落英。」

[30] 劉郎：東漢劉晨。傳說劉晨天台山採藥迷路，遇仙女而相戀，留居半年後分別。歸家，子孫已過七世。後世以劉郎代指情郎。

[31] 家家句：《西京雜記》載：「九月九日佩茱萸，食餌，飲菊花酒。」食餌，即食糕。《方言》：「餌，謂之糕。」《東京夢華錄》載：「九月重陽，各以粉麵蒸糕遺送，上插剪彩小旗。」筐榼，盛糕點的器具。

[32] 粲舌花開：形容女子粲然而笑，如春花綻開。

秋痕拈個〈菊枕〉，詩是：

闌珊菊圃謝幽芳㉝，收拾拚將貯錦囊㉞。一種芬留黃落後，十分秋占黑甜鄉㉟。
遊仙有夢宜高士，連理多情戀晚香㊱。點點紅碁㊲紋不滅，夜闌和月上藜床㊳。

後來癡珠又做了一篇〈菊花賦〉，賦云：

昨夜霜華釀小寒，扶持秋色上闌干。捲簾人比黃花瘦，腸斷西風李易安㊴。昔偕帝女遊㊵，今伴先生隱㊶，梅瓣懶上妝㊷，荷香留賸粉。四壁蟲吟一枕多，連天雁語重陽近。盈盈兮無賴，

㉝ 闌珊句：菊園裏菊花凋謝，一片衰殘。闌珊，衰殘。謝，凋謝。

㉞ 貯錦囊：指收拾菊花貯藏錦囊做成菊枕。

㉟ 黑甜鄉：指酣睡入夢。

㊱ 晚香：指菊花。

㊲ 紅碁：即紅棋。一本作「紅蕤」，即紅蕤枕，傳說中的仙枕。唐張讀《宣室志》卷六載：「紅蕤枕似玉微紅，有紋如粟。」按：當以「紅蕤」為是。

㊳ 藜床：以藜莖編製的床榻，代指簡陋的坐榻。

㊴ 李易安：北宋末、南宋初著名女詞家李清照，自號易安居士。其〈醉花陰〉詞曰：「簾卷西風，人比黃花瘦。」

㊵ 偕帝女遊：西晉潘尼〈秋菊賦〉：「招仙致靈，儀鳳舞鸞。」「遊女望榮而巧笑，雛遙集而弄音。」帝女，指天帝神女。

落落兮有神。涼月沉閣，傲霜絕塵，高還似我，淡如其人。玉宇瓊樓舊約，青娥素女[43]前身。和雨和煙，不衫不履，碧玉樓[44]前，仙韶院[45]裏。穩重同山，輕柔比水。餐秀茹香，迷金醉紙[46]。缸凝夜其不眠，影扶痕而欲起。清樽滿杯酌，插得滿頭多，滿頭勢欲落，落矣奈君何！長笛一聲銀漢[47]潔，可憐往事休重說。年年歲歲此花開，此花開時人淒絕！

其〈謝秋心院送菊〉詩云：

柳門竹巷鬢飛鴉，翠袖天寒倚暮霞。不去牽蘿補茅屋，攜鋤牆角種黃花[48]。

選得黃花十種鮮，移來茶臼筆床[49]邊。遙知天女憐多病[50]，散作維摩一榻禪[51]。

---

[41] 伴先生隱：指菊花伴隨五柳先生陶潛隱居田園。

[42] 梅瓣懶上妝：意謂懶上梅花妝。相傳南朝宋壽陽公主人日臥於含章殿檐下，梅花落公主額上，成五瓣花形，拂之不去。自後遂有梅花妝流傳。

[43] 青娥素女：皆傳說中的古代神女名。

[44] 碧玉樓：又稱碧樓。泛指華貴的樓閣。

[45] 仙韶院：唐文宗時，宮中演奏法曲〈仙韶曲〉，因稱宮中樂伎、伶人的住處為「仙韶院」。

[46] 迷金醉紙：猶紙醉金迷，比喻沉醉於繁華富麗的境況。

[47] 銀漢：指銀河、天河。

[48] 黃花：即菊花。

[49] 茶臼筆床：茶臼，貯茶罐之類。筆床，即筆架。

深黃淺白門輕盈，別種分栽雅淡㊾名。怪底東籬陶處士㊿，一篇為汝賦閑情[54]。
傲霜原不事鉛華，更與卿卿[55]晚節誇，不學四娘家萬朵[56]，秋來吹折滿溪花。

因將兩塊青花石，一鐫賦，一鐫詩，嵌在月亮門左側。

---

[50] 天女憐多病：天女，此指天女散花。《維摩經・觀眾生品》：「時維摩詰室有一天女，見諸大人聞所說法，便現其身，即以天華（花）散諸菩薩、大弟子上：華至諸菩薩即皆墮落，至大弟子便著不墮。一切弟子神力去華，不能令去。」多病，《維摩經》載：「長者維摩詰，以其方便現身有疾，因以身疾廣為說法。文殊問：『居士是疾，何所因起？』維摩詰答曰：『一切眾生病，是故我病；若一切眾生得不病者，則我病滅。』」後世以維摩多病指佛教徒生病。

[51] 維摩一榻禪：維摩，佛經中大乘居士維摩詰的省稱。一榻，全部。禪，此指禪室，即方丈室。唐李商隱〈酬崔八早梅有贈兼示之作〉：「維摩一室雖多病，亦要天花作道場。」

[52] 雅淡：高雅素淡。

[53] 怪底句：怪底，難怪。東籬陶處士，指東晉隱居田園的著名詩人陶淵明。其〈飲酒〉：「採菊東籬下，悠然見南山。」

[54] 為汝賦閑情：為汝，為你。汝，指菊花。賦閑情，此指陶淵明之詠菊花酒詩，即〈飲酒二十首〉之七：「秋菊有佳色，裛露掇去英。泛此忘憂物，遠我遺世情。一觴雖獨進，杯盡壺自傾。日入群動息，歸鳥趨林鳴。嘯傲東軒下，聊復得此生。」閑情，閑正情志，不染俗慾，即此詩所詠「遠我遺世情」。

[55] 卿卿：親昵之稱，有時含有詼諧、戲謔意味。

[56] 四娘家萬朵：杜甫〈江畔獨步尋花七絕句〉之六：「黃四娘家花滿溪，千朵萬朵壓枝低。」

重陽日，荷生是明經略請在彤雲閣登高去了。卻說李夫人自見秋痕之後，十分歡喜。是日重陽，秋痕也送了李夫人十盆菊，李夫人便買一大簍螃蟹，請癡珠、秋痕小飲。夫人和秋痕對局下棋。癡珠看天色尚早，獨向呂仙閣而來，見萬井炊煙，遊人如蟻，傷孤客之飄零，念佳時之難再，因吟杜甫〈九日〉詩中「弟妹蕭條各何往，干戈衰謝兩相催」之句，不勝惘然。接著又吟道：「天下尚未寧，健兒勝腐儒。飄飄風塵際，何地置老夫？」㊼又吟道：「將帥蒙恩澤，兵戈有歲年。至今勞聖主，何以報皇天？」㊽獨吟無賴，靠晚方到縣前街。平日愛吃螃蟹，今日肚子正餓，吃了四五樣菜，即上螃蟹，又未免多吃些，接著又是一盤油煠的菊花葉。癡珠混吃了這一陣，肚子覺得不好起來，向秋痕要個豆蔻吃下，也不見好。李夫人備下薄荷露茶，癡珠喝些，不上二更，便借秋痕坐車回來秋心院。這一夜，秋痕不脫衣服，殷勤扶侍。不想癡珠大瀉兩次，病就好了。秋痕次日卻大病起來，始只寒熱往來，頭暈不起，自九月起，到了十月，竟然臉色漸黃，肌膚日減，愈病愈恨。每向癡珠流淚道：「孽由自作，悔無可追。」癡珠百凡勸解，總不懂得秋痕是何苦楚，只覺李家禮貌都不似從前，為著秋痕臥病，就也不說。只午間來與秋痕清談，二更天便走了。

一日飯後，西風片片吹雨敲窗紙，但聽槐葉聲在庭砌下如千斛蟹湯湔沸㊾，愁懷旅緒，一往而深。

㊼ 天下四句：引自杜甫〈草堂〉詩。腐儒，庸腐的儒生。此處為自嘲語。

㊽ 將帥四句：引自杜甫〈有感五首〉之一。此書韋癡珠借此詩憂慮南方戰亂不止，批評將帥無能。

㊾ 蟹湯湔沸：形容風雨吹打槐葉發出像湯水初沸的聲音。蟹湯，即蟹眼湯，指初沸的水泛起蟹眼似的小水泡。湔沸，猶濺沸，沸水湧濺的樣子。

忽李夫人差人送來謖如信件，併有一封係致荷生的，信中備述采石磯勝仗及兩次用兵機謀。癡珠喜道：「謖如是個將材。只是這樣大捷，怎的邸抄還不見哩？」瞧完了信，便隨手作一柬帖，將謖如致荷生的一份信件，叫穆升送去大營。一會穆升回來，呈上荷生回柬並西安的信一大封。癡珠將荷生回柬拆開後，就將漱玉總封拆開，內是秦中諸友覆書，隨將漱玉的椷⑩十餘頁先行展閱，道：

癡珠徵君執事：夏初行施歸自成都，適弟有城南之役。讀留示手札⑪並詩，知望雲⑫在念，垂翼于飛⑬，良用憮然！中秋既望，從留世兄處得七月初二來書，甫悉玉體違和，留滯途次，南邊兵燹⑭，誰實為之？而令吾兄故里為墟，侍姬抗節⑮！所幸陔蘭池草以及珍髦掌珠⑯，均獲完善，則遠人當亦強自慰藉。人生非金石，愁城⑰豈長生之國哉？總要吃力保此身在，其餘則

---

⑩ 椷：同「緘」，信函。

⑪ 手札：即手書。

⑫ 望雲：仰望白雲。此處指思念家鄉，思念父母。《新唐書．狄仁傑傳》載：「親在河陽，仁傑在太行山，反顧見白雲孤飛，謂左右曰：『吾親舍其下。』瞻悵久之，雲移乃得去。」

⑬ 垂翼于飛：指鳥翼下垂不得高飛，比喻人受挫不進。《周易．明夷》初九爻辭：「明夷于飛，垂其翼。」

⑭ 兵燹：兵寇縱火焚燒曰「兵燹」。燹，音ㄒㄧㄢˇ。

⑮ 侍姬抗節：指此書第十一回所敘：「癡珠妾蒨雯正在盛年，竟為賊擄，抗節不從，投崖身死。」

⑯ 珍髦掌珠：珍髦，美髮。髦，音ㄊㄧˋ。掌珠，掌上明珠，喻指極受父母鍾愛的兒女。

⑰ 愁城：比喻愁苦鬱積的心境。

有天焉。萬庶常賜書，深怪吾兄龍性68難馴，鋒芒太露；又以人才難得，囑弟為作曹邱69。嗟夫！庶常失辭矣。昔宋歐陽永叔有言：醫者之於人，必推其病之所自來，而治其受病之處。病之中人，乘乎氣虛而入焉，則善醫者不攻其疾，而務養其氣。氣實則病去，此自然之效也。今天下苶然70，無復人氣，然則治其受患之處而與之更始，奈何？曰：培元氣而已。自勢利中於人心，士大夫不知廉恥為何事，以迎合為才能，以恬嬉71為安靜，以貪暴濟其傾邪之欲，以賄賂固其攘奪之謀。坐此官橫而民無所訴，民怨而上不獲聞，俾陰鷙險狠之徒得以煽惑愚氓，揭竿而起。嗚呼！四郊多壘，此士之辱也。宜何如各出心肝，以湔72國恥？而人心叵測，其鈍者驚疑狂顧，望風如鳥獸散，其黠者方且藉兵餉開銷，飽充囊橐73。假軍功虛報，冒濫梯榮74，而天下之氣靡然澌滅75。嗚呼！亦知天下之氣則何以靡然澌滅哉？古之君子學足於己，足不出

---

68 龍性：比喻倔強難馴的性情。

69 曹邱：亦作曹邱生，漢代楚地出身的辯士，為季布門客，遊說、宣揚季布之名於諸侯。

70 苶然：形容衰敗不振。苶，音ㄋㄧㄝˊ。

71 恬嬉：逸樂嬉戲。

72 湔：洗雪；消除。

73 囊橐：袋囊。

74 冒濫梯榮：冒濫，冒充合格而濫加任用。梯榮，攀援權勢為階梯以求榮祿。

75 靡然澌滅：靡然，草木順風而倒的樣子。澌滅，消亡。

戶，中外重之，是故道重勢輕[76]，囂囂[77]然以匹夫之卑與君相抗。降及後世，士各以所長取合當世，所求不過衣食而已。為之上者，習知士之可以類致[78]也，知名之可以牢籠天下，利之可以奔走天下也，於是徐示以抑揚，陰用其予奪，要使天下知吾意之所嚮而止。不取其定命之宏猷[79]，而徒取其浮華之文藻；不勗[80]以立身之大節，而但勗以僥倖之浮名。其幸而得皆率皆奔競之徒，迎合意旨，無有齟齬[81]，恬嬉遷就，無事激昂，是妾婦之道也，是臧獲之才[82]也。嗟夫！士君子服習孔孟，出處進退，其關係世道輕重何如也？而乃以議妾婦者議之，馭臧獲者馭之，則宜其所得者多寡廉鮮恥，阿諛順意，大半皆妾婦臧獲之流，而魁梧磊落之士倔強不少挫者，遂困於橫鬱[83]，而苦於奮厲之無門。風氣安得不日靡，人心安得不思亂，而其禍寧有瘳與？夫天下如此其滔滔也，有人焉，蹇蹇諤諤[84]，不隨俗相俯仰，欲為國家延此垂盡之氣，此何等

---

[76] 道重勢輕：視道德為重，視權勢為輕。

[77] 囂囂：傲慢自負的樣子。

[78] 類致：依類推求。類，指族類。致，求取。

[79] 宏猷：猶宏謀、宏圖，指宏大的謀略或規劃。

[80] 勗：勉勵。

[81] 齟齬：音ㄐㄩˇ ㄩˇ，不相投合；互相抵觸。

[82] 臧獲之才：指奴婢之才。臧獲，古代指戰敗而被敵人俘虜為奴婢的人。後泛指奴婢。

[83] 橫鬱：橫阻、鬱塞，指阻難不暢。

胸次，何等魄力！國手者出，就此一線，厚以養之，血脈流通，膚革充盈，蹶然興矣。庶常翔步雲衢[85]，習見人集於菀[86]，而吾兄獨集於枯[87]，遂竊非之，此自篤念故人之意。第憶先太傅嘗以吾兄及庶常為吾家旗鼓，豈料其出見紛華[88]而悅，以四十餘歲老庶常有何勘不破[89]，而亦人云亦云如此，天下事尚可問乎？尤可笑者，囑弟為作曹邱，弟苦守邃園，足跡不出戶外，與當世赫赫奕奕操魁柄者[90]，不通音問，何從說項[91]？以從者學貫古今，庶常從朝官後，不修孔融之表[92]而致曹操之書[93]，豈將以弟為黃祖[94]耶？軍興以來，白面書生心不辨菽麥[95]，目不識

[84] 謇謇諤諤：忠正直言的樣子。

[85] 翔步雲衢：猶高步青雲，仕途通達。雲衢，雲路，喻指仕途。

[86] 菀：音ㄩˋ，茂盛，此指仕途榮盛。

[87] 枯：枯萎，此指仕途衰窮。

[88] 紛華：繁華；富麗。

[89] 勘不破：猶看不破，看不透。

[90] 赫赫句：赫赫奕奕，顯赫隆盛的樣子。操魁柄者，指掌握權柄者。魁柄，猶大柄，喻指朝政大權。

[91] 說項：原指唐楊敬之器重項斯，遂「到處逢人說項斯」（〈贈項斯詩〉），後世稱替人說好話或為人說情為「說項」。

[92] 孔融之表：指孔融〈薦禰衡表〉，稱禰衡「忠果正直，志懷霜雪，見善若驚，疾惡如仇」，「使衡立朝，必有可觀，飛辯騁辭，溢氣坌湧，解疑釋結，臨敵有餘。」孔融，東漢末著名文學家。

[93] 曹操之書：東漢末文學家禰衡性情剛傲，恃才忤上，獨與孔融友善。曹操欲見之，佯狂稱病不肯往。曹操大

之無[96]，依草附木，雲蒸龍變，弟雖不肖，猶羞稱之。癡人說夢，迷離惝恍，其有劉道民[97]之際遇乎？究竟所處，不過記室參軍[98]。天下之亂亟矣，與其依人作計[99]，成不歸功[100]，敗且至於歸咎，何如攜妓東山[101]，素為名士，實亦不愧名臣也。西北苦寒，太行尤甚。山中人有立志者，則肌膚實而心地堅樸，視輕佻[102]便利者，不啻霄壤[103]。他日出而醫國，此皆籠中物也，願

會賓客，召禰衡為鼓吏，欲當眾羞辱之；禰衡乃裸身擊鼓罵曹。曹操怒恨，必欲殺之，遂修書給劉表，將禰衡押送劉表處，行借刀殺人之計。

[94] 黃祖：東漢末江夏太守，為人性情殘暴。劉表不能容忍禰衡之侮慢，復襲用曹操之計，將禰衡轉送於其部將黃祖處。後黃祖終於殺死禰衡。

[95] 白面句：白面書生，指文秀柔弱的讀書人。不辨菽麥，不能分辨豆麥，指不能識別各種莊稼。菽，豆類總稱。

[96] 不識之無：形容人不識字，知識水準很低。

[97] 劉道民：宋劉蒙叟，字道民。宋太祖乾德間進士，博學善文，歷知廬、濠、滁、汝四州，以太常寺少卿致仕。

[98] 記室參軍：官職名。參與軍事的秘書職務，掌管章表書記文檄。

[99] 依人作計：依附別人而謀劃。

[100] 成不歸功：成功而功不歸己，意謂為別人創造功績，替別人作嫁衣裳。

[101] 攜妓東山：指狎妓隱居。東晉大士族謝安隱居於會稽（今浙江省紹興市）東山，放情山林。每遊賞必攜妓出從。

[102] 輕佻：指言語舉動不莊重。

[103] 不啻霄壤：無異於天地的差別。

君留意焉。若航海南歸，此大失策。東越僻在海隅，與中原消息隔不相聞，縱有三顧之元德公[104]，其如草廬寫遠何也？若為定省計[105]，則棣萼[106]眾多；若為旨甘[107]計，則田園已蕪。丈夫子盱衡[108]當世事，努力道義，以報君親。窮達，命也。娟娘大有仙意，聞諸道路鴻飛冥冥[109]，南朝普陀[110]，西禮峨眉[111]，或者五台亦將有東來紫氣[112]乎？是未可知。弟頑鈍如恆，內人於舊臘得一男，近已牙牙學語，晚景只此差堪告慰。時事方艱，身家多故。保此身在，國家之元氣雖斷未斷，乾坤之正氣雖亡不亡。言不盡意，而詞已蕪，伏維垂鑒！

---

[104] 三顧之元德公：三國時劉備曾三顧茅廬，拜訪諸葛亮。元德，劉備，字玄德。元，通「玄」字。

[105] 定省計：定省，原指儒家為人子之倫禮，即子女早晚向親長問安為「昏定晨省」，簡稱「定省」。後泛指探望、問候父母或親長。計，考慮。

[106] 棣萼：比喻兄弟。

[107] 旨甘：甜美，指奉養親長的美味食物。

[108] 盱衡：揚眉舉目，此指觀覽。

[109] 鴻飛冥冥：鴻雁飛向高遠幽渺的天際，比喻隱者避身於幽遠之地。

[110] 普陀：普陀山，在浙江省定海縣東大海中，梵名補陀落迦，為佛家四大道場之一。

[111] 峨眉：峨眉山，在四川省峨眉縣西南，為佛家修持聖地。

[112] 五台句：五台，五台山，在山西省繁峙縣東，亦佛教聖地之一。東來紫氣，據《史記・老子列傳》司馬貞《索隱》引劉向《神仙傳》曰：「老子西遊，關令尹喜望見有紫氣浮關，而老子果乘青牛而過也。」

閱畢，說道：「良友多情，為我負氣，只是我呢？」就嘆口氣，將書放下，復將眾人的信一一看過，撂在一邊。再將漱玉的書沉吟一會。

初寒天氣，急景催人，已是晚夕，就不去秋心院了。豈料是夜院裏竟鬧起一場大風波來。正是：

賞菊持螯，秋光正好。
屬國書來，觸起煩惱。

欲知後事如何，且聽下回分解。

總評：此回傳癡珠，為類序之體，留菊宴作全書餘波，創格也。王漱玉書千餘言，可誦可傳，自來稗史，未能有之。五十二回文字，總以此壓卷。

第二十四回　三生冤孽情海生波　九死癡魂寒宵割臂

話說狗頭起先係與秋痕兄妹稱呼，後來入了教坊，狗頭便充個班長。在李裁縫意思，原想將秋痕做個媳婦，牛氏卻是不依。一為狗頭兇惡，再為不是自己養的兒子，三為秋痕係自己拐來，要想秋痕身上靠一輩子。只自己上了煙癮，一天躺在炕上，不能管束狗頭得住；兼之秋痕掛念癡珠，兩日不來，便叫狗頭前往探問，自然要假些詞色；又有李裁縫主他的膽，這狗頭便時時想著親近秋痕。無奈秋痕瞧出他父子意思，步步留心。狗頭實在無縫可鑽，愛極生恨，恨極成妒，便向牛氏挑唆起癡珠許多不是來。以此秋痕背地裏瑣瑣屑屑受了無數縷聒❶，這也罷了。

十四日，荷生、小岑、劍秋都在愉園小飲，靠晚，便來秋心院坐了一會，癡珠不來，各自散了。秋痕陡覺頭暈，荷生去後，和衣睡倒。一會醒來，喚跛腳收拾上床，卻忘了月亮門，未去查點。睡至三更後，覺得有人推著床橫頭假門❷，那猧兒也不曉那裏去了，便坐起大聲喊叫。跛腳不應，那人早進來了，卻是狗頭。一口吹滅了燈，也不言語，就摟抱起來。秋痕急氣攻心，說不出話，只喊一聲：「怎的？」將口向狗頭膊上盡力的咬。狗頭一痛，將手擰著秋痕面頰，秋痕死不肯放，兩人便從床上

---

❶ 縷聒：連續不斷的嘮叨。

❷ 假門：暫時開的一道門。

直滾下地來。狗頭將手扼住秋痕咽喉，說道：「償你命罷！」跛腳見不成事，大哭起來。李裁縫沉睡，牛氏從夢中驚醒，說道：「外面什麼事？」一面說，一面推醒李裁縫。李裁縫就也驚醒，說道：「怎的？半夜三更，和丫鬟鬧！」急披衣服，跳下床來，尋個亮，開了房門，取條馬鞭，大聲嚷入。見秋痕壓在狗頭身上，便罵道：「還不放手！」呼呼的向秋痕身上抽了幾鞭。牛氏披著衣服一路趕來，說道：「什麼事？」狗頭早放了手，把秋痕推翻，自行爬起。牛氏已到，李裁縫扭住狗頭，嚷道：「這是怎說？」狗頭將頭向秋痕胸膛撞將下去，嚷道：「我不要命了！」牛氏見這光景，驚愕之至，接著嚷道：「你不要命，我女兒是要命呢！」李裁縫死命的拉住狗頭，兩人就滾在東窗下，將窗前半桌上玉花瓶碰跌下來，打得粉碎。牛氏忙將蠟臺瞧著秋痕，見身穿小衫褲，仰面躺在地下，色如金紙，兩目緊閉。牛氏便嚎啕的哭起來，將頭撞著李裁縫，也在地下亂滾，聲聲只叫他償命。跛腳和那小丫鬟呆呆的站在床前看，只有打戰。廚房中兩個打雜和那看門的都起來打探，不知何事，見一屋鼎沸，秋痕氣閉，便說道：「先瞧著姑娘再說罷！」一句話提醒牛氏，便坐在秋痕身邊，向打雜們哭道：「你看打成這個模樣，還會活麼？」狗頭見牛氏和李裁縫拚命，心上也有點怕，早乘著空跑開了。這裏牛氏摸著秋痕，一聲聲的叫。打雜們從外頭沖碗湯，遞給牛氏，一面叫，一面把湯灌下。半晌，秋痕雙蛾顰蹙，皓齒微呈，回轉氣來。又一會，睜開眼，瞧大家一瞧，又合著眼淌出淚來。牛氏哭道：「你身上痛麼？」秋痕不答，淚如湧泉。此時李裁縫安頓了狗頭，就也進來。牛氏瞧見，指天畫地，訶詬❸萬端。李裁縫不敢出氣，幫著兩個丫鬟將秋痕扶上床沿。秋痕到得床沿，便自行向裏躺下，嚶嚶啜泣。

❸ 訶詬：大聲呵斥責罵。

打雜們退出，牛氏檢起地下的鞭，向李裁縫身上狠狠的鞭了一下。李裁縫縮著頭，搶個路走了。牛氏喚過丫鬟，也一人一鞭，說道：「快招！」兩個丫鬟遍身發抖，說道：「是……是爺……爺叫……叫我不要關這……這月亮門，姑娘有……有叫喊不……不准……准……」牛氏不待說完，揚起鞭，跑出，大罵道：「老狗頭！老娘今番和你算帳，撒開手罷。」李裁縫父子躲入廚房，將南廊小門拴得緊緊，由牛氏大喊大罵，兩人只不則聲。只可憐那門板無緣無故受了無數馬鞭。

且說癡珠早飯後，正吩咐套車，跟班忽報：「留大老爺來了。」原來子善數訪癡珠，都不相值。今日偶到秋心院，不想牛氏正和李裁縫父子理論，見子善來了，便奔出投訴。子善也覺氣憤，坐定。秋痕知道了，喚跛腳延入，含淚說道：「求你告知癡珠。」只這一句，便掩面嬌啼，冰綃淹漬❹。子善也不忍看此狼狽，立起身來，說道：「你不必著急，我就邀他過來罷。」

看官！你道癡珠聽了此話，可是怎樣呢？當下神色慘淡，說道：「這也是意中之事，只我們怎好管他家事哩？」發怔半晌，又說道：「我又怎好不去看秋痕呢？」便向禿頭道：「套車。」禿頭回道：「車早已套得停妥。」癡珠不答，轉向子善道：「我如今只得撒開手罷。」便拉著子善，到了秋心院。

牛氏迎將出來，叨叨絮絮說個不休。癡珠一聲兒不言語。牛氏陪子善在西屋坐下。癡珠竟向北屋走來，見簾幃不捲，几案凝塵，就覺得有一種淒涼光景，與平常不同。未到床前，跛腳早把帳子掀開。秋痕悲慟，半晌咽不出聲來，癡珠心上也自酸苦。跛腳把一邊帳子鉤上，癡珠就坐在床沿。秋痕嗚咽半晌，暗暗藏著剪子，坐起，梗著聲道：「我一身以外儘是別人的，沒得給你做個記念，只有這……」

❹ 冰綃淹漬：淚浸絲帕。冰綃，潔白如冰的絲絹，此指手帕。

一邊說，一邊將左手把頭髮一扯，右手就剪。癡珠和跛腳拚命來搶，早剪下一大綹來。秋痕從此鬢髮鬑鬑❺矣。當下秋痕痛哭道：「你走罷，我不是你的人了！」癡珠怔怔的看，秋痕嗚嗚的哭。跛腳見此情狀，深悔自己受人指使，不把月亮門閉上，鬧出這樣風波，良心發現，說道：「總是我該死！」子善曉得癡珠十分難受，進來說道：「你這裏也坐不住，到我公館去罷。」這一夜，子善、子秀就留癡珠住下。你道他還睡得著麼？大家去了，他便和衣躺下，自己想一回，替秋痕想一回，想著現在煩惱，又想著將來結局。忽然記起華嚴菴的籤和蘊空的偈❻來，想道：「這兩支籤兩個偈，真個字字都有著落！我從七月起，秋心院、春鏡樓沒有一天不在心上，怎的這會纔明白呢？蘊空說得好：人定勝天，要看本領。我的本領不能勝天，自然身入其中，昏昏不自覺了。」又想道：「漱玉勸我且住并州，其實何益呢？我原想入都，遵海而南，偏是病了，接著倭夷入寇，海氛頓起，只得且住。為今之計，趕緊料理歸裝，趁著謖如現在江南，借得幾名兵護送，就也走得到家。」左思右想，早雞聲三唱了，便自起來，剔亮了燈，從靴頁內抽出秋痕剪的一把青絲，向燈上瞧了又瞧，重復收起，天也亮了。

洗漱後，便來看秋痕。纔入北屋，秋痕早從被窩裏斜著身掀開帳子，綠慘粉銷，真像個落花無言，人淡如菊。癡珠到了床沿，將帳接住，見秋痕著實可憐。秋痕拉著癡珠的手說道：「這是我的前生冤孽，你不要氣苦。」癡珠將帳鉤起，坐下道：「你受了這樣荼毒，我怎的不慘？」秋痕坐起說道：「天早得很，你躺一會麼？」癡珠就和衣躺下。正是：

---

❺ 鬑鬑：鬢髮稀疏散垂的樣子。

❻ 華嚴菴句：參見本書第五回故事。

錦幃初捲，繡被猶堆，燕體傷風，雞香❼積露。倭墮❽綠雲之髻，欹危❾紅玉之簪。越客❿網絲，難起全家羅襪；麻姑搔癢⓫，可能留命桑田⓬。莫拏峽口之雲⓭，太君手接⓮；且把歌唇之雨，一世看來。

當下竟自睡了。到得醒來，已是一下多鐘。撞著牛氏進來勸秋痕吃些飯，就將昨晚把狗頭攆在中門外，再不准他走秋心院一步，告訴癡珠。癡珠道：「如此分派，也還停妥。」牛氏道：「我如此分派，也為著你。只是你也該替我打算。」秋痕見他嬤說起這些話，想道：「我命真苦！一波未平，一

---

❼雞香：雞舌香的省稱，即丁香。

❽倭墮：倭墮髻，古代婦女梳的一種低垂下墜的髮髻。

❾欹危：斜高的樣子。

❿越客：指客居異鄉的越人，泛指浪遊他鄉之人。

⓫麻姑搔癢：晉葛洪《神仙傳》載，仙人麻姑手指纖長，靈巧似鳥爪，可搔背癢。

⓬桑田：滄海變桑田之意。《神仙傳》載，東漢末麻姑降於蔡經家，後麻姑講：「接待以來，已見東海三為桑田。」

⓭峽口之雲：即巫峽之雲，借指傳說中的巫山神女。戰國楚宋玉〈高唐賦〉敘巫山神女自稱：「旦為朝雲，暮為行雨。」

⓮太君手接：唐李商隱〈燕臺四首〉：「安得薄霧起緗裙，手接雲軿呼太君。」此處指手接太君，即親手迎接太君。太君，指仙女。

波又起。」便歪著身睡去了。癡珠只低著頭，憑牛氏叨嘮了半天，截住道：「這個往下再商量，今日且講今日事。」便向靴靿取出靴頁，展開，檢得錢鈔，說道：「這十千鈔子，你交給廚房，隨便備數碗菜，替我請留大老爺、晏太爺過來小飲。」牛氏瞧見鈔子，自然眉開眼笑去了。癡珠走到床沿，見秋痕側身向裏，便拉著道：「我今日要盡一天樂，不准哭。」不想秋痕早是忍著哭，給癡珠這一說，倒哭出聲來。半晌，秋痕說道：「昨天我叫你走，你卻不走，必要受那婆子的腌臢氣⑮，何苦呢？」癡珠強笑道：「我樂半天，去也不遲。」秋痕將頭髮一挽，嘆口氣道：「我原想拚個蓬頭垢面與鬼為鄰，如今你要樂，你替我掇過鏡臺來。」癡珠於是走入南屋，將鏡臺端入北屋。秋痕妝畢，喚跛腳和他嬷要件出鋒真珠毛的蟹青線縐襖，桃紅巴緞的宮裙，自回床橫頭取一雙簇新的繡鞋換上。癡珠道：「這雙鞋繡得好工緻。」秋痕橫波一盼，黍谷春回⑯，微微笑道：「明日就給你帶上。」

正說著，子善、子秀通來了，癡珠迎入。見秋痕已自起來而且盛妝，便不再提昨日的事，閑話一回。秋痕忽向癡珠道：「譬如我昨日死了，你怎樣呢？」癡珠怔了半晌，說道：「你果死了，我也沒法，只有跑來哭你一回，拚個千金市骨罷！」秋痕不語。子善道：「怎的你兩人這說這些話？」子秀道：「人家怕是說死，他兩個竟說得尋常了。」一會，南屋擺上酒肴，四人入座。秋痕擎著酒杯道：

---

⑮ 腌臢氣：猶骯髒氣，指惱人的、令人不快之氣。

⑯ 黍谷春回：黍谷，又稱寒谷，在北京市密雲縣西南。相傳戰國時鄒衍在燕地，有谷地美而寒，不生五穀。鄒衍居之，吹律而春溫至，黍生於谷，至今名為「黍谷」。此處形容悲愁淒冷的雙眸，流露出溫暖的喜色。猶如「黍谷春回」。

「大家且醉一醉。」就喝乾了一杯酒。子秀道：「慢慢著喝。」癡珠道：「各人隨量罷。」端上菜，秋痕早喝有七八杯。大家用些菜，秋痕道：「我平日不彈琵琶，今日給癡珠盡情一樂。」便喚跛腳取出琵琶，彈了一會，背著臉唱道：

手把金釵無心戴，面對菱花⓱把眉樣改。可憐奴孤身拚死無可奈，眼看他鮮花一朵風打壞。猛聽得門兒開，便知是你來。

秋痕唱一字，咽一聲，末了回轉頭來，淚盈盈的瞧著癡珠，到「是你來」三字，竟不是唱，直是慟哭了。癡珠起先聽秋痕唱，已是淒淒楚楚，見這光景，不知不覺也流下淚了，就是子善、子秀也陪著眼紅，便向秋痕道：「你原說要給癡珠盡情一樂，何苦哭呢？」癡珠破涕，讓兩人酒菜，也說道：「秋痕，你不必傷心了。」秋痕忍著哭，把一杯酒喝了，來勸子善、子秀。其實悲從中來，終是強為歡笑。四人靜悄悄的清飲一回。此時是初寒天氣，到二更天，北風栗烈，就散了席。

癡珠原欲回寓，見秋痕如此哀痛，天又刮風，就也住下。秋痕留一壺酒，幾碟果菜，端入北屋，催丫鬟收拾，把月亮門閉上，燒起一個火盆⓲，吩咐跛腳去睡。然後兩人卸下大衣，圍爐煮酒。秋痕道：「今夜刮風，差不多七月廿一那般利害。咳！我兩人聚首，還不上三個月哩。我起先要你替我贖身，此刻你是不能，我也知道。只我終是你的人。」癡珠喝了半杯酒，留半杯遞給秋痕，嘆口氣道：

⓱ 菱花：指菱花鏡。
⓲ 火盆：即炭火盆，燃燒炭火以取暖或烘物。

「你的心我早知道，只我與你終久是個散局。」秋痕怔怔的瞧著癡珠，半晌說道：「怎的？」癡珠便將華嚴菴的籤，蘊空的偈，並昨夜所有想頭，一一述給秋痕聽了。秋痕聽一句，掉下一淚，到癡珠說完了，秋痕不發一語，站起身來走出南屋，回來就坐，說道：「千金市骨，你這話到底是真是假？」癡珠道：「我許你，再沒不真。」秋痕道：「癡珠，你聽！」突的轉身向北窗跪下，說道：「鬼神在上，劉梧仙負了韋癡珠，萬劫不得人身！」這會風刮得更大，月都陰陰沉沉的。癡珠驚愕，秋痕早起來說道：「你喝一杯酒。」一面說，一面紮起左邊小袖，露出藕般玉臂，把小刀一點，裂有八分寬，鮮血流溢。癡珠蹙著雙眉道：「這是何苦呢！創口大了，怕不好。」秋痕不語，將血接有小半杯，將酒沖下，兩人分喝了。趕著取塊絹包裹起來，停了一停，窗外淅淅瀝瀝的下起雨來。秋痕喜道：「我這會很喜歡，我們兩心如一，以後這地方你也不必多來，十天見一面罷。每月許他們的錢，儘可不給。至我總拚一個死，到那一天是我死期，我就死了。萬有一然，他們回心轉意，給我們圓成⑲，這是上天憐我，給我再生，我也不去妄想。」癡珠道：「這……你一段的話，大有把握。」於是淺斟低酌，款款細談，盡了一壺酒，然後安寢。正是：

涕泗滂沱，止乎禮義。
信誓旦旦，我哀其志。

欲知後事，且聽下回分解。

⑲ 圓成：圓滿成全。

總評：此回是傳秋痕，而上半折以荷生三人作引，下半折以留、晏二人作引，此作者筆墨照應處。至蘊空偈語，係全書定局，此回為全書上下關鍵，故特於此闡發之。美人細意慰貼平，滅盡裁縫針線跡。

第二十五回　影中影快談紅樓夢　恨裏恨苦詠綺懷詩

話說大營日來得了河內❶土匪警報，經略調兵助勦，籌餉議防。雖荷生佈置裕如，然足跡卻不能離大營一步。到得這日，正想往訪癡珠同赴愉園，卻見青萍呈上一械，說：「是韋師爺差人送來的。」荷生拆開，是幅長箋，斜斜草草，因念道：

天上秋來，人間春小。歡陪燕語，每侍坐於蓉城❷，隊逐凫趨，屢分餐乎麻飯❸。萍蹤❹交訂，棣萼情深，感激之私，只有默祝佛天，早諧仙眷而已。秋痕命不如人，揶揄有鬼，執事以英雄眼為慈悲心，拔諸九幽❺，登之上第，披雲見日，立地登天。旁觀喜尚可知，當局心如何快！然酒闌燈灺，秋痕宛轉悲歌，令人不忍卒聽。蓋狂且之肆毒❻，無復人理，非不律所能詳也。

❶ 日來得了河內：日來，近來。河內，古代指黃河以北地區。

❷ 蓉城：即芙蓉城，傳說中的仙境。宋蘇軾之〈芙蓉城〉詩序：「世傳王迥字子高，與仙人周瑤英遊芙蓉城。」此處指本書所寫的芙蓉洲、愉園等環境。

❸ 麻飯：以麻所做的麻粥、麻餅等食品。

❹ 萍蹤：浮萍遊蕩的蹤跡，比喻行蹤飄流無定。

❺ 九幽：極陰暗幽深的地方，指不見天日的地方。

近以傾心於我之故，慘遭毒棍，寃受剝膚❼。

便愕然道：「怎的？」又念道：

嗟乎！一介弱女落在駔儈❽之手，習與性成，恐已無可救藥。乃身慚璧玷❾，心比金堅，毅然以死自誓。其情可憫，其志可嘉。

便說道：「秋痕自然有此錚錚。」又念道：

而走也七尺之軀，不能庇一女子，胡顏之厚？無可解嘲，為詠「多情自古空餘恨，好夢由來最易醒」之句，於我心有戚戚焉。或乃以《風雷集》見示，且作書規戒。

便說道：「那個呢？」又念道：

古道照人，落落天涯，似此良友，何可多得！第日來一腔恨血，無處可揮，兼之鼠輩媒蘖❿，

---

❻ 狂且之肆毒：指本書狗頭對劉秋痕的侮辱。狂且，指行為輕狂淫惡之人。肆毒，放肆狠毒。

❼ 剝膚：指迫近其身的災禍。

❽ 駔儈：牲口交易的經紀人，借指市儈之類。駔，音ㄗㄤˇ。

❾ 璧玷：白璧遭到玷污。

❿ 媒蘖：又作「媒孽」，釀酒酵母。比喻借端誣陷，釀成其罪。

意中人咫尺天涯⓫。

便說道：「竟散了麼？」又念道：

因思采秋福慧雙修，前身殆有來歷，得足下寵之，愈增聲價。從此春窺圓鏡⓬，鐘聽一樓，無復有紅塵舊跡矣。苦我一領青衫，負己負人，且貽禍焉。時耶？命耶？尚復何言！咄咄書空，琅琅雪涕⓭，直此生之結局，匪好事之多磨。悵無復之，鬱將誰語？念春風之噓植⓮，久辱公門；纈彭澤之孤芳⓯，幸垂聰聽。某日某白。

念畢，說道：「好尺牘！只教我怎樣呢？」因作個覆書，喚青苹交給來人去了。就吩咐套車，向愉園來，將這四日情事略說一遍，便從靴頁檢出癡珠的字，遞給采秋。采秋瞧著，自也驚訝歎息，因說道：「我原說要起風波。」荷生道：「這樣風波我也經過數處，實是難受。我的覆信，念給你聽：

⓫ 咫尺天涯：形容人的相處近在咫尺，卻猶如天涯般遙遠。

⓬ 圓鏡：喻指明月。

⓭ 琅琅雪涕：流灑明亮晶瑩的淚珠。琅琅，明亮；清朗。

⓮ 噓植：呵護、扶植。噓，猶噓呵，噓氣呵暖，形容關心愛護。

⓯ 纈彭澤之孤芳：纈，音ㄒㄧㄝˊ，形容醉眼迷離之態。此指陶醉傾心。彭澤之孤芳，指陶淵明棄官隱居的孤高芳潔之節操。彭澤，陶淵明曾出任彭澤（今江西省湖口縣東）令，故後世稱其為「陶彭澤」。

來示讀悉，悲感交深。我輩浪跡天涯，無家寥落，偶得一解人，每為此事心酸腸斷。不才⑯寄贈荔香仙院諸詩，早經披覽，此中之味惟此中人知之，不足為外人道也。蒼蒼者天，帝不可見，閶不可登，何從上達綠章⑰，為花請命？憶舊作有〈浪淘沙〉小詞一闋，云：『春夢正朦朧，人在香中。樹頭樹底覓殘紅，只恐落花飛不起，辜負東風。』正謂此也。所幸秋痕鐵中崢崢，以死自誓。或者情天可補，恨海能填，解將鸚鵡之絲，放入鴛鴦之隊，他日之完美，可償此日之艱辛。有志者好自為之而已。弟與采秋情性相投，綢繆已久，雙棲之願，彼此同之。第恐後事難期，空花終墜，蘭因絮果⑱，一切茫茫。況遠遊王粲⑲，蹤跡如萍，半老秋娘⑳，光陰似水，伯勞飛燕㉑，刻刻自危。所恃者區區寸心㉒，足以對知己耳。不日采秋將歸鄉里，弟滿腔

---

⑯ 不才：沒有才能，對自己的謙稱。

⑰ 綠章：即青詞。古代道教祭天時以朱筆在青藤紙上寫的奏章表文。泛指祭天奏章。

⑱ 蘭因絮果：指男女婚戀以善始而無善終。蘭因，指芳美似香蘭的因緣。絮果，指離散如飄絮的後果。

⑲ 遠遊王粲：東漢末，王粲十七歲時為避董卓之亂，自長安遠遊於荊州（今湖北省江陵市），依附劉表卻不得重用。後歸曹操任丞相掾，賜關內侯。

⑳ 半老秋娘：唐代金陵女子杜秋娘，本為李錡妾，後李錡叛反被誅，秋娘入宮得寵於唐憲宗。唐穆宗時為皇子傅姆，皇子廢，秋娘賜歸故里，窮老而終。此處代指年老色衰的妓女。

㉑ 伯勞飛燕：喻指離異分手的親人或情侶。古樂府〈東飛伯勞歌〉：「東飛伯勞西飛燕，黃姑織女時相見。」

㉒ 區區寸心：猶方寸之心，引申為真摯專一之心。區區，猶方寸。

離緒，無淚可揮；正擬相邀前往春鏡樓一敘，乞即命駕。筆不盡意，容俟面陳。」

采秋不待聽完，早秋水盈盈，掉下淚來。末後荷生也覺得酸鼻，幾乎念不成字，便都默然。紅豆只得含笑道：「爺和娘替人煩惱，怎的自己先傷心呢？」荷生正要說話，小丫鬟傳報：「韋師爺來了。」便迎著上樓。

癡珠神氣日來自然不好，瞧著荷生、采秋也不似往時神采。三人這會都像有萬千言語，不知從何說起。只大家紅著眼眶讓坐，還是采秋忍著淚說道：「四天沒見面，兩家都有點煩惱。」癡珠勉強作笑道：「此等煩惱，其實是意中事，並非意外。」荷生含淚道：「癡珠通極！天下之物，聚則生蠹，好則招魔。我們聰明，有什麼見不到的道理？只是未免有情，一把亂絲，慧劍卻斬不斷哩。」采秋道：「這事我們總要替他圓成纔好呢。」荷生道：「大難，大難！采秋，你不看你嬷麼？」采秋支頤不語。停了一停，癡珠噙著淚說道：「『人生豔福，春鏡無雙』，你兩個終是好結局，不似我『黃花欲落，一夕西風』。」荷生道：「你這四句是那裏得來？」癡珠就將華嚴菴的籤，蘊空的偈，也一一講給兩人聽了。兩人口裏詫異，心中卻著實喜歡，談笑便有些精神起來。不一會，丫鬟掌上燈，擺出酒肴，三人小飲。到了二更，穆升帶車來接，癡珠正待要走，卻刮起大風，飛沙揚礫，吹得園中如萬馬奔馳一般。荷生道：「這樣大風，怎樣走的？而且一人回去，秋華堂何等寂寞。我兩人情緒，今日又是無聊，何不煮茗圍爐，清談一夜？」采秋道：「我教他們備下攢盒，將這些菜都給他們端去，我們慢慢作個長夜飲罷。」荷生、癡珠俱道：「好極！」當下穆升回去。樓上約有一下多鐘，三人便淺斟細酌起來。

大家參詳華嚴菴籤語，就說起《紅樓夢》散花寺鳳姐的籤㉓，癡珠因向采秋道：「我聽見你有部批點《紅樓夢》，何不取出給我一瞧。」采秋道：「那是前年病中借此消遣，病好就也丟開，現在此本還擱在家裏。」癡珠道：「《紅樓夢》沒有批本。我早年也曾批過，後來在杭州舟中見部批本，係新出的書，依文解義，淺甚好處。這兩部書如今都不曉得丟在那裏去了。你且說《紅樓夢》大旨是講什麼？」采秋道：「我是將個『空』字立定全部主腦。」癡珠道：「太虛幻境、警幻仙姑㉔，此也儘人知道。你怎樣說這『空』字呢？」采秋道：「人家都將寶、黛㉕兩人看作整對，所以《後紅樓》㉖一書，要替黛玉伸出許多憤恨。至《紅樓補夢》㉗、《綺樓復夢》㉘，更說得荒謬，與原書大不相似了。我的意思這書只說個寶玉，寶玉正對，反對是個妙玉。」癡珠不待說完，拍案道：「著！著！賈瑞的風月

㉓ 紅樓夢句：《紅樓夢》，清代偉大小說家曹雪芹創作，描述賈氏家族的興衰與賈寶玉與林黛玉的愛情悲劇。散花寺鳳姐的籤，《紅樓夢》第一百零一回，敘王熙鳳赴散花寺求籤，得第三十三籤，正面寫「王熙鳳衣錦還鄉」，背底寫「去國離鄉二十年，於今衣錦返家園。蜂採百花成蜜後，為誰辛苦為誰甜！行人至，音信遲，訟宜和，婚再議。」

㉔ 太虛句：太虛幻境，《紅樓夢》第五回敘賈寶玉夢遊太虛幻境。警幻仙姑，掌管太虛幻境之仙女。

㉕ 寶黛：即賈寶玉、林黛玉的省稱。

㉖ 後紅樓：即《後紅樓夢》，清逍遙子撰，三十回。

㉗ 紅樓補夢：撰者不詳。

㉘ 綺樓復夢：即《綺樓重夢》，題清蘭皋主人撰，嘉慶乙丑年（西元一八〇五年）重鐫。共四十八回。

寶鑑㉙，正照是鳳姐，反照是骷髏，此就粗淺處指出寶玉是正面，妙玉是反面。人人都看《紅樓夢》，難為你看得出這沒文字的書縫。好是我批的書沒刻出來，不然竟與你雷同。」荷生笑道：「你兩人真個英雄所見略同了。只是我沒見過你們批本，卻要請教你們尋出幾多憑據。」采秋道：「我的憑據卻有幾條：妙玉稱個檻外人，寶玉稱個檻內人；妙玉住的是攏翠菴，寶玉住的是怡紅院；後來妙玉觀棋聽琴，走火入魔；寶玉拋了通靈玉，著了紅袈裟，回頭是岸。書中先說妙玉怎樣清潔，寶玉常常自認濁物，不想將來清者轉濁，濁者極清。」癡珠嘆一口氣，高吟道：「一失足成千古恨，再回頭是百年身。」隨說道：「你這憑據，我也曾尋出來。還有一條，是攏翠菴品茶說個『海』字，也算書中關目。就書中賈雨村言㉚例之，薛者，設也；黛者，代也。設此人代寶玉以寫生。故寶玉二字，寶字上屬於釵，就是寶釵；玉字下繫於黛，就是黛玉。釵、黛直是個子虛烏有㉛，算不得什麼。倒是妙玉算是做寶玉的反面鏡子，故名之為『妙』。一尼一僧，暗暗影射，你道是不是呢？」采秋答應。荷生笑道：「好好一部《紅樓》，給你說成尼僧合傳，豈不可惜？」說得癡珠、采秋通笑了。癡珠隨說道：「色

㉙ 賈瑞句：《紅樓夢》第十二回敘王熙鳳毒設相思局，誘使賈瑞患了相思病。一道士送來一面風月寶鑑之鏡，專治邪思妄動之症，囑其只照背面，千萬不可照正面。賈瑞照鏡之背面，鏡背立一骷髏，不敢再照；照鏡之正面，便見鏡內王熙鳳招引賈瑞入鏡雲雨交歡，結果賈瑞貪淫脫陽而死。

㉚ 賈雨村言：即假語村言。《紅樓夢》第一回稱：作者撰述此書，將真事隱去，用假語村言，敷演出一段故事來。

㉛ 子虛烏有：指憑空虛構的事物。

即是空，空即是色。」㉜便敲著桌子朗吟道：

銀字箏調心字香㉝，英雄底事㉞不柔腸？我來一切觀空處，也要天花作道場㉟。

〈採蓮曲〉裏猜憐子㊱，叢桂開時又見君。何必搖鞭背花去，十年心已定香薰。

荷生不待癡珠吟完，便哈哈大笑道：「算了！喝酒罷。」說笑一回，天就亮了。

癡珠用過早點，坐著采秋的車先去了。午間得荷生柬帖云：

㉜ 色即是空二句：佛教《大品般若經》：「不以空色故色空，色即是空，空即是色。」色，一切有形的物質世界及對物質世界反映的人之感覺與觀念，均無固定不變之自性，是空幻不實的。空，是相對於色的本體性範疇，但空不是絕對斷滅之空，而是非有非無的妙有真空，如水中月影。故稱「色即是空，空即是色」，色與空二而一，不可截然分開。

㉝ 銀字箏句：銀字箏，古箏的一種。以銀字鑲飾，標誌音調高低。心字香，爐香名。以素馨、茉莉、沉香等研為粉末縈篆為心字而製成的爐香。

㉞ 底事：何事。

㉟ 天花作道場：天花，即天女散花。參見本書第二十三回注㊿。道場，指和尚道士誦經禮拜做法事。

㊱ 採蓮曲句：〈採蓮曲〉，南朝樂府之西曲曲辭。據《古今樂錄》稱，梁武帝蕭衍改西曲，製〈江南弄〉七曲。〈採蓮曲〉屬〈江南弄〉七曲之三。憐子，南朝樂府中以「蓮子」諧音「憐子」。如〈西洲曲〉：「蓮子清如水」；溫庭筠〈張靜婉採蓮曲〉：「船頭折藕絲暗牽，藕根蓮子相留連。」

頃晤秋痕，淚隨語下，可憐之至。弟再四解慰，令作緩圖。臨行囑弟轉致閣下云：「好自養靜，耿耿此心，必有以相報也。」知關錦念㊲，率此佈聞，並呈小詩四章，求和。

詩是七絕四首，云：

花到飄零惜已遲，嫣紅落盡最高枝。綠章不為春陰乞，願借東風著意吹。

茫茫情海總無邊，酒陣歌場已十年。剩得浪浪滿襟淚，看人離別與團圓。

四絃何用感秋深，淪落天涯共此心。我有押衙㊳孤劍在，囊中夜夜作龍吟。

並蒂芙蕖無限好，出泥蓮葉㊴本來清。春風明鏡花開日，僥倖儂家住碧城㊵。

癡珠閱畢，便次韻和云：

無端花事太凌遲㊶，殘蕊傷心剩折枝。我欲替他求淨境㊷，轉嫌風惡不全吹。

㊲ 知關錦念：知關，即關知，告知。錦念，敬稱他人對自己的關懷、掛念。此處指本書劉秋痕對韋癡珠的關心。

㊳ 押衙：指古押衙。唐薛調所撰傳奇小說《無雙傳》中的俠士形象，為救無雙並使其與王仙客團聚而捨生自刎。

㊴ 出泥蓮葉：喻指劉秋痕、杜采秋等妓女如蓮葉出污泥而不染，本性芳潔。唐孫棨《北里志》載，妓女福娘與孫棨相好，欲望孫棨為其贖身脫籍從良，寫詩致意：「非同覆水應收得，只問仙郎有意無？」孫棨和詩婉拒：「泥中蓮子雖無染，移入家園未得無！」福娘覽之泣不復言，自此情意頓薄。

㊵ 碧城：道教稱仙人元始天尊居紫雲之闕，碧霞為城。故碧城泛指仙境。

蹉跎恨在夕陽邊，湖海浮沉二十年。駱馬楊枝都去也，

正往下寫，禿頭回道：「菜市街李家著人來請，說是劉姑娘病得不好。」癡珠驚訝，便坐車赴秋心院來。秋痕頭上包著縐帕，趺坐床上，身邊放著數本書，凝眸若有所思，突見癡珠，便含笑低聲說道：「我料得你挨不上十天，其實何苦呢？」癡珠說道：「他們說你病著，叫我怎忍不來哩。」秋痕嘆道：「你如今一請就來，往後又是糾纏不清。」癡珠笑道：「往後再商量罷。」自此癡珠又照舊往來了。是夜，癡珠續成和韻，末一章有「博得蛾眉甘一死，果然知己屬傾城」之句，至今猶誦人口。

且說荷生此時軍務稍空，緣劍秋家近大營，便約出來，同訪癡珠，說是到縣前街去了。禿頭延入，荷生就坐在書案彌勒榻上，隨手將案上書一翻，見兩張素紙的詩，題〈寫綺懷〉，便取出和劍秋同看。荷生朗吟道：

等閑花事莫相輕，霧眼㊸年來分外明。弱絮一生惟有恨，空桑三宿可勝情㊹。

漫言白傅風懷㊺減，休管黃門㊻雪鬢成。十二闌干斜倚遍，捶琴試聽懊儂聲㊼。

㊶ 淩遲：衰敗。

㊷ 淨境：即淨土，指脫離塵世污染的清淨世界。

㊸ 霧眼：指昏花的老眼。

㊹ 空桑句：空桑，空心桑樹，泛指桑樹。三宿，佛教語「三宿戀」。《後漢書．襄楷傳》李賢注：「言浮屠（指佛教）之人寄桑下者，不經三宿便即移去，示無愛戀之心。」此處代指世俗的愛戀之情。勝情，盡情。

雙扉永晝閉青苔，小住汾堤養病來。幾日藥爐愁奉倩㊽，一天梅雨惱方回㊾。

生無可戀甘為鬼，死倘能燃願作灰。

苛生皺著雙眉道：「非常沉痛！」又吟道：

不信羈魂偏化蝶㊿，因風栩栩上妝臺[51]。

猶憶三秋識面初，黃花開滿美人居。百雙冷蝶圍珊枕[52]，廿四文鴛[53]護寶書。

㊺白傅風懷：白傅，指唐代詩人白居易。因晚年曾任太子少傅，故稱「白傅」。風懷，抱負；胸懷。

㊻黃門：指晉代著名文學家潘岳，曾任給事黃門侍郎，故稱「潘黃門」。《晉書》稱潘岳美姿儀，辭藻絕麗，尤善為哀誄之文。

㊼搥琴句：搥琴，擊琴。懊儂聲，即南朝樂府吳聲曲辭〈懊儂歌〉，多寫男女愛情受挫的苦惱。

㊽奉倩：三國魏荀粲，字奉倩。其妻病逝，痛悼不已，傷神愁淒，歲餘亦死。後世成為悼亡愁傷的典故。

㊾方回：宋著名詞人賀鑄，字方回。其詞〈青玉案〉寫相思失落的愁情：「若問閑愁都幾許？一川煙草，滿城風絮，梅子黃時雨。」

㊿羈魂偏化蝶：羈魂，羈旅客死者的魂魄。化蝶，明詹詹外史評輯《情史》卷十〈情靈類・祝英台〉載，東晉人梁山伯、祝英台同窗相愛，婚戀受阻，梁山伯病逝，祝英台投墓殉情。相傳梁、祝死後化為二蝶，黃色者為梁山伯，黑色者為祝英台。

[51]妝臺：梳妝臺。

[52]珊枕：珊瑚枕，用珊瑚製作的枕頭。

劍秋笑道：「此福難銷。」荷生又吟道：

瑣屑香閨紅石竹，淤泥秀擢碧芙蕖[54]。靈犀一點頻相印，笑問南方比目魚。

暮鴉殘柳亂斜陽，北地胭脂總可傷。鳳跨空傳秦弄玉[55]，蝶飛枉傍楚蓮香。

誰將青眼憐秋士[56]？竟有丹心嘔女郎。雲鬢蓬鬆梳洗懶，為儂花下試新妝。

果然悅己肯為容，珠箔搴來一笑濃。長袖逶遲眉解語，弓鞋細碎步留蹤。

雪兒板拍歌〈三疊〉[57]，雲母屏開廠一重。生死悠悠消息斷，清風髣髴故人逢。

綠采盈襜五日期，黃蜂紫燕莫相疑。香閨緩緩雲停夜，街鼓鼕鼕月上時。

情海生波拚死別，寒更割臂[58]有燈知。憐才偏是平康女[59]，懶向梁園[60]去賦詩。

---

[53] 文鴛：鴛鴦，因其羽毛文采華美，故稱。

[54] 芙蕖：即芙蓉，荷花的別稱。

[55] 秦弄玉：春秋時秦穆公之女弄玉，傳說嫁與善吹簫作鳳鳴的蕭史。後夫妻乘鳳仙去。

[56] 青眼憐秋士：青眼，以青眼（黑眼仁）看人，表示對人的喜愛垂青。秋士，衰暮不遇之士。

[57] 雪兒句：雪兒，唐李密的愛姬，能歌善舞。李密每見賓僚文章有奇麗佳妙者，便付雪兒協音律以歌之。後泛指歌妓。〈三疊〉，即古代送別的離歌〈陽關三疊〉，其曲辭即唐王維的〈渭城曲〉：「渭城朝雨浥輕塵，客舍青青柳色新。勸君更進一杯酒，西出陽關無故人。」

[58] 割臂：割臂誓盟。春秋時，魯莊公愛其大夫黨氏之女孟任，答允娶其為夫人，孟任遂「割臂盟公」。後世指

劍秋道：「巫峽哀猿，無此淒苦。」荷生道：「這是實事，你曉得麼？」劍秋道：「采秋早和我說了。」荷生道：「我舊句云『紅粉憐才亦感恩』，也是這個意思。」又吟道：

夜闌燈灺酒微醺，苦語傷心不可聞。塵夢迷離驚鹿幻61，水心清濁聽犀分62。

酬恩空灑襟前淚，抱恨頻看劍上紋。鳳伴鴉飛鴛逐鴨，豈徒鶴立在雞群。

北風颯颯緊譙樓63，翠袖天寒倚竹愁。鸚鵡籠中言已拙，鳳凰笯64裏夜驚秋。

好如荳蔻開梦尾65，妒絕66芙蓉豔並頭。集蓼茹荼67無限痛，蘼蕪68采盡恨難休。

---

59 平康女：指風塵妓女。平康，即平康里，唐長安街坊名，為妓院的代稱。宋羅燁《醉翁談錄》：「平康里者，乃東京諸妓所居之地也。」

男女私訂終身婚約為「割臂盟」。參見本書第二十四回所敘劉秋痕寒宵割臂。

60 梁園：即梁苑。西漢梁孝王所建的東苑，方三百餘里，宮室園林相屬，規模壯觀。梁孝王在梁苑招納賓客吟詩作賦，司馬相如、枚乘、鄒陽等均為梁苑賓客。

61 鹿幻：即鹿迷、鹿夢。據《列子．周穆王》載，春秋時，鄭國樵夫獵殺一隻鹿，藏於坑中，覆蓋蕉葉。後重尋埋鹿處，忘記地點，以為做了一場夢。後世以鹿夢喻指人世得失榮辱猶如夢幻，令人迷惑。

62 水心句：水心，水中央。犀分，劃分。傳說水獸名水犀者，出入水中有光，水為之分開。

63 譙樓：城門上的瞭望樓。

64 笯：鳥籠。

65 荳蔻開梦尾：荳蔻，植物名，針形長葉，淡黃色花，種子有芳香氣味。梦尾，梦尾春，芍藥花的別稱。

長生69恨不補天公，手執紅梨70夢也空。滾滾愛河沉弱羽71，茫茫孽海少長虹72。

琴心73綿渺低徊裏，笛語74悠揚往復中。我亦一腔孤憤在，此生淪落與君同。

眉史75年來費撫摩，雙修雙譎竟如何？玉臺香屑76都成恨，鐵甕金陵77不忍過。

---

66 妒絕：猶妒極，極其妒羨。

67 集蓼茹荼：猶含辛茹苦。蓼，水草名，又名辛菜。荼，苦菜。

68 蘼蕪：香草名，芎藭的苗，葉有香氣。

69 長生：指清洪昇撰戲劇傳奇《長生殿》。參見本書第六回所敘「曲奏長生」。

70 紅梨：指明徐復祚撰戲劇傳奇《紅梨記》。參見本書第十四回所敘「情脈脈一齣紅梨記」。

71 愛河沉弱羽：愛河，指情慾。佛教認為愛慾之害猶如河之沉物溺人。弱羽，柔弱的羽毛，代指翅弱力乏的飛鳥。

72 孽海少長虹：孽海，佛教語，指因種種惡因而使人沉淪陷溺之海。長虹，指彩虹。

73 琴心：指借琴聲傳達情意。參見本書第十七回所敘杜采秋在秋心院彈奏〈昭君怨〉琴曲。

74 笛語：指借笛聲傾訴心曲。參見本書第二十一回所敘劉秋痕清夜吹笛。

75 眉史：指妓女及記載妓女事跡的書。宋陶穀《清異錄・膠眉變相》：「瑩姐，平康妓也。玉淨花明，尤善梳掠，畫眉日作一樣。唐斯立戲之曰：『西蜀有〈十眉圖〉，汝眉癖若是，可作〈百眉圖〉，更假以歲年，當率同志為修《眉史》矣。』」

76 玉臺香屑：女子梳妝臺殘留的香粉，暗指長安妓女娟娘的失落與韋癡珠之妾倩雯之死。玉臺，玉飾的鏡臺，即華美的梳妝臺。參見本書第三回和第十一回。

紅粉[78]人皆疑命薄，藍衫我自患情多。新愁舊怨渾難說，淚落尊前定〈子歌〉[79]。

玉人咫尺竟迢迢，翻覺天涯不算遙。錦帳香篝[80]頻入夢，枕屏衾鐵[81]可憐宵。

丁香舌底含紅豆[82]，子夜心頭剃綠蕉[83]。準備臨歧萬行淚，異時夠得旅魂銷。

說道：「地老天荒，何以遣此？」又吟道：

萍水遭逢露水緣[84]，依依顧影兩堪憐。繭絲逐緒添煩惱，柳線隨風作起眠。

---

[77] 鐵甕金陵：元薩都剌〈還京口〉：「城高鐵甕江山壯，地接金陵草木凋。」鐵甕，指鐵甕城，城堅勢險。金陵，即今江蘇省南京市。皆為江南形勝重鎮。按本書韋癡珠家鄉江浙，兵亂不寧，有毀室之痛，故稱「不忍過」。參見本書第十一回。

[78] 紅粉：猶紅粉知己，指劉秋痕。紅粉，婦女化妝的胭脂和鉛粉，代指美女。

[79] 子歌：即〈子夜歌〉，南朝樂府吳聲歌曲名，多歌男女愛情之悲歡離合。

[80] 香篝：熏香的竹籠。

[81] 衾鐵：指衾冷似鐵。衾，被子。杜甫〈茅屋為秋風所破歌〉：「布衾多年冷似鐵，嬌兒惡臥踏裏裂。」

[82] 丁香句：丁香舌，指女子的舌頭。紅豆，又稱相思子。古代詩詞中常作愛情或相思的象徵物。

[83] 子夜句：子夜心，指女子的心願。子夜，據《宋書・樂志一》載，「〈子夜歌〉者，有女子名子夜，造此聲。」子夜，又兼指夜半子時。此處指子夜在夜半孤寂中情侶分離的悲歡心情。剃綠蕉，諧音雙關「撥慮焦」，即撥動焦慮心情。

[84] 露水緣：猶「露水姻緣」，指韋癡珠與妓女劉秋痕之間非正常婚姻的情戀關係。

雙淚聲銷何滿子[85]，落花腸斷李龜年[86]。早知如此相思苦，悔著當初北里鞭。

劍秋道：「親朋盡一哭矣。」荷生不語，磨墨蘸筆，就紙尾寫道：「情生文耶？文生情耶？似此等作，竟不可以詩論。即以詩論，亦當駕玉溪生而上之，遑問《疑雨集》耶？荷生拜服。」遞給劍秋，又取一幅素箋，題詩八絕云：

鳳泊鸞飄事總非，新詩一讀一沾衣。如何情海茫茫裏，忽拍驚濤十丈飛。

生太飄零死亦難，早春花事便催殘。看花我亦傷心者，如此新詞不忍看。

西山木石海難填[87]，彈指春光十八年。為囑來生修福慧[88]，姓名先注有情天[89]。

---

[85] 何滿子：唐玄宗時歌者。白居易〈何滿子〉詩序：「開元中，滄州有歌者何滿子，臨刑，進此曲以贖死，上竟不免。」「此曲」，即〈何滿子〉曲。張祜〈何滿子〉：「故國三千里，深宮二十年。一聲何滿子，雙淚落君前。」

[86] 李龜年：唐玄宗時著名歌者，出入宮廷與王侯府邸。安史之亂後，流落江南。大曆五年（西元七七〇年），杜甫在潭州（今湖南省長沙市）遇李龜年，作〈江南逢李龜年〉詩：「岐王宅裏尋常見，崔九堂前幾度聞。正是江南好風景，落花時節又逢君。」

[87] 西山句：意謂恨海難填。用精衛填海的神話典故。

[88] 福慧：福德與智慧。

[89] 有情天：終成眷侶者的愛情境界。

小別傷懷我亦癡，寒宵抱病已多時。煩君再譜旗亭曲[90]，付與陽關一笛吹。
芙蓉鏡裏影雙雙，芳訊朝朝問綺窗。輸我明年桃葉渡[91]，春風低唱木蘭艭[92]。
灞陵橋畔柳絲絲，記別秦雲又幾時？銷盡豔情留盡恨，人天終古是相思。
滄溟到眼屢成田，世事紛紛日變遷。但願早儲新步障[93]，看君金屋貯嬋娟[94]。
偶將筆墨寫溫柔，塗粉搓酥樂唱酬。畢竟佳人還有福，與君佳句共千秋。

末書「荷生信筆」。劍秋吟了一回，說道：「我也題兩絕罷。」荷生道：「好極！你來寫。」便站起身讓劍秋坐下。只見劍秋提筆寫道：

---

[90] 旗亭曲：泛指酒樓中所唱的歌曲。旗亭，指酒樓。

[91] 桃葉渡：渡口名。在今江蘇省南京市秦淮河畔。相傳東晉王獻之與其愛妾桃葉往來相送於此渡口，因而得名。王獻之〈桃葉〉：「桃葉復桃葉，渡江不用楫。但渡無所苦，我自迎接汝。」

[92] 木蘭艭：用木蘭樹製造的舟船。木蘭，香木名。相傳潯陽江中木蘭洲多產木蘭樹，為吳王闔閭所植。七里洲中有魯班所刻木蘭洲。後世泛指華美的方船。艭，小舟。

[93] 步障：用以遮蔽風塵或視線的輕便帷幕。《列女傳》載，王凝之娶才女謝道蘊，一次王獻之與客論辯受挫，謝道蘊乃施青綾步障自蔽，申發王獻之前議，反使客論受挫。此處以步障代指才女謝道蘊，喻情侶佳偶。

[94] 金屋貯嬋娟：用漢武帝劉徹金屋藏嬌典故。據《漢武故事》載，劉徹幼時，其姑母長公主嫖抱其於膝上，問其欲得婦誰人。劉徹指長公主之女阿嬌說：「若得阿嬌作婦，當作金屋貯之也。」

花片無端墜劫塵95，紅樓半現女郎身。夢中彩筆懷中錦，都作纏頭96贈美人。
煙月飄零未可知，開函紅豆子離離。書生合受花枝拜，憔悴蕭郎97兩鬢絲。

劍秋題畢，也遞給荷生瞧，笑道：「我沒有你們洋洋灑灑的筆才。」荷生道：「這兩首詩就好。」於是坐一會，癡珠總不見來，兩人就走了。林喜開著屏門，見門上新貼一聯云：

息影敢希《高士傳》98，
絕交畏得故人書。

荷生笑道：「癡珠總是這種脾氣。」劍秋道：「不這樣也配不上秋痕。」兩人一笑，分路而去。

正是：

紅樓原一夢，轉眼便成空。
只有吟箋在，珍藏客笥中。

---

95 劫塵：凡塵，此指兵火戰亂的塵世。

96 纏頭：古代歌舞藝伎表演完畢，客人贈給藝伎的羅錦，稱為「纏頭」。

97 蕭郎：原指南朝梁蕭衍，後世泛指美俊男子或女子所愛戀的男子。唐崔郊愛其姑之婢女，後婢女賣與連帥，崔郊因贈詩曰：「公子王孫逐後塵，綠珠垂淚滴羅巾。侯門一入深如海，從此蕭郎是路人。」

98 高士傳：記載古代高人逸士事跡的著作。三國魏嵇康撰《高士傳》，已佚。晉皇甫謐撰《高士傳》，三卷。

後事如何，且聽下回分解。

總評：此回仍傳癡珠，上半折借談《紅樓夢》，以明全書大旨；下半折借詠綺懷詩，以明全部收場。

第二十六回　彤管生花文章有價　圍爐煮雪情話纏綿

話說二十六日係明經略冬閱❶之期。先期，荷生吩咐搭個綵棚，掛上珠簾，攜采秋赴教場❷看了一日。是晚，荷生回營辦事去了。采秋自歸愉園。此時夜漏初長，采秋擁篝獨坐，忽想起庾子山華林園馬射的賦❸來，默誦一遍，卻忘了數句。教紅豆檢出，看了一看就也撂開，和衣上床躺去，合著眼，只睡不著，便想摹仿做個并門孟冬大閱的賦。想了一會，就有了開首序語一段。因坐起來，喚香雪印一銀合香篆❹，慢慢的爇起。恰好紅豆泡上一碗龍井茶，頓覺助興，教紅豆端了筆硯，隨便取一張素紙，就在燈下作了一序一賦，約有一千餘字。差不多兩下鐘，纔收拾去睡。

次日妝罷，覺得晨熹暗淡，移步簾外，見雲光匼匝❺，雪意溟濛。因進來閉著風門，向北窗坐下，

❶冬閱：冬季檢閱、操練軍隊。又稱「冬狩」。古代君王利用冬閒捕獵以練兵、閱兵。

❷教場：古代訓練、檢閱軍隊的場所。

❸庾子山句：庾子山，南北朝時代著名文學家庾信，字子山。華林園馬射的賦，指庾信所作〈三月三日華林園馬射賦〉。華林園，魏明帝時在鄴都（今河北省臨漳縣西南）建芳林園。齊王曹芳改名為華林園。晉在洛陽，北周在長安，均承其名建造華林園。此賦所指為長安城（今陝西省西安市）西別苑。

❹印香篆：印，燃香。香篆，即盤曲成篆文形狀的香。

取出賦稿修飾一過。適有荷生習楷的白摺堆在案頭，隨手取一本，卻已套有印格，便磨墨醮筆，作起楷來。紅豆在旁伺候，頻頻遞著茶湯，撥著爐火。不一會，早謄完了，喜是沒錯一字，含笑向著紅豆道：「我倘變個男子，去做這些應制❻功夫，就也不准荷生旁若無人了。」正在得意，只見香雪上來回道：「歐老爺、梅老爺來找爺，看門的告訴他爺沒有來，他卻進來，在客廳坐著。娘還見他不見？」采秋道：「你請他船房坐罷。」一會采秋出見。原來兩人是為著他會榜的座師❼是個古文家，明年七十壽誕，要求荷生替他做一篇散行壽序❽。采秋道：「荷生這兩天怕不得空，我替你薦一個好手筆罷。」小岑道：「是誰？」采秋道：「癡珠不好麼？」劍秋道：「算了，我就是從他那裏來。他說是奇特的人墓誌家傳，他纔肯下筆，似此應酧❾文字，他自己要用，也須倩人。你還薦他麼？」采秋笑道：「他現辦的席面，不通是應酧筆墨麼？」小岑道：「他那裏肯辦一個字？通是那兩個幫手胡弄局。」采秋

---

❺ 匼匝：周匝環繞。匼，音ㄧㄢˇ。

❻ 應制：指應皇帝之命撰述詩文。古代科舉考試最高一級為殿試。殿試由皇帝親臨殿廷命題策試；舉人殿試之作，也屬應制之作。

❼ 會榜的座師：會榜，會試發榜。明清時代的科舉考試，每三年會集各省舉人於京城考試，稱為「會試」。榜，張榜告示應試錄取名單。座師，明清時代舉人、進士對主考官的敬稱。

❽ 散行壽序：散行，指散行文體，即散文體。相對於偶行文體，即駢體文而言。壽序，祝壽的賀序。序，文體名。

❾ 應酧：猶應酬，應付交際往來。酧，同「酬」。

道：「癡珠這種孤癖，真也不對。讀書做人都到那高不可攀的地位，除了我們，怕就沒人賞識他了。」劍秋笑道：「我們還配？他說一家骨肉，四海賓朋，都不是他真知己。只秋痕說『他不是此刻世界上的人』，是他真知己。」采秋道：「這也真話。五石之瓠⑩，大而無當；拳曲支離之木⑪，匠氏過而不顧。這四句就做得癡珠後來的傳贊了。」此會北風大作。劍秋道：「閑話休題，荷生今天想是不來，我們還訪他去罷。」采秋道：「我有個拜盒，寄給荷生，你教跟人替我帶去罷。」劍秋道：「你喚丫鬟取去，我怕下雪，要走了。」采秋道：「我去就來。」說著，便由靠北蕉葉門進去。半晌，香雪捧個洋漆描金小拜盒⑫，並個紅紙小封，交給跟人，兩人就走了。

這裏荷生收過拜盒，將兩人延入，自將來意說了。荷生也薦癡珠，小岑含笑把前話一一告訴。荷生也覺好笑，不得已即行答應。兩人坐一會，從坑上玻璃窗內望見後院同雲密布，便趕著走了。荷生到了裏間，將愉園寄來小封拆開，是把小鑰匙，就打開小拜盒，卻是一本白摺，取出展開，見蠅頭小楷寫得勻整得很，卻是一篇賦。笑吟吟的誦了一遍，攜到書案上，密圈細點，諷詠數遍。瞧著表，早是二下多鐘，便喚青萍吩咐套車，趕向愉園。采秋迎上樓來，荷生道：「好手筆！」采秋笑道：「不要謬贊。替我看了沒有？」荷生道：「我僭易數字，和你商量看，好不好？」一面說，一面叫人將拜

---

⑩ 五石之瓠：體積可容納五石之物的大葫蘆。五石，一石十斗，共五十斗。五石之瓠體積雖大，但脆而不堅，無所實用，故稱「大而無當」，即誇大不實。

⑪ 拳曲支離之木：指彎曲、殘缺的樹木。

⑫ 拜盒：即拜匣，又稱拜帖匣。古代拜客、送禮時放置柬帖、禮封或其他物件的長方形匣盒。

盒攜入，遞給采秋。采秋檢出瞧一瞧，笑道：「你易了數字通好。只是何苦這樣濫圜！」荷生正要答應，樓下小丫鬟報說：「韋老爺、洪老爺過來。」荷生、采秋迎到梯邊，紫滄道：「天冷得很。」荷生道：「要下雪哩。」癡珠上了扶梯，向荷生說道：「那天失迎。你和劍秋就留得好詩。」采秋道：「你的和作也好。」癡珠道：「你見過麼？」荷生指著東壁道：「那不是。」紫滄瞧那兩張色箋上寫的題，是〈次綺懷詩題後原韻，並質春鏡樓主人〉，詩是七絕八首。因念道：

箜篌朱字⑬是邪非，裙布連朝理嫁衣。一洗紅顏磨蝎⑭恨，鏡鸞⑮指日看雙飛。

修到寒梅此福難，陽春獨自占冬殘。江郎一手生花筆⑯，可作金鈴⑰十萬看。

學唱〈懊儂〉譜偶填，可憐春恨竟年年。勞君惜翠留佳句，一笑鶯花醉夢天⑱。

---

⑬ 箜篌朱字：箜篌，中國古代撥絃樂器名，有豎式與臥式兩種。朱字，用朱砂所寫的字。多指朱砂書寫的符籙。

⑭ 磨蝎：星宿名。古代認為命居「磨蝎」，則平生行事多遭磨難挫折。故「磨蝎」，為磨難之象徵。

⑮ 鏡鸞：比喻分離的夫妻。南朝宋范泰〈鸞鳥〉詩序載，罽賓王獲一鸞鳥，三年不鳴。其夫人曰：「嘗聞鳥見其類而後鳴，何不懸鏡一映之。」王從其意，鸞睹鏡中形象而悲鳴，哀響衝霄，一奮而絕。

⑯ 江郎句：江郎，南朝梁文學家江淹。生花筆，猶生花妙筆，比喻文才傑出。南朝梁鍾嶸《詩品．卷中》載，江淹罷宣城郡職後，夜夢一美丈夫自稱郭璞，向江淹索還五色筆。江淹自懷中取五色筆以還之。此後作詩，不復成語，故世傳「江郎才盡」。又五代王仁裕《開元天寶遺事．夢筆頭生花》載：「李太白少時，夢所用之筆頭上生花，後天才贍逸，名聞天下。」

⑰ 金鈴：菊花名。宋孟元老《東京夢華錄．重陽》：「都下賞菊有數種。黃色而圓者曰金鈴菊。」

鍾情苦我賣多癡，菜市街頭月上時。一掬靈均香草淚⑲，玉參差⑳好為誰吹？

涉江花影蘸雙雙，水部㉑詩心豔綺窗。他日春風蓉鏡㉒下，牂牁得意理歸艭㉓。

年來客鬢漸成絲，走馬胭脂異昔時。儘有驚鴻與平視㉔，感甄未敢賦陳思㉕。

說道：「好句似仙。」又往下念道：

---

⑱ 夢天：夢登天上仙境。

⑲ 靈均香草淚：靈均，指戰國楚著名詩人屈原，字靈均。〈離騷〉：「名余曰正則兮，字余曰靈均。」香草淚，即忠貞之淚，屈原借香草美人比喻忠貞賢良之士。

⑳ 玉參差：樂器名。鑲有玉石的無底排簫。一說，即玉笙。

㉑ 水部：南朝梁文學家何遜，字仲言。梁武帝天監年間，曾任尚書水部郎，故以「水部」代稱何遜。

㉒ 蓉鏡：即芙蓉鏡，背面鑄有芙蓉花紋飾的銅鏡。唐段成式《酉陽雜俎續集・支諾皋中》載：「相國李公固言，元和六年遊蜀，遇一老姥，言『郎君明年芙蓉鏡下及第，後二紀拜相，當鎮蜀土。』」

㉓ 牂牁句：牂牁，音ㄗㄤ ㄍㄜ，船隻停泊時栓繫纜繩的木樁。歸艭，歸舟。

㉔ 驚鴻與平視：驚鴻，驚飛的鴻雁。曹植〈洛神賦〉形容洛神之美：「翩若驚鴻，婉若游龍。」平視，兩目平正前視。《三國志・魏志・劉楨傳》裴松之注引《典略》：「太子曹丕嘗請諸文學，酒酣坐歡，命夫人甄氏出拜。坐中眾人咸伏，而楨獨平視。」

㉕ 感甄句：感甄，感懷甄氏，意謂追思戀人。曹植〈洛神賦〉李善題注稱：曹植求甄逸之女不遂，廢寢忘食。甄女歸曹丕為甄后，後為郭后讒死。黃初中曹植入朝，曹丕示以甄氏遺物玉鏤金帶枕。曹植還，息於洛水上

說道：「押思字好得很。」荷生道：「癡珠才大如海。他稿裏次韻之作，還有洋洋大篇三疊四疊的。」癡珠道：「我送給你八本詩稿，你通看過麼？」荷生道：「我瞧是瞧了一遍，下筆的才有一半。大約就中可存的什有六七，我慢慢替你去取罷。」癡珠道：「好極！你和采秋通要給我一篇序。」采秋道：「我也配替人作序？」這裏紫滄正念第七首的詩，是：

澄波蓮葉自田田，絕好清娛侍馬遷㉖。靈氣只今巾幗萃，相如才調女嬋娟㉗。

荷生道：「女相如今日竟有一篇〈羽獵賦〉㉘，采秋，你取給他瞧罷。」采秋道：「我是個邯鄲學步㉙，算不了什麼。」此時窗外沙沙的響，早一陣陣撒起玉屑來。紫滄念完第八首，是：

思懷甄后。忽見甄女來，自薦枕席，自訴情愫，言訖不見蹤跡。曹植遂作〈感甄賦〉。後魏明帝見之，改為〈洛神賦〉。按：此說虛妄不實。此處隱指韋癡珠對劉秋痕的思戀。未敢賦陳思，猶言未敢如陳思之作〈感甄賦〉。陳思，即陳思王曹植。

㉖ 馬遷：指西漢著名歷史家、文學家司馬遷。

㉗ 相如句：相如，西漢著名辭賦家司馬相如。才調，才氣。女嬋娟，指此書杜采秋。

㉘ 羽獵賦：西漢著名辭賦家揚雄作〈羽獵賦〉，敘寫漢成帝率眾負羽箭射獵禽獸的盛大豪奢場面。

㉙ 邯鄲學步：指模仿別人卻不成樣，此處為自嘲語。《莊子．秋水》載，燕國壽陵少年遠赴趙國邯鄲去學步，新步未學成，連舊步也忘掉了，最後只能匍匐而歸。邯鄲，今河北省邯鄲市。

朔雪初晴鳥語柔，文園[30]病起且勾留。秦雲塞草燕支[31]月，落落青衫[32]已十秋。

笑道：「纔說雪晴，天卻又下了。」就也過來和癡珠同看這本白摺寫的賦，見書法珠圓玉潤之中，另有一種飄飄欲仙丰致，早贊不絕口。癡珠念道：

古者司馬[33]之職，中冬大閱而狩田；雎鳩[34]之官，十月順時而講武。白旂秋載，駕月令之七騶[35]；黃竹寒吟，乘風馳之八駿[36]。狩歌甫草，弓矢斯張，獵校上林[37]，韎韐有奭[38]。莫不武

---

[30] 文園：指司馬相如。因司馬相如曾任孝文園令，故稱。文園，漢孝文帝陵園。

[31] 燕支：燕支山，即焉支山，又名刪丹山。在甘肅省山丹縣東，水草茂美，與祁連山相連。

[32] 青衫：唐制，文官八品、九品者官服色青。代指卑微官職。白居易〈琵琶行〉：「坐中泣下誰最多？江州司馬青衫濕。」

[33] 司馬：古代掌管軍事政務的官職。

[34] 雎鳩：魚鷹之類水鳥。《毛詩詁訓傳》稱雎鳩「摯而有別」。相傳古有雎鳩氏，少皞氏任為司馬（《左傳・昭公十七年》）。

[35] 駕月令之七騶：《禮記・月令》載：「（季秋之月）命僕及七騶，咸駕。」指按〈月令〉的規定，在秋末命七騶趨馬駕車。七騶，指古代為諸官駕馭車馬七個吏役。

[36] 八駿：相傳周穆王西巡駕八駿馬。後世泛指駿馬。

[37] 獵校上林：猶校獵上林苑。獵校，圍獵，設置圍欄以捕獵禽獸。上林，漢代有上林苑，為皇家園林與獵苑。此處代指獵場。

節猋逝㊴，協氣旁流㊵，期門清塵㊶，野盧㊷掃路。封圻㊸所掌，著為令典㊹已。我國家之命將㊺也，詩詠〈出車〉㊻，禮隆推轂㊼，國士㊽之壇既拜，將軍之閫㊾遂開。君子有穀㊿，元老壯猷(51)，功炳於三燮之師(52)，化穆乎七旬之格(53)。豈特桓桓(54)夫子，赳赳武夫，學萬人之敵，

㊳ 韎韐有奭：韎韐，音ㄇㄟˋ ㄍㄜˊ，皮製的赤黃色蔽膝。此處指古代武士所服。奭，音ㄕˋ，赤色。

㊴ 武節猋逝：武節，威武的氣節。猋逝，猶「焱逝」，猶如旋風奔逝一樣猛盛。猋，同「焱」、「飆」，疾風；旋風。

㊵ 協氣旁流：協氣，和諧之氣。旁流，指橫被四表。

㊶ 期門清塵：期門，官名。掌管持兵扈從護衛的官吏。清塵，清除路塵。

㊷ 野盧：野盧氏，掌管道路交通、廬舍、道禁的官吏。

㊸ 封圻：指封疆大臣。

㊹ 令典：指完備的典章法度。

㊺ 命將：任命將帥。

㊻ 出車：指《詩經・小雅・出車》，是古代慰勞遠征將士凱旋的樂歌。

㊼ 禮隆推轂：指古代帝王任命將帥時舉行隆重的推轂禮儀。推轂，帝王親自為任命的將帥推動車輪前進。

㊽ 國士：一國中才德最優秀的人物。

㊾ 閫：音ㄎㄨㄣˇ，古代地方將帥的官衙。

㊿ 穀：善良，指有善德。

(51) 元老壯猷：元老，德高望重的大臣。壯猷，宏大的謀略。

作萬里之城云爾哉！

經略以椒房懿戚(55)，珂里世臣(56)，督師河上，駐節并州。功德享乎燕詒(57)，勳名圖於麟炳(58)。接雲中之雉尾(59)，踵車後之鷹揚(60)。寇準借以撫循(61)，韓琦(62)坐而靜鎮。抒籌邊之偉略，宣專

---

(52) 功炳句：功炳，功勳彪炳、卓越。三嵏之師，據《尚書·大傳》載，夏師兵敗，商湯進擊，遂伐三嵏。三嵏，即「三鬷」，又作「三嵏」，在今山東省曹縣西南。

(53) 化穆句：化穆，指教化和諧。七旬之格，偽《古文尚書·大禹謨》載：「帝乃誕敷文德，舞干羽於兩階，七旬，有苗格。」孔穎達疏：「帝舜乃大布文德，舞干羽於兩階之間，七旬而有苗自服來至，言主聖臣賢，御之有道也。」七旬，七十天。格，來；至，指古代三苗部族歸服來至。

(54) 桓桓：威武的樣子。

(55) 椒房懿戚：指皇帝的親戚，即皇親國戚。椒房，指后妃居住的殿室，因以香椒和泥塗壁，故稱「椒房」。

(56) 珂里世臣：珂里，對他人故里的美稱。世臣，世代建有功勳的舊王。

(57) 燕詒：《詩經·大雅·文王有聲》：「詒厥孫謀，以燕翼子。」燕，安。貽，遺。意謂將安寧吉祥遺留於子孫後代。

(58) 圖於麟炳：圖畫功臣像於麒麟閣，彪炳其功勳。麟，麒麟閣。漢武帝建此閣於長安未央宮中，漢宣帝圖畫霍光等十一功臣像於閣上。

(59) 雉尾：指雉尾扇。古代帝王車輿上的儀仗用具，以雉尾羽毛緝為扇形車蓋，障翳風塵之用。魏晉以後，一般皆可用之。

(60) 踵車後之鷹揚：踵車後，指追隨、護衛於帝王車後。鷹揚，古代武將名號，指鷹揚郎將等。三國魏曹操曾拜

閫63之靈威。漕轉關中，蕭何64裕本根之計，寇窮淮上，王景65足控馭之謀。然猶謙德自撝66，公忠日懋67，吐哺握髮68，延覽英雄，鞠旅陳師69，日閑輿衛70。所以幕府得一時之人傑，軍佐皆絕代之將才。

往歲秦中，逆回滋事，經略畛域之心71不設，水火之救彌勤。親率精兵，日馳百里，驚砂入面，

大將曹洪為鷹揚校尉；隋煬帝時改驃騎將軍為鷹揚郎將。

61 寇準借以撫循：寇準，北宋著名政治家，宋真宗景德間任宰相。撫循，安撫存恤。

62 韓琦：北宋仁宗時著名將領，嘉祐間任宰相，英宗時封為魏國公。

63 專閫：指將帥專主、統領京城以外的軍務權事。

64 蕭何：漢高祖劉邦的開國重臣。劉邦與項羽交戰中，蕭何以丞相身份留守關中，為劉邦經營了政治、經濟、軍事的根本基地，不斷輸送士卒糧餉，支援對項羽的戰爭。

65 王景：北宋初將領，曾仕後梁、後晉與後周，累破契丹侵擾。

66 撝：謙遜；退讓。

67 懋：勤勉；努力。

68 吐哺握髮：據《韓詩外傳》卷三載，周公為殷勤敬客，禮賢下士，「一沐三握髮，一飯三吐哺」。吐哺，指正吃飯，有客來，吐出嘴裏的食物以待客。握髮，指正洗頭，有客來，握髮擰去水漬以待客。

69 鞠旅陳師：陳列師旅，誓師出征。鞠，告，宣告出征號令。

70 日閑輿衛：每日習練車輿與衛士。閑，同「嫻」，熟習。

71 畛域之心：指拘守地域的偏見或宗派傾向所形成的成見。畛域，境域。

堅冰在鬚。先聲遠樹，銅馬[72]聞羽檄而降；一夕成功，回鶻望令公[73]而拜。潼關日麗，硤石[74]雲屯，東行匝月之勞，西土萬家之福。豈止營屯細柳[75]，媲美條侯[76]；茇憩甘棠，興歌召伯[77]？固已陸讋水慄[78]，泥首[79]于畏威；海澨山陬[80]，銘心於飽德也。

---

[72] 銅馬：指銅馬軍。王莽新朝末年河北農民義軍，後被劉秀擊破並改編。

[73] 回鶻望令公：回鶻，即回紇，唐代西北地域少數民族及國名，在今新疆、甘肅一帶有吐魯番盆地的高昌回鶻，蔥嶺西楚河畔的蔥嶺西回鶻，河西走廊的河西回鶻等。令公，對中書令的尊稱。中唐以後，節度使多加中書令官銜。此處指總攬地方數州軍事要權的軍事長官，如節度使、都督之類。

[74] 硤石：在河南省孟津縣西二十里，為黃河津渡口。又或指硤石縣，故城在今河南省陝縣東南硤石鎮，當陝西、河南交通要道。硤，音ㄒㄧㄚˊ。

[75] 營屯細柳：漢文帝時名將周亞夫軍隊屯紮細柳營，文帝親自勞軍，因無周亞夫軍令不得入營。文帝遣使者持節詔命周亞夫，周亞夫傳令始開營門。文帝既入，按轡徐行。至軍營，周亞夫以軍禮拜見文帝。文帝贊曰：「此真將軍矣！」此處借以稱美明經略治軍紀律嚴明。

[76] 條侯：即周亞夫，封條侯。

[77] 茇憩二句：意謂召伯憩於甘棠樹下草舍中，後人遂作詩贊美召伯。茇，音ㄅㄚˊ，草舍。甘棠，《詩經・召南・甘棠》詩曰：「蔽芾甘棠，勿翦勿伐，召伯所茇。」傳說西周召伯姬奭封邑於召（今陝西省岐山西南），佐武王滅殷後封於燕，建都薊（今北京市）。召伯巡行鄉邑，結草廬於甘棠樹下，露處阡陌田野之間聽斷民間訴訟，不擾民勞民，百姓各得其所。後人懷念召伯美德，作詩頌美。甘棠，棠梨樹。興歌，即作詩。

[78] 陸讋水慄：意謂使水陸驚懼。讋，音ㄓㄜˊ，恐懼。

於時元英應律[81]，丹烏[82]司晨，塞草雲黃，劍花霜白。經略乃擁元狐[83]，駕黑駱[84]，臨於講武之場，千乘雷動，萬眾鳧鸍[85]，羽蓋[86]風張，牙旗[87]雪捲。佽飛則虎幄[88]遙開，扈從則豹房[89]晨啟。乃下令大操，香霏步障，異金谷之名園[90]；會集兜鍪[91]，同華林之習射[92]。雁翎掠地，

---

[79] 泥首：又稱泥頭，以泥塗首，表示自辱服罪。《三國志・吳志・孫和傳》載：「驃騎將軍朱據、尚書僕射屈晃率諸將吏泥首自縛。」

[80] 海澨山陬：指海濱山角。澨，音ㄕˋ，水濱。陬，山角。

[81] 元英應律：冬季順應節令而至。元英，冬季的別稱。律，節氣；時令。

[82] 丹烏：即丹烏氏，傳說中古帝少皞之官名。丹烏氏主管立秋、立冬之節令。

[83] 元狐：即玄狐、黑狐，又稱銀狐。此處指黑狐皮裘。

[84] 黑駱：白身黑鬣的駱馬。

[85] 鳧鸍：即鳧趨，形容像野鴨一樣趨飛，比喻歡欣鼓舞。

[86] 羽蓋：以鳥羽製作或裝飾的車蓋。

[87] 牙旗：旗桿上飾以象牙的大旗，為將帥所建之旌旗。

[88] 佽飛則虎幄：佽飛，即佽非。春秋楚國勇士。後成為漢代武官名，掌管弋射。此處泛指武官。佽，音ㄘˋ。虎幄，猶虎帳，指古代將軍的營帳。

[89] 扈從則豹房：扈從，猶護從，指護衛侍從人員。豹房，帝王養豹場所。明朱國禎《湧幢小品・司牲所》：「西苑豹房蓄文豹一隻，役勇士二百四十人。」

[90] 金谷之名園：指晉石崇的著名園館金谷園，在今河南省洛陽市西北金谷澗。

鷹架插天，集六部(93)之良家，奮兩河(94)之壯士。列陣分屯，旗翻豆綠；分朋別隊，襦(95)映梅紅。於是布鴛鴦之陣，揚翡翠之旌，馳唐公之驌驦(96)，萃華元之犀兕(97)。遊陟雲林，周歷煙渚，山谷為之風猋，林叢為之塵土。銅鼓鼉鳴(98)，鐵衣蟻聚，賜賚之錦霞堆，論賞之錢山積。〈長楊〉(99)

---

(91) 兜鍪：古代戰士所戴的頭盔，代指戰士。

(92) 華林之習射：指庾信〈三月三日華林園馬射賦〉所寫北周皇帝射獵華林園情景。

(93) 六部：指六部兵。東漢光武帝劉秀之兄劉伯升所設置的軍隊。

(94) 兩河：宋代稱河北、河東地區為「兩河」。河北，治所在大名府（今河北省大名縣），轄境相當今黃河以北的山東、河南地域及河北易水、霸縣和海河以南地域。河東，治所在并州（今山西省太原市），轄境相當今山西省長城以南至絳縣、垣曲一帶。

(95) 襦：指襦褲，短衣與褲，亦泛指衣服。

(96) 唐公之驌驦：《左傳・定公三年》載：「唐成公如（往、赴）楚，有兩肅爽馬。」唐公，即唐成公。唐，故國在今湖北省隨縣西北唐河鎮，春秋時為楚之附庸小國。肅爽，即肅霜、驌驦，駿馬名。

(97) 華元之犀兕：華元，春秋時宋國大夫。宋文公四年（西元前六〇七年）華元對鄭國作戰失敗，被俘。宋國人以兵車、文馬贖取華元，才送去一半，華元便逃歸了宋城。宋國人築城唱歌嘲諷他：「瞪著眼挺著肚，丟棄皮甲往回轉。」華元自我解嘲，唱道：「牛則有皮，犀兕尚多，棄甲則那！」意思是說：有牛就有皮，犀兕多的是，棄甲又算甚麼！犀兕，犀牛和兕，皆犀牛類動物，亦指以犀兕皮革製作的鎧甲。

(98) 鼉鳴：鼉遇雨則鳴叫。鼉，爬行類動物，又叫鼉龍，即揚子鱷。

(99) 長楊：即〈長楊賦〉，西漢揚雄撰，描述漢成帝行獵長楊宮，寄寓諷諫之作。

所不能賦，〈羽獵〉所不能詳也。既而槐蔭禮成，汾堤日暮[100]，鸞鶴歸林，煙雲擁樹。玉顏微霽，賓從咸怡；戎政[101]既修，景福[102]爰集。某也與寓目[103]焉，因敬謹以陳詞，願雍容而獻賦。

其辭曰：

榆關[104]春小，董澤秋闌[105]。霜烏[106]依日，塞雁驚寒。草枯玉砌，花冷金鞍。修故典[107]於良月，閱技勇於材官。經略迺選天駟[108]，駕雲軿[109]，涼生晉水，路出汾川，一條徑轅，萬騎聲闐[110]。

---

[100] 槐蔭二句：意謂日暮時三公眾官祭祀后土祠的禮儀完畢。槐蔭，周代朝廷種三槐、九棘，公卿大夫分坐其下，以定三公九卿之位。坐於槐蔭之下者為三公，故「槐蔭」代指三公。汾堤，猶汾水堤畔，指漢武帝建於汾陰的后土祠。此泛指后土祠。

[101] 戎政：軍政，指軍旅操練之事。

[102] 景福：洪福；大福。

[103] 寓目：注目觀覽。

[104] 榆關：古地名，在今河南省中牟縣南。此處泛指北方邊塞。

[105] 董澤秋闌：董澤，在山西省聞喜縣東北四十里。秋闌，秋晚；秋殘。

[106] 霜烏：寒鴉。

[107] 故典：指舊的典章制度。

[108] 天駟：神馬。

[109] 雲軿：傳說中的仙人車駕。

[110] 聲闐：聲音喧鬧。

坡平草薙(111)，林爽風穿，疏槐漏日，殘柳凝煙，彩仗共枌榆相映，和鸞與簫管齊宣。天開錦幄(112)，地遍花氈，將舉烽而代鼓，先警眾以鳴鞭。鳧藻(113)心傾，驩虞情暢，砲石雷轟，戟門(114)風壯。翠葆(115)成圍，纛旗疊障，刁斗無聲，軍書高唱。東西組甲之兵，左右繡袍之將。無何鷹隼飛騰，熊羆馳突，陣結連環，彩高仗鉞，散為蝴蝶，五花八門，圍作鴛鴦，春雲秋月。耳目紛其陸離(116)，神采飛而煥發，矯如戲水之龍，健若摩天之鶻，香麈辟易以飛揚，電影奔馳而滅沒。三驅(117)竣事，三耦(118)升堂，彎弧(119)落雁，破的(120)穿楊，懸熊正設，畫虎侯張(121)，星流雨集，走潛飛翔。

---

(111) 草薙：猶薙草，除草。

(112) 錦幄：猶錦帳，形容天空上似錦繡的彩霞。

(113) 鳧藻：指野鴨浮游於水藻，比喻歡娛。鳧，野鴨。

(114) 戟門：插戟為門。古代帝王出巡，在其止宿處插戟為門。此處代指顯赫的官署。

(115) 翠葆：翠羽聯綴、裝飾的一種儀仗。葆，羽葆，儀仗頂端的羽蓋。

(116) 陸離：光彩絢麗的樣子。

(117) 三驅：古代田獵制度。捕獵禽獸時向三面驅趕，而讓開一面，令逃生者有路，表示好生之德。此處代指田獵。

(118) 三耦：二人為耦，三耦為六人。據《儀禮·鄉射禮》載，樹立箭靶後，司射者選拔弟子中德行道藝之高者以為三耦，待於堂西。

(119) 彎弧：即彎弓射箭。

(120) 破的：射破箭靶。

(121) 懸熊二句：指張設有熊、虎圖案的箭靶。正，箭靶中心。侯，箭靶。

鵠暈圓[122]而月皎，堋雲破[123]而風揚。步射禮終，馬馳綺陌，弓勁有聲，蹄輕無跡。獅花奮而揚鑣[124]，猿臂撐而射石，貫轂之矢[125]紛投，織錦之韉[126]絡繹，控玉勒而星搖，擁琱弓而霧積。乃有漢家飛將[127]，塞上雄才，班師馬邑[128]，罷戰龍堆[129]。曾建功於絕域，得侍從於層臺，技能貫蝨[130]，令慣銜枚[131]。恰彎弓而滿月，倏噪鼓而驚雷，樂工告闋，賚賜初行。銅山合徙，錦市俱傾，壯表裏河山之色，慰就瞻雲日之情，石樓霞爛，繡壤風清，惟順時而布政，乃樂備而禮成。眷迴車而言邁，祝景福之時呈。

---

[122] 鵠暈圓：鵠，箭靶中心。暈圓，形容靶心圓如月暈。

[123] 堋雲破：堋，箭靶。雲破，形容箭穿靶心似穿破雲層。

[124] 獅花奮而揚鑣：獅花，即獅子花，又叫九花虯，駿馬名。揚鑣，提起馬嚼子，指放馬奔馳。

[125] 貫轂之矢：貫穿輪軸之箭。轂，車輪中心突出的軸端，代指車輪或車輛。

[126] 織錦之韉：以織錦所製的華美鞍韉，代指騎乘。

[127] 漢家飛將：指西漢名將李廣，威鎮邊塞，匈奴稱其為「飛將軍」。

[128] 班師馬邑：東漢順帝永和五年（西元一四〇年），中郎將張躭等在馬邑擊敗南匈奴。班師，軍隊凱旋。馬邑，今山西省朔縣東北桑乾河北岸。

[129] 罷戰龍堆：意謂戰爭結束於白龍堆。龍堆，白龍堆的略稱。古西域沙丘名。

[130] 貫蝨：指箭簇貫穿蝨心，極言善射。

[131] 銜枚：指急行軍口中銜枚，勿令喧嘩。枚，似箸的竹木短棍。

紫滄說道：「研都鍊京[132]，錦心繡口。」癡珠道：「班婕妤歌扇[133]，鮑令暉賦茗[134]，對此麟麟炳炳[135]之文能無愧色？」采秋道：「你們總是說好，其實算是我作的，自然不好也好。倘說是你們孝廉茂材做的，就也平常了。」癡珠忽然半晌不語，卻高吟杜詩〈冬狩行〉道：「飄然時危一老翁，十年厭見旌旗紅。喜君士卒甚整肅，為我迴轡擒西戎。草中狐兔盡何益，天子不在咸陽宮。朝廷雖無幽王禍[136]，得不哀痛塵再蒙。嗚乎！得不哀痛塵再蒙！」竟灑涕冒雪走了。荷生曉得癡珠別有感觸，送出大門，回來嘆道：「古之傷心人！」因也吟吐詩道：「玉觴淡無味，胡羯豈強敵？長歌激屋梁，淚下流衽席。」[137]采秋接著道：「志士幽人莫怨嗟，古來才大難為用。」[138]就留紫滄小飲，到二更天，值雪少止，坐車而去。

---

[132] 研都鍊京：應作「研京練都」。南朝梁劉勰《文心雕龍・神思》曰：「張衡研京以十年，左思練都以一紀，雖有巨文，亦思之緩也。」研京，指東漢張衡撰寫〈二京賦〉精研、構思十年乃成。練都，指西晉左思撰寫〈三都賦〉提煉、精描十二年乃成。此處指文思宏大精密。

[133] 班婕妤歌扇：相傳漢代女文學家班婕妤作〈怨歌行〉，借歌詠紈扇秋涼棄捐比喻女子失寵而遭到遺棄。

[134] 鮑令暉賦茗：指南朝宋女文學家鮑令暉所作《香茗賦集》，已佚。

[135] 麟麟炳炳：光彩明麗的樣子。

[136] 幽王禍：指周幽王被犬戎殺死於驪山之下。

[137] 玉觴四句：引自杜甫五言古詩〈白水崔少府十九翁高齋三十韻〉。玉觴，玉製酒杯，代指酒。胡羯，又稱「羯胡」，泛指古代中國北部少數民族，曾附屬匈奴，散居於上黨郡（今山西省潞城附近各縣）。

[138] 志士二句：引自杜甫七言古詩〈古柏行〉。

荷生送了紫滄，倚在水榭西廊欄杆上，領略一番雪景。真個瓊裝世界，玉琢樓臺，因觸起癡珠稿中的詩句，吟道：

飛來別島住吟身，玉宇瓊樓證淨因。如此溪山如此雪，天公端不負詩人。

正欲回步，驀見采秋到了跟前，說道：「怎的半天不進去，卻站在雪地裏吟詩？」荷生從雪光中瞧采秋披件大紅哆囉呢的斗篷，越顯得玉骨珊珊，便攜著手道：「你看這水榭，不就是海上的瑤島麼？我真欲終老是鄉，不必別求白雲鄉[139]矣！」采秋道：「你喝了酒，這一陣陣的朔風撲面吹來，寒冷異常，進去罷。」此時紅豆提一盞荷葉燈也來了，就引著兩人慢慢步上樓來。香雪向銅鑪內添些獸炭[140]。荷生高興，教紅豆掬了一銅盆的雪，取個磁瓶，和采秋向爐上親烹起茶來。采秋吟道：「羊羔錦帳應粗俗，自掬冰泉煮石茶。」荷生笑道：「你還不如黨家姬哩。」采秋道：「怎說呢？」荷生道：「他買得，你買不得。」采秋默然停了一停，淚眼盈盈說道：「我的心你還不知道麼？」荷生道：「這也不用說了。只是你決意下月走麼？」采秋淌下淚來，哽咽半晌，說道：「我爹病，我總要回去看他一遭。自古父母在堂，做侍妾的也許歸寧[141]。就算我已經到了你家，得著這個信，求你給我回娘家一兩個月，你難道不依麼？而且我終身的事，也要和我爹說去。他是個男人，自然比我媽明白些。紫滄平

---

139 白雲鄉：指仙鄉。舊題漢伶玄《飛燕外傳》載：「吾老是鄉矣，不能效武皇帝（即漢武帝）求白雲鄉也。」

140 獸炭：做成獸形的炭，此處泛指炭。

141 歸寧：古代指出嫁女子歸娘家看望父母叫「歸寧」。

日和我爹還說得來，我先走，你教紫滄隨後也走，大約這事總有八分停妥。萬有不然，我這身終算是你的。正月以內，我自行進省，彼時他們也不能說我不待父母之命。你道是不是呢？」荷生嘆一口氣道：「你說的都是，我能說你半句的不是麼？只是天寒歲暮，教我把這別緒離情作何消遣呢？」采秋聽了，撲簌簌掉下淚來。荷生眼皮一紅，忍著淚說道：「人生離合悲歡，是一定之理。我也不學癡珠作那兒女囁嚅、楚囚相對❶❹❷的光景。事已至此，只得給你走罷。」說著便站起身，喝了茶，開著風門，向樓外望著園中一片雪光，覺得冷森森的，因復歸坐，說道：「我這會有了幾句詩，我念著你寫好麼？」采秋點一點頭，移步到長桌邊，教紅豆磨墨，自行檢張箋紙，向方椅坐下，蘸飽筆等著。只聽荷生吟道：

壓線❶❹❸年年事已非，淚痕零落舊征衣。如何窈窕如花女，也學來鴻去燕飛？

荷生一面吟，采秋一面寫，到了末句，便停著筆，接連流下幾點淚來。荷生又吟道：

相見時難別亦難，綢繆絮語到更殘。脂香粉合分明在，檢作歸裝不忍看。

---

❶❹❷ 兒女句：兒女囁嚅，青年男女之間卿卿我我，唧唧噥噥的切切私語。楚囚相對，南朝宋劉義慶《世說新語．言語》載，西晉亡後，過江諸臣感傷江山之異，相視而泣。丞相王導曰：「當共戮力王室，克復神州，何至作楚囚相對！」形容遭遇國難或變故後，人們相對無策，悲傷泣涕。

❶❹❸ 壓線：指刺繡縫紉時按壓針。

荷生吟這一首，聲音就低了好些。采秋剛纔抹乾了眼淚，提起筆來，寫了一句，卻又滾出淚來，便站起身來咽著聲說道：「我不能寫了，你自己寫去罷。」荷生只得接過筆來寫下去。第三、四首是：

笠篌一曲譜新填，便是相逢已隔年。珍重幾行臨別淚，莫教輕灑雪中天。

鍾情深處轉成癡，不欲人生有別時。偏是陽關隨地遇，聲聲風笛向儂吹。

采秋瞧了這兩首，竟忍不住嗚嗚咽咽的哭了。荷生也落下淚來。紅豆在旁，趕著擰手巾，給兩人拭了臉，又遞上茶。半晌，采秋噙著淚說道：「我先教我媽先走，我挨過你的生日再走罷！」荷生不語，這會天漸開了，風亦稍停，兩人也非復先前淒楚了。後來采秋遲走二十日。那〈大閱賦〉，竟為明經略賞識，此是後話。正是：

幼婦清才，一時無兩。

屈指歸期，春三月上。

欲知後事，且聽下回分解。

總評：此回傳荷生、采秋，而附及癡珠諸人。究之作者注意在明經略也，故此回以明經略為起訖。蓋經略為全書大護法，卻無專傳，故大閱賦不可不錄，賦出於荷生為貢諛，出於采秋為頌美，此又措詞得體處。

第二十七回　癡婢悔心兩番救護　使君高義一席殷勤

話說癡珠滿腔孤憤，從愉園上車向秋心院趕來。時正黃昏，晚風刺骨，朔雪撲衣。好是一箭多地就到了。步入月亮門，跛腳和那小丫鬟站在臺階上，將棉襖前襟接著雪花頑耍。瞥見癡珠，一個便打開南屋軟簾，一個跑入北屋告訴秋痕。秋痕迎了出來，說道：「好好天氣偏是不來，這樣大雪何苦出門呢？」一面說，一面替癡珠卸下斗篷風帽，教小丫鬟取過鞋，換下濕靴。癡珠見秋痕打個辮子，也不塗粉，卻自有天然丰致，身上穿件舊紡綢的羔皮短襖，青縐紗的棉褲。便攜著手同入北屋，覺得一陣陣梅花的香撲入鼻孔，便說道：「梅花開麼？」秋痕道：「你回去那一天就開了數枝，你怎的隔兩天竟不來呢？我又沒得人去瞧你。」癡珠道：「我為著差人回南邊去，忙了一日。第二日卻為游鶴仙自蒲關來了，他就住在李太太公館。我飯後去回看他，就給他兄妹留住，到三更多天才得回寓。今日清早要來看你，卻被小岑、劍秋絆住腳。吃過飯，正吩咐套車，紫滄又來，我只得和他同到愉園。鶴唳風聲，天寒日短，我倒像個隋煬帝汲汲顧景哩。」秋痕不語。癡珠儘管向玻璃窗瞧著雪，望著院裏梅花，也不理會，忽聽得嗶喇一響，嚇了一跳，回頭見滿地殘羹冷炙。秋痕滿臉怒容坐在方椅，只是喘氣，兩個丫鬟和一個打雜眼掙掙的瞧著，癡珠忙問道：「怎的？」秋痕一言不發。打雜的說道：「我們好端端送飯上來，姑娘發氣，將端盤全行砸下。」癡珠便含笑說道：「不是姑娘發氣，是失手碰一下，你們不小心，天冷指僵，自然掀下地來。」打雜正要辯說，癡珠接著道：「如今不要多話。」就向四喜袋❶內檢出一張錢鈔，付給打雜道：「這是兩吊錢，你替我辦幾味下酒的菜來，餘外的賞你。」那打雜自然歡天喜地的買辦去了。癡珠便教兩個丫鬟收拾，端出南屋，方來安慰秋痕。秋痕哭道：「我勸你狠著心丟了我，你不肯聽，給這一起沒良心的恁般輕慢！」癡珠一笑，末了說道：「如今我和你聚一天，便是樂一天，你體貼我這意思罷。」秋痕止住哭，癡珠倒傷心起來。秋痕十分憤懣，十分感激，就十分的密愛幽歡。正是：

白飛雪絮，紅閃風燈；香燼乍溫，茶笙微沸。羈璧馬❷於此鄉，合金蟲❸以為愛。春憑擣杵，弓任射沙。冰霧之怨何窮？秦絲之彈未已。蓮花出水，聲諧蓮子❹之心；梅影橫窗，悶入梅花之夢。

只情分愈篤，風波愈多。第二日雪霽，癡珠去後，牛氏便進來，拿個竹筐，背著手冷冷的笑道：

---

❶ 四喜袋：指寫有四喜詩或繪有四種喜慶圖案的袋子。四喜，古代村塾課本有〈四喜詩〉：「久旱逢甘雨，他鄉遇故知。洞房花燭夜，金榜掛名時。」四喜圖案，如龍鳳龜麟、麟獅鹿虎、梅蘭菊蓮之類。

❷ 璧馬：傳說中一種神異的白馬。

❸ 金蟲：昆蟲名，古代婦女用作首飾。北宋宋祁《益都方物略記》載：「金蟲，出利州山中，蜂體綠色，光若金星，里人取以佐婦女釵環之飾。」

❹ 聲諧蓮子：指「蓮子」諧音為「憐子」。憐，愛。子，指所愛對象。

「我們伺候不週，叫姑娘掀了酒菜。」就揚開手打將下來。秋痕哭道：「你們一個月得了人家幾多銀錢？端出那種飯菜，教我臉上怎的過得去？」牛氏起先不過給狗頭父子慫恿進來，展個威風，被秋痕衝撞了這些言語，倒惹起真氣來，喚進李裁縫，將秋痕皮襖剝下，亂打亂罵。秋痕到此只是咬牙，也不叫，也不哭。倒是跛腳過意不去，死命抱著竹篦，哀哀的哭。牛氏見秋痕倔強，跛腳糾纏，愈覺生氣，丟了竹篦，將手向秋痕身上亂擰，大嚷大鬧，總要秋痕求饒才肯放手。無奈秋痕硬不開口，跛腳哭聲愈高，牛氏嚷聲愈大，打雜們探頭探腦又不敢進去。正在難解難分之際，陡然有人打門進來，卻是李家左右鄰：一個賣酒的，這人綽號喚作酒鬼，性情懶惰，只曉得喝酒，開個小酒店，人家賒欠的，也懶去討，倒把點子家私都賠在酒缸裏。一個開生肉舖的，這人綽號喚做戇太歲，性情爽直，最好管人家閑事，橫衝直盪，全沒遮攔。當下跑入李家，戇太歲嚷道：「你們是個教坊人家，理當安靜，怎的今日大吵，明日大嚷，鬧出事來，不帶累街坊麼？」便奔入北屋，將牛氏扯開。酒鬼也跟著責備了李裁縫一頓。牛氏見是左右鄰，也不敢撒潑，只說道：「人家管教兒女，犯不著驚動高鄰。」戇太歲嚷道：「你家十四夜鬧的事，對得人麼？弄出人命，我們還要陪你見官哩！」牛氏、李裁縫那裏還敢答應。倒是酒鬼拉著牛氏，到了客廳，戇太歲、李裁縫也都出來，大家坐下。酒鬼將好言勸解牛氏一番，戇太歲還是氣忿忿的帶罵帶說。李裁縫陪了許多小心，叫打雜遞上茶來，兩人喝了。戇太歲向著牛氏道：「不准再鬧！」方才散去。

可憐秋痕下床，還沒三天，又受此一頓屈打。牛氏下半天氣平了，便怕秋痕尋死，又進來訴說了多少話。秋痕只是不理。晚夕，偪著秋痕喝點稀飯，背後吩咐跛腳看守，就也自去吃煙了。秋痕這一日憤氣填胸，一點淚也沒有，和衣躺到三更後，一燈如豆，爐火不溫，好像窗外梅樹下窸窣有聲，又像人嘆氣，想道：「敢莫鬼來叫我上吊麼？」因坐起來，將褲帶解下，向床楣上瞧一瞧，下床剔亮燈，將捲窗展開，望著梅花默祝一番。正跪床沿懸下褲帶，突然背後有人攔腰抱住，哭道：「娘就捨得大家，怎的捨得韋老爺哩？」秋痕此刻雖不怕什麼，卻也一跳，回頭見是跛腳。跛腳接著道：「你死了，還怕韋老爺要受媽的氣哩！」秋痕給跛腳提醒這一句，柔腸百轉，方覺一股刺骨的悲酸非常沉痛，整整和跛腳對哭到天亮。這會週身才曉得疼，打算癡珠今天必來，怕他見著難受，諄囑跛腳不要漏洩。安息一會，支撐下床。

挨至午後，癡珠來了，照常迎入。癡珠見秋痕面似梨花，朱唇淺淡，一雙嬌眼腫得如櫻桃一般，便沉吟半晌才說道：「你又受氣？」秋痕忍不住眼淚直流下來，說道：「沒有。」便拉著癡珠的手坐在一櫈，勉強含笑道：「你昨晚不來，我心上不知道怎樣難過，故此又哭得腫了。」癡珠不信。秋痕便邀癡珠步入北院，玩賞殘雪新梅，就說道：「繁枝容易紛紛落，嫩葉商量細細開。」癡珠接著道：「東流江水西飛燕！可惜春光不再見。」秋痕怔怔的說道：「怎的？」癡珠不答。到得夜裏上床，癡珠瞧著秋痕身上許多傷痕，駭愕之至，亦憤痛之至。秋痕倒再三寬慰，總勸他以後不要常來。次日就是三十，留癡珠敘了一日一夜。初一早，秋痕折下數枝半開梅花，遞給癡珠道：「給你十日消遣罷。」兩下硬著心腸分手而去。

癡珠回寓將梅花供在書案，黯然相對。初二靠晚，游鶴仙便衣探訪，癡珠才到秋華堂來，坐至二更天走了。癡珠因約他明午便飯。初三混了一日，初四午後，訪了鶴仙，三更多天回來。穆升回說：

「留大老爺親自過來，請爺初七日公館過冬。」看官：你道這一局為何而設呢？原來子善公館是那賣酒賣肉的主顧，跟班奶媽們都認得這兩人。一日談起李裁縫，戇太歲便將廿八日的事告訴了子善跟班。因此子善前往探訪，見秋痕玉容憔悴，雲鬢蓬飛，說不出那一種可憐的模樣，就十分難過，和秋痕約下這局。癡珠不知。到了一下鐘，催請來了。癡珠問：「有何客？」跟班回道：「通沒別客，聽說劉姑娘也來。」癡珠道：「那個劉姑娘？」跟班笑道：「不就是菜市街李家姑娘麼？」癡珠聽了，便說道：「我即刻就到。」接著吩咐套車。恰好癡珠下車，秋痕正和晏太太、留太太請安下來，就坐癡珠身下。子秀笑道：「你兩人隔數天不見，何不開口談談？」秋痕眼皮一紅，瞧著瓶裏插的梅花，即說道：「談也是這樣，就如這梅花，已經折下來插在瓶中，還活得幾天呢？」子秀道：「花落重開，也是一樣，不過暫時落劫罷了。」秋痕道：「花落原會重開，人死可會重生麼？」癡珠道：「死了自然不能重生，卻是死了乾淨，最恨是不生不死，這才難受。」癡珠說到這裏，不覺酸鼻。秋痕早淌下淚來。子善便勸道：「今日請你們來，原為樂一天，而且係個佳節，何必說生說死，徒亂人意。」癡珠道：「著，著！說別話罷。」子秀因問起謖如江南情景，癡珠嘆一口氣道：「他這回戰功原也不小，荷生營裏接著南邊九月探報，也與謖如家信說的一樣。不曉他怎樣得罪大帥，如今還擱著不奏。他前月來的信，說是要飭他到任，這會怕是到寶山去了。」秋痕道：「江南軍營不用人打仗麼？」癡珠道：「百姓不管官府事，說他怎的？」當下晏、留兩太太喚著秋痕上去，替他換個髻圍❺，是留太太親手紮的，又賞了手帕、手袖、脂粉等件。到秋痕下來，便入坐喝酒，上了大菜。家人們掌上燈，子善道：

❺髻圍：猶髻鬟，將頭髮圍繞、環曲於頭頂。

「秋痕，你如今行個什麼令？」秋痕瞧著癡珠道：「我那一夜要記芙蓉，你說是詩詞歌賦上多得很。我如今單用詞曲的芙蓉飛觴，照謾如的令，兩人接罷。」癡珠道：「也還熱鬧，你說罷。」秋痕斟滿酒唱了，說道：「子善、癡珠接令：

陪得過風月主❻，芙蓉城遇晚書懷。」

子善喝了酒，說道：「秋痕、子秀接令：

羞逞芙蓉嬌面。」

癡珠喝了酒，說道：「子秀、子善接令：

草蒲團做不得芙蓉軟褥。」

秋痕道：「我再飛個芙蓉，是：

則怕芙蓉帳額寒凝綠。

子善、癡珠接令。」子秀道：「我飛個並蒂芙蓉罷。第一個是：

---

❻ 風月主：指管領清風明月之美好景色的主人。

采芙蓉回生並載。

子善、癡珠接令。第二個是：

也要些鴛鴦被芙蓉妝。

癡珠、秋痕接令。」子善道：「不好，我竟要飛三句了，通說罷。人太少，我要自己喝酒了。第一句飛著癡珠、秋痕：

草床頭繡褥芙蓉。

第二句、第三句通是賓主對飲：

珠簾掩映芙蓉面。人前怎解芙蓉扣。

秋痕一杯，癡珠通共三杯，我兩杯。」癡珠道：「如今我說五句，秋痕說一句，收令罷。我五句是：

你出家芙蓉淡妝。三千界芙蓉裝豔。芙蓉冠帔短髮難簪繫。香津微搵❼，碧花凝唾；芙蓉暗笑，碧雲偷破。好男兒芙蓉俊姿。」

❼ 搵：浸潤。

秋痕道：「癡珠怎的說五句，通是自己喝？又累我喝兩杯，卻不給子秀的酒。」癡珠笑道：「我要多喝子善的酒，不好麼？」於是癡珠喝了五杯，子善喝了三杯，秋痕喝了兩杯。秋痕道：「我給子秀一杯酒喝，子善陪一杯：

恨匆匆萍蹤浪影，風剪了玉芙蓉❽。」

癡珠瞧了秋痕一眼，也不言語。子秀、子善喝了酒，讓癡珠、秋痕吃些菜。只見老媽領著子善的三少爺，抱個腰鼓出來。癡珠、秋痕都抓些果品，和孩子說笑。子善瞧著鼓笑道：「我們何不行個擊鼓傳花的令？」癡珠道：「這更熱鬧。」秋痕道：「傳著的，喝了酒，也說句詞曲，才有趣。」就向坑几花瓶取出一枝梅花，說道：「就說『梅』字何如？」大家說：「好。」子善道：「教誰掌鼓？」癡珠道：「就屈你令郎做個司鼓吏，好麼？」子秀道：「好極！」於是子善喚老媽引孩子到裏間打起鼓，席上傳花，輪有三遍，傳到子善，鼓卻住了。子善喝酒，說個「梅」字，是：

敢柳和梅，有些瓜葛？

說完，起鼓輪有一遍，到秋痕鼓就歇了。秋痕喝酒，說道：

立多時，細雨梅花落香雪。

---

❽ 玉芙蓉：白蓮花。

子善又教起鼓，這回輪有五遍，秋痕將花傳向子秀，子秀未接，鼓卻住了。秋痕便說子秀故意不接，要罰子秀。子秀道：「我正要接，鼓聲已停，怨不得我。」大家都說該是秋痕，秋痕只得喝酒。說道：

前夜燈花，今日梅花。

說完，鼓聲闐然，輪有兩遍，秋痕剛從癡珠手裏接過，鼓又停了。大家大笑。秋痕著了急，說道：「怎的三少爺只叫我一個人喝酒？」只得說道：

俺向這地坼❾裏梅根迸。

第五回輪到癡珠，癡珠說的是：

偏似他翠袖臨風慘落梅。

第六回又輪到秋痕，秋痕說的是：

向迴廊月下，閑嗅著小梅花。

❾地坼：地裂，指酷寒時節。《淮南子．詮言訓》：「大寒地坼水凝。」

第七回又輪著子善，子善說的是：

簪掛在梅梢月。

第八回又輪著癡珠，癡珠說的是：

手撚玉梅低說。

第九回又輪著秋痕，秋痕笑道：「今天真教我喝得醉倒了。」癡珠道：「我替你喝酒，你說。」秋痕說道：

紙帳梅花獨自眠。

第十回又輪到癡珠，秋痕將手向癡珠酒杯一捻，覺不大熱，便對些熱酒，夾一片冬筍給癡珠。癡珠說道：

他青梅在手詩吟哦。

到了第十一回，才輪到子秀，子秀說的是：

畫角老梅吹晚。

癡珠瞧著秋痕衿上的表，說道：「一下鐘了。已經輪到子秀，收令罷。」秋痕向子秀道：「今日便宜了你。」子秀笑道：「我要酒喝，人家不給我喝，這也是沒法的事。」癡珠道：「今日也還樂。」秋痕嘆口氣道：「這叫作黃連榠尾彈琵琶❿，苦中作樂。」癡珠默然，隨說道：「我只是得過且過，得樂且樂。」秋痕用些稀飯，大家散坐。癡珠洗漱後，喝幾口茶，到書案上檢張詩箋，教秋痕磨墨，提筆寫道：「即席賦謝。」子秀、子善都圍著看，只見癡珠歪歪斜斜寫道：

聚首天涯亦夙因⓫，判年款洽⓬見情真。綺懷對燭難勝醉，旅邸登盤枉借春⓭。
綠酒紅鐙如此夜，青衫翠鬢可憐人。使君高義雲天薄，還我雙雙自在身。

末書「子善刺史粲正，癡珠醉筆。」子善含笑致謝。秋痕道：「『借春』二字，有現成麼？」癡珠道：「《歲時記》：『冬至賜百官辛盤，謂之借春。』」說畢，喝了茶，便將車先送秋痕，復坐一回，然後回寓。正是：

❿ 黃連句：應作「黃連搝尾彈琵琶」。黃連，指黃連樹。俗稱黃連木味苦。榠，《康熙字典》無此字，當為「搝」字之誤。搝，以手舉起。尾，指舉起黃連木末梢彈奏琵琶。

⓫ 夙因：夙世因緣，即前世因緣。

⓬ 款洽：親愛、融洽。洽，愛。

⓭ 借春：唐李淖撰《秦中歲時記》載，唐朝皇帝在冬至日賜百官辛盤（盛放葱韭等五種味道辛辣菜蔬之盤），表示迎新之意，稱為「借春」。

秋鳥號寒，春蠶作繭。
破涕為歡，機乃一轉。

欲知後事，且聽下回分解。

總評：此回傳秋痕，而以酒鬼、戇太歲等為線索。其實酒鬼是賓，戇太歲是主也。喜怒哀樂，生旦丑淨，口吻畢肖。春鏡樓煮雪，韓、杜將合之機也，而先寫其離。秋心院賞梅，韋、劉將離之兆也，而先寫其合。荷生四首詩，一夕話，是寫生離，讀之令人酸動心脾。秋痕一番自縊，半夜哀鳴，是寫死別，讀之令人淚浮楮墨。而雪字、梅字點綴處，筆墨仍自皎潔無塵，此真五色花管，工於言情也。

第二十八回　還玉佩憨書生受賺　討藤鐲戇太歲招災

話說十一月起，癡珠依了秋痕的話，十日一來，來亦不久。牛氏就也明白癡珠意思了。這日，癡珠去後，牛氏便跑入秋心院，和秋痕大吵。秋痕道：「他走了，教我怎樣？」牛氏不待說完，便搶過來右一巴掌，左一巴掌，秋痕只低頭不語。牛氏沒奈何住了手，氣憤憤的出去。那狗頭雖攆出中門，牛氏屋裏他還出入，便慢慢的獻勤討好，如今又乘間想出一個妙計來；這且不表。

卻說愉園日來，賈氏早走。荷生是上半日進營辦事，下半日到愉園和采秋作伴。此時紫滄回家了。小岑、劍秋俱係告假在籍；現在假期已滿，摒擋出山。癡珠日來足不出戶，著了《捫蝨》、《談虎》兩編雜錄。月杪鶴仙回任，癡珠送行回寓，是夜擁爐危坐一會，喚禿頭剪了燭花，向書案上，檢紙斷箋，題詩云：

情到能癡天或悔，愁如可懺地長埋。徐陵鏡裏人何處❶？細檢盟心舊斷釵。

寫成鴛牒❷轉低徊，如此閑情撥不開。儘說千金能買笑，我偏買得淚痕來。

---

❶ 徐陵句：南朝梁、陳時代著名文學家徐陵〈鴛鴦賦〉曰：「孤鸞照鏡不成雙。」形容對鏡孤獨無伴。

❷ 鴛牒：即鴛鴦牒，記錄前世因緣注定作夫妻的冊籍。

次日，折成方勝❸，著禿頭送去秋心院。癡珠睡了一覺，禿頭才回，呈上雙魚的一個繡口袋。隨手拽開，內藏紅箋楷書兩首步韻的詩。癡珠瞧了，復念道：

再無古井❹波能起，只有寒山❺骨可埋。鏡匣祗今塵已滿，蓬飛❻誓不上金釵。

天寒無語自徘徊，見說梅花落又開。為語東君莫吹澈，留些餘豔待君來。

念畢，收入枕函。自此隔一日一到縣前街，餘外編書，或訪心印談禪。心印道：「癡珠，你口頭色相空空，奈心頭牢鎖不開，恁你舌本翻蓮❼，歸根是個不乾淨。」癡珠道：「浮生蕩泊，吾道艱難，不足為外人道也。」心印道：「這是世情，你不懂麼？佛便是千古第一個情種，你們儒教說個仁，又說個義，便有做不得情的時候。我們佛教無人不可用情，恁你什麼情天情海，無一不是我佛國版圖。只菩薩閑情，卻是拈花微笑，再不為情字去苦惱。你怎不想想？」癡珠正要回答，忽見侍者報道：「苟老爺、錢老爺來訪。」

❸ 方勝：雙菱形重疊相連的一種首飾，又稱「同心方勝」或彩結。

❹ 古井：喻指寂然自持，不為外物所動之心，多指守寡不嫁的婦女。

❺ 寒山：冷落寂靜的山。

❻ 蓬飛：形容頭上髮絲繚亂如蓬草飛散。《詩經・衛風・伯兮》：「自伯之東，首如飛蓬。」原指夫（伯）久從征戍，婦相思無聊，髮亂如蓬。

❼ 舌本翻蓮：舌上生花之意，比喻翻舌巧言。舌本，舌根。

說話時候，兩人已經轉進屏門。癡珠迴避不及，只得見禮，茍才與癡珠是個初見，那錢同秀係癡珠舊相識，便拉著癡珠說長說短。後來心印讓坐，同秀就和癡珠一塊坐下。也是秋痕該有一場是非，同秀喝茶，無心中將皮袍袖一展，卻露出一支風藤鐲❽。癡珠認是自己給秋痕的，怎的落在同秀手裏？心上便十分驚愕起來，說道：「七哥這支鐲借我一瞧。」同秀陡然發覺，急得滿臉通紅，趕將手袖放下，遲疑半晌，硬著頭皮卸下，遞給癡珠，說道：「這是一個人才拿來賣呢。」癡珠接過手道：「這就是我的，我在四川好費事尋出一對。你不信，看我這一支。」說著，就從袖裏取下一支，大家同看。這半邊包的金色，兩頭雕的花樣，粗大徑圍，兩枝一模一樣。茍才道：「這樣粗大風藤，委實難得。這黑溜溜的顏色，總帶得有幾十年工夫。」同秀道：「你什麼時候丟了一支？」癡珠道：「我不是丟，我是給個人。你從什麼人買來？」同秀道：「前天有我一個舊相識拿來，要賣二十吊錢，後來我給他十千錢，他也就肯賣了。」口裏這樣說，臉上卻十分慚沮。心印因向癡珠道：「這也難說就是你的。我在南邊有把玉如意，竟與許大史家花樣大小也是一樣，後來我發誓朝山，就送他做個對兒去了。」茍才道：「癡珠，你給了什麼人？何不問這個人有賣沒有？還是他給人偷出來賣，也不可知。」癡珠勉強回答數語，帶上自己一支藤鐲，就先回西院去了。

這裏同秀見這枝藤鐲已給癡珠看見，想道：他們問出來，就曉得是我偷了，我也難再見兩人。倒不如編個謊話，教他們鬧一鬧罷。便含笑向茍才道：「你道我這支鐲真是買來麼？這是他給了秋痕，秋痕新給了我。我在他跟前不便說出。」茍才道：「好呀！你就和秋痕有交情麼？」同秀一笑。茍才

❽ 風藤鐲：以風藤木雕製的手鐲或腳鐲。風藤，泛指白藤、紫藤等蔓生植物。

接著道：「你竟巴結得上這個有脾氣的姑娘，這也難得。」心印聽著這些話，只微微的笑，通不言語。那侍者背地便一一和禿頭說了。禿頭聽得這話，氣憤憤的跑到癡珠跟前，將侍者的話告訴一遍，且絮聒癡珠，無非是講白疼了他。癡珠聽了，半晌才說道：「你不用多話，算我這回明白就是了。」禿頭退出。癡珠便向裏間躺下一時懵懂，全不想前前後後，竟然解下九龍佩，又向枕函中檢出秋痕的東西，立刻喚禿頭送還秋痕，也沒一句話說。可憐秋痕這兩日正為癡珠和他媽力爭上流時候，那裏曉得半天打下這個霹靂。當下禿頭將拜盒打開，一件件交代明白，氣得秋痕手足冰冷，呆呆的瞧著東西，半晌才問道：「爺怎樣說？」禿頭道：「爺沒說什麼，只問姑娘將那一支風藤鐲給了什麼人？」秋痕聰明，見禿頭說起風藤鐲，便知癡珠受了人家的賺，氣轉平了，說道：「你回去對你爺說，爺給我的東西，我一時也檢不清。我就沒良心，也不敢將爺留的東西，這會兒就給了人。那風藤鐲一節故事，你爺將來自然明白。我的東西教你爺仍舊收下，對你爺說，我總是一條心，再沒兩條心，教你爺不要上人家的當，徒自氣苦。這時候還早，就請你爺來，我有話說。」禿頭先前一臉怒氣，這會見秋痕說得娓娓可聽，就說道：「我將這些帶回去，請爺來罷。只是那一支風藤鐲怎的落在錢老爺手裏？我也氣不過。」秋痕道：「是他偷著走了，我為什麼給他？」禿頭道：「這錢老爺就可惡得狠，他偷了人家東西，還要說幾多閑話哩。」遂將日間的話告訴一遍。

看官，你道錢同秀是什麼時候來呢？原來初十那一夜，狗頭向牛氏提起錢同秀，說他怎樣有錢，怎樣好騙，又怎樣給碧桃母子訛詐，說得牛氏心花怒開，自悔以前輕易答應了癡珠。總恨那幾天的雨誤人。次日，就打發狗頭去同秀公館請安，探聽口氣，還想送些東西，不料失望而歸，說是同秀七月間就走了。這十天以內，狗頭四處拉攏，無奈太原城裏將韋、韓稱做海內二龍，就把劉、杜稱做并州雙鳳，愉園、秋心院再也沒人敢於造次。所以癡珠來往，牛氏一時也不敢拒絕。到了二十四日，狗頭出門，瞥見同秀衣冠楚楚坐在車裏，就如拾著寶貝一般歡喜，忙跟同秀的車跑到一家門首。跟班投帖進去，狗頭就在車邊請安。恰好主人不在家，同秀回車，便叫停住，向狗頭問道：「你姑娘都好？」狗頭答應，即說道：「老爺怎的從七月起就不來了？」同秀道：「咳！不要說起。我就是那一夜接著蒲關的信，鬧個鹽務命案。次日冒雨起身，如今才能脫身。」狗頭道：「這裏到小的家甚近，老爺順路進去，喝一杯茶好麼？」同秀做人，見人家會巴結，再不肯拂他意思，便道：「也好。只是我聽得人說，你姑娘和我的朋友韋老爺好得很。」狗頭笑道：「他是老爺同鄉，小的原不敢混說，其實姑娘近來厭棄他了不得，都是你老爺那夜不來，害我媽上了他的當。如今老爺來了，便是我家造化。」同秀道：「往後再看。」兩人說說，早到門首。狗頭打門，便一疊連聲嚷道：「錢老爺過來。」喜得牛氏、李裁縫忙迎出來，又怕秋痕不答應，牛氏自己跟進來，瞧著秋痕款待。不想同秀這回是他女人和他同來，為著他娶妾，家裏好不吵鬧。如今是押他搬取回去，你道同秀這回還能彀在外頭胡鬧麼？當下秋痕在牛氏跟前，不能不招呼，到得牛氏去後，便低著頭憑同秀怎樣問話，只是不答應。一會，秋痕走入南屋。同秀一人坐在坑邊方椅，見枕邊黃澄澄的一支風藤鐲，想道：「秋痕這般可惡，我悄悄的帶上，你總要捱一頓打。」其實同秀當時作惡，把秋痕教訓幾句，秋痕打定了。這風藤鐲是癡珠的，就丟了十個，他媽也不管，秋痕如何會打？當下同秀走了，秋痕也送到月亮門，他媽雖十分不快，卻不得說秋痕有錯。只十一月起，癡珠不來，好容易盼得同秀來了，言語又十分支吾。次日，辦點果品，教狗頭送去，才曉得同秀這一回有人管了。家人們將狗頭送的果品，一人嘗一個，卻沒一個替他端上去回。等至下午，同秀影兒都沒見，兩盒果品早給家人們白吃了，只得端回空盒。牛氏聽了委實生氣，數說狗頭一頓，就懊悔不該冷落癡珠，要秋痕寫字去請，秋痕道：「這話難說。他見你們待他不好，叫你們自己打算。你如今要和他說話，你叫人請他去，我不敢管。」牛氏聽了，自然又和秋痕淘氣，卻不敢再打。挨到二十八，一月待要完了，又是偪年，牛氏沒法，靠晚跑到北屋，將好話和秋痕來說。秋痕只得答應。牛氏剛纔出去，禿頭就來了。

這秋痕真與癡珠是個夙緣，別人委曲他一點兒，不曉得要哭到怎樣，癡珠這樣丟他的臉，他還替癡珠體諒，是受人家的賺。且料定禿頭回去，癡珠必來，吩咐廚房預備點心，教小丫頭向火爐添上炭，做下開水，教跛腳打疊屋裏，自己爇著一盒香篆。不一會，癡珠早來了。秋痕照常迎出來，癡珠雖然有氣，也不說什麼，仍是攜手坐下，說道：「我再不想今晚又來這屋。」秋痕一言不發，含笑向跛腳道：「你叫老爺跟人和車都回去。」癡珠道：「怎的？」正待往下說，牛氏進來招呼道：「我早打發走了。老爺這一個月，為什麼和我們淡起來？我多病，家裏的人都靠不住，一向委曲老爺。我通知道了。」癡珠見牛氏陡然恭順，倒詫異起來，就也說了幾句應酬話。秋痕倚在方桌，手撥香篆，只抿著嘴笑。牛氏吩咐秋痕道：「爺要酒要點心，就叫。我都預備現成。」秋痕答應，牛氏就去了。小丫鬟遞上茶，跛腳端上臉水，向秋痕道：「娘擰。」秋痕道：「今天一家的人伺候他，同祖宗一般，還要我擰？」跛腳笑道：「爺平日要娘擰，還是娘替爺擰罷。」癡珠道：「你擱著，我自己洗。」秋痕含笑向癡珠道：「擰一過，給我拭手。」癡珠道：「你不替我擰，還使喚我。」秋痕瞧癡珠一眼道：「我不使喚你，卻使誰？」癡珠笑將手上擰的遞給秋痕。秋痕拭完手，向跛腳道：「你把爺茶碗端給我喝。」跛腳道：「爺還沒有喝哩。」秋痕笑道：「我不給他喝，你待怎麼樣呢？」跛腳只得含笑端上，秋痕喝了兩口，方才遞給癡珠，道：「賞你喝罷。」癡珠道：「怎的？你今天這般樂！」秋痕眼眶一紅，道：「我挨了一個月苦，才有這一天樂。你還不情願麼？」說著，就拉著癡珠一塊坐下，將牛氏的話一一告訴，說道：「但願往後不再起風波，我挨那老貨兩頓打，就打值了。」癡珠道：「你什麼時候又打一次？」秋痕就將初十的事說了一遍。癡珠道：「你怎的不給我知道？」秋痕道：「給你知道也是枉然。」癡珠道：「只因替我省兩個錢，你整整受一個月的罪。」跛腳在桌邊裝水煙，接口說道：「爺不曉得，娘前月還上吊來。」秋痕瞅著跛腳一眼，跛腳道：「也要給爺曉得娘的苦。」就低聲將那一夜的事，說給癡珠聽。癡珠聽了，起來，向跛腳揖了一揖，慌得跛腳笑嬉嬉走開不迭。秋痕噙著淚，將癡珠拉開，坐下道：「做什麼呢？」癡珠慘然道：「我竟不曉跛腳這回變了一個人，有此見識。果然你拚個死，不害我受累麼？只是我今天聽人謊話，那般決裂，不特對不住你，也對不過跛腳。」秋痕忍著淚，說道：「你怎樣淩辱我，我也不怨，是我家裏人坑害我，我怪不得你，更見你的真心待我。只你氣苦這半天，真個冤枉。」癡珠道：「這錢同秀怎的跑來？」跛腳就將狗頭怎樣去請，怎樣和同秀來，同秀怎樣偷了風藤鐲，通告知癡珠。秋痕道：「他們還送果品去，同秀沒有收，這才絕望，回心轉意來求你了。」癡珠笑道：「同秀這一來，還算我們功臣。」於是軟語纏綿，跛腳伺候過消夜[9]，先自睡了。兩人這一夜心滿意足。但見：六曲屏邊，九枝燈下，枕衾乍展，衣鈕半鬆。郎癡若雲，儂

[9] 消夜：即吃夜宵。

柔似水。流輝婀娜，接影粵夆⑩。菱支⑪不弱於風波，菡萏⑫自苞於雨露。冬山如睡，玉豔臨醒。街鼓鼕鼕，夜光灩灩，刻鴛鴦翅，成蛺蝶圖。春滲枯心，歡銷愁髓。研丹擘石，冤魄願鎖於天牢；沁露密脾⑬，華鬘忽游於忉利⑭。此夜銷除百慮，有如點雪紅罏，從今暗數千春，願去閏年小月。

且說禿頭次日見天陰欲雪，便早些帶車來接。到了李家門口，覺得一路朔風吹得打戰，因向酒鬼店裏喝杯酒，恰好戇太歲拿盤滷肝也來了。這兩人和禿頭近來都講相好，便倒酒的倒酒，切肉的切肉，呼兄呼弟，一塊喝酒。喝到高興，禿頭說起狗頭情狀可惡，戇太歲道：「你老爺既和他姑娘好，怎的不教姑娘出來喊冤？譬如再有風波，教姑娘儘管喊出街坊。你老爺是不便出頭替他說話，我們左鄰右舍都幫得他去見官理論呢。買良為娼，已經有罪，何況是拐來呢。」禿頭道：「說起姑娘也可憐，昨日我也怪他，後來他說得有理，是我老爺給人賺了，倒教我不過意起來。」酒鬼道：「什麼事呢？」禿頭便將錢同秀偷鐲，從頭至尾說了一遍。戇太歲道：「是他麼？你帶我和他要去。我聽得留大老爺

---

⑩ 粵夆：音ㄆㄧㄥ ㄈㄥˊ，牽引；掣曳。

⑪ 菱支：猶菱芰，即菱角，浮漂水面的水生植物。

⑫ 菡萏：荷花。

⑬ 密脾：應作「蜜脾」，指蜜蜂營造的釀蜜房。其形似脾，故稱「蜜脾」。

⑭ 華鬘句：華鬘，即花鬘，一種裝飾身首的花串，或用寶物雕刻為花形聯綴而成。忉利，佛教語，忉利天宮的省稱。忉利天是中央帝釋所居佛國天城。清洪昇《長生殿．補恨》：「我當上奏天庭，使你兩人世居忉利天中，永遠成雙，以補從前離別之恨。」

公館的人說，他怕老婆。這回他老婆來了，管住他，不給他走一步。你帶我去，你但說老爺問過李家，說這支鐲是錢老爺帶來了，叫我帶李家的人來要。以後你做個好人，看我發作便了。我總要教他拿出藤鐲，還教那老婆和他鬧一場。」禿頭哈哈大笑道：「妙，妙！看你手段。我喝過這杯酒就同你去。」酒鬼道：「討得來，也好替劉姑娘明明心跡，給錢同秀臊臊脾。」不言二人酒氣沖沖的去了。卻說癡珠、秋痕起來，差不多八下鐘了。癡珠便問：「禿頭來未？」外面人回道：「車到了，二爺沒有來。」癡珠道：「今天怎的竟不來了？」不一會，禿頭笑嬉嬉的徑跑入秋心院，恰好癡珠、秋痕都在南屋。禿頭將藤鐲遞上道：「討回來了。」秋痕了不得喜歡。癡珠接過手，說道：「你怎的去討？」禿頭便說出戇太歲如何打算，如何上門吵鬧，錢太太如何大嚷出來，將鐲子擲在地下，就說道：「那太太好不利害，罵得錢老爺啞口無言，怕真要打哩。」癡珠微笑不語。秋痕將鐲帶上，說道：「天理昭彰，他要害我們鬧出一場故事，不想他自己卻鬧出一場笑話了。」因向癡珠道：「我一個多月通是打辮，今天我卻要重上妝臺，你待我梳完頭走罷。」癡珠就吩咐禿頭外邊伺候，禿頭退出。自此禿頭逢人就說「錢同秀怕老婆」，就把這六個字做個并州土語。那同秀氣憤不過，無法和癡珠、秋痕作對，也難和禿頭報仇，卻買個營兵，借著買肉和戇太歲廝打一場，送官究治，要想借此將他出氣。無奈鎖到衙門，禿頭早知道了，告訴癡珠，立地叫武營釋放，把那一名兵也革了糧。癡珠又給了戇太歲三十吊錢再做生理。後來戇太歲感恩報恩，捨命保護秋痕，也是為此。正是：

公子終歸魏，邯鄲識買漿。

英雄淪市井，淒絕老田光。

欲知後事，且聽下回分解。

總評：此回為寫癡珠乎？作者曰：「否否。」為寫秋痕乎？作者亦曰：「否否。」然則為寫心印及錢、苟諸人與夫禿頭乎？作者亦曰：「否否。」蓋為戇太歲而設也。戇太歲即管士寬，為收束全書之人，故不能不為之傳。然戇太歲執業卑矣，其遽不能識癡珠者。當日之情事也，於是乎寫藤鐲，寫藤鐲不能不寫錢、苟，寫錢、苟不能不寫心印，夫然後因心印見錢、苟，因錢、苟見藤鐲，因藤鐲見太歲矣。嗟乎！淮陰市上，受辱少年，子胥江頭，乞憐漂女，人生世上，與其促促刺刺於冠蓋搢紳間，毋寧解衣沽酒袒臂呼市儈與飲。一時急難，曩所謂文章道義之交毫不可恃，吾將見惟此屠市沽兒，尚可奮袖特出作不平之鳴也。吾知作者之感觸深矣！至文章之歷落，洋洋灑灑，固其餘事。

第二十九回　消寒小集詩和梅花　諧老卜居園遊柳巷

話說并州城內柳巷有個寄園，因山而構。第一層門內有個花神廟，廟傍空地，園丁開設茶社，榜曰「一味涼」。第二層門內便是寄園，係一江姓鄉宦住宅。緣南邊任內虧空，趕信回家，叫將此園典賣，由并州大營完繳。這只按下。

再說采秋那篇賦，不曉那人抄了出去，就有好閑的人，將荷生閱本刻印起來。一時傳揚，官場中無人不贊好。明經略先前只曉得荷生有個意中人，名喚采秋，卻不知道采秋有此手筆。當下將賦看過，登時來訪。荷生也無可隱諱，就一一說了。經略索觀原本，荷生喚青萍飛馬往取。經略看那小楷，拍案叫絕，便想替荷生圓此一段好因緣。適值荷生案上擱著江鄉宦家丁紅稟，說「屋價庫平七千兩，偪年無人肯買，求准離屋，繳契歸官」等語，荷生粘簽批駁。經略瞧著，將荷生的簽揭起，提筆批道：「著即投契，限十日離屋。」因笑向荷生道：「我買此宅，贈給先生做個金屋好麼？」荷生道是戲言，微微陪笑，經略喚跟人傳進門上，將此稟付給說道：「你著江家繳契，即交韓師爺收管罷。」門上答應。經略和荷生一請走了，荷生無可措詞，送出平臺。經略又回頭笑道：「先生儘管趕年辦妥。」荷生只得唯唯。看官，你道采秋得了這個知遇，奇不奇呢？

這日下午，荷生來了愉園。采秋正買了一匹烏騅，向梅花樹下空地馳試，見荷生來了，便下了馬，將轡勒付給紅豆，就問道：「你一早叫人取賦，我還沒起來，到底是為甚事？」荷生將經略盛意告知，就笑道：「千金市駿，你的聲價竟高起數倍。」采秋歡喜，轉笑道：「古人說一字值千金，我卻值不上七兩。」荷生也笑道：「如今不能不讓你說句闊話，可憐我和癡珠整天寫了幾多字出來，卻一錢摸不著。」采秋道：「你說起癡珠，我正要問你，這幾天見著他沒有？」荷生道：「他昨天才到營裏。李家如今又和他好了，虧得秋痕這番苦肉計。」采秋道：「秋痕真也不負癡珠。」荷生道：「你還不曉得，癡珠幾乎負了秋痕。」采秋道：「怎的？」荷生遂把癡珠述的前一回事和采秋說。采秋道：「可見你們男人的心是狠的，一翻了臉，就把前情一筆勾消。我想起繡那錦囊時候，心還會痛。」一面說，一面眼眶就紅起來。荷生笑道：「舊事不要重提。今日臘八❶，天氣陰寒，我又有空，何不將癡珠、秋痕招來一敘呢？」采秋道：「怕癡珠沒到秋心院，找他就費事了。」荷生道：「這樣天氣，他好人，不和秋痕送暖偷寒？」說著，就將紅豆轡勒接過，騎著烏騅也在空地上試了一回，便跑出園來。

到了李家，下馬進去，悄無人聲。步入秋心院南屋，聽得秋痕低聲唱道：「花朝擁，月夜偎，嘗盡溫柔滋味。」以後聲便低了，就聽不清楚。正要叫喚，又聽一句是「兩人合一副腸和胃。」便悄悄

---

❶ 臘八：農曆臘月（十二月）初八日。相傳為佛祖釋迦牟尼成道日，佛寺舉行法會，民間亦沿襲為盛大的民俗節日。宋孟元老《東京夢華錄》載：「初八日，街巷中有僧尼三五人作隊念佛。以銀銅沙羅或好盆器，坐一金銅或木佛像。浸以香水，楊枝灑浴，排門教化，諸大寺作浴佛會，並送七寶五味粥與門徒，謂之臘八粥。都（北宋都城汴梁，今河南省開封市）人是日各家亦以果子雜料煮粥而食也。」

的從落地罩的小縫瞧將進去，見癡珠倚在炕上，秋痕坐在一邊，笑吟吟的唱。因掀開錦簾，說道：「好樂呀！」兩人驚起。見是荷生，癡珠趕著讓坐，說道：「你今天卻有空跑到這裏來。」荷生坐下，向秋痕道：「我特的把公事放下，來聽崑曲。你唱下去，也不負我今天走這一遭。」秋痕紅著臉道：「整月不來，來了又鬼鬼祟祟的做個沿壁蟲。」荷生笑道：「難道崑曲癡珠聽得，別人就聽不得麼？」就向癡珠道：「我聽說你著部《捫蝨錄》，又著部《談虎錄》，到底真是說蝨說虎不成？」癡珠笑道：「前個月悶得狠，借此消遣，這會又丟了。」荷生從北窗玻璃裏望著窗外梅花，笑道：「這卻好，蝨也不捫了，虎也不談了，就伴這一樹梅花過了一冬罷。我偷了這半天空，你帶著秋痕到愉園，吃碗臘八粥，也是消寒小集，好不好呢？」癡珠道：「我和你先走，讓秋痕坐車隨後來罷。」

於是四人在春鏡樓圍爐喝起酒來。談笑方酣，營中送來京信一大封。荷生拆開一一檢看，都是循例賀年的簡札，隨拆隨看，隨看隨摺。末後一封係鄭仲池侍讀的信，寄來八首梅花詩，是用張檢討的韻。荷生歡喜，招呼癡珠同看一遍。癡珠道：「此君的詩也算得都中一個好手，只弱得很。」荷生道：「我們何不就次韻和他一和。」秋痕道：「一人次韻八首七律，豈不是件煩難的事？」荷生笑道：「怕煩難就不算荷生、癡珠了。」采秋道：「你兩人各和八首，我和秋痕妹妹替你分寫罷。」於是荷生同癡珠隨喝隨作，采秋同秋痕隨喝隨寫。荷生的詩是：

本來仙骨抱煙霞，為詠羅浮興倍賒❷。破臘❸忽驚風信早，衝寒恰趁月輪斜。

❷ 羅浮句：羅浮，羅浮山，在廣東省東江北岸。相傳隋趙師雄在羅浮山夢遇梅花仙女。賒，高。

迢遙香海❹留春氣，寂寞空山閱歲華。驛騎不來鄉訊少，含情莫問故園花。

一枝才放暗香生，對汝雙瞳剪水❺清。偶有月來堪入畫，絕無人處亦多情。

廣平❻作賦猶嫌豔，和靖❼能詩尚近名。試看茫茫銀海裏，啁啾翠羽學春聲。

灞橋風雪步遲遲，別有詩心世未知。紙帳銅瓶❽時入夢，參橫月落最相思。

繽紛庾嶺❾花千本，惆悵江城笛❿一枝。信是幾生修得到，冷吟閑醉也應宜。

❸破臘：指臘月將盡；歲末。

❹香海：佛教指須彌山周圍的海。此處之「香海」似指飄香的梅林。

❺雙瞳剪水：雙瞳，雙眸；兩眼。剪水，形容雙眸清澈似水，猶如剪水凝成。

❻廣平：指唐睿宗時宰相宋璟，祖籍廣平（今河北省雞澤縣東），累封廣平郡公。後輔唐玄宗勵精圖治，為唐代著名賢相之一。工詩善賦，早年曾以〈梅花賦〉投謁蘇味道，極受稱賞。晚唐皮日休〈桃花賦序〉稱：「余常慕宋廣平之為相，貞姿勁質，剛態毅狀，疑其鐵腸石心，不能吐婉媚辭。然睹其文而有〈梅花賦〉，清便富豔，得南朝徐（陵）庾（信）之（宮）體。」按：徐庾之體，即宮體，其宮體詩賦多豔媚之辭。

❼和靖：北宋隱逸詩人林逋，長期隱居於杭州西湖孤山，植梅養鶴為戲，世人稱其「梅妻鶴子」。死後謚號為「和靖先生」；存詩四卷，定名《林和靖詩集》。如「疏影橫斜水清淺，暗香浮動月黃昏」（〈山園小梅〉），是其詠梅名句。

❽紙帳銅瓶：紙帳，指「梅花紙帳」，以藤皮繭紙纏於木架，以稀布覆頂的臥帳，帳頂常畫梅花、蝴蝶為裝飾。銅瓶，即金瓶。此指花瓶。

❾庾嶺：即大庾嶺，在江西省大庾縣南。嶺上多植梅樹，故又稱梅嶺。

蹇驢⓫曾訪舊江村，野店山橋載酒樽。絕似神仙來玉宇，從無消息到朱門。
盤根久鍊詩為骨，寫影終嫌筆有痕。莫向東風羨桃李，冰霜一樣是天恩。
孤山⓬從古絕塵緣，瑤島⓭瓊樓盡似年。照水祇應看瘦影，凌波還欲擬飛仙⓮。
偶描粉黛終疑俗，學染胭脂亦可憐。林下美人窗外月，幾人佳句借君傳。
大江南北記游蹤，秦樹燕山路幾重。茅舍多情容獨醉，瑤臺有約又相逢。
頻年飄泊愁戎馬，三徑⓯荒涼憶菊松。回首綺窗春信好，頓令歸興一時濃。
花事匆匆歲又殘，一年容易指輕彈。紅蓮依幕⓰慚才薄，〈白雪〉⓱連篇屬和難。

⓾ 江城笛：指唐李白〈與史郎中欽聽黃鶴樓上吹笛〉：「一為遷客去長沙，西望長安不見家。黃鶴樓中吹玉笛，江城五月〈落梅花〉。」江城，指江夏（今湖北省武昌市），因在長江、漢水邊，故稱江城。笛，指笛曲〈梅花落〉。

⓫ 蹇驢：駑鈍劣弱的跛驢。此指乘蹇驢而行。

⓬ 孤山：指杭州西湖孤山，遍生梅林。

⓭ 瑤島：傳說中的仙島。

⓮ 凌波飛仙：凌波，形容孤山瑤島之梅花像凌波而行的仙子。飛仙，指飛升天外的仙人。

⓯ 三徑：指歸隱者的家園。晉陶淵明〈歸去來兮辭〉：「三徑就荒，松竹猶存。」

⓰ 紅蓮依幕：猶依紅蓮幕，指依附幕府。紅蓮，指紅蓮幕。《南史．庾杲之傳》：「（王儉）用杲之為衛將軍長史。安陸侯蕭緬與（王）儉書曰：『盛府元僚，實難其選。庾景行（即庾杲之）泛綠水，依芙蓉（蓮荷），何其麗也。』時人以入（王）儉府為蓮花池，故（蕭）緬書美之。」

官閣光陰容嘯傲，玉堂⑱風味本高寒。長安二月春如錦，不許東皇一例看。
銀雲滿逕玉交枝，大地陽和豈有私？傲骨祇應留鶴守，清名幾欲畏人知。
隴頭流水風前曲，雪後園林畫裏詩。記取調羹消息好，百花頭上正開時。

癡珠的詩是：

暮景猶留幾斷霞⑲，巡檐願豈此生賒。鹿巖贈後風如昨，驢背歸來日未斜。
不分山林終索寞，非關春色自清華。枕屏夜夜瑤臺夢，俯看紅塵五萬花。
偶從香雪⑳證前生，四十年前住太清㉑。地滿瓊瑤皆故步，心如鐵石總多情。
空山有約留知己，傲骨無緣得盛名。一覺羅浮騎蝶去，啁啾翠羽不成聲。

---

⑰ 白雪：指古代高雅歌曲或詩歌。戰國楚宋玉〈對楚王問〉載：楚郢都歌手始唱〈下里〉、〈巴人〉，國中屬而和者數千人；歌〈陽阿〉、〈薤露〉，國中屬而和者數百人；歌〈陽春〉、〈白雪〉，國中屬而和者不過數十人。其曲彌高，其和彌寡。

⑱ 玉堂：指玉堂殿，漢未央宮的屬殿，為學士待詔之所。後為翰林院的代稱。

⑲ 斷霞：殘霞。

⑳ 香雪：指梅花。清厲荃《事物異名錄‧花卉‧梅》：「《湖壖雜記》：『西溪之梅名曰香雪。』」西溪，在浙江省杭州市靈隱山西北松木場水口，沿山十八里，曲水蜿蜒，群山環繞，夾岸多梅林及茶竹栗等。

㉑ 太清：道教所指之仙境。

獨步群芳轉似遲，珊珊仙骨幾人知？馨香懷袖經年別，風雪漫天耐爾思。
鐵笛西風吹入破㉒，瑤琴明月怨空枝。并州姑射仙山㉓路，底事栽花總不宜？
訪遍山村又水村，枉攜醽醁㉔酒盈罇。一天雪意濃於墨，幾樹香魂黯到門。
漏盡書燈微有影，夢回紙帳半無痕。春花也似秋花恨，冷蕊疏枝盡怨恩。
鴻爪㉕天涯話夙緣，江南消息斷年年。冬心㉖耐守寒林況，春色先歸綠萼仙㉗。
顛倒有懷難索解，清癯顧影總相憐。一枝自把靈犀㉘證，栩栩神難筆底傳。
彩波紅雨渺無蹤，疊疊雲山隔幾重。每遇故人頻問訊，可憐遲暮又相逢。
寒更伴結襳褷㉙鶴，傲雪形同偃蹇松。絕代孤芳遺世立，開時不見露華濃。

㉒ 入破：唐宋大曲每套均有十餘遍，歸入散序、中序、破三大段。入破為破之大段的第一遍。破段樂曲繁聲促節。

㉓ 姑射仙山：又名石孔山，在山西省臨汾縣西，南跨襄陵、汾城二縣。

㉔ 醽醁：美酒名。

㉕ 鴻爪：鴻雁踏出的爪印，比喻往事留下的痕跡。宋蘇軾〈和子由澠池懷舊〉：「人生到處知何似？應似飛鴻踏雪泥。雪上偶然留爪印，鴻飛那復計東西。」

㉖ 冬心：寒冬孤寂淒冷的心境。

㉗ 綠萼仙：指綠萼梅，梅花的一種，萼片碧綠。宋范成大《梅譜》：「綠萼梅。凡梅花跗蒂皆絳紫色，唯此純綠，枝梗亦青，特為清高。好事者比之九嶷仙人萼綠華。」

㉘ 靈犀：舊說犀牛角內有白紋如線直通兩頭，感應神靈，比喻兩心相通。

陽春獨自譜冬殘，〈三弄〉㉚何人古調彈？修到今生真不易，描來設色可知難。
花緣有信分遲早，天總無心作暖寒。明月似波雲似水，詩心清絕此中看。
東風借問故園枝，烏烏無緣得遂私。萬里星霜人獨對，十年冰炭意同知。
篆煙脈脈簾垂晝，綺閣沉沉夜賦詩。亦有家山歸未得，紙窗燈火憶兒時。

做完，兩人互看。癡珠道：「荷生的詩是此中有人，呼之欲出。」荷生笑道：「你不是這樣？」秋痕、癡珠微笑。隨後酒闌，采秋印了一盒香篆，慢慢燒著，就和秋痕彈起月琴㉛來。各人將那梅花詩拍入工尺㉜，只按得一首，夜已深了。此時荷生將今早的事告知癡珠。癡珠笑道：「這卻是意外的遭逢，以後須邀我逛一天寄園罷？」就也散了。

這夜，天陰得黑魆魆的。秋痕為著采秋給他水仙花和那塞外的五色石，要個盆供。剛走到北窗，忽一陣風過，吹得竹葉簌簌有聲。燭光一閃，瞥見梅花樹下有個宮妝女人，臉色青條條的，嚇得毛髮直豎，把盆一丟，粉碎了，沒命跑入屋裏。癡珠聽得盆碎，正奔出看，秋痕早到跟前，拉著癡珠，半

㉙ 褵褷：音ㄌㄧˊ ㄕ，羽毛初生時濡濕黏合的樣子。

㉚ 三弄：即〈梅花三弄〉，古曲名。

㉛ 月琴：樂器名。古稱阮咸。其形圓而扁平，似滿月，發音似琴，故稱「月琴」。後世亦有改為八角形者。

㉜ 工尺：中國民族傳統音樂的音節上各個音之總稱，也是樂譜（工尺譜）上各個記音符號之總稱。工尺譜由音高符號、調名符號、節奏符號和補充符號組成。

响說不出話。癡珠忙問：「怎的？」秋痕定了神，才說道：「我真見鬼了！」便將所見告訴癡珠。癡珠笑道：「好端端的住屋，那裏有鬼。」正說著，忽聽得窗外長嘆一聲，頓覺身上毛竅都開。秋痕道：「你聽。」癡珠強說道：「疑心多生鬼，我卻不聽見什麼。」口裏這樣說，心裏也著實駭異，便說道：「無鬼之論，創自阮瞻❸❸。其實魂升魄降，是個常理。若有嘯於梁，種種靈怪，吾不敢說是必無，卻非常理。只是世間的人隨便到一去處，就有那酒鬼、色鬼、賭錢鬼、鴉片鬼、捉狹鬼肩摩踵接，這豈人之常理？人無常理，鬼更不循常理。陽間之鬼白晝現形，陰間之鬼黑夜露影，這鬼就懂得道理。你們不怕白晝現形之鬼，轉怕黑夜露影之鬼，獃不獃呢？」秋痕道：「好，好！你又借鬼罵人了。」癡珠笑道：「好好中華的天下，被那白鬼烏鬼鬧翻了。自此士大夫不儆於人，卻儆於鬼。東南各道賊臨城下，也有做起四十九日醮場❸❹的，也有建了四十九日清醮❸❺的。這會通天下的人，皆是個冒失鬼，豈獨你家有這鬼頭鬼臉幾個小謬鬼？」說得秋痕和跛腳通笑了。北窗下轉寂然無聲。癡珠復閑談一會，便收拾去睡。

再說江家契券，即日投繳，眷屬於十六離屋。荷生即於是日接到紫滄來書，說杜藕齋要增一千金身價，荷生自然答應了。十七日辦完公事，便到愉園，和采秋領紅豆同到柳巷。這裏早有索安、翁慎伺候，引著兩人先瞧正屋，就是軒軒草堂，崇墉魏煥，局面堂皇。到了第三進，紅豆見那臨池一座小

❸❸ 阮瞻：西晉末任太子舍人，素執無鬼論。

❸❹ 醮場：猶醮壇，道士祭神的壇場。醮，祭神。

❸❺ 清醮：指道士設壇祈禱。

樓，曲折有趣，說道：「這樓比我們的春鏡樓更覺幽雅。娘往後就住這一進罷？」采秋道：「這樓怎的沒有橫額？」荷生道：「你住了，我就寫『春鏡樓』三字，做個匾額掛起來。」兩人就在樓上小憩一會。翁慎端上點心，隨意用些。然後打小門上了搴雲樓。只見第一層是六面樣式，面面開窗，純用整塊玻璃隔作六處；六處之中又分出明暗來，大小方圓扁側共有十二處。額題「并門仙館」。更上第二層，是四面式樣，面面空出迴廊，廊畔俱有紫檀雕花的闌干。裏邊八間併作一間，純用錦屏隔斷，面面有門。瞧著園中亭臺層疊，花木扶疏，池水縈迴，山巒繚繞，已自可觀。再轉扶梯，到了第三層，覺得比前兩層略小了些，卻是堂堂正正一座三間的廳屋，上面橫額篆書「搴雲樓」三字。地位愈高，眼界愈闊。荷生和采秋攜著手憑闌一望，并州的山水關塞就如天然畫圖都在目前。縱覽一回，就下來，在并門仙館坐下。索安回道：「爺如今從那邊逛去？好叫園丁預備。」采秋道：「順著路，我們騎馬走罷。」荷生道：「我們坐船，到了小蓬瀛再騎馬，不好麼？」索安答應，翁慎便吩咐出來。不一會，船撐來了，眾人下了船，步入門來。見兩傍擺列四盆花木，中間三層臺階，是個堂，方有一丈，足開兩席。堂後，一邊為室，一邊為徑，徑轉為廊，廊升為臺，臺上張幔。采秋笑道：「這船式樣真是奇創。」荷生道：「浙江西湖船式多得很呢，有名小團瓢的，有名搖碧齋的，有名四壁花的，有名隨喜菴的。這式製喚做煙水浮家。」於是談談講講，一路看園中景致。有幾處是飛閣淩霄，雕甍㊱瞰地；有幾處是危巖突兀，老樹槎枒。那船慢慢的盪，約有半里多路，遶過了一個石磯，出了小港，即是個大寬闊處。望見西北上一帶長廊，荷生指道：「那就是小蓬瀛。」一會到了，繫好了船。只見蒼松夾

㊱ 雕甍：飾有浮雕、彩繪的飛檐。

道，古柏成盤，一個榭靠山臨水，略似芙蓉洲水閣。上去坐下，索安遞上茶，兩人喝了。走上岸來，荷生騎匹小川馬，采秋就騎那匹烏騅，迤東而行。過了好些石磴雲屏[37]，小亭曲榭，到了平路。茅舍竹籬頗有雞犬桑麻之趣。那園丁家眷和著兒女都一簇一簇的撐著眼瞧，采秋喚他過來，卻不敢近前。荷生吩咐索安，一個孩子賞一百錢。索安答應，自去分給了。這裏荷生、采秋跑了一回馬，紅豆纔到。采秋便先下烏騅，說道：「坐車不如騎馬，無奈這城裏女人通是坐車。」此時荷生也下了馬，說道：「他們嬌嫩嫩的，看見馬就怕起來，那裏會騎。」采秋道：「這也是習慣成自然了。譬如我和你在街上騎著馬跑，不就是錢牧齋、柳如是的笑話[38]麼？」荷生道：「可不是呢！」兩人一邊說話，一邊度上石橋。回望著瓜疇芋區，不勝感慨。荷生就說道：「癡珠的詩有『倘得南山田二頃，此生原不問升沉』之句，真先得我心。我往後要延他，將這幾處聯額和你商量，調換一調換。」采秋笑道：「你和他商量就是了，何必要拉扯到我呢？」於是下了石橋，順著兩行竹徑轉出柳堤，又過了幾處神仙洞。翁慎打著小路，叫開聽雨山館後門，伺候兩人進去。轉過一座半石半土的小山，接著就是幾百株芭蕉，圍著三四間書屋，奈窮冬苦寒，卻不見綠天的好景。兩人就不復坐，望小天台而來，只見怪石嵯峨，若飛若走，古籐如臂，敗葉成堆。上了山徑，盤旋到了山頂，有三丈多高。遠望搴雲樓，近瞰竹塢梅

[37] 石磴雲屏：石磴，石臺階，或石橋。雲屏，有雲形彩繪的屏風。

[38] 錢牧齋句：明萬曆年間進士錢謙益，號牧齋。南明時，福王召為禮部尚書。其妾柳如是原為吳江名妓，色藝雙絕，歸錢謙益後，相得甚歡，居絳雲樓，酬唱無虛日。明亡，柳如是勸錢謙益殉國，謙益不能從，迎降清軍。後錢氏死，柳氏殉死以從。

窩，令人豁目爽心。看了好一會，早是夕陽西下，朱霞滿天，才一步步的拾級而下。到一山凹，桂樹林立，有亭翼然，便是金粟亭，靠山踞石。采秋想要到亭子一憩，荷生道：「天不早了，下面束手就是梅窩，我們到那裏坐，也領略些花香。」遂步下山來，沿著東邊山徑，到了一帶梧桐樹邊，遠遠聞著梅花的香。只見一道青溪，圍著一個院落，也有幾堆小山，盡是梅樹，尚在盛開。兩人隨便步入一屋坐下。荷生道：「園中佳處已盡於此。如今仍打軒軒草堂出去上車罷。」翁慎端上松花糕、杏酪，兩人用些，拭了臉，教索安折下幾枝梅，天已黑了，便出來上車。

回到愉園，恰好癡珠正在門口下車，三人便一齊進內。先在船房坐下，說起逛園，癡珠道：「我最愛是梅窩那幾間屋子。」因嘆口氣道：「春鏡無雙，我說的偈准不准呢？」荷生、采秋一笑。癡珠又嘆道：「天下不少名園，單寒卓犖㊴的人既不得容膝之安，膏粱貴介又以此為呼盧博進之場㊵。這園落在你兩人手裏，纔是園不負人，人也不負園哩。」荷生道：「往後我就請你住在梅窩。」癡珠笑道：「那纔叫做寄園寄所寄。」采秋道：「人生如寄，就是甲第連雲，亭臺數里，也不過是寄此一身。」癡珠道：「這還是常局，儘有富貴偪人，功名誤我，蟭螟㊶之寄，亦且為難！」荷生笑道：「卿所咄

㊴ 單寒卓犖：單寒，孤寒，指出身孤弱貧寒。卓犖，卓絕出眾。

㊵ 膏粱句：膏粱，指膏粱子弟，富貴人家。膏粱，肥美的食物。此指以膏粱為食者。貴介，尊貴者。呼盧，古代博戲時呼喝勝彩。博戲工具有木製的五枚骰子，每枚兩面，一面塗黑，畫牛犢；一面塗白，畫雉。一擲五子皆黑者為盧，為最高勝彩；一擲五子四黑一白者為雉，為次高勝彩。博進，賭錢。

㊶ 蟭螟：即焦螟，傳說中的一種微型小蟲。晉葛洪《抱朴子・刺驕》曰：「蟭螟屯（聚寄）蚊眉之中，而笑彌

咄，我亦云云，安在彼我易觀，不更相笑？」采秋道：「進去用飯，不要講書語了。」癡珠道：「秋痕等我一塊吃晚飯，我不奉陪。」說著便走。荷生也不強留，送到月亮門，自與采秋春鏡樓小飲，醉後題一詩云：

珠樓新與築崔嵬，面面文窗向日開。拂檻露華隨徑曲，繞欄花氣待春回。
眉山黯入青鸞鏡，心字香儲寶鴨㊷灰。慚愧粉郎絲兩鬢，恐難消受轉低徊。

正是：

明月前身，梅花小影。
聽雨搴雲，幻境真境。

欲知後事，且聽下回分解。

總評：此回采秋、秋痕合傳，一從對面寫，一從旁面寫。其實采秋之正面，亦秋痕之反面文字也。文字從古無正寫法，何則？嫌其滯也。此回將寫韓、杜之合，先作此一段滿心快意文字；將寫韋、劉之離，先作月黑夜深，梅花鬼影一

天之大鵬。」

㊷ 寶鴨：即香爐，形狀似鴨。

段文字。意者可直接下文矣。須知後文尚有采秋悔婚，梧仙聚處一段波瀾，方知不是呆相，仍是虛步。後來作者最宜規撫者也。

第三十回　看迎春俏侍兒遇舊　祝華誕女弟子稱觴

話說明年戊午，立春節氣卻在今年十二月二十一日。先立春兩日，雪霽，天氣甚覺暖和。癡珠正與秋痕同立在月亮門外南廡調弄鸚哥，見愉園的人送來荷生一個小柬。癡珠展開，和秋痕看著。上面寫的是：

昨有秦中鴻便❶，題一梅花畫冊，寄與紅卿，得〈念奴嬌〉一闋，錄奉詞壇正譜。

癡珠笑道：「既得隴又望蜀。」❷秋痕道：「荷生這會還念著紅卿，也算難得。」便念道：

迢遞羅浮，有何人、重問美人蕭索？竹外一枝斜更好，也似傾城衣薄。疏影亭亭，暗香脈脈，愁緒都無著。銅瓶紙帳，幾家繡戶朱箔？卻憶月落參橫，天寒守爾，祇有孤山鶴。畢竟罡風❸

---

❶ 秦中鴻便：秦中，指今陝西省。鴻便，書札；書信。

❷ 既得隴又望蜀：既得到隴右，又想得到西蜀，比喻貪得無饜。《東觀漢記·魏囂傳》載：「西城若下，便可將兵南擊蜀虜。人苦不知足，既平隴，復望蜀，每一發兵，頭鬢為白。」隴，指隴右，泛指隴山以西地區，約當今甘肅隴山、六盤山以西，黃河以東地區。蜀，西蜀，今四川省地域。

嚴太甚，恐學空花飄泊。

秋痕眼皮一紅，不念了。癡珠接著念道：

綠葉成陰，騈枝❹結子，莫負東風約。綺窗消息，平安歲歲如昨。

秋痕道：「荷生的詞纏綿愷惻，一往情深。我每回讀著，就要墮淚，你何不和他一闋？」癡珠道：「我出語生硬，萬分不及他，因此多時不敢作了。」秋痕道：「你題花神廟的〈合城路〉和那七夕的〈百字令〉，就與他一樣好。」一面說，一面就拿著柬帖詞箋先自進去。癡珠正待轉身，只見小岑、劍秋同來了，癡珠忙行迎入，秋痕也出來相陪。癡珠道：「好久不見，怎的今天卻這般齊？」小岑道：「我兩人一早訪了荷生，便來找你，打算約著明天去看迎春。」癡珠嘆道：「文酒風流，事過境遷。下月這時候你們不都要走麼？到彼時，我卻有兩篇文贈你。」小岑道：「這就難得。」劍秋道：「癡珠肯為我兩人做起文章，這真叫做榮行了。」癡珠道：「我是說我的話。」小岑道：「不要罵起來。」劍秋笑道：「他說他的話就彀了，那裏做那人的序文就罵那人道理？」說得癡珠、小岑都笑了。秋痕道：「我二十二這一天，也要學著荷生做個團圞會，大家都要到。」小岑道：「自然都到。」劍秋道：「這一天你替你老師做生，還要一天替你師母餞行呢。」秋痕道：「只要師母住得到三十，我三十晚

❸ 罡風：原指高空中的剛勁之風，此泛指烈風。

❹ 騈枝：猶偶枝，指梅樹的雙枝。

上便替他餞。」大家說說笑笑，就在秋心院用過早飯。癡珠偶然問起掌珠，劍秋道：「你還不曉得麼？夏旒與他來往了半個多月，給不上二十吊錢，還偷了一對金環，兩個鋼表，現在討個兩湖坐探差事，竟自走了。你想，掌珠這會苦不苦呢？」癡珠聽了氣憤，說道：「有這下作❺的東西。」小岑道：「你那裏曉得外面的事。這幾天又有件笑話，你叫劍秋說給你聽。」癡珠便叫劍秋說，劍秋笑道：「你猜是那個？」癡珠道：「我曉得是那個，你說罷。」劍秋道：「你認得原士規麼？」癡珠道：「我久聞其名。」劍秋道：「士規參了官，沒處消遣，那花選上賈寶書做人爽直，竟給他騙上了。前個月，竟想出主意借寶書家開起賭場來，四方八面，拉著人去賭。不想拉上一個冤家，是大衙門長隨。賭輸幾十吊錢，便偷著上頭一付金鐲，又來賭輸。第二日破了案，府縣都碰釘子。這一晚圍門一拿，一個都沒走脫。士規也掛上鍊，不敢認是官，坐班房去。只可憐寶書跟著他受這場橫禍。倘認真辦起來，士規是要問罪，寶書還不曉得怎樣下落呢？」癡珠心上難安，說道：「寶書呢？我不曾見面。掌珠和我卻有一日盤桓。原想乘個空訪他一訪，為著夏旒在他家來往，就懶得去了。如今他有這場煩惱，你帶我去瞧他一瞧罷。」小岑笑道：「你要充個黃衫客麼？」癡珠道：「黃衫客，我自想也還配，只那夏旒卻比不上李益。」劍秋道：「我同你去。」小岑道：「我也去。」三人一車，向掌珠家趕來。癡珠見掌珠光景委實狼狽，便悄悄給了十兩銀子，並約他明日來秋心院。掌珠自然十分感激。隨後去看丹暈，又去看曼雲，也都約著明日的局。癡珠為著秋心院近在咫尺，便將車送小岑、劍秋回去，步行而來。

❺ 下作：下流卑劣。

次日，荷生也來，四人就在秋心院喫了一頓飯，同往東門外看迎春去了。說不盡太守青旂，兒童綵勝，這一日的熱鬧喧騰。傍晚進城，小岑、劍秋的車灣西回家，荷生、癡珠是向菜市街來。剛打大街轉入小胡同，見前頭停一輛車，兩個垂髫女子，一略少些，伶俏得狠，正在下車。車夫只得停住，荷生坐在車沿，這少的且不下車，將荷生打諒一打諒，便喚道：「韓老爺。」荷生也覺得這少的面熟得很，只記不起，便一面跳下車，一面問道：「你怎的認得我？」此時少的下了車，那一個也要下來，荷生卻認得是傅秋香。這少的早向荷生打千，秋香趕著下車，就也向荷生打千，說道：「半年多沒見面，老爺通好麼？」那班長認得是韓師爺，十分周旋。荷生卻一眼只瞅著小的，忽記起來，說道：「你不是天香院秋英麼？」那班長接著道：「他是從秦中才來呢。」荷生喜道：「我正要問問秦中大家消息。」便招呼癡珠下車。秋香引入客廳坐下。秋香、秋英都與癡珠請安，荷生為通姓名，秋香延入臥室。看官聽著：秦中自去年逆回滋事之後，光景大不如前。天香院姬人都已星散，這秋英是天香院一個侍兒，靠著一老媽流轉到了并州，搭在秋香班裏。當下癡珠急著問娟娘，荷生急著問紅卿。娟娘是他們班裏老前輩，秋英連名姓通不知道。紅卿是閉門臥病，幸他媽素有蓄積，尚可過日。荷生因向秋英嘆口氣道：「我和紅卿到你天香院喝酒時候，你才幾歲？」秋英道：「十一歲。」荷生道：「如今呢？」秋香道：「他如今十五歲了。」荷生向癡珠道：「忽忽之間，已是五年。回首舊遊，真如一夢。」癡珠道：「我去後，你才到秦中，我和娟娘一別竟是八年。你和紅卿算來相別也有四年了。」說話間，秋香已端上點心，兩人用些。癡珠見秋香、秋英俱婉孌可愛，因也約了明日的局，便上車同到愉園。是夜，兩人集李義山詩，聯得〈古風〉一首，采秋謄出，念道：

風光冉冉東西陌（凝），蒲青柳碧春一色（荷）。
郵亭暫欲灑塵襟❻（凝），謝郎衣袖初翻雪❼（荷）。
海燕❽參差溝水流（凝），繡檀迴枕玉雕鎪❾（荷）。
舊山萬仞青霞外（凝），同向春風各自愁（荷）。
衣帶無情有寬窄（凝），唱盡陽關無限疊（荷）。
浮雲一片是吾身（凝），治葉倡條偏相識（荷）。
鸞釵映月寒錚錚（凝），相思迢遞隔重城（荷）。
花鬚柳眼各無賴（凝），湘瑟秦簫❿自有情（荷）。
回望秦川樹如薺，輕衫薄袖當君意（凝）。

❻ 郵亭句：郵亭，古代傳送文書的郵使投宿之處。灑塵，撒水以洗滌塵埃。

❼ 謝郎句：謝郎，指南朝宋謝莊。翻雪，猶飄雪。《宋書・符瑞志下》載：「大明五年正月戊午元日，花雪降殿庭。時右衛將軍謝莊下殿，雪集衣。還白（稟報、陳說），上以為瑞。於是公卿並作花雪詩。」

❽ 海燕：燕子別稱。古人認為燕子產於南方，須越海而至北方，故稱。

❾ 檀回枕玉雕鎪：檀迴枕，指檀香木枕。檀，雕繪檀香木枕。迴枕，指雕繪花紋迴繞枕之四面。玉雕鎪，指像雕刻玉石一樣精細雕繪檀枕。鎪，音ㄙㄡ，雕刻。

❿ 湘瑟秦簫：湘瑟，指湘妃所彈之瑟。此泛指弦樂器瑟。秦簫，傳說秦穆公之女弄玉嫁與蕭史，蕭史善吹簫作鳳鳴，故稱「秦簫」。

當時歡向掌中銷，不須看盡魚龍戲⓫（荷）。

真珠密字⓬芙蓉篇（癡），莫向洪崖⓭又拍肩（荷）。

此情可待成追憶（癡），錦瑟無端五十絃⓮（荷）。

念畢，笑道：「竟是一篇好七古。」癡珠見天已不早，就向秋心院去了。

次日靠晚，秋痕邀了癡珠同到愉園。春鏡樓早是烽燭高燒，紅氍匝地⓯。采秋一身豔粧，紅豆、香雪也打扮得嬝嬝婷婷。秋痕點對蠟，向上磕三個頭。采秋趕著還禮，荷生早拉著癡珠向水榭瞧梅花去。這夜四人喝酒行令，無庸贅述。

次日，荷生、采秋怕秋痕又來拜壽，轉一早領著紅豆先到秋心院。此時癡珠才起身下床，尚未洗漱。秋痕為著要先往愉園拜壽，起得早些，也還粧掠纔完，迎出笑道：「這擋駕的法兒卻也新鮮。」

⓫ 魚龍戲：指魚龍百戲，古代魚龍變幻的雜技、魔術節目。《後漢書・安帝紀》載：「乙酉，罷魚龍曼延百戲。」李賢注引《漢宮典職》曰：「舍利之獸從西方來，戲於庭，入前殿，激水化成比目魚，漱水作霧，化成黃龍，長八丈，出水遨戲於庭，炫耀日光。」

⓬ 真珠密字：猶言淚書，暗用南海鮫人泣淚成珍珠的傳說，指美人的珠淚點點灑滿她所寫的書信密字。

⓭ 洪崖：仙人名。傳說為黃帝臣子伶倫的仙號。晉郭璞〈遊仙詩〉曰：「左挹浮丘袖，右拍洪崖肩。」

⓮ 錦瑟句：錦瑟，繪紋如錦的寶瑟。五十絃，古瑟五十絃。《史記・封禪書》載：「泰帝（太皞伏羲氏）使素女鼓五十絃瑟，悲，帝禁不止，故破其瑟為二十五絃。」

⓯ 紅氍匝地：紅氍，即紅氍毹，紅色毛織地毯。匝地，遍地。

便讓荷生西屋坐下，自和采秋、紅豆進南屋去了。不一會，跛腳領著掌珠進來。接著秋香、秋英也來了。停了一停，小岑、劍秋同到，說丹翬、曼雲受了風寒。癡珠道：「事不湊巧，秋痕今天還備有兩席呢。」荷生道：「就是通來，不過十一人，何必如此費事。」當下秋痕早調遣著跛腳和小丫鬟，在南屋裏排下兩席麵菜。早酒大家都不大喝，就散了。秋痕領掌珠等，替荷生祝起壽來。今日這一會，大家都有點心緒，所以頂鬧熱局，轉覺十分冷淡。也有在月亮門外，倚著梧桐樹喁喁私語的；也有借著調鸚哥，看梅花消遣的。到了三下鐘擺席，先前是兩席，荷生不依，癡珠教秋痕將兩席合攏。左邊荷生獨坐，右邊小岑、劍秋，上首采秋居中，左掌珠，右秋香，下首癡珠居中，左秋英，右秋痕。紅豆小丫鬟輪流斟酒，上了四五樣菜。窗外微風一陣陣送來梅花的香，癡珠見大家都沒話說，便要行令。小岑道：「采秋的令繁難的很，令人索盡枯腸。」因向掌珠道：「今日你說個飛觴，要雅俗共賞的才好。」掌珠沉吟半晌說道：「今日本地風光，是個壽字。」秋痕道：「昨晚行的百壽圖，俗氣得狠，今日還講這個?」癡珠道：「今日不說真的壽字，就不俗了。」劍秋道：「說個美人名。」荷生道：「美人名能有幾個?」采秋道：「壽陽公主⑯。」癡珠道：「孫壽。」荷生道：「還有沒有?」小岑道：「有，有！花選上有個楚玉壽，不是美人麼?」說得眾人通笑了。劍秋因向掌珠道：「玉壽我聽說死了，真不真?」掌珠道：「他前月就死了。」秋痕道：「今天有人家不准說這個字，你和寶憐妹妹說了，各罰一杯酒。」劍秋道：「著，著！我該罰。」便喝了一杯。秋痕道：「寶妹妹也喝罷。」掌珠道：「我是跟他說下。」劍秋道：「是我累你，我替你喝。」癡珠道：「我的意思，說個壽字州

---

⑯ 壽陽公主：南朝宋武帝之女。相傳梅花落於額上，人以為美，稱為梅花妝，又稱壽陽妝。

縣的名何如？」大家想一想，通依了。癡珠道：「我起令。」便喝了一杯酒，說道：「福建福寧府壽寧縣。玉桂喝酒。」秋香喝了酒，想了半晌，飛出一個壽字，說道：「荷生喝酒。陝西同州府永壽。」荷生喝了酒說道：「山西太原府壽陽。」數是劍秋。劍秋喝了酒，說道：「四川資州仁壽。」數是掌珠。掌珠喝了酒，也想一會，說道：「秋痕姊姊喝酒。山東兗州府壽張。」秋痕且不喝酒，將指頭算一算，把酒喝乾，說道：「浙江嚴州府壽昌。該是采秋。」采秋喝了酒，說道：「直隸正定府靈壽。該是秋英。」秋英喝酒，想一想說道：「江南鳳陽府壽州。」小岑道：「輪了一遍，也沒有個重說的，我喝罷。」喝了酒，說道：「山東青州府壽光。還給荷生喝了壽酒，收令罷。」荷生也自喜歡。紅豆換上熱酒，喝了。時已黃昏，室中點上兩對紗燈。秋痕上了大菜，出位敬荷生三杯酒，就要敬采秋。采秋再三央告，秋痕只得來敬小岑、劍秋，二人各飲一杯，逐位招呼下來。秋香、秋英便送上歌扇。劍秋道：「今天立春第二日，教他們只揀春字多的每人唱一支，我們喝酒。他們有幾多春字，我們喝幾多酒，不好麼？」荷生道：「好極。」回頭瞧著紅豆，道：「你數罷。」此時傅家、冷家班長都拿著鼓板、三絃、笛子，在院裏伺候。秋香移步窗下，說聲〈一剪梅〉，外面答應。笛聲徐起，絃語微揚，鼓板一敲，只聽秋香唱道：

霧靄籠蔥貼絳紗，花影窗紗，日影窗紗。迎門喜氣是誰家？春老儂家，春瘦兒家。

大家喝聲「好！」紅豆道：「兩杯。」於是斟了酒，癡珠向秋痕道：「這一支是那一部的詞？」秋香道：「《紫釵記．議婚》。」只聽秋英唱道：

香夢回，纔褪紅鴛被。重點檀唇胭脂膩，匆匆挽個拋家髻。這春愁怎替？那新詞且記。

大家也喝聲「好！」紅豆道：「一杯。」荇生道：「曲唱得好，只是春字太少，我們沒得酒吃。」紅豆笑道：「大家要多喝酒，我唱罷。」癡珠歡喜，便喚跛腳端把椅來，教紅豆坐下。紅豆背著臉唱道：

他平日地為春傷，平白地為春傷。因春去的忙，後花園要把春愁漾。

論娘行出，人人觀望，步起須屏障。但如常，著甚春傷，要甚春遊，你放春歸，怎把心兒放？

癡珠喝聲「好！」劍秋道：「要喝四杯呢。」紅豆起身斟酒。掌珠道：「我唱下一支罷。」唱道：

荇生道：「好，好！喝七杯。」采秋道：「如今彀你喝了。」於是大家通喝七杯。秋痕讓點菜，癡珠道：「我在留子善家過冬，行的令是擊鼓傳花，也還鬧熱。如今要采秋想個雅的，隨人愛說者說，不說者講個詞曲梅字罷。」小岑道：「我儘怕采秋的令，你們偏要他來鬧。」癡珠向采秋道：「你儘管說。」采秋笑道：「你不怕繁難，我說兩個令，你們商量那個罷？一是一字分兩字，三字合一韻。一是二物並稱，一奇一偶。」荇生道：「前一令還多些，後一令只有數件，留著想想也覺有趣。癡珠，你吩咐他起鼓罷。」秋痕早叫跛腳採枝梅花遞給癡珠，吩咐院子裏起鼓。癡珠便將梅花給了荇生，教從他輪起。劍秋道：「我們講了采秋的令，也還說句詞曲，才有趣。只不要限定梅花。」大家也依。這回是教坊們打的鼓，輕重遲速，有音有節。席上輪有三遍，花到秋英，鼓卻住了。秋英喝了酒，說道：

雪意銜寒，開了白玉梅。

第二次從秋英起，輪到荷生，恰恰七遍，鼓聲住了。荷生喝了酒，說道：「我講個一字分兩字，三字合一韻罷。一東的『虹』字」。大家想一想道：「好！」合席各賀一杯。荷生說句詞曲，是「伯勞東去燕西飛」。第三次的花輪到劍秋，鼓聲停住。劍秋喝了酒道：「我說個『壽考維祺』的『祺』字。」癡珠道：「善頌善禱，大家賀一杯。荷生、采秋皆喝雙杯。」荷生道：「喝一鍾就是了，何必雙杯。」劍秋說的詞曲是「進美酒，全家天祿。」第四次輪到秋香，鼓聲停住。秋香喝了酒，說道：

則分的粉骷髏，向梅花古洞。

癡珠因吟道：「天下甲馬未盡銷，豈免溝壑長漂漂。」秋痕瞧著秋香一眼。采秋只喚起鼓。這是第五次輪到秋痕，秋痕喝了酒，道：「我說個『尺蠖之屈，以求伸也』『伸』字。」大家也贊好，各賀一杯。秋痕道：「我詞曲是句『拿住情根死不鬆』。」劍秋道：「你不准人說這個字，怎的自說？該罰三杯。」秋痕沒得說，癡珠替他講情，罰了一鍾。秋痕道：「我還說個本分的令，是：

單只待望著梅花把渴消。」

劍秋笑向秋痕道：「你還渴麼？」秋痕道：「你又胡說。」第六次又輪到荷生，荷生喝了酒，說道：

「我如今講個一物並稱，一奇一偶罷。冠履。」小岑道：「妙！」大家也賀了一杯。荷生說句詞曲是「去馬驚香，征輪遶月。」第七次輪到采秋，采秋道：「前一令我是『褘衣』『褘』字，後一令我說個『釵環』。」大家俱拍案叫妙，各賀一杯。癡珠道：「還有詞曲怎不說？」采秋瞧著荷生道：「順時自保千金體。」言下慘然，荷生更覺難受。大家急將別話岔開了。第八次輪到小岑，小岑喝了酒，道：「我說個『琴德愔愔』的『愔』字，何如？」荷生道：「好得很。」大家也賀一杯。說個詞曲是「北里重消一枕魂。」第九次又輪到秋痕，秋痕喝了酒，說道：「我再說個『焉得諼草⑰』的『諼』字，說句詞曲是『情一點燈頭結』。本分的令是：

怕不是梅卿柳卿。」

大家都說：「好。」各賀一杯。第十次輪到掌珠，喝酒說道：

等得俺梅子酸心柳皺眉。

劍秋瞧著掌珠，笑道：「你還等夏旒麼？」掌珠兩頰飛紅，急得要哭。癡珠向劍秋道：「你何苦提起這種人！」掌珠早借著吃水煙，拭了眼淚，才行歸坐。不想十一次又輪到掌珠，只得又喝了酒，說道：「我說個『蝓』字。」劍秋趕著喝：「好！」大家也齊聲贊好，滿滿的各喝一杯。掌珠瞧著秋痕道：「我說句詞曲是『漏盡鐘鳴無人救』。」秋痕接著道：「願在火炕中身早抽。」就嘆了一口氣。荷生

⑰ 諼草：即萱草，使人忘憂之草。

道：「講酒令，怎的都講起心事來？起鼓，給癡珠說了，收令罷。」這是十二次，又輪到秋香。秋香喝了酒，說道：

只怕俏東君，春心偏向小梅梢。

十三次又輪到秋英。秋英喝了酒，說道：

夢孤清梅花影，熟梅時節。

十四次又輪到秋痕。秋痕喝酒，說個「杯箸」。荷生道：「靈便得很。」大家各賀一杯。秋痕又說個詞曲是「說到此悔不來，惟天表證」。說個梅是：

便揉碎梅花。

劍秋笑道：「往下念罷。」秋痕道：「劍秋，你今天怎的儘蹧蹋人！我改一句念給你聽：

則道墓門梅，立著個沒字碑。」

荷生哈哈大笑。小岑道：「他得罪你，你罵他沒字碑，怎的把我喚做墓門梅？」劍秋笑道：「他近來肚裏沾了癡珠點兒墨汁，憑什麼人都說是沒字哩。」癡珠道：「算了，不說頑話，我還沒輪到呢。」秋痕吩咐起鼓。這是十五次，輪有三匝，花到癡珠，鼓聲停住了。荷生道：「你快說，天已不早，好收令罷。」癡珠喝了酒，說個「蝀」字，又說個「領袖」，說句詞曲是「溫柔鄉容易滄桑」。荷生道：「好！虹字起，蝀字結，領袖二字近在目前，卻沒人想得到。我們賀他一杯酒，散了罷。」秋痕催上稀飯，大家用些。小岑、劍秋急去看病，便先走了。掌珠、秋香、秋英，荷生、癡珠每人各賞了十兩銀，也去了。荷生見秋痕筆硯放在北屋方案，就檢張紙，寫一首詩，向癡珠道：「賦此誌謝。」癡珠念道：

香溫酒熟峭寒天，畫燭雙燒照綺筵。檀板⑱有情勞翠袖，萍根無定感華年。
邊城笳鼓催殘臘，文字知交信夙緣。卻念故山歸未得，一回屈指一悽然。

念畢，也檢一箋，和道：

第一番風料峭⑲天，辛盤介壽⑳合開筵。酒籌緩緩消殘夜，春日遲遲比大年。
知己文章關性命，當前花月證因緣。新巢滿志棲雙燕，我為低徊亦暢然。

荷生、采秋齊聲贊好，喝了茶，然後同回愉園。正是：

---

⑱ 檀板：檀木製的拍板。

⑲ 料峭：形容風力寒洌、冷峭。

⑳ 介壽：祝壽。

勝會既不常，佳人更難得。
搔首憶舊遊，殘燈黯無色。

欲知後事如何，且聽下回分解。

總評：此回合傳韋、劉、韓、杜四人，而緯以十妓，步步不脫娟娘、紅卿，尤為心細。殘年欲盡，采秋急欲還家，秋痕家急欲構釁，文章至此，亦可謂水窮山盡矣。開首特筆書曰：「明年戊午，立春節氣卻在今年十二月二十一日」云云，於是滿紙柳媚花柔，冰消雪霽，無復固陰沍寒氣象。大聖人之畫卦，剝者復之，始一陽所以生於冬至子半也，隨借秋心院一番酒令，急將春字勒住，不肯輕估下文地步，然而又不可以虛衍也，於是乎有秋英，於是乎有十妓之蹤跡，遙應前文，暗引後文，遂覺脫去恒蹊，別開生面。荷生、采秋之別，僅以一二語點出之，不即不離，恰得兩人神吻。

第三十一回　離恨羈愁詩成本事　閑情逸趣帖作宜春

話說癡珠二十三靠晚，偕秋痕到愉園送行，見驪駒在門。荷生、采秋依依惜別，兩人愴然不能久坐，便自告歸。是夕人家祀灶❶，遠近爆竹之聲斷續不已。癡珠倚枕思家，憑秋痕怎樣呼觴勸釂❷，終是悶悶不樂。秋痕因說道：「你前說要作《鴉片嘆》樂府❸，我昨日替你作篇序，你瞧用得用不得？」說著，便向案上檢出一紙，遞給癡珠。癡珠接著念道：

聞諸父老：二十年前人說鴉片，即譁然詫異。邇來食者漸多，向南而北，凡有井水之處，求之即得。敗俗傾家，喪身罹法❹，其弊至於不忍言。而昏昏者習以為常，可為悼嘆！尤異者，香閨少婦，繡閣雛姬，或亦間染此習。至青樓中人則什有八九，遂令粉黛半作骷髏，香花別成臭味。覺岸回頭，懸崖勒馬，非具有夙根❺，持以定力，不能跳出此魔障❻也。孽海❼茫茫，安

❶ 祀灶：祭祀灶神。古代祀灶多在夏日。漢宣帝時改以臘日為祀灶日。

❷ 呼觴勸釂：呼觴勸，指呼酒勸飲。釂，音ㄐㄧㄠˋ，飲盡杯中酒。

❸ 樂府：漢代音樂官署名稱。樂府採集各地的民俗樂章和樂調，還有文人創作朝會宴餐樂章。這些樂章統稱為樂府。後世文人模仿樂府樂章所作的詩歌，亦稱之為樂府。

❹ 罹法：觸犯刑法。罹，遭受。

得十萬恆河沙為若輩湔腸滌胃❽耶？作《鴉片嘆》。

念畢，說道：「很講得痛切，筆墨亦簡淨，你何不就作一篇樂府，等我替你改？我是不止說這個，還有幾多時事，通要編成樂府哩。頭一題是〈黃霧漫〉，第二題是〈官兵來〉，第三題是〈胥吏❾尊〉，第四題是〈鈔幣弊〉❿，第五題是〈銅錢荒〉，第六題是〈羊頭爛〉，第七題是〈鴉片嘆〉，第八題是〈賣女哀〉。」秋痕斟一杯酒，喝一半，留一半，遞給癡珠道：「樂府我沒有做過。」癡珠喝了酒，說道：「你沒有做過樂府，那白香山《新樂府》三十章⓫，你不讀過麼？香山的詩老嫗能解，所以別的詩不好，樂府最妙。學他那樣做去便是正體。」秋痕又斟一杯酒，給癡珠喝一半，將剩的自己喝了，說道：

---

❺ 夙根：指前生秉具的靈根。

❻ 魔障：佛教語，指修身、成事的障礙、磨難。

❼ 孽海：佛教語，指由於種種惡因而使人沉淪陷溺的苦海。

❽ 恆河句：恆河沙，猶恆河沙數，佛教語，形容數量極多。清蒲松齡《聊齋誌異・鳳仙》：「吾願恆河沙數仙人，並遣嬌女昏嫁人間，則貧窮海中，少苦眾生矣。」湔腸滌胃，指洗滌內臟。湔，洗滌。

❾ 胥吏：古代官府中的小吏。

❿ 鈔幣弊：鈔幣，紙幣。弊，弊端；弊病。

⓫ 白香山句：唐代詩人白居易，晚號香山居士。唐憲宗元和年間，白居易任左拾遺，寫了《新樂府》組詩五十題，文辭通俗質樸，詩意直率真切，旨在批評時政，諷喻君王，濟時拯民。按：此處「三十章」誤，應為五十章（題）。

「這個你也和我講過，只我總不敢輕易下筆。你隨便起兩句，我接下去學學，好麼?」癡珠道：「我念你寫。」便隨口念道：「外洋瘠中土⓬，製作鴉片煙。」秋痕端過筆硯，寫著。癡珠道：「你五字的做兩句罷。」秋痕故意想了又想，說個不大條暢的句，惹著癡珠笑了，又分喝了幾杯酒，讓癡珠幾筯菜，才說道：「我做一聯對偶，你看好不好?」就寫起來。癡珠瞧是：「媚骨勝鸞膠⓭，流毒如蛇涎⓮。」說道：「這就好，音節也諧。」秋痕擎著酒杯，笑道：「我又不曉得怎樣接了，你提一句罷。」癡珠便道：「如今要轉仄韻才好呢。」念道：「愚夫不解身中毒。」秋痕寫著，笑道：「我接句『夜夜吹簫品玉竹』。」癡珠笑道：「你說個品簫還好。」秋痕道：「我想那神情就像。」癡珠道：「這不是給人笑話。」秋痕道：「我和你講，怕你笑話麼?其實我是這一句，你瞧罷。」癡珠瞧著，是「短榻燒燈鎗裂竹」，便笑說道：「好好的句，卻故意要那般說。以下你自己做去，我替你改。」秋痕剪著燭花，笑說道：「我不，我要和你聯下去。」癡珠道：「我酒也不喝，詩也不能做，躺一會罷。」秋痕不依，癡珠只得又念道：「生涯萬事付一鎗。」秋痕寫著，接道：「萬事如煙過癮忙，朝過癮，

⓬ 外洋瘠中土：外洋使中國貧瘠，指西方列強向中國傾銷鴉片毒品，毒害民眾，體質衰弱，使中國白銀外流，經濟貧瘠。中土，即中國。

⓭ 媚骨勝鸞膠：指吸毒者貪戀鴉片，如貪戀天生媚骨的佳人，以致勝過續娶的新人。鸞膠，託名東方朔撰《海內十洲記．鳳麟洲》載，西海鳳麟洲多仙家，煮鳳喙麟角合煎成膏，能續粘弓弩之斷弦，名續弦膠，又稱「鸞膠」。後世以續弦代指續娶後妻。

⓮ 蛇涎：毒蛇口中流淌的涎液。

暮過癮，……」癡珠早向床上躺下，秋痕便站起來，跟到床前，伏在癡珠身上，說道：「怎的?」癡珠道：「你要替我解悶，卻叫我做詩，不更添悶麼?你好好的替我唱那《紫釵記・閨謔》給我聽，我便不悶了。」秋痕笑道：「你又來歪纏人家。我和你說，今天是霞飛鳥道，月滿鴻溝，行不得也哥哥!」癡珠將手攬住秋痕道：「我不信。」秋痕笑把指頭向癡珠臉上一抹道：「羞不羞?你通不記今天是祭灶日子麼?」癡珠黯然道：「我在客邊，我沒灶祭。」秋痕笑道：「我沒爹沒媽，那裏還有個灶?」癡珠道：「我有媽也似沒媽，有灶也似沒灶。」因吟道：「永痛長病母，五年轉溝壑。生我不得力，終身兩酸嘶。」⑮一面吟，一面傷心起來。秋痕慘然，將癡珠的手掌著自己的嘴道：「這是我不好，惹你傷心。我還唱那兩枝〈玉交枝〉罷。」癡珠淚眼盈盈道：「我這會曲也不能聽了。」接著高吟道：「當歌欲一放，淚下恐莫收。濁醪有妙理，庶用慰沉浮。」⑯便說道：「我還喝酒罷。」於是秋痕斟了熱酒，送給癡珠。癡珠又高吟道：「少年努力縱談笑，看我形容已枯槁。喜君頗盡新禮樂，萬事終傷不自保。」⑰就將酒喝乾。秋痕珠淚雙垂道：「這樣傷心何苦呢?龍蟄⑱三冬，鶴心⑲萬里，願君

⑮ 永痛四句：引自杜甫〈無家別〉詩。「轉溝壑」，原詩為「委溝溪」，指棄屍溝壑。酸嘶，酸心；痛楚。

⑯ 當歌四句：引自杜甫〈晦日尋崔戢李封〉詩。濁醪，濁酒，一種汁渣混合的濁酒。妙理，精微的道理。庶用，庶幾可以，意謂幸許可以。沉浮，指人生盛衰起伏。

⑰ 少年四句：引自杜甫〈蘇端薛復筵簡薛華醉歌〉詩。「喜君頗盡新禮樂」，原詩為「諸生頗盡新知樂」。

⑱ 龍蟄：指陽氣潛藏。

⑲ 鶴心：指高遠之心。

善保千金軀哩。」癡珠微笑一笑說道：「喚他們收拾睡罷。」晚夕無話。

次日，下了一天雪，癡珠並沒出門。第三日清早，外面傳進一柬，說是韓師爺差人送來的。癡珠拆開，見是一張小箋。上寫的是：

采秋歸矣！孤燈獨剪，藥裹自拈，居者之景難堪；衝寒冒雪，單單獨往，行者之情尤可念也。疊梅花詩原韻，得春鏡樓本事詩八首，錄請吟壇⑳評閱。知大才如海，必更有以和我。癡珠吾師。荷生白。

秋痕笑道：「詩債又來了。」癡珠念道：

斷紅雙臉暈朝霞，乍入天台客興賒。青鳥偶傳書鄭重，朱樓遙指路欹斜。可能偎倚銷愁思，便為飄零惜歲華。自笑無緣賞桃李，獨尋幽逕訪秋花。

似曾相見在前生，玉樣溫柔水樣清。月下並肩疑是夢，鏡中窺面兩含情。隨風柳絮迷香國，初日蓮花配豔名，最是四絃聽不得，尊前偏作斷腸聲。

嘆道：「卅六鴛鴦同命鳥，一雙蝴蝶可憐蟲。」又念道：

同巢香夢悔遲遲，惆悵情懷只自知。卿許東風為管領，儂家南國慣相思。

⑳ 吟壇：詩壇。

針能寄恨絲千縷，格仿簪花筆一枝。莫把妝梳比濃淡，蘆簾紙閣㉑也應宜。

如墨同雲羃遠村，朔風吹淚對離樽。雪飛驛路留鴻爪，柳帶春愁到雁門。

姑射露光凝鬢色，閼氏㉒山月想眉痕。多情不為蠶絲繭，但解憐才合感恩。

瞧著秋痕道：「春蠶作繭將絲縛，我四個人，竟是一塊印板文字！說來覺得可喜，也覺可憐。」又念道：

笠簑朱字有前緣，小別匆匆竟隔年。柬指玉環應有約，凌波羅襪總疑仙。

悽其風雪真無賴，況瘁輪蹄㉓劇可憐。畢竟天涯同咫尺，一枝春信㉔為君傳。

小院紅闌記舊蹤，便如蓬島隔千重。雲移寶扇風前立，珠綴華燈月下逢。

碧玉年光悲逝水㉕，洛妃顏色㉖比春松。

㉑ 蘆簾紙閣：蘆簾，以蘆葦編織的帷簾。紙閣，用紙糊窗、貼壁的房屋。多為清貧者所居。

㉒ 閼氏：猶閏氏，山名，在甘肅省山丹縣。

㉓ 輪蹄：車輪與馬蹄，代指車馬。

㉔ 春信：春天的信息。此處指春花。

㉕ 碧玉句：碧玉年光，猶碧玉年華，即妙齡青春，多指十六歲的年輕女子。碧玉，人名，借指年輕貌美的女子。逝水，遠逝的流水，代指時光流逝。

㉖ 洛妃顏色：指洛神容顏嬌美。曹植〈洛神賦〉曰：「瓌姿豔逸，儀靜體閑。柔情綽約，媚於語言。」

秋痕道：「這松字押得恰好。」癡珠點頭，又念道：

久拚結習銷除盡，袖底脂痕染又濃。

孤衾且自耐更殘，錦瑟絃新待對彈。塵海知音今日少，情場豔福古來難。

誰憐絕塞青衫薄，卻念深閨翠袖寒。願祝人間歡喜事，團圞鏡影好同看。

桃花萬樹柳千枝，春到何曾造物㉗私。恰恰新聲鶯對語，翩翩芳訊㉘蝶先知。

團香製字㉙都成錦，列炬催妝㉚好賦詩。絮果蘭因齊悟澈，綠陰結子在斯時。

念畢，又嘆道：「『天涯多少如花女，頭白溪頭尚浣紗㉛！』采秋就算福慧雙修㉜了。」因提筆批道：「繭絲自理，淚燭雙垂，惜別懷人，情真語摯。然茶熟頭綱㉝，花開指顧，來歲月圓之夜，即高樓鏡

㉗ 造物：指造化萬物，即孕化、生息萬物。

㉘ 芳訊：猶花信，百花開放的訊息。

㉙ 團香製字：指團茶製字。宋代以圓模製成的茶塊。團茶上製字如錦文。

㉚ 列炬催妝：排列火炬，催促新婦梳妝啟行。催妝，舊俗新婦出嫁，必多次催促，始梳妝啟行。

㉛ 浣紗：原指春秋時越國美女西施，在越王將其獻與吳王夫差之前，她在故鄉若耶溪浣紗。比喻女子未遇寵愛之時。浣，洗，洗滌。

㉜ 福慧雙修：指福德與智慧兩者皆美滿。修，美。

㉝ 茶熟頭綱：指熟嫩可採的首批春茶，即驚蟄前或清明前採摘的首批春茶，清沈初《西清筆記・紀庶品》：「龍

合之時，從此綠鬢視草，紅袖添香，眷屬疑仙，文章華國[34]。是鄉極樂，今生合老溫柔；相得甚歡，我輩皆輸豔福。何必紫螺[35]之賜九迴，紅蛛之絲百結也?癡珠謹識。」批畢，隨手作一覆函，交來人去了。跛腳端上飯，兩人用過。正苦岑寂，恰好禿頭送來縣前街十數幅春聯。癡珠因喚禿頭照樣買了好幾張硃紅箋紙，就在東屋大大小小裁起來。秋痕一邊磨墨，癡珠一邊寫。一會，將縣前街的春聯寫完了，就寫著秋華堂大門的聯句，是：

別夢梅花縈故國，
迎年爆竹動邊城。

秋華堂一付長聯是：

七十二候[36]，陸劍南[37]釀酒盈瓶，
三百六旬，賈浪仙[38]祭詩成軸。

井新茶，向以穀雨前為貴，今則於清明節前採者入貢，為頭綱。」

[34] 華國：光耀國家。

[35] 紫螺：即紫背螺，紫色有斑點，號砑螺。

[36] 七十二候：古代以五日為一候，三候為一節氣。全年二十四節氣，總共七十二候。

[37] 陸劍南：即南宋著名詩人陸游，著有《劍南詩稿》八十五卷。故稱「陸劍南」。

[38] 賈浪仙：即唐代著名詩人賈島，字浪仙，一作閬仙。今傳《賈長江集》十卷。

西院門聯是：

自作宜春之帖㊴，

請回趕熱之車㊵。

西院客廳楹聯是：

結念茫茫，未免青春負我；

為此寂寂，徒令白日笑人。

西院書室的聯是：

思親旦暮如年永，

作客光陰似指彈。

臥室的聯是：「歲聿云暮，夜如何其。」廚房的聯是：「為此春酒，祭及先炊㊶。」秋華堂月亮門的

㊴ 宜春之帖：書寫「宜春」字樣的迎春帖。舊俗立春或春節時，民間或宮中剪彩紙或彩帛為燕、蟾蜍、旗幟，書「宜春」二字，貼於窗戶、器物、彩勝之上，以示迎春。

㊵ 趕熱之車：指乘車趕趁熱鬧，湊趣消遣。

聯是：「坡翁守歲㊷，唐襪迎宵。」秋痕道：「你如今替我也寫了罷，卻都要這樣不俗的才好。」癡珠笑道：「我寫的就怎樣俗，也比你那門首的什麼燕語鶯聲強。」秋痕道：「那是他們鬧的。」癡珠笑道：「你就憑他們鬧去罷，何苦教我寫。」秋痕道：「你不住在這裏，我也不管。如今倘是不好，人家卻笑著你。」癡珠笑道：「你替我裝袋水煙，做個筆資罷。」就取一幅長箋，作個八字的聯云：

　　領袖群仙名題蕊榜，
　　山河生色頌獻椒花。

秋痕道：「不好。出句是個實事，對句我不配。要讓采秋，他有篇〈大閱賦〉，才替山河生色哩。」癡珠道：「我要這般持論，就這樣寫出來，所謂揚之可使上天，抑之可使入地，何必是實，也何必不是實？難道將此十六字榜著你的大門，就有人家出來說話麼？」秋痕道：「人家那裏來管許多閑事，只是我自己問心有愧，便覺得不好。」秋痕取過一對紙，癡珠道：「這一付給你正屋粘上罷。」秋痕見寫的是「富可求乎無我相，人盡夫也奈若何」。秋痕道：「你怎的寫出這些話來？就是罵那老東西，也怕他們懂得。」癡珠笑道：「你要不俗，又句句要我說實事，我如今掃盡春聯習氣，實實在在說出十四字來，你又怕了。我將對句四字改個『母也天只』，何如？」秋痕道：「也不好，你這一付，只

㊶ 先炊：古炊母神，即創始炊事之神。

㊷ 坡翁守歲：坡翁，宋代著名文學家蘇軾，號東坡居士。敬慕者稱其為坡仙、坡老、坡公、坡翁。守歲，指陰曆除夕整夜不眠，守候終夕，迎接新春元旦，稱為「守歲」。

胡弄局，備個成數罷。」癡珠只得換一付，寫道：

消來風月呼如願，

賣盡癡獃換一年。

秋痕道：「似此便好。我房門的聯，你先寫罷。」癡珠道：「你房門我只八個字：『有如皎日，共抱冬心。』」秋痕道：「好極！寫罷。」癡珠寫畢，說道：「西屋是這兩句：

繡成古佛春長在，

嫁得詩人福不慳㊸。」

秋痕道：「也好。月亮門呢？」癡珠道：「要冠冕些，是八個字：『浴寒枸杞，迎歲梅花。』這裏是你梳妝地方，我有了這兩句：

春風雙影圓窺鏡，

良夜三生澈聽鐘。」

秋痕喜歡，一一看癡珠寫了，說道：「廚房還要一付哩。」癡珠道：「也有。」便檢紙寫道：

㊸ 慳：稀少。

司命❹有靈，犬聲不作；
長春無恙，雞骨頻敲。

秋痕笑道：「闔合得妙！必須如此，他們才不曉得。」當下雪霽。癡珠吩咐套車，到了縣前街，然後回寓，復由寓到了大營，拉荷生同到秋心院。秋痕早把春帖子換得裏外耳目一新。荷生一一瞧過，微微而笑。秋痕將那付「富可求乎」一聯，告訴荷生。荷生說道：「尖薄，何苦呢？」癡珠便留荷生小飲，至二更多天，始叫車送回大營。短景催年，轉瞬就是除夕了。正是：

熱夢茫茫，年華草草；
獨客無聊，文章自好。

欲知後事，且聽下回分解。

總評：此回癡珠、荷生合傳，一以哀感出之，一以遊戲出之。傳神阿堵，栩栩欲活。

---

❹ 司命：指灶神。宋孟元老《東京夢華錄》載：「（陰曆十二月）二十四日交年。都人至夜請僧道看經，備酒果送神，燒合家替代紙錢，帖灶馬於灶上。以酒糟塗抹灶門，謂之醉司命。」

第三十二回　秋心院噩夢警新年　搴雲樓華燈猜雅謎

話說西北搬馬解❶女人，儘有佳的，臘底太原城裏來了姑嫂兩人，都有姿色。嫂名胭脂，男人給賊殺了，姑名柳青，年纔十七歲。到了太原，有個將門少年，係武進士出身的官，看上了，聘以千金。柳青對著大家，向少年說道：「我自有夫，只你老爺是此地一個英雄，我也願依你終身。成婚這夕，我要老乾十觔，燉豬蹄二隻，餑餑五十個，我醉飽了，憑老爺成親罷。譬如老爺自己不能如願，便當給我再找男人，這聘金卻不歸趙哩。」大家都說道：「你怎的講出這些話來？」柳青道：「話須預先說明，免得後來淘氣。我們走江湖的人再不受人委曲，也不委曲人呢。」那少年雖覺得柳青說話蹺蹊❷，卻自信拿得穩的，便答應了柳青，便請署券❸交金，給他嫂嫂收了。日未晡，就欣然豔妝而往。少年迎入，婢僕環觀。柳青飲啖自若，約莫定更，自起卸妝，揮老嫗、丫鬟出去，嫣然向少年說道：「吾醉矣！」登床盡褫褻衣，付少年道：「憑你鬧罷。」不想柳青坦然裸臥，這少年用盡氣力，竟然終夕不能探他妙處。無何天亮，柳青躍起，少年遁去。以此柳青名色鬨動一時。

❶搬馬解：扮演馬戲技藝。搬，即扮，表演。馬解，騎馬表演各種技藝。

❷蹺蹊：奇怪；可疑。

❸署券：簽署券約。

卻為年殘，紫滄已歸。小岑娶了丹翬，劍秋娶了曼雲，趕著正月內都要進京。荷生籌撥各道軍餉，檢點年終彙奏事件，更忙得發昏。癡珠雖是閑人，緣無伴侶，就也懶懶的。這日除夕，便在秋心院和秋痕圍罏守歲。秋痕只怕癡珠憶家，百般的耍笑。到五更天，兩人和衣躺下。癡珠不曾合眼，秋痕竟沉沉睡去。癡珠怕他著涼，將兩邊錦帳卸下，悄悄假寐。不一會，天發亮了，萬家爆竹聲聲打入心坎裏，正在難受。秋痕突然坐起瞧一瞧，抱著癡珠嗚嗚咽咽痛哭起來。此時外面正在敬神，十分熱鬧，房中只他兩人。急得癡珠抱在懷裏，再三詰問，秋痕一言不發，只哀哀的哭。約有半個時辰，才說一句，是「我和你怕要拆散了」。說著又哭，癡珠頓覺慘然，說道：「這話從何處說起？卻這樣的傷心。」秋痕嗚咽說道：「我做一個大不好的夢，即刻想要生離！」就抱住癡珠的頭，哭得燈光無燄，罏火不溫。癡珠委實詫異，說道：「大初一，你這般哭，實在不好。」秋痕方才住了哭。一會，跛腳進來，秋痕哭聲已住就也不覺。剔著燈亮，撥著罏火，見兩人靜悄悄的，只道是睡，再不想是哭，轉怕驚醒，躡手躡腳的走了。這裏癡珠問起夢境，秋痕又淌下淚，說道：「我夢和你一塊兒走，也不曉是要到那裏。忽然見個大山，四面都是峭壁，並無磴路。回頭一望，有無數的狼遠遠的趕來，我和你前後左右都無去路，抱著大哭。你說道：『哭也無益，我們捨命爬上山罷。』你爬上一層，拖著我，還沒上去，兩人都滾下來。那一起的狼就近在咫尺。我只怕咬著你，將身遮住你，你還拉我上山。一個狼撲上身來，我也不怕，正和狼死命的掙，忽見那峭壁洞開，兩個女人擁個老人，將你抓了進去。峭壁復合，猶隱隱的聽見你在峭壁裏喊著我的名字。我心裏一痛，就和狼一起倒地。醒了見了你，怎的不傷心？以後越想越不好，怎的不哭？咳！以前你說個無緣，我還不信，如今看來……」說到這一句，又哭起來。癡珠聽了，也自可傷。這會麗日上窗，見秋痕面黃於臘，目腫如桃，沒命的抽咽。只得說道：「幻夢有何足憑？但這屋你說有鬼，我明日帶你西院住去罷。」停了一停，禿頭、穆升帶著車，拿著衣帽都來伺候。癡珠就出門去了。

初二日，李夫人便招癡珠、秋痕，就秋華堂院子看搬馬解。只見那姑嫂兩人短服勁裝，首纏青帕，帶兩匹馬，跟一個老頭子來了。柳青穿件窄袖紅緞繡襖，約以錦絛，足纏綠綁，倒插青綢印花裙幅。胭脂穿件白綾繡襖，約以青絛，足纏綠綁，倒插紅綢印花裙幅。兩人雙翹皆不及寸許，伶俏之至。各走了一回繩，舞了一回刀鎗，耍了一回流光鎚，就搬起馬來。先前柳青是站個白馬，胭脂是站個黑馬，各蹻一腳，分東西緩走兩回，便一面跑，一面舞，一面唱，已令人耳馳目駭；末後東西飛跑間，兩人就在馬上互換了馬，如風如電，如拋采，如散花，如舞蝶翩躚，如游魚出沒，更令人神眙心驚。正在癡看，不道兩人早已下馬，站在臺階討賞。李夫人喜歡，各賞了一錠銀，癡珠就也陪賞。奈這兩人見癡珠發下賞來，卻走向前笑道：「你不是韋癡珠老爺麼？我兩人卻不要你賞銀，只要你贈我們一首詩。」癡珠哈哈大笑道：「這怪不怪，你怎曉得我會做詩哩？」李夫人也笑道：「總是先生詩名傳播得遠，他們也自聞風傾慕。」癡珠於是招入西院，取出秋痕畫過的摺扇，信筆揮來。李夫人倚在案頭，見歪歪斜斜寫道：

鳳陽❹女子有柳青，柳青選婿輕沙陀❺。盤鵰結隊蠕蠕❻主，馳馬快過月氏❼駝。

---

❹ 鳳陽：今安徽省鳳陽縣。

我為犖犖❽躍而起，春風陡觸雄心多。可能從我建旗鼓，雕鞍飛鞚雙蠻韡❾。
旌頭指顧忽墜地，嫣然一笑舒流波。人生得此聊快意，嗚呼吾意其蹉跎！

胭脂索我歌，我歌喚奈何！君不見藥師❿馬，紅拂⓫馱，蘄王鼓，紅玉撾？龍虎風雲有成例，
鬱鬱居此負名花。吁嗟呼！兒女恨填海，英雄呼渡河，會當努力中原事，勿使青春白日空銷磨！

再將那一把扇寫道：

癡珠寫完，擲筆而起。李夫人笑道：「先生這兩首詩好激昂慷慨哩。」癡珠微笑，柳青、胭脂謝了又謝。秋痕將扇兩邊都蓋了圖章，兩人喜躍而去。

癡珠留李夫人吃飯，定更後帶阿寶大家走了。秋痕便住在西院，自此就不回去。牛氏只教小丫鬟

---

❺ 沙陀：中國古代部族沙陀突厥，屬西突厥別部。

❻ 盤鵰蠕蠕：盤鵰，盤旋空中的鵰鳥。蠕蠕，中國古代北狄部族名，即柔然，屬匈奴之別部。

❼ 月氏：亦作「月支」，中國部族名，曾在西域建立月氏國。

❽ 犖犖：卓絕不凡的樣子。

❾ 蠻韡：即蠻靴，多為用麂皮製成的舞鞋。韡，同「靴」。

❿ 藥師：指藥王。清顧張思《土風錄・藥師》載，里巷有藥師殿，相傳供奉扁鵲，亦稱藥王。

⓫ 紅拂：相傳為隋唐時代的女俠張出塵。原為隋末權相楊素侍妓，手持紅拂；恰逢李靖以布衣拜謁楊素獻策，矚目傾心，遂夜奔李靖，同往太原。後世以紅拂為美人識英雄的典型。

玉環跟定身邊，在癡珠免了往來，在牛氏省了供給，這都是兩邊情願之事。只秋痕為著初一早的夢，觸起癡珠華嚴菴的籤，總是悶悶不樂，因向癡珠問起草涼驛夢裏碑記來。癡珠從書簏⑫中檢來檢去，總尋不出，就也擱開。十四這一天，李夫人接秋痕逛燈去了。癡珠一人正在無聊，恰好小岑、劍秋趁著燈月步行而來，拉著癡珠走了。不多時，到了南司街，便人山人海擁擠起來，還夾著些車馬在裏頭，三人走路就不能齊集。癡珠招呼兩人道：「這些燈也沒有什麼好瞧，路又難走，我們到柳巷找荷生罷，還聽得有好燈謎。」劍秋道：「甚好，花神廟也有燈看。」便轉入小巷，慢慢的走。一路閑談，小岑道：「荷生這幾天高興得很。」癡珠道：「采秋是臘月廿六抵家，他從初五起，天天在新屋裏催督工程，要趕二十內收整停妥哩。」劍秋道：「他怎的還有工夫製起燈謎？」小岑道：「荷生住了搴雲樓，適值花神廟今年是個大會，借園裏軒軒草堂結個燈棚，熱鬧得很。他一人夜裏無可消遣，就想出這個頑意來。」一邊說話，一邊聽得花炮的聲，鑼鼓的聲，喧嘩的聲，遠遠早望見園門口燈光輝煌，車馬闐咽。三人擠進花神廟，瞧了一遍，說不盡銀花火樹，華麗紛紜，又間著絲竹之聲。小岑引路，由殿後小門穿過竹徑，望軒軒草堂來。遙望裏邊亭榭，有掛玻璃燈的，有掛畫紗燈的；草堂門外搭著燈樓，門內卻有木柵闌住。遙望內裏排著燈屏古玩，密密層層，火光閃灼。木柵前鼓樂喧天，人聲震地。幸喜地方寬闊，不然也一步不可行了。三人轉到堂後，還有好些人在山上池邊放泥筒，放花炮，流星趕月，九龍戲珠。只見草堂角門空地裏，放著二三頂藍呢的四轎，兩頂藍呢小轎，架著七八對燈籠，都是武營官銜。槐樹下繫有幾匹馬，三四個的轎夫在月下燒著枯葉和花炮的紙烘手。劍秋笑向癡珠道：

⑫ 書簏：竹編的書箱。簏，音ㄌㄨˋ。

「這是你東家在裏頭作樂哩。」正說著，聽得門聲一響，一疊連聲的傳呼伺候。三人只道是官員出來，各自站開。癡珠更站得遠些，暗暗的瞧。停了一停，火炬百道，手照兩行，引出人來，卻是華妝豔服一群少婦，後面跟著幾多丫鬟僕婦，都站在門口等轎。燈火之中，只覺得粉光脂豔，令人眼花撩亂，也不辨得誰好看，誰不好看。癡珠遠遠的瞧，好像秋痕在內，便走近一步留神凝視。只見李夫人側著臉和一位太太說話，秋痕手牽著李家一個大丫鬟，站在背後。小岑、劍秋也已瞧見，向癡珠道：「那不是秋痕麼?」癡珠點頭。劍秋低聲道：「那一位是謖如太太?」癡珠也低聲說道：「站在秋痕前頭。」早是李夫人上了轎走了。接著又是一乘四轎上來，聽得那位太太吩咐道：「先把劉姑娘小轎打過來。」便有幾個丫鬟僕婦家人接疊傳話。一會轎到，便有丫鬟老媽扶掖秋痕上轎。癡珠認得是李家的人。那位太太又看著幾個少婦上轎，就也上轎去了。小岑道：「夢想不到這地方會碰著秋痕。」三人說說笑笑，沿著路走向搴雲樓。只見三三兩兩的人從裏面出來。一隊像是外省的人，就中有一個說道：「這個謎好難猜。」一個接著道：「謎語自好，只掛在太原城裏，怕一年到頭也沒人猜得著。」劍秋道：「什麼謎?就把我太原一城的人都考倒了。」進得大門，屋內八扇油綠灑金屏門，門上一盞扁的白紗燈，上貼著許多字條。下圍著一簇，約有十來人。只見索安跑過來招呼大家進去。癡珠道：「我們看了燈謎，再進去不遲。」劍秋道：「你老爺做什麼呢?」索安道：「老爺因大人有話說，上燈以後，回營去了。」小岑道：「他不在家，更好，我們慢慢的猜謎。」三人短的不瞧，只瞧著上面長條的，是書一封。小岑念道：

憶自卿赴雁門（唐人詩題一），時正河冰山凍（藥名一）。兩行別淚，盡在尊前（花名一）。半夜癡魂，願隨君去（《詩經》一句）。比代飛之燕雁（書名一），感分逝之輪蹄（《西廂》二句），竟使目斷長途（《四書》一句），深恨行止，不能自主（花名一）。昨於新正一日，始得一傳消息（花名一）。喜迓韶光，與年俱至（花名一）。芬含荳蔻，偕錦字以同來（藥名一）；瘦比梅花，與暗香而並詠（曲牌一）。僕貌慚傅粉，剩有青絲（藥名一），曲譜求凰，好調綠綺（地名一）。定於仲春上浣，謹擇良辰（《詩經》一句），油壁先迎（藥名一），堅如前約（藥名一）。想此半幅殘箋（藥名一），卿見之必破涕為笑也（美人名一）。

劍秋笑道：「他竟把給采秋的信做了燈謎，我們猜看。」癡珠道：「第一句想是〈北征〉。」劍秋道：「比代飛之燕雁，打一書名，不是《春秋》麼？癡珠，我想《西廂》二句，是『車兒投東，馬兒向西。』《四書》一句，是『望道而未之見。』」小岑道：「不錯。第三句藥名，似是香附。」癡珠道：「香附真打得好。那貌慚傅粉二句，打一藥名，自然是何首烏。」小岑道：「是，打得好。但可惜荷生姓韓，要是姓何，那更切當了。」癡珠道：「定於仲春二句，打《詩經》一句，不用說是『二月初吉』了？油壁先迎，打一藥名，不是『車前』麼？堅如前約，是什麼藥呢？」小岑道：「信石。」劍秋道：「這裏人多，我們進去猜罷。」癡珠道：「慢一步，我再看這首〈浪淘沙〉的詞。」因念道：

客路去漫漫（曲牌一），念女無端（唐詩一句）。長宵獨耐五更寒（《詩經》一句）。對鏡自驚非昔日（唐詩二句），減卻朱顏（美人名一）。春信到重關（花名一），綠上眉山（藥名一）。情天有約定團圞（《紅樓夢》中一物）。碧落黃泉還覓去（《易經》二句），何況人間（《莊子》一句）。

念畢，三人步入院子，見搴雲樓第一層簷下，四面點著一色的二十多盞瓜瓣琉璃燈，照得面面玻璃光如白晝。便有家人延入一方室中坐下，遞上茶點。三人隨意喝茶用點，先將那一首詞也逐句猜來。劍秋道：「客路去漫漫，打一曲牌，自然是〈望遠行〉。」癡珠道：「《詩經》一句，是『冬之夜』不用說了，《易經》二句，是那兩句哩？」小岑道：「上不在天，下不在田。」癡珠道：「這卻似是而非。」劍秋道：「情天有約定團圞，打《紅樓夢》中一物，有趣得很。是個什麼？」癡珠道：「風月寶鑑。」小岑道：「妙！他會做，也難為你會想。」於是三人將二句唐詩，一句《莊子》，一個花名，一個藥名，一個美人名，都想有了；又將那封書上想不出的，也慢慢想有了。劍秋喚索安問道：「你爺留有謎底沒有？」索安道：「一句兩句的，老爺都留有底，給小的答應人家。那兩紙長條，爺說總沒人都打得准，萬一有人通猜著了，請他明日來。」癡珠怕秋痕回寓無人作伴，急著要走，便說道：「既是沒有謎底，我們走罷，遲日面說。」於是大家步出園來，見燈火零落，遊人稀少，曉得天不早了，便分路而去。正是：

玉簫聲未歇，明月已西斜。
最是良宵短，城頭噪曉鴉。

欲知後事，且聽下回分解。

總評：此回傳秋痕，而癡珠於事內見之，荷生、采秋於事外見之。發端陡起搬馬解一波，為本回噩夢被愁，實為四十六回收復武漢張本，接敘噩夢，便不嫌於冷淡。下接入搬馬解看燈，寫得熱鬧之至，頓使噩夢一節，當局旁觀，渾然不覺，卻於中間仍行提明上下折界限。隨手歸結丹暈、曼雲，點逗華嚴菴的籤、草涼驛的夢，高絕老絕！就中波瀾層出，如觀海市蜃樓，無物不有，仍自一物無有，是謂運實於虛。

第三十三回　麗句清詞三分宿慧　花香燈影一片豔情

話說癡珠自入正後，深居西院，或聽秋痕彈琴，或瞧秋痕作畫，就縣前街也少得去了。

這日上元，子秀、子善久不見面，便兩人一車到了秋心院。值門開著，下車走入，見靜悄悄的沒個人影，再看月亮門，落把大鎖。兩人愕然，後來李裁縫出來說起，才知道初二後，秋痕通沒回來。兩人出來上車，便吩咐趕向秋華堂來。看門見是熟客，就不通報。兩人沿西廊步入月亮門，見廚房裏一個打雜，在那裏打盹，便悄悄的向西屋窗下走來。正待轉入樓下甬道，聽得癡珠朗吟道：「浮萍大海終飄泊，羞向紅顏說報恩。」兩人站著腳，又聽得秋痕道：「你也有些年紀了，積些餘囊❶作個買山歸隱之計，也是著實打算。再者，你的性情不能隨俗，萬分做不過苟生，讓他得意罷。」癡珠嘆一口氣道：「我為著家有老母，不得已奔走四方，謀些衣食；不然，我就做和尚。」秋痕道：「你好好做詩，都是我說著閑話，又引起你的心緒來了。」癡珠道：「我這上半四首，已是不及他的原作，再做下去也沒有好句出來，不如算了，不作罷。」秋痕道：「你昨晚說的『繡榻眠雲扶不起，綺窗初日會難逢。三生風絮年來綰，一室天花夜不寒。』都是佳句，怎的不好？」兩人聽了半天，正待移步，不想玉環從甬道出來，看見便報道：「留大老爺和晏太爺來了。」癡珠迎出，延入客廳。秋痕掀開香

❶ 餘囊：豐裕的錢囊，指積蓄的錢財。

色布棉簾招呼。兩人見屋裏一陣蘭花香撲鼻，就行步入，見窗下四盆素心蘭開有二十餘箭，便向書案走來。案上一幅長箋，狂草一半；子善看了蘭花，因取來瞧，上寫「奉和本事詩三疊前韻」。子秀念道：

第一洞天訪碧霞❷，雲翹❸有約總非賒。鸞笙吹出香窠暖❹，鳳簡題成錦字❺斜。
楚岫朝雲❻開遠黛，天台暮雨❼洗濃華。尋常小謫人間去，也作秋風得意花。

---

❷ 第一句：第一洞天，道教稱神仙所居別有天地之洞府為「洞天」，有所謂十大洞天、三十六洞天。此處「第一洞天」乃指五岳之首泰山。碧霞，道觀名，在今山東省泰安市泰山極頂南面。宋代始建名碧霞元君祠，祭祀道教天仙玉女。明成化間改稱碧霞宮。

❸ 雲翹：仙女名，相傳為天宮玉皇之女官。唐裴鉶《傳奇・裴航》：「是小娘子之姊雲翹夫人，劉綱仙君之妻也，已是高真，為玉皇之女吏。」

❹ 鸞笙句：鸞笙，笙的美稱。笙由十三根或十九根長短交錯的簧管，聚合於笙斗中構成，像鸞鳳之身，故稱「鸞笙」。香窠暖，據《說文・笙》曰：「笙，正月之音。物生，故謂之笙。大者謂之巢，小者謂之和。」此處指大笙吹出春天的香暖之音。窠，窠巢，動物棲身的巢穴。

❺ 鳳簡題成錦字：鳳簡，繪有鳳凰彩紋的精美書簡。錦字，指錦字書。前秦蘇若蘭因思念丈夫竇滔，遂織錦繡字為回文璇圖詩，贈竇滔以寄相思。其錦字回文詩，反覆循環皆可讀之，辭情淒婉。

❻ 楚岫朝雲：楚岫，指楚地巫山。朝雲，指巫山神女。宋玉〈高唐賦〉載，楚懷王遊高唐而晝寢，夢巫山神女自薦枕席，稱：「妾在巫山之陽，高丘之阻。旦為朝雲，暮為行雨。」

福慧修來費幾生，珊珊仙骨照人清。衫裁燕尾成雙影，扇寫蠅頭憶定情。

錦瑟相思頻入詠，枕屏兩地暗呼名。瓊霄指日翔鸞鳳，別鶴何須帶怨聲。

番風輪指❽數遲遲，貯月樓成燕不知。才子巾箱金粉豔，美人妝盝芷蘭思❾。

嬌呼小字猜蓮子，愛唱新詞譜〈竹枝〉❿。陌上花開歸緩緩，荊釵珈服⓫兩相宜。

溷⓬我卑棲水外村，天涯回首舊琴罇⓭。西風鐵笛黃泥坂⓮，夜月銀箏白下門⓯。

---

❼ 天台暮雨：隱喻漢代劉晨、阮肇入天台山採藥，迷路，遇二仙女，暮宿天台仙境，各就一帳宿，二女往就，雲雨交歡。

❽ 番風輪指：形容手指交替彈撥弦樂，如風之輪番更替。番，輪番更替。輪指，彈撥弦樂器的一種指法，手指交替，連續彈撥。

❾ 妝盝芷蘭思：妝盝，猶妝奩，女子梳妝用的鏡匣等物。芷蘭思，芷蘭，皆香草名，此處指芳菲似芷蘭的相思情。

❿ 竹枝：指〈竹枝詞〉。樂府近代曲之一。本為四川省東部巴渝一帶民歌，其形式為七言絕句，語言通俗，多詠地方風光和男女戀情。

⓫ 荊釵珈服：荊釵，以荊枝為髮釵，形容婦女梳妝簡樸。珈服，古代婦女一種華盛的首飾。珈，婦女於簪飾之上加飾美玉稱「珈」。

⓬ 溷：同「混」，混濁。

⓭ 琴罇：指琴與酒樽，為文人悠閑雅致的生活用具。罇，酒樽，盛酒器。

⓮ 黃泥坂：地名，在湖北省黃岡縣東。

煙柳灞橋留別夢，胭脂北地染新痕。浮萍大海終飄泊，羞向紅顏說報恩。

蓬山風引嘆無緣，辜負箋天四十年。團扇畫梅成小影，繡裙簇蝶記遊仙。

子善道：「清豔得很。」子秀笑道：「我們今天做個催租客，打斷人家詩興了。」秋痕道：「他正不高興，恰好你來，和他談談罷。」林喜端上茶來，玉環裝著水煙，四人各說了近事。子秀見上首掛著荷生集座位寫的一付聯對，是：

座列名香，文如滿月；

家承清德，室有藏書。

中間是心印的一幅畫梅橫披，橫披下粘兩紙色箋，便走近一瞧，見是七絕四首，款書「女弟子游畹蘭呈草」。便向癡珠道：「你那裏又收個會做詩的女弟子？」秋痕笑道：「不就是李太太？」子秀道：「不錯，他娘家姓游。」子善也走過來看，因念道：

華燈九陌照玲瓏，掩映朝暾一色紅。最是太平真氣象，萬人如海日當中。

雕輪寶馬度紛紛，百和衣⑯香昨夜薰。繡轣珠簾都不下，輕塵一任上烏雲。

錫簫⑰吹暖遍長街，可有游人拾墮釵？滿地香塵輕試步，幾回珍重踏青⑱鞋。

---

⑮ 白下門：古地名，猶南京門。白下，在今江蘇省南京市西北，後成為南京之別稱。

⑯ 百和衣：指百和香薰過的衣裳。百和，百和香，由各種香料調和而成的香料。

小幅泥金⓳寫吉祥，十枝絳蠟照華堂。并門多少嬌兒女，但願家家福命長。

念畢，說道：「李太太也會做詩麼？」子善道：「幾見詩人的弟子不會做詩？」就掀著臥室簾子，見窗下兩盆水仙花也自盛開；壁上新掛一付聯，一幅山水的橫披，橫披下也粘一色箋。便踱進去，瞧著聯一邊款書「癡珠孝廉正腕」，一邊書「雁門杜夢仙學書」，句是：

誦十萬言有詩書氣，翔九千仞作逍遙遊⓴。

當下子秀和癡珠都跟進來，子善道：「采秋竟會寫起大字，且有筆力，真是夙慧。」子秀道：「不要說采秋，就秋痕不是大有慧根，怎麼幾個月工夫就會做詩呢？」癡珠道：「約琴棋書畫，詩酒文詞，都要有點夙根纔能學得來。你看采秋這幅畫，不更好麼？」子善、子秀瞧著那幅畫，是幅工畫山水，筆意卻極灑落；小楷款書「奉夫子命為癡珠孝廉作，韓宅侍兒夢仙寫」。子善道：「這落款就也新鮮。」旁有小楷一詩，是荷生題的，子秀念道：

⓱ 餳簫：賣飴糖人所吹的編簫。餳，古「糖」字，麥芽糖。簫，編小竹管而成的管樂器。

⓲ 踏青：指舊時清明節前後到郊野春遊，故稱清明節為「踏青節」。

⓳ 泥金：指泥金帖子，以泥金塗飾的箋帖。泥金，以金粉調和膠漆而製成的金色塗料，用於書畫、箋紙或器物的塗飾。

⓴ 逍遙遊：戰國時道家學者莊周有〈逍遙遊〉一文，抒寫人遨遊於宇宙無窮之境，實現人對絕對精神自由之追求。

拔地奇峰無限好，在山泉水本來清。飄然曳杖絕塵事，獨向翠微深處行。

兩人再看色箋的詩，上書「水仙花」三字，下書「侍兒劉梧仙呈草」。子善念道：

雲停月落座留香，一縷冰魂返大荒㉑。銀燭高燒呼欲出，仙乎宛在水中央。
好伴吟邊與酒邊，蓬萊春㉒在畫堂前。煙波倘許儂偕隱，自抱雲和理七絃㉓。

子秀道：「大有寄託。」又看了癡珠的帳緣，是秋痕畫的菊，就說道：「秋痕的畫菊竟一天蒼老一天了。」當下禿頭回道：「池師爺請爺說話。」癡珠出外間去了。子善隨手將案上一個書夾一檢，見斷箋上有詩兩首，瞧是：

對卿鄉更覺溫柔，兩滯雲癡不自由。胸卻比酥膚比雪，可堪新剝此雞頭。
秋波脈脈兩無言，檀口香含一縷溫。錦帳四垂銀燭背，枕邊釵墜個中魂。

又一素紙上書〈題畫〉云：

㉑ 冰魂返大荒：冰魂，形容梅花清白純潔的品質。此處借指梅花。大荒，指廣大荒遠之地。此處指佛教所講的須彌山周圍的香海。
㉒ 蓬萊春：蓬萊春色，此指堂前的壁畫。
㉓ 雲和理七絃：雲和，雲和山所產的木材，可製作琴瑟。故以「雲和」代指琴瑟。七絃，古琴有七根絃。

繡幃怎不卸銀鉤，微識雙雙豔語柔。髣髴釵聲拋紙上，銷魂豈獨是天游？

無言只是轉星眸，個裏情懷不自由。水溢銀河雲尚殢，子夫㉔散髮最風流。

春雨梨花醉玉樓，雙雙彈罷臥箜篌。誰將鏡殿銅屏㉕影，付與春風筆底收？

兩人一笑。又檢得字條，楷書寫的是「燈下紅兒，真堪銷恨；花前碧玉，頗可忘憂」十六字。又色箋兩紙，寫的是：

埋骨成灰恨未休，天河迢遞笑牽牛。斑騅㉖只繫垂楊岸，萬里誰能訪十洲㉗？

欲入盧家白玉堂㉘，何曾自敢占流光㉙？可憐夜半虛前席，萬里西風夜正長。

龍護瑤窗鳳掩扉，含煙惹霧每依依。何當共剪西窗燭，日暮歸來雨滿衣。

雲鬢無端怨別離，流鶯漂蕩復參差。東來西去人情薄，莫枉長條贈所思。

㉔ 子夫：指漢武帝皇后衛子夫。

㉕ 鏡殿銅屏：鏡殿，壁上嵌鏡的宮殿。銅屏，銅製的屏風。

㉖ 斑騅：青白毛色雜生的駿馬。

㉗ 十洲：道教傳說中的神仙所居十處神山仙境。託名東方朔撰《海內十洲記》敘述漢武帝聽西王母說八方巨海之十洲：祖洲、瀛洲、玄洲、炎洲、長洲、元洲、流洲、生洲、鳳麟洲、聚窟洲，皆人跡所稀絕處。

㉘ 盧家白玉堂：化用唐沈佺期〈獨不見〉詩意：「盧家少婦鬱金堂」。盧家，指盧家少婦莫愁。

㉙ 流光：指流傳後世的福澤。

末書「日來讀玉溪生詩，因集得詩如右，呈政吟壇。此中情事，有君有我，有是有非，知足下必能參之也。並希示覆，或賜和為望，荀生漫作。」兩人不大解得就中謎語，就檢別的來瞧，內還有秋痕的詞並手札。詞云：

花箋唱酬，曳斷情絲千萬縷。獨對柳梢新月影，算今宵人約黃昏後。眉雙綰，奈東君一刹，去矣難留。簾幕鎖人愁。風風雨雨，腸斷晚妝樓。

又一詞云：

花憐小劫，人憐薄命，一樣銷魂處。香銷被冷，燈深漏靜，想著閑言語。

兩人只看到這一紙，瞥見秋痕掀簾進來，將書夾一搶，說道：「半天沒有聲息，卻原來偷瞧人家機密的書札。」子秀笑道：「事無不可對人言。」子善笑道：「人約黃昏後，怎的可對人言？」就出去了。到了客廳，雨農要走，癡珠因留三人小飲，並請了蕭贊甫。到得黃昏，大家都要出去逛燈，癡珠就不十分強留。

此時裏外都點上燈，客廳中點的是兩對西番蓮洋琉璃燈，裏屋兩間通點一對湘竹素紗、一邊字一邊畫的燈，正檐下一字兒四對明角燈。一會，月也上來，客廳中兩盆碧桃花開得豔豔，映著燈光就像嫣然欲笑一般。秋痕將屋裏兩重棉簾盡行掀起，引著蘭花水仙的香。癡珠就領秋痕到秋華堂玩賞一回月，忽然對秋痕道：「你看如此月色，天又不冷，我們何不同到芙蓉洲水閣走一走？」秋痕道：「怕碰著人，不好意思。」癡珠道：「這時候還有什麼人，跑來這冷靜地方？」便喚禿頭、穆升先去通知看守的人，教他預備茶水伺候去了。正是：

燈下紅兒，花前碧玉，
銷恨忘憂，同心一曲。

欲知後事如何，且聽下回分解。

總評：此回傳癡珠，秋痕自在其中，荷生、采秋亦不從略，純用濃豔之筆，寫得十分圓足，所以反擊下回也，亦全書不可少文字。作者此回於癡珠有微詞焉。其微詞也奈何？曰：此《春秋》責備賢者之義也。以癡珠之倜儻，而感彼傾身之意，悔我還佩之非，遂爾兒女情長，英雄氣短，深居簡出，可近惟有婦人，讀畫聽琴以外，更無知己。於是溺情床笫，後塵獨步平原君，迷路花叢，好夢雙飛汾神廟，此不可訓，亦豈能常？未幾而荷生以詩諷，心印以言規，李夫人以文諫，雖然，仁賢之過情，實異於小人，而狂狷之材，惜其世無孔子矣！

第三十四回　汾神廟春風生麈尾　碧霞宮明月聽鵾絃

話說癡珠和秋痕由秋華堂大門，沿著汾堤，一路踏月，步到水閣。此時雲淡波平，一輪正午。兩人倚闌遠眺，慢慢談心。秋痕道：「掬水月在手，這五個字就是此間實景。覺得前夜烘騰騰的熱鬧，轉不如這會有趣。」癡珠道：「我所以和你對勁兒，就在這點子上。譬如他們處著這冷淡光景，便有無限惆悵。我和你轉是熱鬧場中，百端棖觸；到枯寂時候自適其適，心境豁然。好像這月一般，在燈市上全是煙塵之氣，在這裏才見得他晶瑩寶相❶。」秋痕道：「你真說得出。就如冬間，我是在家裏挨打挨罵，對著北窗外的梅花，淒涼的景況儘也難受，然我心上卻乾乾淨淨，沒有一點兒煩惱。儘天弄那一張琴，幾枝筆，卻也安樂得很。我平素愛哭，這一個月就眼淚也稀少了。如今倒不好，在你跟前，自然說也有，笑也有。此外見了人到的地方，都覺得心上七上八下的跳動起來，不知不覺生出多少傷感。這不是枯寂倒好，熱鬧倒不好麼？」癡珠道：「熱鬧原也有熱鬧的好處，只我和你現在不是個熱鬧中人，所以到得熱鬧場中，便不覺好。去年仲秋那一晚，彤雲閣裏實在繁華，實在高興。後來大家散了，你不和我同倚在這闌干上麼？」秋痕道：「那晚我吹了笛，你還題兩首詩在我的手帕上。忽忽之間，便是隔年光陰，實在飛快。」癡珠嘆道：「如今他們卻有結局，只我和你還是個水中月哩。」

❶寶相：指佛的莊嚴、神妙的儀容和形象。

秋痕慘然道：「這是我命不好，逢著這難說話的人。其實我兩人的心不變，天地也奈我何？」癡珠道：「咳！你我的心不變，這是個理；時勢變遷，就是天地也做不得主，何況你我？」秋痕勉強笑道：「好好賞月，莫觸起煩惱。」口裏雖這般說，眼波卻溶溶的落下淚來。癡珠就也對著水月，說起別話，無奈兩人心中總覺得淒惻，就自轉來。禿頭道：「夜深了，打汾神廟走近些。」秋痕也覺得蒼苔露冷，翠鬢風寒，便說道：「廟門怕落了鎖。」禿頭道：「我已經叫穆升告訴他們等著。」癡珠道：「甚好。」一會，到了廟前，見大門已閉，留下側門。看門的伺候四人進去，便落下鎖，自去睡了。

癡珠、秋痕剛從大殿西廊轉身，只見心印站在西院門口，讓秋痕進去了，攜著癡珠的手笑道：「半夜三更，帶領婦女潛入寺院，是何道理？」癡珠道：「我不把汾神廟做個敕賜雙飛寺，就算是循規蹈矩的檀樾❷。」心印道：「好個檀樾！差不多半個月，一步也沒到我方丈。」癡珠道：「你怎的不來訪我？」心印道：「你有了小眷，我怎便出入？」癡珠道：「這會還算不得家眷，就使有了家眷，難道方外老友，便和我絕交麼？」一面說，一面拉著心印進來客廳坐下。心印道：「君子之交淡如水。淡則跡疏而可久，濃則情縱而難長。你不看這碧桃花，開到如此繁豔，還得幾天排在這裏呢？人生該聚多少時，該見多少面，都有夙緣，都有定數。到得緣盡數盡，不特難聚，而且見面也不得一見面。何如少聚幾回，少見幾回，留些未了之緣，賸些不完之數，到得散了，還可復聚，不好麼？且如夫婦，原是常聚常見的，然就中也有一定的緣，一定的數。往往見少年失耦❸的，多是琴瑟之愛篤於常人。

❷ 檀樾：梵語的譯音，即施主。

❸ 失耦：猶失偶，指失去情侶或喪失伴偶。

大抵濃者必踰節而生災，淡者能寡慾而養福。夫婦朋友原是一例。你不來尋我，我就也懶於訪你了。」癡珠明知心印此層議論，是大聲棒喝❹的意思，正與水閣上心事針對，心上十分感激，卻難一時就自折服，轉說道：「我不信。不見了你十來天，竟有這番腐論。你說少年失耦，多是琴瑟之愛篤於常人，難道那諧老百年的都不恩愛麼？」心印道：「水深則所載者重，土厚則所植者蕃，這也看各人的緣有深有淺，各人的數有長有短，我就不能預料了。」癡珠道：「這論卻通，我不能不割恩忍愛了。」心印哈哈大笑道：「你又懵懂了！我說的正要你保全所愛，難道教你割斷情緣，跟我去做和尚麼？」說得癡珠也笑了。心印接著道：「大抵我輩不患無情，只患用情有過當❺處。你聰明人原不待我一番饒舌，然當局者暗，旁觀者明。」正待說下，只見裏間簾子一掀，秋痕突然走出，向心印就拜。慌得心印退避不迭，口裏說道：「怎的，怎的？癡珠，你替我扶起姑娘來。」癡珠也不知所謂，秋痕卻恭恭敬敬磕了三個頭起來，玉容慘淡，滿面淚痕，讓心印歸坐，就傍著癡珠炕邊也自坐下，含淚說道：「大和尚這樣說法，就是頑石也會點頭，何況我還是個人。我原把這個身許給癡珠，你這樣棒喝，我不知感激，我就對不住他。」說著，便掉下淚來。心印嘆一口氣道：「難得，難得！姑娘你不要怕，我說的是講個理。你這樣心田，佛天❻必然保祐你兩人早諧夙願。」癡珠接著說道：「良友厚意，我自當

---

❹ 棒喝：佛教禪宗法師接待參禪者所使用的一種破除迷誤、啟發靈智，使其妙解頓悟的暗示方法。後世稱警醒人們的迷悟為「棒喝」。棒，指以棒擊打，始於唐代德山宣鑑。喝，指以口訓喝，始於唐代臨濟義玄。

❺ 過當：過分、失當。

❻ 佛天：對佛的尊崇之稱。以天的廣大無窮比喻佛法的廣大無窮，普濟眾生。

銘諸座右❼。只是做個人上不能報効君親，下不能蔭庇妻子❽，有靦❾面目，不死何為！」心印笑道：「據你這般說，那自古晚遇的人都是靦然人面？怎麼復唐室竟有個白頭宰相❿，平蔡州卻是個龍鍾秀才⓫呢？」癡珠道：「大器晚成，這也罷了。我想揚雄倘是早死，何至做個莽大夫⓬；王勃若不夭年⓭，安知非個控鶴使⓮？」就向秋痕說道：「便是他們，也只好死在三十左右。你想，西子不逐鴟夷⓯，

---

❼ 銘諸座右：指放置於座右用以自警自勵的銘文。

❽ 蔭庇妻子：庇護妻子與兒女。

❾ 靦：羞愧。

❿ 白頭宰相：指郭子儀。唐朝著名將領，安史之亂後，郭子儀以朔方節度使之職輔佐唐肅宗，任關內河東副元帥，平定叛亂，收復長安、洛陽兩京。時年六十餘歲。因功升任中書令（即右相），後進封汾陽郡王。

⓫ 平蔡州句：平蔡州，指唐憲宗元和十二年（西元八一七年）平定吳元濟割據蔡州（今河南省汝南縣）之叛亂。龍鍾秀才，指裴度。唐德宗貞元年間進士。唐憲宗時升任御史中丞，力主削除藩鎮割據，轉升為宰相。元和十二年以文官之職督師攻破蔡州，擒獲吳元濟。河北藩鎮懾服，表示歸順朝廷。龍鍾，形容裴度年老，實際裴度時年五十三歲。

⓬ 莽大夫：西漢末王莽篡政，初始元年（西元八年）稱帝，立國號為「新」，史稱「新莽」。揚雄晚年，以耆老轉為新莽政權的太中大夫。故以「莽大夫」指稱揚雄。

⓭ 王勃若不夭年：王勃，初唐著名文學家，為初唐四傑之首。唐高宗上元二年（西元六七五年）赴交趾省父，渡海溺水，驚悸而死，年僅二十八歲。不夭年，指天年不測，意外死亡。天年，自然的壽數。

⓮ 控鶴使：指朝廷宿衛近侍之官。唐武后曾設置控鶴府，後改稱奉宸府，不久廢撤。唐昭宗時復置控鶴排馬官。

後來也做了姑蘇老物⑯；太真不縊死馬嵬⑰，轉眼也做了談天寶⑱的白髮宮人。就如娼家老鴇，渠⑲當初也曾名重一時；街上老婆，在少年豈不豔如桃李？」心印不待說完，哈哈大笑，起身說道：「夜深了，我卻不能陪你高談了。」秋痕站向前道：「我遲日要向觀音菩薩前，許下一個長齋願心，不知大和尚肯接引否？」心印笑道：「姑娘拜佛，貧僧定當伺候拈香，這會告退罷。」癡珠只得叫林喜、李福拿著手照，送入方丈。這夜癡珠、秋痕添了無限心緒，明曉往後，必有變局⑳，只不知是怎樣變法。

如今且說采秋回家，他爹媽好不喜歡。采秋雖掛念荷生，然一家團聚，做女兒的過年日子，只這一次，因此打起精神，博著父母的懽笑。出了正月，就有杜家親戚排年酒，替采秋接風的，送行的，

---

⑮ 西子不逐鴟夷：西子，即越國美女西施。逐，追隨。鴟夷，相傳越國大夫范蠡在越王滅吳後，見越王薄義寡恩，遂攜西施乘扁舟浮於五湖，變易姓名，自號「鴟夷子」。

⑯ 姑蘇老物：姑蘇，指春秋時吳國都城姑蘇，今江蘇省蘇州市吳縣。老物，猶老東西，嘲諷語，指西施衰老變為老太婆。

⑰ 太真句：太真，指楊太真，即唐明皇之寵妃楊貴妃，曾出家為女道士，法號太真。馬嵬，馬嵬坡，在陝西省興平縣西。唐安史之亂爆發，唐玄宗逃奔成都，途經馬嵬坡發生兵變，縊死楊貴妃於此。

⑱ 談天寶：談論、回憶唐玄宗天寶遺事。

⑲ 渠：他。

⑳ 變局：變化的局勢。

都說是燈節㉑後就要出嫁韓師爺了。不想他媽卻變了卦。原來十二月時候，賈氏怕荷生不放采秋回家，權將紫滄的話答應。如今和藕齋商量翻悔，藕齋是個男人，如何肯依？兩口便拌起嘴來，先前還瞞著采秋說說，以後荷生兌項都齊，這一夜，賈氏竟和藕齋廝吵廝打，驚得采秋不知是為何故，出來勸分了手。聽著兩人嚷的話，才知道他媽變了心。當下只得勸藕齋到紫滄家過夜，這邊勸賈氏去睡。賈氏道：「夢仙，我明白對你說，你爹給你走，我是萬分不依的。你要嫁人，許你嫁在本地，要是嫁給了韓荷生，我是這一條老命和他們去拚。」采秋無可致詞，只得噙著眼淚，待他媽說完，和他嫂嫂姊妹伺候他睡下。出來，無情無緒的，別了大家，自歸屋裏想前想後，整整哭了一夜。次日，藕齋領著紫滄回來，取出荷生初二日回書，並詩一首。采秋將信瞧過，遞給紫滄道：「你也看得。」便將詩念道：

吳牋㉒兩幅遠緘愁，別有心情紙外留。分手匝旬疑隔世，傾心一語抵封侯。
雙行密寫真珠字，好夢常依翡翠樓。為報春風開鏡檻，四圍花影是簾鉤。

采秋念完詩，紫滄也瞧完信，兩人互換。采秋將信再看一過，放下說道：「如今這事鬧翻了，須勞你走一遭，教荷生自己來罷。」紫滄道：「且看你爹轉彎得下來不能，再作商量。」看官，你道藕齋怎講的？他說：「這事現在人人知道，況且欽差大人喜歡荷生得很，買了柳巷屋子給他成親，翻悔起來，我們理短。」藕齋這話，自是善於看風勢，無奈娘兒們見事不明，又為藕齋和他裝腔做勢，說兒女親

㉑ 燈節：舊俗農曆正月十五日為元宵燈節。
㉒ 吳牋：吳地所產的箋紙。借指書信。

事，是我男人做主的，因此拿定主意，不准采秋嫁姓韓的。那一張嘴就像畫眉，哨噪得人發煩。紫滄也向賈氏說道：「你的議論固是，但有數節不大妥當。起先你不答應我，我這會可以不管。藕齋口口聲聲答應，只要二千兩身價，問了你，你也這般說。如今人家通依了，銀子也兌齊了，你卻不情願，教我怎樣對著韓師爺？教藕齋更怎樣對得我？此一節，你想妥當不妥當呢？再則，采秋年來心事，你也看得出，是要擇人而事。好好一個韓師爺，明年就是殿撰㉓，人家巴結不上，你許了，卻賴起來！無論事不可測，就使平安撒開手㉔，也還可惜。而且千金買妾是個常事，到得二千金的身價，就也肯加倍破鈔了，你以後何處再尋這機會？」賈氏道：「去年答應，是那老東西偪著我。他會答應你，你和他去講。我心愛的兒女，只有這個女兒，犯不著嫁那姓韓的去做妾。他會做官，他家裏還有人，封誥也輪不到我女兒身上，與我更沒相干。別人稀罕他二千兩身價，我姓杜的卻看似泥沙。這會要了他的銀子，以後他做了官，今日去東，明日去西，千山萬水，我從何處找我女兒見一面？」說著便哭起來。紫滄見話不投機，只得委婉說說，走了。

采秋從這日起，翠眉懶畫，鴉鬢慵梳，真個一日之中回腸百轉。光陰荏苒，已是燈節了。雁門燈市，比太原尤為熱鬧。紫滄和一個楊孝廉逛了一回燈，趁著月色步上碧霞宮的呂仙閣來，倚欄凝眺。忽聽得隔牆叮噹彈起琵琶，先是一聲兩聲，繼而嘈嘈雜雜，終而如泣如訴，十分幽咽。正將手按著工

㉓ 殿撰：宋代集英殿修撰、集賢殿修撰的省稱。宋元時多以進士第一名特授集英殿修撰等名銜。明清沿其制，遂以殿撰作為狀元的通稱。

㉔ 平安撒開手：指心平氣和地分手。撒手，放棄；拋開。

尺，畫出字來，聲卻停了。楊孝廉道：「我聽出三字來，是『空中絮』。」紫滄道：「你曉得這隔牆是誰呢？」楊孝廉正要答應，那琵琶又響起來，只聽得嬌聲騫舉，唱道：

門外天涯，……

只第四字聲卻咽住，停一停，琵琶再響，又唱道：

知今夜汝眠何處？滿眼是荒山古道，亂煙殘樹。離群征馬嘶風立，銜寒孤雁排雲度。

楊孝廉道：「好聽得很！真個是大珠小珠落玉盤。」紫滄不語，接下唱是：

嘆紅妝底事，也飄零空中絮。

唱停了，琵琶聲劃然一聲也停了。楊孝廉道：「這不是『空中絮』三字麼？真個四絃一聲如裂帛，淒切動人。」紫滄道：「這支詞，我是見過，不想他竟譜上琵琶了。」楊孝廉道：「調是〈滿江紅〉，我卻不曉得此詞。」紫滄道：「你聽！」只聽得琵琶重理，又唱道：

沙侵鬢，深深護，冰生面，微微露。況蒼茫飛雪，單車難駐。昨宵偎倚嫌更短，

到這一句唱的聲便咽起來，琵琶的手法也亂起來，以下便聽不出，就都停了。紫滄十分難受，楊孝廉道：「怎的不唱了？」紫滄慘然道：「以下的詞，還有四句，是：

今朝相憶秋天暮。願春來，及早報花開，歡如故。」

楊孝廉道：「你怎的見過這隻詞？」紫滄道：「你道唱的是誰？」楊孝廉道：「我都不曉得。」紫滄道：「這隔牆就是杜家，唱的就是采秋。這詞，是他來時，韓荷生做的送他。他裱起來掛在屋裏，我因此見過。如今卻譜上琵琶了。」楊孝廉道：「怪道彈得如此好！他好久不替人彈唱了，我今日出來就值。只他不是要嫁給韓家麼？」紫滄道：「韓家的銀早就兌在我舖裏，不想他媽可惡得很，臨時又翻悔起來。」楊孝廉道：「他爹呢？」紫滄道：「他爹倒好說，就是這兩個老東西不和，鬧起風波。如今是一個依，一個不依。」楊孝廉道：「我聽說身價是二千兩，這就算頂好的機遇了。他媽還刁難什麼？」於是兩人說說，下得閣來，各自步月分路而去。正是：

三五月團圞，六街春如許。
獨有傷心人，自作琵琶語。

欲知後事，且聽下回分解。

總評：此回秋痕、采秋合傳。承上文月字為綱領，而以心印之警迷，紫滄之排難，為全篇樞紐。蓋皆正月十五夜事也。女子善懷，或則為五體之投，或則為四絃之裂，作者細細摹寫，如一鏡中，諸影畢具。昔人謂筆有化工，讀此猶信。

上半折精理名言，可入語錄，願書萬本誦萬遍，不當以小說匙之。秋痕此刻是合，而異日是離；采秋此刻是離，而異日是合。此全書大鍵，而此回上下之整對也。

第三十五回　鬚眉巾幗文進壽屏　肝膽裙釵酒闌舞劍

話說癡珠係正月念四日❶生。念三日，荷生就并門仙館排一天席，一為癡珠預祝，一為小岑、劍秋餞行。是日，在座卻有大營三位幕友：一姓黎名瀛，別號愛山，北邊人，能詩工畫，尤善傳神，舊年替荷生、采秋、劍秋、曼雲俱畫有小照；一姓陳名鵬，字羽侯；一姓徐名元，字燕卿，俱南邊詩人。這些人或見面，或未見面，彼此都也聞名。這日清談暢飲，直至二更多天才散。癡珠回寓，只見西院中燈彩輝煌，秋痕一身豔妝出來道：「怎的飲到這個時候？」癡珠攜著秋痕的手，笑道：「你們鬧什麼哩？」秋痕道：「你早上走後，李太太領著少爺就來，等到定更，我只得陪太太吃過麵。太太還自己點著蠟，行過禮，才走。說是明天一早就要過來。」癡珠向炕上坐下道：「我五更天和你出城跑了，憑他們去鬧罷。」秋痕笑道：「我和你跑到那裡去？」癡珠卸下外衣，說道：「到晉祠❷逛一天，好不好呢？」秋痕說道：「明天的席，我已經替你全辦了。你懶管這些事，我同禿頭三日前都辦得停妥，不消你一點兒費心。」林喜端上臉水，秋痕將馬褂擱在炕上，替癡珠擰手巾。禿頭在傍邊，拿著許多

---

❶ 念四日：猶二十四日。念，二十的俗稱。二十，亦寫作「廿」，讀為「念」。五代丘光庭《兼明書》卷五：「吳主之女名二十，而江南人呼二十為念。」

❷ 晉祠：西周時晉國開基之始祖唐叔虞的祠廟。在今山西省太原市西南懸甕山麓。

單片伺候，回道：「縣前街東米市街及各營大老爺，都送有禮。」就將紅單片遞上。癡珠略瞧一瞧，向禿頭道：「你們沒收麼？」禿頭道：「武營的禮，我們通沒敢收。只縣前街送了兩分禮，一是李大人的，一是替游大人備的。劉姑娘主意，李大人、游大人的通收了。」秋痕道：「李太太另外還送四盆唐花，十二幅掛屏❸，是泥金箋手寫的，說壽文也是自己做的。我替你掛在秋華堂，你去瞧著掛得配不配？」癡珠笑道：「他竟下筆替我做起壽文來。我卻要看他怎說。」就站起身，拉著秋痕走。禿頭、林喜忙端手照引路，到得月亮門，見堂中點著巨蠟，兩廊通掛起明角燈，還有數對燭跋未滅，便說道：「你們這般鬧，給人笑話。」秋痕道：「這卻怪不得我，都是李太太打發人搬來排設的。」禿頭道：「李太太為著爺生，好不張羅，給小的壹百兩銀，吩咐預備明天上下的麵菜酒席。劉姑娘一定不肯，叫小的送還他的管事爺們。」癡珠將手向秋痕肩上拍一拍道：「著，著！只是李太太現有身喜❹，何苦這樣煩擾呢？」說話之間，已到堂中，見上面排有十餘對巨蠟，只點有兩三對，已是明如白晝。炕上掛著十二幅壽屏，墨香紛郁，書法娟秀。上首寫的是「恭祝召試博學宏詞科孝廉癡珠夫子暨師母郭夫人四秩❺壽序」，下款是「誥封二品夫人，門下女弟子游畹蘭端肅百拜敬序」。因將序文念道：

壽序非古也。

---

❸ 掛屏：供懸掛用的屏條，貼在木框中或鑲嵌於鏡框裏。

❹ 身喜：指婦女懷孕。

❺ 四秩：指四十歲。秩，十年為一秩。

說道：「起句便好。」又念道：

後人襲天保箕疇❻之緒，或駢儷而為文，或組織而為詩，雖𤇩皇❼典重，無非讕語諛詞❽。畹蘭何敢以壽序進？且夫孝子之事親也，恆言不稱老；弟子之事師也，莫贊以一詞。然則吾師固不欲人之以壽言進，畹蘭尤不當侈然以壽言為吾師進。雖然，禮由義起，文以情生，畹蘭於吾師，義有不容不為師壽者，即情有不能自已於出一言為師壽者。師聽畹蘭言，倘亦笑而頷之乎？師為屏山先生冢嗣❾。先生以名儒碩德，見重當途，海內名公至其地者，訪襄陽之耆舊❿，拜魯殿之靈光⓫，門外屨常滿。師少聰穎，為先生所鍾愛。兄弟八人，稟庭訓，均有聲庠序間。而師尤能博究典墳，遍窮六藝，旁及諸子百家。弱冠登鄉薦，遨遊南北，探金匱石室⓬之藏，

❻ 天保箕疇：天保，指上天保安、護佑，後引申為皇統、國祚。箕疇，指《尚書‧洪範》所論之「九疇」：「天乃錫禹洪範九疇」。相傳九疇為箕子所論，故稱「箕疇」。九疇，指治理天下，護國安民的九類大法。疇，類。

❼ 𤇩皇：指光彩、華美。

❽ 讕語諛詞：讕語，妄語；誑言。諛詞，誘惑的言辭。

❾ 屏山先生冢嗣：屏山先生，指本書韋癡珠之父。冢嗣，指嫡親長子。

❿ 襄陽之耆舊：襄陽，古郡府名，其治所在今湖北省襄樊市。耆舊，指年高望重的長者。借指屏山先生之輩。

⓫ 魯殿之靈光：漢景帝在魯恭王舊基建造靈光殿。故址在今山東省曲阜縣東。

⓬ 金匱石室：古代收藏文獻典籍的處所。

尤留心於河渠道里，邊塞險要及蕃夷⑬出沒、江海關防之跡。往歲逆倭搆難，嘗上書天子，有攬轡澄清意⑭。格於權貴，游關隴間，益肆志於纂述舊聞，以寄其忠君愛國之思。故所學益閎，所著述益繁富。今夫水，掘之平地，雖費千人之勞，其流不敵溪曲，其用不過灌溉。若夫出自大河江漢，抉百川，奔四海，動而為波瀾，瀦而為湖澤，激蕩瀠洄，初無待乎人力。是何也？其所積者厚，所納者眾，而所發者有其本也。師之學術汪洋恣肆，其淵源有自，蓋如此矣。既而奉諱歸，倦於遊，築室南白下，將灌園⑮為養母計。不一年，寇起西南，蹂躪瀕海諸郡縣，師慨然復游京師，冀得當以報國家養士恩。卒不遇，乃賦西征。往歲返自成都，以江淮道梗，留滯并門。

向秋痕說道：「敘次詳悉。」又念道：

嗟乎！震雷不能細其音，以協金石之和⑯；日月不能私其曜，以就曲照之惠⑰；大川不能促其

---

⑬ 番夷：古代中原人對邊遠少數族部落或異國人的統稱。

⑭ 攬轡澄清意：南朝宋劉義慶《世說新語・德行》載：「陳仲舉言為士則，行為士範，登車攬轡，有澄清天下之志。」此指生逢亂世而有革新政治，安定天下的志向。

⑮ 灌園：澆灌田園，借指躬耕隱退家居。

⑯ 金石之和：指金石樂律之和諧。金石，指鐘磬一類的樂器。此處指鐘磬發出的樂聲、音律。

⑰ 曲照之惠：形容無所不至的恩惠。曲照，曲折照射的陽光，以普照無遺喻恩澤廣被。

崖，以通遠濟之情；五岳不能削其峻，以副陟者之欲；廣車不能脅其轍，以苟通於狹路；高士不能撙其節，以同塵於流俗。師之艱於遇，嗒然若喪其偶，蓋又如此。

說道：「好筆仗。」又念道：

比年身遭困阨，百端萬緒鬱於中，人情物態觸於外，無以發其憤，遂一託之於詩。水過石則激，鶴戒露有聲，鴻鵠伍於燕雀則哀鳴，虎豹欺於犬羊則怒吼，動於自然，不自知其情之過也。猶憶早歲侍側時，酒闌燭灺，師嘗語人曰：「富貴功名，吾所自有，所不可知者壽耳。」又有句云：「情都如水逝，心怯以詩名。俊物空千古，驚人待一鳴。」此其顧盼為何若？遭時不偶，將富貴功名一舉而空之，至假詩以自鳴，吾師之心傷矣！畹蘭少從問字，得吾師之餘緒，猶斤斤自愛，何吾師年方強仕，慈母在堂，乃憤時嫉俗，竟欲屏棄一切，泛太白捉月之舟，荷劉伶隨地之鍤哉？此則畹蘭所為義不容不為師壽，情不能自已於出一言為師壽者也。師聽畹蘭言，尚亦笑而頷之乎？

笑道：「也說得委婉。」又念道：

師母郭夫人，〈葛覃〉⑱有儉勤之德，〈樛木〉⑲有逮下之仁，吾師前後宦遊，師母上事舅姑⑳，

---

⑱葛覃：《詩經．國風．周南》中的詩篇，寫出嫁女子勤於女工之事，躬儉節用，洗淨衣服，「歸寧父母」，即回娘家省親。即本文所講有勤儉之德。

以婦代子；下訓兒女，以母兼師，族黨咸稱賢云。畹蘭違侍二十年矣，去年夏五，重見於并門。吾師丰采，大非昔比，憂能傷人，竟有若是。乃者夫婿從軍，畹蘭率兩男一女寄居此地，天涯弱息，依倚之情，直同怙恃㉑。竊願歌子建詩㉒，為吾師晉㉓一觴也。曰：「願王保玉體，長享黃髮期。」

念畢，又向秋痕道：「情深文明，我不料李太太有此蒼秀筆墨。」秋痕因指著四盆唐花道：「這也是太太送的。那邊四盆西府海棠，是劍秋送的。那十二盆牡丹花，是池、蕭兩師爺送的。小岑送你一尊木頭的壽星。荷生送你一把竹如意㉔，十盒薛濤箋，一方長生未央的水晶圖章㉕，一塊萬年宮㉖的古

⑲ 樛木：《詩經・國風・周南》中的詩篇。〈毛詩序〉稱：「樛木，后妃逮下也，言能逮下而無嫉妒之心焉。」逮下，指將恩惠降及於下人。即本文所講有逮下之仁。

⑳ 舅姑：古代男女對自己的岳父母或公婆，皆稱為舅姑。

㉑ 怙恃：父母的合稱。

㉒ 子建詩：指曹植〈贈白馬王彪〉詩中的句子：「王其愛玉體，俱享黃髮期。」本書引作「願王保玉體，長享黃髮期」，對原詩句略有改動。子建，曹植，字子建。黃髮期，指長壽。

㉓ 晉：進獻。

㉔ 竹如意：以竹製的如意。如意，古代一種爪杖，柄長三尺許，前端作手指形，脊背搔癢之用。後世如意體長一、二尺，前端多作芝形、雲狀，用作玩賞飾物。

㉕ 長生句：刻有「長生未央」字樣的水晶圖章。長生未央，取其長壽無盡之意。未央，未盡；無已。《漢書・

輒。心印送你一尊藏佛，一卷趙松雪㉗的墨蹟。掌珠、瑤華每人送你兩件針黹。我都替你收起。」癡珠正要說話，禿頭、穆升領著多人送進十數對點著的蠟，外面響起花炮，一堆兒向癡珠磕起頭來；還有顏卓然派來四員營弁，八名兵丁，都在簾外行禮。癡珠只得笑道：「你們起來罷。」又向李夫人派來的家人道：「怎好勞了你們。」這一班家人起來，和癡珠打一千㉘請安，就也向秋痕打一千道喜。秋痕委實不好意思，只得說道：「難為你們替老爺費心。」癡珠早走出簾外，招呼營裏的人。接著秋華堂當差人等和廚房裏的人，一起在院子磕頭。癡珠含笑進來，秋痕站在簾邊，就拉著癡珠向炕上坐下，笑道：「那邊是你家太太坐位。」說著，就居中拜下去。癡珠忙站起身拉起，說道：「你怎的也這般鬧。」秋痕道：「不過各人盡一點心罷了。」兩人看一回花，玉環也來磕了頭，便攜手回來西院。院裏早排下席，是三個位，癡珠向炕上躺下，道：「天不早了，差不多一下多鐘，還要喝酒麼？」秋痕道：「喝杯酒，也應個景兒。」於是恭恭敬敬斟上兩鍾酒安下，向著癡珠道：「你不起來，我又要拜。」癡珠帶笑拉上炕坐下，吩咐禿頭撤去席面，隨便揀幾個碟，幾件菜，送上炕几，兩人淺斟低酌起來。

次日，李夫人帶著阿寶一早便來。荷生值辦密摺，不便出門。心印過來拜了壽，就回方丈。倒是

禮樂志》載：「延壽命，永未央。」

㉖ 萬年宮：漢武帝時在汾陰（今山西省萬榮縣西南）建造萬歲宮。疑本書所指萬年宮即此。

㉗ 趙松雪：元代著名書畫家趙孟頫，字子昂，號松雪道人，著《松雪齋集》。

㉘ 打一千：滿族男子下對上的一種禮節。其姿勢是左膝屈跪，右膝略彎，上體前傾，右手垂送至右足踝外側。

陳羽侯、徐燕卿、黎愛山，來坐了麵席，小岑、劍秋、子秀、子善、贊甫、雨農是不用說了，武營中只有顏卓然、林果齋二人在座。餘外，癡珠俱叫人遠遠的就擋了駕。晚夕，卓然、劍秋、子秀、子善坐了一席，小岑、贊甫、雨農和癡珠坐了一席，裏邊是李夫人、晏太太、留太太、阿寶、瑤華、掌珠、秋痕七人坐了一席。外面猜拳行令，裏邊是大營吳參將送來兩個女尼，會耍戲法，只見兩尼生得豐豔非常，帶個徒弟妖精一般。三位太太都不言語，掌珠、秋痕也不大理會，只瑤華儘抿著嘴笑。先前變出一盤桃，恰恰十五個，內外分嘗，卻是真的，已足詫異。停了一會，又變出三尾鯿魚，俱是活的。以後要了十個品碗，排在地下紅氍毹上，左五個，右五個，兩尼分立，教他徒弟變十碗水來。那徒弟苦辭不能，右邊女尼一掌過去，徒弟倒在左邊，那左邊五個碗卻滿滿的水；又向左邊來，左邊女尼也給他一掌，倒在右邊，右邊五個碗也滿滿的水。於是兩尼將水一碗一碗的捧上席來，給大家看，映著燭光，都碧澄澄呢！再排原處，教他徒弟收去。只見徒弟東打一觔斗，西打一觔斗，十個碗便乾乾的並無一滴。大家駭愕。兩尼自說是仙，瑤華大笑道：「只莫做唐賽兒便好。」李夫人招呼秋痕，請癡珠進來，給些賞銀，兩尼怏怏而去。便向晏、留兩太太道：「漢末左慈、于吉㉙，原是有的。就是吞刀吐火，喇嘛本有此教，植瓜種樹，眩人亦屬尋常。只這兩尼妖氣滿臉，我們遠離他為妙。」兩太太都道：「太太有見識。」瑤華道：「我只怕是《聊齋》㉚上說的那個東西。」大家都說道：「可不是

㉙ 左慈于吉：《三國演義》中所寫的兩個人物形象，均通神幻法術之類。參見《三國演義》第二十九回〈小霸王怒斬于吉〉、第六十八回〈左慈擲杯戲曹操〉。

㉚ 聊齋：指清代蒲松齡著《聊齋誌異》。

呢。」再飲一會，就散了席。兩太太先去，李夫人隨後也走了。癡珠便喚掌珠、瑤華出來秋華堂，秋痕就也跟出，敬大家一輪酒。劍秋見秋香、秋英今天不來，問起瑤華，才知道秋香是正月十二陡然發起絞腸痧㉛，醫藥不及，就死了。秋英也移了屋子。癡珠在東邊席上，慘然道：「我怎的不知道呢？」瑤華道：「你不知道的事多哩。目今花選中賈寶書也走了，說是跟了一個南邊的女道士做徒弟去。」小岑在東邊席上道：「我也風聞有這事。」卓然道：「這事我知備細。寶書給望伯拖累，押在官媒㉜家裏，望伯沒良心，上堂不敢認官，將開賭的事一口推在寶書身上。幸喜那承審官與寶書是舊相識，央著我再三求著上頭胡弄局，把望伯做個平常人聚賭，打三十板，枷號一個月；替寶書開釋，說是他假母開賭，與寶書無干，才放出來。」癡珠不待說完，便說道：「這承審官是個通人，你曉得他名姓麼？」卓然擎著酒杯道：「他姓傅。」劍秋道：「不要講閑話，往下說，寶書怎樣出家。」小岑夾一片蘋果，向卓然道：「這以上的事，我們通曉得。望伯因此破了家，如今還病著，怕是不起。」劍秋在西邊席上，回過臉瞧著小岑道：「你給卓然說罷。」卓然喝了酒道：「寶書釋放出來，沒得去處，暫依舊日一個老媽。可憐大冷天，一個錢買炭也沒有，還是素日認識的人幫他幾吊錢，叫人和望伯商量。望伯分毫不肯答應，寶書灰心，趁他媽尚在枷號，私下跑到東門外玉華宮女道士處，求他收做弟子。」子善道：「不錯。這女道士姓姚，係南邊宦家妃妾。丈夫死後，為嫡出兒子不容，遂將自己積

㉛ 絞腸痧：霍亂病的俗稱。清陸以湉《冷廬雜識．干霍亂》：「干霍亂，心腹絞痛，欲吐不吐，欲瀉不瀉，俗名絞腸痧。」

㉜ 官媒：古代官府中的女役，負責女犯的監管、解送等事。

下的金銀買一小屋，改為道院，閉門焚修。後來遇個女仙，告以南邊有十年大劫，教他向西北雲遊，可免大難。前年到了并門，適值玉華宮女道士鬧事，被東門外縉紳攆了。大家見姚氏有些年紀，寓在優婆夷寺焚修㉝，比本寺的姑子尤勤，所以延他主持玉華宮香火。是不是呢？」卓然道：「就是這姚主持。」劍秋道：「你講寶書罷。」卓然道：「寶書的家，舊在優婆夷寺邊，每月朔望，都去燒香。姚氏時常見面，見寶書回回默禱，是求跳出火炕。姚氏聽了，就也存在心上。如今跑來投他，自然收了。不想他媽枷號滿了，出來和姚氏要人。姚氏只得教他領去，寶書不願，被他媽拉到宮門外，便要跳井。恰好我這一天，奉委前往章郎鎮查辦事件，路過玉華宮，見他們哭哭啼啼，一大堆的人在那裏看。我叫人查問，才曉得就是寶書。我和寶書也有一面之緣，見他說得可憐，就到宮裏面詰姚主持，洞悉底裏。我便替他出了一百兩身價，教寶書在我跟前受了姚主持頂戒。」此時兩席的人都是靜聽，聽到這裏，癡珠便拍掌道：「快事，快事！我要喝三大杯的酒。」忙得秋痕斟酒不迭。掌珠坐在癡珠身下，只怔怔的發獃，儘癡珠喚人取大杯取酒，也不說句話。倒是瑤華喚道：「寶憐妹妹，你怎不斟酒？」掌珠道：「沒人替我出一百兩身價，給我當道士去！」瑤華大笑，把別話岔開，和贊甫、雨農又豁起拳。西邊席上，子秀、子善也和卓然、劍秋搶標。以後兩席合攏，又鬧了一回楚漢爭㉞，就有

㉝ 優婆夷寺焚修：優婆夷寺，指尼姑廟。優婆夷，梵語音譯，指在家中奉佛的女子，亦泛指出家為尼的女子。焚修，焚香修佛。

㉞ 楚漢爭：比喻豁拳賭勝。楚漢，指自號西楚霸王的項羽和漢王劉邦，劉邦打敗項羽後，建立漢朝。故稱其為「楚漢爭」。

三更多天了。秋痕、掌珠連座，儘著喁喁私語。瑤華是個爽快的人，聽了一會便站起說道：「做個人，自己要有些把握，就如你兩個，一個要做道士，一個要做侍妃，斬釘截鐵，這般說便這般做！叨叨縷縷講個不了，做什麼呢？我要走，不耐煩看你們悽惶的樣兒。」秋痕忙拉住，瑤華就和秋痕坐下，向大家道：「我是要從樂處想，再不向苦中討生活。你想，天教我做個人，有什麼事做不來？都和你們這般垂頭喪氣，在男子是個不中用，在女子是個沒志氣。我瞧著，覺得可憐，又覺得可惱，所以要走。」大家都說道：「說得痛快！」此時炕上，有把雌雄劍放在炕上，瑤華便向癡珠說道：「你這把劍還好，我舞一回給大家高興一高興。」說著，就仗著劍走下來。早見瑤華在燈光下縱橫高下，劍光一閃一閃的舞。以後燈火無光，人也不見，只有一道白氣空中旋繞。此時更深了，覺得寒光陣陣，令人發噤。突然聽得瑤華道：「後會有期！」但見雙影一瞥，兩劍璫的一聲委在地下，屏門外的人報道：「薛姑娘上車走了。」兩席的人恍恍惚惚，就如夢景迷離一般。癡珠定一定神，說道：「相隔只有五個月，他的劍竟比采秋舞得還好。這飄忽的神情，就和劍仙差不多了。」當下大家都散，秋痕引著掌珠，重來西院談了一回。外面冷家的人催了兩三遍，掌珠才走。秋痕送出屏門，灑淚而別。

看官記著：秋痕與掌珠自此就沒再見了。掌珠是此夜聽說寶書做了道士，又受了瑤華一激，便決意出家，和他假母吵鬧幾次，竟將青絲全行剪下。幸他假母是個善良的人，不忍怎樣。二十七日，癡珠出門謝壽，就聽見人說，送入優婆夷寺做了姑子去了。正是：

豪情勝概，文采劍光。

妒花風雨，乃爾披猖。

欲知後事，且聽下回分解。

總評：此回借癡珠壽，傳李夫人及瑤華，非傳癡珠也。傳李夫人而附游長齡，傳瑤華而附秋香、寶書、掌珠以及四十八回之妖尼，都為後文立案。文筆飄忽，讀之忽而令人腸斷聲盡，忽而令人眉飛色舞。真如杜工部詩，挽強弓硬弩，滿到十分時，一發飲羽。

第三十六回　一聲清磬色界歸真　百轉柔腸情天入幻

話說秋痕廿五後回家，因勸癡珠量入為出，儉省下來為後日南歸之計，因說道：「你為著我，不能不供給他們開銷，這樣不是愛你，直是害你。所以千思萬想，不能不割斷癡情，苦守寂寞。」又說道：「初一心印許我禮佛，我便吃了長齋❶，總要跟你到得南邊家裏，我才開葷❷。你念我這般苦守，也該惜些錢鈔，作個長久打算。讖兆夢兆❸雖然不好，或者天從人願，我兩人吃得這苦，造化小兒可憐起來，也不可知。若一味委心任運❹，眼見得禍離更甚於慘別。」說著，就嗚咽起來。癡珠也自傷心。看官須知：「氣數」兩字埋殺多少英雄豪傑！除非神仙，跳出世外，不受這氣數束縛。自古忠臣孝子到得國家氣數要盡之時，怎樣出力去挽回，你道有幾個挽回得來？不過人事是要盡。秋痕這一回打算，也只是盡人事罷了。再隔十日，兩人局勢又不是這般，你道人事怎盡呢？到了二月初一，秋痕

---

❶ 長齋：原指佛教長期過午不食，後世多指長期素食修佛。

❷ 開葷：指信奉佛教的素食者解除素食戒律，或長齋期限已滿開始吃葷。葷，葷菜，指雞、鴨、魚、肉等肉類食物。

❸ 讖兆夢兆：讖兆，以讖文表示的預兆。讖，讖文，指預示吉凶的圖錄或文字。夢兆，夢中情景所預示的徵兆。

❹ 委心任運：指隨任本心、命運的自然變化。

換了一身新衣服。天色大亮，坐個車來到廟中。禿頭早在那邊伺候。到觀音閣來，聽得清磬一聲，早望見心印披著袈裟，率領兩個侍者，在閣上頂禮慈雲❺。秋痕上得閣來，侍者送上一炷香。秋痕跪下，心印敲著磬，將秋痕做的黃疏讀道：

蓋聞有情是佛，無二❻為齋。接引十方❼，法喜維摩之愛❽；皈依五淨❾，醍醐沆瀣之緣❿。伏念梧仙，劫重風輪⓫，魔生綺業⓬，天寒袖薄，身賤恩多。居恆顧影自憐，竊欲擇人而事，

❺ 頂禮慈雲：指敬拜佛尊，慈心如雲。頂禮，雙膝下跪，兩手伏地，以頭頂觸尊者之足，稱「頂禮」，為佛教徒敬佛的最高禮節。慈雲，佛教語，形容慈悲博愛之心如雲之廣被世界。

❻ 無二：即不二、不二法門，佛教語，指修持佛法，頓悟妙覺的門戶。《維摩詰經．入不二法門品》舉出生滅、垢淨、善惡、罪福、有為無為等三十一對矛盾，認為只有從意識上泯滅、消除一切是非善惡之界限，達於無差別境界，乃至「無有文字語言」，才是「真入不二法門」。

❼ 十方：佛教語，指東西南北及四維（東南、西南、東北、西北）上下。

❽ 法喜維摩之愛：法喜，佛教語，指聞見參悟佛法而喜悅。維摩之愛，指佛教慈悲眾生之愛。《維摩詰經》載，維摩詰居士稱病未聽佛法，言：「一切眾生病，是故我病；若一切眾生得不病者，則我病滅。」

❾ 皈依五淨：指歸依、信奉佛法。皈，歸向。五淨，佛教語，指五淨德：發心離俗、毀其形好、永割親愛、委棄軀命、志求大乘。

❿ 醍醐沆瀣之緣：醍醐，從酥酪中提製出的最上之油，佛教用以比喻最上之佛性大涅槃。此處指以醍醐灌人之頂，比喻以至上佛性灌輸人之頭腦，啟人智慧，使人徹悟。沆瀣之緣，指彼此契合、意氣相投的緣分。

則有韋皋小影，東越寓公，既連襟而掎裳⑬，亦雙心而一袜⑭。於是巾裁奉聖⑮，髻解拋家。自謂浮鬱⑯香燒，是鄉終老；靈檀樹種，如願同歸矣。無如烏本流離，窩非安樂，奔精昭夜⑰，徒勞警旦⑱於鳴雞；驚女采薇⑲，更佇苦心於夢鹿。風花舛午⑳，才命升沉㉑；楚水入淮，梔

⑪ 風輪：指自然天體之運轉。

⑫ 綺業：佛教語，指綺語所造成的惡業，為四口業之一。業，佛教稱業由身、口、意發動，分別為身業、口業、意業。口業，指妄言、惡口、兩舌和綺語。綺語指涉及閨門、愛慾等華豔辭藻及一切雜穢語。

⑬ 連襟而掎裳：指連袖而牽裙，形容人多。

⑭ 一袜：猶一魅，一神，指精神契合為一。袜，音ㄇㄟˋ。

⑮ 巾裁奉聖：奉皇帝聖意裁製巾服。巾，巾服，頭巾和長衣。《明史・輿服志三》載：「(洪武)二十四年，以士子巾服無異吏胥，宜甄別之。命工部制式以進。」

⑯ 浮鬱：浮蕩的香氣。鬱，濃郁的香氣。

⑰ 奔精昭夜：奔精，流星。昭夜，照亮暗夜。

⑱ 警旦：報曉。

⑲ 驚女采薇：《楚辭・天問》：「驚女采薇鹿何祐？」據《古史考》、《類林》載：殷末伯夷、叔齊隱於首陽山，采薇充飢，不食周粟。野有婦女警醒他們說：「子不食周粟，此(薇)亦周之草木也。」伯夷、叔齊遂連薇也不食。相傳天遣白鹿以乳哺養他們。驚女，為「女驚」之倒文。驚，通「警」，警戒；警醒。薇，一種野菜，莖葉味皆似小豆。

⑳ 風花舛午：風花，指斑駁雜亂的雲氣。舛午，差錯，此處有雜亂之意。

香交蓼㉒。所冀金輪㉓神咒，能銷鐵鎖煩冤，因此九叩跏趺㉔，一誠頂禮，誓如皦日㉕，折此疏麻㉖。願開一念之慈悲，俯鑒八關㉗之懺悔。莫謂垂枯絳樹㉘，甘露難培，還期續命黃花，秋風再豔。從此旃檀爇印㉙，寒菜㉚咬根，不慕膏粱，自甘腐乳㉛。他日者，追隨中饋㉜，獲

㉑才命升沉：才命，才能和命運。升沉，猶言顛簸、動蕩。
㉒梔香交蓼：梔香，梔子花香。梔，木名，春夏開白花，香氣濃烈。蓼，水草名，有水蓼、紅蓼等。
㉓金輪：佛教語，指具有無敵威力的寶輪。
㉔跏趺：「結跏趺坐」的略稱，指佛教修禪時的坐姿。以兩足交叉疊置於左右股上者，稱「全跏坐」；以單足置於一側股上者，稱「半跏坐」。
㉕皦日：明亮的太陽。
㉖疏麻：傳說中的神麻，常折以贈別。
㉗八關：即八關齋，指佛教徒所受持的八條戒律。《資治通鑑》胡三省注：「釋氏之戒，一不殺生，二不偷盜，三不邪淫，四不妄語，五不飲酒食肉，六不著花瓔珞、香油塗身、歌舞倡伎故往觀聽，七不得坐高廣大床，八不得過齋後吃食。以上八戒，故為八關。」
㉘垂枯絳樹：垂枯，將臨枯萎。絳樹，神話傳說中的仙樹。
㉙旃檀爇印：旃檀，指旃檀佛像，即檀香木雕刻的釋迦牟尼像。爇印，燃燒，指焚香。
㉚寒菜：即油菜。原生於西北苦寒之地，故稱。
㉛腐乳：豆腐乳。
㉜中饋：泛指酒食。

補疇昔之墜歡33；旨蓄34御冬，長娛邊撩35之晚景。將繡佛以酬恩，輝依滿月，亦心齋36於清夜，悟澈拈花37矣。

年　月　日，平康信女劉梧仙謹疏。

宣讀已畢，燒了。秋痕默誓一番，磕了頭起來。心印將一尊觀音小像，用紫檀鑲玻璃的龕，送給秋痕供奉。秋痕給心印叩了謝，心印也膜拜還禮，便和禿頭回來西院，將佛像供在炕几。這日癡珠就陪秋痕吃一天齋。秋痕晚夕便捧著神龕，坐車而去。後來牛氏知道，百計責令開葷，無奈秋痕受一番打罵，便一粒也不沾牙。牛氏只索罷了。

癡珠自此還讀我書。次日，尋一幅宣紙，寫個「焦桐室」三字，傍書「病維摩書」四字，蓋了圖章，交給穆升裱作横額。一日午後，套車到縣前街閑話，便來大營。荷生迎出平臺，笑道：「我正要作字給你，你來了，便宜他們跑一遭。你瞧這個圖名取得好不好？」說著，便延入屋裏。癡珠道：「什麼圖？」荷生沒有答應。癡珠早見案上鋪著一個小軸，是采秋小照，畫一面鏡，采秋畫在鏡裏，便說

33 墜歡：指失去的歡樂。

34 旨蓄：儲藏美味食品，以禦冬月乏無之需。

35 邊撩：指柳之邊梢，比喻細微之事。

36 心齋：指摒絕雜念，心境虛靜空明。

37 拈花：猶拈花一笑。《五燈會元・七佛・釋迦牟尼佛》載：釋迦牟尼佛在靈山會上拈花示眾，是時眾皆默然，唯迦葉尊者破顏微笑。此為佛教禪宗以心傳心之微妙法門。後以比喻會心妙悟。

道：「像得很，真個鏡中愛寵。」荷生道：「你瞧題的圖名」。癡珠早見上首橫題五個隸字，是「春風及第圖」。便點頭道：「甚好。」再看題的詩，是首七截，因念道：

鏡裏眉山別樣青，春風一第許娉婷。天孫好織登科記㊳，先借機絲繡小星。

念畢笑道：「你好躊躇滿志。」荷生道：「只這二十餘日，信息渺然，連紫滄也沒有信來。難道是滿招損㊴，占歸妹㊵，迎門翻卦㊶？」癡珠道：「你這事一定百定，千穩萬穩，還疑心什麼呢？你不想，采秋的書籍也就彀十來天收拾哩。」荷生道：「我也這般想。」癡珠道：「這事不要再說。我此來是要找愛山，替我和秋痕畫一圖哩。」荷生道：「你今天何不就同我去訪他？」癡珠道：「甚好。」於是荷生引著癡珠，打大花廳後身穿過一個院落，便是愛山書房。愛山迎入，癡珠敘些寒溫，坐了一回。荷生遂為癡珠代白來意，愛山許著初七下午。二人正說得款洽，忽見青萍掀開簾子，回道：「洪老爺來了。」荷生又喜又驚，便同癡珠踉蹌出來。愛山見是有事，也不敢強留，只得送出院門。癡珠執手重訂初七之約，愛山允諾。荷生早走得遠了，癡珠就也跟來，轉到平臺，只見紫滄和荷生站在客廳簾邊，聽得紫滄道：「有點變局。」兩人就進去了。癡珠隨後走進和紫滄相見，見荷生神情慘淡，正在

㊳天孫句：天孫，即織女星，此指傳說中巧於織造的織女星。登科記，古代科舉及第的士人名錄。

㊴滿招損：自滿招致損失。《書・大禹謨》：「滿招損謙受益，時乃天道。」

㊵歸妹：《易經》卦名，六十四卦之一。《易・歸妹》孔穎達疏：「婦人謂嫁曰歸，歸妹猶言嫁妹也。」

㊶迎門翻卦：迎門，指娶親者迎候於門。翻卦，猶變卦，指原已定好的事情突然改變。

拆信，就不說話。紫滄也默然無語。荇生拆開信，抽出一張色箋，看了一會，眉頭百結，將箋遞給癡珠道：「你瞧，你道天下事算得准麼？」便拉紫滄炕上分坐，詳問底細。癡珠瞧著牋上楷書寫的是：

荇生夫子安：初七日奉到覆函，並詩一首，拳拳垂注㊷，情見乎詞，感激之私，無庸瑣瀆。妾生不逢辰，母也不諒，紫滄目擊之，自能為君詳言之。妾不忍形諸筆墨，亦不敢形諸筆墨也。伏念積誠，尚可動物，豈守義不足悅親？第區區寸心，總不欲生我者負不韙㊸之名。君與紫滄善為妾圖之。妾回天無力，惟有毀妝斂跡，繡佛長齋，冀慈母感悟於萬一。挑燈作此，不盡欲言，附呈七絕一首，率書楮尾。侍妾杜夢仙手啟。

癡珠道：「繡佛長齋，不謀而合。」紫滄、荇生正對語喁喁，也不聽見。癡珠因將詩吟道：

雲容㊹冉冉淡於羅，欲遣春愁可奈何？夜半東風侵曉雨，碧紗窗外早寒多。

吟畢笑道：「欲知絃外意，盡在不言中。采秋詩品高於荇生十倍哩！」荇生皺著眉，向癡珠道：「人家有這般懊惱的事，你偏會說笑起來。」癡珠道：「你不用煩惱，不出十天，機將自轉。只天見你兩個圓成太容易些，也不顯得他一番造就的艱難，故此有這一折。其實你沒見過采秋時候，大局早

㊷ 拳拳垂注：指誠懇、眷愛的關注。
㊸ 不韙：不善；過錯。
㊹ 雲容：比喻淡雅、飄逸的容貌。

已排就。」荷生道：「你何苦又說夢話？我明天將手尾的事交託燕卿，後天一早就可上路，做三站走，初六可到雁門。紫滄你還要和我同走一遭呢。」正待說下，只見索安回道：「大人請，說是有緊急軍務。」紫滄、癡珠就走了。這且按下。

且說采秋係於正月十五早往碧霞宮，也在觀音大士前許下長齋。自此脂粉不施，房門不出。這一個月柔腸百轉，情淚雙垂，把個如花似玉的容顏，就變得十分憔悴了。還好紅豆、香雪兩個丫鬟都是靈心慧舌，無可講的也引著采秋講講，無可笑的也引著采秋笑笑，所以比秋痕景況總覺好過些。一日冷雨敲窗，天陰如墨。采秋倚枕默坐，忽藕齋進來，取出荷生十三寄來的信，展開閱過，嘆了一口氣，藕齋就出去了。信內附有人日的詩並癡珠的和章。采秋喚香雪印一盒香篆，自己慢慢的點著，領略一會，將寄來的詩吟了一遍，就向床上躺下。想道：「天下事愈急則愈遠，愈迎則愈拒。去年秋痕不是這樣麼？」又想道：「癡珠說那華嚴菴的籤兆，竟是字字有著落，似乎我和荷生這段因緣，恁是怎樣也拆不開的。只是這籤兆也怪，秋痕的秋心院是小岑替他取的名，我的春鏡樓是我自己杜撰的，怎麼那菴的籤上有『秋心院』三字？那老尼偈語又說出『春鏡』？敢莫這支籤和那偈語，通是癡珠編出來也不可知。」想到此，陡然心上冰冷，不知不覺掉下淚來。又想道：「說是癡珠編的，他何苦自己講那不吉利的話？」左思右想，便合著眼聽著雨聲淅瀝，竟糢糢糊糊的好像到了秋心院，突見秋痕一身縞素，掀著簾迎出來。采秋驚道：「秋痕妹妹，你怎的穿著孝？」秋痕淚盈盈道：「采姊姊，你不曉得麼？癡珠死了！我替他上孝哩。」正在說話，見荷生閃入，采秋便說道：「癡珠死了，你曉得麼？」荷生吟吟的笑道：「癡珠那裏有死，不就在此？」采秋定神一看，原來不是荷生，眼前的人卻是癡珠，手裏拿個大鏡，說道：「你瞧。」采秋將喚秋痕同瞧，秋痕卻不見了。只見鏡裏有個秋痕，一身豔粧，笑嬉嬉的不說話，卻沒有自己影子。正在驚訝，忽一陣風過，塵沙瞇目，耳中只聞得呼呼的響，又像是波濤滾滾的聲，心上覺得突突的亂跳。一會，悄然開眼一看，只見白茫茫一片大海，自己立在一個山上，四顧無人，十分害怕。沿著徑路走來，見一峰插天，蒼翠欲滴。上面有古篆三字，一字方圍有一丈多大，卻不認是何字。想道：「我今日也有認不得的字了。」轉過山坳，海也不見了。瞥見癡珠同兩個麗人，俱是一身縞素，立在前頭。一個麗人好像秋痕，采秋歡喜，迎上前來，說道：「怎麼你兩個卻跑到這裏來？」再一審視，那裏有三個人？卻有三片白石攔住去路。想道：「原來就是這石作怪。」再要轉身，恍恍惚惚是個屋裏，見個丫鬟搶過來扶著叫道：「娘快醒來，天冷得很，和衣睡不得。」擦眼一看，卻是紅豆。因起來說道：「我略躺一躺，竟睡著了，迷迷惑惑做了幾多的夢。」紅豆細問，采秋不說，只叫他取表來看，已是四下多鐘。香雪向薰爐中倒碗茶遞來，采秋喝了。回憶夢境，猶覺歷歷。紅豆端上素菜，隨便用些，遂向佛前燒了晚香，悶坐聽雨，便和紅豆說起夢來。正是：

秋心春鏡，一剎罡風。
情天佛國，色色空空。

欲知後事，且聽下回分解。

總評：此回秋痕、采秋合傳，文境如天陰如墨，雨氣紛集，逆知必有電光四閃，震雷一聲，窗戶皆動也。一疏一書，一磬聲，一幻夢，皆此回整對處。

第三十七回 廷推岳薦詔予清銜 風煖草薰春來行館

話說關隴回子，自去年大受懲創以後，善良者自然回籍，重謀生業；就中單身的，也受地方官安插，洗心滌慮，去作良民。只有一班狡黠的酋豪❶，或逃亡在外，復出為非，或雖受招安，家業已蕩，便糾合亡命就近作個強盜，擄掠鄉民牛畜，搶劫過往行旅。地方官只怕多事，隱忍不報。這回子嘯聚得多，去年逆倭據了廣州，回子得信，因又跳梁起來。想并州富足，又是春和時候，這番真個要由草地竄入雲州❷等處。雁門關總兵於正月三十得了確信，是夜子正三刻❸，五百里加緊稟報前來。因此經略請荇生計議，荇生道：「這番不比前次，只要以防為勦。前次彼已破了潼關，故不能不痛加勦洗。今日彼尚在三關❹之外，只有迅速將關外各口隘嚴防，彼來則勦，彼去亦不必追。野無可掠，自然解散。然口外各隘炮臺溝壘及瞭臺探卒，是緊要的。」荇生一面說，經略一面點頭，道：「是。」隨說

❶ 酋豪：盜匪首領。

❷ 雲州：古雲州，指今山西省祁縣、定襄縣一帶。

❸ 子正三刻：古代計時，夜晚十一點鐘至一點鐘之間為子時。「子正」，指夜十二點鐘。每晝夜定為九十六刻，即每刻十五分鐘。故「子正三刻」，指夜晚十二點鐘四十五分鐘。

❹ 三關：明清時指今山西省境內沿內長城的雁門關、寧武關、偏頭關，北邊有事，恃為外險。

道：「這事只好請先生督兵一行。」荷生辭道：「只怕才力不及。」經略那裏肯依。又問起荷生納寵之期，荷生即以采秋的事相告。經略大喜，說道：「先生此行公私兩得，須帶多少兵呢？」荷生道：「兵不在多，就左右翼中挑出千名，著顏副將、林總兵兩人管帶前往，便彀調遣。只此行，卻要仗大人洪福，兩件事都能如願才好。不然，五台山近在咫尺，誓將披緇❺入山，不復問人間事矣。」說著眼皮一紅，經略笑道：「先生何必如此。回子餘孽，先生一出，馬到成功。至先生私事，怎樣辦，怎樣得手，更屬無可疑慮。而且先生氣色大好，指日還有喜事，不過這兩天，便可得信哩。」荷生道：「晚生還有什麼喜呢？」經略道：「這會且不必說破，我是從氣色上看得十分准。」荷生只得撂開，說用兵的事了。是晚，經略就留荷生小飲。一面檄召顏、林二將，於明日卯正❻三刻，帶領左右翼兵赴教場挑選，一面差員提令箭，諭知糧臺辦餉❼，軍需局❽豫備軍裝，俱限明日巳刻❾齊備。

次日卯正，荷生下了教場，到得辰正❿，已將一千名兵挑出；面諭顏、林二將午刻給餉給裝，申刻⓫管帶出城，十里駐紮。初四日辰初⓬二刻長行。顏、林二將得令，自去行辦。荷生回營，順路訪

---

❺ 披緇：身披僧尼之緇衣，表示出家為僧尼。緇，緇衣，黑色僧服。
❻ 卯正：早晨五點鐘至七點鐘之間為卯時。「卯正」，指早晨六點鐘。
❼ 糧臺辦餉：糧臺，清代行軍沿途所設立的經辦、管理軍糧的機構。餉，軍餉，指軍隊中官兵的給養和薪俸。
❽ 軍需局：負責經理軍隊所需給養、被服、裝具及其他一切物資、器材的機構。
❾ 巳刻：即巳時，上午九點鐘至十一點鐘之間的時刻。
❿ 辰正：上午七點鐘至九點鐘之間的時刻為辰時。辰正，指上午八點鐘。

了癡珠，告知一切。癡珠笑道：「夫子有三軍之懼，」荷生不待說下，截住道：「你還說這些，人家百忙中找你坐一會，你卻有工夫講頑話。我和你說，我到雁門，公事或者辦得了，只我私事有些為難。倘是不諧，我便上五台山出家了。我的詩文稿和柳巷園子，一起交給你，你替我收掌罷。」便噙著一眼眶的淚，向靴頁中取出一個摺子，遞給癡珠。癡珠接著，放在案上，說道：「你這話從何說起？我和你說，你再不要這般胡想，你從此是一派坦途。你想要跑一遭雁門，就出有這一件事，替你做個錦上添花，湊巧不湊巧呢？我這會正替你喜歡，你何苦說出這些話？倒是我和秋痕，不曉後來是怎樣變局！」荷生道：「你只聽心印的話，和李太太商量，給了身價是正經的事。至秋痕替你打算，都行不去，我勸你不要聽他。這數句就是我臨別贈言，你須記著。」便站起身，匆匆的走了。回到營來，正待卸下冠服，簾外的人報道：「大人穿著公服過來。」荷生迎出，只見跟班捧著摺匣，經略笑吟吟的步上平臺，拉著荷生的手，進入屋裏，即向荷生一揖，說道：「先生大喜！」荷生只道是給他送行，便回一揖道：「全藉大人平日的威德，此去或不辱命。」經略笑道：「喜事重重。」便向摺匣中取出一本奏摺來，遞給荷生。荷生見上面硃批道：

> 覽奏均悉。這所保五品銜舉人韓彝，著授兵科給事中⓭，即留營參贊軍務⓮。欽此。

⓫ 申刻：即申時，下午三點鐘至五點鐘之間的時刻。

⓬ 辰初：指上午七點鐘。

⓭ 兵科給事中：清代設六科掌印給事中、給事中，均滿漢各一人。兵科給事中，為六科給事中之一。給事中，

閱畢，將摺子安在上面几上，九叩謝恩，便向經略行下禮去，道：「大人栽培。」經略趕忙還禮。荷生起來，說道：「仰荷天恩，不次拔用，只怕材不勝任，辜負大人一番盛意。」經略掀髯笑道：「我保舉總不錯，而且這摺子上得也妙。我的摺子是十九到京。十八，謝小林侍御早有一摺密保了你。內閣於二十日，奉著上諭也行文來了。」說著便走向几子，將摺子展開，檢出一張紅單條，遞給荷生。見上面寫的是：

兵科抄出。正月二十日，奉上諭，河南道御史謝嘉樹奏稱五品銜舉人韓彝，學富韜鈐，材堪將師，現為并州大營延理軍務。前年元夜，蒲關奏凱，悉伊運籌之力，與明祿年終密保摺內，語悉相符。著即授兵部給事中，仍留本營參贊，該部知道。欽此。

瞧畢，說道：「幸是小林摺子是先一日遞的。譬如小林摺子後一日，大人摺子先一日，倒像小林附聲氣了。」經略道：「這都是先生的福大。」又附耳道：「聽說秦王召見時，也曾保過先生。」荷生接著道：「如今求大人別這樣稱呼，論統屬，大人是個堂官；論保舉，大人是個恩師。」經略道：「好好，我們兄弟稱呼罷。」坐一會，就也進去。自此，荷生算是并州小欽差，遂趕緊備了謝恩的摺⑮，

明清時代給事中之職，負責抄發章疏，稽察違誤等事宜。

⑭ 參贊軍務：協助辦理軍務。

⑮ 謝恩摺：指向朝廷的恩遇表示感謝的奏摺。謝恩，文體名。

由經略代奏。經略即將此次荷生督兵出關防勦情形，也一併奏明。

次日卯刻拜發。當下通省⑯官員、本地鄉紳及營中幕友將校，賀喜者麕至沓來⑰。荷生有見有不見，直鬧到定更⑱多天。剛欲歇息，又是癡珠來了，說道：「何如？班生⑲此行，無異登仙。」說得荷生也笑了，執手數語而別。次日，紫滄是卯正匹馬先走，四站趕作兩站。荷生為著經略暨文武官親送出城，到得未正纔抵青龍鎮。是日大風，一隊轎馬行土嶺間，蜿蜒偪仄，兼之土無泉脈，僵峙枯立，經風簸揚，塵垢坌集⑳。將至忻州㉑界，風刮愈烈，飛土如雨。荷生轎中口占七古，是：

祖龍鞭石㉒石未盡，破碎棄置西山涯。生公說法不到晉㉓，遂令千載成頑沙。

---

⑯ 通省：猶全省。通，整個；全部。

⑰ 麕至沓來：形容群集紛至。

⑱ 定更：指晚上八點鐘左右，更鼓始擊，傳報初更開始，稱為「定更」。

⑲ 班生：指漢代班超，以投筆從戎，立功邊塞而著稱。此代指本書之韓荷生。

⑳ 塵垢坌集：指灰塵污垢交錯匯集。

㉑ 忻州：今山西省忻州市。

㉒ 祖龍鞭石：晉伏琛《三齊略記》載，秦始皇欲作石橋，過海觀日出處。於時有神人以鞭驅石下海，城陽之山石盡立，狀似相隨而去。石去不速，神人輒鞭之，盡流血，石皆赤。祖龍，指秦始皇。《史記・秦始皇本紀》裴駰《集解》引蘇林曰：「祖，始也。龍，人君像。謂始皇也。」

㉓ 生公句：生公，指晉末高僧竺道生。相傳生公曾於蘇州虎丘寺立石為徒，講《涅槃經》，至微妙處，石皆點

行人策馬頻來往，輪蹄誤聽風波響。誰信元戎十丈旗，借作桃根兩枝槳㉔。

剛才吟完，前行帥字旗轉出山坳，三聲砲響，忻州文武官接出界上。荷生不免下轎酬應一番。此時天色將黑，等得燈籠火炬一起點著，再走十餘里，已經八下多鐘。燈火中遙見遠遠一簇人馬，知是顏、林二將排隊迎接。望著帥旗到了，吹起角來，砲聲一響，擱鼓三通，行館門前奏著細樂。荷生的轎軟步如飛，進行館去了。青萍傳出令箭安營。森嚴甲帳，燈火齊明，刁斗傳史，旌旗閃影。二更後，荷生自出營外查了一回，頗覺整齊嚴肅，心中高興，便作了一詩，題在壁上云：

陌上何人賦草薰？無端祖帳㉕感離群。天連野戍生邊氣，風捲平沙作浪紋。
斷碉經年惟積雪，空山有用是生雲。獨憐天下方多事，鴻雁中宵不忍聞。

第二日風定，卯正起馬，按隊上石嶺關㉖。遙望忻州城郭，在高岡陂陀之際，繞鐵笄山下，行河灘沙石中，三十里外，路始平坦。春融冰釋，土脈上浮，途間往往水溢。度田間阡陌，到了忻州城，

㉔桃根兩枝槳：代指情人以雙槳蕩舟與所愛者相會。桃根，晉王獻之愛妾桃葉之妹。後世借指愛妾或所愛戀之女子。

頭。晉，山西省簡稱。春秋時晉在此建國而得名。

㉕祖帳：古人送行，在郊外道旁為餞別而設的帷帳。

㉖石嶺關：在今山西省陽曲縣東北，為山西省北部險要的關隘。

人煙稠密，百貨畢會，帥旗一到，父老扶杖，婦孺聯裙，道旁頓如堵牆，州官迎入行館打尖。尖後行平野中，時方東作，只見扶犁叱犢者于于而來，喁喁而視，正如一幅圖畫。那崞縣㉗官員又接來界上了。第三日由金山舖起馬，五里忻口㉘。兩山盡處，鑿石為關，一夫當之，萬夫莫敵。遂沿滹沱河至紅崖灣，尖北賈鎮，不一時，過了崞縣。城在土嶺之巔，土多崩裂，城亦傾側不整，道途觀聽，自不及忻州熱鬧。四下多鐘，到得行館，轎子剛進屏門，鉦鼓聲中，忽見紫滄行裝站在臺階上。荷生喜極，打著護手板，護轎營弁忙將轎扶下。紫滄搶迎過來，荷生趕著下轎，道：「你怎的又轉回來？」紫滄正待答應，荷生瞥見上屋有個豔妝侍兒出來，凝眸一視，卻是紅豆站在簾邊。荷生這一喜，如陡見家裏的人一般，說不出話，連紫滄怎樣說也不聽見。只拉紫滄向月臺上走來，才上月臺，又聽得簾內環佩之聲，珊珊已到門側，更是心花怒開。向紅豆道：「你來接我麼？」紅豆打開簾子，笑道：「娘也來了！」荷生早見采秋倩影亭亭，臨風含笑。兩人執手，喜極而悲，各自盈盈淚下。半晌，荷生向紫滄道：「我不是做夢麼？」紫滄道：「坐下再說罷。」方才坐下，青萍回道：「代州官員稟見。」采秋、紅豆退入裏間，紫滄也退出東廂。荷生一起一起的接見，直至上燈，才有空和采秋暢談。

看官聽著：人生富貴功名，一字是少不得的。正月時，賈氏何等刁難！這回紫滄自省趕來，進城已是初三黃昏時候，竟不到家，先來見過采秋，將荷生的信遞給他瞧。先是雁門郡人心惶惶，訛言四起。鬧到初三下午，得著韓荷生帶兵出來信息，才稍安靖。這賈氏見時事如此，深悔前非。後聞荷生

㉗ 崞縣：古縣名，漢代所置。清代屬山西代州（今山西省代縣）。

㉘ 忻口：忻口鎮，在山西省忻州市北五十五里，兩山相夾，滹沱河流經其中。

帶兵來了，又怕惹下禍事，早啞口無言，受藕齋抱怨。如今聽得荷生做了官，是個欽差，喜到十分，就也怕到十分，那退悔更不用說了。轉自己出來招認不是，只求紫滄領采秋迎上一站來。采秋道：「這卻不必。」紫滄道：「也好。此去崞縣只四十里地，知縣又是我舊東家，可以據實說給他預備，也免得荷生進城一遭，招搖耳目。且此事是經略知道的。」原來到雁門關，是由代州陽明堡㉙西行，不走郡治。打郡治北門二十里至雁門關，是個小路。荷生與紫滄打算，是到了崞縣，教顏、林二將帶兵先行，自己換車私往采秋家一探，即連夜出北門趕到關上。不想賈氏轉叫采秋接出來。當下說明，賈氏、藕齋都在廂房伺候。紫滄領他夫婦出來叩見，荷生也還了一揖，前事不提，只面諭兩人將采秋行裝收拾妥貼，等候班師。兩人答應退下。恰好上屋的席，是兩席滿漢，荷生便撤一席賞給兩人去吃，自與采秋同坐一席。采秋因問起癡珠、秋痕景況，荷生略說一遍，因嘆道：「你吃長齋，他也吃長齋，你如今開了葷，不知他何時才開哩？」采秋也為悵然。這一夕，崞縣十分討好，行館中徹夜燈燭輝煌。二更後，紫滄自在東廂安歇。兩人並枕，談著三十來天別緒。轉瞬天明，營門外角聲嗚嗚的吹個不止。荷生只得起來，傳令顏、林二將先走，又見了幾起的客。因行館後進有座望樓㉚，便與采秋領著紅豆登樓憑眺，遙見空際有白雲數片，諦視之不動，亦不滅。采秋指著道：「這就是雁門關山頭積雪。」荷生道：「我少刻便在這山外了。」說著，兩人淚眼相看一會，不語，忽曉風吹來，涼如冰雪。采秋道：「口北地方冷，不比內地，你帶著大毛衣服沒有？」荷生道：「都有。」采秋又囑咐：「諸事留

㉙ 陽明堡：在山西省代縣西南，當滹沱河北岸。

㉚ 望樓：瞭望守禦的高樓。

心保養，倘若要打仗，千萬不可輕敵，口外回子是不怕死的。」荷生道：「我知道。這回不用打仗，你放心。」一瞥見塵沙起處，一簇軍馬如蟻行蜂擁。紅豆指著道：「兵出城了。」忽見青萍上來，回說：「轎馬伺候已齊。」荷生遂與采秋訂著班師之期，兩人執手含淚。采秋嗚咽道：「我不便下去送你，就在這樓上望望罷。」又囑咐了青萍，路上好生伺候。又親自與荷生穿上大紅披風，廂金風帽。荷生只得硬著心腸下樓，到了院子，回頭一望，見采秋淚眼凝睇，荷生也含著淚眼道：「你也回去罷。」采秋點頭。荷生出來前屋，囑紫滄三日後到關上來，就上轎走了。采秋和紅豆在樓上聽得城邊砲響，知荷生出城，便眼撐撐的向著先前瞧見軍馬的地方望去，等了好一會，才見帥旗過去，一頂四人抬的藍呢轎，前呼後擁，迢迢前去。到得轉過樹林，望不見了，嘆一口氣，方扶著紅豆下樓，與他爹媽回家。正是：

楊柳依依，長亭話別。

騂騂㉛征夫，邦家之傑。

欲知後事如何，且聽下回分解。

總評：此回傳荷生化愁苦為懽愉，仙露荷珠，方斯朗潤。上折跟上為大開文字，下折起下為大合文字，其樞紐在中間詔予清銜一段，通篇分三大段讀之可也。

㉛ 騂騂：調和通暢音。騂，音ㄒㄧㄥ。

第三十八回　茀苣無靈星沉婺女　棣華遽折月冷祗園

話說癡珠初三夜，自大營回寓，一夜無聊。天亮一會，聽得炮聲連續，知是荷生走了，就也起來。見碧桃花都已零落，憔悴得可憐，便叫林喜挪在槐陰下，教他們天天灌溉。盥潄用點已畢，伏枕假寐，恍恍惚惚瞧見李夫人顏色慘淡，穿著鳳冠霞帔，掀著簾子說道：「先生自愛，我先走了。」覺得一身毛髮豎起，擦開兩眼，寂無人聲。心上十分作惡，便步行到了縣前街。李夫人方才罷妝，迎了出來。癡珠留心瞧夫人的神氣，也還好好，自然講不出夢中的話，轉是夫人說道：「謖如許久沒有家信，這兩天實在記念他。」言下愴然。癡珠只得將話寬解。夫人又說起娘家隔遠，沒個親眷，因勸癡珠趕辦秋痕的事。癡珠只是不語。

吃了早飯，便來秋心院，只見院中靜悄悄的，步入裏間。秋痕頭也沒梳，手拿一本書，歪在一個靠枕上看，抬頭瞥見癡珠，坐起笑道：「你來麼？」就走下地來。癡珠也笑道：「荷生去了，我無聊得很。」秋痕攜著癡珠的手道：「天下事都要翻轉來看，譬如你當初不認得荷生，他走他的路，你自然不想著他。就是我……」說到這一句，便和癡珠坐下，噎著咽喉說不下去了。癡珠慘然，停一會，秋痕又說道：「我沒爹沒媽，孤苦伶仃一個人，又墮在火炕，死了自然是乾淨。你怎好……」說到這三字，竟哭起來。癡珠道：「怎的？」秋痕哽咽道：「癡珠，癡珠！你也該曉得，梧仙是心已粉碎，腸已寸斷了！」癡珠忍不住也掉下淚。停一會，秋痕轉抹了眼淚，問道：「你出城送荷生沒有？」癡珠搖頭道：「沒有。」秋痕道：「你這會從家裏來麼？」癡珠道：「我昨晚一夜沒睡。」就將清早夢見李夫人及到縣前街李夫人說的話，一一述給秋痕聽。秋痕道：「李太太做人，很有福氣，何至有什麼意外的事？你我的事，承太太一番美意，只是我家的人實在難說。總要我挨得一年半載的苦，教他們沒甚想頭，那時候就好商量了。」兩人促膝談心。靠晚，吃過飯，秋痕略有意興❶，焚了一爐香，將琴調和，彈起〈水仙操〉。只覺得指頭勾剔❷，怪刺刺的，與尋常不同，便說道：「怎的生疏了？」再和一會，又彈起來，沒得半闋，忽劃然一聲宮羽❸兩絃一齊斷了。兩人失色，默默無言。秋痕滿襟是淚，那猧兒踆踆❹，傍著錦韉，好似勸慰他一般。癡珠嘆口氣道：「怎的就這般件件見得不好！」秋痕伏在琴案嗚嗚的哭。癡珠挨不住，就自走了。

一夜難過，到得四更，忽聽外面撾門甚急。禿頭認是縣前街老奴李升聲音，癡珠趕著問：「是何事？」李升入來，站在房門外回道：「太太夜來生產，覺得十分不好。」癡珠不待說完，便披上衣，跳下床來，一面披衣，一面趕著套車。李升提燈迎上去了。到得縣前街，只見門上的人都迎出來道：「韋老爺來了，我們太太不好得很！」癡珠趕著下車，問道：「到底怎樣？」門上的人道：「胎是已

---

❶ 意興：猶興致。

❷ 勾剔：猶勾挑，勾勒挑動。

❸ 宮羽：中國古代音樂中的五音之宮音與羽音。

❹ 踆踆：宛屈蹲伏的樣子。

下，只人已暈過數次。」癡珠道：「沒個親眷，怎好哩？」大家跟進大廳。炕上一個是高大令，一個是麻大夫，和管事家人商量下藥；聽說癡珠進來，大家搶下臺階。麻大夫道：「癡珠先生來了，便有人做主。」癡珠道：「給大夫看怎樣呢？」高大令不語，麻大夫搖頭道：「脈息已散，怕看命根……」只聽得上屋連聲說：「太太請韋老爺。」癡珠只得向麻、高道：「全仗高明營救，定個神方。」踉蹌走入，掀開簾子，站在房內問道：「這會怎樣？」只見老嬤、丫鬟圍床兩傍，李夫人色如金紙，靠在兩個老嬤身上，手牽阿寶，望著癡珠，厲聲道：「先生！我挨著死等你，你把阿寶手上鑰匙收起。」哎呀一聲，即便暈絕。大家趕著握住頭髮，灌下參湯，漸漸回過來。一個大丫鬟帶著阿寶，將一包鑰匙遞給癡珠。癡珠見這光景，又見阿寶淚痕滿面，真個心如刀絞，禁不住涕下涔涔。聽得李夫人又厲聲問道：「交給先生沒有？」癡珠只得大聲道：「我已收過。太太你拿定心，不要亂！」李夫人噙著淚道：「我的心一絲不亂，只我的爹娘都來叫我去了。謖如數月沒有信息，軍營中生死不可知。我的兄弟又隔十餘天的路。苦呀！」一陣血腥，人又暈絕。癡珠十分難受，又不便上前，沒個主意，只得退出簾外。此時高、麻商定一方，趕著煎好灌下。大家隨哭隨叫，好一會又回過來，叫道：「阿寶呢？」大家將阿寶送上。李夫人瞧一瞧，恰好阿珍、靚兒都醒了，奶嬤抱到床前，李夫人也瞧一瞧，說道：「我不管了。」又叫道：「先生呢？」癡珠急入。此時天將發亮，燈光燭影閃得陰沉沉的，猛聽得李夫人叫道：「謖如，謖如！」便兩目低垂，雙牙緊閉了。癡珠大慟。阿寶伏著床沿嗚嗚的哭，內外人等都嚎啕大哭起來。一會，停靈掛孝，管事家人請癡珠議定殯斂。癡珠便領著李家幾個老僕和李夫人身邊的老嬤大丫鬟，將一切箱籠盡行粘封。差人向謖如、鶴仙相好的同寅故舊告喪。秋痕就也來了，到得巳末，便有各家的眷屬前來哭臨。秋痕一身素服，陪著痛哭，好是謖如不在家，阿寶又少，卻無男客。癡珠乘空，便灑淚作書兩封，一專差到蒲關去，一專差到江南去，酉刻同發。次日初五，陰陽生❺揀的時辰是卯正三刻大斂❻，午初一刻進棺，到得三下多鐘安了靈。秋痕便向李夫人靈前哭辭，囑咐老媽丫鬟看視阿寶。這阿寶雖只八歲，卻乖覺得很，見他母親已死，秋痕也要去，便拉著秋痕的衣袖大哭。大家都已收淚，見阿寶這個情狀，滿屋的人慘然，又跟著哭。秋痕更是傷心，抱著阿寶道：「我不去，你不要哭。」於是癡珠走了。

此時新月如鉤。癡珠對月獨坐，想著李夫人如許做人，竟罹此難，可見天道無知，便懶懶的進房。一夜翻來覆去，想起謖如遠別半載，荷生出師關外，客邊痛癢相關的人，目前竟無一個。回首南邊，又遍地黃巾，差不多一年不得家信，老親、弱弟、瘦妻、稚子竟不知是何景像。想到此處，真個四大❼茫茫，側身無所，才名畫餅，憂患如山，不知不覺痛哭起來。時已三更多天，累得禿頭等從睡夢中各自驚醒，急起探視。癡珠只得說是夢魔。次日一早，教李福磨一盂的墨，教禿頭買得白綾，寫一副輓聯，自行帶至縣前街掛起。秋痕瞧是：

廿餘年往事如煙，記舊日師生，恍見雙鬟來問字；

---

❺ 陰陽生：古代指以星相、占卜、相宅、相墓、圓夢等為職業的人。

❻ 大斂：即大殮，喪禮之一，指將已裝裹的屍體放人棺材。

❼ 四大：佛教指地、水、火、風為四大。

二千里望夫化石❽，痛當前兒女，何堪兩地共招魂❾。

看罷，又滴了無數的淚。是日，癡珠便陪了一天弔客，又定下念經開弔❿日期，刻起訃音，直到上燈回寓。

秋痕打發癡珠走後，正在燈下替阿寶縫孝鞋，忽見門上的人領著穆升踉蹌奔入，說道：「劉姑娘，快看老爺去！龍山⓫失守，我們八老爺殉難了！老爺接著家信，大哭一聲，暈倒在地。」秋痕這一驚，好像半天打一個霹靂！大家都也驚駭，趕著替秋痕收拾，騙開阿寶，悄悄的上車。一路淌了多少眼淚，到得西院，早聽得癡珠號啕大哭，心印、池、蕭及禿頭等圍著一屋。秋痕這會顧不得什麼，拉著癡珠也哀哀的哭。後來秋痕先住了哭，同大家把癡珠擁入裏間躺下，把癡珠勸住哭。癡珠謝了眾人，就託心印延請十六位戒僧⓬，就汾神廟開起七晝夜經壇⓭。到了次日，排設停妥，西院外間也安了靈。癡珠素服哭奠一番，便赴壇燒香。此夜月色陰沉，紙旛招展，覺得梵語⓮淒涼，燈光黯淡，絕不似尋常

---

❽ 望夫化石：據託名曹丕撰《列異傳》載：「武昌新縣北山上有望夫石，狀若人立者。傳云：昔者貞婦，其夫從役，遠赴國難，婦攜幼子餞送此山，立望而形化為石。」

❾ 招魂：古代巫祀有招魂儀式，或招亡者之魂，或招生者之魂。

❿ 開弔：出殯之前的弔唁儀式。

⓫ 龍山：在安徽省當塗縣東南十二里，其山怪石磊岢，蜿蜒如龍，故名。

⓬ 戒僧：受戒和尚，指接受戒律的和尚。

⓭ 經壇：指僧人頌經的法壇。

魚鼓⑮經聲，便又大慟起來。這日就有同鄉過來慰問，以後各營員弁通知道了，也有排祭筵⑯的，也有送聯軸⑰的，更忙了數日。兼之縣前街也在開弔，癡珠萬慮千愁，這十數天也疲極了。雖有秋痕、禿頭小心伺候，無奈飲食日減下來，直覺骨瘦如柴，身輕似葉。到了謝弔⑱這一日，只喝粥兩碗。是夜，又嘔了數口血，直把兩人急得要死。

癡珠因告知秋痕，決意於三月初十帶禿頭、穆升輕裝南去看家。秋痕忍著淚道：「這是正理，我怎敢多說？只道路梗塞，是一節為難；再你這樣身體，怎禁得起長途跋涉？」癡珠嘆口氣道：「死生有命，我做我的事罷了。」秋痕默然。癡珠接著道：「我與你總是沒緣，故此枝枝節節，生出許多變故。我如今百念俱灰，只求歸見老母。」秋痕撲簌簌掉下淚來，說道：「我原說過，禍離更甚於慘別，你有老母，怎的敢叫你不要回南？只我的魂魄一路附著你走罷！」癡珠道：「這也何必？自古無不散的筵席，百年豈有不拆的鸞鳳？萬里一心，遙遙相照；萬古一心，久久不磨。你我就不能同生同死，也算得是個同心。」癡珠說到這一句便咽住了。秋痕更是難忍，竟大慟起來。這夜癡珠於枕上得一首五古，留別秋痕，詩云：

⑭ 梵語：指古印度的書面語。

⑮ 魚鼓：一種竹製的打擊樂器，即魚鼓簡板，包括魚鼓和簡板，唱道情時用以伴奏。

⑯ 祭筵：祭奠的筵席。

⑰ 聯軸：裝成捲軸形的成聯的書畫。

⑱ 謝弔：指辦完喪事，向前來弔唁的親朋去拜謝。

瑤臺熟蟠桃⑲，王母初開燕。鴉頭⑳簇繡袍，雉尾移宮扇。祥雲朵朵來，大會神仙眷。
就中拈花人，忽展春風面。小兒從隙窺，偷索手中釧。目成兩無言，雙心盟繾綣。
好詞致蹇修㉑，竟已遭神譴。妃子謫風塵，歲星亦不見。一十九年間，滄桑知幾變？
氤氳使有神，會合舊釵鈿。墮落復何言，綠慘秋心院。詎惜圭璧躬㉒，一作紅顏援。
所恨磨蝎宮㉓，事變驚閃電。此別豈不傷？此會難相戀。痛如俎上刀㉔，快若弦端箭。
涕淚雙滂沱，襟上千行濺。莽莽并州城，可是閻摩殿㉕？早知煩惱多，何如不相見！

正是：

鴛鴦不獨宿，難至亦分飛。

---

⑲ 蟠桃：神話中的仙桃。桃形扁圓，味甘美。

⑳ 鴉頭：即丫頭，頭梳丫形雙髻的女婢或女孩。

㉑ 蹇修：指媒妁。

㉒ 詎惜圭璧躬：詎惜，猶豈惜。圭璧躬，猶圭璧身，身佩圭璧。圭璧，古代帝王、諸侯祭祀或朝聘時所佩的一種玉器。

㉓ 磨蝎宮：星宿名。古代星宿家言，身命居磨蝎宮者，常多磨難。

㉔ 俎上刀：猶言俎上刀割之肉。俎，切肉用的砧板。

㉕ 閻摩殿：即閻羅殿。佛教稱閻羅王審判鬼魂的殿堂。

春草江南客，扁舟一葉歸。

欲知後事，且聽下回分解。

總評：此回傳癡珠，一字一淚，幾令人不忍卒讀。前半折傳李夫人，然傳李夫人，亦傳癡珠也。故起訖俱從癡珠邊寫來，中間插入癡珠憶家一段，前後插入秋痕傷心一段，惜別一段，皆屬至情至理，可傳可誦之文。讀傷心一段，似秋痕割得斷矣，而其實秋痕割不斷也。讀惜別一段，似癡珠割得斷矣，而其實癡珠亦割不斷也。論理宜割斷，論勢且不能不割斷，乃秋痕知之而卒不忍割斷，癡珠知之而卒不能遽自割斷，此則荷生所謂不知如何收煞，鴛鴦鏡所謂拉扯無安頓也。慧劍風刀，吾欲向慧如乞之。此篇文法層遞而下，幾端感別，因之入夢，因入夢而有縣前街之行，縣前街論及秋痕，於是走訪秋心院，因有傷心一段文字。縣前街有如許慘變，於是對月無聊，因有憶家一段文字。乃鳳女既已云殂，而鴝原且復抱痛，於是決計南歸，因有惜別一段文字。感別惜別，恰好為此篇起訖。

第三十九回　燕子覆巢章臺分手　雁門合鏡給事班師

話說鶴仙也沒同胞兄弟，只有個族兄，名喬齡字芝友。原是隴西寧遠衛❶守備，因公革職，此番進京捐復，路出蒲關。鶴仙逆計芝友出京之日，李夫人當已分娩，好教他護送前來。不想芝友到了太原，已不及見李夫人了。鶴仙得了此信，便差四個幹弁❷，兩個老家人，星夜趕至，諄懇癡珠替李夫人權厝❸後，挈阿寶兄妹西來。癡珠因此決意三月初十回南，把所有書籍古玩並一切衣裝，開了清單，悉給秋痕。此時秋痕是領阿寶住在西院，當下將單收過，瞧也不瞧。癡珠又將自己那幅小照付給秋痕，道：「這做你畫裏情郎罷。」秋痕噙著淚，一言不發。阿寶平日跟著李夫人呼癡珠為先生，看了秋痕情景，接著說道：「劉姑娘，你難道不和我先生一起走麼？我是要你和先生同送我到舅舅衙門去。你不走，我便跟你住在這裏。只是先生一人去找舅舅，沒你伺候，你也該不過意。」說著，便倚在秋痕懷裏淌淚。兩人半晌無言，正是腸斷魂銷之際，給阿寶這一說，便各伏在几上大慟起來。阿寶含著淚，

❶ 隴西寧遠衛：隴西，古郡名。其地域為隴山以西的甘肅省隴西縣、臨洮縣一帶。寧遠衛，此指隴西寧遠堡。在甘肅省永昌縣北邊牆外，左右皆山，清朝於此設守備。

❷ 幹弁：幹練的武官。弁，皮弁，白鹿皮做的武冠，代稱武官。

❸ 權厝：臨時置棺待葬。厝，停柩待葬。

東邊扯手袖，西邊牽衣襟，往來跑個不了。此時院中鴉雀無聲，只聽得客廳嗶喇一聲響，把兩人嚇得一跳，倒停住哭了。出來一看，原來是頂格年久，塌了一半，將個燕窠跌下，燕子紛飛叫噪。正在詫異，忽見禿頭進來，回道：「李狗頭帶車來接姑娘，說是他媽突患重病，叫姑娘即刻回家。」癡珠尚未答應，秋痕說道：「我那裏有媽？就是我的媽病，要我回去，也待得明日。」癡珠忙接著道：「不是這般說法。你對狗頭說，現在李少爺跟著姑娘，明日騙開李少爺，就給姑娘回家看病。」禿頭出去說了，狗頭沒法，只得回去。

次日一早，李裁縫、狗頭領著跛腳坐一輛車，便來門房和禿頭吵嚷，要接秋痕。禿頭道：「早哩！爺還沒有起來。這個地方，是你們說話的所在麼？」李裁縫嚷道：「奇呀！你們把我女兒占了幾個月，如今他媽病了，也不給他回去看，到底是什麼意思？」穆升不待說完，便搶上前道：「放你娘的屁！誰占你的女兒？」狗頭冷笑道：「你問那姓韋的。」禿頭怒氣沖天，忍耐不住，從狗頭背後一把揪住，罵道：「你這小忘八蛋，敢怎樣撒野！」狗頭剛把手來抓禿頭，卻被林喜帶勸帶笑將狗頭兩隻手竄住，給禿頭連刷了五個嘴巴。李裁縫氣極，將頭向穆升撞來，卻被穆升抓住，罵道：「匋不死的老東西，要和我拚命麼？賞你一個死。」便將手一掀，摔出門來。這裏看門聽差和廚下打雜人等都一齊跑來，拉的拉，勸的勸，嚇得跛腳手足打戰。那李裁縫便倒地號啕，哭起冤來。狗頭只是尋人廝打，卻被大家按住手。池、蕭兩人也起來。癡珠、秋痕在睡夢中，聽得外面吵鬧，不知何事，叫人又不見一個，只得披衣出來。剛走到月亮門，遇著廚子天福，是個急舌，說話不大分明，說是爺們和呂家的人打架。數日前，汾神廟住了一個呂通判，穆升因他的馬常跑入西院，與他家人纔有口舌。因此錯聽了，就不出去招呼，只叫天福傳諭穆升不要多事，並喚他進來。當下禿頭聽天福說爺喚，禿頭便先走了。穆升、林喜、李福也走了。李家父子曉得癡珠起來，便捨命跟著禿頭闖入月亮門。大家都攔不住。癡珠這會才曉是李家父子鬧事，聽得說的話，沒有一句不是撒賴，直氣得胸吭冤填，手足冰冷，在屋裏和秋痕默默相對。一會，竟嚷到西院客廳。秋痕憤極，抹了淚，挽好頭髮，包上縐帕，檢出癡珠一軸小照藏在袖裏，向癡珠道：「你聽我的信！」癡珠淚眼盈盈，不能言語。秋痕早跑出客廳道：「你們鬧什麼？你們不過是要我回去，走罷！」此時心印、池、蕭都在一邊做好做呆的勸，瞥見秋痕出來發話，倒覺一跳。跛腳迎上前來，秋痕向阿寶老媽道：「少爺沒有醒，醒了你好好騙他回去。」又向心印、池、蕭道：「往後大家替我寬慰癡珠，我做鬼就忘不了！」又向李裁縫道：「要我回家，犯不著鬧出這種樣兒，叫人笑話。」一面說，一面扶著跛腳走了。李家父子見秋痕出來，理早短了；而且此來，只怕秋痕不肯回去，如今秋痕已走，趁著池、蕭一人拉一個，就也出來，跟著車去了。只癡珠、秋痕七個月交情，從此分手，便永無見面之期，說來也自可傷。當下軟癱在窗下彌勒榻上。心印、池、蕭勸解一會，癡珠嘆口氣道：「只這十二日緣分，也不許完滿。」於是大家議論：李家今日如許決裂，是何緣故？都想不出道理。後來蕭、池兩人探得是錢同秀、卜長俊、夏旒、胡耈四人布的謠言，說是癡珠要帶秋痕回南。其實癡珠是拚個生離，秋痕是拚個死別，再不想四人做出這種謠言，恰中牛氏心病，所以今天鬧出這一段散局❹。

看官記著：癡珠、秋痕散局這一天，卻為荷生、采秋進城之前一日。荷生是二月初六日午刻到了

---

❹ 散局：原指團體解散，此處為「解散」之意。

雁門關，初七日，檄顏副將帶兵二百名，由馬邑偏關西出紅門口，檄林總兵帶兵二百名，由平魯、朔平北出殺虎口，密令二將於口外炮臺瞭臺，多張旗幟，一路傳單諭帖，俱聲言是帶五千名兵。先是關外各口汛官，奉到大營嚴檄，已經將炮臺溝壘一例修整，瞭臺探望，一例添人。如今即飭兩將一路查勘。十一日，紫滄至關，荷生便同紫滄帶兵出關，駐紮廣武故城❺等候消息。十二日大營接到三邊總制五百里咨文❻，說是逆回業自解散，首犯數名亦已擒獲梟斬❼。是日飛劄韓給事班師。十四日荷生得信，一面入關，一面檄顏、林二將撤兵。紫滄先回州城，同地方官商議，趕於花朝替荷生迎采秋歸於行館。十五一早，差員往接荷生。十六黃昏吉時，州裏備一座藍呢四轎，轎杠加兩道紅綵，轎頂結個彩鳳，下垂四角彩結。四員營弁步行護轎。轎前是二十對紅紗宮燈，四對提爐❽，一部細樂❾，轎後是八名銀鞍駿馬的家丁，前往東巷。紅豆、香雪一身豔服，扶著采秋宮衣宮裙上轎。荷生就行館中設祖先香案，引采秋行禮。紫滄教青萍於寢室排兩張公座，紅豆、香雪護侍采秋，謁見荷生。是夕，行館燈綵輝煌，管絃雜沓，春風溢座，喜氣盈闌，不用說了。但采秋遠別父母，荷生回憶山妻，遙憐

---

❺ 廣武故城：故址在今河南省滎陽縣東北廣武山上，有東、西二城隔廣武澗相對。楚漢相爭時，劉邦據西城，項羽駐東城，互相對峙。

❻ 三邊句：三邊總制，即三邊總督。參見第二回注㊼。咨文，公文的一種。多用於同級官署或官階之間。

❼ 梟斬：梟首；斬首。

❽ 提爐：有提梁的香爐。

❾ 細樂：指管絃之樂。

秦女，觸目動心，欣喜之中終不免有些傷感。倒是旁觀覺得才子佳人，如此圓全美滿，真個福慧雙修，一時無兩。軍中大宴三日，傳令顏、林二將帶兵先行。紫滄也於是日起身。二十六日，荷生、采秋雙雙言歸。先是駐紮代州，得了癡珠來信，述及近事，荷生嘆道：「癡珠真是晦氣！」采秋道：「癡珠還怕有什麼大不好。」遂將前夢告訴荷生。荷生也為詫異，因笑說道：「瑜亮本來是一時無兩❿呢！」紫滄及顏、林二將先於二十七到了并州。索安等管押采秋妝奩箱籠，於二十八也到并州。地方官為著荷生是九重特達之知⓫，後來地位難於限量，此番辦的差事雖照著小欽差章程，卻件件加倍討好，柳巷行館，鋪陳供給，都照大營。荷生私事全託紫滄、愛山領著賈忠等照管，公事便交給羽侯、燕卿兼辦。二十九巳刻，青萍領著四員營弁，護衛采秋、紅豆、香雪一乘四轎，兩乘小轎，先進了城。荷生帶著幾個新來的跟班，一路酬應迎接官員，直遲至未正，才進行館。接著又是經略來拜請會，兩人敘話直至黃昏。通省官員這一天便都不及見了。

次日一早，接見曹節度後，就出門回拜了經略節度及大營辦事諸幕友，便來秋華堂看視癡珠。癡珠雖曉得荷生班師，即日可到，但昨天一早被那狗頭父子吵鬧，與秋痕撒了手，接著又是阿寶醒來不見秋痕，哭得癡珠肝腸寸斷，大家好容易哄住阿寶的哭，回縣前街去了。癡珠顧影雪涕，骨立形銷。第三日早起，荷生打大營前來慰問癡珠，便詢秋痕。癡珠黯然不能答應，倒是禿頭回明。荷生嘆口氣道：「我早料有此散局。」癡珠也嘆口氣道：「再休說起。」就把鶴仙的信給荷生瞧，便說道：「我

❿ 瑜亮句：瑜亮，指三國時代的周瑜、諸葛亮。比喻韋癡珠、韓荷生。一時無兩，同時獨一無二。

⓫ 九重特達之知：九重，九重天，代指帝王或朝廷。特達之知，特殊的知遇。

送阿寶兄妹到蒲關，即由河南回南。」荷生瞧了信，說道：「蒲關只隔十一二天的路，不算什麼。南邊的路，現在文報兩三個月不通，你怎麼走得？而且你這樣單薄身子。」癡珠不待說完，截住道：「我是走得到那裏，就死在那裏，也算是走了。不然還留在并州城養痾⓬，有此理麼？」荷生道：「你不要急，再作商量。」隨站起身道：「我今日初到，百凡沒有頭緒。」簾外跟班傳呼伺候，癡珠接著道：「我初十是准走呢。」荷生眼皮一紅，便匆匆去了。正是：

東歌西哭，一喜一憂。
莫非命也，誰怨誰尤？

欲知後事，且聽下回分解。

總評：此回癡珠、荷生合傳。然寫荷生，皆寫癡珠也。一貴一賤，交情乃見；一哀一樂，誰能遣此？乃作者前前後後悉用夾寫之法，其意若曰：時事如此其軒輊也，盍行乎？故都可懷，安能鬱鬱久居此乎？夫何戀戀鱸魚，遲遲鞍馬，實偪處此，厥疾不瘳。異日者倚枕彌留，雙眸南望，靈輀迢遞，十載東歸，鬼而有知，悔何及矣？

⓬養痾：即養病。

第四十回 意長緣短血灑鵑魂 人去影留望窮龜卜

話說晚夕，癡珠嗒然獨坐，忽見簾子一掀，荷生、紫滄便衣進來，笑道：「我充個紅娘，好不好呢？」癡珠忙站起迎坐。原來荷生今早拜了客，回到行館，已是午鼓，就將癡珠近事，一一告知采秋。采秋為李夫人悽惻，更為癡珠、秋痕煩惱，說道：「我不叫兩個即日見面，我這杜字也不姓了。李家這樣可惡，總不過是個教坊。明日不是班師喜宴？用得著他們，難道你差人傳他，敢不來麼？只秋痕臉上過不去，須喚紫滄走一遭，給秋痕說明，再囑琴妹妹伴他進來。你作字❶訂了癡珠，教他們在這裏見一面，往後再作打算。」荷生道：「我也這般想，明日招了愛山，並替癡珠完個畫小照❷的心願罷。」

再說秋痕回家三天，雖受過牛氏幾次毒詈❸，也沒甚不了之事。這日靠晚，外面傳報：「馮師爺來了。」李家父子曉得這人是荷生相好，肅靜伺候。秋痕噙著淚，望著紫滄進來，便嗚嗚的哭個不了。紫滄從燈影裏瞧著秋痕憔悴的面龐兒，幾乎認不得，便坐下說道：「我不見你才有三四個月，怎的銷

---

❶ 作字：猶撰文，指寫個手書或信箋。

❷ 小照：即肖像。

❸ 毒詈：惡毒的斥罵。

瘦到這田地？咳！你總是這個性情，儘著哭，幹不了什麼事。」秋痕咽著喉嚨道：「你見過癡珠麼？他比我更不堪哩。」紫滄道：「我不得空，荷生今早去看他。」秋痕道：「他運氣不好，家中層疊出了許多變故。這都是我苦命害了他。他初十走，梧仙的魂就在城門邊等他，教他叫我的名字，我便跟他去了。」說著，又哭了。紫滄道：「你不用這般說，他初十不能走。他就初十要走，荷生也不給他走。」秋痕哭著道：「我不敢阻他不走，其實道路是走不得。」紫滄遂將荷生早上對癡珠說的話及後來采秋的打算，悄悄告知。秋痕十分感激，便問起采秋前後的事，紫滄略說一遍，喝了茶，歸報荷生。兩人就找癡珠來了。看官，你道癡珠、秋痕還有一見之緣麼？要知心印說的，人生該聚多少時，該見多少面，都有定數，到得數盡，任你千謀百計，總是為難。

次日，教坊❹奉到中軍府傳單，是連陞部、三吉部、翠雲部、秋心部❺，准於巳刻齊集柳巷行轅，伺候班師喜宴。李家循例送了差人幾錢銀，浼❻他告病，差人翻了臉，將銀摔在地下，道：「這回比不得尋常，上頭吩咐不准告病，就有真病也要赴給巡捕❼老爺驗看。你不看翠雲部的薛姑娘，都不敢告假麼？」牛氏沒法，只得老著臉來求秋痕。秋痕道：「武營認真呼喚，我怎好不替你們一走？只我卻不能妝掠，打個辮子去見巡捕罷。」牛氏自是喜歡。巳刻，四部齊集柳巷行館，只見轅門外站滿兵

❹ 教坊：指妓院。
❺ 連陞部句：皆妓院名稱。
❻ 浼：央求。
❼ 巡捕：清代總督、巡撫、將軍的隨從官。

丁。大家到了巡捕廳班房❽，瑤華便引秋痕到個淨室❾，安慰一番。秋痕見了瑤華，就如見個親人一般哭訴。瑤華道：「姊姊，你何必哭呢？你既然肯拚個死，有什麼事還做不出？只是忍耐些兒罷。」秋痕當下抹了淚，正待答應，忽聞轅門升炮吹打，只見狗頭跑進來向瑤華、秋痕道：「大人回來了。你道大人是誰？我不想就是韓師爺，你來瞧罷。」於是大家都出來轅門空地裏站著，遠遠的瞧。瑤華扶著秋痕也站在一塊。原來今日算是凱旋之宴，荷生從經略處拜了奏章回來，用的是全副欽差儀仗。見大門臺階下兩邊，一字兒金字高腳牌，高腳牌後全部儀仗，從人縫裏見鑼聲過去，是一對金黃棍，接著一把三層紅傘，兩把灑金青扇，一對對皮槊❿刑杖。大門外早奏起細樂。一會，二員水晶頂⓫騎馬官員引著一把大紅馬傘，兩對雁翎刀⓬，兩對提罏，四對車渠頂的掛刀營弁⓭，簇擁著玻璃四轎，坐個高顴廣額，長耳軒眉的韓荷生。此時人聲悄悄，只聽得腳步聲、馬蹄聲、武威聲。前面數下大鑼聲，後面四把高幟。卻從轅門邊彎過來，空地裏下馬，倒把秋痕嚇了一跳，回來班房坐下。秋痕嘆一口氣，想道：「人生有遇有不遇！難道癡珠不是個舉人？怎的運氣就那般不好？」

---

❽ 班房：舊時衙署、府第的差役值班的處所。
❾ 淨室：清靜、乾淨的居室。
❿ 皮槊：皮製的長矛。
⓫ 水晶頂：水晶製作的禮帽頂子。清代五品官禮帽的頂飾。
⓬ 雁翎刀：形如雁羽的短刀。
⓭ 車渠頂句：車渠頂，以美石製作的禮帽頂子。車渠，次於玉石之類的美石。掛刀營弁，佩刀武官。

正在發獃，只聽得人說道：「巡捕老爺下來。」一會，狗頭跑進來道：「怪得很！我向巡捕老爺替你告病，巡捕老爺只笑吟吟不言語。」狗頭還沒說完話，裏頭一疊連聲傳出來，說：「單喚翠雲部薛瑤華，秋心部劉梧仙，上去問話。」於是秋痕、瑤華跟個老媽，彎彎曲曲走了半里多路，見是一群華妝炫服的丫鬟，簇擁采秋迎了出來。秋痕搶上前數步，也不能說話，只撲簌簌掉下淚來。采秋先前是笑，一見秋痕，就也慘然；拉著手道：「秋痕妹妹，你通是這樣，怎好呢？」就招呼瑤華先走。秋痕忍著哭，跟進一個金碧輝煌的屋裏，一齊坐下。秋痕禁不住嗚嗚的哭。采秋一手拍著秋痕的肩，一手將手絹替他抹眼淚，自己就也淌下數點淚，向瑤華道：「層層折折都是不如意事，實在難為秋痕！」瑤華也慘然道：「卻不是呢！」當下紅豆、香雪忙著擰熱手巾，給兩人搓臉，別的丫鬟遞上茶點，許多僕婦都在簾外靜悄悄的站著。秋痕方才哽咽著聲，哀哀的替癡珠苦訴。采秋道：「磽磽易缺⓮，皦皦易污。這真令人惱極！只鋸齒不斜，不能斷木，你總要放活點纔好呢。」瑤華道：「癡珠是過於灑落，秋痕姊姊又過於執滯，所以不好。」采秋道：「癡珠那裏能真灑落？能真灑落，就不誤事。」此時差不多兩下多鐘了，僕婦丫鬟排上菜，也有素的，也有葷的。采秋親陪二人，秋痕酒是一點不喝，飯也只吃半碗。方才洗漱，簾外的人報說：「老爺進來。」采秋、秋痕、瑤華都迎出，只見兩個小跟班跟著，荷生便衣緩步而來，臉上十分煩惱，瞧著秋痕、瑤華，勉強笑道：「你來得久了。」采秋問道：「外頭宴完麼？」荷生道：「完了。」便令秋痕、瑤華、采秋坐下，向采秋嘆口氣道：「人定不能勝天，這真無可奈何了。」三人都覺愕然。采秋問道：「什麼事呢？」荷生向秋痕道：「你吃飯麼？」

⓮ 磽磽易缺：磽磽，堅硬的樣子。缺，缺損。

采秋道：「他剛纔吃了半碗飯。」荷生道：「也罷。癡珠今天是不能來了。」采秋道：「為著何事？」秋痕早伏在几上哭了。荷生道：「穆升來說，昨晚我走後，癡珠嘔了數口瘀血。早上起來，已經套車，突然吐了幾碗血，暈絕數次。我叫賈忠、青萍……」荷生剛說到這裏，只聽秋痕大叫一聲：「癡珠，你苦呀！」將飯一起吐出，便栽在地下，手足厥冷，牙關緊閉。忙得采秋、瑤華疊聲叫喚，丫鬟僕婦擠在一堆，鬧得好一會，才把秋痕救醒，復行大哭。瑤華道：「人還沒有死，何必這樣？」采秋道：「癡珠抑鬱得很，能豰把鬱血吐淨，倒好得快。」於是大家扶著秋痕到屋裏將息，秋痕只是哭，也沒半句言語。荷生沒法，教采秋避入別室，引著愛山到了上房，教瑤華陪著秋痕出來，畫個面龐，就吩咐門上，格外賞給狗頭十吊錢，差個老嬤送秋痕出來。采秋諄勸秋痕從長打算，又送了許多衣服及些古玩。秋痕只說個「謝」字，其實是瞧也沒瞧。自此，荷生、采秋、瑤華與秋痕也沒見面了。雖瑤華後來颶風打舟，吹到香海洋，得與癡珠、秋痕一敘，然已隔世。

是晚，荷生帶著青萍，便衣坐車，來看癡珠。癡珠要坐起來，荷生按住，說道：「不要起來。」就床沿坐下。燭光中瞧癡珠臉色，心上十分難受，便說道：「你這會怎樣呢？」禿頭道：「服了幾許藕汁，血是止了。麻大夫開的方，等小的取給爺瞧。」癡珠一絲沒氣的說道：「秋痕回去麼？」荷生道：「五下鐘時，你既不能來，我就打發他走了。他聽說你病得利害，就暈倒在地。譬如救不轉來，怎好哩！」癡珠默然。禿頭遞上方，荷生見方上開有人參，便問道：「我先前送來兩枝參，還用得麼？」禿頭道：「麻大夫看過，說好得很。這回服的藥，就是配那大枝的。」荷生道：「那大枝的我還有，你往後用完了，即管去取。」穆升端上茶，荷生點頭道：「你們好好服事，我往後總給得著你們好處。」

癡珠道：「你便衣出門，也只好一兩次。怎好天天晚上這樣來呢？」荷生道：「今日我原可不來，為著你病，不親來瞧，心上總覺得不好。我往後也只能十天八天出來一遭。還好，這個差事是沒甚關防⓯，就給人知道，也沒甚要緊。」一面說，一面向靴頁中取出秋痕面龐，給癡珠瞧，說道：「我今天只為你辦了這一件事。」禿頭拿著蠟臺在旁，說道：「不大像。」癡珠嘆道：「得些神氣就是了。」就交給荷生，說道：「我病到這樣，只怕連這紙影兒就也不能常見。」荷生只得寬慰一番，聽得掛鐘已是八下了，便諄囑癡珠靜養，出來上車而去。這是三月初一的事。次日，癡珠少愈，拈一箋紙，寫詩兩絕以謝愛山。詩是：

卷施⓰不死亦無生，慘綠空留一段情。憔悴雙雙窺鏡影，藥爐煙裏過清明。

生花一管⓱值千金，微步珊珊若可尋。從此卷中人⓲屬我，少翁秘術押衙心⓳。

初三日辰刻，阿寶行喪，奏李夫人的靈輀，停寄東門外玉華宮。癡珠不能出城，也坐著小轎到縣

⓯ 關防：防範，此處有關礙、防礙之意。

⓰ 卷施：草名，又稱「宿莽」。《爾雅．釋草》：「卷施草，拔心不死。」

⓱ 生花一管：指一管生花的畫筆。

⓲ 卷中人：即畫卷中的人像，此處指本書劉秋痕的肖像。

⓳ 少翁句：少翁秘術，漢武帝時齊地方士名少翁，曾施秘術將已故李夫人魂魄招於武帝前，令武帝隔帷帳而望之。押衙心，猶俠義之心。押衙，指古押衙，唐代傳奇小說《無雙傳》中捨己救人的俠義人物。

前街，排個祖奠，看過靈輀出門，才回西院，已是一下鐘了。一人躺在裏間，忽聽得外面報說：「留大老爺來了。」林喜引入，癡珠抬身延坐。子善說道：「你這兩天，有人去看秋痕麼？」癡珠道：「撒手了，叫誰去呢？」子善道：「我聽說昨日三更天，他全家都走了。」癡珠怔怔的望著子善，哇的一聲，嘔出一口血來，也不說話，就自躺下。子善忙邀心印過來，只見癡珠坐起道：「風塵澒洞，天地邱墟，何況秋痕！」心印就也說道：「你通人，再沒有參不透的道理，勘不破的世事。」子善接著說道：「本來你也要走，他不過先走幾天哩。」癡珠不語，只叫禿頭，不見答應。穆升四處找遍，全沒蹤跡。癡珠翻笑道：「這個獃奴，怕是找秋痕去哩。」等到二更後，子善走了，禿頭影子也無，大家驚愕。心印道：「你們不要著忙，禿頭不是逃走的人。倒是癡珠今日嘔了一口血，他外邊強自排遣，內裏不知怎樣難過，大家留心點兒。」心印便也回去方丈安歇。這裏穆升、林喜就在癡珠臥室前一間下榻。到了五更天，聽得癡珠說道：「秋痕，你怎不行我斷了氣就走呢？」一會，又聽得說道：「如今你的心換給我，我的心換給你，好不好呢？」接著又吟道：「人間獨闢鍾情局，地下難埋不死心。」走進裏屋照料，卻是睡著鼾呼。次早，池、蕭也走進來，見癡珠神色照常，便問道：「今日心上覺得好些麼？」癡珠皺著眉說道：「我的心虛飄飄的，也沒甚好，也沒甚不好。禿頭還不回來麼？」大家答應。兩農道：「這事也怪！秋痕走了，我聽說李家隔壁屠戶酒店都關了門，連那戇太歲酒鬼也不見。」癡珠道：「怎的？」大家也難分解。晚夕，荷生差青萍探視，穆升就把這事通告訴了青萍，自然一一回了荷生。荷生頓足道：「我卻料不出有此變局！」馬上傳呼伺候，來看癡珠。因為癡珠卜了一卦，是「損之小畜」，說道：「今天是辰月[20]甲申日。」又沉思一會，說道：「卦象甚佳，這月十二，有見面之象，你不要急。」癡珠說道：「我如今通沒要緊了，見面也是撒手，不見面也是撒手。」荷生道：「不是這般說。禿頭、戇太歲、酒鬼他三人是一氣的，自然可以趕得回來。而且我的占卜，十分靈驗。如今只要他回來，我情願替你出二千兩銀子。我先前是為著采秋的事沒有辦妥，舍己耘人，情理上也說不去，而且我的局面，也是依人餬口，如何獨力辦得來？這回原想替你圓成此事，不想你們已散了局。其實散後，此事也還易辦，那裏料得出又有此不測的事。不是我說句戇直的話，這一場是非，通是秋痕自鬧出來。你不想，秋痕和你講個情，他一家人和你有什麼情，不圖些銀錢，圖個什麼呢？秋痕孩子氣，太不通達世務，自然步步行不去。」癡珠道：「這是我錯了。那造作謠言……」荷生不待說完，笑道：「水腐而後蠛蠓㉑生，酒酸而後醯雞㉒集，本來你兩人形跡實在可疑，所以他們編出謠言，人人都信。我想李家這一走，不特怕你拐他，並且疑心到我和你辦事哩。」癡珠道：「夜行者自信不為盜，而不能使狗無吠。」又嘆口氣道：「青繩紛營營，風雨秋一葉。心印說的，凡事有數。這一件事，原是數該如此。其實我於娟娘能割得斷，再沒有秋痕又割不斷的道理。我的愛弟愛妾尚死於賊，豈能保得秋痕！只是我何苦做個人呢？」荷生道：「算了，不用說，只願他好好回來罷。」說著，便走了。到了十二這一天，癡珠剛打心印方丈回來，穆升遞上一軸的畫，一封的書，說是大營黎師爺送來的。癡珠曉得是秋痕小照，忙展開一看，見一臉含愁，雙眉鎖恨，神氣很像；畫的衣服上

⑳ 辰月：農曆三月。
㉑ 蠛蠓：蟲名。體微小於蚊，天欲雨，則群飛塞路。
㉒ 醯雞：即蠛蠓。古人以為是酒醋上的酸腐白霉變成。

是淺月色對襟衫兒，下是粉紅宮裙，手拈一枝杏花。恍恍惚惚憶起草涼驛舊夢來，卻不十分記得清楚。就拆開書，看了一遍，是兩首和詩。便檢一小箋，隨手作數字致謝，交給來人去了。重把小照細看一番，忽然想著荷生卜的卦，便拍案道：「我今生再見不著秋痕，就是這一軸畫兒應了荷生的占驗罷！」

正是：

水覆留痕，花殘剩影。
翡翠樓成，鴛鴦夢醒。

欲知後事，且聽下回分解。

總評：此回傳秋痕，非傳癡珠也。蓋以荷生之顯赫，采秋之華貴，偪以相形，而秋痕卒不渝其意，斯可嘉矣。文卻筆筆凌空，不著滯相。上折傳癡珠之病，下折傳秋痕之走。其實本文，皆非正敘，癡珠之病從秋痕一邊寫來。秋痕之走從癡珠一邊寫來，此筆墨靈動處，然非作者本旨也。作者曰一病一走，此題面也。章臺分手，咫尺天涯，青鳥傳辭，詰朝相見，喜可知也。云胡而病？貴人念舊，延入後堂，服玩錢刀，歸榮里巷，樂何如也！云胡而走？此有天焉，以韋、劉之美眷，而天為蕩其魔，是可勸也！以牛、李之貫盈，而天將殲其族，是可戒也！

第四十一回　焦桐室枯吟縈別恨　正定府瀝血遠貽書

話說酒鬼姓聶名雲，戇太歲姓管名士寬，這二人自三月初二日起，竟沒消息，就禿頭也自渺然。一日，留、晏二人同來，子秀向靴頁中取出兩張舊詩箋，遞給癡珠道：「你瞧。」癡珠接過，展開見是秋心院本事詩❶，向日粘在秋痕屋裏，便慘然說道：「這兩紙怎的落你手裏？」子善道：「今天聽說園裏有新戲開臺，我拉子秀去看，不想走到菜市街，恰遇著秋痕住宅開著大門，說是王福奴要移入居住。我兩人同進去，前後走了一遭，見月亮門左側，你鐫的菊花詩賦石刻還在。秋心院中，床榻几案也照舊排著。我同子秀相顧惘然，見案下掉落詩箋二紙。子秀檢起，是你舊作，竟把我看戲的心腸都沒了。」癡珠聽了，十分難受。詩是七律二首，七絕二首。七律云：

無端鴻爪到花前，正是西風黯黯天。放浪形骸容我輩，平章風月❷亦神仙。
空餘紅粉稱知己，長向青娥證夙緣❸。早歲綺懷銷欲盡，為君又惹恨綿綿。

---

❶本事詩：記載詩歌作品及詩人寫作本詩的具體背景、故事，從而使讀者了解詩歌創作的事實背景與依據，加深對詩意之理解。此為「本事詩」。唐代孟棨最早開創《本事詩》之撰述，後人多有效仿。

❷平章風月：平章，品評、鑑賞優劣，指對妓女的品花會之類。參見本書第七回。風月，指妓女。

黯絕并門一葉秋，桐陰小語便勾留。聘錢有恨銜牛女❹，藍縷何人識馬周❺？

青鳥迴翔難得路，綠珠❻憔悴怕登樓。昨宵珍重登車去，知汝晨妝懶上頭。

七絕云：

罡風吹不斷情絲，死死生生總一癡。忍凍中宵扶病起，剔燈苦誦定情詩。

強將紅燭夜高燒，鬢影撕磨❼此福銷。歡喜場成煩惱恨，青衫紅袖兩無聊。

常說日之所思，夜之所夢，這夜癡珠夢中大哭而醒，見殘燈一穗，斜月上窗，回憶夢境，歷歷在目，十分淒楚！

次早，心印來看，癡珠因說道：「我昨宵卻記得兩個夢。前一夢是到了秋心院，見一個女人，年紀約有二十餘歲，身子既高，臉兒又瘦，就如枯竹一般。自說姓王，小字惺娘。後一夢大是不好，夢見秋痕扶著病，和我攜手在陰濕地上走。兩人腳上都沾是泥，走有幾里路，覺得黑魆魆的，上不見天

---

❸ 青娥證夙緣：青娥，指美麗的少女，此指妓女。夙緣，前世因緣。夙，夙世，即前世。

❹ 聘錢句：聘錢，猶聘金、聘幣，古代訂婚行聘的財禮。牛女，牛郎織女，代指相戀的情侶。

❺ 藍縷句：藍縷，猶襤褸，敝衣；破舊的衣裳。馬周，唐高祖武德時，仕途失志，補州助教，不治事，去職，舍於中郎將常何家。代指韋癡珠。

❻ 綠珠：晉石崇之愛妾，美豔善吹笛，為孫秀所逼，墜樓而死。代指劉秋痕。

❼ 撕磨：猶廝磨，「耳鬢廝磨」的省語，形容男女相戀的親密樣子。

日，下面又盡是滑滑沒踁的泥。秋痕兩手按在我肩上，說道：『我走不得，鞋底全裂，怎好哩？』我便扶他坐在石板上，隨後重走一箭多路，便是一道河攔住去路。沿河走有一里，兩人的足都軟了，才見有十孤木板橋。秋痕先走上去，撲落一聲，秋痕竟跌下去。我眼撐撐的看他沉到沒影去。一面哭，一面叫救，卻沒個答應，應……我便號啕大哭醒了。你想這夢凶不凶？」心印道：「夢要反解，夢吉是凶，夢凶或反是吉。大凡有眼界遂有意識，有意識即有礙窒，恐怖變幻，顛倒夢想，相因而至。你要先把情魔❽洗除乾淨，那夢魔❾便不相擾。咳！你萬里一身，關係甚重，南邊家裏……」癡珠不待說完，便說道：「親在不許友以死，何況秋痕原是兒女之情，不過如風水相值，過時也就完了。那裏有天長地久，儘在一塊兒的？就算今生完全美滿，聚首百年，到得來世，我還認得秋痕，秋痕還認得我麼？而且他又是走了，明知無益事，翻作有情癡，我更不這般獃！我此刻打算，病癒立即回南，以後再不孟浪❿出門了。」心印道：「這一節再作商量。凡事有個定數，該是什麼時候回去，該是什麼時候又出來，你也不能自主。」癡珠不語。心印坐了一會就走了。

是日，天陰得黑沉沉的。夜來冷雨敲窗，癡珠輾轉床頭，因起來挑燈搦管，作了〈懷人〉詩八首。次日作一柬，將詩封上，差李福送給荷生。恰好荷生正在搴雲樓和采秋看花，青萍呈上癡珠的椷，荷生與采秋同看了信。采秋將詩念道：

---

❽ 情魔：指使人迷戀惑亂，喪失理智，不可自拔的情慾或情緣。

❾ 夢魔：夢中使人驚恐的惡魔。

❿ 孟浪：鹵莽、冒失。

斷雨零風黯黯天，客心顛頓落花前。算來緣要今番盡，過此情真兩地牽。

銀漢似牆高幾許，滄波成陸淺何年？除非化作頻伽⓫去，破鏡無端得再圓。

采秋眼眶一紅道：「這一首就如此沉痛，我念不下，你念罷。」荷生接著念道：

一春愁病苦中過，肯信風波起愛河。鶗鴂⓬幾聲花事謝，杜鵑永夜淚痕多。

能營三窟⓭工毚兔，誰撥明燈救火蛾？從此相思不相見，拔山力盡奈虞何⓮。

疇昔頻頻問起居，每逢晨盥晚妝初。藥爐薰骨眉偏嫵，鏡檻留春夢不虛。

坐共揮毫忘示疾⓯，笑看潑茗賭搜書。〈紅窗〉韻事⓰流連慣，分袂將行又攬裾。

⓫ 頻伽：即頻伽鳥，為「迦陵頻伽」的省稱。佛教稱，此鳥常在佛國極樂淨土，鳴聲清脆悅耳。

⓬ 鶗鴂：又作鶗鴂，即杜鵑鳥，暮春時鳴叫，百花凋零。《臨海異物志》：「鶗鴂，一名杜鵑，至三月鳴，晝夜不止，夏末乃止。」屈原〈離騷〉：「恐鶗鴂之先鳴兮，使夫百草為之不芳。」

⓭ 三窟：三處洞穴。《戰國策．齊策四》載：「馮諼曰：『狡兔有三窟，僅得免其死耳。』」比喻人處世間，應善謀多種圖安避禍的方法。

⓮ 拔山句：據《史記．項羽本紀》載，項羽被劉邦漢軍圍困於垓下，四面楚歌。項羽大驚，以為漢軍盡得楚地，於是夜飲帳中，與愛妾美人虞姬訣別，悲歌慷慨，自為詩曰：「力拔山兮氣蓋世，時不利兮騅不逝。騅不逝兮可奈何，虞兮虞兮奈若何！」後人借此典故，表達英雄末路，不得護救情侶的感傷。

⓯ 示疾：佛教語，指佛菩薩或高僧患病。

而今紅袖忽天涯，消息沉沉鳳女⑰家。十日紀綱遲報竹⑱，幾回鸚鵡罷呼茶。

就嘆道：「秋心院的鸚鵡，這回生死存亡也不知道了。」又念道：

燕尋梁壘穿空幕，犬擁金鈴臥落花。翻似閉關長謝客，不堪室邇是人遐。

采秋道：「我去年回家時候，愉園不也是這樣麼？只你沒有他這般苦惱。」荷生道：「冤人不冤？我去代州那幾天，苦惱差不多就同癡珠。」采秋道：「你苦惱處便是熱鬧處，難為癡珠這一個月顛沛流離。」荷生笑一笑，又念道：

一樹垂垂翠掩門，判年春夢了無痕。娥眉自古偏多嫉，鴆鳥為媒竟有言。
山厝愚公⑲空立志，海填少婦⑳總埋冤。昨宵月下亭亭影，可是歸來倩女魂㉑？

---

⑯ 紅窗韻事：指吟詩作詞之韻事。〈紅窗〉，詞牌名，有〈紅窗影〉、〈紅窗睡〉等名。

⑰ 鳳女：指秦穆公之女弄玉。弄玉嫁蕭史，蕭史善吹簫作鳳鳴，招鳳凰止其屋。後夫妻乘鳳凰升仙而去。後人建鳳女祠，祭祀弄玉。

⑱ 十日句：十日，指十日飲。《史記・范雎蔡澤列傳》載，秦昭王贈平原君趙勝書信，講願與平原君為十日之飲。後世稱十日平原、十日飲，比喻朋友連日歡宴。紀綱，指起紀綱作用的人物。此處指組織、召集十日歡宴。報竹，猶復信。竹，竹簡，代指書信。

⑲ 山厝愚公：指愚公移山。《列子・湯問》載，北山愚公因苦於太行、王屋二山阻塞道路，率領全家及其子孫

今生此事已難諧，噩夢分明是玉鞋。苓朮㉒縱教延旦夕，藁砧㉓無計為安排。

魂銷夜月芙容帳，恨結春風翡翠釵，半幅羅巾紅淚漬，一回檢點一傷懷。

荷生慘然說道：「淚痕滿紙。」瞧著采秋，已經是滴下淚來，見荷生瞧他，便強顏笑道：「替人垂淚也漣漣。」荷生往下念道：

并門春色本淒涼，況復愁人日斷腸。月滿清光容易缺，花開香豔總難長。

劇憐夜氣沉河鼓㉔，莫乞春陰護海棠。拚把青衫輕一殉，孤墳誰與築鴛鴦？

五夜迢迢睡不成，燈昏被冷若為情。名花證果知何日？蔓草埋香有舊盟。

地老天荒如此恨，海枯石爛可憐生。胭脂狼藉無人管，淒絕天邊火鳳聲。

後代擔石移山，感動天帝，命夸娥氏二子負二山，一厝朔東，一厝雍南。厝，放置；安放。

⑳ 海填少婦：指精衛填海。少婦，指炎帝少女女娃所化精衛鳥。參見本書第五回注㊺。

㉑ 倩女魂：唐陳玄祐所撰傳奇小說《離魂記》載，張倩娘與其表兄王宙相愛，但張父將倩娘許嫁他家。王宙恚恨而去，倩娘病倒，而其魂追隨王宙遁去，生活五年，並生二子。後倩娘思念父母，返家後其離魂始與倩娘肉體合一。

㉒ 苓朮：茯苓、白朮，中藥材名。

㉓ 藁砧：古代臨處死刑者，席藁草，伏於砧上，用斧斬之。此處指瀕臨死亡。藁，藁草，指稻、麥等草秸。

㉔ 劇憐句：劇憐，深切憐惜。河鼓，指牽牛星，代指神話中的牛郎。

兩人默然半晌，荷生才說道：「癡珠就是這樣埋沒，真個可惜。」采秋道：「南邊道路實不好走。不然，差個幹弁，送他回去也是好呢。」荷生道：「無論南邊滿地黃巾，萬萬走不得，就令上路，迢迢兩個多月路程，誰護持他哩？」采秋道：「孤客本來可憐，何況是病？病裏又有許多煩惱，就是鐵漢也要磨壞。」兩人言下都覺得十分難受，過一會，采秋向荷生道：「我想癡珠平日很是喜歡紅豆，我想送給他。病中既有服侍，就是異日旋南，也不寂寞，你意下如何？」荷生笑道：「這是你一番美意，只怕癡珠不答應哩。」采秋笑道：「你且與子善言之。」以後子善將采秋的意思告知癡珠，癡珠微笑，吟道：「慚愧白茅人，月沒教星替。」㉕便手裁一柬，寄與荷生。荷生與采秋同看。柬云：

承采秋雅意，欲以紅豆慰我寂寥，令人啣結㉖。然僕賦性㉗雖喜冶游歌風，未流狄濫㉘。此次

㉕ 慚愧二句：引自唐李商隱〈李夫人三首〉之一。此二句諷刺漢武帝時方士李少翁以假星替月的偽詐伎倆，為漢武帝招所謂李夫人魂靈。白茅人，指李少翁。方士欒大受武帝封爵，立白茅之上。故借「白茅人」稱指李少翁。月沒，原指亡故的李夫人，此處借指本書劉秋痕。星，原指偽託之李夫人魂靈，此處借指本書紅豆。

㉖ 啣結：「啣環結草」的省稱，比喻感恩戴德，雖死猶報。啣環，相傳東漢楊寶幼年曾從鴟梟爪下救一黃雀，後夢黃衣童子自稱西王母使者，以白環四枚贈與楊寶，稱「令君子孫潔白，位登三事（三公），當如此環矣。」結草，春秋時魏武子有寵妾，無子。魏武子病初，告其子一定嫁出她。後魏武子病重，又說一定讓她陪殉。魏武子死後，其子將她嫁出。後其子在輔氏之役，見一老人結草以遮擋秦將杜回，將杜回俘虜。夜夢老人稱：「余，而（你）所嫁婦人之父也。爾用先人之治命，余是以報。」

花叢迴顧，原為有託而逃，可憐芳草傷心，尚覺迷途未遠。病非銷渴，遠山底事重描？人已中年，逝水難尋故步。大福自知不再，良緣或訂來生，為我善辭采秋，為我善撫紅豆。

荷生笑道：「何如？我說過癡珠不答應哩。咳！癡珠做人我是曉得。」采秋嘆口氣道：「這教我也沒得用情了。」荷生正欲答應，外面傳報經略來了，只得出去。

光陰迅速，早是三月二十二日。癡珠正將一碗蓮心茶細啜，忽見李福、林喜狂奔進來喊道：「禿頭回頭了！」癡珠就出來問道：「在那哩？」只見禿頭身上只穿件藍布棉短襖，由屏門飛跑上前，眼淚紛紛，磕下頭去。癡珠兩眶中也淚出如瀋，扶起道：「你見過劉姑娘麼？」禿頭抹著淚道：「見過，可憐得很！現在病在正定府㉙保興館飯店裏。」癡珠聽了，隨說道：「他二月間本來有點痢疾，這會自然更是不好。」禿頭道：「姑娘從上車後，點米不曾沾牙，下的全是血。兩腳不能踏地，人極銷瘦。面目卻腫得一個有兩個大。病到這樣，一天還要受他們的絮聒。」癡珠黯然道：「你怎樣見得姑娘哩？」禿頭道：「小的那一天心上恨著姑娘，就氣糊塗了，一口氣去找管士寬。走至大街，逢著聶雲，纔曉得姑娘被他嬤騙了出城。管士寬天亮知道，帶了盤纏㉚便趕出城，跟尋下落。聶雲都曉得他們去向，

㉗ 賦性：秉性；天性。
㉘ 狄濫：猶惡濫，濫竽充數之意。狄，邪惡。
㉙ 正定府：今河北省正定縣。
㉚ 盤纏：旅途的路費及其他花消。

小的一時氣憤，拉著聶雲就走。原想一兩站就趕得著，豈料一天趕不上一天，直到十二這天，到了正定府，方才見著管士寬。知道牛氏和姑娘是初二日下午出城，坐的是短僱的車；李裁縫父子和跛腳、玉環是初三日五更走，天亮出城，才是長僱的一輛大車，一輛轎車，將屋子交給他的同鄉顧歸班。因姑娘下了紅痢，一天有數十次，路上不便，才延擱在這店中。管士寬一路跟著姑娘坐的轎車跑，姑娘住也住，姑娘走也走，天天都得與姑娘見面，卻不能說得話，只跛腳通得信兒。到了正定府，姑娘取出一條金耳扒送給管士寬，教士寬換作盤纏，一路跟去，好傳個信給老爺。當下士寬與小的見面，才得跛腳傳與姑娘知道，姑娘約小的十四日天亮店後空地裏相見。姑娘問知老爺病中光景，一慟幾絕，教小的快回。癡珠遲疑半晌，說道：「這樣看來，你也是空跑一遭。」禿頭道：「姑娘有信給爺哩。」便從懷裏探出一個小小油紙包，展開油紙，將個藍布包遞上。癡珠瞧那藍布包，縫得有幾千針。林喜送過剪子，癡珠一面絞，禿頭一面回道：「姑娘說沒有筆硯，也沒有地方寫個字兒，裏頭幾個字是咬破指頭寫的。」癡珠不聽猶可，聽了禿頭這般說，那一股酸楚直從腳跟湧上心坎，從心坎透到鼻尖，一言不發，把布包絞開，內裏是癡珠原給的一支風藤鐲，一塊秋痕常用的藍綢手絹，一塊汗衫前襟，上面血跡模糊。癡珠略認一認便覺萬箭攢心，不知不覺眼淚索索落落的滴滿藍布包。一會，穆升遞上熱手巾，拭過臉，重把那血書反復審視，噙著淚，一字字辨清。是：

釵斷今生，琴焚此夕。身雖北去，魂實南歸。
裂襟作紙，囓指成書。萬里長途，伏維自愛。

凡三十二字，癡珠默念一遍。停了一停，向禿頭道：「你路上辛苦，且歇息去。」禿頭答應。癡珠攜了血書手絹，風藤鐲並那塊藍布，到臥室躺下。費長房㉛縮不盡相思地，女媧氏補不完離恨天！這一夜，別淚銅壺㉜共滴，愁腸蘭燄同煎，不待說了。禿頭和聶雲跑了這一遭，空自辛苦。去的時候，兩人都是空手出城，禿頭將皮袍脫下，當了作路費，用盡了。聶雲的皮馬褂也脫下當了。幸是正定府遇著管士寬，將秋痕金耳扒換了十餘串錢，付給兩人作個回費。禿頭是自己多事，也還罷了。可憐聶雲，路上受了風霜，到家又被渾家楊氏唾罵，受一場氣，次日便病，病了幾天就死。後來癡珠聞知，大不過意，曉得聶雲女兒潤兒，是嫁給子秀的跟班李升，就賞了潤兒四十吊錢。那楊氏係隨著女兒過活，就也十分感激。管士寬無家無室，只有屠鋪㉝一間，係他侄兒照管，他竟隨秋痕住在正定府了。正是：

娼家而死節，名教毋乃褻㉞！
人生死知己，此意早已決。

欲知後事，且聽下回分解。

㉛ 費長房：東漢擅長法術的方士。
㉜ 銅壺：指古代銅製滴水計時的漏壺。
㉝ 屠鋪：猶屠坊，屠宰牲畜的作坊。
㉞ 名教毋乃褻：名教，名聲與教化，泛指儒家禮教規範。毋，勿。褻，褻瀆；玷污。

總評：此回凝珠、秋痕合傳。其實寫凝珠，皆寫秋痕也。起結及中間，以聶雲、管士寬為線索，亦用追敘、補敘的筆，筆筆是借，故筆筆活動。

第四十二回　聯情話寶山營遇俠　痛慘戮江浦賊輸誠

話說謖如是去年十一月到任，申明海防舊禁，修整本部戰艦，出洋巡哨。逆倭三板船從此不敢直達建康，就是員逆也有畏忌。江南江北一帶官軍，因此得以深溝固壘，臥守一冬。謖如蒿目時艱，空自拊髀，兼之寶山僻在海壖，文報不通，迢遞并雲，魚沉雁渺，十分懊惱。忽忽又過了一春。一日傍晚，步出營門，西望月明，銜山一線，有無限心事都振觸起來。踱了一回，退入後堂，叫跟班燃了一枝高燭，倒兩壺酒，取件野味，一人獨喝。喝完了酒，無聊之極，瞧見壁上掛的劍，因取下來，就燈下舞了一回，便向炕上坐下，按劍凝思。

此時五月天氣，日長夜短，轅門更鼓鼕鼕的早轉了三更。跟人都睡，只個小跟班喜兒站在背後。忽聽颼颼的風起，簷下一樹丁香花紛紛亂落，瞥見金光一閃，燭影無燄，有個垂髫女子上身穿件箭袖對襟魚鱗文金黃色的短襖，下繫綠色兩片馬裙，空手站在炕前，說道：「幾乎誤事！」謖如愕然，提劍厲聲問道：「你是妖是人，怎敢到我跟前？」這會跟班暨巡兵聽得謖如厲聲，都起來探望。女子笑道：「站住！」便如木偶了。接著道：「將軍不要動手，我念你和韋癡珠有舊。」謖如聽說癡珠，便按劍問道：「你這小妮子，怎認得癡珠？」女子指著炕上的聯道：「你且說，何處見過癡珠？」謖如道：「他現在并州。」女子道：「解衣衣我，推食食我。你和他很有交情。」謖如放下劍道：「你這來，是替何人行刺？」女子道：「將軍請坐，我說個來歷罷。我名春纖，我的師父是徐娟娘。」諼如恍然道：「娟娘不與癡珠有舊麼？我早聞名，這人如今在那裏？」女子嘆一口氣道：「我的師父尸解❶了，現在香海洋青心島做個地仙。我原是他的侍兒，四年前三月間，他帶了我朝了普陀巖❷。到次年冬間，附海舶到得東越，探偵癡珠，說是進京去了。次年春天，師父遊了武彝、雁宕，重來江南，寄居無錫映山菴，遇個女道士慧如，傳授我的劍術。去年雲遊兩湖、兩川，冬間想要由川歸陝，路過廣漢，寄寓華嚴菴。主持蘊空禪師與師父極其相得，因知道癡珠入川，也到廣漢，卻與師父相左。師父從此百事灰心，除夕這一夜坐化❸了，留一錦囊給我，囑我急時開看。我因正月間蘊空也坐化了，他的徒弟又與我不對，拆開錦囊，教我回來無錫。不想前月到了映山菴，慧如卻為金陵偪俠❹迎去，封他無上清妙真妃偽號。我因此投入賊營，訪尋慧如，說是命裏該有此兩月魔劫。今日慧如是奉將令取你首級，慧如差我前來諄囑留心，我為瞧見癡珠的聯，不忍加害。你瞧你的跟人罷。」只見紅燭光搖，春纖早不見了。諼如和院子裏大家就像做夢一般。再瞧喜兒，頭早斷了。諼如回想，心上猶覺突突亂跳。

---

❶ 尸解：道教徒稱脫棄形骸而飛升仙去為「尸解」。

❷ 普陀巖：即普陀巖山，連石夾峙，巖祀普陀佛。在廣東省惠來縣西北十里。

❸ 坐化：佛教徒端坐安然而死，稱為「坐化」。

❹ 金陵偪俠：金陵，今江蘇省南京市。當時為太平天國所占領，天王洪秀全定為都城，稱為天京。此處以金陵代指太平天國軍隊。偪俠，當為偪挾，即脅迫、挾持。

過了幾日，是出哨之期，謖如上船後開行十里，還沒出口，遇著頂頭風，傳令停泊。一連三日，謖如氣悶，也不帶人，便服上岸，見遍地斥鹵❺，都無人跡。遠遠的見前面有數株大柳樹，便望著柳樹向前走去，不想愈走愈遠，差不多走有十餘里路，方才到得樹下。向前遙望，一遍綠蕪，茫無邊際。西邊是個山，青青鬱鬱，好些林木。因彎向西走來，將到山下，都是幾抱圍的大樹，老幹參天，黛痕匝地。到得山下，連峰疊嶂，壁立千仞，獨立四望，令人神爽。沿山又走有一里多路，向西樹林裏，卻有一徑。踱過徑路是個平坡，坡下一口井，井邊有個廟，頭門大殿都已傾塌，蓬蒿青草，一路齊腰。步入後面，是個三間小殿，卻整潔無塵。西邊一字兒叢竹，竹裏有個小門。謖如踱進院子，見上面是三間小屋。屋中間布一領席，有個女道士合眼趺坐，年紀約有六十多歲，很有道氣。謖如躬身向前，女道士微微開眼笑道：「總兵貴人，何苦單身輕出，來此荒僻地方？」謖如道：「素昧生平，何以識得我是總兵？」女道士仍閉上雙目，喚道：「春纖，你的故人來了。」謖如無可措詞。只聽嚶嚀一聲，春纖葛衫布褲，從屋後轉出。謖如瞧見，轉覺愕然。春纖說道：「將軍何來？」謖如倉卒不能答應。女道士開眼說道：「我有二偈，總兵聽著：

芣苢❻無靈，春風夢醒。西望大行❼，星河耿耿。

❺ 斥鹵：鹽鹼地。

❻ 芣苢：植物名，即車前子，為中草藥。

❼ 大行：即太行山。

故人織縑，新人織素。縑素同功，愴然薤露❽。」

諼如道：「鍊師❾法號，上字有個『慧』字麼？」春纖答應道：「是。」諼如打一躬道：「欽仰之至，只下士塵頑，不能窺測鍊師意旨。就第一偈想來，敢莫并州眷屬有甚意外之變麼？」女道士開眼微笑道：「總兵解得便好。」諼如眥淚欲墮，說道：「承鍊師第二偈指示，想是我也要死。」慧如道：「此解卻錯。總兵燕頷虎頭，後來功名鼎盛，如何會死？」說完，仍自垂眼危坐。諼如因向春纖道：「那一夜相見，說是鍊師現在金陵，不想今天卻在這個地方相遇。」慧如復開眼道：「我就是那一夜脫了魔劫，潛蹤此地。今日與總兵一會，也是數中所有。不久便有人領兵來此平賊，都是你的熟人，請回步罷。」說著仍低下雙眉，閉目不語。諼如不敢糾纏，只得別了春纖而去。見日色銜山，趕緊尋著原路，奔上坡來。剛到坡心，回頭一望，只見廟裏赤騰騰的發起火來，毒燄衝空，濃煙布野，吃了一驚，想道：「他兩個都是劍俠飛仙，還怕什麼火？我走我的路罷。」走了數步，轉念道：「他兩個就是神仙，如今這廟燒了，今夜先沒有棲身。我眼見了，豈可不回去看他一看？」便轉步跑下坡來，耳中尚聞得霹靂剝剝的響，及到井邊，依然是個破廟，並無星火，十分驚訝。奔入廟中，重由竹林小門探身進去，前前後後尋了一遍，卻不見慧如、春纖。再向後殿尋來，也沒些影兒。此時天已黃

---

❽ 薤露：樂府〈相和曲〉名，為古代送葬的輓歌。薤，音ㄒㄧㄝˋ，多年生草本植物，葉細長。薤上露水易乾，古人比喻人生短暫。

❾ 鍊師：對道高思精之道士的敬稱，後泛指一般道士。

昏，漸漸辨不得路逕，只得反身便走，自語道：「我難道是做夢？」踉蹌走出。只見門邊有一匹黑溜溜的青驢，鞍轡俱全，攔住門口。鞍上粘一字紙，謖如取下瞧著，上面寫的是：

> 將軍多情可感。惟是道僻，黑夜難行，奉贈青驢一匹，聊以報往返跋涉之勞。貧道與春纖當往并州勾當一場公案，即日走矣。

謖如瞧畢，十分詫異，想道：「真是神仙，但此驢方才不見，這會從何處得來？可惜兩人前往并州，我不曾寄他一信。」見天已黑，只得跨上驢子，踏著星月，找尋原路。可喜驢子馴熟得很，虛閃一鞭，便如飛的跑了。走到大柳樹外，遠遠的望見燈籠火把，四面環繞而來。謖如料是營中兵丁前來接應，一面加鞭向前，一面招呼大家。到得船中已是八下多鐘了，兵丁將驢子牽入後艙喂養，都說「好匹驢子，是仙人贈的天馬。」這謖如自喜不待言了。

且說慧如遠遁之時，正是群醜自屠之日。你道群醜何以自屠呢？當初員逆⑩倡亂，結了五個亡命，號為五狗。一為偽東王羊紹深⑪，一為偽西王刁潮貴⑫，一為偽南王馮雲珊⑬，一為偽北王危鏘輝⑭，

---

⑩ 員逆：猶元逆，大逆；元凶。此指太平天國首領洪秀全。
⑪ 羊紹深：指東王楊秀清。
⑫ 刁潮貴：指西王蕭朝貴。
⑬ 馮雲珊：指南王馮雲山。
⑭ 危鏘輝：指北王韋昌輝。

一為偽翼王席沓開⑮。後來踞了金陵，雲珊死於全州⑯，潮貴死於道州⑰。潮貴係員逆妹夫，員逆這妹名喚宣嬌⑱，極有姿色，卻狡猾異常，與紹深恰是敵手。員逆始以天主教蠱惑鄉愚，奉一木主⑲，說是天父，配以天母。天父附身紹深，天母便附身宣嬌，所有號令出自兩人，氣燄生於積威，權勢傾於偏重，以此阿柄持自兩人，員逆轉成疣贅⑳。這番潮貴死了，宣嬌尊為天妹，廣置男妾，朝懽暮樂，於是群醜皆有垂涎之意。奈員逆受制於紹深，事事仰承鼻息，適值紹深妻死，遂把宣嬌再嫁紹深。成親這日，是個伏天，紹深做架大涼床，窮工極巧，四面玻璃，就中注水，養大金魚百數，游泳其中。枕長四尺五寸，所有男妾悉使從嫁。鏘輝、沓開十分眼熱，沓開便帶兵打寧國去了，鏘輝偪處一城，自然刻刻拈酸。賊中男歸男館，女歸女館，自六逆外，夫婦同宿，名犯天條，雙雙斬首。紹深卻把宣嬌男妾悉配女簿書，鏘輝道是應斬，伺紹深開科取士，帶了數名親兵，直入東府，按名指索。不想這男妾，俱係童子軍中選出驍健，一鬨而至，約有三十餘人。鏘輝只好飽了一頓老拳，十分羞惱。再說紹深也有一妹，名喚碧玉，年已廿九歲，不曾匹配。有陳宗揚者，一表人才，又生得白皙，充個東府

---

⑮ 席沓開：指翼王石達開。

⑯ 全州：在今廣西省東北部全州，鄰近湖南省邊境，為越城嶺連接兩省的要衝。

⑰ 道州：今湖南省南部道縣、寧遠縣一帶。蕭朝貴戰死於湖南長沙（今長沙市），而非全州。

⑱ 宣嬌：洪宣嬌，太平天國著名女將領。

⑲ 木主：木製的神位，上書神主名稱以供祭祀。俗稱牌位。

⑳ 疣贅：比喻多餘無用之物。

承宣㉑，妻名雲娘，是個女承宣。宗揚輪班，住宿內廂，因得與雲娘偷寒送暖，素無人知。自宣嬌男妾配了女簿書㉒，散處前後左右廂房，這碧玉入夜便如畫眉踏架一般，瞧了這裏一段風流，又覷了那邊百般秘戲㉓。因此雲娘的醜態，竟被碧玉勘破，以此挾制宗揚，竟佔了雲娘夜局㉔。雲娘豈敢聲張。那紹深許多姬妾都是怨女蕩婦，就也挾制宗揚，宗揚沒有分身法兒，久之久之，自然鬧出事來。紹深下令斬了宗揚夫婦，不想宗揚就是鏴輝妻弟。事有湊巧，宗揚夫婦纔繯首示眾，其弟宗勝偏自河北敗仗，貿貿逃回。紹深傳令腰斬，鏴輝大恨。那員逆見紹深件件威福自專，也是不能相忍。一日，紹深忽說天父附身，責了員逆五十大棍，責了鏴輝一百小板，大眾忿忿不平。鏴輝於是內受員逆意旨，外以沓開，賂以宣嬌，突於這夜五更天登壇禮拜、絡誦讚美時候，執殺紹深。然後圍了東府，男女駢誅㉕，只赦員宣嬌，卻自己配合了。到得沓開自寧國奔回，生米已做成飯，沓開忿恨不堪。鏴輝想道：「斬草必要除根。」就夤夜㉖定計，又圍了翼府。不料沓開早走了，騎虎勢不得下，就把沓開眷屬全行殺害。那翼府部下將領官屬如何肯依？弄得內外鼎沸起來。慧如便是這一夜遠遁。

㉑東府承宣：東府，指東王府。承宣，即承宣使，官職名，多為武臣加官的虛銜。
㉒簿書：掌管文書簿冊之官。
㉓秘戲：即祕戲，原指後宮內秘密的戲曲，後則泛指男女淫穢嬉戲。
㉔夜局：指夜間嫖賭之類的聚會。
㉕駢誅：猶併誅，一併誅殺。
㉖夤夜：深夜。

看官聽說：紹深殘忍，一日除去，人人快心。鏘輝雖報私仇，亦緣公憤。如今平白害了沓開全家，沓開平日在賊中算有威望，眾心不服，轉把北府圍得鐵桶相似。員逆做不得主，傳令殺了鏘輝，將首級送到寧國軍前，迎回沓開。沓開這番入城，不特父子妻妾做了刀頭之鬼，就是宣嬌玉骨也為大眾剁作肉泥。沓開悵然，又與員逆兄弟榮合、榮法不合，就辭出京口，自作一股，向粵東去了。後來擾亂閩、浙、江西、湖南以及滇、黔，竄蜀就擒，磔㉗於成都。這是後話。

當下諼如巡海歸營，探得金陵兩番自屠自戮，高興之至，說道：「有此機會，掃穴犁庭㉘，指顧間事。我那天馬用得著了。」連夜疊成燒角文書，限時限刻，向南北大營稟明出師。隨即部署將領，水陸並進，殺上金陵。忽報金陵來了無數船隻，諼如驚訝大兵如何從這裏來？不想卻是賊中危家人馬。原來鏘輝胞弟至俊，係領兵把守江浦，得了內變信息，內畏沓開，外怕大營乘機攻勦，曉得諼如是個好官，又是名將，便率所部戰船數百號向寶山進發。恰好接著諼如出師，當下遣人遞了降書，脫帽背縛，跪在轅門。諼如傳令降將衣冠謁見，至俊謝了又謝，哭訴前事，便請效力。諼如答應至俊入伍，緣路奪了江上無數賊卡，破了江路無數鐵鎖。諼如把酒臨風，正在揚揚得意，忽然大營來了令箭，大加申飭，不准輕動。諼如嘆了一口氣，傳令回軍。至俊所部二萬餘人，諼如簡閱一番，精壯留營效用，老弱的願散者聽，願留者開墾海壖荒地，為屯田㉙計。假至俊五品頂戴，委領屯田事務。從此寶山營

㉗ 磔：磔殺；斬殺。

㉘ 掃穴犁庭：掃蕩其巢穴，犁平其庭院，比喻徹底掃滅敵方。

㉙ 屯田：利用戍卒、邊民或商人駐紮邊地，墾荒種田。

兵強糧足，為東南一個巨鎮。正是：

情動飛天，誠輸陣將。

維鵜在梁，令人怏怏。

卻知後事如何，且聽下回分解。

總評：此回傳謖如，而以娟娘、慧如、春纖緯於上折，以五狗、至俊緯於下折。

作者直從第二回、第四回引出，以至五十回將全書穿成一線，最是經營文字。

讀者當知其苦心也。

第四十三回　十花故事腸斷恨人　一葉驚秋神歸香海

話說癡珠纏綿愁病，過了一春，把阿寶行期也誤了，急得鶴仙要請假來省。轉瞬之間，又是炎夏，芝友引見也回頭，癡珠甫能出門。這日來訪芝友，芝友道：「南邊時事，目下實在不好，這真令人寢食不安。就是都中，也是近日纔撤防堵。」癡珠嘆口氣道：「生涯寥落，國事迍邅❶，早上得荷生楊柳青❷軍營的信，也是這般說。」看官，你道荷生何事駐軍楊柳青呢？四月間，逆倭從廣州海道竄入津門❸，京師戒嚴，朝議令山陝各省領兵入衛。荷生所以領兵五千到了河北，後來奉到諭旨，都令駐楊柳青助勦。五月初二，蘆臺❹官軍打了勝仗，逆倭竄至靖海❺，又為荷生伏兵殺敗，遂退出小直沽❻，回南去了。荷生後來仍回并州軍營參贊，這是後話。

❶ 生涯二句：行走艱難，處境困頓。
❷ 楊柳青：在天津市西三十里，地瀕子牙河東岸。楊柳青以善繪年畫著稱。
❸ 津門：天津市別稱。明永樂二年（西元一四〇四年）築天津城，地當京都畿輔門戶，故稱。
❹ 蘆臺：在河北省寧河縣東南之蘆臺鎮。
❺ 靖海：今河北省靜海縣。
❻ 小直沽：在天津市城北，有大、小直沽，即指海河。

當下癡珠從縣前街就來柳巷，采秋為是荷生密友，素來晤面，就延入內室。見癡珠病雖大好，卻老了許多，就也歡喜。癡珠見采秋華貴雍容，珠圍翠繞，錦簇花團，心中卻為天下有才色的紅顏一慰。又見個丫鬟面熟得很，詢知是秋英。原來秋香死後，荷生賞秋香的老嫗五十兩銀，把秋英收為婢女。癡珠又為秋英喜脫火炕。此時愛山住在聽雨山房，紫滄失耦，就把瑤華贖身出來，作個繼室，住在梅窩。癡珠都走訪了，又到東米市街，纔行回寓。既不見乏，晚飯也用得多，大家都道癡珠一天好過一天，可以和芝友同走了。不想無意中又鉤出舊病來。看官，你道為何呢？紫滄為著鶴仙是舊交，便延芝友逛一天并門仙館，囑癡珠及羽侯、燕卿、愛山作陪，傳來本年花選第一巫雲、第三玉岫伺候。又因大家說得荷生花選，只賸福奴一人，也有滄桑之感，便又傳了福奴。這一會觥籌交錯，釵舄紛遺❼，席上人人心暢，只有癡珠觸目傷心。酒未數巡，便推病出席，倚炕而臥。大家只得叫福奴、巫雲、玉岫輪番上前陪伴，與他瀹茗添香。癡珠微吟道：「細草流連侵座軟，殘花惆悵近人開。」大家一笑。紫滄席間因說起采秋鳳來儀的令來，羽侯道：「雅得很，我們何不也試行看？」愛山道：「《西廂》中那裏再尋得許多鳳字？」燕卿道：「把《西廂》換作《桃花扇》何如？」羽侯、紫滄道：「好極。」當下芝友首坐，次是癡珠，羽侯、燕卿、愛山、紫滄、福奴、巫雲、玉岫。羽侯要推芝友起令，芝友道：「叫我起令，萬分不能。大家說了，我學學罷。」於是羽侯喝了一杯令酒，說道：

翱翔雙鳳凰，〈緱山❽月〉，零露瀼瀼。

❼ 釵舄紛遺：指髮釵、鞋履紛亂丟棄。舄，鞋的通稱。

大家贊好，各賀一杯。次是燕卿，瞧著福奴說道：

鳳紙僉名喚樂工，〈碧玉令〉，夙夜在公。

大家也說好，各賀一杯。次該是巫雲，說道：

傳鳳詔❾，選蛾眉，〈好姊姊〉，被之祁祁❿。

羽侯道：「跌宕風流，我要賀三鍾哩。」大家遂飲了三鍾。該是福奴，福奴含笑說道：

鸞笙鳳管雲中響，〈燭影搖紅〉，……

就不說了，大家道：「怎的不說？」福奴道：「我肚裏沒有一句《詩經》，教我怎的？」燕卿道：「一兩句總有。」福奴笑道：「有是有了一句，只不好意思說出。」大家道：「說罷，《詩經》裏頭有什麼不好意思說的？」福奴笑說：「中心……」又停了。芝友接著道：「養養。」便拍手哈哈笑道：「妙！」紫滄道：「徐娘雖老，丰韻猶存，竟會想出這個令來。」大家也賀了一杯。次該玉岫，玉岫

---

❽ 緱山：緱氏山，在河南省偃師縣。相傳周靈王太子王子喬在緱氏山乘鶴成仙。後世遂成修道成仙之典故。

❾ 鳳詔：指天子的詔書。

❿ 祁祁：繁盛的樣子。

說道：

風塵失伴鳳徬徨，〈清江引〉，將翱將翔。

大家道：「也還一串，這就難為他。」次該是芝友，芝友想了一會，向癡珠說道：

飛下鳳凰臺，〈梧桐落〉，我姑酌彼金罍⓫。

大家說：「好。」各賀一杯。次該是愛山，愛山說道：

望平康鳳城⓬東，〈消遙樂〉，穆如清風。

次該紫滄，紫滄說道：

聽鳳子龍孫號，〈光乍乍〉，不屬于毛。

大家都道：「好。」各喝賀酒。次該是癡珠，說了收令。紫滄便來炕邊催促癡珠起來，癡珠不起，道：「我說就是，何必起來？」因說道：

⓫ 金罍：青銅製作的盛酒器。

⓬ 鳳城：京都的美稱，此指南京。

有杳萬山隔鸞鳳，〈月上五更〉，乃占我夢。

說畢，癡珠仍是不語。大家見癡珠今日又是毫無意興，便一面喝酒，一面向癡珠說笑，給他排解。不想癡珠檢著案上一部小說，瞧了一會，見上面有一首詞，噙著眼吟道：「春光早去，秋光又遍。」停一停，又吟道：「恨隨流水，人想當時，何處重相見？韶華在眼輕消遣，過後思量總可憐！」就覺得無限淒涼，便自去了。

次日，芝友大家來看癡珠，又拉他同訪福奴，重過秋心院，覺得草角花鬚，悉將濺淚。這夜回來，便咯咯吐了數口血，吟道：「西園碧樹今如此，莫近高窗臥聽秋！」次日就不能起床了。那芝友卻與福奴十分情投意合，就訂了終身，到得六月杪，挈福奴領著阿寶一群人向蒲關去了。癡珠病中，見阿寶兄弟前來辭行，又是一番傷苦。從此服藥便不見效，日加沉重。此時荷生撤防未到，子秀、子善都出了差，羽侯、燕卿、紫滄、愛山天天各有公事，就是池、蕭照管筆札銀錢，一天也忙不了。只心印鎮日都在西院前屋，幫禿頭照料，二更天才回方丈去睡。穆升等見癡珠病勢已是不起，大家想著不久便是散局，禿頭漸漸的呼喚不靈，只得自己撐起精神徹夜伺候。癡珠自知不免，二十八日倚枕作了數字，與家人訣別，就教蕭贊甫替他寫一付自輓的聯，是：

一棺附身，萬事都已；

人生到此，天道難論。

因嘆道：「大哉死乎！君子息焉，小人伏焉。」又吟道：「海內風塵諸弟隔，天涯涕淚一身遙。」⑬贊甫著實安慰一番，就也走了。這夜二更時候，癡珠清醒白醒，瞥見燈光一閃，有個侍兒眉目十分媚麗，卻另有一段颯爽的神氣，含笑招手。癡珠起身，那侍兒早掀著簾子出去。癡珠不知不覺跟著走，只隔一步，卻趕不上。再看走的地方，是個甬道，卻不是汾神廟的路，腳下全是青花石磨光的石板，兩邊是白玉闌干，圍護著無數瑤花琪草。那侍兒早不見了。遠遠望去，只見上面數十級臺階，階上朱紅三道的門，黃金獸環。沿階排列那些儀從，一對對旌旗旛蓋，刀鞘弓衣，還有那金盔金甲的神將，手執兵器，分班站在中門兩邊。癡珠想道：「這是什麼地方呢？」正在躊躇不敢前進，忽見西邊的門擁出許多侍女，宮妝豔服，手中有捧冠帶的，有捧袍笏⑭的，迎將出來。一個空手的，生得荷粉露垂，杏花煙潤，向前跪下道：「請主人更衣。」便引癡珠進了中門，東西兩班人等瞧見癡珠都叩起頭來。癡珠從屏門走上殿來，見殿上立一更衣鏡，有七尺多高，鏡中一個人影，衣服雖不華美，而丰采奕奕，英爽之氣見於眉宇。鏡後走出一個神人來，向癡珠道：「先生來了。」把手一拱，足下便冉冉生雲，上天而去。侍女伺候更衣已畢，扶在正面几上坐下。癡珠正要說話，忽見屏門洞開，門外停兩座七香寶輦，又有許多宮妝侍女，有執拂的，有執扇的，有捧如意的，有捧巾櫛⑮的，有捧書冊的，簇擁著兩位珠纓⑯蔽面的女神下車。癡珠從殿上望將下來，一個面龐好像亡妾蒨雯，一個面龐兒好像娟娘。

---

⑬ 海內二句：引自杜甫七律〈野望〉。

⑭ 袍笏：朝服和笏板。古代朝官見君王時皆穿朝服、執笏板。笏，象牙手板，又稱「牙笏」。

⑮ 巾櫛：手巾和梳篦，泛指盥洗用具。

只見黃巾力士引向廷前方面，下鋪兩個寶藍方墊。那女神綽綽約約走至墊前，便俯伏跪下。旁有一個金甲神將唱道：「淚泉司、愁山司謁見。」癡珠身旁侍女唱道：「平身。」便有四個侍女扶掖二女神，從東廡⓱環佩珊珊步上殿來。剛到殿門，癡珠立起身，上前略一凝視，一個正是蒨雯，一個正是娟娘。喜極不能說話，一手攜著一人，發怔半晌，轉撲簌簌的掉下淚來。蒨雯、娟娘早是淚珠偷彈，至此更嗚咽欲絕。癡珠向蒨雯慟道：「人亡家破，教我何以為人？」蒨雯咽著道：「天數難逃。」娟娘抹淚道：「你今到此，塵緣已斷，平陂往復，世事自有回環，何必重生魔障？我告訴你，這地方係香海洋青心島，你原是此間仙主。我和蒨雯妹妹、春纖妹妹、秋痕妹妹，都是你案下曹司⓲。因數十年前，誤辦一宗公案，害許多癡男怨女都淹埋在這恨水愁山、淚泉冤海。因此玉帝震怒，召著金公兆劍替你作了仙主，將我們監禁在離恨天，先後謫降人世，親歷了恨淚愁冤的苦。去年蘊空坐化，玉帝憐他五十餘年節苦行高，詔金公領著蘊空重遊塵世，享歷榮華，方才去了。我和蒨雯妹妹罰限先滿，如今你已復位了，秋痕妹妹罰限即刻也滿。只春纖塵劫未盡，尚有五六年耽延，修成正果，方許重證仙班。」說到此，便將牙笏向癡珠心前輕輕一拍道：「怎的塵夢還不醒哩？」癡珠咳嗽一聲，嘔了一口鮮血，卻是南柯一夢。

禿頭聞聲，急跑進來，見桌上的燈黯黯一穗，帳外模模糊糊有個人影，像是紅衣女子，一閃即不

⓰ 珠纓：以串珠製作的瓔珞，常用作冠紐、頭飾。

⓱ 東廡：東側廊房。廡，正堂下周圍的走廊及廊屋。

⓲ 曹司：吏目，古代參佐官名。

見了。禿頭唬得打戰，急掀開帳，見癡珠眼撐撐的說道：「什麼時候？」禿頭道：「差不多兩下鐘。」癡珠一絲半氣的說道：「我又嘔了一口血，覺得腥臊得很。你取些湯，給我淨淨口。」禿頭將帳掛起，剔了燈，點起枝蠟，從水火鐓上倒半甌的燕窩蓮子湯，遞到癡珠唇邊。癡珠歪轉半身，將口漱淨，又喝兩口下去，合眼把夢境記憶一回，恍然悟卻前生，就問禿頭道：「立秋是什麼時辰？」禿頭道：「說是卯時。」癡珠吟道：「蘭摧白露下，桂折秋風前。」就說道：「你叫林喜去方丈請師父起來。你把小衫褲替我換上。」禿頭道：「老爺身子不好，何苦要換？」癡珠道：「騃奴⑲，我要走了。你留得我麼？我箱裏東西，蕭師爺替我開有清單，通給你去。箱以外的東西，穆升、林喜、李福三人均分了，也算跟我辛苦一場，留個記念罷。我這幾個月賸下的束修也寄不回去，殯殮了我，餘下的，你拿去作個下半世的養活。倘道路平靜，替我回南看家走罷。」禿頭哭道：「老爺好好的，又沒有變症，怎講起這些話？」穆升流著淚說道：「老爺保重。」正往下說，林喜已請心印來了。穆升掀開簾子讓心印進去，自己向廚下招呼大家起來。剛由牆衕轉過後院，忽聽樓下一響，便問：「是誰？」沒有答應，已唬得滿身寒毛直豎。再聽得一聲狠響，像似左邊屋裏空棺挪動的聲，便覺得通身發抖，兩隻腳就如釘住，走不動了。林喜、李福聞得聲響，拿枝蠟趕來看視，穆升還自站著，心上突突的亂跳。停一停，三人同到樓下喚醒大家出來前院。燭影裏，又似槐樹底下隱隱有幾多人站在那裏。其實天是陰沉沉的，只聽得風吹槐葉，簌簌有聲而已。屋裏，禿頭帶哭檢點癡珠衫褲。心印瞧著癡珠兩頰飛紅，也覺得不好。癡珠早把吩咐禿頭的話，與心印覆述一遍，就喚禿頭將一小箱交給心印，道：「這是我的詩文集

⑲ 騃奴：猶傻奴。

和那各種雜著，通共一百二十卷，你替我轉交荷生。元文覆瓿⑳、《論語》燒薪㉑，這算什麼？只我一生的心血，都在這裏，託他替我收拾罷。」心印見此光景，就要忍住哭，也忍不住了。林喜等滿面淚痕，幫著禿頭替癡珠擦了身上，換了衣裳，跏趺而坐，向心印道：「你是大解脫的人，何為也哭？我這會心上空蕩蕩的，只有老母尚然在念，為子如我，有不如無。」便滴下兩點眼淚。一會，目神漸散，兩頰的紅也漸淡了。滿屋中忽覺靈風習習，窗外一陣陣細雨。癡珠叫林喜端過一張炕几，向李福要了筆硯。心印檢一張箋紙遞上，林喜磨著墨，癡珠提起筆來在紙上寫了四句，道：

海山我舊小遊仙，謫落紅塵四十年。一葉隨風歸去也，碧雲無際水無邊。

題罷，擲筆倚几而逝。時正卯三刻。心印大慟，禿頭等泥首號啕，卻遠遠的聞得笙簫之聲，經時才歇。心印一面哭，一面招呼禿頭，

⑳ 元文覆瓿：指拿《太玄經》文章覆蓋醬瓿。元，通「玄」，指漢揚雄所撰《太玄經》。瓿，音ㄅㄨˋ，指醬瓿，醬罐。據《漢書．揚雄傳》載，揚雄撰《太玄經》授鉅鹿侯芭，劉歆講：今學者只有利祿，不懂《周易》，又怎能知道《太玄》呢？我恐怕後人用《太玄》文章覆蓋醬瓿了。後世以此比喻著作無人理解，不被重視，形同廢紙。

㉑ 論語燒薪：指將研究、注解《論語》的文章當柴燒。據《北史．陳奇傳》載，游雅取陳奇所注《論語》、《孝經》燒於庭內。陳奇說：「公貴人，不乏樵薪，何乃燃奇《論語》？」後世以此比喻著作毫無價值，只能當柴燒掉。

將癡珠扶下。只見容顏帶笑，臉色比生時還覺好看，只瘦骨不盈一把。這會，贊甫、雨農也到，大家幫著點香燭，焚紙錢，哭個淚乾聲盡。心印領著徒子徒孫，就在秋華堂念起度人經。贊甫、雨農領著穆升照料衣衾棺槨。用的棺，就是停放樓下那一口。禿頭諸事不管，只在床前守屍痛哭，就如孝子一般。到了入殮，禿頭體貼癡珠生前意思，將秋痕剪的一綹青絲，一雙指甲，縫個袋兒，掛在癡珠襟上。其餘癡珠心愛的古玩和秋痕的東西，俱裝入棺中，將靈停放在秋華堂。禿頭等輪流在靈幃伴宿。次日，心印題上一付輓聯，是：

梓鄉極目黯飛雲，可憐倚枕彌留，猶自傷心南望；

蓮社㉒暮年稀舊雨，方喜高齋密邇，何期撒手西歸！

這且按下。看官須知，癡珠方才化去，秋痕卻已歸來。正是：

鐵戟沉沙㉓，焦桐入爨㉔。

㉒ 蓮社：晉代廬山東林寺高僧慧遠，曾與僧俗十八位名賢結社，因寺池有白蓮，故稱蓮社。此處代指朋友結社聚歡。

㉓ 鐵戟沉沙：指戰爭後將士所用的鐵戟沉埋於泥沙之中。鐵戟，形似矛戈的鐵製長柄兵器。唐杜牧〈赤壁〉：「折戟沉沙鐵未銷，自將磨洗認前朝。」

㉔ 焦桐入爨：據《後漢書・蔡邕傳》載，吳人有燃桐木以燒火煮飯者，蔡邕聽火烈之聲，知其為良木，遂取以裁製為琴，果有美音，然而琴尾猶焦。故時人名曰「焦尾琴」。焦桐，泛指良琴。入爨，指燒火煮飯。

安道碎琴㉕，王郎斫案㉖。

欲知後事如何，且聽下回分解。

總評：此回傳癡珠之死，而上半折將前文瑣瑣屑屑，隨手收拾；後半折轉入正文，乃飄飄乎有仙氣矣。真有結構文字，非徒騁才也。

㉕ 安道碎琴：據晉《中興書》載，戴逵，字安道，善鼓琴。太宰武陵王王晞聞其能琴，派人召戴逵彈琴。戴逵面對使者打碎琴，說：「戴安道不能為（做）王侯伶人！」

㉖ 王郎斫案：杜甫〈短歌行贈王郎司直〉曰：「王郎酒酣拔劍斫地歌莫哀，我能拔爾抑塞磊落之奇才。」斫案，唐歐陽詢《藝文類聚》卷六十九引《江表傳》載，曹操平定荊州，仍欲伐吳。吳老臣張昭等勸孫權迎曹操。唯周瑜、魯肅諫阻之。孫權拔刀斫前奏案曰：「諸將復有言迎北軍者，與此案同！」

第四十四回　一刹火光穢除蟬蛻　廿年孽債魂斷雉經

話說秋痕自臥病後，敝衣蓬首，垢面癯顏，竟不是個畫中人了。那小夥狗頭，閑暇無事，結識幾個土棍，燒香結盟，便宿娼賭錢起來。先前只乘空偷些現錢，後將現銀三百餘兩都偷完了。一夜，竟把金銀手飾、上好玉器、皮衣席捲而去。次日李裁縫起來，見箱籠都已打開，急得口定目呆，說是被盜，要和店主打官司。鬧了一天，四處找尋狗頭，不見個影。店主轉說李裁縫父子合謀圖賴，又見他帶了家眷，來歷不明，要見官呈告，經旁人勸止。牛氏十年辛苦，賸得這點家私，如今給人搬運一空，氣得發昏。數日跟尋狗頭，沒有蹤跡，後來就同李裁縫拚了幾回命，到得歸結，只是抱怨秋痕。當下無可奈何，就正定府城裏租了一間小屋暫住。

四月後，秋痕的病略好，牛氏想偪他見客，無奈地方生疏，無論秋痕不肯答應，就令妝掠起來，也是枉然。挨到六月初，李裁縫、牛氏都沾瘟病。此時用不起火伴，可憐秋痕要和跛腳自己下鍋煮飯，服事兩個病人。士寬是就近租個店面，做個小買賣。正擬寄信太原，不想二十二夜，牛氏屋裏竟發起火。你道為何？牛氏掛了一床夏布❶帳，這一夜就帳中吃煙，把件小衫丟在煙燈傍邊，昏昏沉沉竟自睡著。此時天燥，一引就著，夏布帳、頂槅、紙門烘騰騰的燒起來。牛氏、李裁縫夢魂顛倒，身上著

❶ 夏布：用苧麻纖維織成的布，薄爽透氣，適宜製作夏裝或帷帳，故名。

火，不曉得奪門走出，倒向後壁去尋門路。到得街坊來救，只救出秋痕、跛腳。秋痕、跛腳亦只搶得一尊觀音小龕、一軸癡珠小照，其餘都歸燼燄，就玉環也隨著兩人化做冷灰。

管士寬當下接秋痕主婢到了自己店中。次日，秋痕替三人尋出骨殖，買地掩埋，想著自己命苦，又痛他三個人枉自辛苦一場，就也大哭數次。二十四早，士寬僱了一輛轎車，給秋痕、跛腳坐了。自己僱個騾子隨走，一路小心看視。秋痕心上感激他，也敬重他，想道：「他領我找癡珠去，只癡珠的病不曉得好了沒有？」又想道：「癡珠倘好了回南，我如今是孤身一人，投在何處？沒得法，要向荷生、采秋討些盤纏，我徑到南邊找他去。」又想道：「我命就這樣苦，受得大半年罪，這回又跑個空？譬如癡珠與我真個無緣，那兩個老東西就不該燒死。咳！早曉得有此機會，也不該將身子蹧蹋到這田地。」秋痕這般一想，飯也飽餐，睡也安穩，以此路上辛苦，身邊空乏，全不復覺。

到了二十八這日，秋痕車中心驚肉跳，坐臥不安。二十九日，又好了。是晚，宿黃門驛。屈指初二，便抵并州。又想道：「癡珠平素要做衣服給我，如今是一下車，便要他替我打扮一身。本來醃醃臢臢得來東西，除個乾淨也好。」又想道：「說起也怪，二十一夜，我穿的是件茶色的縐夾衫，怎的冒火起來，卻是癡珠給我的小看肩❷？」合著眼，迷迷離離的想。忽見癡珠笑吟吟的穿著一身的新棉綢的短衫褲，站在床前。秋痕趕著坐起，拉手說道：「你曉得我回來麼？」癡珠不應。秋痕審視一回，見癡珠腳上也沒穿襪，一言不發，只向襟前解個小口袋。秋痕道：「你坐下，我替你解罷。」癡珠坐下，秋痕一面替他解口袋，一面說道：「你怎的又不說話？你從那裏來？竟不穿襪，不冷了腳？」癡

---

❷ 小看肩：猶小坎肩，無袖背心式的短上衣。

珠只是笑。秋痕早把口袋解下，檢裏頭紙包，原是自己一綹青絲，兩個指甲。秋痕悽然淚熒道：「你就長帶在身邊？」癡珠仍是不語。秋痕淚珠紛墜，說道：「你不好也是不說話，好也是不說話，實在教人難受！」癡珠盤上腳，哈哈的笑。秋痕一手抹淚，一手摸著癡珠的腳，是冰冷的，說道：「何苦呢？你看雙腳冷得冰人。」轉身想將夾被替癡珠蓋上，猛回頭卻不見了，睜眼看時，只有一燈如豆，跛腳鼻息如雷起來。坐著將夢凝思一回，也摸不著是吉是凶。見跛腳枕頭推在一邊，仰著面，開著口，鼻孔朝天，也不理他。剔亮了燈，聽得院子裏秋蟲亂叫，一陣風吹得怪刺刺的響。吃兩袋水煙，重復睡下，合著眼便見癡珠，撐開時又不見了，心上十分憂疑。翻來覆去，想道：「敢莫癡珠有甚意外之事？我去時，他原吐血，如今四個月了。」想到此，便把日來高興的念頭，一時冰冷，背淚珠珠下滴。一會，又自解道：「我夢見他，都不像病人氣色，大約是好了。」又想道：「我和他受了一年苦楚，自然是苦盡甘來。」想來想去，晨雞早唱，燈也沒油，昏昏欲滅。聽得跛腳喁喁囈語，好像兩口子說話，一會大聲道：「這樣講，韋老爺是成仙了。」停一會，又說道：「姑娘原也可憐。」以後又鼾聲大振。秋痕便叫了幾聲，推了幾下，跛腳才醒過來，問道：「做什麼？」秋痕道：「你做什麼夢？說起韋老爺，又說起我。」跛腳方揉揉眼坐起，道：「我沒有夢見韋老爺，也沒有夢見姑娘，我卻夢見玉環向我要錢呢。」秋痕就不言語。此時天也發亮，大家起身，收拾上車。

這日秋痕在車裏昏昏沉沉的睡了一天，好像是和癡珠住在秋華堂光景，醒來卻一些兒也記不清楚。是夜，宿石坪驛。初二日，走三十里路就進城了，徑到士寬家下車。士寬教姪兒找那姓顧的，要秋心院鑰匙。自己便來秋華堂報信。不想剛到柳溪，逢著李福穿件白袍踉蹌前走，士寬搶上數步，趕著叫。

李福猛回頭，見是士寬，慘然道：「你回來麼？姑娘呢？」士寬道：「姑娘也來了。」李福道：「咳！爺不在了！」士寬驚道：「怎的？」李福道：「爺是前日去世。你和姑娘什麼時候到？卻不給爺知道。」士寬此時氣得發昏，半晌才能說道：「姑娘方才下車，還在我家，就叫我給老爺信。如今老爺沒了，怎好呢？」李福道：「事到這樣，真個沒法。」於是士寬垂頭喪氣，跟李福向秋華堂來。沒到秋華堂，早望見大門上長旛，士寬大哭道：「我只怕遲了，老爺已經回南，再不料有此慘變！」門上大家都迎下來，探問信息。這日，子善纔出差回來，也在秋華堂幫忙。子善的跟班趕著去回。一時子善、心印、贊甫、雨農都走出月亮門，見士寬只穿件小衫，腳上還是草鞋，跪在臺階上，向癡珠的靈前嚎啕大哭。禿頭也哭得悽惶。大家見此光景，都為酸鼻。一會，勸住了，士寬哀哀的訴。子善嘆道：「緣法一盡，就是九牛之力也難挽回。」心印灑淚道：「凡事是有安排的定數。」贊甫道：「秋痕得了這信，可不知要怎樣呢？」子善道：「我就同士寬去看。」

且說秋痕在士寬家，歇息一會，料癡珠聞信必定趕來。恰好士寬姪兒找著歸班，開了秋心院大門，秋痕便過這邊，略同歸班說些家難。歸班呶呶不休，秋痕就不大理他。歸班沒趣，自去探訪狗頭信息。當下秋痕趕著和跛腳拂拭了几榻塵土，浼士寬姪兒幫著打掃。見空宅荒涼，又經人住過，家伙位置都不像從前，也有給人搬去的。秋痕此時雖不暇問，只痛定思痛，愈覺傷心。又想：「自己空無所有，或者今夜就到秋華堂去。」正在盼望，忽見士寬和穆升來了，說道：「老爺病著。」秋痕正要問話，子善進來。秋痕趕忙迎坐，眥淚盈盈，問著癡珠的病。子善嘆道：「病是不好，只你初到，歇一歇再和你說。」秋痕哭道：「到底怎樣？我吃盡千辛萬苦，都是為他，你說罷。」子善道：「這兩天卻也不妨。你如今只賸下一身，怎好的？」就吩咐跟班和穆升道：「你看姑娘屋裏應用什麼，都向公館取來。」秋痕道：「這卻不必。我即刻要到秋華堂看癡珠去。」一面說，一面向穆升道：「勞你替我叫一輛車。」穆升答應，子善止住道：「此刻已是五下多鐘，你要去也等明天。」秋痕道：「子善，你怎說？你想，癡珠聽我到了，不曉怎樣著急想見我呢。」子善再三勸止，秋痕那裏肯依。士寬是個莽撞的人，禁不住說道：「韋老爺早是……」子善忙行叫他出去。秋痕見此光景，知道不好，呆呆的瞧著子善，半晌跳起說道：「我千辛萬苦！」止說這一句，就急氣攻心，昏暈倒了。跛腳大哭，子善幫著叫，停了一停，秋痕轉過氣來，大哭一陣，握著兩拳將心胸亂打。大家攔住，就向板床歪下。子善連連勸慰，總不答應。不一會，子善的跟班和穆升搬取舖蓋、器皿也來了。差不多天就黑了，秋痕才坐起向子善道：「你請回罷。承你照拂，我來世做犬馬報你。」說畢，重復躺下。子善只得吩咐跛腳好好照料，就帶跟班回家。穆升怕家裏有事，早就走了。士寬被子善叫他出去，心中很不自在，領著姪兒回家歇息。

一間空屋，只賸下秋痕、跛腳兩人。只聽得梧桐樹上那幾個昏鴉，呀呀的叫個不住。又有一個梟鳥在秋心院屋上鼓吻弄舌，叫得跛腳毛髮森豎。時已新秋，天氣晝熱夜涼，跛腳身上只一件汗衫，十分發冷，肚又餓。瞧著秋痕就如死人一般，合著眼一言不發。猛聽得有人打門，跛腳答應，步下階來，見新月模糊，西風蕭槭，滿院裏梧葉捲得簌簌有聲。走到月亮門外，不防廊上闌干有個烏溜溜的大貓跳將下來，把跛腳一嚇，哎呀一聲栽倒在地。那黑貓一溜煙走了。跛腳戰兢兢的爬起來開門，原來是士寬和他姪兒送來四碟小菜、四碗麵、四個餑餑和那油燭盤香。跛腳這回不怕了，便來告秋痕。秋痕坐起，請士寬坐下，說道：「枉費了你大半年的氣力，曉得這樣，倒不如那一晚也燒死了，豈不是好？」士寬粗人，又吃了酒，含含糊糊說了幾句，他的姪兒點上燈，就都走了。開門出來，恰好禿頭帶個打雜送來簾幕飯菜及點心等件。秋痕見了禿頭，也是不哭，只問癡珠臨死光景。禿頭揮淚告訴一遍。秋痕長嘆，禿頭勸秋痕用些飯菜，秋痕一點不用，跛腳卻飽吃一頓。時已有二更天，禿頭也走了，跛腳拿著燭臺送了禿頭，關門進來。剛到二門梧桐樹下，瞥見上屋有個婦人，和秋痕差不多高，走入月亮門。跛腳只道是秋痕出來，也不驚疑，還說道：「娘你也不點個亮。」到得月亮門，見那婦人已上臺階，不入屋裏，卻由東邊灣去後院。又說道：「娘緩一步，我照你走。」卻不見答應，直跟到梅花樹畔，冉冉而沒。不覺嚇得通身發抖，跑入屋裏，秋痕還歪在床上，不動分毫。跛腳回想起來，十分害怕，又不敢告訴，隨說道：「娘你自清早起身，至今不曾吃點東西，喝些湯好麼？」秋痕不應。跛腳停一停，又說道：「你要躺，起來一坐，給我鋪下褥子，你也好躺。」秋痕道：「你鋪在西屋自睡，我就這樣躺。」

跛腳沒法，只得伴著秋痕呆坐。坐到三更多天，十分疲倦，歪在一邊。恍恍惚惚的覺自己走到一個地方，靜悄悄的，只見對面一對宮妝女子，手持旛蓋，引著他娘和個帶劍的女子緩步而來，來到跟前轉西去了。心上想道：「娘同這女子去那裏哩？」趕著跟來，卻又不見。遙望過去，前面有個廟，出出進進都是戲臺上打扮的人，只沒有塗臉的。想道：「這廟裏敢莫有戲？」就跟著人進去。見寶殿巍峨，是個極大的所在，月臺上香煙成字，寶蓋蟠雲。有許多穿戲衣的人，也有男的，也有女的，女的都是少年美貌，男的便有老有少。看了一會，不像是戲，又不像是佛殿，正想要走，只聽得兩邊鼓樂起來，說是「冤海司來了」。有一個穿戲衣的男人，瞧見跛腳，立地攆出。跛腳嚇得打戰，只見許多豔服女子引一座金碧輝煌的車，坐著一個纓絡垂肩的人，遠遠的看卻不曉得是誰。忽然又有個穿戲衣的人喝道：「你什麼人?敢跑來這個地方閑逛。」惡狠狠的一鞭，跛腳哎呀一聲，原來是夢。睜眼一看，日已上窗，卻不見秋痕。

跛腳只道起來，前屋後屋找了一遍，只見秋痕高掛在梅花樹上。跛腳嚇得喊救，兩手抱著大哭。士寬隔牆聽得跛腳哭喊，知道秋痕不好，趕著過來。跛腳一面開門，一面哭道：「娘吊死了!」士寬和他姪兒進來，忙行解下，見手足冰冷，知不中用，便赴子善公館告知。到得七下鐘，秋華堂和柳巷的人通知道了，瑤華奔來看視，大哭一場。街坊的人個個贊嘆，都說：「難得!」子善主意從厚殯殮，不用說了。看官須知：秋痕原拚一死，然必使之焦土無立錐之地，而後華鬘歸忉利之天，這也在可解不可解之間。秋痕係戊午年七月初三日寅時縊死，年二十歲。例斯人於死節，心固難安，報知己而投環，目所共睹。遭逢不偶，啣大恨於三生，視死如歸，了相思於一剎。留芳眉史，歌蒿借〈孔雀〉之詞❸；證果情天❹，文梓起鴛鴦之塚❺。正是：

---

❸ 歌蒿句：歌蒿，指唱輓歌。蒿，指〈蒿里〉，古輓歌名。孔雀之詞，指漢末五言敘事長詩〈孔雀東南飛〉，敘寫劉蘭芝、焦仲卿夫婦婚姻悲劇，劉蘭芝投池自盡，焦仲卿上吊自縊殉情。此句借指劉秋痕死志已決，將效集仲卿之上吊為韋癡珠殉情。

❹ 證果情天：證果，佛教語，指修行悟道而成正果。情天，愛情境界。

❺ 文梓句：文梓，有文理的梓樹，為良木美材。此指以文梓製作的棺槨。鴛鴦之塚，亦用〈孔雀東南飛〉故事。

比翼雙飛，傾伽並命；
生既堪憐，死尤可敬。
欲知後事如何，且聽下回分解。

總評：此回傳秋痕之死。寫癡珠之死，筆筆解脫，一涉留戀，便世所謂輕於鴻毛也。寫秋痕之死，筆筆斬截，一涉強勉，亦世所謂輕於鴻毛也。前頭無限嗚咽咽之文，苦雨悽風，令人不忍卒讀，不料寫至此處，轉成瓊樓玉宇，一片光明，化鬼趣為仙緣，消陰霾以白日。奇葩倏墜，依然連理之枝；玉質長埋，仍是婆娑之樹。所望讀書者之巨眼，印證作書者之苦心而已。上折可以警貪，下折可以起懦。

其詩結尾曰：「兩家求合葬，合葬華山旁。東西植松柏，左右種梧桐。枝枝相覆蓋，葉葉相交通。中有雙飛鳥，自名為鴛鴦。仰頭相向鳴，夜夜達五更。」此句借指她（劉秋痕）死後唯願與韋癡珠合葬。

第四十五回　竹竿嶺舊侶哭秋墳　樅陽縣佳人降巨寇

話說荷生自楊柳青撤防，到了青萍驛，接見太原各官，驚知癡珠、秋痕先後去世，大為惘然。是夜，就枕上撰一付輓聯，是：

萬里隔鄉關，望一片白雲，問魂兮幾時歸也？
雙棲成泡影，賸兩行紅淚，傷心者何以哭之！

次日進城，唱起凱歌，打起得勝鼓，鬧得一城人觀看，熱烘烘的擁擠。到了行館，采秋迎出并門仙館，小別三閱月❶，兩人相見，欣喜之情，自不用說。只接續見客，直到二更天，甫能退入內寢。細談說起癡珠、秋痕，兩人十分傷感。采秋便將輓秋痕的聯句，述給荷生聽，念道：

有限光陰丁❷噩夢，
不情風雨虐梨花。

❶ 三閱月：指經過三個月。閱月，經過一月。
❷ 丁：當；遭逢。

荷生道：「好！我的聯是這十六字：

癡夢醒時，秋深小院；
劫花墮處，春隔天涯。」

采秋也道：「超脫之至。」荷生隨把輓癡珠的句也念給采秋聽。次早一起寫好，分頭張掛去了。下午親往秋華堂，排上一臺祭品，換了素服，哭奠一番，就同子善大家到西院流覽一回。琴在人亡，十分惆悵。見焦桐室粘的詩箋，有〈五月下澣重過秋心院感賦〉七律二首。因念道：

沉沉綺閣幌雙垂，頻卜歸期未有期。杯影蛇弓魔入幻，帷燈匣劍❸鬼生疑。
搏沙蹤跡含沙射❹，銷骨讒言刺骨悲。昨夜落梅❺風信急，紙窗策策益淒其。
眉峰離恨鎖層層，欲斷情絲總未能。不恤人言誰則敢，可憐薄倖我何曾。
半生豪氣銷雙鬢，九死癡魂傍一燈。碧落黃泉皆誑語❻，殘更有夢轉堪憑。

❸帷燈匣劍：以帷罩燈，以匣葬劍，比喻真相隱約難明，令人疑惑難解。
❹搏沙句：搏沙，即博浪沙，地名，在今河南省陽武縣東南。漢代張良曾與武士以鐵椎狙擊秦始皇於博浪沙中。含沙射，指傳說中的怪蟲蜮能自水中含沙射人之影。
❺落梅：指古笛曲〈梅花落〉。
❻碧落句：唐白居易〈長恨歌〉寫唐明皇思念死去的楊貴妃，派道士「上窮碧落下黃泉」尋覓，終於在海外仙

念畢，正向子善說話，只見索安回道：「汾神廟住持心印求見，說有韋老爺遺囑面回。」荷生道：「甚好，我正要往訪。」就同子善迎了出來。心印行禮，荷生拉住，敘些契闊，又謝他經理癡珠喪事。心印灑淚道：「貧僧二十年心交，聚首天涯，竟為他辦了這等事，說來就可傷心。」荷生聽了，眥淚欲滴。心印便將癡珠遺囑述了一遍。荷生向子善道：「這事自是後死者之責。但我簡牘❼紛紜，心也粗了，學問我又不如他，怎能替他纂輯起來？只好暫藏在我那裏。至詩文集，儘管付梓罷。」子善躬身道：「是。」荷生又坐了一會，走了。次日，荷生因禿頭求差健弁，齎著癡珠遺札回南，遂作一緘寄給謖如，也交差弁帶去。此時子秀回省銷差，接著余黻如緝捕鹽梟❽差務也完竣到省。大家商議道：「南邊道路不通，秋華堂又不便久停靈輀，不如就葬并州，附以秋痕，完了他生時心願。」回明荷生。荷生道：「歸葬為仁，隨葬為達。況時事多虞，葬了也完我們一件心事。」大家道：「是。」嗣後心印、池、蕭看准南門外竹竿嶺一區墳地，就在夫妻廟後，於是擇了九月初二未時，將癡珠、秋痕兩柩安葬。就嶺下善人村買一百畝田地，五十畝菜園，一所房屋，將跛腳配給禿頭，便令搬往守墓。穆升、林喜、李福三人，荷生都收作跟班，就贊甫、雨農也延入文案處。秋華堂仍做遊宴公所。汾神廟西院，

山找到楊貴妃。此處講上天下地將死者魂靈尋覓到都是騙人的謊言。碧落，道教所說的東方第一天始青天，有碧霞遍漫，故稱「碧落」。後世泛指天上。黃泉，掘地深處出水名黃泉。一般代指地下。

❼ 簡牘：古代書寫文章的竹簡，後泛指書簡、文書。

❽ 鹽梟：舊指販賣私鹽的人，多為武裝集團者。

自從癡珠死後，都說有鬼，沒人敢住。後來是韋小珠搬入作寓，才把謠言歇了。秋心院也紛傳有鬼，後來是一邵姓買為別業。這便是癡珠、秋痕兩人結局。

一日，采秋和瑤華商量上墳。這日林喜、李福到夫妻廟伺候。采秋、瑤華素服，只帶了穆升、紅豆、秋英，由甬道坐小轎出城。穆升騎馬先走，紅豆、秋英坐一輛車，跟轎而行。到了城外，采秋、瑤華、紅豆、秋英一起換了馬，路上歇一歇，便望見竹竿嶺夫妻廟。林喜、李福迎出，兩人下馬，進得門來。破廟荒涼，草深一尺，見一群的羊在那裏吃草，頹垣敗井，廊廡傾欹。進了前殿，尚自潔淨，也排有兩三張破的木几，靠牆一張三腳的桌。這是林喜先到，教看廟預備的。廊下自有行廚供給。穆升捧上兩碗茶來，紅豆、秋英跟著采秋、瑤華，看了塑像和那壁間畫像殘碑，說道：「去年八月十五，癡珠、秋痕不到這裏祭奠麼？不想今年我和你來祭他！」瑤華也覺黯然欲絕。兩人喝了茶，逛到後殿，見西邊坍了一角，風搖樹動，落葉成堆，淒涼已極。又聞得遠遠有人哭聲，紅豆、秋英站在倒牆土堆上，見牆外槐樹下拴一匹黑騾，一人看守。李福認是汾神廟的人，問道：「你來做什麼？」那人道：「我跟師父來上墳。」采秋向李福道：「韋老爺的墳在廟後那裏？」穆升道：「只在牆外西邊，這裏去，不上一箭地。」瑤華道：「這般近，我們打這裏步行去罷。」采秋道：「甚好。」便攙著瑤華的手，步上土坡，穆升前引。兩人憑高遠眺，見平原地遠，曠野天低，覺得眼界一空。到得下來，便是廟外，疏林黃葉，荒徑寒蕪，蕭條滿目，早令人悲從中來。轉向西，遠遠的望見三尺孤墳。墳前點著香蠟，一個穿袈裟和尚正在膜拜，禿頭燒紙，哀哀的哭。林喜跟著祭品的擔，也才到墓下。采秋道：「等和尚走了，我們祭罷。」穆升道：「他們現已哭過，想是知道我們上來，匆匆要去。槐樹下的騾不牽向前麼？」只見禿頭和林喜說了幾句話，和尚點點頭，繞向東邊而去。紅豆、秋英便攙著采秋、瑤華，到了墳上，見墓碑題的是「東越孝廉癡珠韋公之墓」。林喜早排好祭筵，采秋灑淚上香，拜了一拜。瑤華也灑淚行了禮。紅豆澆酒，秋英執壺，林喜、穆升焚紙。事畢，四人以次磕了頭。只李福在夫妻廟中照料，不曾跟來。禿頭儘著哭。采秋、瑤華十分傷感，俱站不住。那烏騅和瑤華的馬都扯在墓前伺候，就不再到夫妻廟，只勸諭禿頭數語，上馬走了。

這且按下，待小子表出潘碧桃一番好結果來。碧桃自與錢同秀撒賴❾以後，并州是站不住。他媽便將碧桃走了絳州❿，又走了澤州⓫，走了清化⓬，走了汴梁⓭。汴梁自古佳麗之地，近來黃河遷徙不常，又新遭兵燹，中州⓮光景，就也不可再問。但是樊樓⓯之燈火成墟，飯甑⓰之琵琶還夥。碧桃

---

❾ 撒賴：撒蠻耍無賴地胡鬧，此指翻臉不睦。

❿ 絳州：今山西省新絳縣西南。

⓫ 澤州：今山西省晉城縣東北。

⓬ 清化：指清化鎮，今河南省沁陽市東北博愛縣。

⓭ 汴梁：今河南省開封市。

⓮ 中州：指今河南省，因其地處古九州之中而得名。

⓯ 樊樓：宋代東京（今河南省開封市）的大酒樓，又名白礬樓。樓高三層，樓有五座相向，各樓有飛橋連通，華麗壯觀，賓客滿樓，常在千人之上。

⓰ 飯甑：蒸飯的器皿，以陶土或竹木製成。

閱人既多，又戒了煙，容華遂愈煥發，迷香洞裏居然座客常滿。一日來個道人，授以操縱吐納、摩兜頓挫之訣，臨行說道：「你過此便當發跡。」只這道人去後，無論舊寵新權，相對總是味如嚼蠟。後來篾片領個豪華公子到門，這碧桃放出手段，百般討好。那公子見得碧桃千嬌百媚，就也十分憐愛。不想晚夕兩口嬲⑰了一陣，一個是渺乎其小，一個是廓其有容。還是碧桃泥⑱他唱個後庭花，到了天明，竟自走了。數月門庭寂然，母女十分站不住。聽說樊城熱鬧，現在賊退，遂帶了猴兒，徑行上路。這日離樊城不上十里，日早落了，對面忽來一隊游騎，車夫望風而遁。當頭一個少年，望著碧桃，便跳下馬搶了，飛鞭而去。沒有三里多路，天快黑了，投一小小鄉村。碧桃高叫救命，村中的人沒個來理。這少年向一家門首停住，裏邊有個婦人，黃瘦的臉兒，手拈盞燈，將碧桃扶下。碧桃跳躑喊哭，那婦人笑道：「哭也無益，喊也枉然。」這少年也說道：「娘子安靜，我們不是食人老虎。」碧桃道：「你還我的媽，我便跟你。」那少年道：「這是容易的事，馬上就到。」碧桃見他沒甚歹意，就停住哭，與婦人見禮。那少年已將他媽帶來見面，碧桃大喜。看官，你道這隊游騎又是那一股賊哩？原來淮北一帶城池，近為員逆頭目呂肇受竊踞。這肇受原是樅陽縣著名劇盜⑲，卻極孝順，縣官破案，一拘他娘，便自投到。後來積案多了，幾斃杖下。幸站木籠，有個官善於風鑑，見他臉有紅光，便放了，令去投軍。不想肇受投賊，受了偽職，踞了樅陽，擁有淮北千餘里鹽利，與河南稔首⑳姚薈琳結為兄

⑰ 嬲：音ㄋㄧㄠˇ，特指男女之間狎昵、戲弄。

⑱ 泥：軟纏；迷戀。

⑲ 樅陽縣劇盜：樅陽縣，古縣名，故城在今安徽省桐城縣東南。劇盜，大盜。

弟。以此餉足兵多，勢強援眾。只是生平有個缺憾，是個驢形，自做賊以來，不知糟蹋了整千整萬婦女，卻不曾了一回賬，以此四布游騎，到處擄搶。這少年擄得碧桃，獻了肇受，肇受見面，也不甚為奇。這日酒後，叫來服侍，不料碧桃竟禁得起春風一度，而且曲盡媚豬[21]之態。這是肇受不曾嘗的滋味，當下樂得心花怒開，告了他娘，擇日成親。賞了少年一百兩金，差人迎了碧桃的媽，連猴兒也得了好趣。看官，你道人生無論什麼人，肯從根本上著點精神，再沒有不好呢。碧桃那般淫賤，終始與他媽相依為命；肇受那般榮華，也是終始與他娘相依為命。他娘這會見個粉妝玉琢的媳婦來了，喜歡之至。這碧桃就珠圍翠繞，做起夫人。看官，你道是好結果不是？尤可喜者，一夕枕上，兩人各訴衷曲，碧桃說道：「你如今富貴極了，只是依人，自來是沒結果呢！你怎不反正，將淮北鹽利獻與朝廷，必有一番獎勵。然後請率所部討賊，就這千餘里地徵稅課，做我糧餉。金陵守得住，我且霸住一方；金陵守不住，我便做個陶朱翁[22]。你道好不好呢？」說得肇受一骨碌跳起，拍掌道：「上策，上策！

[20] 稔首：即捻首，指捻軍首領。捻軍，又稱捻子，是清朝中葉後，在安徽、江蘇北部和山東、河南等地域爆發的反抗清朝的農民武裝。稔，為「捻」字之誤。

[21] 媚豬：五代南漢主劉鋹妾之賜號。宋陶穀《清異錄‧君道》：「（劉鋹）得波斯女，年破瓜，黑腯（肥壯）而慧豔、善淫，曲盡其妙。鋹嬖之，賜號媚豬。」

[22] 陶朱翁：即陶朱公。陶，古邑名。故址在今山東省定陶縣西北。春秋戰國時代著名的商業城市。春秋時越國大夫范蠡輔佐越王句踐滅吳後，見越王寡恩不可共安樂，遂棄官遠去，泛五湖，居於陶，自稱朱公。以經商致巨富。後世稱經商富賈為「陶朱公」。

娘子軍，我先要投降了。」次日，肇受果然託記室做個降書，又遣人私送北帥許多財物。後來奉到諭旨，著授淮北提督，改名藎忠。碧桃竟自得了一品夫人的誥命。正是：

羽鎩鳳凰，語通吉了；

腐草為螢，道在屎尿。

欲知後事如何，且聽下回分解。

總評：此回上半折敘述癡珠、秋痕身後情事，為全書一小結束。下半折遙承第十回，以碧桃起波，引起下六回文字，亦束上起下必不可少之文。筆意與前敘員逆，後敘蕭朱，配搭勻整，文境卻極變化，此為結構。嗟夫！淫如碧桃，狠如肇受，僅僅明發有懷，便可化辱為榮，轉禍為福，後來攜美人以航海，跡隱陶朱，奉老母以終身，名高介子。癡珠縱歷百劫，有此造化乎？高歌有鬼，徒為溝壑之填；食字無靈，莫慰門閭之望。是真普天文人，當為一大慟者也。作者意匠經營，尚有在筆墨外者，善讀者試掩卷思之。

第四十六回　求直言梅翰林應詔　復潯郡歐節度策勳

話說這年秋間，長星❶見在西北方，光有數十丈，直射東南。逆賊四眼狗勢大猖獗。看官，你道這四眼狗是誰？原來便是秋心院的班長李狗頭。當時癡珠說他會做強盜，人都不信，不想他卻真做悍賊。他自正定括了牛氏箱籠，便與他結盟的幾個兄弟跑到淮北。適值金陵屠殺之後，員逆委任滎合、滎法主持號令，出榜招賢。狗頭夤緣❷獻策，破了烏衣❸官軍，又破了防守七年之六合、三河❹大捷之義師。員逆大喜，以為奇才，將淮北悉歸管轄。其實懷遠❺一帶，呂肇受早反正了。狗頭領著數萬

❶ 長星：狀如彗星的大流星，古人認為兵災之象。三國時諸葛亮率大軍伐魏，屯駐渭南。有長星赤而芒角，自東北向西南流墜，投於諸葛亮軍營。占卜云：「兩軍相敵，有大流星來走軍上及墜軍者，皆破敗之徵也。」

❷ 夤緣：攀附；連絡。

❸ 烏衣：烏衣鎮，在安徽省滁縣東南三十里清流河西岸。

❹ 六合三河：六合，六合鎮，在今江蘇省西南長江北岸。三河，三河鎮，在安徽省巢湖西側。外環兩岸，中峙三洲，三水流貫其間，故名三河。清咸豐八年（西元一八五八年）太平天國軍隊與清軍大戰。清軍敗亡，統帥李續賓、曾國華戰死。

❺ 懷遠：今安徽省懷遠縣，清代屬鳳陽府（今安徽省鳳陽縣）。

人馬，只飄泊大湖，來往灊山❻。

當下朝廷為著東南糜爛天象告警，詔中外文武及軍民人等，直言時務。這梅、歐兩個晉京，得不了試差。小岑卻轉個御史，想起癡珠臨行送的序文，是教他勘破了七品官，將天下所有積弊和盤託出，做個轟轟烈烈的男子，就也鼓動小岑胸中幾多塊壘，幾多熱血，只是乘不出機會。這會言路大開，他又得了御史，便悄悄做起一摺，不但不與劍秋商量，便是丹翬也不知道，徑自遞了。略云：

臣梅山奏，為應詔直陳，仰祈聖鑒❼事：臣聞古三公有因水旱策免❽，有不待策免而自行引退者，何況天象示警於上，人事舛迕❾於下，而內閣大臣❿猶循常襲故，旅進旅退⓫於唯唯諾諾之間，清夜捫心，其能自慰乎？夫用人行政，其將用未用，將行未行之際，差之毫釐，失之千里。天顏⓬咫尺，呼吸可通，惟有內閣而已，身居密勿⓭之地，苟懷緘默之風，則宰相⓮亦何

---

❻ 灊山：今安徽省南部灊山縣。

❼ 仰祈聖鑒：仰祈，仰望；企盼。聖鑒，指皇帝或臨朝太后之鑒察、明斷。

❽ 策免：指帝王發布詔策文書以免官。

❾ 舛迕：背謬；差錯。

❿ 內閣大臣：清代內閣設三殿（保和殿、武英殿、文華殿）、三閣（仁閣、文淵閣、東閣）大學士，名義上為清朝最高官署之大臣，實際參與要政者為皇帝指定委任的滿清貴族，不一定是內閣成員。

⓫ 旅進旅退：猶言隨大流而進退。

⓬ 天顏：天子的容顏，指皇帝。

常之有？一切凡人皆可為之，又何藉夢卜以求也。東南軍務，稽今⑮二十有餘年矣，民生顛沛，國帑空虛，盡人能言。其實盡人不敢言其所以然之故。臣私自憤懣，急欲明目張膽，為我皇上陳之。封疆⑯壞於各道節度⑰，各道節度非有唐末之橫也，而平居泄沓⑱，臨事張皇，有喪師者，有辱國者，有聞風先遁者，有激變內潰者，有奉熊文燦⑲為祖師而以撫誤事者，有蹈楊嗣昌⑳之覆轍而以鄰為壑者，有擁兵自重而游奕㉑以避賊鋒、糜餉㉒自娛而高居以養賊勢者。凡

⑬ 密勿：機密；機要。

⑭ 宰相：總攬並主持國家政務，輔佐皇帝管理百官的最高行政長官。清雍正時另設軍機處於內廷，軍機大臣成為清朝事實上的宰相。

⑮ 稽今：拖延至今。

⑯ 封疆：封疆大吏，指總攬一省或數省軍政大權的總督或巡撫。

⑰ 各道節度：道，清代自乾隆始至清末，陸續設置分守、分巡、督糧、鹽法、巡警、勸業諸道，成為省以下府州以上管理各類政務的行政長官。節度，此指道臺，主管各道的長官。

⑱ 平居泄沓：平居，安居無事。泄沓，閒散；懈怠。

⑲ 熊文燦：明萬曆進士，崇禎間督撫福建兩廣時，曾以招撫的策略平定海盜。後中原大亂，楊嗣昌推薦熊文燦為兵部尚書，總理軍務。熊文燦一意主張招撫。張獻忠詐降，擁萬人據谷城（今山東省平陰縣西南東阿鎮），索十萬人軍餉，熊文燦與之。不久張獻忠復叛，事遂不可收拾。熊文燦被朝廷處死。

⑳ 楊嗣昌：明萬曆進士，崇禎十一年（西元一六三八年）清軍南入長城，襲踐北方各地。時楊嗣昌任兵部尚書，一意主和，不准諸將出戰，貽誤軍機，致使統帥盧象升在鉅鹿（今河北省平鄉縣一帶）與清軍激戰陣亡。

此種種紕繆㉓，內閣豈不知之？有遇事嚴參㉔以重封疆者乎？自倭逆內犯，勾結水陸劇盜以及回疆西藏，朝廷命將出師，不惜捐萬萬帑金，為民除害。德洋恩普，該將帥宜何如努力戎行？乃老成凋謝，既無繼起之才，結習相沿，動有僨軍之將㉕。往者金陵淪陷，設南北二帥，北帥逍遙河上，南帥嵎負鐘山，轉瞬數年，終於覆沒，為宵旰㉖憂。方其未敗，錦衣玉食，倡優㉗歌舞，其廝養㉘賤紈綺，吸洋煙㉙，莫不有桑中之喜㉚，志溺氣惰。賊氛一動，如以菌受斧，害於而家，凶於而國，覆轍相尋，曾不知戒！內閣耳目猶人，有先機議處，以肅戎行㉛者乎？

㉑ 游奕：猶游弋，巡行察看。

㉒ 糜餉：耗費軍餉。

㉓ 紕繆：錯誤；荒謬。

㉔ 嚴參：嚴厲地參奏、彈劾。

㉕ 僨軍之將：使軍隊覆敗的將領。僨，覆敗；毀滅。

㉖ 宵旰：宵衣旰食，意謂天未亮就穿衣，天黑了才吃飯，形容勤勞奮勉，多用以稱頌帝王躬親政事。此處指帝王。旰，音ㄍㄢˋ。

㉗ 倡優：古代指以歌樂、雜技娛人為職業的藝人。

㉘ 廝養：指割草餵馬、烹炊做飯的雜役。

㉙ 洋煙：指鴉片煙。

㉚ 桑中之喜：指男女不依禮法的私會野合。桑中，地名。《詩經・鄘風・桑中》：「云誰之思？美孟姜矣！期我乎桑中，要我乎上宮，送我乎淇之上矣。」

封疆如此，戎行如此！此何時哉？此何勢哉？該大臣等相顧不發一策，事事仰勞神算㉜，已屬全無心肝，乃猶徇情掩飾，淆亂是非，致令外議沸騰。或曰受賄容奸，或曰潛蹤通賊。聖明之世，臣不敢謂然。第念該大臣世受國恩，身膺㉝隆遇，何以坐視時艱，悍然於天人交迫，曾無所動於中也？今日之事，必先激濁揚清㉞，如醫治疾，扶正氣始可禦外邪。伏唯聖鑒，俯納芻蕘㉟，特伸乾斷㊱，則民生自復，國計自紓㊲。臣不勝感激之至！謹奏。

次日內閣傳旨：御史梅山忠讜可嘉，著賞人參二觔㊳，原摺該大臣閱之，各明白回奏。小岑謝恩下來，滿朝公卿無不改容。

當下回寓，劍秋已早來了，接著笑道：「士別三日，當刮目相待。」小岑也笑道：「這是癡珠抬

㉛ 戎行：軍隊。

㉜ 仰勞神算：仰勞，仰仗、煩勞。神算，神妙的計謀，指皇帝或朝廷的謀略、決策。

㉝ 膺：承受。

㉞ 激濁揚清：沖激污濁，揚舉清流，比喻懲惡揚善。

㉟ 芻蕘：割草採薪，比喻淺陋的見解。

㊱ 乾斷：帝王的裁決。乾，《周易‧乾卦》之象，為天為龍，其九五爻辭：「九五，飛龍在天。」象徵九五至尊。故以「乾」代指帝王。

㊲ 自紓：自解。

㊳ 觔：同「斤」，舊時十六兩為一斤。

舉我，得了兩觔人參。」隨即坐下，談了朝中情事。劍秋便說道：「癡珠議論，多是行不去呢。就如這摺議論，也是乘此機會纔用得著。」小岑嘆道：「雖有智慧，不如乘勢；雖有茲基㊴，不如待時。自古是這般呢。」劍秋道：「前兩天，荷生寄來癡珠詩文集副本。詩倒罷了，那文集中議論都駭人聽聞得很。我略瞧兩篇擬疏，一是請裁汰㊵：一曰汰大員而增設州縣，一曰汰士子而慎重師儒，一曰裁營伍而力行屯政㊶，一曰裁胥吏而參用士人。一是請廢罷：一曰罷邊防而仍設土司㊷，一曰罷鳌金而大開海禁㊸，一曰廢金銀而更造官錢㊹，一曰廢科舉而責成薦主㊺。一篇都有數萬字，讀之令我小儒舌撟㊻。」小岑道：「行原是行不去呢，只這議論都是認真擔當天下事的文字。人存政舉，便自易易。你道他迂闊麼？就如他說用兵大略，是先和倭夷，聽其自生自滅；再清內寇，上保蜀，下復武漢，做

㊴ 茲基：猶磁基，指磁石和城基。南朝宋鮑照〈蕪城賦〉：「製磁石以禦衝，糊赬壤以飛文。觀基扃之固護，將萬祀而一君。」此指製造磁石之宮門，建築牢固的城基，以防禦敵人兵刃的襲擊。

㊵ 裁汰：裁減、淘汰。

㊶ 屯政：屯田措施。

㊷ 土司：亦稱土官。明清時在西北、西南地區設置的由邊遠少數民族部落首領充任並世襲的官職。

㊸ 鳌金句：鳌金，指金局，徵收金、捐稅的官署。海禁，明清兩代朝廷禁止中國人赴海外經商與限制外國商船進口貿易的措施。

㊹ 官錢：官府鑄造的錢幣。

㊺ 薦主：舉薦人；介紹人。

㊻ 舌撟：舌頭翹起不能出聲。

個南北樞紐。然後從上游分路勦辦，水陸並進，力阨賊吭。你道是不是呢？現在什麼人能了此一局呢？」劍秋道：「這一付議論，我也聽他說過。荷生、謖如都將此做個帳中秘本，其實一個人是做不來呢。」小岑笑道：「天下事那裏有一個人辦得出呢？起檣椎牛㊼，掛席集眾。」正待說下，門上報有客來。你道是什麼客呢？原來就是謝小林、鄭仲池。前個月小林以御史放了淮海道，仲池以理少放了淮北節度。兩個俱因地方殘破，無處張羅，不能出京。這日從內城出來，得個明經略入閣的信，以此同訪小岑。到得靠晚，見過上諭，是「首輔㊽予告，朝廷以西北肅清，詔經略入閣，所有未了事件，著交韓彝守護帥印辦理。」到得第三日，內閣傳旨：湖北漢陽府著梅山補授。小岑叫苦連天。丹翬便埋怨他：「上得好摺。如今得了這個去處，上不著村，下不著店，又是不能不走的。」倒是劍秋替他張羅出京，說是：「朝廷因你肯說話，纔叫你一麾出守，不久就有好處。」勸他走了。

卻說仲池節度淮北，與肇受恰是同官。肇受此刻擁了淮海千餘里錢糧鹽課㊾，奉詔討賊，自廬江以至和含㊿，連營百餘座，旌旗耀日，人馬堆雲。仲池主僕煢煢(51)，依個破廟。一日，提督府兵丁搶人婦女，士團不依，鬧起事來。幕中朋友說須地方官彈壓(52)，肇受便往拜仲池。仲池飭該管官兩邊和

㊼ 起檣椎牛：起檣，樹起檣帆，指揚帆開船。椎牛，猶槌牛，指擊殺牛以會眾賓。

㊽ 首輔：清代指領班軍機大臣。

㊾ 鹽課：古代指以食鹽為對象所徵收的稅課。

㊿ 廬江和含：今安徽省廬江縣、和縣、含縣。

(51) 煢煢：孤單無依的樣子。

解，就也前往回拜。這肇受高興，開起夜宴，於是萬炬齊明，百花沓出，雨護世城中之美饍，舞廣寒宮裏之羽衣。酒行數巡，夫人出見，珠光側聚，佩響流葩。肇受卻小袖禿襟，笑向仲池道：「我不慣穿著大衣。」仲池一面招呼夫人，一面說道：「我們兄弟，儘可脫略形跡53。」肇受就指左邊一座，教夫人坐下，向仲池說道：「他文雅，不比我鹵莽武夫，著他奉陪，我就在這炕上燒煙罷。」於是弁者鬟者54，流目於燈光煙氣之中，歌人舞人，摩肩於豐酒繁肴之地。仲池起辭再三，無奈肇受夫婦禮意殷勤，遲至一下鐘，纔得散席。臨行，肇受取個沉沉的包裹，納入仲池袖裏，笑吟吟的道：「聊以誌別。」仲池不解，無可答應，只得收了。抵寓，檢開包裹，燦燦金條。次日天明，忽報提督掛印走了。所有百餘座壁壘，俱是空營。原來肇受軍令，俱是暗號，那日黃昏，這多兵俱已陸續登舟。席散後，肇受、碧桃各奉老母，就也出城，萬帆競掛，說是向海門而去。如許重累，竟一夕拔宅，奇不奇呢？這裏仲池詫異一番，將提督的印暫行護理，方招募鄉勇，聯絡士團，想為自強之計。不想諸事辦未得手，狗頭卻來了，空空一城，如何可守？聽說寶山營兵強馬壯，便向寶山投奔。坐此淮北千餘里，竟為狗頭竊踞。

再說小岑那一摺利害不過，參倒了幾個大老55，正法了幾個節度，這是小岑想不出呢。為著小岑

---

52 彈壓：鎮壓；制服。

53 脫略形跡：行為輕慢，不拘小節。

54 弁者鬟者：弁者，戴禮帽者。鬟者，梳著環形髮髻者。

55 大老：指資深望重的大官。

奏淮，大家依嘴學舌，都說起話來，便轇葛不清。還是明經略到京，慢慢的回轉聖意，纔得歸結，救活了多少人，只日日接見朝士，延攬人才，總不得個擔當全局的人，實在十分煩惱。一日，想起李謖如，恰好出了肇受提督的缺，便極力保薦，得了諭旨。過了數日，門上遞了一封書，拆閱，是侍講歐冶言事的書，約有一千餘字，大意是說那楚北[56]淮南[57]形勢及扼賊要害之處，又說「封疆大吏推諉素不知兵，這是無志者藉口之辭。試問各道節度共帶樞部[58]之銜，且有標兵[59]之掌，如何說得不知兵？請以各道軍務俱歸各道節度督辦，勿庸另派大臣。」又說是「今天下雖多事，然誠得志節磊落，通知古今之人分布中外要路，一以滅盜賊，安元元[60]為念，功效未必不可漸致。」大喜道：「這等議論與苟生一般通達，可以大用。」次日，便呈御覽，奉旨召見。劍秋口才本是好的，是日奏對，洋洋灑灑，大稱聖旨，就放個岳鄂[61]節度。陛辭[62]這日，保了小岑與游鶴仙。不數日，鶴仙放了楚北提督，小岑擢了荊宜[63]觀察。此時楚南[64]完固，雖寶慶、武岡[65]均有賊蹤，安化、益陽[66]均當堵勦，而大局是個

---

[56] 楚北：指湖北省地區。

[57] 淮南：指安徽省淮河以南及長江以北、漢水以東地區。

[58] 樞部：指樞府，主管朝廷軍政大權的中樞機構。清初指內閣，雍正後多指軍機處。

[59] 標兵：指古代軍中標下之兵。

[60] 元元：猶黎元，黎民百姓。

[61] 岳鄂：指岳州、鄂州，今湖南省岳陽縣和湖北省武漢市武昌。

[62] 陛辭：指升遷授官，辭別赴任。

安靜。楚北武昌失守三次，漢陽失守四次，自荊宜以下千餘里瓦礫之場，賊尚盤踞以為出入孔道。可憐小岑挈了丹暈，羈旅樊城67，無可著手。後來擢了荊宜道，纔造起戰船，招些水勇。值著劍秋也到，帶得宣府68精兵二千駐紮荊州，會合小岑募的水勇一千，及游鶴仙帶來太原精銳三千，共成六千人，擇日出師。高屋建瓴，掛帆東下，剋了石首69，又剋嘉魚70，直薄武昌城下。城賊負嵎自固。劍秋撥一枝兵，力扼安陸71、德安72援賊。小岑水師復了漢口鎮，漢陽賊便也不敢離城半步。於是城賊岌岌。

再說小岑近日收個少年，姓包名起，這包起是個賣甘蔗為生的。劍秋也收個少年，姓黃名如心，這如心是個割馬草出身的。兩人俱生得面如滿月，目如流星，驍健多力。包起緣戀個婦人，因此投了小岑，充個親兵。如心也戀個女人，替他養馬。一日雪裏割草，劍秋瞧見他單衣來去，揮汗如雨，大

---

63 荊宜：指清代荊州、宜昌二府及荊門地區，即今湖北省江陵縣、宜昌縣及荊門市地區。

64 楚南：指湖南省地區。

65 寶慶武岡：今湖南省邵陽縣、武岡市。

66 安化益陽：今湖南省安化縣、益陽市。

67 樊城：今湖北省襄樊市。

68 宣府：軍鎮名，今河北省宣化縣，明清時為京畿西部防衛要地。

69 石首：今湖北省石首市。

70 嘉魚：今湖北省嘉魚縣。

71 安陸：清安陸府，今湖北省鍾祥、京山、天門、潛江四縣地區。

72 德安：今湖北省安陸市。

相詫異。後又見他駕馭生馬，矯捷異常，就提拔他充個親兵。那包起、如心戀的女人你道是誰？原來就是那年秋華堂搬馬解的柳青、胭脂。他姑嫂二人由太原走了大同、宣化，便自直隸轉到河南，小住樊城。柳青卻結識了包起，胭脂就也結識了如心。這兩對少年夫婦感著癡珠詩意，便向軍營中人投靠。包起是應小岑招募，如心算是劍秋提拔出來。每逢出隊，這兩人都有個娘子幫手，衝鋒陷銳，極為得力。以此積功，都得了前程。營中人將包起、如心喚做「飛虎」，柳青、胭脂喚做「雌熊」。這夜攻打武昌，如心夫婦帶了百餘人，伺至三更，覷73個空飛躍而上，放火大呼。城賊心膽俱寒，黑夜裏自行屠殺。胭脂已拔扃74，招大軍入城了。次日，小岑剋復漢陽，也是包起、柳青之力。劍秋大喜，都拔補了營官。乘勝攻走安陸、德安等賊，楚北一起肅清。只武漢兩城，公廨75已空，人物如鬼，鶴仙因勸劍秋移駐岳州。劍秋笑道：「蚡冒76藍縷以啟山林，不就是這地方麼？苟此而不能守，去之他處何益？昔周室征淮77，師出江漢；晉代平吳78，謀在荊襄；王濬79造船，循江而下；陶侃80之勳，鎮守

---

73 覷：窺伺；察探。

74 扃：從外關閉門戶的門閂。

75 公廨：官署。

76 蚡冒：春秋時楚國君主，名熊。

77 周室征淮：指周宣王時派召穆公統兵征討淮夷，《詩經．大雅．江漢》即記此事。

78 晉代平吳：指西晉武帝司馬炎命杜預任鎮南大將軍，鎮守襄陽，都督荊州諸軍事，謀定滅吳方略。

79 王濬：西晉大將，自晉武帝泰始八年（西元二七二年）起，便督造戰船，操練水師，準備攻吳。在咸寧五年

武昌；宋岳武穆㉛、李忠定㉜謀畫岳、鄂，均以此地為要圖。我們要想控制長江，平定東南，豈容棄去此地？而且要守此地，還要攻破九江呢。」看官聽說：九江係大江左右一個樞紐，賊以金陵為腹心，倚九江為門戶，設官科糧。九江之賊又恃小池口㉝、湖口㉞為犄角。九江有賊，鄂州守不住，金陵亦剋復不來。以此劍秋、小岑急於募水勇，造船艦。有志事成，不上兩月，便增水勇三千人，年紀都是三十以下的，戰艦八九百號，大小砲位二千尊。小岑督率剋復了小池口偽城，進圍湖口。此時鶴仙帶二千陸師，下援南昌，留下一千陸師。劍秋就令包起、如心兩夫婦管帶，營小池口城裏。到了次年，湖口仍難得手。一日，小岑喚過包起，附耳數語。包起歸營，便傳令陸師拔營，進勦宿松㉟、太湖㊱。

（西元二七九年）受命伐吳，順流東下，攻克武昌，直取東吳都城建康（今江蘇省南京市），接受孫皓投降。

㉚ 陶侃：東晉將軍，任荊州刺史，鎮守武昌。前有杜弢率兵反晉，為陶侃所平；後有蘇峻、祖約作亂，庾亮、溫嶠依靠陶侃兵力，平定反亂，收復建康。陶侃以功授任荊州（今湖北省江陵縣）、江州（今江西省九江市）二州刺史，都督八州諸軍事。

㉛ 岳武穆：指南宋抗金將領岳飛，遭奸相秦檜謀害而死。宋孝宗時為岳飛昭雪冤獄，謚為「武穆」。

㉜ 李忠定：北宋末名臣李綱，力主抗金恢復，死後謚為「忠定」。

㉝ 小池口：在江西省與湖北省交界的長江北岸，同江西省九江市隔江相對，為長江津要處。

㉞ 湖口：江西省湖口縣，地處鄱陽湖流入長江處，故稱「湖口」。

㉟ 宿松：今安徽省宿松縣。

㊱ 太湖：今安徽省太湖縣，地處太湖河西岸。

次日，湖口出隊，內湖外江，礮火四合，水陸悍賊無數，悉力抗拒。方血戰間，忽然一隊步軍從山後連臂大呼，突入縣城。船賊岸賊相顧駭愕，不知此枝兵從何而至，擾擾攘攘之中，械不能舉，槍不能發。我軍乘勢追逐，因風縱火，把兩岸夾守的偽城一起剋復。賊船數百號，焚奪一空，片帆不返。此時火聲、水聲、人馬喧騰聲震天動地。船賊也有死於水的；也有死於火的；岸賊也有落荒跑的，也有受刀傷的，也有砍倒頭的，也有踐踏死的。真殺得滿江皆尸，滿湖是血。看官，你道那一隊步軍是那裏來呢？原來包起揚言進勦宿、太，卻於夜間將一千人潛自小池口，便入戰船，繞出湖口十里。天甫黎明，這一千人盡數登岸，高踞湖口縣城後山巔埋伏。到得城賊會合水賊，這一隊便殺下來了，以此大捷。當下水勇扼在江上，陸師圍了潯城❽❼。城賊糧草有餘，逃竄無路。我軍四面環轟，塌倒城垣百餘丈，便擒了偽貞天侯淩紫茸等，磔於市。自是鄱陽數百里遂無賊蹤。劍秋論功，以小岑為最，奉旨擢了湖南節度，鶴仙加了頭品頂戴，包起、如心都升了參將。正是：

激濁揚清，人才輩起。

獨有虬髯，搏翼萬里。

欲知後事如何，且聽下回分解。

總評：此回小岑、劍秋合傳，實凝珠專傳也，明眼人自知之。中間插入肇受一

---

❽❼ 潯城：即潯陽城，晉代柴桑縣之湓口城，今江西省九江縣。

段，收束上回，實以引起下回。而明經略入閣，為全書關鍵，湖口之戰，又金陵剋復之根也。小岑一疏，劍秋一書，可入名臣錄。豈得以稗史目之。

第四十七回　李謖如匹馬捉狗頭　顏卓然單刀盟倭目

話說李謖如定計屯田，與至俊務農講武，把海壖都墾就腴田❶，蜑戶都變成勁旅❷；又開了幾處學堂，教二十歲下兵丁，都要讀些史書，熟些核算，工些楷法。因慨然道：「癡珠嘗嘆：今之武官都有輕裘緩帶、雅歌投壺❸之意，恐非所宜。此自正論。然太鹵莽，直是磨牛❹，吾亦為汗顏❺哩。大抵做人總要懂點道理，有個器量，難道武夫不吃飯麼？」至俊深服其論。輾轉之間，便是夏五。忽然得了李夫人凶信，自是哀痛。嗣後又知癡珠赴召玉樓，秋痕身殉，更添一番傷感。接著荷生差弁也到，

❶ 腴田：肥沃的田地。

❷ 蜑戶句：蜑戶，即蜑戶，舊時散居於南方廣東、福建等沿海地帶，以船為家，以捕魚採珠謀生、納稅，漂浮江海的水上居民。勁旅，實力強勁的軍旅。

❸ 雅歌投壺：吟唱雅詩投壺為戲。東漢祭遵任將軍，取士皆用儒術，對酒設樂必雅歌投壺。後多指武將的儒雅行為。雅，指《詩經》中的雅詩及後世用於宴餐、郊廟的雅樂、雅歌。投壺，古代一種遊戲，設五升之壺，以柘矢投入壺口，負者被罰飲酒。

❹ 磨牛：拖動磨盤旋轉的牛，比喻愚笨。

❺ 汗顏：指臉上羞愧出汗。

諼如因作一緘，另委幹員，交給千金，偕并州差弁同去東越，替癡珠贍家，並接癡珠長男萏哥北來，搬取靈輀。這萏哥現年十七歲，早已入學，學名寶樹，字小珠，一表人才，英氣勃勃，卻不像癡珠有那孤癖。下文另表。當下死友之哀纔減，新亭之淚重揮，卻是仲池到了，說起四眼狗窮凶極惡。諼如道：「這綽號很熟，我好像先前見過這人。」仲池道：「見說他是并州什麼院裏掌班。」諼如恍然道：「是，是，我見過這人。咳！這奴才也要作賊麼？」當下就答應仲池，替他出兵。不一日，恰好得報，是擢了淮北提督。諼如上摺謝恩，就請將所部肅清淮甸❻，所有軍餉即由寶山屯田轉運，無事另籌；將該鎮印務，懇恩交給奏加三品銜危至俊署理，以資熟手。朝議就也依了。於是諼如挑選精兵三千，由海沂淮請仲池督率先行，自挈一千人，由陸路隨後進發。

再說狗頭踞了樅陽，就住肇受的提督府，立定章程，每日要排門錢，每月要捐大戶。排門錢怎樣呢？每五百家立個旅帥，每日排門輸錢二十二文，以二文為旅帥食俸，以二十文為兵餉。捐大戶呢？有田宅及鋪面者是為大戶，每月按戶捐錢十千文，以二千為監軍司馬等食俸，以八千為兵餉。又有那五里關、三里船之稅，又有那派工匠、輪婦女之圖，又有那斬墓木、放火堆、捉船戶、打先鋒之令，真是一網打盡，不放分毫。不上一月，將淮北千里掃蕩個渺無人煙。諼如此來是要救民水火，不想無民可救，只有賊可殺哩。

當下諼如自寶山輕齎❼入東壩，剋復了巢縣、合肥❽。探報狗頭帶馬隊三千，步賊三十萬，距於

❻ 淮甸：淮河流域。

❼ 輕齎：指攜帶少量資裝或糧食。

壽州❾。謖如想道：「壽春❿為古重鎮，爭淮者守此則得淮，並可得江。不想狗頭竟有此才略。」又想道：「我兵纔有一千，賊如聚蟻，我兵就一個打得百個，也敵不過，而且馬隊又有許多，怎好呢？現在鶴仙又援南昌去了。」這日到了芍坡⓫，離壽州不上三十里，纔有兩下鐘。傳令將餉銀盡數排列，傳齊營官哨長，嘆口氣道：「咳！喒們深入賊地，退沒有路，只有散罷。這餉銀無所用之，你們分取做個盤川，能彀有命回到寶山，清明除夕，燒張紙錢，也不枉喒們兩年相處。」一面說，一面號啕大哭起來。這營官哨長以及兵丁就也大哭。一會，謖如停住哭，含淚說道：「哭也無益，你們散罷。」大家停住哭，也含淚齊聲道：「大家不願走，死便死一塊。」謖如又哭起來，說道：「何苦呢？你們試想，喒們只有一千，賊卻三十萬，又有馬隊，怎抵得過呢？」說完又哭。大家齊聲道：「大家要死，也殺個快意死，難道束手給賊殺麼？」謖如說道：「我做朝廷命官，是該死的。你們有點生路，怎不跑哩？」大家說道：「散了，死更快。我們將這一千的人，合作一氣，并作一心，或者還拚得數個不死！」謖如不哭，嘆口氣道：「你們果能如此，我卻有個計：就是今夜，你們下鍋造飯，飽餐一頓。以二十人作一隊，只望賊營燈火旺處，一隊撲賊一營。二十人中，放火的放火，殺人的殺人，人人自為戰，不要相顧。我亦只要二十人作一隊走，天明相見壽州城下。」大家齊聲答應。

---

❽ 巢縣合肥：今安徽省巢縣、合肥市。

❾ 壽州：今安徽省壽縣。

❿ 壽春：古邑名。戰國楚地，在今安徽省壽縣西南。此即指壽縣。

⓫ 芍坡：在安徽省壽縣南。

這一夜是九月向盡，天氣還煖，卻陰得沉沉的黑，數十里並無一個鄉莊。大家守著將令，一隊一隊的疾走。鬼火星星，陰風冷冷。將到壽州，望著賊營燈火，如一天繁星，刁斗之聲絡繹不絕，萬帳接連，嚴整得很。一會靜了，於是大家悄悄踰塹，俟各隊到齊，一齊拔柵而入。恰恰是三更三點，各營賊正在睡夢中，忽覺得火燄颷起，呼聲震天，就如千軍萬馬排山倒海而來。摸刀的不得刀，摸槍的不得槍，也有鑽出頭而頭已落，也有伸起腳而腳已斷，也有掣出刀卻殺了自己頭目，點起銃卻打了自己的親兵。一會，火光遍野，火藥發作起來，更打得尸飛江外，骨落河中。那各隊的人轉抽身四處，瞧那火燄衝霄，好像風雨翳薶⑫中電光馳驟。諼如騎著那匹天馬，帶二十個人，自成一隊，撲入中營，卻是空的。那馬東馳西撞，不可押勒。要尋人相殺，不想中營的人都跟著狗頭落在城中，抱婦人睡去了。直到城外二十多萬人殺死燒死，要死得乾淨，逃去散去，要去得無蹤，纔都上城，瞧著燭天的餘燄，煞尾的餘聲。你道可笑不可笑呢？時天要發亮，曉風習習。狗頭正在頓足詫異，不料諼如暗處覷得真切，從馬上颼的一聲響，狗頭從垛上落下地來，二十人搶上，捉住背縛。城上的賊瞪著眼，指著拳，竟沒一人敢開門出來搭救。這各隊人撲滅中營四邊殘火，見上面賊帳修整得十分華麗，是未曾燒的，便請諼如下騎駐紮。天大亮了，眾人推上狗頭。諼如哈哈大笑道：「好，好！你這狗頭也配得上我來捉你！傳令磔死，將頭高掛城下。」查各隊的人，只失一個，傷一個，卻收了無數旌旗甲仗，千餘匹好馬，漂尸蔽淮而下。那城裏七八萬殘賊毛骨皆聳，都站垛上，擲落器械火藥，說是願降。諼如傳令開城，喚為首的人出來。這數人出城，見得官軍寥寥，便有些翻悔。諼如卻將好語安慰，令他約

⑫ 翳薶：陰晦昏暗。

東部眾，安靜住在城中。這數人諾諾連聲，進城去了。謖如這日就在城外歇息，吩咐營官輪流而睡。是夕，天也陰沉沉的，定更後，密傳營官，八百人分作四面埋伏，自騎上馬，帶上二百人轉向城根樹林中而去。到得三更多天，城裏四門洞開，每門准有萬餘人蜂擁而出。謖如伺賊眾走遠了，便騎上馬，從城缺處一躍而上，二百人也跟上來，卻冷靜之至。只有守門數人，守垛數人，半在睡夢中，吃了二百人的快刀。這四五萬出城的賊，鼓噪踏入營中，知是走了，大驚失色。正欲轉身，忽聽得四面黑暗中高呼殺賊。城賊自恃人多，也不懼怕，便狠狠的四面兜圍。不想這面面的人，都是近不得身的。圍得這一面，這一面人殺條血路，圍得那一面，那一面人又殺條血路。圍得幾圍，城賊見自己的人死傷大半，便發一聲喊，向城走了。這裏的人就也不追，那賊遠遠望見城上燈火輝煌，心裏大慌。到得城下，遙望燈火中坐的是個謖如。這一驚，腳也軟了，便都跪下，萬口同聲道：「小人該死，小人該死！」謖如傳令，教他自殺那起先為首的數人及賊中頭目，仍准入城。大家一齊動手，各殺頭目及那為首數人。天也明了，謖如就駐紮壽州，挑選降賊精壯者二千人，每百人各以親兵一人管帶，挑著狗頭的首級，四下招撫。一路風聲傳播，群賊破膽，走者走，降者降。到得仲池水師駛到皖江，早一律肅清，謖如卻歸功仲池，復任淮北節度，謝小林便擢了淮南節度。此時劍秋、小岑已復楚北，聞信喜道：「水道大綱，江淮河漢為最要，以正陽⑬為淮水中流砥柱，壽州又正陽之屏藩。皖不肅清，我能高枕麼？臥榻之旁，不容鼾睡。今鼾睡是個謖如，實在得力。想荷生見我們有此展布，定恨癡珠不能眼見呢。」

⑬正陽：在安徽省壽縣西南六十里淮水之東，名東正陽，又稱正陽關。在安徽省潁上縣東南七十里淮水之西有西正陽，即古潁口。東西正陽夾淮相對，自古在此地設置巡司。

卻說荷生守護帥印，辦理善後事宜，小住太原。探偵紅卿父母俱亡，就差人接來，將那竹塢收拾與紅卿居住。紅卿不特與采秋意泯尹邢，就與瑤華也情如鶼鰈。此時紅豆配了青萍，仍隨侍采秋左右。到了次年己未正月，疏請凱撤，南邊軍餉統歸曹節度調度，奉旨俞允⓮，就於二月初進京。采秋、紅卿送至城外，春雪撲衣，長亭賦別。荷生與約，面聖後辭官歸隱，連會試也不願應。不想至京，召見七次，擢用京卿⓯，荷生表辭。明相見面，皇上根究韓彝辭官緣故，明相只得對以伊係舉人底子，會試在即，見獵心喜，因此不願就官。皇上面諭，著令入場，十名內進呈卷子，自然有了韓彝。到了殿試，大家意中都以第一人相待，荷生只是微笑。此時明相充了讀卷官⓰，首閱韓彝的卷，書法是好，不用說了，奈汩汩⓱萬言，指陳時事，全不合應制體裁，如何進呈？只得擱起。無如聖眷隆重，傳旨索取，竟破格列在一甲第三，探花及第。這也是荷生意想不到之事。接著津門逆倭兇悖⓲，重臣賜帛，詔各道勤王。荷生引見後，特旨召問勦撫⓳機宜，荷生對以「勦然後撫」，允合聖意。次日奉旨：

韓彝著以兵科給事中，賞加建威將軍職銜，帶領帥印，上方劍⓴，馳往津門，相機進勦倭寇。

⓮ 俞允：允諾，多用於君主批准、允許。

⓯ 京卿：清代對某些高級官員如都察院、通政司、大理寺、光祿寺之長官稱為「京堂」，又尊稱為「京卿」。

⓰ 讀卷官：閱卷官。古代殿試進士，由皇帝親點大臣任讀書官閱卷。

⓱ 汩汩：湍水急流的樣子。比喻文思泉湧，文辭滔滔。

⓲ 兇悖：兇暴悖逆。

⓳ 勦撫：進勦、招撫。

兵馬錢糧，悉憑調用。各道援師，悉聽節制。欽此。

旨下，荷生陛見，奏調并州太原鎮總兵顏超、雁門鎮總兵林勇，各率所部從征；又奏保大同秀才洪海，懇給五品銜，掛先鋒印。皇上俞允。啟節駐紮保定，傳令各道援師，固壘大小直沽，不准輕動。不一月，紫滄以子弟兵二千人報到，舊幕愛山、翊甫、雨農也來了，隨後卓然、果齋各率所部四千人，遵檄抵津。遂擇日祭旗，連營海口，誘賊上岸，三戰三捷，沉了火輪船㉑二十七座，擒了倭鬼萬有餘人。荷生傳令各營，倭鬼悉數縱回，只留倭目數人，押送保定看守，以俟勘問。這是本年秋間事。荷生賞了黃綾馬褂㉒，顏、林二將加了提督銜，紫滄擢了游擊，文案愛山等各得了五品銜，就是青萍也得了守備。到了次年庚申秋，逆倭又自粵東㉓駛船百餘艘，游奕海口，欲謀報復，卻不敢上岸。荷生復行申討。賊正轟礮，忽倒了礮手三人，執旗大頭目一人。你道為何呢？原來卓然百步射、果齋連珠箭，都展出神技來，以此賊不敢戰而去。踰年辛酉，欽天監㉔奏：日月合璧，五星連珠㉕。鳳翔節度奏：

---

⑳ 上方劍：即尚方劍，指尚方署特製的皇帝御用寶劍。古代天子派大臣巡察地方或處置重大案件時，常賜以上方劍，授予全權，可先斬後奏。

㉑ 火輪船：汽船的舊稱，是近代蒸汽機發動的船。

㉒ 黃綾馬褂：皇帝賜賞黃綾特製的馬褂，表示對功臣的特殊恩寵。

㉓ 粵東：廣東省的別稱。

㉔ 欽天監：掌管觀察天象，推算曆法的官署。

㉕ 日月二句：古人認為象徵祥瑞的天象。日月合璧，指在朔旦日月重合如璧，即發生日環食現象。璧，玉器名，

鳳鳴岐山㉖。豫河監督奏：河清三日㉗。東越節度奏：田粟兩歧㉘。於是逆倭遣人齎書㉙津門，說是「講和」。荷生笑向卓然等道：「這兩字卻要一爭，不該說是『講和』。」便將原書擲還，不閱。轉瞬之間，又是秋風八月了。倭目自粵東以一舶齎了無數珍奇寶玩，分致津門將領。荷生又笑向卓然等道：「我們零雨㉚三年，就是為此賄囑㉛麼?」傳令倭目謁見。此時各道援師早撤防了，顏、林二將部下各留千人，半年更換一班，就是紫滄子弟兵也只是踐更而已。當下顏、林二將戎服，整隊轅門；紫滄掛刀，領子弟兵排列帳下。升砲三聲，青萍捧上方劍，服侍荷生升帳，傳呼倭目進見。荷生笑吟吟的道：「我們不是那先前薊門㉜節度、粵東節度，你國若說『講和』這兩字，我們是不依呢。若說悔罪

扁平圓形，中心有圓孔，狀如圓環。五星連珠，指金、木、水、火、土五顆行星同時出現於一方，狀如珠串相連。

㉖ 鳳鳴岐山：鳳鳥落於岐山鳴叫。岐山，今陝西省岐山縣境。

㉗ 河清三日：指黃河水在豫州境內連續三天清澈。自古傳說黃河千年一清，故「河清三日」是千載難逢的奇觀。

㉘ 田粟兩歧：田中粟頭生出雙穗。粟，穀物名，北方俗稱穀子、小米。

㉙ 齎書：送信。

㉚ 零雨：徐徐飄落的雨，即微雨。《詩經．豳風．東山》：「我來自東，零雨其濛。」

㉛ 賄囑：賄賂囑託。

㉜ 薊門：即薊丘。故址在今北京市德勝門外西北隅。明沈榜《宛署雜記．古跡》：「薊丘，在縣西德勝門外五里西北隅，即古薊門也。舊有樓臺並廢，止存二土阜，旁多林木，翳鬱蒼翠，為京師八景之一，名曰『薊門煙樹』。」

投誠，籲求招撫，我們便為轉奏，再看聖意如何。你不想中國三十年兵燹，是那個開端？前前後後蹧蹋幾許生靈？你還裝聾做啞麼？」倭目俯伏當面，汗流浹體，說道：「以前曲直，我也不敢深辯。事到如今，就是遵元帥教訓，悔罪投誠，籲求招撫罷。」荷生正色道：「這八字不是我教你說呢，要你國王有個求撫降表，說了纔算。我是論道理，不准你們說個『講和』兩字哩。」倭目將手抹了額汗，說道：「那要我回國纔辦得來，只要耽擱元帥班師日子呢。」荷生笑道：「皇上不惜億萬萬錢糧，為百姓除害，我們怎敢惜些辛苦？你總要取得國王降表，這事纔得了結。我們也纔敢替你奏聞。」倭目只得答應下來。荷生便於帳前排一席宴，宴了倭目。不兩月，倭目跟個國師費事來齎表而來。荷生奏聞，奉指准了。一面班師，一面檄卓然齎詔宣諭香山㉝，定盟通市㉞。這卓然奉檄，便單刀登舟，飄然航海而東。到了港口，天待黑了。卓然橫刀危坐，喚費事來進見，取出宣諭儀注㉟、通市條約，掀髯說道：「我這來是個詔使，你們要跪接呢！怎的進港不見一人？」費事來不敢答應。卓然就將儀注、條約兩個冊子付給費事來，道：「你們瞧去。」又目注大刀說道：「差我一節，我饒得你，我這刀是不饒人呢。」費事來唯唯而出。看官聽說：這倭夷遠隔重洋，國王是個女主。先前嗣位，年紀尚輕，聽信喜事的人鬧了二十餘年，所費不貲，漸漸退悔。近見西藏回疆俱不足恃，那員逆更是個沒中用的人，就深怪從前倭目不是，都貶黜了。這番來中國的頭目，是新換的。費事來是女主胞叔，老成練達，

㉝ 香山：即香山嶼，澳門的別稱，在廣東省珠江口西側。明清時為日本倭寇盤踞地。

㉞ 定盟通市：簽定盟約，互通商貿。

㉟ 儀注：儀節。

上表之先，已將廣州城池退出。只是向來倭目輕視中國官吏，費事來不敢侮慢荷生，卻想挫辱卓然一番，以折粵東官吏後來之氣。當下給卓然搶白數語，知他也是難惹的，便將儀注、條約恪遵，不敢駁回一字。次日築起高壇，率香山辦事大小倭目，都到港口，掛刀跪接，迎入館舍。一日三宴，次日黎明，壇上排列香案，贊唱詔使升壇。倭目等俯伏壇下，只聽宣讀云：

奉天承運，皇帝詔曰：天地生成，溫肅並行之謂道；皇王敷化，神武不殺之謂功。咨爾倭人，遠來海島，以貿遷㊱為絕伎，以貨殖㊲為資生。市舶雖入其征，理藩未登其賮㊳。乃躪東南，遂窺西北，庇我劇盜，辱我疆臣，爾詐爾虞，如鬼如蜮。梗兩朝之文化㊴，勞九伐㊵之天威。夷漢相安，則撤孔明之旅㊶；華離不正，則屯充國之田㊷。張弛異宜，德刑並用，亦以事機有

㊱ 貿遷：販運買賣。

㊲ 貨殖：經商贏利。

㊳ 理藩未登其賮：理藩，指理藩院，清代掌管蒙古、西藏、新疆各地民族事務的官署。賮，同「贐」，進貢的財物。

㊴ 梗兩朝之文化：梗，禍害。文化，文治教化。

㊵ 九伐：古代指天子對九種罪惡的討伐。泛指征伐。

㊶ 孔明之旅：指英明主帥統領的安邊靖國的軍隊。孔明，三國蜀著名政治家、軍事家諸葛亮，字孔明。代指英明主帥。

待，夷性難馴故也。今天誘其衷，地藏其熱，兩甄㊸皆敗，一船來歸。朕早識此虜於目中，姑置遠方於度外。風雲何定，有天命者任自為；雷雨之屯，建非常者民所懼。在諸臣以為獸將入檻，雖搖尾而法無可憐；在朕以為鳥已啣環㊹，既投懷而情皆可諒。止戈為武，窮寇勿追，罷符竹之專征㊺，准甘松之互市㊻。廷臣集議，欽定頒行。願吐谷之率循㊼，聽舌人之臚列㊽。

一准以江南上海，浙江舟山，福建閩安鎮、廈門，廣東濠鏡，為倭船停泊埔頭。

一倭船進口，由封疆大吏派員驗明有無夾帶禁物。如有攜帶，一經察出，貨半沒管，半獎查驗之員，人即照例懲辦。

一倭船出口，由封疆大吏派員驗明有無夾帶紋銀。如有攜帶，一經察出，銀半沒官，半獎查驗

㊷ 充國之田：指西漢著名將領趙充國的屯田戍邊。漢宣帝時受詔至金城郡（今甘肅省永靖縣西北），招降罕、開，擊破先零，罷兵屯田。其「論屯田十二便」，寓兵於農，尤為後人推崇。

㊸ 兩甄：兩翼，兩側的隊伍。

㊹ 啣環：猶銜環，黃雀銜環報恩之意。參見第四十一回注文㉖。

㊺ 符竹之專征：符竹，指銅虎符、竹使符，為朝廷發兵遣使之信物。後世代指郡守職權。專征，受命自主征伐。

㊻ 甘松之互市：唐開元十九年（西元七三一年）吐蕃請交馬於赤嶺，互市於甘松嶺。甘松，甘松嶺，在四川省松潘縣境。互市，相互之間的貿易活動。

㊼ 吐谷之率循：吐谷，即吐谷渾，中國古代民族名稱，為古鮮卑族的一支。率循，遵循法令。

㊽ 舌人之臚列：舌人，古代翻譯官。臚列，羅列。

之員，人即照例懲辦。

一天主教雖勸人為善，而漢人自有聖教㊾，不准引誘傳習。如其有之，經地方查出，授受均行正法。

一教堂准立倭館㊿以內，不准另建別處。有犯者照例懲辦。

一稅務統歸於各道監督，倭目不准干預。有犯者以不應論。

一茶葉大黃，准以洋貨洋錢交易，惟不准偷漏。如有偷漏，貨半沒官，半獎查驗之員，原船著回本國，不准貿易。

一各埔頭辦事頭目謁見官吏，悉照部頒儀注，不准分庭抗禮。有犯者以不應論。

一倭船不准攜帶婦女入口，亦不准攜帶中國男婦出口。有犯者照例懲辦。

一倭館不准僱倩(51)漢人辦事及一切傭工。有犯者以不應論。

凡茲新例，究屬舊章。於乎！我中原百產豐盈，並不藉資夷貨。爾各國重洋服賈，亦當自惜身家。王者之兵，原不得已而後用。下民之孽，皆由自作而非天。所期盟府書存，長質諸皇天后土，從此南人不反，庶化為孝子順孫。人各有心，朕言不再。欽此。

㊾ 聖教：聖人之教，指以孔子為代表的儒學，後世稱為儒教、孔教或聖教。

㊿ 倭館：倭人公館，即日本公館。

(51) 僱倩：僱傭、假借。倩，憑借。

讀畢，贊唱「謝恩」，費事來等九叩。贊唱「牽牲」，執事牽牲而入。贊唱「宰牲」，執事趨就牲前。贊唱「捧盆」，執事捧金盆人就牲前，取血注盆。贊唱「插血定盟」，於是倭目一人接受金盆，隨費事來登壇北面。贊唱「詔使南面涖盟」，倭目將金盆向詔使跪下，詔使蘸以㧻指，轉向費事來蘸過，興，退。贊唱「跪，三叩首」，於是費事來拜於壇上，大小倭目拜於壇下，詔使南面答拜。贊唱「禮畢」。又高宴一次，費事來率各倭目陪宴。從此倭人守法，且從各道節度收復海口城池，有沒於王事者。正是：

氣為義激，暴以理馴。
樞機在我，禍福惟人。

欲知後事如何，且聽下回分解。

總評：此回謖如、荷生、卓然合傳，亦不脫癡珠，卻借劍秋口中輕輕點出，而上下折言外均有一癡珠矣。其間將略兵機，筆筆生動，讀之可益人神智。末折宣諭一詔，直空前絕後之文，博我皇道，宏我周京，相如諭蜀，班固燕然，聳漢德於穆清之表，此其嗣音乎？

第四十八回　桃葉渡蕭三娘排陣　雨花臺朱九妹顯靈

話說皖鄂肅清，鶴仙又解了建昌❶之圍，區區金陵，四面兜圍，便當掃穴犁庭纔是，何以轉盼三年，依然嵎負❷呢？看官須知：天下事理有一定數不可知，就是鼠輩也有個數不該盡時候。當下讓如淮北功成，便乘勝擒了姚蒼琳，掃除北稔❸。零星殘股竄入河南，又合為南稔❹，北擾燕齊，西蹂秦晉。接著滇南❺回匪鉤連關隴，江東敗寇窺伺黔巫❻。朝廷因此頒給讓如威遠將軍關防，經略西北，以鶴仙為太原提督副之。金陵這邊是令劍秋、小岑、仲池、小林四節度，會合江左右提督，相機圍勦。劍秋、小岑原是銳意洗甲長江，無奈金陵氣數未盡，卻鑽出五個妖婦來。五妖以蕭三娘為首，是個道

❶建昌：清建昌府，故治在今江西省南城縣。

❷嵎負：猶「負嵎」，依恃山角險要地勢，多指殘敵負嵎頑抗。

❸北稔：即北捻，指活動於黃河以北山東、河南地區的捻軍。「稔」字誤，應為「捻」。

❹南稔：即南捻，指活動於黃河以南河南、安徽、江蘇地區的捻軍。

❺滇南：即雲南省。

❻黔巫：指黔山、巫山，均在湖南省境內。黔，黔山，在湖南省保靖縣西。巫，巫山，在湖南省城步縣東。或指四川省東部之巫山。

裝，自稱公主。據說係蕭梁湘東王❼第三女，江陵❽破後，入山修道，迄今千有餘年，卻收了兩個二形❾的妖尼，帶了兩個同面❿的妖婢，出來輔佐員逆。三娘兩鬢垂肩，好像畫的麻姑一般。兩個妖尼約有二十來歲的人，他自說是百餘歲，其實就是那年癡珠生日弄把戲的兩個女尼。一個名喚月印，一個名喚雲棲，一個上半月成男下半月成女，一個上半月成女下半月成男，以此兩個自為夫婦。兩個妖婢如花似玉，同一面龐。一個喚做靈簫，一個喚做靈素，都是古服勁裝。劍秋、小岑起先道是妖婦，有些邪術，包起、如心出隊，令他帶了噴筒，將污穢先行噴潑，然後交兵。不想悍賊在後，妖婦當先，只喝聲「住！」我軍便如土塑木雕，連眼睛都不動了。悍賊擁出，一個個綑去了。再用水師攻勦，這妖婦率妖尼等挺立水面，將拂子一揮，那戰艦都倒轉了礮火，一一自打起來。水陸兩陣，折了無數兵馬，又失了包起、如心兩個猛將。劍秋、小岑氣得發昏，自此膽寒不敢出隊，只遍訪異才想要破他的法。

倏忽踰年。此時荷生正在津門申討倭逆，來往書札，輒笑劍秋、小岑正不勝邪，唾手大功竟被一

---

❼ 蕭梁湘東王：蕭梁，南朝梁由梁武帝蕭衍建國，梁皇室蕭姓，故稱蕭梁。湘東王，梁元帝蕭繹，天監十三年（西元五一四年）封為湘東王。

❽ 江陵：今湖北省江陵縣。梁武帝末叛將侯景作亂，攻陷都城建康（今江蘇省南京市）。後蕭繹擊敗侯景，在江陵稱帝。西魏宇文泰派軍南下，於西元五五五年攻破江陵。

❾ 二形：指一身兼具雌雄兩性，俗稱兩性人、陰陽人。

❿ 同面：指二人同樣容貌，即孿生兒。

個婦人弄殺。這妖婦得志，便遣靈簫領兵，佐助榮合，陷了兩浙，偽封越王。靈素領兵，佐助榮法，陷了三吳⓫，偽封吳王。四節度、兩提督連營三年，實是束手無策。

卻說采秋，自荷生太原凱撤以後，迎了藕齋夫婦，住了愉園，以便來往。到了紫滄從征海口，便將紅卿、瑤華都搬入搴雲樓第一層居住，采秋自住第二層。草蟲雄雉⓬，時與二美酬唱，郵寄津門。奈一別三年，真有楊柳樓頭，悔覓封侯之恨⓭。忽一日，老蒼頭賈忠回說：「外有老道姑帶一美貌女子，說是要見二位夫人。」適值紅卿瘧疾，采秋與瑤華只得接入。見那道姑年紀約有六十多歲，眉宇間道氣盎然，跟個女子，年紀不上二十，生得娬媚之中稜稜露爽，手捧如意一枝。當下道姑合掌向著采秋道：「這是韓家三夫人麼？」采秋想道：「他怎的叫我三夫人呢？」還他一福。這道姑瞧著瑤華也合掌道：「這是洪家繼夫人麼？」瑤華也還一福。采秋便問道：「鍊師何來？」道姑笑道：「貧道雲游的人，腳跟無定，是從來處來。」一面說，一面招那女子，將如意接過，教向二人稽首，說道：「這妮子名喚春纖，卻有些來歷，是韋癡珠的人，聽他說罷。」於是二人還了春纖的拜，延道姑上座，就與春纖分坐，細問顛末。春纖便將答應謖如的話，述了一遍，又將寶山海邊遇見謖如，也述與二人聽，就說道：「我們從那一天起，便來此地，就住在東門外玉華宮三年哩。」二人起敬一番，吩咐紅

⓫ 三吳：歷代所指不一，大略泛指以太湖為中心的長江下游江浙一帶。

⓬ 草蟲雄雉：草蟲，《詩經・召南》篇名。雄雉，《詩經・邶風》篇名。

⓭ 楊柳二句：用唐王昌齡〈閨怨〉詩意，其詩云：「閨中少婦不知愁，春日凝妝上翠樓。忽見陌頭楊柳色，悔教夫婿覓封侯。」

豆傳話廚房備下齋筵。春纖笑道：「我師父是不吃煙火久了，我也不吃酒菜，逢著什麼吃些什麼，便可數日。」瑤華道：「這真省事。所以秦皇漢武⓮都要求仙。」慧如笑道：「那是他獃想。他們富貴中人，要像我們服氣做什麼？我與兩位說個真話，生死者人之常事，就像那草木春榮秋落一般。成仙的尸解，成佛的坐化，總是一死。仙佛不死，何不日日騎鶴，日日跨獅，以與你們相見呢？大抵人中有仙有佛，也似草中有個萬年青，木中有個萬年松。草木是得氣之厚，仙佛是得氣之精。這氣原萬古不壞的，但那氣要培養得十分，願力充足，非必長生纔算仙佛。你們富貴中人能做了孝子忠臣，義夫節婦，便也成了正果，便也做了仙佛。你不看癡珠，一生拂鬱，他卻有他的精氣團結，不是做了青心島一個地仙麼？毋論癡珠，就是長安的娟娘，你們這裏秋心院的秋痕，不也在那青心島麼？我這來，卻也是宏個願力。你們是曉得，金陵妖婦法術利害，抗拒大兵。我把春纖送來，一則與他一個正果，一則助你們平妖滅賊，好享榮華。」說畢，將那一枝如意遞給采秋道：「這算是春纖贄敬⓯罷。」采秋接過手來看，是個木的，卻光潤如紅玉一般。這道姑又向袖中檢出錦冊，遞給瑤華道：「這算是貧道傳授你的。」瑤華接過手看，錦冊中間篆書「縹緲宮秘籙」五字，展開與采秋同看，見是雲螭五色綾，寫蝌斗篆文，幸是旁有真書釋文。纔待細閱，忽聽春纖笑道：「師父走了。」二人轉身，只見輕雲冉冉，擁著老道姑已在半天，向二人合掌道：「後會有期。」二人不知不覺的自會稽首下去，春纖攙起二人，說道：「師父為著我留滯此地，今遨游海上去了。」

⓮ 秦皇漢武：指秦始皇、漢武帝。

⓯ 贄敬：贈送禮品以表示敬意。

自此春纖就也住在搴雲樓，指教采秋、瑤華篆書中符籙，鍊習起來。紅卿是個多病的人，不善煩勞，略略解得，就丟開了。采秋高興，募了大同健婦三千人。春纖接了掌珠、寶書，一同傳授符籙兵法，把軒軒草堂做個演武堂⑯，把小蓬瀛⑰做個昆明池⑱，演習水戰；把采秋署個「縹緲宮真妃」，瑤華等皆署個「侍史」。此時捐例大開，錢同秀做了太原守，胡耇做了陽曲縣，竟把柳巷這些事⑲稟到節度衙門，說是潛謀不軌。曹節度查明，大笑，密摺陳請賞給杜夢仙女提督職銜，柳春纖、薛瑤華女總兵職銜，率所募健婦前往金陵平賊。奉旨准了。恰好荷生正自津門班師，奉旨洪海記名提督，顏超補授江北提督，林勇補授江南提督，韓彝著予太子少傅銜實授建威將軍，賞假半年，仍帶帥印上方劍，督率顏超、林勇、洪海、女提督杜夢仙等經略東南。此旨一下，那太原守、陽曲縣，俱是參革⑳，不待言了。這裏荷生、采秋、紅卿英雄氣概，兒女情腸，靡相見以蓬飛㉑，亦有敦之瓜苦㉒，我員聊樂㉓，

---

⑯ 演武堂：演兵練武的廳堂。

⑰ 小蓬瀛：指風景優美，類似神話傳說中的蓬萊、瀛洲仙境的地方。

⑱ 昆明池：漢武帝元狩三年（西元前一二〇年）在長安（今陝西省西安市）南郊開鑿的湖池，周圍四十里，作為演習水戰的場所。

⑲ 柳巷這些事：指本回書所寫春纖在搴雲樓傳授采秋、瑤華、寶書、掌珠符籙兵法。柳巷，指斜邪，妓女居處。

⑳ 參革：指舊時官吏遭受彈劾而被革職。參，彈劾。

㉑ 蓬飛：形容髮亂如蓬草飛散。《詩經．衛風．伯兮》：「自伯之東，首如飛蓬。」

㉒ 有敦之瓜苦：圓形的瓠瓜，此指以瓠瓜剖製的葫蘆瓢。敦，猶「團」，圓形。瓜苦，即瓜瓠，指瓠瓜，葫蘆

既覯則降㉔。就是紫滄、瑤華，青萍、紅豆，也是久旱逢甘，融融洩洩，做書的人，也只得敘個大概而已。此時卓然見寶書精熟符籙兵法，就認他做個乾女，掌珠就也拜果齋做個乾父。到了出師這一日，大家意氣飛揚。只采秋遠別父母，依依難釋；紅卿重離夫婿，蝺踽旋歸，轉覺興會之中，也成寂寞。

再說妖婦蕭三娘魅了包起、如心，兩人迷卻真性，夜夜在他帳中輪班直宿。不上三個月，便似枯柴，就也放回。累得柳青、胭脂百計延醫，還是逢個國手，醫了一年，纔把兩人還個舊樣。只可憐那兩浙佳子弟，三吳美少年，給這妖婦害了無數。還可笑者，所有擄去大小官吏，他竟不殺，只教他經管馬桶虎子㉕及一切廁籌㉖等事。那淮南北、江左右官軍，被那妖婦駕雲踏水，叫住就住，放行就行，恰似線抽傀儡㉗一般。你道可笑不可笑呢？這年癸亥，妖婦又將戰船千餘艘，就桃葉渡結個小寨，名為虛牝陣。有人入陣，將兩翼皮筏一包，又名含元陣。有人破到陣心，將陣腹戰艦分開一穴，又為洞

的一種。《詩經・豳風・東山》：「有敦瓜苦，蒸在栗薪。」意謂將圓圓的葫蘆瓢掛在劈柴捆上。此為古代結婚時象徵夫妻好合的一種民俗禮節。

㉓ 我員聊樂：猶「聊樂我員」。《詩經・鄭風・出其東門》：「縞衣綦巾，聊樂我員。」意謂身穿白衣佩綠巾的女子，才可使我心喜悅。縞衣綦巾，形容穿戴寒素樸陋。聊，且。員，《韓詩》作「魂」，心神。

㉔ 既覯則降：《詩經・召南・草蟲》：「亦既覯止，我心則降。」意謂與君子既得相見，我心則和暢喜悅。

㉕ 馬桶虎子：盛便溺用具。虎子，便壺。因其造型狀似伏虎，故名。

㉖ 廁籌：舊時大便後用以拭穢的小木棍或竹片。

㉗ 線抽傀儡：木偶戲的一種，以線牽動並操縱木偶人動作的木偶戲。

天陣。憑你英雄好漢，總要全軍覆沒。喜是荷生大兵從上游萬艘並下，兩個女總兵掛了先鋒印，顏、林二將做了左右翼。荷生主掌陸路旗鼓，采秋自將水師。紫滄坐鎮楚南，會同劍秋、小岑、仲池、小林籌辦軍餉。包起、黃如心輪流轉運，愛山等仍掌文案。三月間，女先鋒破蕪湖、無為、東西梁山、太平關，收復了江寧各屬邑，大纛直達江寧，連營青溪㉘、勞勞山㉙一帶。采秋就領女先鋒來破水寨虛牝陣。原來這陣要先破左右兩翼，左翼是個銅牆，右翼是個鐵壁。當下春纖領一千健婦，鼓棹殺入銅牆；瑤華領一千健婦，鼓櫂殺入鐵壁，采秋領一千健婦，分乘大戰艦三支，直攻陣心。那銅牆鐵壁的皮筏，早被兩千健婦搗個稀爛，包不過來。春纖、瑤華已會在陣心，偕采秋摩盪陣腹小穴，穴內一股一股熱氣香氣逢逢衝出，卻沒有一艇出來擋拒。只那熱氣香氣透人腦，沁人脾，注入丹田，令人手足軟將起來。幸喜他們都有符籙藏在髻中，還撐得住這些妖氣。一會，小穴覺得漸大起來，裏邊唱起〈蝶戀花〉小調，嚦嚦百囀，實實可聽。采秋傳令，大家高唱〈破陣樂〉。那小穴便洞開了，卻是個小瓜皮艇子，並無一人，只供三軸女菩薩：一為羅剎㉚、一為摩登㉛、一為天女㉜，並是裸體。采秋、

㉘ 青溪：青溪鎮，在安徽省含山縣西三十里，青溪水源出於此。
㉙ 勞勞山：即嶗山，在山東省即墨縣東南六十里海濱。有大、小嶗山相連。勞勞，遼闊，此山取其遼闊而名之。
㉚ 羅剎：即羅剎女，佛教中傳說的吃人女妖。唐慧琳《一切經音義》卷二五：「羅剎，此云惡鬼也。食人血肉，或飛空或地行，捷疾可畏也。」
㉛ 摩登：即摩登伽女，為古印度摩登伽種的淫女。
㉜ 天女：佛教中的散花天女。《維摩經．觀眾生品》載：「時維摩詰室有一天女，見諸大人聞所說說法，便現

春纖、瑤華登上小瓜皮，一人扯碎一軸，陣後賊艦四散，我軍內外讙聲震天地。女兵乘勝收復了九洑洲，歌凱回營。

這妖婦見破了陣，就向雨花臺㉝築起一壇，要與女提督鬥法，遞封戰書。荷生、采秋一笑，也就長干寺故址築起一壇，與雨花臺的壇相對。這日，顏、林二將將水師左右翼，遠遠的結成陣勢。采秋令春纖、瑤華頂冑亮甲，將健婦三千，排列壇下，建起「縹緲宮真妃」大纛。采秋內衣軟甲，外戴頂觀音兜，穿件竹葉對襟道袍，手執如意。掌珠、寶書首纏青帕，身穿箭襖，腰繫魚鱗文金黃色兩片馬裙。掌珠捧劍，寶書提刀，擂鼓三通。紅豆、香雪領著健婢二十人，一色箭襖，手挾強弓硬弩，簇擁采秋登壇。只見那邊妖婦妖尼，笑吟吟的將拂子東搖西擺。采秋坐下，掌珠、寶書侍立左右，萬籟無聲。采秋向妖婦舉起如意說道：「請了。」妖婦也舉拂子相答。采秋道：「聞你法力高強，試展手段給本帥看罷。」妖婦笑道：「元帥！汝壇下兩妮子昨日破了我陣，我只教他歸結了罷。」采秋道：「如何歸結，唯命是聽。」只見妖婦口裏念念有辭，將拂子向壇下一指，喝聲「疾！」悍賊數百湧出，要捉春纖、瑤華二人。二人屹然不動，將槍一舉，也喝聲「疾！」那悍賊便望風倒地了。妖婦失色，口裏念念有辭，只見一陣風起，空中無數虎豹犀象展牙舞爪而來，水中無數黿鼉蛟龍擺尾搖頭而至。采

其身，即以天花散諸菩薩、大弟子上。華至諸菩薩即皆墜落，至大弟子便著不墜。一切弟子神力去華，不能令去。」天女散花，以花是否著身驗證諸菩薩聲聞向道之心，聲聞結習未盡，花即著身不去。聲聞，是指聞佛之言教，悟苦、集、滅、道四諦之真理而得道者。

㉝ 雨花臺：在江蘇省南京市南，古代為南京城南防衛要地。

秋將木如意一揮，那鼋鼉蛟龍一起向賊船撲去，那虎豹犀象便一起向妖婦壇上撲來。妖婦妖尼騰身一聳，急上雲端。采秋將如意付給紅豆，把弓接過，不慌不忙扣上狼牙箭，一連三箭，雲裏早落下兩個妖尼來。春纖、瑤華一人活捉一個。瑤華笑道：「這兩個怪東西，我五年前就曉得他有今日。」此時水陸官軍、賊眾不知有幾多人，都出來看兩下鬥法。這惡獸從壇前撲到壇後，數十萬悍賊壁壘帳房一起踏倒，蹂躪了無數人馬，就是賊船也為孽蟲銜作數隊，兩下奔突起來，好似天傾地塌，海倒河傾。水陸官軍喜躍，儘力鼓噪。陸兵縱馬，水師鼓枻，也如急浪怒濤，乘著風猛雨驟，不費分毫之力，將雨花臺剋復，紮起營來。那惡獸孽蟲卻無影無蹤了。采秋下壇，荷生迎入舟中，笑道：「我道是如何鬥法？只消靜坐片時，我也會鬥了。」采秋也笑道：「我不是妖，又不是仙，實在無法。只好如此胡弄局，掩飾耳目，你莫先笑。」一會，推上兩個妖尼。荷生略問數語，知道做了無數淫孽，傳令磔死，梟首示眾。當下官軍拔了雨花臺，乘勝復了鍾山㉞石壘，金陵唾手可得。

荷生得意之至，就在采秋雨花臺帳中高開夜宴。香雪、秋英搊起琵琶三弦，唱些小曲。采秋道：「婦人在軍中，兵氣恐不揚㉟。你想這樣取樂，是個大將軍舉動麼？」荷生笑道：「偶一為之。」正舉大杯要采秋喝乾，只見四面燈光忽然碧澄澄、綠陰陰的，腥風起處，一女子赤身浴血，將一領衣衫向兩人頭上蒙來。空中琤的一聲，女鬼就不見了。鼻中覺得腥臊得很，耳邊隱隱聽得說道：「你們須認得我是朱九妹！」嚇得四個人只是發噤。紅豆、香雪縮做一團。采秋、荷生將衣衫掙開，是件污濕

㉞ 鍾山：即紫金山，在南京市東郊，為風景名勝之地。

㉟ 婦人二句：引自杜甫〈新婚別〉詩。

濕的血衣。此時燈光復亮，瞧地下有兩片雪白的刀。荷生道：「怎的有這怪事？」采秋道：「這是有人暗害我們，那女鬼不是出來救護麼？」正待說下，忽四邊人聲洶洶，萬馬齊奔，又像白天鬥法時讙呶。兩人出帳，青萍回道：「臺下江水忽湧起十餘丈，漂沒數營。柳總兵奔出，將劍一揮，水便退了。現在薛總兵，查點入馬，安插去了。」說得荷生、采秋愕然，都說道：「禍是今日捉不了妖婦。」正待入帳，四邊人聲又洶洶起來，說是：「一片山峰盤旋天際，要向中軍打落，是柳總兵駕雲，揮往鍾山去了。」荷生煩惱，攜看采秋說道：「這般怎好？我同你性命只在頃刻。咳！不值哩。」采秋笑道：「不要怕。憑他天翻地覆，我同你還是金身不壞㊱。譬如該死，此刻已是個刀頭之鬼哩。」荷生正要回答，瞥見春纖站在跟前，說道：「妖婦壓死了。原來是蕭湘東愛的一個大錦雞。他中了箭，閃入鍾山，又做起法來，想要報仇。我將山石打回，就把他壓死了。明日叫人抬來看罷。」於是大家安心。

看官，你道這朱九妹是何人呢？九妹楚北人，年二十歲，有國色之目，能詩能文。前十年為賊擄來，依個女百長。百長憐愛他聰明伶俐，凡賊挑選識字民女充個女簿書，把他隱匿不報。後來蕭三娘夾了兩個妖尼，挑選有姿色的婦女，百長隱匿不住。九妹見是選去為尼，也自甘心，便與同伴姓傅的名喚善祥一起出來。雲樓得了善祥，月印得了九妹。適逢月印這半月是個男身，歡喜極了，攜到桃葉渡船中，就要開葷。不想九妹心如鐵石，憑他刀割火爇，總不依從。幸是月印意中人多了，將九妹赤身鎖在後艙。恰好艙中有把尖刀，到了半夜，九妹便自勒死。月印將尸棄在雨花臺下，不准人埋。這夜顯靈，救了荷生、采秋性命。雖是二人數該有人救護，終算是九妹功勞。荷生後來查出履歷，就替

㊱ 金身不壞：即金剛不壞身，指佛身。

他請旌㊲，又建個祠在雨花臺下，題曰「朱貞女祠」。後人有傳其〈賊中哀難婦〉詩云：

晨光隱約上檐端，絳幘雞人㊳促曉餐。顧影自憐風惻惻，回頭應惜步珊珊。
蝦蟆堆上聽新法，蟋蟀堂前憶舊歡。明日鴻溝㊴還有約，大家努力莫偷安。

看官聽說：賊以殺戮為事，其荼毒之慘，衣冠塗炭，固不待言，那婦女尤受其荼毒。起先男入男館，女入女館。相傳江寧城中有一婦背負嬰兒，被驅入館。這婦人遲回不行，賊罵，婦也回罵，將刀砍倒，兒壓肩下，呼娘不絕，呱呱亂啼，慘不慘呢？又有一婦懷繃數月孩兒，走到街上，忽袖出一剪將欲自刺，後以淚眼熟視抱中兒，遂大哭，擲剪地上，仍向前走，慘不慘呢？六逆妻妾喚做王娘，黃絹蓋頭，騎馬跣足㊵，這全是粵西㊶西溪峒村媼㊷。故此偽令，婦女不准裹足，違者斬首。已纏之足，忽去束

㊲ 請旌：古代凡忠、孝、節、義之人，可向朝廷請求表揚，稱為「請旌」。

㊳ 絳幘雞人：頭戴紅色頭巾的雞人。漢代宿衛之士，頭戴絳幘，傳更報曉。雞人，周代官名。掌管供辦雞牲，以備宴餐祭祀，凡舉行大典，則報時警夜。

㊴ 鴻溝：在河南省滎陽縣東南，為楚漢分界之處。《史記．項羽本紀》載：「項王（項羽）乃與漢（劉邦）約，中分天下，割鴻溝以西者為漢，鴻溝而東者為楚。」

㊵ 跣足：赤腳。

㊶ 粵西：今廣西壯族自治區的別稱。

㊷ 村媼：村婦。

練，怎樣走得動呢？而且叫這女人挑磚、背鹽、浚濠㊸、削竹簽、開煤炭。相傳有美婦背鹽行烈日中，汗滷交流，肩背無皮，如著紅衫一般，慘不慘呢？後來六逆相屠，男館女館之禁既開，五妖為虐，男色女色之風尤熾。妖尼部下有受汙的女子，忿恨不堪，尼令繡帽，這女子就把汙穢的東西來作帽襯，冀得壓制妖法。同伴挾嫌出首，尼怒，令點天燈。你道天燈怎樣呢？將帛裹四體，漬油，綁於桿上點著，叫喚數日而死，慘不慘呢？正是：

人心有欲，制之為難。
涓涓橫決，萬丈狂瀾。

欲知後事如何，且聽下回分解。

總評：此回借蕭三娘、朱九妹以為承上起下之文，中間有涉筆成趣語，有正襟危坐語，各極其妙。仍借慧如口中，疊點癡珠，明此書為癡珠而作。自四十四回後，總不欲死癡珠也。

㊸浚濠：深挖壕溝。浚，深。

第四十九回　捨金報母擔粥賑饑　聚寶奪門借兵證果

話說這年甲子元旦癸卯，逆計歲一百八十三元，週而復始，為上元甲子。荷生大兵原是顏、林部的八千，紫滄子弟兵二千，後來又調了淮南北陸師四千，水師四千。這年正月，紫滄、包起、黃如心又帶來湖南北精銳三千，連戰皆捷。紫滄奪了江東橋，包起、如心奪了七甕橋，連營江寧東門外。二月，卓然以所部克復鎮江、常州諸郡縣，直薄滸墅關❶。果齋以所部從廣德❷、祁門❸一帶，復金、衢、嚴❹，直薄錢塘江口❺。金陵孤立，淮南北勝兵星羅棋布。大同健婦就如狼顧鷹疾，四下巡綽，顆粒莖草，無從入城。偽王府供給蔥、韭、萊菔、白菜，價與黃金同秤。始而米盡，繼之以豆；嗣而豆盡，繼之以麵；既而麵盡，繼以熟地、薏米、黃精；復盡，繼以牛、羊、豬、鴨；復盡，繼以海參、

❶ 滸墅關：江蘇省吳縣西北。

❷ 廣德：今安徽省廣德縣一帶。

❸ 祁門：祁門縣，清屬安徽省徽州府（治所在今歙縣）。

❹ 金衢嚴：指金州、衢州、嚴州。金州，今陝西省石泉縣以東，旬陽縣以西的漢水流域。衢州，今浙江省衢縣、常山、江山、開化四縣地。嚴州，今浙江省建德縣。

❺ 錢塘江口：富春江流經杭州東南至入海口處稱錢塘江。

魚翅、棗、栗；復盡，繼以苧根❻、草根，調糖蒸食；復盡，繼以皮箱，水泡細切，調蜜煮糜。偽官賊眾，奄然一息，肩摩於路，內外城餓莩❼日以萬計。有人撈得浮萍，煮成一盂，偽官搶奪，至相格殺。於是有人食人的事。後人詩云：

上天降喪亂，兵饑仍洊臻。遺民何所食？樹皮與草根。
二者亦既盡，相率人食人。弱者強之肉，股膞味之珍。
有子不肯易，骨肉原一身。或云食人者，其睛圜且殷。
殺人還遭殺，利害仍相因。亦有良懦輩，忍饑丸泥吞。
尪羸❽死尤易，未死罹烹燔❾。上蒼胡不仁？馴致人食人！

後來掃蕩偽王府，每府廚房掃出男人陽物，婦人陰戶，約有十餘擔。大凡做人，無論是邪是正，總要有個紀綱，著點精神，纔辦得事。便是做賊，也要有賊的紀綱，有賊的精神。員逆自五逆相屠之後，便寵用了三個寶貝：一個蒙得天。凡搜掠良家子女，這人便先意籌畫，始為偽指揮，繼得大用。一個羅際隆。他把個妹進員逆為妃，又將自己妻妾也獻與員逆奸宿。始為偽侍衛，繼加伸后二字，做

---

❻ 苧根：苧麻根。

❼ 餓莩：亦作餓殍，指飢餓而死者。

❽ 尪羸：音ㄨㄤ ㄌㄟˊ，瘦弱，亦指瘦弱的人。

❾ 烹燔：猶燒煮。

個侍衛頭目，得役使眾侍衛。一個黃開元。係女旦出身，員逆嬖之，性極刻毒。賊用火鉻火錐、剝皮抽腸、點天燈諸刑，就是這人開端。始為偽監督，繼為偽天宜丞相。這三個寶貝，賊黨背後都喚他做三尸。未幾又尊信了五妖。你道這個材料，做個鼠賊，還算不得一個好漢，那裏能守城池呢？更可笑者，員逆以算命拆字的窮民，起而為賊。藉口掃除貪官汙吏，救民水火，卻奉個天主教，得一處城池，男的呼作兄弟，女的呼作姊妹，便將兄弟姊妹，男歸男館，女歸女館，養活起來。你想劇賊擄搶得幾多米粒，能彀供得這多人口眷？就使東南各道都占踞完了，這不順人情，不顧全局，也怎樣守得一日呢？至如賊的政令，是無天地宗廟社稷之祭，無父子君臣之教，無天時人事婚喪吉凶之道。其所改之年，則曰太平興國。其所定之時，則改丑為好，改卯為榮，改亥為開，以三百六十六日為一年。其所改之字，則國為国，華為花，火為亮，老為考，蜂衙蟻隊⑩，還算什麼？當下饑民嗷嗷，員逆方將偽王府所蒸的芋根、草根，將蔗漿蜂蜜調勻，鍊成藥丸一般，名為甘露療饑丸，頒給偽官，令民間如法泡製。不想民間芋根齧完，草根掘盡，更從何處找出蔗漿、蜂蜜呢？天下饑，何不食肉糜？自古是有此笑話。起先饑民尚是夜裏偷自爬城出來，以後賊令不行，竟白日數十隊吊城而出。到得五月，員逆挨不得苦，服毒死了。偽王娘與偽丞相等擁立偽太子苐田⑪為王，便每日黎明，大開北門一次，放出饑民。於是城外饑民如恆河沙般。

⑩ 蜂衙蟻隊：比喻烏合之眾。

⑪ 苐田：即洪秀全之子洪福。因其印章於「福」字下並列「真王」二字，遂誤稱為洪福瑱。苐田，即福瑱之俗寫。

荷生自三月起，增設粥廠百餘座，撫卹難民，尚自瘐死⓬大半。卻說藕齋夫婦自與采秋別後，便染些寒疾，乍起乍倒，延及一年，竟成老病。這年春間，賈氏過世了。采秋聞訃，自然大慟。這會荷生紮營鍾山，采秋紮營聚寶門，相去約有十里路。因采秋有母之哀，荷生便時時匹馬馳來，就是春纖、瑤華等也時時往來慰問。只見一路粥廠，倒斃極多。又見那粥廠門前，饑民四集，每廠約有整萬。人多路狹，推排積壓，老弱困憊的，不得半碗入口，儘多跌倒，爬不起來。而且道路矢穢、人氣薰蒸，遠遠的就不堪入鼻。采秋聽說，向荷生道：「我聞古人賑饑⓭，合要使分。你說那擔粥的法最好。我三年提督的俸銀，留著何用？這會兵荒馬亂，也不是齋僧佞佛時候，我便將這擔粥的法，行一個月，借此做我娘的冥福⓮。」語畢，珠淚雙垂。荷生忙道：「好極！明天我就替你效勞罷。」采秋道：「不忙。從來辦賑，最怕中飽，壯哉雀鼠，哀此惸獨⓯。我們不犯著吃這虧。你的權重事多，這瑣屑也不合大將軍斤斤計較，我專派紅豆辦此事罷。」春纖、瑤華也道：「極是。」於是聚寶門邊，特設個熬粥所在。紅豆管帶二百健婦熬粥，四百個健婦擔粥，四百個健婦押送。每廠擔粥三擔，專給那老弱困憊的人。每日就也照粥廠卯申兩次開鍋。以此采秋也時時單騎出來，或就在鍾山營中宿歇。

一夕，鍾山營中，天色靠晚，采秋來了。荷生正擕入帳中，春纖提劍突入。采秋就要閃出，春纖

⓬ 瘐死：指露野而死。

⓭ 賑饑：救濟饑民。

⓮ 冥福：迷信的說法，指死者魂靈在陰間所享的福。

⓯ 惸獨：孤獨。

舉劍便砍。荷生驚慌無措，急行攔住，采秋竟變個白的雌兔竄出帳外。春纖一劍擲去，兔遂兩斷，弄得荷生迷迷惑惑，說道：「怎的？怎的？」春纖笑道：「你道是采姊姊麼？這便是那妖婢靈素。我再叫你去看一枝簫。」便挈著荷生，架起雲來，不轉瞬已到聚寶門。遙見瑤華、掌珠、寶書都擁著采秋在帳前，瞧個似獸非獸，鮮血淋漓的東西。采秋一見荷生，便說道：「不是春妹妹，我們又落了妖人的套。」春纖笑道：「采姊姊，你要仔細，這也是個假的。」采秋笑道：「是你帶來，我只問你。」春纖笑道：「便我也是個山魈⑯。」指著地下東西道：「再幾日，你看我不就是這樣去麼？」采秋笑道：「你去那裏？」春纖道：「我從去處去！」荷生見他們說話，愈不明白，便向采秋道：「到底怎說？」春纖笑道：「這何難猜？你殺了采秋，采秋就也殺了你。」采秋向著荷生道：「你不要聽他搗鬼，我兩人的命都是他殺哩。」瑤華也笑道：「這樣看來，你兩個竟是個魂魄。」說得采秋、春纖和大家都笑了。荷生愈急起來，紅豆只得指著地下東西，從實告道：「這是山魈，就是金陵的妖婢靈簫，他幻了老爺的形，來魅夫人。柳姑娘望見，把他殺了。柳姑娘曉得他還有一個叫什麼靈素，是去老爺營中，便駕雲尋老爺來，想是也殺了。」便向春纖問道：「柳姑娘，到底也是這個模樣不是？」春纖笑道：「那個卻俊。」瑤華因笑道：「他假你夫人，怎的不俊。」荷生將靴尖向地下的山魈踢兩踢道：「就這般蹧蹋我，教我鐵室鐵城都防備不來。」吩咐抬去剝皮，號令起來。大家答應。隨叫人到鍾山營中，將那隻白兔也剝皮，號令起來。因向采秋大家說道：「這纔了妖婦一宗公案，如今乾淨，真個多謝女鎮軍。」一面說，一面攜著采秋就拜，慌得春纖還禮不迭，說道：「折殺了！」

⑯山魈：猴屬動物，狒狒之類。

這夜，又在采秋帳中開起高宴，延春纖高坐，瑤華、掌珠、寶書分陪。荷生領著采秋斟了三鍾酒，都要春纖喝乾；又傳一班女戲伺候，自己卻歸鍾山去了。這裏點唱〈魯智深出家〉，唱那〈寄生草〉一支，春纖喝了一鍾酒，便微唱道：「俺赤條條來去無牽掛。」一會點唱〈嫦娥奔月〉，春纖笑向掌珠、寶書道：「碧海青天夜夜心⑰，自古女仙未能免此。蘭香⑱來無定處，綠華⑲去未移時。想你二人禪絮沾泥⑳，當不復悔偷靈藥㉑。」掌珠、寶書微微一笑，瑤華笑道：「這也未必。謝自然㉒既要還家，曇陽子㉓更多疑竇哩。」采秋也笑道：「八駿往來穆滿㉔，七夕共坐劉徹㉕，西王母㉖不是個寂。」

⑰ 碧海句：引自李商隱〈嫦娥〉詩，講嫦娥偷吃靈藥飛升月宮，面對如碧海一樣無邊無際的青天，芳心夜夜孤寂。

⑱ 蘭香：傳說中神女杜蘭香之省稱。

⑲ 綠華：傳說中仙女萼綠華之省稱。

⑳ 禪絮沾泥：比喻禪寂之心受到塵世煩惱的沾染。

㉑ 悔偷靈藥：李商隱〈嫦娥〉：「嫦娥應悔偷靈藥，碧海青天夜夜心。」

㉒ 謝自然：唐代女道士，傳說師從司馬承貞學道，受度後白日升天而去。

㉓ 曇陽子：明王錫爵之女，名燾貞，號曇陽子，自幼奉敬觀音大士。曾許配徐景韶，未嫁而亡，世傳其得道仙化去。

㉔ 八駿往來穆滿：相傳周穆王駕御八駿馬西巡。穆滿，指周穆王。

㉕ 劉徹：漢武帝劉徹。

㉖ 西王母：據《山海經》載，西王母為神話傳說中的豹齒蓬髮戴勝的女妖。漢魏時代演化為年輕貌美的女王或

女仙領袖麼？以我看來，姮娥還是天上共姜㉗。」瑤華道：「姮娥也算不得共姜。他霓裳羽衣㉘，怎樣也接了唐明皇。」采秋笑道：「這般看來，天上神仙也和我們一樣呢。」大家一笑。春纖向瑤華說道：「你說曇陽子，曇陽子原有一真一假。去年并州不有個假秋痕麼？」瑤華道：「這是他同鄉姓顧的，弄出來笑話。你想秋痕那樣一個脾氣，什麼人假得？偏這姓顧的，要借重他大名射利㉙，沒有三天就給人道破了。鬨傳出來，倒害癡珠的跟人喚做什麼禿頭，寄園的佃客叫做什麼戇太歲，淘氣幾天。這假秋痕并州的飯就吃不上。這會不曉得跑到那裏？」采秋笑道：「不就在這裏？我要認是秋痕，便是秋痕；荷生要認是癡珠，便是癡珠。你們不見，今天山魈也要假荷生，白兔也要假采秋麼？」說得大家大笑起來，就也散席了。

卻說謖如、鶴仙經略南北。鶴仙是首辦南稔，繼辦蜀寇，馬步齊進。他在蒲東又練個車戰，恰好來勦南稔。數月之間，便已得手。倒是蜀寇費力，蕪蔓㉚東西川，出沒無定，又踞的石寨，都係豐草長林，巉巖疊嶂。好容易掃除十股，又分出一股。謖如專辦回匪、苗匪、黔苗渠魁㉛，不數月就也剗

女仙。《穆天子傳》、《漢武故事》均有周穆王、漢武帝與西王母相會的故事。

㉗ 姮娥句：姮娥，即嫦娥，為月宮仙女。共姜，周代衛世子共伯之妻。後世常作為守節女子的典故。

㉘ 霓裳羽衣：指身披霓裳羽衣翩翩起舞。相傳唐明皇遊月宮，嫦娥為之舞霓裳羽衣舞。霓裳，指像雲霓彩霞一樣的衣裳。

㉙ 射利：謀取財利。

㉚ 蕪蔓：猶蕪漫。荒蕪；滋漫。

除乾淨。其餘酋長都受了約束，不敢為非作歹。回匪自滇南蔓及秦隴，以及關外，勢大猖獗。謖如由黔入滇，駐紮曲靖㉜，先將滇南回漢分出是非曲直，做個榜文，布示各郡。然後用兵，復了昆明，以次勦撫，大兵直趨大理㉝。鏖戰一年，纔把回首士文繡擒了。仿著武侯七擒七縱㉞意思，請旨赦了文繡，賞給世襲總兵銜，領守永北㉟、開化㊱二郡，提督回部。文繡於是率所部三千先驅開道，自滇及秦，自秦及隴，以至關外，所有回眾無不洗心滌慮，剺面刻肌㊲，誓與漢人和輯。謖如入關，鶴仙也將蜀事告竣了，就約於長安會議善後機宜㊳。這二人自我不見，於今三年，把前前後後公事私事，說

㉛渠魁：巨魁；大魁。指盜匪首領。

㉜曲靖：府名，治所南寧（在今雲南省曲靖縣）。地處南盤江上游，為雲南東部門戶。

㉝大理：府名，治所太和（在今雲南省大理市）。

㉞武侯七擒七縱：指三國蜀諸葛亮南征，對蜀南中酋長孟獲七擒七縱施恩感化。武侯，即諸葛亮，蜀建興元年（西元二二三年）劉禪即位，封諸葛亮為武鄉侯。

㉟永北：即永北縣，直屬雲南省。

㊱開化：開化府，屬雲南省。故治即今雲南省文山縣。

㊲剺面刻肌：指以刀割劃面容刻破肌膚。剺，割。古代匈奴、回紇等族用刀割面刻肌表示極度悲戚，或表示誠志決心。

㊳長安句：長安，漢唐諸朝建都於長安（今陝西省西安市），故唐以後以長安代指國都。此處指清都京師（今北京市）。會議，猶合議，會合商議。善後機宜，指依據客觀情勢採取妥善對策，處理事情發生後或結束後的遺留問題。機宜，指依情勢隨機處理事宜。

個十日，還不得盡。此時鶴仙係居太原提督衙署，阿寶娶親了，阿珍、靚兒也已長大。謖如只想娶個妾，以為娛老之計，不想無意之中，卻說起一個親事：是江南葉姓的女兒，避亂隨母，依個胞叔，遠宦㊴長安，並無兄弟，年紀十八。經鶴仙說合，聘為繼室，入門揭開蓋帕，竟與李夫人面龐一毫無二，已自詫異。細細體認，連言談舉止，體態性情，都覺得一模一樣，就把謖如狂喜極了。鶴仙自然也樂，說道：「這番回到太原，阿寶還認是他娘重生哩。」轉盼之間，善後諸事也得手了。奉旨：「李喬松給予宮傅銜並輕車都尉世襲。游長齡給予宮保銜並騎都尉世襲。均賞假三個月，仍帥所部馳往金陵，會同韓彝商辦東南軍務。署寶山鎮總兵危至俊，督辦海壖屯田，接濟西北軍餉著有成績，著予提督銜，補授寶山鎮總兵。」謖如得旨，就將原部四千人委一裨將管領，先赴金陵。鶴仙也將原部三千人，陸續遣往。謖如又檄寶山營發兵三千助勦。

這會金陵大兵雲集，水陸約有三萬多人。荷生、采秋督率諸軍，把金陵十二門日夜輪流環攻。這夜六月十五，包起、柳青領湖兵攻打西三門；如心、胭脂領淮兵攻打東三門；紫滄、瑤華領太原兵攻打北三門；春纖、掌珠、寶書領健婦三千及寶山精銳二千攻打南三門。十六黎明，聚寶門陷了一角，春纖躍入，健婦踵接。披髮悍賊數千搶來撐拒，悉放鳥槍。掌珠、寶書也乘空而上，煙霧迷漫之中，前後不能相見，只聽兩邊喊殺。三千健婦及寶山精銳二千逢人亂截亂殺。一會，賊的藥火盡了，天地開朗，披髮賊死了無數，其餘也有散的，也有自戕的。於是各門洞開。紫滄傳令，不准亂殺。四隊官軍招集一處，直趨內城。一路盡是難民長跪道邊，也有男的，也有女的，也有老的，也有少的。紫滄

㊴遠宦：指離家赴遠方為官。宦，仕宦，為官。

等馳入偽王府及各偽官衙署搜捕，也有吊死的，也有跳井跳池死的，也有吊不死跳不死給兵擒來的，也有就擒跑走的，也有跑走就擒的。紛紛擾擾，他他藉藉，鬧到黃昏。大家只是不見春纖、掌珠、寶書三人，十分驚訝。瑤華儘在內城派人找尋。先是午刻，大營委青萍入城，四下裏分貼安民榜。忽見春纖倒在秦淮河❹❶邊，面色如生，只額角有血水湧出。隨後又見掌珠、寶書死在一處，也是額角一傷。趕回報明，已是天黑了。荷生太息，采秋垂淚，道：「這是他們借兵尸解，不然春妹妹是會駕雲的，有什麼槍火礮火跑不脫呢？」就令青萍厚備棺斂。是夕，紫滄等也曉得三人陣亡，瑤華連夜便奔出城看視，大哭一場，將尸移入就近偽署內停放。紫滄大家派各路兵丁打掃街道，收拾偽王府正屋。

次日黎明，荷生、采秋雙雙的按轡入城，先來秦淮河看了春纖三人殯殮。采秋憶起前前後後的事，覺得春纖這回是專為保護他而來，就與瑤華哭得日色無光。荷生大家力勸一番，然後豎起大纛，排隊，升礮，雙雙換了八人抬的涼轎，萬騎先後，蝶團蜂擁，入內城去了。後來卓然、果齋見說寶書、掌珠都已陣亡，掀髯嘆息。瑤華也對人說道：「我一生沒有掉過眼淚，五年前為癡珠、秋痕，卻傷心了數次。這會又為春纖三人哭了一日一夜。其實他們都是脫屣紅塵❹❶去了。」正是：

沐日浴月，妖氛盡豁。

---

❹⓿ 秦淮河：在江蘇省南京市，自城東而南至西北環流入長江，為南京風景勝地之一。

❹❶ 脫屣紅塵：脫離塵俗。脫屣，脫掉鞋子，比喻將某種事物看得很輕，像扔掉鞋子一樣拋棄它而無所顧惜。紅塵，佛教、道教稱人世為紅塵。

脫屣人間，天高地闊。

欲知後事如何，且聽下回分解。

總評：此回采秋、春纖合傳，采秋孝、春纖義也。上折詳敘圍賊之困，引起孝女賑饑。下折詳敘大兵之集，引起義姬證果。中間卻借妖婢幻形，逗出癡珠、秋痕，以明全書大旨。

第五十回　一枝畫戟破越沼吳　八面威風靖江鎮海

話說謖如、鶴仙得假三個月，謖如將眷口攜到并州，與阿寶們相聚。一時悲喜交集，不用說了。次日便同鶴仙、阿寶到了玉華宮李夫人靈前一哭，就也到癡珠墳前灑淚一拜。轉盼假滿，已是六月。荷生是十七進了金陵城，十八，謖如、鶴仙也到。荷生大喜，把偽東府掃除，與二人駐紮。這二人與荷生八載分襟，一朝捧袂，傷秋華之宿草，喜春鏡之羅花，真個說不了別後心事。謖如又以遲到一旬，不及見春纖為憾，便往秦淮河停靈之所，祭奠一番。

一日，大家談起吳越用兵。謖如道：「東南地勢，太原的馬隊、筤筅兵❶，都用不著；還是我寶山鎮兵及湖淮兵得力。」因向荷生道：「你的才大如海，怎麼平了十年巨寇，復了千里名都，竟不草個露布❷，聳人聽聞哩？」荷生道：「這算什麼巨寇？此數十年中，士人終日呫嗶章句❸，就是功名顯達之人，也是研精歐、趙書法❹以博聲譽，濟之以脂韋之習❺，苞苴❻之謀，韜略經濟偶有談及，

---

❶ 筤筅兵：手持筤筅的士兵。筤筅，即狼筅，古兵器名。相傳為明代將領戚繼光所創製，以大毛竹為桿，頂端如毛鋒刺人，桿上有節節椏杈，借以自蔽全身。

❷ 露布：布告，此指告捷文書。

❸ 呫嗶章句：指吟詠《四書》，包括《論語》、《孟子》、《大學》、《中庸》。章句，宋朱熹撰《四書章句》。

群相譁笑，以為不經。吏治營規，一切廢弛，徒剝民脂膏，侈以自奉。坐此國勢，如飄風，人心如駭浪，事且岌岌，可笑當事的人尚復唯唯諾諾，粉飾昇平，袖手作壁上觀❼。間有名公巨卿❽，氣魄資望卓越尋常，奈處升卿之錯節❾，才識不及；學渤海之亂繩❿，德量⓫無聞。是以大局愈爛，這釜底游魂因得多延歲月。對村婆而自絮生平，獲小竊而大書露布，我不怕別人，我只怕癡珠在那青心島會拊掌大笑哩。」說得謖如也笑起來。荷生因說道：「自此以往，司牧之官⓬，必能掃除一切苛政；猾吏奸胥⓭，悉設個法箝制⓮之，使無舞弊。慢慢的采風問俗，去害馬⓯的以安馴良，泯雀角鼠牙之釁⓰，

❹ 歐趙書法：指唐歐陽詢，元趙孟頫的書法。

❺ 脂韋之習：脂韋，指油脂與軟皮，比喻阿諛圓滑。習，習氣。

❻ 苞苴：借指賄賂或餽贈的財物。

❼ 壁上觀：高居營壘或城壁之上觀望，後借喻置身事外，坐觀成敗。

❽ 名公巨卿：名望卓著的公卿大夫。

❾ 升卿之錯節：升卿，南宋呂陟，字升卿。楊萬里稱其為飽學之士。錯節，形容人志節堅忍不拔。

❿ 渤海之亂繩：渤海，唐著名詩人高適，「自云渤海人」。故以「渤海」代稱高適。亂繩，打亂繩墨，突破法度，指高適詩風雄渾豪健，縱橫頓挫，「於局勢散漫中求整飭」（沈德潛《說詩晬語》卷上）。

⓫ 德量：道德修養和器量。

⓬ 司牧之官：負責管理之官。

⓭ 猾吏奸胥：狡猾奸惡的官吏。

⓮ 箝制：控制；約束。

絕狼吞虎噬之端，不驚不擾，民得寬然。各盡地力，學你寶山開墾的工夫，與這些人課勤警惰，講信修睦，有教有養，使天下元氣完復，不枉我們勞碌這七八年纔好呢。」謖如道：「這真忠言至計，中興碩輔⑰之言。」荷生笑道：「我算什麼！明相國不動聲色，卻出斯民於火熱水深，措天下於泰山磐石。韋癡珠不綰半綬⑱，卻相時度勢，建策於顛沛流離，碩畫老謀，寄意於文章詩酒。這纔算個人哩。」謖如嘆一口氣道：「不是你這闊大的胸襟，也不肯和盤托出。我們不是相國，那裏能如此發揮？不是癡珠，那裏便有此成算？只相國以人事君，自然譽流竹帛⑲，績紀太常⑳。癡珠一生屈抑，我們僥倖會合風雲，也該特摺闡揚㉑，或請予謚，或請專祠，使天下後世有這個人纔好。」荷生笑道：「這卻不必。以柳下惠㉒之賢，而節以一惠，出自其妻。以曾南豐㉓之地望，而一瓣之香，競傳師道。可見

---

⑮ 害馬：害群之馬。

⑯ 泯雀角句：泯，消滅。雀角鼠牙，原指強逼女子婚嫁而鬧出獄訟。後泛指獄訟、爭訟。《詩經・召南・行露》：「誰謂雀無角，何以穿我屋？誰謂女無家，何以速我獄？」「誰謂鼠無牙，何以穿我墉？誰謂女無家，何以速我獄？」釁，爭端、仇恨。

⑰ 中興碩輔：挽救國家於危難而使之中興的大臣。碩輔，重要的輔臣。

⑱ 不綰半綬：意謂不任一官半職。綰，繫結。綬，標誌官階的綬帶，代指官職。

⑲ 譽流竹帛：意謂美名流傳於青史。竹帛，古代以竹簡、帛書記載歷史、書寫文章。後世多以竹帛代指歷史。

⑳ 績紀太常：意謂業績記載於太常。太常，官名。掌管宗廟祭祀禮樂，兼掌選試博士。

㉑ 特摺闡揚：特摺，指特別選拔官吏或舉薦才德高尚者以求表彰的奏摺。闡揚，發揚；表彰。

人世榮華，舉不足為我癡珠增重。異日有心人，總能發潛德之幽光，底事我們闡揚，轉成門戶之見。你不看杜少陵㉔，歷數百年而忽諡文貞，蘇東坡㉕不得冷豬蹄，而朝宜至今尚為做生日麼？是非之心，人皆有之，不煩我們為癡珠早計哩。」謖如拊掌道：「古人相見，開口便有到心語。你今日議論，語語沁入我心。」正待說下，紫滄帶個女子進來，說道：「這女子姓傅名喚善祥，是個女簿書。據說洪逆就埋在這府裏空地，那時入坎，掘得極深，甚是秘密。」荷生聽說，傳令開了後宰門，派五百名人夫前往發掘。接著包起回說：「搜捕遺孽，葄田渺無下落，卻擒了著名幾個賊目。」於是荷生邀著謖如，一同升帳，問供去了。

再說榮合、榮法部下，卻有兩個偽將，一名翁闓陽，一名呂壽臣，武藝也不在顏、林之下。榮法、榮合百事糊塗，卻曉得收買兩將的心，以為護衛。起先靈簫、靈素主持號令，人人都受這妖婢磨折，只有兩將他卻不敢一毫淩侮。後來妖婢聽見妖婦兵敗，趕赴金陵，這裏號令便歸在兩人。這會一個緊

㉒柳下惠：春秋時魯人展禽，名獲，字季，居於柳下。仕為士師，三黜而不去。人問之，答曰：「直道而事人，焉何而不三黜？」展禽卒，諡為「惠」，後世遂稱為「柳下惠」。

㉓曾南豐：指北宋文學家曾鞏，字子固，嘉佑年間進士，江西省南豐縣人。世稱「曾南豐」。

㉔杜少陵：唐代著名詩人杜甫，字子美。居長安城東南杜陵。杜陵，為漢宣帝陵；杜陵側是宣帝許后陵，其陵較小，故名少陵。因而，杜甫自稱「杜陵布衣」，又稱「少陵野老」。後世稱為「杜少陵」。

㉕蘇東坡：北宋著名文學家蘇軾，字子瞻，貶黃州團練副使時築室於東坡，自號東坡先生。後世遂稱其為蘇東坡。

守滸墅，一個緊守錢塘，環營三濠，撐拒顏、林，倒也是將逢敵手。此數日，果齋正與闓陽約定，兩邊不用礮火，不用隊伍，只單騎對戰，輸的退兵。戰了兩日，不分勝負。這日，又是兩下酣戰，都脫了鍪甲㉖，去了兵器，下馬較起拳來。兩邊士卒看到入神。不想包起、黃如心二人奉了荷生將令，帶了四千湖兵前來助戰，恰恰到了。兩人私議，將金陵賊衣悉令湖兵二千穿了，如心賺個賊的令箭，往賺錢塘城池。包起卻趕來助戰，到了賊壘，擂鼓搖旗，自後面踰濠撲入。當下賊眾忽見營後人馬破空而來，闓陽只得放鬆果齋，大罵道：「捉狹鬼，不是英雄，算我上你當罷。」上馬走了。其實這枝兵來路，果齋也自茫然。闓陽正馳回衝殺，將包起的兵團團圍住。城賊無數奔出，說是官軍掛起金陵旗號，賺開城池，擒了三大王。闓陽及賊眾心都慌了。一會，果齋也到，與包起兩邊夾攻，一枝畫戟東馳西突，所向披靡，力將江口以及城隍山賊營百餘座，盡數踏平了。闓陽落荒而走，果齋與包起入城，將擒來偽越縈合打入囚籠，解往金陵。其餘賊眾，一起准予投降。住了一日，乘勝領兵殺上塘西，收復嘉興㉗去了。包起、如心俟著浙東西兩個節度到了，就也馳來。果齋早已隻戟單盾，冒矢復了姑蘇㉘，擒了偽吳縈法。於是合兵一處，會同卓然來攻滸墅關。三日破了。兩人用計射倒了闓陽、壽臣。忽報大將軍、女提督帶健婦五百人過江，現在駐紮常州。包起、如心就將縈合解往常州營前。卓然仍紮滸墅關，伺候大將軍。果齋便帶兵掃蕩吳越諸郡縣殘匪。

㉖ 鍪甲：頭盔、鎧甲。鍪，即頭盔。

㉗ 嘉興：今浙江省嘉興縣南。

㉘ 姑蘇：今江蘇省吳縣，因縣西南有姑蘇山而得名。

看官，你道苟生怎的過江呢？他是富川人，想借此游歷江南一番風景。不想到了揚州，遙見那灌莽棲於甍棟㉙，平沙抗乎睥睨，煙火無墟，四望靡際，與采秋低徊憑弔，因說道：「昔日繁華鼎盛之處，今皆成瓦礫場矣。」次日過江，風靜波平，也自欣然。望見金焦一片邱垤㉚，赤雲崢嶸，兔葵燕麥㉛，軃受㉜驕陽。因想起遭時不祥，見此蕪亂，回首故鄉，數遭兵燹，牂柯山畔，家竟何如？夢草池邊，同聲浩嘆，於是浩然有歸與的意思。又想道：「虎豹居在深山，人人聞聲便自惴惴，以游五都㉝之市，販夫孺子皆得持著瓦礫，譁然相逐。麟出大野㉞，足折商鉏；龍入魚群，豫且見困㉟。而況炎炎者滅，隆隆者絕，高明鬼瞰，自古為然。我斷不可寵利居功哩。」這日，到了常州，曉得果齋業經破越沼吳。恰好滎合解到，問過口供，傳令磔死梟首，會同金陵洪逆戮尸的首級及滎法首級，傳示各

㉙ 甍棟：屋梁。甍，屋脊。

㉚ 金焦一片邱垤：金焦，金山、焦山，在江蘇省丹徒縣東長江中，兩山對峙，懸崖峭壁，老樹蔥蘢，風景絕佳。邱垤，即土丘。

㉛ 兔葵燕麥：皆植物名，形容景象荒涼。唐劉禹錫〈再遊玄都觀絕句〉引曰：「重遊玄都，蕩然無復一樹，唯兔葵燕麥，動搖於春風耳。」

㉜ 軃受：猶怕受。軃，音ㄉㄨㄛˇ。

㉝ 五都：五方都會，泛指繁華興盛的都市。

㉞ 麟出大野：麒麟出現於廣大的原野。

㉟ 豫且見困：指白龍被豫且所困。豫且，春秋時宋國漁人，相傳豫且在泉陽打魚，舉網而得神魚。乃白龍下清泠之洲，化為魚，豫且射中其目。

道滋事地方。就想道：「自來賊平，遣散兵勇最是費手。我幸馳逐七年，不曾募得一勇，只大同健婦三千，都是有夫之婦，且有室女，不怕滋事。外此，顏、林所部四千，是并州額兵，淮南北陸師水師，湖南北精銳，亦是平定後新設額兵。至如謖如帶的是寶山屯兵，紫滄帶的是馮姓子弟兵，更無可慮。最可笑者，以前用兵，不於各道額兵鍊出，轉向市井中募來，既糜國帑㊱，又滋弊端。我如今只作個書，囑謖如陸續奏撤，便無甚事。」次日，到了滸墅關，接見卓然，即令其撤回部兵一千，留一千協同果齋搜捕餘匪。於是放舟於三萬六千頃之太湖，挹取其風雨波濤出沒之理趣㊲；輿輴於三十六峰之天台㊳，七十七峰之雁蕩㊴，開豁其金戈鐵馬擾攘之煙塵。凡郡縣供給，一起拒絕。水向荒墟停泊，陸抄小路來往。

到得八月，駐紮杭州。卓然、果齋都來繳令，便與采秋游了一日西湖。禿樹支離，寒波渺漠，荒草低天，叢蘆冷岸，滿野陰雲濁潦中頹牆廢垣，殘毀駁裂㊵，野店無煙，遠峰數點。兵火後光景真可嘆息，悵然而返，覺得一路秋風衰柳，門巷無人，昏霧歸鴉，荻花欲語。荷生既苦喚奈何，采秋亦心驚老大。將到行營，遙見無數倭人，刀如霜白，槍似林蒼，又覺陡然。青萍接著回道：「倭人解來金

㊱ 糜國帑：糜費國家的公款。
㊲ 理趣：義理情趣。
㊳ 輿輴句：輿輴，指車輴，乘車坐轎。天台，山名，在浙江省天台縣北。
㊴ 雁蕩：山名，在浙江省東南部，分南、北二山群。南雁蕩山在平陽縣西，北雁蕩山在樂清縣東北。
㊵ 駁裂：猶剝裂，剝蝕斷裂。

陵遺孽馮茀田，前來請令。」荷生神定，轎子軟步如飛。倭目數十輩亮甲掛刀，一字兒跪接。荷生轎中點首示意。轅門下營官扶入，傳令升帳。於是卓然、果齋招呼整隊，杭城大小官員也來站班。帥旗一展，升礮三聲，荷生衣冠升帳，中軍傳呼，倭目一人進見。倭目報門，巡捕官領跪階下。荷生問道：「哈巴里就是你麼？」哈巴里答應了。荷生道：「你們從何處擒來馮茀田？」哈巴里道：「元帥克復金陵，茀田隨著偽王娘馬氏、偽丞相鄧際盛，又偽官等數十人竄上清涼山❹❶洞。洞裏原有儲特❹❷，經歷兩個月，食也盡了。將金寶航海，投奔香山，懇求我們帶他回國，保全這數十條性命。我們竊念元帥號令威嚴，小國新受皇上天恩，不敢護庇叛孽，計誘登島，悉數擒獲，押解前來。探得元帥行營，特由粵洋駛著輪船，清晨到了，就來轅門伺候。」荷生欣然道：「你等恭順可嘉，靜待本帥奏聞獎賞罷。」哈巴里磕頭稱謝，就吩咐杭守延入行館，優待去了。

此時天已靠晚，自轅門以至帳中燈張百合，炬列萬行。火燄中刀矛林立，各將領明盔亮甲，奕奕有光，將那分門別隊五色的戰襖，五色的旗幟，愈顯得對對分門。荷生高坐帳中，披件團龍黃綾馬褂。帳裏旁列捧劍捧令兩侍兒，如花似玉；帳前雁翅般武巡捕數十人，俱是魚鱗文戰袍，團花馬褂，一呼百諾，一諾千聲，真顯得大將軍威重如山。當下哈巴里隨著杭守逡巡而出，上面接疊連聲傳呼：「抓進馮茀田！」下面答應，如雷鳴一般，將馮茀田跪在當面。荷生問道：「你是馮茀田麼？」這孩子已慌得說不出話，一晌纔應道：「是。」以後問他，都不能答應。還是推上偽王娘和那偽丞相，纔一一

❹❶ 清涼山：在今江蘇省南京市城西，山上多有名人勝跡。

❹❷ 儲特：猶儲峙，特指儲備物資以備需用。

畫了招詞。荷生吩咐打上囚籠，只聽得高唱掩門，早礮響鼓鳴。荷生進去了。次日傳令，卓然、果齋帶了囚籠先行。第二日，荷生與采秋起馬。這回卻走了官站，各道節度迎送供帳，交錯道路。這不用說。荷生登舟，卻一天走不了三五十里路，慢慢的召見父老，撫循㊸難民，給發賞犒。采秋也逐處見有婦孺，便召來詢問一番，與些銀錁子㊹。老羸的人，更加厚遺。以此十里一泊，五里一停，自八月十五杭州起馬，直至十月初一纔到金陵。

恰好欽使韋小珠也到了。你道小珠怎充欽使呢？小珠自十七歲入學後，便奉諱㊺了。為是江南道苐，老夫人就不准他出門，只作書謝了謖如。後來謖如經略西北，小珠卻力學五年，壬戌登了鄉榜㊻第三名。航海會試㊼，又高高中了第十名進士。朝考㊽一等第二，殿試㊾一甲第三。謖如、荷生時常均有音問往來，早為癡珠欣慰。本年各道鄉試，小珠得了陝西試差。此番進京復命，奉旨前往江東，

㊸撫循：撫順；安撫和順。循，順。

㊹錁子：指金銀鑄成的小錠。

㊺奉諱：指居喪。

㊻鄉榜：指科舉鄉試的錄取名單。明清時代每三年一次在各省省城舉行鄉試。

㊼會試：明清科舉考試每三年會集各縣舉人於京師考試，稱為會試。

㊽朝考：清代凡新科進士授官前，均需由皇帝再考試一次，稱為朝考。朝考後授官，前列者為庶吉士，次者分為主事、中書、知縣等。

㊾殿試：古代科舉考試最高一級，皇帝親臨殿廷策試，稱為殿試，也稱為廷試。

冊封諸將，犒勞大軍，賙恤難民。荷生、謖如大喜，差員遠接。凡供給護衛，大家曉得是癡珠兒子，個個盡心。舟次石頭，荷生、謖如帶領文武各官，排隊奉迎，請過聖安，與小珠見面。真有虎賁㊿重逢，蘇瓌有子(51)之感，不覺睫淚盈盈。小珠更覺哽哀欲涕，奈係公座，不便私談，迓(52)入行館。荷生、謖如便與小珠執手一慟。是夜，三人開宴，招及鶴仙，款款情話，更深纔散。

次日黎明讀詔，大家俯伏壇下，只聽念道：

奉天承運皇帝詔曰：維金陵之小醜，敢黑子(53)之負嵎，抗顏行者十一年，延腹疾於十三道(54)。怨深臣庶，憤結鬼神，自外生成，久留苞孽(55)。往者游氛不戒，大帥無功，爰撤兒戲之兵，特拔忠衿之彥(56)。雷符星斗，光顏自有旌旗，文畫葩瓜(57)，賀齊別成千櫓(58)。結李摩雲之壘(59)，

㊿ 虎賁：勇士之稱。賁，通「奔」。

(51) 蘇瓌有子：意謂有子如蘇瓌。蘇瓌，唐中宗、睿宗時宰相，封許國公。

(52) 迓：迎。

(53) 黑子：比喻地域狹小。此指太平天國占據南京狹小地域。

(54) 延腹疾句：延腹疾，形容太平天國如朝廷心腹之疾，綿延日久。十三道，指十三省、府地域。

(55) 苞孽：指殘餘的邪惡勢力。

(56) 忠衿之彥：忠衿，猶忠誠。彥，俊才。

(57) 葩瓜：當為「葩爪」，通「葩瑤」，以金作花形，莖曲。爪，即「瑤」，古代車蓋弓端伸出的部分。

(58) 賀齊別成千櫓：賀齊，三國吳人，字公苗。建安初孫策任賀齊為永寧長，後拜安東將軍，封山陰侯，出鎮長

成算在胸；焚盧明月之屯⑥⓪，奇兵拔蟣。如太陽之沃雪，所過皆銷；譬大旱之望雲，崇朝⑥①而雨。於是功成掃穴，捷奏甘泉⑥②，當南風解慍於薰琴⑥③，正秋露垂珠於盾墨⑥④。陳牲告廟⑥⑤，慰列祖在天之靈；晉冊⑥⑥承歡，加慈母深宮之膳。無可寬者元惡⑥⑦，佇送檻車⑥⑧；有必報者豐功，遠稽彝典⑥⑨。敬奉兩宮懿訓⑦⓪，式須五等崇封⑦①。於乎！臣為主生，功因將立。伐吳定策，江。魏曹休伐吳，見賀齊軍容盛壯，憚而引退。干櫓，小盾、大盾。泛指武器。

⑤⑨ 摩雲之壘：巍峨聳天的營壘。摩雲，形容高聳入雲。

⑥⓪ 焚盧明月之屯：焚盧，猶焚巢，比喻徹底摧毀。明月之屯，指圓形似月的屯壘。

⑥① 崇朝：猶終朝，一個早晨。

⑥② 甘泉：甘泉宮，西漢宮殿名，在池陽縣西（今陝西省涇陽縣西北）。

⑥③ 南風句：南風，春風。解慍，消解怨恨。相傳舜帝曾唱〈南風歌〉，有「南風之薰兮，可以解民之慍兮」句。薰琴，指傳達「南風之薰」的琴曲。

⑥④ 盾墨：指在盾牌上磨墨，借指在軍情緊急時書寫檄文。

⑥⑤ 陳牲告廟：陳列犧牲，祭告祖廟之先靈。牲，指牛、羊、豬三牲。

⑥⑥ 晉冊：猶晉封，指對有功者加封官爵。

⑥⑦ 元惡：元凶；首惡。

⑥⑧ 檻車：囚車。

⑥⑨ 遠稽彝典：對古之彝典加以考核。遠，古代。稽，查考。彝典，常典。

⑦⓪ 懿訓：指皇后或皇太后的訓令。

惟羊祜無愧張華(72)；平蔡刊碑(73)，在昌黎(74)何私裴度。金釵阿杜(75)，豔貴妾於盤龍(76)；鐵戟崔家(77)，施郎君之行馬(78)。賞榮於室，蔭遠其門。溯不獲已而用兵，天其臨汝；有非常功而介賚(79)，

(71) 式頒五等崇封：式頒，依照法度頒布。式，法度；準則。五等，指公、侯、伯、子、男五等功爵。崇封，高封，指封賜尊貴的爵位。

(72) 羊祜無愧張華：羊祜，字叔子，晉武帝時都督荊州諸軍事，與東吳陸抗對境，務修德以懷安吳人。後決策伐吳之計，舉薦杜預代行己任，大獲成功。張華，字茂先，晉武帝時任中書令。伐吳，張華認為必勝，任度支尚書，參與量計運漕、決定廟算。平定東吳後，以功封為廣武縣侯。

(73) 平蔡刊碑：平蔡，唐憲宗時吳元濟據淮蔡作亂，官軍屢失利。裴度力請討伐並督諸軍力戰，委命李愬為唐鄧隋節度使率兵征討，擒獲吳元濟。裴度以功策勳封為晉國公。刊碑，刻碑記功。

(74) 昌黎：即唐代文學家韓愈。平蔡時，裴度宣慰淮西，韓愈為行軍司馬。平定吳元濟後，韓愈曾作〈平淮西碑〉，其辭多稱敘裴度功績。李愬不平，其妻出入禁中，指責碑辭不實。憲宗詔令磨去韓愈〈平淮西碑〉文，命翰林學士段文昌重撰文勒石。

(75) 阿杜：當指杜秋娘。據唐杜牡〈杜秋娘詩序〉稱：杜秋娘乃唐時金陵女子，原為節度使李錡妾，善唱〈金縷衣〉曲。後入宮，為唐憲宗所寵。

(76) 盤龍：盤龍髻。婦女一種盤繞捲曲的髮髻。

(77) 鐵戟崔家：有鐵戟警衛的崔家，此指豪門大家。自晉至後代，山東大族大姓有崔氏、盧氏，長期居於高顯之位。

(78) 郎君之行馬：郎君，漢代稱顯貴子弟為郎君，金元以來則稱貴臣為郎君。此處指貴臣。行馬，攔阻人馬通行

禮亦宜之。欽此。

讀畢謝恩。大家延小珠行禮，小珠俱以父執相見。此時明相晉了公爵，荷生封侯，謖如、鶴仙封伯，卓然等俱得爵有差。采秋、瑤華均受一品夫人封典，賞食提督總兵全俸。柳青、胭脂也得二品封，春纖賜號「貞慧仙妃」，建祀鍾山，以掌珠、寶書從祀。小岑攜了丹暈，劍秋攜了曼雲，都到金陵與采秋、瑤華相聚。大營調著安徽男班，姑蘇女班各十部，演戲高宴三日。自大將軍以至走卒，無不雀忭(80)。小珠傳旨犒勞勝兵，每名十兩；賙卹(81)難民，每名三兩，大抵在二百萬以上。過了數日，荷生進京獻俘，小珠進京復命。謖如大家或回原任，或赴新任，都分手了。當下并州余翊擢了江左節度，也是故人，延個大箸作撰起平定金陵碑文，將上石了。荷生取閱，笑向謖如道：「韋癡珠已死，誰能揮斥豐碑與你紀勳呢？」臨行，自作六個大字，付給謖如說道：「只此六字，抵得鋪張揚厲一千餘言，就那塊石鐫上，做個亭子蓋覆罷。」大家看是「靖江鎮海之碑」六字。正是：

一片燕然石，詞蕪義不尊。

的木架，多布置在衙署或豪宅大第門旁，以為路障。唐李商隱〈九日〉：「郎君官貴施行馬，東閣無因再得窺。」

(79) 介賚：特別賞賜。介，特起，獨立於他人之上。

(80) 雀忭：雀躍歡欣。

(81) 賙卹：周濟救助。

西京[82]遺響寂，風雨憶文園[83]。

欲知後事如何，且聽下回分解。

總評：此回上折傳果齋，下折傳荷生，其實仍傳癡珠也。上折怕癡珠笑，不為露布，下折惜癡珠死，自署穹碑。遙遙一對，自為起結。其論定癡珠，至與明相同為功宗，與柳下惠、曾南豐、杜少陵、蘇東坡同一流品，可謂推崇極矣。然則作者於此篇殆以為癡珠傳贊乎？若揄揚果齋之一枝畫戟，鋪張荷生之八面威風，特其鱗爪耳。

[82] 西京：指漢代西京長安（今陝西省西安市）。

[83] 文園：指西漢著名文學家司馬相如。

第五十一回　無人無我一衲西歸　是色是空兩棺南下

話說荷生班師，與小珠一路同行，極其款洽，就是采秋也自十分敬禮。荷生到京，皇上御門，大赦天下，行郊勞禮❶，行受俘禮❷，召見七次，諭令入閣辦事。荷生面求賞假一年，歸省墳墓，就也准了。此時幕僚如愛山、翊甫、雨農輩，各得了官，或留京，或留江左。小珠緣散館在即，不得同行。荷生只帶采秋與青萍，別了小珠，及到太原，恰是乙丑端節。紅卿喜出望外。這夜搴雲樓排上高宴，寄園裏燈彩輝煌，釵鬢雜沓，就如蓬萊仙島一般，也不用說了。接著鶴仙回任太原，謖如、紫滄假歸。這幾家銀鞍駿馬，繡繖錦衣，奕奕往來，真個楞嚴❸聚十種之仙，車騎咽宣陽之里。荷生卻深居簡出，只訪了心印，略詢別後起居，便袖出一束，說道：「戎馬風濤，此事遂廢，但宿願十年，捫心負負，遂不敢不自獻其醜，上人瞧罷。」心印接過，展開朗誦道：

❶ 郊勞禮：古代君王或代表君王之公卿親赴郊外迎接並慰勞，為古代歡迎凱旋將士的禮節。

❷ 受俘禮：古代戰爭勝利者，在勝利後先將所擒俘虜獻於宗廟社稷，再舉行受俘禮，由國君接受戰俘。此為古代受俘獻降禮儀。

❸ 楞嚴：佛教禪林古法，自農曆四月十三日至七月十三日的九十天中，眾僧禁足安居，設楞嚴壇。每日早晨食粥罷，服裝整齊地集合壇前，誦經念咒唱摩訶，舉行棱嚴會。

并門韋公祠碑記

嗚呼！天下之人夥矣，委瑣齷齪，尠❹不足道。有豪傑者出，天輒抑之，使不得正是非，核名實，以行其志於天下，卒抑鬱侘傺❺而置之死，是可哀也。雖然，哀莫大於心死，彼其心光方聚於天為星辰，散於地為珠玉。烏乎！死余友東越韋公瑩，字癡珠，弱冠登賢書，值時多故，每讀朝廷憂民之詔，選將之書，輒咨嗟累日，憤不欲食。會酒酣耳熱，則罄其足之所素經❻，口之所欲言傾囊倒篋而出之。嘗慨然曰：「國家版圖寥闊，譬諸上農大賈之家，食指纍纍，安坐而食，而貨財之所由生，耕稼之所由事，主人翁並不頤指❼而使之，田連阡陌，錢疊邱山，寧有濟乎？」又謂：「賢才國家之寶，以鷹犬奴隸待之，將遯世❽名高，況令其卑躬屈節，啟口以求一薦達❾，是不肖鄙夫之所為，而謂賢者為之乎？」迄今誦其言，猶覺鬚眉間勃勃有生氣焉。丁巳，公游并門，年四十矣。校書劉梧仙者，侍酒座，傾心事之。明年戊午立秋日，公死，梧仙遂殉。佛說因緣，此殆有因有緣乎？或曰：「太原竹竿嶺，有夫妻廟，相傳有夫婦推

❹ 尠：音ㄒㄧㄢˇ，少；渺小。
❺ 侘傺：音ㄔㄚˋ ㄔˋ，失意而神情恍惚的樣子。
❻ 素經：平常所經歷。
❼ 頤指：指以下巴的動作示意而指使別人。常用以形容指揮別人的傲慢態度和舉動。
❽ 遯世：隱遁世外。遯，同「遁」。
❾ 薦達：舉薦通達。

車至此力盡而斃。虎守其屍，里人異之，祠為山神。請以此例祠公。」余曰：「名不正則言不順。」或曰：「浙西湖有雙烈祠。故老言京師少年崔升，偕妻陳氏，至杭州，投親不遇，饑不得食，一繩並命。錢塘令⑩為葬萬松嶺⑪側，有驅虎逐疫諸靈蹟。里人以其功德在民，祠之。請以此例祠公。」余曰：「此匹夫匹婦之為說，不足以況公。」或曰：「公之游山右也，宿草涼驛，夢入雙鴛祠。然則援夫妻廟、雙烈祠以祀公，猶夢也。」夫余曰：「有是哉，妖夢是踐。」或曰：「蘇文忠侍妾朝雲⑫，從公謫惠州，死，公葬之棲禪塔下。今豐湖⑬蘇公祠，有朝雲像，是可仿以祠公。」余曰：「諾哉。」余與公訂交并門，始終與梧仙同。梧仙能以身殉，余請以柳巷寄園為公祠，侍梧仙於其側，題曰韋公祠。是則余殉公之義也。嗚呼！公不死矣！時歲次乙丑，秋八月上浣⑭，富川韓彝撰文，雁門杜夢仙書丹。

---

⑩錢塘令：即杭州縣令，治所在今浙江省杭州市西。

⑪萬松嶺：在浙江省杭縣南鳳山門外。

⑫蘇文忠句：蘇文忠，北宋文學家蘇軾，死後諡為「文忠」，故稱。朝雲，杭州名妓，姓王。蘇軾杭州任職時納為常侍，後蘇軾貶謫惠州（今廣東省惠陽縣東），家妓皆遣散，獨朝雲相依，先蘇軾而逝。

⑬豐湖：今廣東省惠州市西湖，舊稱豐湖。宋紹聖年間，蘇軾謫任惠州時，買豐湖為放生池，並築堤以障水。後為紀念蘇軾，在豐湖建蘇公祠。

⑭上浣：同「上澣」。唐宋官員實行旬休，即辦公九日，休息一日，休息時行浣洗。故以「上浣」指農曆每月上旬的休息日，或泛指上旬。此處乃泛指上旬。

誦畢，又覆閱一過，說道：「大人高詞磊落，癡珠真個不死。貧僧既受大人付託，便俟此文上石，算做功行圓滿罷。」荷生就訂明日，偕到竹竿嶺墳上一別，心印也答應了。次日，荷生仍來汾神廟，與心印共坐一車，一瓣心香⑮，數行情淚，因吟錦秋墩舊作⑯，向心印道：「癡珠賞識我，就是這首詩。」心印道：「這不就是『寂寞獨憐荒塚在』麼？」兩人黯然一會。荷生說道：「癡珠雖死，卻有個好兒子出來，不日就到，這也算得寂寞中熱鬧。我卻怎好哩？百年以後，不是個寂寞荒塚麼？」心印笑道：「兒孫自是兒孫的事，大人晚子罷了。」說畢，隨取出一個錦袱，包件東西，遞給荷生道：「大人檢點，自然明白。」遂騎驢而去。

看官，你道他給荷生什麼東西？原來就是九龍佩。癡珠臨終時，就贈給心印，後來詢知這佩來歷，這會交還荷生。荷生回來搴雲樓檢開，中附一箋，寫有一詞，便與紅卿、采秋同看。詞云：

> 愁從想處歸，愛向緣邊起。色相空空，何處尋蒙翳？人生過隙駒，苦守著斷雨零風不自知。還只道秦關百二⑰是千年業，那裏有不散的華筵，不了的棋？

---

⑮ 一瓣心香：指懷著虔誠的心意敬禮，如燃香奉佛。一瓣，指一炷香。

⑯ 錦秋墩舊作：韋癡珠在北京秋遊陶然亭，見韓荷生兩首題詩，便填寫〈臺城路〉詞一闋。舊作，即指〈臺城路〉詞。參見此書第二回。

⑰ 秦關百二：意謂險固。秦關，秦地關塞，如陝西潼關之類。百二，以二敵百，形容河山險固。

看畢，三人感嘆。荷生就將九龍佩交還紅卿，道：「十五年前，你與我灞橋分手，解佩贈我。我後來就給了秋痕，不想秋痕卻傾身事了癡珠，將這佩贈給他。如今又還在我兩人手裏。可見天下事，一動不如一靜。」紅卿道：「癡珠由川再至長安，我就沒見，說是住了一夜，匆匆去了。卻原來有這裏一段因果。我那年來時，長安很有人託我購他詩文集哩。」荷生道：「你不說，我卻忘了。這板後來當交心印留在祠內，我們印出數百部帶去罷。」采秋道：「小珠說是散館後便來，怎的又延擱一個月哩？」荷生道：「怕是又有什麼差使。」當下三人說些閑話，也與紅卿說那蘊空一籤一偈的靈異，就各自安寢。

荷生與采秋並枕，卻夢見癡珠做了大將軍，秋痕護印，督兵二十萬申討回疆。荷生覺得自己是替他掌文案，謖如、卓然、果齋等人都做他偏裨，春纖、掌珠、寶書也做先鋒。正看著皇上親行拜將推轂等禮，何等熱鬧，卻給大礮震醒。揩開睡眼，天已亮了，是曹節度衙門亮礮。歷將夢境記憶，說與采秋聽，采秋卻也是一樣的夢，這也算奇。此時藕齋也死了，采秋親送父母靈柩，回轉雁門。荷生便把愉園收整，做個柳貞慧仙妃祠，附祀掌珠、寶書。忽得小珠都中來書，說是病了。荷生雖為關懷，卻急於言歸，遂令老蒼頭賈忠及穆升等，將衣裝裝騾三千餘口，帶著二百名精兵，先行押解回家。自己俟著采秋雁門轉身，便領紅卿，帶一百名健婦，也自東歸。到家，拜摺謝恩，就告了病，籲請開缺。構一座園亭，比寄園小些，卻有愉園三四倍大，也有一樓，恍髣柳巷，就也喚做春鏡樓，與采秋居住。隔院是個薛荔仙館，便給紅卿居住。紅卿、采秋敬事正夫人柳氏，極其相得。荷生低徊往事，追憶舊遊，恍惚如煙，迷離似夢，編出十二齣傳奇，名為《花月痕》。第一齣是個〈菊宴〉，趕著重陽節，令家伶⑱開場演唱。這并州寄園，荷生託謖如改做韋公祠，不數日就也竣工。心印早將碑文上石，豎在軒軒草堂右廡。這日謖如迎主入祠，是夜心印沐浴更衣，召集徒子徒孫，念個偈道：

人相我相，一切俱無。是大解脫⑲，是古真如⑳。

安身一榻，代步一驢。驢歸造化，榻贈吾徒。

便坐化了。次日，心印那匹黑驢竟自倒斃。

再說小珠晉京復命，接著春闈，又得房差，闈後散館，得授編修，便陳情乞假。皇上特恩，給與封典，馳驛奉柩回南，賞假一年，擇婚完娶。小珠謝恩回寓，卻病了兩個月，以此挨至九月，縞素服匍匐入晉。禿頭迎上，小珠一見禿頭便自慟哭。禿頭叩頭下去，就也哭出聲來。小珠含哀扶起，撫慰一番，問起竹竿嶺邱壟。兩人又自大哭。是日進城，就在汾神廟西院卸裝。心印已是坐化了。次日清晨，禿頭引至竹竿嶺墳上，小珠搶地呼天，與禿頭哭個淚盡聲乾。繼而巡視四圍，哀哀而哭，曠野風高，哭聲酸楚。善人村男男女女，老老少少，蝟集觀看，也自淚落不止，都說道：「有這樣一個好兒子前來搬取靈柩，韋老爺地下也喜歡了。」便有老年男婦前來勸止禿頭，轉令勸止小珠。時已亭午，

---

⑱ 家伶：即家伎。舊時豪門大族家中所蓄養的歌伎或優伶。

⑲ 解脫：佛教語，指擺脫塵世煩惱業障的纏縛，而復歸於自在，與「涅槃」、「圓寂」之意蘊相近。

⑳ 真如：佛教語，指真實永恆存在的實性，即宇宙萬有的本體。《成唯實論》卷九曰：「真謂真實，顯非虛妄；如謂如常，表無變易。謂此真實，於一切位，常如其性，故曰真如。」真如，指佛國萬法之真性如常。

小珠趺坐墳下，哭個不住。末後禿頭與跟人勸止，大眾百口同聲，小珠方停了哭，謝了善人村父老，就到禿頭家來。此時跛腳已生一男一女，都出來叩見。傍晚，禿頭將癡珠，秋痕兩幅遺照，檢奉小珠。小珠起身，慘然展視，又自痛哭一番，著禿頭打掃淨室供上，磕了三個頭，就在淨室住下了。在小珠原意，便不進城。次日，謖如知道，馳馬而來，再三勸阻，迎回自家行館，十分款接。第二日，小珠便隨謖如來謁柳巷祠堂，見軒軒草堂正面一座沉香雕花的龕，約有九尺多高，內奉先人坐像。龕前主㉑題云「故東越孝廉韋公癡珠神座」。東邊立一女像，也有小主題云「故秋心院校書劉秋痕之位」。小珠含淚磕了三個頭，便與謖如商量搬住搴雲樓，灑淚說道：「先君遠遊日多，小子稺弱，生既未侍晨昏，沒復未親含斂㉒，奉諱以後，大母以道茀不許奔喪。通籍㉓以還，小子復以王事馳驅，不能得閒，煢煢在疚㉔，以迄於今。昨宿墳山，老伯惇惇垂誨㉕，促令進城，此地有祠有像，小子再圖安逸，不想朝夕侍奉，這不孝之罪，真是擢髮難數㉖了。」說罷，便嚎啕大哭起來。謖如也自傷心，只得曲從其

㉑ 龕前主：指龕室前的神主牌位。龕，供奉神佛或神主的石室或小閣。主，神主，指為死者立的牌位。

㉒ 含斂：即「含殮」，古代葬禮，納珠玉米貝等物於死者口中，並易衣衾，然後將屍身放入棺中，稱「含殮」。

㉓ 通籍：指初作官。意謂朝中已登錄自己的名籍。

㉔ 煢煢在疚：煢煢，孤獨無依的樣子。在疚，勞苦；困苦。

㉕ 垂誨：垂示教誨。

㉖ 擢髮難數：形容罪過多不勝數。據《史記・范雎蔡澤列傳》載，戰國時魏國須賈曾陷害范雎，後范雎任秦相，須賈出使秦國向范雎謝罪。范雎問：「汝罪有幾？」須賈答：「擢賈之髮以贖之罪，尚未足！」

意，吩咐跟人將汾神廟行裝及禿頭眷口，一起移入，諄囑小珠道：「你病初愈，孤身萬里外，上有重闈㉗，豈容不自珍重，轉恫先靈？」小珠收淚答應，遂分手而去。

此時留子善升守，調補太原，晏子秀升縣，調署陽曲，都是舊交。就是曹節度以下，知道小珠到了，也來慰問。小珠免不得要出來官場應酬。當經子善、子秀說合，小珠與靚兒結姻，阿珍與小珠庶出一妹，名喚淑婉結姻。隨差幹弁，持信前往東越，請過婆媳兩夫人示下，准了。擇吉，兩邊互行納聘。轉盼之間，便是冬天，攝縗告靈㉘，擇吉啟殯㉙。先一日，就在軒軒草堂開了一天弔，并州大小官員及紳衿無一不到。次日，小珠徒步出城，臨穴撫棺，擗踊㉚哀嚎，遂奉兩柩，蒙以繡花大紅呢，加以錦幄，暫駐東門玉華宮。自行跟入住宿，朝夕二奠。謖如要與小珠同行，就也擇日挈眷回南，將玉華宮李夫人靈柩收整，卻是要先二日，謖如便縮了兩站，等候小珠。這日，癡珠丹旐㉛啟行，一路俱是官紳及小珠同年祖送祭席，自玉華宮起，排有數里。小珠一一磕頭謝了，趕上謖如大隊人馬。及到樊城登舟，該地官場及故舊又是一番路祭，十分熱鬧。

一日，到得金陵，謖如就祖墳安葬了李夫人，將家事交付阿寶夫婦，然後偕棻夫人，帶著阿珍、

㉗ 重闈：舊稱父母或祖父母。

㉘ 攝縗告靈：攝縗，身穿喪服。告靈，祭告亡靈。縗，音ㄘㄨㄟ。

㉙ 擇吉啟殯：擇吉，選擇吉祥的日辰。啟殯，即出殯，送亡者至墓地下葬。

㉚ 擗踊：搥胸頓足，形容極度悲痛。

㉛ 丹旐：舊時出殯時所用的紅色銘旌。旐，旐旌，即銘旌，喪事用的一種書寫死者官職與姓名的旗幡。

靚兒，與小珠向東越來。已是丙寅二月，一舸兩棺。安抵紅橋下。郭夫人率小郎以及族姻，迎入小西湖家祠開弔。尋將秋痕遺掛展玩，嘆道：「以此韶齡，甘心從死，我怎忍薄視之?」卜吉安葬，奉老夫人命，將秋痕靈輀隨蒨雯附入左壙㉜，奉主於家。窀穸㉝都畢，小珠纔釋素服，辦起喜事。小珠是個玉堂歸娶，在東越只算得第三人，那風華典麗可不必言。就淑婉招贅阿珍，也是富豔無比。

這年八月，謖如挈了葉夫人、阿珍夫婦赴任淮北。小珠直俟老夫人百年以後，纔奉了郭夫人，挈靚兒入都供職。不一年，賞加頭品頂戴，冊封倭國新女主踏裏采。朝議令挈妻室同行，靚兒也得女提督銜，持節賚皇太后、皇后恩旨，副以紫滄夫婦，由長江登火輪船，灣入粵東香山島。放洋遇風，吹入香海洋玉宇瓊樓中，父子重逢，翁媳再見。瑤華緣與靚兒同舟，也得與秋痕相見。世外三人，都得島中人贈的珍寶。一夜海風大起，瞬息之間便到倭國，與紫滄輪船相會。追憶其地，歷歷在目，奈海山蒼蒼，海水茫茫，無從重訪。這也是一則實事，並非做書的人畫蛇添足，為此奇談。正是：

言必有物，不類齊諧㉞。

絲抽乙乙㉟，杼軸予懷㊱。

㉜ 左壙：左邊的墓穴。

㉝ 窀穸：音ㄊㄨㄣˊ ㄒㄧˋ，埋葬。

㉞ 齊諧：古代志怪之書，即記載怪異事物之書。

㉟ 抽絲乙乙：形容憂心抑鬱，乙乙似抽絲。乙乙，猶軋軋，艱澀難出的樣子。

諸君聽小子講書，不必就散，尚有一回嫋嫋餘音哩。

總評：此回全書總結，層層收束，不遺一黍。末幅航海一段，又留有餘不盡之意，以待後之作者矣。說部雖小道，而才學識亦缺一不可。作者之學之才，讀者知之，其識則以勸孝為此書大主腦，而勸忠次之，節義又次之。若夫心印，其有道之君子乎？戇太歲、禿頭皆不識字人也，然而強於識字者多多矣！

㊱ 杼軸予懷：杼軸，原指織機及紡織，比喻營謀。予懷，我心。

第五十二回　秋心院遺跡話故人　花月痕戲場醒幻夢

話說西安王漱玉做了四十餘年孝廉，進京候選，得個教官。歸路迂道太原，寓在菜市街至誠堂飯店。時值八月十五，飯店隔壁邵家扶乩❶，漱玉也來。只見乩上斜斜的兩行，寫得甚草。邵家的人認得，謄了出來，是首詞。漱玉念道：

　爐香茗碗，消受閒庭院。鏡裏蛾眉天樣遠，畫簾外兩絲風片。一聲落葉，莫問秋深淺。更何處，尋排遣？前塵往事思量遍。

念畢跪下，欲有所問。只見乩上運動，寫道：「起來，故人別來無恙？」隨又寫了兩三行。漱玉站在邵家的人背後，見謄出是兩首七絕，道：

　鏡合釵分事有無，浮生蹤跡太模糊。黃塵白骨都成夢，回首全枰劫已枯。

---

❶ 扶乩：舊時民間流傳的一種問卜決疑的巫術活動。扶，一種丁字形的扶架子。乩，指問卜決疑。術士與問卜者各以食指分扶扶架的橫木兩端，橫木中端的懸錐下垂於沙盤上，依法請神，扶架下垂的懸錐即在沙盤上畫成文字，作為神的啟示。

海上鯨魚氣吐吞，蓬瀛❷深淺阻崑崙❸。誰知十斛鮫人淚❹，不化明珠化血痕。

又見謄出一首七律，道：

戰壘經春草又生，風煙慘澹古臺城❺。故人麟閣❻千秋重，遺蛻❼蟬吟一殼輕。

劫後山川秋有色，月高絃索夜無聲。荻花瑟瑟江天冷，縷縷詩魂結不成。

謄完，眾人正要觀看，忽見乩上又寫道：「吾韋癡珠也。奉勅赴縹渺宮撰文，不能久留，去矣。」寫完，寂然不動。眾人一齊拜送，焚符釃酒❽，只不解詩意，也不識是何仙降壇。獨漱玉悽惶半晌，倚

---

❷蓬瀛：蓬萊、瀛洲，神話傳說中的海上仙山。

❸崑崙：崑崙山，神話傳說中群仙聚會的仙山。

❹十斛鮫人淚：斛，量器，多用於量糧食。古代十斗為一斛，南宋末改為五斗一斛。鮫人淚，神話傳說中南海有人魚名鮫人，水居如魚，不廢織績，其泣淚化成珍珠。

❺臺城：古城名，原為三國吳之後苑城，東晉成帝改建為臺省（中央執行政務的總機關）和宮殿所在地，故名。故址在今江蘇省南京市雞鳴山南乾河沿北。

❻麟閣：即麒麟閣，在漢未央宮中。《三輔黃圖》引《廟記》：「麒麟閣，蕭何造。」漢宣帝時曾繪霍光等十一名功臣像於閣上，以表彰其功績。後世遂以畫像麒麟閣為建立豐功偉績的最高榮譽。

❼遺蛻：僧道認為人死乃遺棄形骸軀殼而化去，如蟬之遺其蛻而飛去。故稱其遺體為「遺蛻」。

❽釃酒：斟酒。

在那院子梧桐樹，呆呆的出神。一會，大家都散了。下來漱玉便問這屋子來歷，邵家的人說道：「這是有名的秋心院，如今做我家別業。」漱玉道：「秋心院，可是前二十年教坊劉梧仙住宅麼？」邵家的人道：「不錯。」漱玉道：「難怪癡珠降壇。」內中閃出一人，年紀約有七十餘歲，粗胖漢子，一簇鬍鬚，問道：「你這位老哥，怎的認得癡珠？」漱玉道：「你不見乩上寫的『故人別來無恙』？」那人道：「我認不得字。」漱玉道：「老漢高姓？」那人道：「姓管。」原來漱玉住的至誠堂，就是聶雲住宅開拓出來。荷生抬舉士寬，管理柳巷宅裏田園，樹木歷有數年，便發起財，也娶了親，與禿頭做個兒女親家。後來禿頭夫婦跟小珠回南去了，他又管了韋公祠錢糧。這至誠堂就是他開的飯店，他只叫他姪兒照管，長遠不到店中。故此漱玉不曾認得。秋心院是癡珠寄漱玉的書常常說及，故此知道。當下士寬就將癡珠、秋痕始末略述，漱玉嘆息，說道：「他的柩就回去了，他的祠還在。明日你領我去拜一拜罷。」士寬欣然答應。

這一夜，士寬得了一夢，夢見一家園亭，皓月當空，人影燈光清華無比，戲臺上正演夜戲。只聽手鑼一響，

（旦淡妝上）（一剪梅）秋來無事不傷情，花也飄零，葉也飄零。夜長無夢數殘更，風也淒清，雨也淒清。（坐介）萬點秋光上畫屏，隔花環珮響東丁，今生自有傷心事，漫道前身是小青❾。奴家姓劉，小字梧仙，本係河南人氏。只因父母早亡，流落在煙花行院❿，歌衫舞扇，也學些嬝嬝婷婷，

❾ 小青：年輕的婢女。古代婢女身穿青衣，故稱。

月夕花晨，總不免淒淒楚楚。今春韓參軍遍選名花，把奴家取了榜首。咳！奴家倒也不爭此虛名；只要早離苦海。所幸七月在秋華堂內，得遇東越韋郎。三月綢繆，十分憐惜。將來終身之託，就在此君了。今日重陽佳節，韋郎請了韓參軍並采秋姊姊，在此賞菊。此時敢待來了。保兒！（雜應介）背生鱉甲，名喚狗頭。姑娘有何吩咐？（旦）今日賞菊筵席，可曾完備？（雜）完備多時。（旦）可將上品各色菊花搬過來。（雜）是。（場上設菊花八盆）（旦隨意指點介）（生巾服上）蕭疏雲樹接高城，滿院秋聲，滿地秋陰。閒尋秋色訪佳人，花好同心，酒好同斟。小生韋癡珠。今日重陽佳節，請了好友韓荷生，在秋心院賞菊，來此已是，不免竟入。（入介）（見旦介）（旦）韋老爺。（生）梧姬。（各揖福介）（生笑介）好呀，一院秋色，雅人深致，畢竟不同。梧姬呀！（不是路）看你嬝嬝婷婷，對著這露葉風枝更可人。真僥倖，偎香倚玉，得與相廝並。點綴秋光到十分，誰能稱？慵妝淡抹多風韻，好似桃花扇底人⓫。（旦嘆介）秋花蕭瑟，也似奴家薄命飄零！多謝郎君格外垂青⓬了。無端恨佳人福薄花無命，祇恐催花信急，卸花風緊。（淚介）（生）呀！怎麼又觸起卿的心事來了？且在房中少坐，韓參軍就該到了。（同下）（小生攜小旦豔妝上）（紅納襖合）一步步下妝樓，拽羅裙，度過了小院門，蒼苔徑，握住你嫩春纖⓭，緩緩行。我

---

❿ 煙花行院：即妓院。煙花，指妓女或藝伎。

⓫ 桃花扇底人：清代戲劇家孔尚任作戲曲傳奇《桃花扇》，表現金陵秦淮名妓李香君與明末名士侯方域的愛情悲歡故事。故「桃花扇底人」乃指秦淮妓女。

⓬ 垂青：指以青眼看視，表示重視或愛重。青，青眼，指黑眼珠。

和你並香肩，蓮步穩。看疏疏紅葉滿楓林，染裙腰，才記得尋芳黃蝶雙雙也，又只聽寒蟹兒⑭悲又嗚。到了。（扣門介）（內應介）（開門相見介）（生、旦、小生、小旦各揖福介）（生）小酌不恭，有勞芳步。（小生）豈敢！佳辰雅集，得領清談，對此冷豔孤芳，正好領教梧卿一聲「曉風殘月」⑮哩。（旦）采秋姊姊在此，奴家豈敢獻醜？只好求姊姊指教罷。（小旦）妹妹過謙了。（坐介）（生）看酒來。（雜排桌几，坐介。）（菊花橫列場前介）（生）你看幽叢遶舍，冷香襲人，何不浮一大白？請。

（各飲介）（生）

（前腔）這幾枝白冷冷玉無痕，那一叢黃澄澄金簇緊。這好似醉朱顏羞暈生，這好似褪紅妝殘夢醒。（小生嘆介）嘆光陰一瞬兒去不停，我與你舊日潘郎⑯鬢已星。回念那家山萬里遙遙也，到今朝插茱萸少一人。（各嘆介）（旦唱）

（前腔）不多時，杏花天，豔陽辰。轉眼是菊花秋，霜做冷。說甚麼，為重陽冒雨開，我只怕送西風成斷梗。（小生）呀！梧卿，為甚麼這般傷感？（小旦唱）莫怪他。對華筵珠淚傾，觸動了老去秋娘⑰無限情。我也是飛花落絮飄飄也，又誰知隨流水化浮萍。（同淚介）（生）言至於此，

⑬ 春纖：形容女子纖柔的手指。
⑭ 寒蟹兒：又稱寒蟬，即秋蟬。
⑮ 曉風殘月：北宋詞人柳永〈雨霖鈴〉詞之名句：「今宵酒醒何處？楊柳岸、曉風殘月。」
⑯ 潘郎：指西晉詩人潘岳。相傳潘岳貌美，故稱。後世遂以「潘郎」代指美貌情郎。
⑰ 秋娘：唐代歌妓、女伶的通稱。

益復無聊，也無心再飲酒了。（撤席介，揖介。）（小生）小弟就此告辭。（小生、小旦各折菊簪鬢介）

（小生）人世難逢開口笑。（小旦）菊花須插滿頭歸。（攜手下）（生向旦介）梧姬，你看他二人密意纏綿，柔情宛轉，好不令人可羨。我與卿呀！

（尾聲）今生今世花同命，漫只說鴛鴦交頸，好與你割臂同盟一守心。

（生）偶然相見便勾留，（旦）身世茫茫萬斛愁。（生）同是飄零同是客，（旦）青衫紅袖兩分頭。

（同下）

醒來想道：「癡珠、秋痕竟有人編出戲來。」又想道：「咳！我是做夢，如何認真？」因坐起來，只只枕邊有部書，大書《花月痕》三字。傍題一聯云：

豈為蛾眉修豔史？
權將兔穎寫牢騷。

便當作一件寶貝。他又認不得字，也不肯給人看，後來要死，便將書埋在地下。不知今年今月，該是此書出世，所以遇見小子，說了出來。看官，你看這時候是什麼時候？宇宙清平，人民壽考，蠻夷歸化，五穀豐登，萬頃清波都成覺岸⑱，千重苦海盡泛慈航⑲。要知此事的真假是非，自然百年後有一

⑱ 覺岸：佛教語，指從迷惘而到覺悟的境界。
⑲ 慈航：佛教語，指佛菩薩以慈悲之心普渡眾生，如以航船濟眾而脫離苦海。

個定論出來。正是：

身世茫茫，情懷渺渺。

若要空空，除非了了。

總評：此回為全書餘波，純乎羽化登仙，非復人間煙火，以〈菊宴〉一劇，結五十二回文字。所謂神龍見首不見尾也。

《花月痕》資料匯編

賭棋山莊文集 〈魏子安墓誌銘〉咸豐中，予歸自永安，羸病幾死。稍間，或言曰：「魏子安自蜀至矣。」予躍然，乃就君而謁焉。君時困甚，授徒不足以自給，而意氣自若，一見如舊，蹤跡日益親。其後各飢驅奔走，不常相聚。今年春，予之漳州，君挈家之延平，予與君約：「予幸得早歸，當買舟西上，作十日歡。」乃君解裝不及旬而竟長往矣。悲夫！君名秀仁，字子安，一字子敦，侯官人。父本唐，歷官教職，有重名，世所稱為魏解元者。君其長子，盡傳其家學，而獨權奇有氣。少不利童試，年二十八，始補弟子員，即連舉丙午鄉試。當是時，教諭君官於外，夫人持家務，諸婦佐饔餐，兄弟抱書，互相師友，家門方隆盛。君復才名四溢，傾其儕輩。當路能言之士，多折節下交，而君獨居深念，忽高瞻遠矚，若有不得於其意者。既累應春官不第，乃遊晉，遊秦，遊蜀。故鄉先達，與一時能為禍福之人，莫不愛君重君，而卒不能為君大力。君見時事多可危，手無尺寸，言不見異，而骯髒抑鬱之氣，無所發舒，因遁為稗官小說，託於兒女子之私，名其書曰《花月痕》。其言絕沉痛。閱者詡之，而君初不以自明，益與為惝怳詼譎，而人終莫之測。最後主講成都之芙蓉書院，於是君年四十矣。劇賊起粵西，蹂躪湖南、北，盤據金陵，浙、閩皆警，聞問累月不通。君懸目萬里，生死皆疑。既而弟殉難；既而父棄養。欲歸無路，仰天椎胸，不自存濟。而蜀寇蠢動，焚掠慘酷，資裝俱盡。挾其殘書稺妾，寄命一舟，偵東伺西，與賊上下。君憤廉恥之不立，刑賞之不平，吏治之壞，而兵食戰守之無可恃也，乃出其聞見，指陳利弊，慎擇而謹發之，為《咄咄錄》。復依准邸報，博考名臣章奏，通人詩文，集為詩話，相輔而行。君著書滿家，而此二書，為尤不朽，蓋時務之蓍龜；功罪之金鑑；《春秋》之義；變〈風〉變〈雅〉之旨也，後世必有取焉。然而世乃不甚傳，獨傳其《花月痕》。嗟乎，知君固亦不易耶？君既歸，益寂寞無所向，米鹽瑣碎，百憂勞心。叩門請乞，苟求一飽。又以其間修治所著書，晨抄暝寫，汲汲顧影若不及。一年數病，頭童齒豁；而忽遭母夫人之變，形神益復支離。卒，年五十有六。葬於某山之原。君性疏直不齷齪，既數與世齟齬，乃摧方為圓，見俗客亦謬為恭敬，周旋惟恐不當，顧其人方出戶，君或譏誚隨之。家無隔宿糧。得錢，輒置酒歡會。窮交數輩，抵掌高論，君目光如電，聲如洪鐘，喜笑諧謔，千人皆廢。遇素所心折者，則出其書相質證，或能指瑕蹈隙，君敬聽唯唯，退，即篝燈點竄，不如意，則盡棄其舊，蓋其知人善下，精進不吝，有如此者。予之聞君名也，由於芑川。芑川實未見君，見所為〈荔枝詞〉而善之。今芑川歿矣，君又繼之，使余以悲芑川者悲君，君如有知，能無憾耶？然君書俱在，謂非後死者之責耶？乃錄其部目，而繫之銘。畀君弟若子，使刻於石，以詔來者。（下略）

銘曰：有美一人黔而豐，腰腳不健精神充，胸有鑪錘筆有風，百鍊元氣貫當中。嵬嵬者婆醉者翁，禿烏狡兔爭西東。傍立側睨讓乃公，笑罵非慢拜非恭。大聲疾呼亶不聰。著書百卷完天功。（清謝章鋌）

課餘續錄　子安為魏丈又瓶（本唐）教授之長子。教授五子，次子愉（秀孚），秀才，長於禮，三子壽（起），秀才，長於書，皆有遺著。而制作之才，子安為最。撰述宏富，詳予所作〈墓誌銘〉。然而今之盛傳者，則在其《花月痕》小說。是時子安旅居山西，就太原知府保眠琴太守館。太守延師課子，不一人，亦不一途：課經，課史，課詩，課文，課字畫，課騎射，下而課彈唱，課拳棒，亦皆有師，人占一時，課畢即退。

子安則課詩之師也，巳時登席，授五言四韻一首，命題擬一首，事畢矣。歲修三百金。以故子安多暇日；欲讀書，又苦叢雜，無聊極，乃創為小說，以自寫照。其書中所稱韋瑩字癡珠者，即子安也。方草一兩回，適太守入其室，見之，大歡喜。乃與子安約：十日成一回。一回成，則張盛席，招菊部，為先生潤筆壽。於是浸淫數十回，成巨帙焉。是《花月痕》者，乃子安花天月地，沉酣醉夢中，嘻笑怒罵，而一瀉其骯髒不平之氣者也。雖曰虞初之續，實為玩世之雄。子安既沒，予謂子愉曰：「《花月痕》雖小說，畢竟是才人吐屬。其中詩文、詞賦、歌曲，無一不備，且皆嫻雅，市儈大腹賈未必能解。若載之京華，懸之五都之市；落拓之京員，需次之窮宦，既無力看花，又無量飲酒，昏悶欲死，一見此書，必且破其炭敬別敬之餘囊，亂擲金錢，負之而去矣。於是捆載而歸，為子安刻他書，豈不妙哉！」愉亦以為然。逡巡未及行，其同宗或取而刻之，聞亦頗獲利市；近又聞上海已有翻本矣。子安所著書，以《石經》為大宗，其《訂顧錄》二卷，是為亭林諍友。而予尤賞其《陔南詩話》十卷，附《咄咄錄》四卷，是為庀史，必傳之作。是時子安遊秦，居同鄉王文勤公節署。子安，文勤之年家子也。文勤愛重其才，招入幕府。《石經》既近在咫尺，朝夕可以摩抄，故考訂較精。節署四方文報所集，而一時名人詩文集亦易備，子安據以成編，其中夷務，海寇，髮賊，回逆，捻匪；時政得失，無不羅列。雖傳聞異詞，而大略可以根據。惟采詩過繁，不無玉石雜糅之患。予題其後曰：「詩史一筆兼，孤憤固無兩，偏舟養羈魂，亂離憶曠囊，匪惟大事記，變風此遺響。」又哭子安句云：「憂樂兼家國，千夫氣不如，亂離垂死地，功罪敢言書」云云，亦為此發也。蓋子安客川、陝十餘年，身經喪亂，事多目擊，固異日金匱、石渠，編摩之所不廢也。……（清謝章鋌）

雷顛隨筆　《花月痕》小說，筆墨哀豔淒婉，為近代說部中之上乘禪，惜後半所述妖亂事，近於蛇足，不免白璧微瑕。書中韋癡珠，或言影李次青，然事跡殊不合。韓荷生或謂即左宗棠，雖有相似處，亦未能畢肖。要之小說結構，大都真偽雜糅，虛實互用，興之所之，自爾成文，固不必膠柱鼓瑟以求也。相傳著者為江南名士，遊幕秦中，主人某太守，擁宦囊極豐，又耽於聲色，慕名士詩才，延之幕中，命侍姬及女公子輩從之學詩，然每日只授課一二小時，且亦有數日不至書室者，故名士從容險歗，頗有餘閒。星晚露初，客懷寂寞，則往往譔小說以自遣，命名曰《花月痕》。書成及半，太守偶至書房，無意中翻檢得之，讀而狂喜，促名士速竣其事，謂成書一卷，立贈五十金，並盛筵一席，蓋知名士性落拓，不如是，恐半途而廢，永無殺青時也。名士勉從所請，不半年而書成。有人攜之南中，不及鏤版，即以鉛字印行，流傳甚廣，文士多喜閱之。所謂某名士者，究為何人？初時無從考索，嗣讀謝枚如題魏子安所著書後五絕三首；一為〈石經考〉，一為〈陔南山館詩話〉，一即〈花月痕〉小說也。前二首不備錄，第三首云：「有淚無地灑，都付管城子，醇酒與婦人，末路乃如此！獨抱一片心，不生亦不死。」又〈哭子安〉第二首云：「憂樂兼家國，千夫氣不如，亂離垂死地，功罪敢言書，將母情初盡，還山願竟虛，幽光終待發，試看百年餘。」自注：「子安客川、陝十數年，身經喪亂；其《咄咄錄》、《詩話》等書，皆草創於是時。君沒時尚在母喪。」讀此數詩，知魏君著作甚富，懷才早世。《花月痕》一書，或者寓美人香草之思，自寫其牢愁哀怨，未可知也。謝枚如名章鋌，福建長樂人，光緒丁丑進士，官內閣中書，著有《賭棋山莊詩集》若干卷。魏君既與同時，或亦係同、光朝人云。（雷瑨）

藝海叢談　侯官丁威起先生震，文章爾雅，家藏古籍極多，於近代名賢撰述之未經刊行者，必手自錄副以藏。前數期《雜誌》所登《藍水書塾筆記》、《榕陰談屑》二書，皆其所藏稿本，承遠道錄寄，得印行以公諸世也。又有《咄咄錄》稿本一書，係其同邑魏子安先生秀仁所著，首粵事緣起，次金田倡亂，次紫荊屯兵，次賊困永安，次賊撲桂林，次賊屠全州，次金陵自戮，次福建軍務，次蜀事始末，次陝甘回變，次皖豫捻匪，共十一篇。按子安當時，憤吏治之窳敗，風俗之偷薄，而兵食戰守之無可恃，乃殫見洽聞，筆而錄之。論斷公平，允稱良史之作，以視《綏寇記略》，何多讓焉。又按子安著書滿家，考訂《石經》，尤為精審，顧皆不傳，獨所著《花月痕》小說，風行一時。亦可悲矣。(雷瑨)

中國古典名著

集合兩岸學者專家為您
精選、考證並加校注的
宋元明清古典名著大觀

❖三國演義
羅貫中撰／毛宗崗批／饒彬校訂

❖水滸傳
施耐庵撰／羅貫中纂修／金聖嘆批／繆天華校訂

❖紅樓夢
曹雪芹撰／饒彬校訂

❖西遊記
吳承恩撰／繆天華校訂

❖金瓶梅
笑笑生原作／劉本棟校訂／繆天華校閱

❖儒林外史
吳敬梓撰／繆天華校訂

❖老殘遊記
劉鶚撰／田素蘭校訂／繆天華校閱

❖官場現形記
李伯元撰／張素貞校訂／繆天華校閱

❖文明小史
李伯元撰／張素貞校訂／繆天華校閱

❖兒女英雄傳
文康撰／繆天華校訂／饒彬標點

❖鏡花緣
李汝珍撰／尤信雄校訂／繆天華校閱

❖拍案驚奇
凌濛初原著／劉本棟校訂／繆天華校閱

❖警世通言
馮夢龍編／徐文助校訂／繆天華校閱

❖醒世恆言
馮夢龍編撰／廖吉郎校訂／繆天華校閱

❖喻世明言
馮夢龍編撰／徐文助校注／繆天華校閱

❖今古奇觀
抱甕老人編／李平校注／陳文華校閱

❖三俠五義
石玉崑著／張虹校注／楊宗瑩校閱

❖七俠五義
石玉崑原著／俞樾改編／楊宗瑩校訂／繆天華校閱

❖東周列國志
馮夢龍原著／劉元放改撰／劉本棟校訂／繆天華校閱

❖封神演義
陸西星撰／鍾伯敬評／楊宗瑩校訂／繆天華校閱

❖東西漢演義
甄偉・謝詔編著／朱恒夫校注／劉本棟校閱

❖隋唐演義
褚人穫著／嚴文儒校注／劉本棟校閱

❖萬花樓演義
李雨堂撰／陳大康校注

❖楊家將演義
紀振倫撰／楊子堅校注／葉經柱校閱

❖說岳全傳
錢彩編次／金豐增訂／平慧善校注

❖大明英烈傳
楊宗瑩校訂／繆天華校閱

❖濟公傳
王夢吉等撰／楊宗瑩校訂／繆天華校閱

❖包公案
明・無名氏撰／顧宏義校注／謝士楷、繆天華校閱

❖海公大紅袍全傳
清・無名氏撰／楊同甫校注／葉經柱校閱

❖平山冷燕
天藏花主人編次／張國風校注／謝德瑩校閱

❖豆棚閒話　照世盃（合刊）
艾衲居士等著／陳大康校注／王關仕校閱

❖石點頭　天然癡叟著／李忠明校注／王關仕校閱

❖十二樓　李漁著／陶恂若校注／葉經柱校閱

❖何典　斬鬼傳　唐鍾馗平鬼傳（合刊）　張南莊等著／黃霖校注／繆天華校閱

❖西湖二集　周楫纂／陳美林校注

❖品花寶鑑　陳森著／徐德明校注

❖綠野仙踪　李百川著／葉經柱校注

❖海上花列傳　韓邦慶著／姜漢椿校注

❖醒世姻緣傳　西周生輯著／袁世碩、鄒宗良校注

❖花月痕　魏秀仁著／趙乃增校注

❖孽海花　曾樸撰／葉經柱校注／繆天華校閱

❖琵琶記　高明著／江巨榮校注／謝德瑩校閱

❖浮生六記　沈三白著／陶恂若校注／王關仕校閱